ULLSTEIN

Das Buch

Der Internist Matt Rutledge führt seit Jahren einen aussichtslosen Kampf gegen das Koks- und Kohleunternehmen seiner Heimatstadt Belinda. Erst kam sein Vater bei einem Grubenunfall ums Leben, dann starb seine geliebte Frau Ginny an einer ungewöhnlichen Form von Lungenkrebs. Nun ist der Arzt entschlossen, der Belinda Coal & Coke Company ihre Verstöße gegen die Gesundheits- und Sicherheitsvorschriften nachzuweisen. An einem Minenarbeiter, der bei einem Amoklauf zwei weitere Arbeiter tötet und den Stollen zum Einsturz bringt, entdeckt Matt eine Unmenge kleiner Wucherungen im Gesicht und an der Kopfhaut: Symptome dessen, was er als »Belinda-Syndrom« bezeichnet und – seiner festen Überzeugung nach – durch den nachlässigen Umgang mit Giftstoffen in der Mine verursacht wird.

Noch weiß Matt nichts von der jungen Musikerin aus Boston, die innerhalb kürzester Zeit mit entstelltem Gesicht an tödlichem Verfolgungswahn zugrunde geht, und auch nicht von der Kantinenangestellten in Chicago, deren leichte Grippe in blutigem Fieber endet. Die unerklärlichen Todesfälle häufen sich und alle Spuren führen nach Belinda ...

Der Autor

Michael Palmer ist Facharzt für Innere Medizin. Er absolvierte den praktischen Teil seiner Ausbildung am renommierten Boston City and Massachusetts General Hospital, hat danach über zwanzig Jahre als Internist und Notarzt gearbeitet und ist heute einer der Leiter des Gesundheitsprogramms der Massachusetts Medical Society. Seine Bücher wurden in über 30 Sprachen übersetzt.

Von Michael Palmer sind in unserem Hause bereits erschienen:

Das Medikament
Der Patient

Michael Palmer

Das Syndrom

Roman

Aus dem Englischen von Norbert Möllemann

Ullstein

Besuchen Sie uns im Internet:
www.ullstein-taschenbuch.de

Umwelthinweis:
Dieses Buch wurde auf chlor- und säurefreiem Papier gedruckt.

Ullstein Verlag
Ullstein ist ein Verlag des Verlagshauses
Ullstein Heyne List GmbH & Co. KG.
Deutsche Erstausgabe
1. Auflage August 2003

Published by Arrangement with Michael Palmer
Titel der amerikanischen Originalausgabe: *Fatal*
(Bantam Books, New York)
Übersetzung: Norbert Möllemann
Redaktion: Miriam Gries
Umschlaggestaltung: Thomas Jarzina, Köln
Titelabbildung: amana Germany GmbH (photonica), Hamburg
Gesetzt aus der Janson MT
Satz: hanseatenSatz-bremen, Bremen
Druck und Bindearbeiten: Clausen & Bosse, Leck
Printed in Germany
ISBN 3-548-25696-1

Für Nicholas Aleksander Palmer
Ob du es glaubst oder nicht,
vor langer Zeit hat dein Opa dieses Buch geschrieben.

Und für Danica Damjanovic Palmer,
Jessica Bladd Palmer und
Elizabeth Hanke, die sich so gut
um meine Jungs gekümmert haben.

Danksagung

Wenn ich einen Roman beendet habe und weiß, dass er bald in Buchhandlungen und Bibliotheken und Wohnzimmern überall auf der Welt in den Regalen stehen wird, gehört es für mich zu den schönsten Momenten, daran zu denken, wie viel Hilfe ich bekommen habe, um so weit zu kommen.

Jane und Don, danke, dass ihr immer für mich da wart.

Bill Massey, danke für das sorgfältige Lektorat. Nita und Irwyn, Andrea Nicolay, Kelly Chian und alle anderen bei Bantam Books, ich danke euch für die freundschaftliche Betreuung auf dem schwierigen Weg bis zur Veröffentlichung.

Lieutenant Cole Cordray, Dr. Stanton Kessler, Dr. Pierluigi Gambetti, Dr. Erwin Hirsch, Rick Macomber, Barbara Loe Fisher und Kathi Williams, mein Dank an Sie für die fachliche Beratung. Bill Wilson und Dr. Bob Smith, danke für alles, was Sie mir und vielen anderen gegeben haben.

Daniel, Gott segne dich für deine Website und deine Ideen; Mimi, Matt und Beverly, ich danke euch für das Lesen des Manuskripts.

Und Luke, mein wunderbarer Luke, ich danke dir für dein Verständnis dafür, dass Daddy manchmal sagen musste: »Wir spielen später zusammen.«

Prolog

Mit Halsschmerzen hatte es angefangen.

Nattie Serwanga konnte sich genau daran erinnern. Sie war gerade mit ihrem Mann Eli beim Abendessen gewesen, als ihr plötzlich das Schlucken wehtat. Sie hatten gerade darüber diskutiert, ob sie ihre Tochter nicht doch lieber Nadine anstatt Kolette nennen sollten. Die Schluckbeschwerden waren auf eine beginnende Erkältung zurückzuführen, hatte sie sich damals gesagt. Nichts Ernsthaftes.

Aber trotz ärztlicher Behandlung waren die Schmerzen immer schlimmer geworden. Jetzt, neun Tage nach dem ersten Kratzen im Hals, wusste Nattie, dass sie krank war – richtig krank. Das sagten ihr nicht nur die pochenden Kopfschmerzen, sondern auch der Schüttelfrost und die Schweißausbrüche und der geschwollene Hals, gegen die die Antibiotika wirkungslos geblieben waren. Und seit drei Uhr früh musste sie dauernd husten.

Vor dem Glastresen standen die Kinder aus dem Krankenhauskindergarten Schlange, um sich ihr Mittagessen abzuholen. Hähnchen-Nuggets mit Spaghetti. Zum Nachtisch Pudding.

»Hallo, Nattie Smattie.« ... »Ich zuerst, Nattie. Ich zuerst!« ... »Och, nicht schon wieder Spaghetti.«

Nattie zwinkerte einem niedlichen Vierjährigen namens Harold zu, schluckte mühsam und füllte seinen Teller. Einen Augenblick später wurde sie von einem so fürchterlichen Hustenanfall geschüttelt, dass es ihr nicht einmal gelang, sich die Hand vor den Mund zu halten. So schlimm war es noch nie gewesen. Winzige Speicheltröpfchen verteilten sich über die Tabletts vor ihr. Sie wankte rückwärts, konnte sich jedoch noch rechtzeitig festhalten, bevor sie stürzte. Bei jedem Husten fuhr ihr ein stechender Schmerz in den Kopf.

»Mist«, murmelte sie, als sie sich wieder gefangen hatte. Sie war zäh, zäh wie Leder, wie ihre Schwester zu sagen pflegte, aber diese Erkältung war auch verdammt zäh. Instinktiv fuhr sie mit den Händen unter ihre Schürze und hielt sich den Bauch. Ein paar Schrecksekunden lang spürte sie nichts. Dann kam erst ein Tritt in die rechte und gleich darauf in die linke Seite. Trotz der Kopfschmerzen und des Hustens und der schmerzenden Kehle lächelte Nattie Serwanga.

Sie war vierzig Jahre alt und hatte sich nach sieben fruchtlosen Jahren Ehe allmählich damit abgefunden, dass sie wohl kinderlos bleiben würde. Eli, der neun Geschwister hatte, wünschte sich sehnlichst eigenen Nachwuchs. Auch er hatte seine Hoffnung schon fast aufgegeben und davon gesprochen, Pflegekinder aufzunehmen oder sogar Kinder zu adoptieren. Und dann geschah das Wunder.

»Nattie, alles in Ordnung?«

Ihre Chefin, Peggy Souza, schaute sie besorgt an. Nattie rang sich ein Lächeln ab. Zwischen ihren Schulterblättern machte sich ein stechender Schmerz bemerkbar.

»Es ... es geht schon wieder«, brachte sie mühsam heraus. »Ich hab nur so eine schlimme Erkältung, die gar nicht weggehen will. Dabei war ich schon zweimal beim Arzt.«

»Und, hat er dir was gegeben?«

»Erst Penicillin, dann was Stärkeres.«

Dass der Arzt sie auch zu einem Tropenmediziner überwiesen hatte, erwähnte sie lieber nicht, und auch nicht, dass er sie eingehend über die Reise nach Sierra Leone befragt hatte, die sie und Eli kürzlich unternommen hatten, um seine Familie zu besuchen.

»Möchtest du lieber nach Hause gehen?«

Nattie deutete auf die vielen Wartenden, die sich vor dem Tresen drängten. Inzwischen standen schon eine ganze Reihe von Ärzten und Schwestern hinter den Kindern in der Schlange.

»Vielleicht, wenn der größte Ansturm vorbei ist.«

Für die Reise nach Afrika hatte sie ihre letzten Urlaubstage aufgebraucht. Seitdem sammelte sie Überstunden und wenn alles gut ging, würde sie bis eine Woche vor der Entbindung arbeiten und sich dann, zusammen mit ihrem Mutterschaftsurlaub, fast drei Monate freinehmen können. Sie konnte unmöglich jetzt nach Hause gehen.

»Wenn du unbedingt bleiben willst«, meinte Peggy, »solltest du lieber einen Mundschutz tragen. Das war eben ein ziemlich böser Hustenanfall.«

Nattie wandte sich ab, damit Peggy nicht sah, wie ihre Hände zitterten, als sie den Mundschutz anlegte.

Was um Himmels willen ist bloß los mit mir?

Während der nächsten zehn Minuten konnte sie ihren Husten kaum unterdrücken. Dennoch schaffte sie es, allen Kindern ihr Essen auszuteilen und auch ein paar von den Ärzten und Schwestern zu bedienen, die eigentlich fast keine Zeit zum Essen hatten. Plötzlich bekam sie Krämpfe im Unterleib.

Bitte, lieber Gott, beschütze mein Baby. Lass meiner Kleinen nichts zustoßen.

»Nattie? ... Nattie!«

»Wie bitte? Oh, tut mir Leid, Peggy. Ich war ganz in Gedanken.«

»Du bist ja ganz blass. Ich finde, du solltest für heute Feierabend machen. Nattie, sieh mich an.«

»Ja?«

»Deine Augen. Sie sind ganz blutunterlaufen.«

»Wovon redest du?«

»Du hast lauter rote Flecken in den Augen. Am besten, du gehst sofort zu einem Arzt.«

Ein plötzlicher Schmerz in ihrem Darm raubte Nattie den Atem. Von Entsetzen gepackt nickte sie nur kurz und eilte dann so schnell sie konnte zur Toilette. Das halb von dem Mundschutz bedeckte Gesicht, das ihr aus dem Spiegel entgegenstarrte, sah zum Fürchten aus. Ihre schwarzen Haare klebten ihr auf der schweißnassen Stirn. Von dem Weißen in ihren Augen war fast nichts mehr zu sehen, alles war rot. Als sie den Mundschutz abnahm, sah sie, dass die Innenseite blutbefleckt war.

Erneut wurde sie von Darmkrämpfen geschüttelt.

Gott, wie schrecklich.

Sie wankte aufs Klo. Ihre Kleider waren durchgeschwitzt. Auf erneute Krämpfe in ihrem Darm folgte ein sturzartiger Durchfall. Dicke Schweißtropfen liefen ihr übers Gesicht.

Eli ... o Eli, mir ist so schlecht ...

Nattie erhob sich zitternd. In der Kloschüssel erblickte sie eine widerliche Mischung aus Kot und Blut. *Mehr Blut.* Sie konnte an nichts anderes denken als an das Baby. Noch einmal tastete sie nach Leben in ihrem Bauch, doch sie zitterte so heftig, dass sie gar nichts fühlte. Eli würde wissen, was zu tun ist, dachte sie. Er bewahrte stets die Ruhe. In ihrer Hosentasche suchte sie nach Kleingeld, um ihn auf seiner Arbeitsstelle anzurufen. Nichts. Das Telefon in Peggys Büro. Von dort aus konnte sie versuchen, ihn zu erreichen.

An den Wänden Halt suchend, schleppte Maggie sich den Korridor entlang. Schweiß brannte ihr in den Augen und tropfte ihr von der Nase. Zweimal musste sie wegen eines Hustenanfalls stehen bleiben. Auf ihrer Hand und der Wand neben ihr war alles voller roter Sprenkel.

»Nattie? ... Nattie, leg dich hin. Gleich hier. Ich rufe einen Notarzt. Mein Gott, wie siehst du aus!«

Peggys Stimme schien von weither zu kommen.

»Mein Baby ...«

Nattie sank auf die Knie, ihr Kopf schien zu explodieren. Plötzlich sah sie nur noch weißes Licht. Sie spürte, wie sich ihre Blase und ihr Darm entleerten, als ihr Kopf nach hinten schlug. Sie wusste, dass sie stürzte, doch sie konnte nichts dagegen tun.

»Sie hat einen Anfall! Wir brauchen einen Notarzt!«

Peggys Worte waren das Letzte, was Nattie hörte, bevor Dunkelheit sie gnädig von dem Schmerz befreite.

1

Belinda, West Virginia

»Matt, hier spricht Laura aus der Notaufnahme ... Matt?«

»Ja.«

»Matt, Sie schlafen ja noch.«

»Nein, tu ich nicht.«

»Doch, ich höre es ganz deutlich.«

»Wie spät isses?«

»Halb drei. Matt, bitte, schalten Sie das Licht an und wachen Sie auf. In der Mine hat es einen Unfall gegeben.«

Matt Rutledge stöhnte. »Verdammte Mine«, knurrte er.

»Dr. Butler hat Katastrophenalarm ausgelöst. Heute Nacht ist Team B an der Reihe. Matt, sind Sie wach?«

»Ich bin wach, ich bin wach«, erwiderte er heiser, während er nach dem Schalter an seiner Nachttischlampe tastete. »Neun mal sieben ist sechsundfünfzig. Die Basketballmannschaft von Miami heißt Heat. Der fünfte Präsident –«

»Okay, okay, ich glaub's Ihnen.«

Während seiner Schulzeit, später im Studium, danach in seiner Zeit als Assistenzarzt und auch heute noch, wo er als Internist arbeitete, immer schon betrachtete er es als lästige Pflichtübung, abzuschalten, um einschlafen zu können – aber schlimmer noch war, auf der Stelle wach werden zu müssen. Laura Williams kannte seine Schwierigkeiten beim Aufstehen wie alle anderen Krankenschwestern auch, die schon zwei Jahre lang in der Notaufnahme des Montgomery County Regional Hospital mit ihm zusammengearbeitet hatten, bevor er sich entschloss, seine eigene Praxis aufzumachen. Sie alle hatten sich einen bestimmten Grundsatz angeeignet, nach dem Dr. Matthew Rutledge eindeutig nicht als wach galt, solange er es nicht zweifelsfrei beweisen konnte.

»Licht an? Füße auf dem Boden?«

»Ich bin schon auf. Einen Augenblick noch.« Matt warf den Hörer auf das Bett und zog seine abgetragene Jeans an, ein bedrucktes T-Shirt und einen dünnen Pullover. »Ein Einsturz?«, fragte er und klemmte den Hörer unter das Ohr. Schon beim Aussprechen der Frage spannte sich alles in ihm an.

»Vermutlich. Die Krankenwagen sind schon dort, aber bisher ist noch niemand eingeliefert worden. Ein Angestellter der Mine ist allerdings eben gekommen. Er meint, zehn bis zwölf Leute sind verletzt.«

»Ein Angestellter der Mine?« Matt zog sich Sportsocken an. Zwei Zehen lugten aus einem Loch in der linken Socke. Erst wollte er andere nehmen, dann ließ er es bleiben und schlüpfte in die Stiefel.

»Er gab sich als Sicherheitsbeauftragter aus oder irgend so was«, erwiderte Laura.

»Groß, schwarze Haare mit einer weißen Strähne über der Stirn?« *So eine Art riesiges Stinktier*, lag Matt noch auf der Zunge, aber er behielt es lieber für sich.

»Ganz genau.«

»Das muss Blaine LeBlanc sein. Er ist ein ziemlich hohes Tier in der Mine. Fragen Sie ihn einfach. Danke für den Anruf, Laura. So, ich bin angezogen und fahr dann jetzt los.«

»Prima. Es wird noch eine Weile dauern, bis die erste Rettungsmannschaft hier erscheint. Sie brauchen also nicht zu rasen.«

»Ich weiß, ich weiß. Motorradfahrer sind die besten Organspender. Ich fahr höchstens Schritttempo. Sind die anderen schon unterwegs?«

»Alle außer Dr. Crook. Bis jetzt hat er noch nicht zurückgerufen.«

Das kann von mir aus auch so bleiben, dachte Matt. Robert (»Nenn mich nicht Bob«) Crook war Kardiologe. Als einer der altgedienten Ärzte in der Belinda Medical Group, einer Gemeinschaftspraxis, in der die verschiedensten Spezialisten arbeiteten, hatte er am lautstärksten Stellung bezogen gegen Matts berufliche Veränderung aus der Notaufnahme in ihre Praxis. Letztlich hatten sich jedoch diejenigen gegen Crook durchgesetzt, die ihn als Erste-Hilfe-Spezialisten haben wollten, da er beliebt war, in der Stadt geboren und aufgewachsen und in Harvard ausgebildet worden war. Crooks Haupteinwand gegen Matt lautete, er sei ein arroganter Spinner, der weder aussah wie ein Arzt noch sich entsprechend kleidete. Aber in Wirklichkeit kam er einfach nicht darüber hinweg, dass Matt seiner Tochter vor langer Zeit einen Korb gegeben hatte, als sie ihn zum Abschlussball eingeladen hatte.

»Also, ich kann in zehn Minuten da sein.«

»Eine Viertelstunde reicht auch.«

»Ist ja schon gut.«

»Und, Matt?«

»Ja?«

»Neun mal sieben ist dreiundsechzig, nicht sechsundfünfzig.«

»Wusste ich doch.«

Matt legte den Hörer auf und band sich die dunkelbraunen Haare mit einem Gummiband zum Pferdeschwanz zusammen. Seit Ginny und er sich kennen gelernt hatten, waren seine Haare immer kurz gewesen – zwar nicht kurz geschoren, aber doch fast. Und sie hatte darauf bestanden, dass nur sie ihm die Haare schneiden durfte. Seit ihrem Tod hatte er nur noch die Koteletten gestutzt. Der Ohrstecker in seinem rechten Ohrläppchen war ein Jahr später gekommen und das Tattoo auf seinem rechten Oberarm einige Monate darauf. Es war eine Meisterleistung, gefertigt nach einem Foto von dem Weißdorn in ihrem Garten – Ginnys Lieblingsstrauch.

Die fünfzimmrige Blockhütte, die sie beide gemeinsam entworfen hatten, war auf einen Steilhang gebaut, mit Blick über das Sutherland Valley zu den Allegheny Mountains. Matt zog einen Anorak über und ging hinaus auf die geräumige Veranda, wo Ginny gegen Ende ihres Lebens die meiste Zeit verbracht hatte. Der Tätowierer in Morgantown hatte ihn davon abhalten müssen, auf seinem Arm die Veranda anstatt des Weißdorns zu verewigen. (»Ich kann ja dein Gefühl nachvollziehen, alter Junge, aber glaub mir, es sieht beschissen aus.«)

Immer wenn Matt Zweifel befielen, ob seine Rückkehr nach West Virginia die richtige Entscheidung gewesen war – und in letzter Zeit kam das häufiger vor –, brauchte er nur vor die Tür zu treten. Diese Nächte waren nach Ginnys Geschmack. Keine Wolke am Neumond-Himmel. Direkt über ihm die Milchstraße, die in dieser Dunkelheit deutlich zu sehen war. In der kühlen Spätsommerluft konnte man wie immer den Rauch aus der Fabrik zur Kohleveredlung riechen, die gleich neben dem Bergwerk lag. Dennoch überwog der Duft von Lavendel, Linden, wilden Orchideen, Rosen, Johanniskraut und hunderter anderer Blüten.

Country roads, take me home, to the place I belong ...

Matt stapfte um die Hütte zu seiner Garage und ließ die braune Harley Davidson Electraglide mit einem satten Röhren an. Außer dieser Maschine fuhr er noch eine 900-er Kawasaki Roadster und eine 250-er Honda Enduro; Reparaturen erledigte er in der Regel selbst. Die Harley nahm er am liebsten für längere Touren, wohingegen er die schnelle Kawa an Tagen bevorzugte, wenn er den Nervenkitzel suchte. Mit der Enduro war er im Nu im Wald, sie eignete sich für jedes Gelände, was bei den Hausbesuchen, die einen Großteil seiner Arbeit ausmachten, von unschätzbarem Wert war.

Als er die Schotterstraße zum State Highway 6 hinabrollte, spürte er den ersten Adrenalinschub bei der Vorstellung, was in den nächsten Stunden auf ihn zukommen würde. Dieser Unfall war nicht der erste in der Belinda-Mine, mit dem Matt zu tun hatte, aber mit zehn oder zwölf Verletzten war er sicherlich der folgenschwerste. Im Laufe der Jahre hatte es schon so häufig Prellungen, Schnittwunden, Zerrungen, Verstauchungen und Brüche gegeben, dass man sie kaum noch zählen konnte. Einmal sogar Tote. Aber als tatsächlich einmal Team B geholt worden war, stellte sich alles als reine Farce heraus. Ein unterirdischer Zug, der als eine Hauptlinie galt, war tief unten im Bergwerk entgleist. Zwanzig Mitglieder von Team B warteten damals von zwei Uhr nachmittags bis um drei Uhr in der Frühe untätig in der Notaufnahme, bis bekannt wurde, dass es anstatt der ursprünglich angenommenen dreißig bis vierzig Verletzten keinen einzigen gab.

Diesmal allerdings hatte Matt das Gefühl, dass etwas Ernsthaftes vorgefallen sein musste.

Die zehn Kilometer lange Serpentinenstraße zum

Krankenhaus war wie eigens für das Motorrad geschaffen. Matt legte sich in die vertrauten Kurven mit einem Rhythmus, der ihm zur zweiten Natur geworden war. Er fragte sich, ob dieses erneute Unglück wieder ein Beispiel war für die mangelhafte Beachtung der Sicherheitsbestimmungen durch die Belinda Coal and Coke Company. Trotz des ständigen Drucks, mit dem er und ein paar andere Mitstreiter versuchten, die Eigentümer des Bergwerks zur Modernisierung und zu verbesserten Sicherheitsvorkehrungen zu bewegen, hatte sich kaum etwas geändert. BC&C weigerte sich hartnäckig, mehr als unbedingt nötig für die Sicherheit der Bergleute zu investieren. Und bei dem heutigen Großkonzern war das nicht anders als in jener Aprilnacht vor zweiundzwanzig Jahren, als in Stollen C-9, der den Spitznamen Peggy Sue trug, die Decke einstürzte und drei Bergleute unter sich begrub. Unter den Toten befand sich damals auch der Vorarbeiter der Schicht, Matthew Rutledge senior.

2

Die Notaufnahme des Montgomery County Regional Hospital, eines modernen Krankenhauses mit 120 Betten, konnte maximal zwölf Notfallpatienten unterbringen. Sie verfügte über Zimmer mit orthopädischer und pädiatrischer Spezialausrüstung sowie einen OP für besonders schwer verletzte Unfallopfer, Zimmer 10. Zwei Chirurgen und ein Allgemeinmediziner warteten bereits im Schwesternzimmer, als Matt ankam, aber er wusste, dass mindestens noch zwei oder drei andere Ärzte und ein Radiologe da waren. Und im Labor war sicherlich noch Hal Sawyer in Einsatzbereitschaft, der Chefpathologe und Matts Onkel. Hal, der Bruder von Matts Mutter – eine Mischung aus Naturbursche, Gemeindearbeiter und Playboy, aber vor allem ein großartiger Wissenschaftler – war Matts leuchtendes Vorbild und der eigentliche Grund dafür, dass Matt sich entschieden hatte, Arzt zu werden. Seit dem Unglück vor zweiundzwanzig Jahren in Tunnel C-9 war Hal eine Art Ersatzvater für Matt geworden.

Kurz nach Matts Ankunft in der Notaufnahme hielt ein Pick-up mit quietschenden Reifen vor der Tür und brachte den ersten Verletzten. Mit einer Handbewegung gab Matt den anderen Ärzten zu verstehen, er werde sich darum kümmern, und begleitete die beiden Krankenschwestern zu dem Wagen. Wenn der von oben bis unten vor Kohlenstaub, Kalkstein, Schweiß und Dreck starrende Bergmann ein Indiz für das Ausmaß des Grubenunglücks lieferte, stand ihnen allen noch eine lange Nacht bevor. Der Mann blutete am Bein, das nur behelfsmäßig mit zwei Brettern geschient war, und hatte offensichtlich einen komplizierten Oberschenkelknochenbruch erlitten. Ein Knochensplitter ragte grotesk aus einem Riss in seiner Arbeitskleidung.

Matt folgte der Trage in das Untersuchungszimmer. Aus dem Augenwinkel nahm er den Sicherheitsbeauftragten Blaine LeBlanc wahr, der in gebügelter Freizeithose und einem Hundert-Dollar-Hemd mit dem Fahrer des Pick-up sprach und sich auf seinem Klemmbrett Notizen machte. Bevor Matt den Augenkontakt mit ihm verhindern konnte, hatte sich LeBlanc bereits zu ihm umgewandt. Sein Gesichtsausdruck wirkte erschöpft und blass. Matt fragte sich, was dieser humorlose Sicherheitsbeauftragte gerade denken mochte.

Herrgott, muss dieser Weltverbesserer sich schon wieder produzieren. Nur zu, mach uns nur Ärger, du Arschloch. Dich beachtet doch sowieso niemand ...

LeBlanc schüttelte verächtlich den Kopf und Matt reagierte mit fröhlich erhobenem Daumen. Solange Matt beharrlich versuchte, BC&C zu dem Eingeständnis zu zwingen, dass die Firma nicht genug für die Sicherheit ihrer Mitarbeiter und zum Schutz der Umwelt tat und nur herumpfuschte, würden sie Feinde sein.

Brian O'Neil, der Orthopäde im Team B, kam gleichzeitig mit Matt an der Tür zum Verbandszimmer an. Mit seinen einssiebenundachtzig war O'Neil fünf Zentimeter größer als Matt, außerdem war er einige Jahre älter. Seit seiner Zeit als hartgesottener Linebacker an der West Virginia University hatte er zehn bis fünfzehn Kilo zugelegt, aber für seine vierzig Jahre war er noch ziemlich sportlich. Zudem war er ein fantastischer Chirurg und Matts engster Freund im Ärzteteam.

»Nach dir«, sagte Matt. »Es reicht mir, unter dem Basketballkorb eins von dir drauf zu kriegen.«

»Wann hätte der Flügelspieler Rutledge sich je unter dem Korb auf einen Kampf eingelassen? Du bräuchtest doch einen Lageplan, um den Korb überhaupt zu finden. Laura, bereiten Sie bitte eine Infusion vor. Normale Kochsalzlösung, die üblichen Blutabnahmen. Blutgruppenbestimmung und Kreuzproben für sechs Konserven. Aufnahmen von Thorax und Bein. Sobald Dr. Schmalzlocke mit der Untersuchung fertig ist, verabreichen Sie dem Patienten fünfundsiebzig Demerol und fünfundzwanzig Vistaril i. m.«

»Wird gemacht«, erwiderte Laura Williams unerschütterlich wie immer.

»Also, Kollege, Laura und ein paar andere Schwestern haben gewettet, dass du die ganze Geschichte hier verschläfst.«

»Vielleicht sehen sie das ja richtig. Dass ich dich hier pünktlich erlebe, kann nur ein Traum sein.«

Sie traten an das Krankenbett und halfen der Schwester, die Kleidung des jungen Arbeiters aufzuschneiden. Er war vielleicht neunzehn oder zwanzig Jahre alt, hatte rötliches Haar und schräg stehende Augen. Sein schmales Gesicht war schmerzverzerrt, aber er presste die Lippen fest aufeinander und ertrug das Gezerre an seinem Bein, ohne einen Mucks von sich zu geben.

»Ich bin Dr. O'Neil, der Orthopäde«, stellte Brian sich vor. »Und das ist Dr. Rutledge, er ist Tierarzt, aber verdammt gut. Wir werden uns um Sie kümmern.«

»Danke, Sir«, antwortete der junge Mann mühsam. »Ich heiße Fenton. Robby Fenton.«

»Was zum Teufel ist da unten passiert, Robby?«, fragte O'Neil, während Matt den Mann untersuchte.

»Es war Darryl Teague, Sir. Er ... er ist völlig durchgedreht. Er war in der letzten Zeit schon ziemlich gereizt, aber heute Abend hat er den Förderbagger bedient und ist plötzlich ausgeflippt.«

»Das ist doch diese Monstermaschine, die die Kohle rausschaufelt und auf das Förderband wirft, oder?«, bemerkte Matt.

»Genau. Zwölf Tonnen die Minute.«

»Du faszinierst mich immer wieder, Doc«, sagte O'Neil. »Kein Wunder, dass du keine Freundin hast, obwohl es heißt, die Frauen würden sich nur so um dich reißen. Aber mit deiner Bildung schreckst du Frauen wohl nur ab.«

»Hören Sie nicht auf ihn, Robby. Er hat Glück, dass er so ein verdammt guter Knochenklempner ist, sonst würde überhaupt keiner mit ihm reden. Erzählen Sie weiter.«

»Also, kaum hatte die Schicht angefangen, hat Teague sich mit Alan Riggs geprügelt. Keine Ahnung, um was es ging. Teague ist schon eine ganze Weile schlecht drauf – er sucht dauernd Streit und beschwert sich, dass ihm alle was ans Zeug flicken wollen oder so. Na ja, ein paar von uns haben die beiden dann erst mal auseinander gebracht. Aber kurz darauf ist Teague mit dem Bagger auf Riggs losgegangen. Er hat ihn überfahren, also, er ist einfach über ihn drüber gefahren. Dann hat er ein halbes Dutzend Stützen rausgerissen. In dem Moment ist die Decke eingestürzt. Was ist überhaupt mit den anderen Jungs?«

»Wir wissen es noch nicht, Robby. Sie sind hier als Erster eingeliefert worden.«

»Alan ist bestimmt tot. Sie hätten das mal sehen müssen. Darryl Teague, dieses Arschloch. Ich wünsch ja normalerweise keinem was Böses, aber ich hoffe, er hat selbst ordentlich was abgekriegt.«

»Dr. Rutledge, wir brauchen Sie«, rief Laura Williams von der Tür her.

Matt war so fasziniert von Robby Fentons Bericht, dass er völlig vergessen hatte, wie viel Arbeit hier auf ihn wartete. In der Notaufnahme herrschte mittlerweile hektische Betriebsamkeit. Sechs Betten waren belegt mit mehr oder weniger schwer verletzten Bergleuten. MTAs, Krankenschwestern und Ärzte wuselten herum, aber das Durcheinander wirkte organisiert, alles schien unter Kontrolle.

»Im Moment sind Sie nicht so sehr als Internist gefragt«, sagte Laura. »Aber mit Ihren Erste-Hilfe-Kenntnissen sind Sie hier genau richtig. In Zimmer 3 liegt einer mit einer schweren Kopfverletzung. Wahrlich kein schöner Anblick. Ich habe Schädelaufnahmen angeordnet, das kann aber eine Weile dauern. Er wird wohl kaum durchkommen.«

Matt eilte ins Bereitschaftszimmer und wechselte rasch die Kleidung. Er war schon unterwegs nach Zimmer 3, als Blaine LeBlanc ihn abfing. Er war ein jung gebliebener Fünfziger mit einem typischen New Yorker Akzent, etwas kleiner als Matt, aber mit breiteren Schultern. Sein dichtes schwarzes Haar trug er nach hinten gegelt. Sein Markenzeichen, eine vier Zentimeter breite weiße Strähne, glänzte im Neonlicht.

»Was hat Ihnen der Junge da drinnen erzählt?«, wollte er wissen.

»Nett von Ihnen, sich nach dem Jungen zu erkundigen, Blaine. Er hat einen komplizierten Oberschenkelbruch. Das sieht man daran, dass der Knochen aus der Haut herausragt. Er wird vorerst nicht in der Grube schuften können.«

»Halten Sie sich zurück, Rutledge. Was zum Teufel hat er Ihnen erzählt?«

Matt hielt LeBlancs eisigem Blick stand. Kein Zweifel, der Mann war gefährlich. Zu Ginnys Lebzeiten hatte er sich seine Verachtung für LeBlanc und BC&C nicht so deutlich anmerken lassen. Aber seit sie tot war, nahm er keine Rücksicht mehr. Sie hatte immer gesund gelebt und nie geraucht und in ihrer ganzen Familie gab es nicht einen einzigen Fall von Lungenkrebs. Sie war erst dreiunddreißig gewesen, als die Diagnose gestellt wurde, und ihr Tumor war eine ganz ungewöhnliche Zellwucherung – die Art, die möglicherweise, *möglicherweise*, von irgendeinem Gift verursacht worden war.

Niemand konnte leugnen, dass in der Kohleveredelungsfabrik von BC&C reichlich mit karzinogenen Chemikalien hantiert wurde. Ob die dabei anfallenden Giftstoffe auf sichere, legale Weise gelagert und entsorgt wurden, das stand auf einem anderen Blatt. Matt hatte eine Menge Theorien und es kursierten Gerüchte über die illegale Entsorgung und Lagerung, aber es gab keine Beweise. Nicht die Spur eines Beweises. Und dennoch war er davon überzeugt, dass die Manager von BC&C es mit den Sicherheitsvorkehrungen im Bergwerk und mit der Entsorgung von Giftmüll nicht sonderlich genau nahmen. So war es damals gewesen, als sein Vater ums Leben gekommen war, und Matt war sich sicher, dass sich bislang daran nichts geändert hatte.

Jahrelang hatte er Briefe an die MSHA – die für Fragen der Sicherheit und Gesundheit in Bergwerken zuständige Behörde – geschrieben und gefordert, dass Untersuchungen durchgeführt und punktuelle Inspektionen vorgenommen würden. Einmal, zwei Jahre zuvor, hatte die Behörde sogar tatsächlich jemanden in die Mine geschickt.

Nichts war ermittelt worden – absolut nichts, abgesehen von einigen unbedeutenden Unregelmäßigkeiten in der Buchführung. Mittlerweile hatte Matt seine Glaubwürdigkeit weitgehend verspielt. Die Leute bei der Behörde reagierten entweder überhaupt nicht auf seine Anrufe oder, wenn sie doch einmal zurückriefen, lachten sie ihn nur aus, wenn er ihnen nahelegte, dem Betrieb aufgrund seiner »Information« einen neuerlichen unangemeldeten Besuch abzustatten.

Matts Verachtung für Blaine LeBlanc hielt ihn nicht davon ab, dem Sicherheitsbeauftragten unter die Nase zu reiben, was in seinem Bergwerk vorgefallen war.

»Teague ist doch ein Idiot«, entfuhr es LeBlanc, nachdem Matt ihm von den Vorfällen berichtet hatte. »Ein verdammter Vollidiot.«

Mickey Shannon, der Patient, bei dem Matt eine Wunde nähen musste, war vierundfünfzig – erstaunlich alt für einen Bergmann. Er konnte sich sogar noch daran erinnern, mit Matts Vater zusammen gearbeitet zu haben.

»Ein guter Kerl ... ein richtig guter Kumpel ... Fühlte sich immer noch den Jungs verbunden, selbst als man ihn zum Vorarbeiter befördert hatte.«

Ein scharfkantiger Felsbrocken, der aus der Stollendecke herabgestürzt war, hatte Mickeys Stirn direkt unterhalb des Haaransatzes gestreift. Nur ein bisschen höher, und sein Schädel wäre voll getroffen worden; dann hätte man seinen Namen auch auf die Liste der in der Mine tödlich Verunglückten setzen können, die an der Wand von The Grub Pit Bar and Grill aushing. Stattdessen hatte der Felsen einen breiten Streifen Haut oberhalb des Nasenrückens und der Augen abgeschält.

»Ich tupfe Ihnen da ein bisschen Novocain drauf, um den Schmerz zu betäuben«, sagte Matt.

»Machen Sie sich keine Sorgen, Doc. Nähen Sie es zu und kümmern Sie sich um die, die es nötiger haben als ich.«

Matt wusste aus Erfahrung, dass der Mann nicht den Helden spielen wollte. Mickey Shannon und die anderen Bergleute hatten ihr ganzes Leben lang ständig mit körperlichen Strapazen und Schmerzen zu tun gehabt. Weil er sich um diese Leute kümmern wollte, war er nach Hause zurückgekehrt, um als Arzt zu arbeiten. Vor allem die raubeinigen, wortkargen Leute aus den Bergen, die ihren Nachbarn halfen, obwohl sie selber jeden Dollar umdrehen mussten, waren die Patienten in seiner Praxis.

»Passen Sie mal auf«, erwiderte Matt, »Sie kümmern sich um die Kohle und überlassen mir das Verarzten.«

»Meinetwegen. Die Leute hier in der Gegend halten große Stücke auf Sie, Doc. Neulich hab ich überlegt, mir einen Hausarzt zu suchen, und Sie waren derjenige, den ich anrufen wollte.«

»Tun Sie das«, gab Matt zurück. Bei dem Gedanken daran, was das Röntgenbild vom Brustkorb des Mannes zeigen würde, lief es ihm eiskalt über den Rücken.

Er betäubte die Wundränder mit einprozentigem Xylocain, strich Desinfektionsmittel auf die Wunde, legte rundherum sterile Tücher aus und zupfte den Hautfetzen vorsichtig wieder an Ort und Stelle. Es würde eine Narbe zurückbleiben, wie immer, wenn Haut genäht werden musste. Die Frage war nur, sollte er eine ganz sorgfältige feine Naht machen, die möglicherweise aufplatzen würde, wenn Mickey zu früh wieder zur Arbeit ging und sich nicht schonte, oder sollte er die Haut lieber mit robusterem Material annähen, sodass die Wunde bei jeder Belastung geschlossen bleiben würde.

»Wie sehen bei Ihnen die Regelungen für Krankengeld aus?«, fragte Matt.

»Wir bekommen den ganzen Lohn, solange wir unsere Krankheitstage noch nicht alle aufgebraucht haben. Danach gibt's einen Monat Wartezeit, bis das Krankengeld gezahlt wird. Wenn ein Arzt bescheinigt, dass die Krankheit arbeitsbedingt ist, bekommen wir das Krankengeld sofort, ohne dass uns Krankheitstage angerechnet werden. Aber ich –«

»Schsch.«

Matt wählte einen selbstauflösenden Faden für einen sorgfältigen schichtweisen Verschluss und einen feinen 6.0-er Nylonfaden für die oberste Hautschicht. Dann setzte er eine Lupenbrille auf und zog frische Handschuhe an. Auf Mickeys zerfurchtem, wettergegerbtem Gesicht waren die Spuren von drei Jahrzehnten unter Tage zu erkennen. Von dem heutigen Tag sollte Mickey keine hässliche Narbe zur Erinnerung zurückbehalten.

»Sie bleiben zwei Wochen lang zu Hause«, sagte Matt. »Ich stelle Ihnen eine Bescheinigung aus. Ach, sagen wir lieber drei Wochen. Und wenn Sie Kopfschmerzen haben oder dergleichen, hängen wir noch ein paar Wochen dran.«

Zwanzig Minuten später hatte er die Wunde fast schon geschlossen, so gut, dass selbst ein Filmstar damit zufrieden gewesen wäre, als Laura Williams atemlos in der Tür erschien.

»Matt, Dr. Easterly braucht Sie dringend im Unfallraum. Sie müssen später hier weitermachen.«

Matt legte eine mit Kochsalzlösung getränkte Gaze auf die Wunde und nahm die sterilen Tücher weg. Dann trat er einen Schritt zurück und entspannte seinen Nacken.

»Haben Sie das gehört, Mickey?«, fragte er.

»Machen Sie sich um mich keine Sorgen. Zu wem soll er denn kommen, Miss?«

»Der Mann heißt Darryl Teague«, erwiderte Laura. »Irgendein schweres Maschinenteil hat ihn erwischt.«

»Lassen Sie ihn krepieren!«, fauchte Mickey Shannon.

In Anbetracht der Tatsache, dass alle Betten in der Notaufnahme belegt waren und die meisten Patienten gerade behandelt wurden, waren in Zimmer 10, dem OP, reichlich viele Leute beschäftigt. Ein Blick auf den Monitor erklärte Matt, warum. Puls 140, Blutdruck 80/40, Sauerstoffsättigung nur 89 Prozent. Jon Lee, der Krankenpfleger, der an der Trage arbeitete, sah Matt an und schüttelte nur kurz den Kopf. Es schien so, als würden Mickey Shannons und Robby Fentons Gebete erhört werden. Irgendwo hinter all den Pflegern, Krankenschwestern und der Ärztin Dr. Judy Easterly stand Darryl Teague kurz davor, das Zeitliche zu segnen.

»Was ist los?«

Erschrocken fuhr Judy Easterly herum, dann trat sie auf ihn zu. Abgesehen davon, dass sie als Ärztin ohnehin nicht vor Energie und Begeisterung sprühte, war sie auch noch im siebten oder achten Monat schwanger und zog ein Gesicht, als wäre sie im Moment am liebsten ganz woanders.

»Das ist der Bursche, der die Katastrophe verursacht hat«, flüsterte sie.

»Ich weiß«, gab Matt leise zurück. »Hat er Blutungen?«

Dr. Easterly schob ihren gewölbten Bauch vor und streckte den Rücken, um sich zu entspannen.

»Konnte ich noch nicht feststellen«, erwiderte sie, immer noch flüsternd. »Er ist mit irgendeiner schweren Maschine über zwei Leute gefahren. Niemand weiß, warum. Einer von ihnen ist tot. Der andere wird gerade operiert und ich glaube kaum, dass er eine Chance hat, durchzukommen. Nachdem er das getan hatte, hat er irgendwelche Streben rausgeschlagen, sodass die Decke eingestürzt ist. Er wurde unter einem Haufen Steinbrocken eingeklemmt. Die Rettungskräfte haben gesagt, sein Blutdruck sei auf dem Weg hierher in Ordnung gewesen. Vermutlich hat die Aufnahmeschwester ihn an mich überwiesen, weil er bei der Einlieferung noch ganz gut aussah.«

»Jetzt nicht mehr. Offensichtliche Frakturen?«

Zusätzlich zu den üblichen Ursachen für nicht sichtbare Blutungen – in den Brustraum oder in die Bauchhöhle – konnte ein gebrochenes Bein oder sogar ein gebrochener Arm in manchen Fällen eine Blutung in die Muskulatur auslösen, die für einen Schockzustand ausreichte.

»Nein«, sagte Dr. Easterly. »Er kann alle Glieder bewegen. Joe Terry hatte gerade auf dem Flur darauf gewartet, dass der OP für seinen Patienten frei wird. Bei der Gelegenheit habe ich ihn gleich gebeten, einen arteriellen Zugang zu legen.«

»Gut gemacht.«

Matt meinte das wortwörtlich, obwohl es offensichtlich war, dass Dr. Easterly bei einem Mann mit solchen Verletzungen nicht energisch genug gehandelt hatte. Sie stand kurz davor, in Tränen auszubrechen.

»Also«, sagte sie, »wenn ich gewusst hätte, dass ich heute hier bei dem Burschen landen würde, der für das Unglück verantwortlich ist, dann wäre ich daheim geblieben.«

»Hören Sie, Judy, Sie gehen wirklich am besten sofort nach Hause«, erwiderte Matt. »Sie haben doch die Sache hier ganz gut unter Kontrolle gebracht und ich glaube, jetzt können Sie und Ihr Baby ein bisschen Ruhe gebrauchen.«

Dr. Easterly wollte ihm widersprechen, doch dann bedankte sie sich unvermittelt.

»Wir haben ihm Blut für die Laboruntersuchungen abgenommen und Kreuzblut für sechs Konserven«, sagte sie schnell. »Außerdem habe ich ein fahrbares Röntgengerät für Aufnahmen von Thorax und Abdomen angefordert. Ich bin Ihnen dankbar, dass ich jetzt gehen kann, Matt.«

»Sie können ja das Baby nach mir benennen«, sagte Matt.

»Matthewina«, erwiderte Easterly. »Ich glaube, das würde ihr gefallen. Also, danke noch mal. Und viel Glück.«

Bevor Matt überhaupt reagieren konnte, war sie schon verschwunden. Egal. Sie hatte den Kopf offenbar mit anderen Dingen voll, im Übrigen war sie ohnehin keine große Hilfe mehr, schon eher eine Gefahr. Er warf wieder einen Blick auf den Monitor und trat auf das Bett zu, um gegenüber von Jon Lee den Platz des Arztes einzunehmen. Plötzlich blieb er wie angewurzelt stehen und starrte ungläubig auf den Mann, dessen Amoklauf gerade erst einen Arbeiter umgebracht hatte und vielleicht zwei weitere auch noch das Leben kosten würde. Darryl Teagues Gesicht war von Beulen übersät, mindestens zwanzig, einige erbsengroß, andere größer und eine unmittelbar neben seinem Ohr fast walnussgroß. Mit großer Sicherheit handelte es sich um Neurofibrome – gutartige Geschwulste aus Nerven- und Bindegewebe. Ursache: unbekannt. Behandlung: unbekannt. Darryl Teague war auf dem besten Wege, ein Elefantenmensch zu werden.

Noch erschreckender war für Matt die Tatsache, dass

Teague bereits der zweite Fall mit diesen Symptomen innerhalb der vergangenen vier oder fünf Monate war.

»Laura, Dr. Hal Sawyer gehört zum Katastrophenteam. Könnten Sie ins Labor gehen und ihn bitten, so schnell wie möglich herzukommen.«

»Bin schon unterwegs.«

Matt wandte sich wieder dem Bergmann zu. Teague war bei Bewusstsein und seine Atmung funktionierte noch, aber seine Haut war fleckig und die Lippen bläulich verfärbt.

»Jon, haben Sie schon etwas veranlasst, um den Blutdruck zu stabilisieren?«

»Noch nicht, Doktor.« Lees Tonfall machte deutlich, dass er froh war über einen Arzt, der klare Anweisungen gab.

»Hängen Sie Dopamin an, normale Konzentration. Lassen Sie es schnell laufen, bis wir sehen, was passiert. Legen Sie ihm außerdem einen Katheter und halten Sie das Volumen hoch.«

Laura Williams kam zurück. »Dr. Sawyer wird gleich hier sein«, sagte sie.

Matt sah hinauf zum EKG-Monitor. Die Ausschläge waren viel kleiner als normal. Er ließ diese Information erst einmal auf sich beruhen und wandte sich der gründlichen Untersuchung des Patienten zu. Teagues Herzschlag klang gedämpft und fern. Sein Brustbein war empfindlich – so sehr, dass der halb bewusstlose Mann bei leichtem Druck vor Schmerz aufschrie. Sein Bauch war weich und kein bisschen empfindlich. Seine Lungen waren frei. An Beinen und Armen ließ sich nichts Bemerkenswertes feststellen. Schädel und Kopfhaut waren ebenso normal, außer dass sich auch unter Teagues langen, dünnen, flachsblonden Haaren ein weiteres Dutzend Knoten gebildet hatten.

Soweit Matt sehen konnte, gab es keine äußeren Blutungen. Warum also stand Teague unter Schock?

Die momentan wahrscheinlichste Antwort darauf waren Verletzungen am Brustbein und am Herzen.

»Laura, wo ist Dr. Crook?«, fragte Matt.

»Unterwegs hierher. Sein Pieper war offenbar abgestellt und sein Telefon funktionierte nicht. Die Polizei aus Sandersonville hat ihn aus dem Bett geholt.«

Sandersonville lag zwanzig Minuten vom Krankenhaus entfernt und Crook war kaum der Typ, der sich schnell was überzog und sich auf die Socken machte – vor allem, wenn es kein Opfer mit einer eindeutigen Indikation gab, die die Anwesenheit eines Kardiologen notwendig machte.

»Dr. Rutledge?«

Lee deutete auf den Monitor – 70/30.

»Bereiten Sie die Intubation vor, Jon. Ist der Anästhesist in der Nähe?«

»Im OP.«

»Und die Radiologin?«

»Ebenso. Sie hilft Dr. Terry bei irgendwas.«

Matt stöhnte innerlich auf. Er hatte schon Dutzende von Patienten intubiert, darunter viele im kritischen Zustand, das war also kein Problem. Aber die Beurteilung von Ultraschallergebnissen war nicht sein Gebiet. In einer Situation auf Leben und Tod wollte er doch lieber einen Radiologen hinzuziehen.

»Kann man nichts machen«, sagte er. »Bereiten Sie einen 7.5-Tubus vor, bitte. Laura, können wir uns draußen unterhalten?«

Die Krankenschwester warf ihm einen erstaunten Blick zu.

»Natürlich«, erwiderte sie.

»Jon, rufen Sie mich, wenn Sie mich brauchen.«

Matt begleitete Laura in das Schwesternzimmer. Sie war eine biedere Frau von Anfang fünfzig mit einer traditionellen Auffassung von Medizin, aber doch eine verdammt gute Krankenschwester. Sie war nicht sonderlich begeistert von Matts lockerem Lebensstil und seiner legeren Kleidung und das hatte sie ihn auch schon bei verschiedenen Gelegenheiten wissen lassen. Dennoch hatten sie es über die Jahre geschafft, sich ohne allzu viele Probleme zu arrangieren. Jetzt, so glaubte er, würde sich zeigen, wie weit sie einander wirklich vertrauten.

Die Betriebsamkeit in der Notaufnahme schien sich ein wenig gelegt zu haben, auch das Stöhnen der verletzten Bergleute hatte nachgelassen.

»Wie geht es ihm?«, wollte Blaine LeBlanc wissen, als sie vorbeikamen.

»Später«, erwiderte Matt.

»Sie sagen es mir, bevor Sie irgendwelche Heldentaten vollbringen, kapiert? Dieser Idiot hat einen, vielleicht sogar zwei meiner Männer auf dem Gewissen.«

»Sehr wohl, der Herr«, gab Matt zurück. »Ich werde mich selbstverständlich mit Ihnen beraten.«

Er wandte LeBlanc den Rücken zu und sprach leise mit der Krankenschwester. Soweit er erkennen konnte, sammelte sich Blut in dem Raum zwischen Teagues Herzbeutel und dem Herzmuskel an. Die daraus folgende Einschnürung des Herzens hinderte es an der normalen Füllung zwischen zwei Schlägen.

»Laura, der Bursche hat eine Herzbeuteltamponade.«

»Woher wissen Sie das?«

»Es kann nichts anderes sein. Wir müssen eine Nadel einführen und das Blut abfließen lassen.«

»Können wir nicht auf Dr. Crook warten?«

»Wenn er nicht innerhalb der nächsten fünf Minuten hier aufkreuzt, ist die Antwort nein.«

»Und wenn wir noch ein paar Untersuchungen machen? Ultraschall?«

»Die Radiologin ist im OP. Dem MTA und mir selbst traue ich nicht zu, die Aufnahmen eindeutig zu interpretieren. Wir dürfen keine Zeit verlieren. Der Bursche macht's nicht mehr lange.«

»Wäre doch sowieso das Beste«, erwiderte Laura.

»Lassen wir das Thema«, sagte Matt. »Besorgen Sie mir bitte ein Besteck für die Herzbeuteldrainage.«

»Matt, die Geschichte gefällt mir ganz und gar nicht. Wie oft haben Sie das denn schon gemacht?«

»Einige Male«, log er. »Ich weiß, wie es geht.«

»Blutdruck nicht messbar«, rief Lee. »Das EKG zeigt viele Extraschläge«.

»Bitte«, sagte Matt zu Laura und eilte zum Zimmer 10.

»Wenn Sie es anordnen, werde ich die Sachen sofort besorgen.«

»Denken Sie daran, was ich Ihnen gesagt habe«, rief LeBlanc, als Matt an ihm vorbeilief.

Matt kniete sich an das Kopfende von Darryl Teagues Bett und schob ihm fachmännisch einen Beatmungstubus durch Mund und Kehle an den Stimmbändern vorbei in die Luftröhre. Der Anästhesiepfleger verband den Tubus mit einem Beatmungsbeutel und begann zu ventilieren. Teagues Brustkorb dehnte sich zwar viel mehr aus als vorher, aber der Blutdruck stieg nur bis auf 50 an.

»Schöne Intubation, Doktor.«

Hal Sawyer stand im Türrahmen. Mit seinen dunklen Haaren und den grauen Schläfen, seinem gepflegten Schnurrbart, seiner Goldrandbrille und seinem weißen

Kittel wirkte Onkel Hal so professoral wie der Dekan einer Medizinfakultät. Und tatsächlich hatte er einen Lehrauftrag an irgendeinem Institut, aber die meiste Energie widmete er dem Krankenhaus in Belinda, wo er Chef der Pathologie war (außer ihm gab es noch einen weiteren Vollzeitpathologen); daneben nahm er noch im Montgomery County Examensprüfungen ab. Hal war hochgebildet, sehr belesen und ein ausgesprochener Forschergeist. Bei Personalversammlungen ergriff er selten das Wort, aber wenn er sich äußerte, hörte ihm jeder aufmerksam zu.

Hal, der ewige Junggeselle, schien keinen Mangel an weiblicher Begleitung zu haben. Seine jetzige Freundin, Heidi, war ein hübsches, junges Ding, das er auf irgendeiner Floßfahrt kennen gelernt hatte. Die Klatschmäuler in der Stadt zogen gern über sein Privatleben her, aber darum kümmerte er sich ebenso wenig wie um die immer wieder kursierenden Gerüchte, er sei schwul. Hal war ein ausgesprochener Individualist und Matt hatte ihm seinen eigenen unabhängigen Geist zu verdanken.

»Hallo, Hal«, sagte Matt, »danke, dass du hergekommen bist. Das ist der Bursche, der im Bergwerk Amok gelaufen ist und den ganzen Schlamassel verursacht hat. Offenbar hat er sich schon monatelang ziemlich paranoid verhalten. Paranoide Wahnvorstellungen in Verbindung mit diffuser Neurofibromatosis an Gesicht und Kopfhaut. Erinnert dich das nicht an etwas?«

»Hört sich an wie bei diesem Klippentaucher.«

»Genau. Sein Name war Rideout. Teddy Rideout. Und wo hat er gearbeitet?«

»Soweit ich mich erinnere«, erwiderte Hal, der die Beulen abtastete, »war er auch Bergmann.«

»Stimmt. Und zwar bei BC&C.«

»O Gott«, sagte Hal.

Einige Monate zuvor war Matt auf seiner Harley eine besonders kurvige Bergstraße entlang gefahren, als Rideout ihn mit hoher Geschwindigkeit überholte, viel schneller, als der Straßenzustand es erlaubte. Kurz darauf kam Matt an der zertrümmerten Leitplanke vorbei und sah den Wagen hundert Meter tiefer auf dem Dach liegen. Vergeblich hatte er versucht, den Fahrer wiederzubeleben. Die auffälligen Beulen im Gesicht des Mannes sahen genauso aus wie die von Teague und Gespräche mit der Familie ergaben, dass der Mann in den letzten Wochen vor seinem Tod zunehmend paranoide und aggressive Verhaltensweisen an den Tag gelegt hatte. Bei der Autopsie hatte Matt seinem Onkel gegenüber die Frage geäußert, ob Rideout möglicherweise durch irgendetwas im Bergwerk vergiftet worden sein konnte.

Hal hatte ihm versprochen, einige zusätzliche Untersuchungen durchzuführen, bei denen allerdings nichts herauskam. Hal war zu dem Schluss gekommen, dass es ein Einzelfall war – ein sehr ungewöhnlicher Fall zwar, aber nichts weiter als persönliches Pech.

Nun ja, dachte Matt, *jetzt haben wir schon den zweiten Pechvogel.*

»Ich werde zusehen, was ich noch über Mr Rideout herausfinden kann«, sagte Hal. »Ich kann mich an nichts Ungewöhnliches bei der Autopsie erinnern bis auf die Wucherungen, die aber auch nur aufgrund ihrer Anzahl von Interesse waren und nicht aufgrund ihres Erscheinungsbildes.«

»Hier sind die Instrumente«, sagte Laura und stellte ein Tablett mit der Bezeichnung PERICARDIO-CENTESIS auf den Edelstahlständer.

»Schon was von Crook zu sehen?«

»Er müsste eigentlich jeden Moment hier sein. Sind Sie sicher, dass Sie –«

»Aber er ist nicht hier. Teagues Blutdruck ist wieder bei Null. Sein Herz schlägt unregelmäßig. Wir fangen an.«

»Ganz wie Sie wollen«, sagte Laura kühl.

Matt hatte schon mehrfach bei Patienten mit Herzstillstand versucht, diese mithilfe der Perikardiostomie zu reanimieren, nachdem andere Wiederbelebungsversuche erfolglos geblieben waren. Aber bei dieser Prozedur war er nie auf Blut im Herzbeutel gestoßen. Und nie hatte einer der Patienten überlebt.

»Brauchst du Hilfe?«, erbot sich Hal.

»Sorg dafür, dass Robert Crook hier erscheint«, sagte Matt. »Wir können einfach nicht mehr warten.«

Ein paar Schritte hinter Hal stand Blaine LeBlanc, der alles beobachtete und wartete.

»Es ist immer noch kein Blutdruck feststellbar«, stöhnte Lee. »Herzrhythmusstörungen.«

Manchmal muss man einfach tun, was getan werden muss, dachte Matt.

Er schob eine zehn Zentimeter lange Spezialkanüle auf eine 20-ccm-Spritze und befestigte eine Klemme daran. Ob sich Blut im Herzbeutel befand, würde er erst wissen, wenn er die dicke Nadel durch die hauchdünne Perikardmembran in Teagues Herz gestochen hatte. Das Elektrokardiogramm würde sofort darauf reagieren und dann hätte er hoffentlich noch genug Zeit, die Nadel wieder herauszuziehen, bevor der Herzmuskel ernsthaft geschädigt würde. Hoffentlich. Aber wenn er den Herzmuskel verletzte und eine Koronararterie traf, würde das zu einem Herzinfarkt führen und dann hätte Teague kaum noch eine Chance.

Matt führte die Nadel unterhalb von Teagues Brustbein durch die Haut. Dann bewegte er sie in Richtung seiner linken Schulter. Er hielt den Druck konstant, durchstieß das Zwerchfell und erreichte – wie er glaubte – die Herzbasis.

Langsam ... langsam ...

»Jede Menge Extrasystolen«, bemerkte der Krankenpfleger.

»Treffen Sie jetzt gerade den Herzmuskel?«, fragte Laura.

Matt warf einen Blick auf den Monitor.

Ich will es nicht hoffen, dachte er.

»Nein«, erwiderte er bestimmt.

»Sind Sie sicher?«

Ganz plötzlich füllte sich die Spritze mit Blut.

Allerdings!

Matt öffnete das Kanülenventil und ließ den Inhalt in ein kleines Glas fließen. Dann entnahm er noch weitere 25 ccm Blut von Teague und leerte es in einen größeren Becher.

»Woher wollen Sie wissen, dass Sie ihm das Blut nicht direkt aus dem Herz entnehmen?«, fragte Laura.

Die Frau gab einfach keine Ruhe.

Hal trat einen Schritt vor.

»Miss Williams«, sagte er ruhig, »es sieht ganz so aus, als wüsste Dr. Rutledge ganz genau, was er tut. Es gibt nur eine Möglichkeit, zu bestimmen, wo sich die Nadelspitze gerade befindet. Wenn das Blut aus dem Herzbeutel des Patienten stammt, dann wird es nicht gerinnen. Wenn es direkt aus der Herzkammer stammt, gerinnt es.«

»Und wie lange dauert es, bis man das weiß?«

Matt ignorierte die Frage und zapfte noch weiteres Blut ab. Teagues Zustand war unverändert. Zu seiner

Linken versuchte Lee erneut, einen Pulsschlag zu hören, dann schüttelte er ernst den Kopf.

»Wenn er unter Schock steht und Sie seinem Herzen Blut entnehmen, kann das die Situation nicht verschlimmern?«, fragte Laura.

Halt endlich die Klappe!, hätte Matt am liebsten geschrien. Anscheinend wollte sich die Krankenschwester schon im Vorfeld gegen Dr. Crooks zu erwartende Kritik wappnen.

Ich habe mir alle Mühe gegeben, ihn zu bremsen, Dr. Crook, wirklich.

Matt schob einen dünnen Plastikkatheter durch die Nadel dorthin, wo er den Herzbeutel vermutete. Dann entfernte er die Nadel vorsichtig und befestigte den Katheter mit einer kleinen Naht auf der Haut von Teagues Brust. Blut floss aus der Katheteröffnung und verteilte sich zu einem größeren Fleck auf den sterilen Tüchern. Einige Sekunden herrschte angespanntes Schweigen.

»Blutdruck immer noch Null«, berichtete Lee in dem Moment, als Dr. Crook den Raum betrat.

Crook war ein rundlicher, rotgesichtiger Mann mit dichten grauen Augenbrauen, die auf Matt immer wirkten wie riesige wollene, kampfbereite Raupen. Sein Kinn zierten einige frische Blutgerinnsel und Blut stillende Pflästerchen. Offenbar war er nach dem Anruf aus der Notaufnahme ins Bad gestürzt, um sich zu rasieren.

»Rutledge, was geht hier vor?«, wollte er wissen.

Matt zuckte die Achseln.

»Er hat keinen Blutdruck mehr und ich konnte die Ursache nicht feststellen. Ich kam zu dem Schluss, dass er eine Perikardtamponade hatte, also habe ich eine Drainage durchgeführt.«

»Eine Drainage?«

»Immer noch kein Blutdruck«, rief Lee.

»Sorgen Sie dafür, dass die Dopamin-Infusion durchläuft«, ordnete Matt an.

»Alles okay.«

»Haben Sie im Ultraschall einen Perikarderguss gesehen?«, fragte Crook und begann, Teagues Brustkorb mit dem Stethoskop abzuhören, ohne sich um die sterilen Tücher und den dünnen Katheter zu kümmern.

»Ich konnte kein Echo bekommen. Überhaupt keins.«

Crook wurde wütend.

»Herrgott im Himmel! Wie können Sie sicher sein, dass Sie diese Nadel in den Herzbeutel und nicht in die Herzkammer gestochen haben?«

»Ich habe getan, was ich für richtig hielt«, erwiderte Matt so ruhig wie möglich. »Ich habe getan, was ich für notwendig hielt, und ich habe es getan, so gut ich konnte.«

»So gut Sie konnten? Rutledge, Sie sind kein Arzt. Sie sind ein verdammter Cowboy. Ein Draufgänger. Und ich sage Ihnen gleich, ich werde Ihr Verhalten weitermelden –«

»Moment mal«, rief Lee laut aus. »Ich höre Blutdruck. Laut und deutlich bei sechzig ... Jetzt schon achtzig. Der Blutdruck ist bei achtzig.«

In diesem Augenblick hob Darryl Teague einen Arm und bewegte den Kopf.

3

»Guten Morgen, Kim«, sagte Matt zu der fleißigen und freundlichen Schwester auf der Intensivstation.

»Guten Morgen, Herr Doktor«, antwortete sie in frostigem Ton.

Matt überlegte, ob er die Frau zur Rede stellen sollte. Kim West hatte sich ihm gegenüber immer ausgesprochen höflich verhalten, wenn nicht gar freundschaftlich. Aber er sah keinen Sinn darin, sich über ihre Unfreundlichkeit auszulassen. Die Belinda Coal and Coke Company war der Lebensnerv des Tals. Auf die eine oder andere Weise war das gesamte Montgomery County damit verbunden. Seit er Darryl Teague vor drei Tagen das Leben gerettet hatte, hatte die allgemeine Abneigung, die man ihm auf den Straßen von Belinda entgegenbrachte, deutlich zugenommen. Teague war in der Stadt nie besonders beliebt gewesen und jetzt hatte er auch noch das Leben zweier junger Männer auf dem Gewissen. Und Matt war schuld daran, dass Teague noch lebte. An der Tankstelle, in Scott's Diner, in der Reinigung – wohin er auch kam, wurde getuschelt. Die Stimmung war angespannt, selbst im Krankenhaus, wo man eigentlich wissen sollte, was ein Arzt zu tun und was er zu lassen hatte.

Innerhalb weniger Stunden nach dem Vorfall in der Notaufnahme hatte Robert Crook an die gesamte Krankenhausbelegschaft eine Stellungnahme verteilt, in der er Matts Verhalten und Entscheidung verurteilte. Er erging sich sogar in Spekulationen darüber, dass die waghalsige Behandlungsmethode, nämlich die Perikardialbeatmung, den Patienten in eine ebenso große Lebensgefahr gebracht habe wie der Unfall selbst.

Teague war offiziell Crooks Patient und der Kardiologe hatte alles daran gesetzt, einen anderen Internisten als Matt mit Teagues Behandlung zu beauftragen. Aber dennoch hatte Matt durchsetzen können, Teague zweimal täglich zu besuchen. Das Leben eines Menschen zu retten schuf eine Beziehung, die nur diejenigen, die eine solche Situation schon einmal erlebt haben, nachvollziehen können.

Die verächtlichen Blicke einer der älteren Schwestern ignorierend – der Mutter eines Bergmanns, soweit Matt sich erinnerte –, ging er direkt in Zimmer 6. Nur die Notbeleuchtung über dem Bett brannte. Teague, dessen fürchterlich verunstaltetes Gesicht aufgequollen und voller blauer Flecken war, lag auf dem Rücken, war an ein Beatmungsgerät angeschlossen und atmete flach und unregelmäßig. Er hatte das Bewusstsein noch nicht wiedererlangt. In diesen Zustand war er schon kurz nach seiner Verlegung aus der Notaufnahme verfallen. Soweit Matt sehen konnte, gab es keine plausible Erklärung für Teagues Koma. Anfänglich schien es, dass ein Schädeltrauma dafür verantwortlich sein könnte, zumindest war es denkbar. Dennoch war keine Magnetresonanz- oder Computertomographie oder auch nur eine Untersuchung durch einen Neurologen angeordnet worden. Für die Aufmerksamkeit, die er diesem Fall widmete, würde Robert Crook sicherlich keinen »Arzt-des-Jahres«-Preis gewinnen. Andererseits standen die Chancen nicht schlecht, dass man ihm für seine Verdienste als anständiger Bürger der Stadt einen Orden verleihen würde.

Matt stand im Dämmerlicht und blickte auf Darryl Teague.

Was ist mit dir passiert, Darryl?, fragte er sich im Stillen. *Was habt ihr beide eingeatmet, Teddy Rideout und du? Was habt ihr getrunken? Was habt ihr euch auf die Haut gerieben?*

Matt nahm Teagues Handgelenk und fühlte den Puls, der kräftig schlug. Das aufgeplatzte Blutgefäß, das die fast tödliche Herzbeuteltamponade verursacht hatte, hatte sich wieder verschlossen, und die Drainage, die Matt unter das Perikard geschoben hatte, war entfernt. Jetzt war Teagues mysteriöses Koma im Grunde das Einzige, was einer Verlegung aus dem Krankenhaus – wahrscheinlich in ein Gefängniskrankenhaus – im Wege stand. Matt führte eine kurze neurologische Untersuchung durch. Nichts Beunruhigendes – die Augenreflexe ließen keine Anzeichen einer drohenden Blutung zwischen Schädeldecke und Gehirn erkennen. Er berührte sanft die harte, fleischige Wucherung über Teagues linker Augenbraue, dann die auf dem Kinn. Hatte der Mann wegen dieser merkwürdigen Symptome je einen Arzt aufgesucht oder hatte die schnell zunehmende geistige Verwirrung ihn daran gehindert, sich vernünftig zu verhalten?

»Was ist mit dir los, Darryl?«, flüsterte Matt. »Komm schon. Wach auf und erzähl's mir ... Was ist los?«

Er nahm den Hörer des neben dem Bett stehenden Telefons auf, zögerte und wählte dann die Nummer der Pathologie. Nach einigen Sekunden hatte er seinen Onkel an der Strippe.

»Hal, wie geht's?«

»Gut. Mich will jedenfalls nicht die halbe Stadt teeren und federn, bloß weil ich meine Arbeit tue, falls du das meinst.«

»Da draußen steht eine Krankenschwester und wartet schon mit einem Eimer Teer in der Hand auf mich. Hör zu, Hal, ich bin auf der Intensivstation bei Teague. Vielleicht weißt du ja Bescheid, aber seit er aus der Notaufnahme verlegt wurde, befindet er sich im Koma. Ich frage mich, ob jemand ihm Medikamente gibt.«

»Warum?«

»Zuerst ob, dann warum. Könntest du es irgendwie arrangieren, dass einer deiner Leute ihm Blut abzapft und es unter die Lupe nimmt?«

»Ohne Crook einzuweihen?«

»Ganz genau. Ich würde es selbst tun, aber ich komme in Teufels Küche, wenn eine Krankenschwester mich dabei erwischt.«

»Ich kümmere mich darum, aber dafür hätte ich gerne nächstes Weihnachten einen Extrabeutel Tabak. Und keine Krawatten mehr.«

»Bist du sicher? Ich glaube, in meinem Schrank liegen noch drei oder vier.«

»Das glaub ich dir auf's Wort.«

»Also gut, keine Krawatten mehr. Danke, Hal.«

Matts Praxis lag im Erdgeschoss eines alten, schindelgedeckten Zweifamilienhauses etwas abseits der Main Street, ganz in der Nähe des Stadtzentrums. Er stellte seine Harley neben der Garage hinter dem Haus ab und trat durch die Hintertür ein. In diesem Augenblick hörte er aus dem Wartezimmer eine schrille Frauenstimme zetern. Mae Borden, seine Sprechstundenhilfe, reagierte auf ihre gewohnt ruhige Art.

»Also, Mrs Goodwin«, sagte Mae, »ich will Sie nicht davon abhalten, Ihren Hausarzt zu wechseln, aber ich glaube, dass Sie es Ihrem Mann schuldig sind, sich die Sache in Ruhe zu überlegen.«

Matt blieb vor der Tür zu seinem Sprechzimmer stehen und lehnte sich an die Flurwand.

»Charlie hat mich hergeschickt«, erwiderte die Frau. »Er ist ziemlich empört über das, was in der Mine passiert ist.«

»Sie meinen, dass Dr. Rutledge dem Mann das Leben gerettet hat?«

»Ja. Die beiden Männer, die Teague auf dem Gewissen hat, waren Freunde von Charlie. Außerdem ist die Mine schon seit drei Tagen geschlossen wegen des Schadens, den Teague angerichtet hat. Dieser Verdienstausfall betrifft hier alle.«

»Das verstehe ich. Aber sagen Sie mir eins, Mrs Goodwin: Wenn Ihr Mann in jener Nacht diesen Unfall an der Maschine gehabt hätte, hätten Sie dann nicht auch gewollt, dass Dr. Rutledge alles in seiner Macht Stehende tut, um ihn zu retten?«

»Nun ja ... wahrscheinlich schon.«

»Und hat Dr. Rutledge sich nicht immer tadellos um Sie gekümmert?«

»Doch, doch.«

»Und Sie wollen trotzdem den Arzt wechseln?«

»Also, ich ...«

»Mrs Goodwin, ich schlage vor, ich behalte Ihre Unterlagen hier, bis Charlie herkommt und mit mir spricht – besser noch mit Dr. Rutledge. Ich sollte das jetzt eigentlich gar nicht sagen, aber ich weiß ganz sicher, dass Sie beide zu seinen Lieblingspatienten gehören. Es würde ihn sehr treffen, Sie zu verlieren.«

»Also, um die Wahrheit zu sagen, würde es mir auch überhaupt nicht gefallen.«

»Und?«

»Mrs Borden, ich hatte inständig gehofft, dass Sie es mir ausreden würden. Charlie soll herkommen und es Dr. Rutledge selbst sagen, wenn er unbedingt drauf besteht.«

»Wahrscheinlich wird er erleichtert sein, dass Sie es nicht getan haben.«

»Das glaub ich auch. Danke. Vielen herzlichen Dank.«

Matt hörte, wie die Eingangstür geöffnet und wieder geschlossen wurde.

»Die Luft ist rein, Matthew«, rief Mae. »Sie ist weg. Sie können reinkommen.«

Matt betrat den bescheidenen Warteraum und drückte seiner Sprechstundenhilfe einen Kuss auf die Wange.

»Ich kenne da ein paar Eskimos, denen ich gerne Kühlschränke verkaufen würde«, scherzte er. »Ich glaube, Sie sind die Richtige für diesen Job.«

»Nein danke. Ich kann Kälte nicht ausstehen.«

»Danke, dass Sie meine Praxis retten.«

»Ach, so schlimm ist es nun auch wieder nicht«, erwiderte Mae mit ihrem breiten Südstaatensingsang. »Sechs haben versucht abzuspringen und nur drei hatten Erfolg.«

Mae arbeitete für ihn, seit er die Praxis eröffnet hatte. Sie war Mitte fünfzig, aber ihre grauen Haare und ihre gediegene Erscheinung ließen sie zehn Jahre älter wirken. Mit den Jahren hatte sich zwischen ihr und Matt eine starke Zuneigung entwickelt, sowohl als Folge ihrer Meinungsverschiedenheiten als auch durch ihre gemeinsamen Bemühungen um die Praxis und die Patienten. Außer dass sie den besten Kaffee weit und breit kochte, war Mae ein Genie, wenn es darum ging, für einen Notfall noch einen Termin zu organisieren oder eine Honorarrechnung zu »korrigieren« für einen Patienten, der die Behandlung nicht bezahlen konnte.

»Ich fürchte, diese Teague-Geschichte hat mir einige Feinde in der Stadt beschert«, sagte Matt.

»Einspruch, Sir! Die Menschen in der Stadt mögen Sie und respektieren Ihre Arbeit. Viele von Ihnen sind auf Ihrer Seite, weil Sie wegen der Geschichte auch Verluste machen. Aber sie verlieren allmählich die Geduld. Seit Sie die Praxis haben, treten Sie dafür ein, der Bergwerksgesellschaft wegen ihrer Verstöße gegen die Sicherheitsvorschriften Geldstrafen aufzubrummen oder die Mine sogar ganz zu schließen, und das hat eine Menge Leute aufgebracht. Einige halten Sie für einen Querulanten, andere machen schon Witze über Sie. Und dass Sie Darryl Teague gerettet haben, hat dem Ganzen noch die Krone aufgesetzt.«

»Kommen Sie, Mae, sagen Sie es mir ganz offen. Was denken Sie *wirklich*?«

Mae musste unwillkürlich lächeln.

»Scherzen Sie ruhig«, erwiderte sie. »Aber es ist nicht so lustig, wenn die Leute nicht mehr zum besten Arzt im Tal kommen, weil sie das Gefühl haben, dass er einen Kreuzzug führt, um ihnen die Lebensgrundlage wegzunehmen.«

»Ich führe keinen Kreuzzug, um jemandem die Lebensgrundlage wegzunehmen. Es ist einfach so, dass –«

»Matthew, stellen Sie sich nicht blind«, unterbrach ihn Mae. »Seit Ginny tot ist, laufen Sie mit Scheuklappen herum. Schon davor haben Sie dauernd Briefe an die Sicherheitsverantwortlichen des Bergwerks geschrieben und versucht, aus jedem kleinen Unfall einen Staatsakt zu machen. Und seit sie gestorben ist, haben Sie erst richtig losgelegt. Und was haben Sie vorzuweisen? Nichts.«

»Aha!«, erwiderte Matt. »Aber an dem Punkt irren Sie sich.« Er schoss in sein Büro und kam mit einem Stapel leuchtend roter Flugblätter zurück. »Das habe ich vorzuweisen, frisch aus dem Copy Shop.«

Er legte die Abzüge auf Maes Tresen und reichte ihr ein Blatt.

Gesucht
Informationen über illegale Lagerung oder Entsorgung von Giftmüll in Bergwerken im Montgomery County

2.500,– Dollar Belohnung
für Informationen, mit deren Hilfe sich die Verstöße nachweisen lassen

Vertrauliche Behandlung wird garantiert
Denken Sie daran, es geht um Ihre Gesundheit
Der Ausschuss für Gesundheit in Bergwerken

»Jesus«, entfuhr es Mae. »Ausschuss für Gesundheit?«

»Ich dachte, das klingt irgendwie besser als Dr. Matthew Rutledge.«

»Matthew, wann werden Sie endlich vernünftig? Sie können diesen Leuten nichts anhaben. Die haben mehr Geld, als wir alle uns träumen lassen, und zu viel Einfluss an höchsten Stellen; Sie sind für die doch bloß eine lästige Fliege. Wenn Sie sich mit denen anlegen, schaden Sie nur sich selbst.«

»Mae, Ginny ist an einem Krebstypus gestorben, der bei Nichtrauchern in ihrem Alter nur ein Mal unter einer Million Menschen vorkommt. Jetzt haben wir zwei Fälle eines völlig ungewöhnlichen Syndroms bei zwei Männern, die ausgerechnet Bergleute sind. Es ist doch offensichtlich, dass BC&C dafür verantwortlich ist. Weiß man denn, wie viele Fässer giftiger Petrochemikalien bei der Verarbeitung von Kohle für die Herstellung von Düngemitteln oder Farbe oder besonders von Koks anfallen? Wo sind diese Chemikalien geblieben?«

Auf jeden Fall hatte Matt seine Hausaufgaben gemacht. In der Produktion von Koks, einem Kohlederivat, das notwendig ist für die Herstellung von Eisen und Stahl, lag nach seiner Auffassung das Hauptproblem. Wenn ein Betrieb groß genug war und über genügend Produktionsfläche, die richtige Ausrüstung und die entsprechenden Verfahren verfügte, ließen sich bestimmte Kohlesorten nahezu zu hundert Prozent verarbeiten. Aber eine Menge Nebenprodukte der Herstellung – Kreosot, Teer, Pech und viele andere Hydrochemikalien – mussten, wenn sie nicht in für die kommerzielle Verwertung ausreichender Menge anfielen, sicher entsorgt oder zumindest gelagert werden. Auf diesem Gebiet waren den Verantwortlichen von BC&C nach Matts Überzeugung übelste Machenschaften nachzuweisen.

Eher verständnislos als missbilligend schüttelte Mae den Kopf und gab ihm die Flugblätter zurück.

»Sie haben noch fünf Minuten, bis Jim Kinchley dran ist. Ich schicke ihn zur Blutuntersuchung und zum EKG ins Labor.«

»Sehr gut. Mae, machen Sie sich keine Sorgen. Wir kriegen das schon hin.«

Mae lächelte gequält und widmete sich wieder ihrer Arbeit.

Matt ging in sein Sprechzimmer, um den Stapel Laborberichte und Krankenblätter auf seinem Schreibtisch durchzuarbeiten. Wie üblich hatte Mae Recht, dachte er. Wann war überhaupt einer seiner Briefe an den Herausgeber der Zeitung das letzte Mal veröffentlicht worden? Und was hatte die misslungene Bürgerversammlung gebracht, bei der nur sieben Personen erschienen waren, unter ihnen seine Mutter, sein Onkel und zwei Obdachlose, die es lediglich auf Kaffee und Plätzchen abgesehen hatten?

Er blickte auf in dem Moment, als sich gerade eine Scharlachtangare auf einem Ast vor seinem Fenster niederließ. Eine Minute lang, vielleicht sogar länger, blieb der wunderschöne bunte Singvogel reglos sitzen und schien ihn direkt anzuschauen.

Ginny?

Der Vogel verharrte an seinem Platz.

Ginny, bist du das?

Mae erschien in der Tür und räusperte sich diskret.

»Alles in Ordnung, Matthew?«

»Was? Ach so. Ja, ja alles in Ordnung.«

Er schaute wieder zu dem Ast hin, aber der Vogel war verschwunden.

»Sie haben an Ihre Frau gedacht, stimmt's?«

»Nein, äh ... ich meine, doch.«

»Dacht ich's mir.«

»Wissen Sie, Mae, es ist jetzt schon vier Jahre her, aber meine Gefühle haben sich kaum verändert. Wenn überhaupt, dann vermisse ich sie heute mehr denn je. Es kann eine Wolke sein oder ein Spaziergang im Wald, was mich an sie erinnert, manchmal ist es auch der Anblick bestimmter Frauen. Eben war es ein Vogel – eine Tangare. Nur diesmal war es nicht nur die Erinnerung, Mae, sondern ich hatte das deutliche Gefühl, dass sie es tatsächlich war. Egal, wie sehr ich mich bemühe, ich kann mich einfach nicht damit abfinden, dass sie wirklich für immer weg ist. Ich hoffe immer noch, dass irgendwann ein Regisseur einfach ins Zimmer kommt, in die Hände klatscht und sagt, dass die Szene vorbei ist und die nächste jetzt dran ist – die Szene, wo sie zu Hause auf mich wartet, um mir zu erzählen, was sie erlebt hat, während die Kinder in der Schule waren.«

Mae ging zu ihm und legte ihm eine Hand auf die Schulter.

»Es ist Ihr gutes Recht, in der Erinnerung an sie zu schwelgen«, sagte sie, »solange das nicht dazu führt, dass Sie das Leben, das vor Ihnen liegt, völlig vergessen. Ihr Vater ist tot und Ihre Mutter wird auch immer hinfälliger ... und Sie arbeiten Tag und Nacht hier und im Krankenhaus. Jetzt noch die Geschichte mit dem Bergwerk. Manchmal frage ich mich, wie Sie das durchhalten. Das Andenken an Ihre Frau sollte Sie nicht daran erinnern, wie schön das Leben einmal war, sondern wie es wieder sein könnte, wenn Sie es nur zuließen.«

»Ich werd mir Ihre Worte zu Herzen nehmen.«

»Hoffentlich.«

Mae ging um den Schreibtisch herum und nahm die Flugblätter an sich.

»Wollen Sie die etwa wegwerfen?«, fragte Matt.

»Nein«, erwiderte sie bittersüß. »Ich werde sie in der ganzen Stadt verteilen. Wer weiß, wofür es gut ist?«

Als sie Matts Büro verließ, klingelte das Telefon. Durch die offene Tür hörte er, wie sie das Gespräch entgegennahm.

»Praxis Dr. Rutledge ... Wann? ... Haben Sie eine Ahnung, warum? ... Ich sage ihm gleich Bescheid ... Danke. Danke für Ihren Anruf.«

Mae legte den Hörer auf und stand kurz darauf wieder in der Tür.

»Matthew, das war Janice aus der Intensivstation. Darryl Teague hatte eben einen Herzstillstand. Sie haben versucht, ihn wiederzubeleben, aber es hat nicht geklappt. Er ist tot.«

4

Seit zwei Tagen regnete es in Strömen. Nikki Solari hasste es, bei so einem Wetter zu joggen, aber heute überlegte sie, es dennoch zu tun. Es war jetzt schon mehr als eine Woche her, seit ihre Mitbewohnerin und beste Freundin Kathy Wilson überstürzt aus ihrer gemeinsamen Wohnung in South Boston gestürmt war. Eine Woche ohne eine Nachricht, weder von ihr noch von einer ihrer gemeinsamen Freundinnen. Zu ihrer Überraschung war die Polizei wenig hilfsbereit gewesen. Nikki hatte die entsprechenden Formulare ausgefüllt und einige Fotos abgeliefert, bisher ohne Erfolg.

»Miss Solari, versuchen Sie, sich zu entspannen. Ich bin sicher, dass Ihre Freundin wieder auftauchen wird.«

»Ich bin *Doktor* Solari, und wieso können Sie so sicher sein?«

»Weil das in diesen Fällen immer so ist. Alle machen sich Sorgen und irgendwann steht die verschwundene Person plötzlich wieder vor der Tür.«

»Also, diese verschwundene Person ist eine unglaublich begabte Musikerin, die normalerweise ihre Band niemals im Stich lassen würde, was sie aber getan hat. Sie ist absolut zuverlässig und würde nie etwas tun, womit sie mich verärgern könnte, was sie aber gemacht hat. Und sie ist eine extrem einfühlsame und freundliche Frau, die nie etwas Abfälliges zu irgendwem sagen würde, aber kurz bevor sie verschwand, hat sie sich mit jedem angelegt.«

»*Doktor* Solari, sagen Sie mir eins ganz ehrlich. Hatten Sie mit Miss Wilson ein Verhältnis?«

»O Gott ...«

Nikki musste unbedingt einen freien Kopf bekommen, wenigstens für eine Weile, und das Einzige, was ihr dabei half, war Joggen, Musik machen oder eine Autopsie durchführen.

Es war elf Uhr morgens. Noch eine Stunde bis zum Mittagessen. Sie könnte jetzt hinausgehen und ein paar Kilometer durch die Pfützen hüpfen. Sie stand am Fenster ihres Büros und betrachtete die Autos, die die Albany Street entlang krochen, vorbei an dem modernen Gebäude, in dem Josef Kellers gerichtsmedizinisches Institut untergebracht war. Es war jetzt ihr drittes Jahr als Mitarbeiterin der Praxis. Sie war begeistert von ihrer Arbeit und verehrte ihren Chef. Aber die vergangene Woche war die Hölle gewesen. Sie blickte zu ihrem Schreibtisch hinüber. Es gab jede Menge Untersuchungsergebnisse zu lesen, Diktate aufzusetzen und verschiedene Kästchen mit Dias durchzusehen, aber es mangelte ihr an der nötigen Konzentration.

»Hallo, Schönste, ich habe einen Fall für Sie.«

Unaufgefordert marschierte Brad Cummings in ihr Büro. Er war geschieden, hatte zwei Söhne und war der Stellvertreter des Chefs. Er war sportlich, weltmännisch und die meisten Frauen mit Ausnahme von Nikki hielten ihn für gut aussehend. Sie empfand ihn als selbstgefällig, zu sehr von sich eingenommen und definitiv zu hübsch – er verkörperte das absolute Gegenteil dessen, worauf sie bei einem Mann Wert legte.

»Wo ist Dr. Keller?«, fragte sie.

»Er kommt erst um eins wieder. Bis dahin bin ich der Chef, deshalb entscheide ich, wer welchen Fall bearbeitet, und Sie bekommen diesen Badewannenfall.«

»Diesen was?«

»Ein sechsundsechzigjähriger Typ, der eine Koronarthrombose erlitt, als er gerade in seinen Whirlpool stieg, und dann mit dem Kopf aufschlug. Jetzt schwimmt er im ewigen Wasser. Er hatte erst vor acht Monaten eine Bypass-Operation. Ich habe mit seinem Arzt gesprochen, der meinte, der Mann sei von Herzmedikamenten abhängig gewesen und habe zweifellos einen Infarkt erlitten. Also, Sie brauchen nur einen Blick auf ihn zu werfen. Sie brauchen überhaupt nicht an ihm herumzuschnippeln. Und das heißt, dass wir Zeit haben, zum Mittagessen zu gehen in dem Laden in der Newbury Street, von dem ich Ihnen schon erzählt habe.«

»Brad, ich habe keine Lust, mit Ihnen essen zu gehen.«

»Aber ich dachte, Sie hätten mit diesem Schlappschwanz, mit dem Sie zusammen waren, Schluss gemacht.«

»Ich muss Sie korrigieren. Dieser Schlappschwanz hat mit mir Schluss gemacht. Und ich bin nicht daran interessiert, mit dem nächsten anzubändeln.«

»Ah, ich merke schon, sie steht auf mich.«

Nicht einmal in guten Zeiten hatte Nikki viel Geduld für den Mann übrig.

»Brad, Sie haben doch ohnehin schon mehr als genug Trophäen gesammelt, da brauchen Sie mich nicht auch noch. Und ich bin sicher, es warten noch mehr auf Sie. Auf der beruflichen oder kollegialen Ebene können wir gerne miteinander auskommen. Aber eins verspreche ich Ihnen, Brad, sollten Sie mich noch einmal Schönste oder Süße oder Baby oder sonst was nennen anstatt Nikki oder Dr. Solari, richte ich eine schriftliche Beschwerde an Dr. Keller. Klar?«

»Immer mit der Ruhe.«

Nikki hatte den Eindruck, dass er sich das »Baby« gerade noch so verkneifen konnte.

»Ich werde mich jetzt um den neuen Fall kümmern«, sagte sie.

»Ich sagte Ihnen ja bereits, Sie brauchen nur einen Blick auf ihn zu werfen. Kein Skalpell, nur einmal hinsehen und abzeichnen.«

»Wenn es Ihnen nichts ausmacht, werde ich mir den Burschen zuerst ansehen und dann eine Entscheidung treffen.«

Nikki fügte nicht hinzu, dass sie den Fall um keinen Preis einfach abgeben würde, egal, wie offenkundig er schien. Es war für sie die perfekte Gelegenheit, für ein paar Stunden ihren Kopf von Kathy freizubekommen, ohne in den Straßen von Boston vom Regen durchnässt zu werden.

»Ganz wie Sie wünschen«, sagte Cummings. »Drei Tage.«

»Wie bitte?«

»Drei Tage. So lange lag der feine Herr im Wasser. Er ist, äh, ein bisschen aufgebläht. Sind Sie sicher, dass Sie sich ihn doch nicht lieber nur ansehen wollen und abhaken?«

»Guten Appetit beim Mittagessen, Brad.«

Nikki zog sich ihre Arbeitskleidung an und widmete sich Roger Belangers Überresten, die sie in Autopsieraum 1 auf dem mittleren der drei Stahltische vorfand. Ihre dichten, schwarzen Haare und den breiten, sinnlichen Mund hatte sie von ihrem Vater, einem Italiener, während sie die helle Haut, die grünen Augen, die schlanke Figur und ihre spitze Zunge von der Mutter geerbt hatte. Auf Drängen ihres Vaters hatte sie versucht, in seine ziemlich großen Fußstapfen zu treten und Chirurgin zu werden. Aber nach einem Jahr als Assistenzärztin war sie in die Pathologie gewechselt, als sie feststellte, dass ihr die Arbeit im und um den OP herum nicht genug Zeit für ihr Privatleben ließ. Diese Entscheidung hatte sie kein einziges Mal bereut.

Belanger war nicht unbedingt die hässlichste Leiche, die Nikki je untersucht hatte, aber es war auch nicht gerade ein Vergnügen, ihn anzusehen. Zu Lebzeiten übergewichtig und fast kahlköpfig, war der Körper jetzt extrem aufgebläht und die Haut dunkelrot verfärbt. Seine schlaffen Glieder hatten die Totenstarre längst hinter sich. Die weiße Narbe von seiner Bypass-Operation zog sich über das ganze Brustbein.

Bis später, Kath, dachte sie, als sie sich daran machte, die Leiche eingehender zu betrachten. *In zwei Stunden werde ich wieder an dich denken.*

»Egal, wie offensichtlich ein Fall ist«, hatte Joe Keller sie in mehr als einer Situation ermahnt, »egal, wie eindeutig er erscheint, gehen Sie nie von Vermutungen aus. Die Methode ist alles. Wenn Sie streng methodisch vorgehen, Schritt für Schritt, werden Sie selten in die Verlegenheit kommen, erklären zu müssen, warum Sie etwas übersehen haben.«

Schritt eins: Informiere dich so gut du kannst über den Fall. Schritt zwei: Untersuche jeden Millimeter der Haut.

Nikki benutzte das Diktiergerät, während sie auf und ab ging.

»... Im rechten unteren Abdominalquadranten ist eine gut verheilte Narbe sichtbar, Länge 7 cm, vermutlich von einer Appendektomie; eine Narbe, Länge 25 cm, weniger als ein Jahr alt, auf der vorderen Brustmitte; eine weitere Narbe gleichen Alters, Länge ebenfalls 25 cm, am rechten inneren Oberschenkel, vermutlich von der Entnahme einer Vene für den Bypass, und eine gut verheilte Narbe direkt unter der linken Kniescheibe, Länge 5 cm, wahrscheinlich von einer Schnittwunde, die sehr lange zurückliegt.

Weiterhin gibt es eine einzelne Prellung direkt über und hinter dem rechten Ohr, mit Verfärbung und Schwellung, aber keine Impression des darunter liegenden Knochens. Außerdem eine münzgroße Abschürfung direkt unterhalb des rechten Unterkiefers, die –«

Nikki betrachtete den harmlos aussehenden Kratzer näher. Es war die einzige Stelle an Belangers aufgeweichtem Körper, wo Haut abgeschabt war. Sie setzte eine Vergrößerungsbrille auf und richtete einen Lichtstrahl auf die Fläche. Die Stelle war ein perfektes Hexagon. Und in der Mitte des Sechsecks bildeten zehn kleine Druckstellen den Buchstaben »H«. Sie fotografierte den Fleck, dann setzte sie ihre sorgfältige Untersuchung fort.

Methode ist alles.

Eine Stunde später hatte sie zwei wesentliche Dinge erledigt. Erstens war es ihr tatsächlich gelungen, ihre Sorgen um Kathy Wilson eine Zeit lang zu vertreiben, und zweitens brauchte sie nur noch eine letzte Information, um zu beweisen, dass Roger Belanger ermordet worden war. Sie streifte die Handschuhe ab, nahm das Branchenbuch zur Hand und machte einen Anruf. Kurz darauf erreichte sie Brad Cummings über seinen Pager.

»Ach, Sie sind's«, sagte er, während im Hintergrund Geschirr klapperte, »dieser Pager geht so selten an, dass ich mich total erschrocken habe.«

»Sind Sie bald fertig?«

»Wir warten noch auf den Nachtisch.«

Nikki hatte nicht die geringste Lust nachzufragen, wer »wir« sein mochte.

»Brad, ich möchte, dass Sie etwas für mich abholen und damit in die Praxis kommen.«

»Aber –«

»Kein aber, kein Nachtisch. Gehen Sie jetzt direkt zu *Mulvaney's Pool and Patio* gleich hinter der Mall. Wissen Sie, wo ich meine?«

»Ja.«

»Da liegt ein Päckchen auf Ihren Namen. Kostet 11.95 Dollar plus Steuer. Legen Sie es für mich aus. Und beeilen Sie sich.«

Während der nächsten fünfundvierzig Minuten entnahm Nikki noch einige Proben. Dann wartete sie. Unwillkürlich kehrten ihre Gedanken wieder zu ihrer Freundin zurück. Sie hatten sich vor fast drei Jahren in einem Folk-Club in Cambridge kennen gelernt. Nikki spielte seit ihrem dritten Lebensjahr Geige, ihr Vater hatte ihr eine klassische Ausbildung angedeihen lassen. Während der Schulzeit und des Studiums musizierte sie, wenn die Zeit es erlaubte, in Kammerorchestern, und sie war ziemlich zufrieden mit dem, was ihr die Musik gab – bis sie Kathy Wilson und die »Lost Bluegrass Ramblers« spielen hörte. Kathy sang und spielte Mandoline, Gitarre und Bassgitarre mit einer hervorragenden Technik und unglaublich viel Gefühl.

Nikki hatte zwar schon Bluegrass gehört, sich aber nicht besonders dafür interessiert. Doch an jenem Abend hatten die Ramblers und ganz besonders Kathy sie in ein Hochgefühl versetzt, das ihr bei ihrer eigenen Musik schon vor langer Zeit abhanden gekommen war. Nach dem Auftritt wartete sie an der Tür zur Künstlergarderobe.

»Ich bin keine Autogrammjägerin«, sagte sie, als Kathy schließlich herauskam, »aber ich wollte Ihnen sagen, dass ich Ihre Stimme und Ihre Energie großartig finde.«

»Ach, ich mache nur, was von selbst aus mir rauskommt. Sie sind Profi-Geigerin?«

»Eigentlich nicht. Aber woher wissen Sie –«

»Man sieht es an dem Abdruck unter Ihrem Kinn.«

Nikki kannte den rotbraunen Fleck und den kleinen Knoten darunter, den der jahrelange Druck durch den Kinnhalter hinterlassen hatte.

»Irgendwann während meiner College-Zeit ist er nicht mehr weggegangen«, erwiderte sie. »Meistens mache ich Kammermusik.«

»Augen und Hals, danach beurteile ich einen Menschen. Es sind immer die Augen und der Hals. Und Ihre sagen mir, dass Sie sich eine Menge mit Menschen und mit Musik beschäftigen.«

Eine halbe Stunde später saß Nikki mit der Band in einer Bar und plauderte mit Kathy darüber, mit welch traumwandlerischer Sicherheit sie sich immer wieder die falschen Männer aussuchte. Eine Woche später gab ihr Kathy den ersten Unterricht in Bluegrass. Während der folgenden zwei Jahre entwickelte sich Nikki zu einer ganz passablen Bluegrass-Musikerin und erarbeitete sich einen Platz in der Band, wenn diese nicht gerade auf einer Tournee war.

»Du kannst alles erreichen, wenn du deinen Willen und deine Seele hineinlegst«, sagte Kathy. »Aber du musst noch lernen, dich nach außen hin abzuschotten – vor allem gegen die Leute, die einen Teil von dir besitzen wollen. Wenn dir das gelingt, dann kannst du auf der Bühne abheben.«

Vom ersten Tag an war das Zusammensein mit Kathy

ein spontanes Abenteuer. Nikki hatte Freunde – gute, enge Freunde, noch aus der Highschool- und der College-Zeit, und zwei vom Medizinstudium her. Aber Kathy, mit der sie nach ihren Auftritten häufig bis in den frühen Morgen redete und herumkicherte, war wie eine Schwester für sie.

»Ich habe die Nase voll von Männern«, stöhnte Kathy. Sie hatte sich gerade zum dritten und letzten Mal von ihrem Freund, dem Bassisten der Band, getrennt. »Reich mir mal ein Bier rüber oder die Erdnüsse – das ist es, was sie interessiert.«

»Und die Entschuldigung, wenn sie mal wieder die Klobrille nicht heruntergeklappt haben.«

»Was du aber erst merkst, wenn du mit dem Hintern im kalten Wasser sitzt.«

In jener Nacht, die jetzt ein Jahr zurücklag, hatten sie beschlossen, dass Kathy in Nikkis Wohnung in South Boston einziehen würde. Dafür sollte sie ein Viertel der Miete übernehmen und Nikki einmal pro Woche Unterricht geben. Kathy hatte sich auch streng daran gehalten, wenn sie nicht mit der Band auf Tournee war. Sie war ein Schatz, absolut unerschütterlich, und sie liebte das Leben und ihre Musik. Hemmungslos bewertete sie die Männer, mit denen Nikki ausging, und fand auch überhaupt nichts dabei, einem Anwalt eines Tages klar zu machen, dass er viel zu sehr mit sich selbst und seinem BMW beschäftigt sei, als dass er ernsthaft an ihrer Freundin Interesse haben könne. Sie saßen in einem von Kathys und Nikkis Lieblings-Szeneclubs und der arme Kerl rutschte nervös hin und her, als würde er am liebsten das gesamte Mobiliar und einige der Stammkunden dazu kurz und klein schlagen. Kathy, die auch im nüchternen Zustand nicht mit ihrer Meinung hinter dem Berg hielt, hatte vielleicht ein oder zwei Bier zu viel getrunken.

»Geben Sie's auf, Herr Anwalt«, sagte sie plötzlich, während Nikki fassungslos schwieg. »Ich weiß, diese Frau hier ist wunderschön, und ich weiß, sie ist klug, und ich weiß, sie würde auf der Weihnachtsparty in Ihrer Kanzlei einen fantastischen Eindruck machen – und erst recht in Ihrem Bett. Aber ich bin die Wächterin ihrer Keuschheit und ich sage Ihnen jetzt das, was sie sich aus lauter Höflichkeit verkneift: Die Autoschlüssel, die Sie bräuchten, um Nikki dahin zu bringen, wo Sie sie haben wollen, die gibt's gar nicht.«

Kathy, die zwar im traditionellen Sinne nicht besonders gebildet war, dafür aber eine geduldige Zuhörerin, konnte, wenn ihr der Sinn danach stand, vor Witz und bodenständiger Lebensweisheit sprühen. Sie war die perfekte Mitbewohnerin – zumindest bis zu dem Zeitpunkt, als ihre Launen anfingen.

Es hatte vielleicht vier oder fünf Monate zuvor mit Schlaflosigkeit begonnen. Um zwei, drei oder vier Uhr morgens ging sie in der Wohnung auf und ab oder lief durch die Straßen. Dann ließ sie sich einen, zwei und einmal sogar drei Tage gar nicht in dem Apartment blicken. Kurz darauf wurde sie immer gereizter, zu Hause und in der Band – sie bekam Wutanfälle, die weder vorhersehbar noch kontrollierbar waren. Nikki bat sie, einen Arzt aufzusuchen, und machte auch einige Termine für sie aus, die Kathy jedoch alle nicht wahrnahm.

Schließlich, vielleicht vor sechs oder sieben Wochen, bildeten sich merkwürdige Knoten auf ihrem Gesicht – die ersten beiden direkt über den Augenbrauen, dann einer neben dem Ohr und noch einer auf der Wange. Bis vor zehn Tagen durfte Nikki sie nicht einmal anfassen oder überhaupt darüber reden. In einem seltenen, völlig klaren Moment ließ Kathy sich auf einen Küchenstuhl sinken, vergrub das Gesicht in den Händen und brach in Tränen aus.

»Nikki, was ist bloß los mit mir? ... Wo ist mein Verstand geblieben? ... Was ist mit meiner Musik? ... Warum tut man mir das an?«

Sie schluchzte hemmungslos. Nikki hielt sie fest und spürte die Angst und Verwirrung in Kathys Körper. Unter ihren Haaren erfühlte sie noch mehr Knoten – eher fest als zystisch, bei Druck leicht nachgebend, aber nicht weich. Waren es Lymphknoten? Irgendeine Art fester Zysten? Neurofibrome? Es ließ sich nicht feststellen. Nikki flehte sie an, sich untersuchen zu lassen. Schließlich willigte Kathy ein, am folgenden Tag Nikkis Hausarzt aufzusuchen. Aber zur vereinbarten Zeit war sie nirgends zu finden gewesen. Danach war Kathy nur noch ein einziges Mal in der Wohnung aufgetaucht, bevor sie endgültig verschwunden war.

»Nikki, wie kommen Sie voran?«

Dr. Josef Keller hatte den Autopsieraum betreten und stand neben Roger Belangers aufgeblähter Leiche. Nikki hatte den offenen Brustkorb und die Bauchhöhle mit feuchten Handtüchern abgedeckt. Keller, ein deutscher Jude, dessen Familie vor dem Holocaust geflohen war, würde in ein oder zwei Jahren in den Ruhestand gehen, war aber immer noch lebenslustig, neugierig und voller Energie. Dennoch war der Stress, eine Abteilung zu leiten, die für die Auswertung von jährlich mehr als fünfzigtausend Todesfällen im ganzen Staat verantwortlich war, nicht spurlos an Keller vorübergegangen. Er litt an Arthritis in der Hüfte und hatte starke Schmerzen, wenn er sich längere Zeit über den Autopsietisch beugen musste.

»Ich bin froh, dass Sie da sind«, sagte Nikki. »Das hier ist ein interessanter Fall.«

»Ich dachte, der Mann wäre an einer Koronarthrombose gestorben«, erwiderte Keller, der immer noch einen leichten Akzent hatte.

»Also ich glaube, dass er ermordet wurde.«

»Ermordet? Haben Sie etwa die Wiederholungen der Fernsehserie mit diesem Pathologen gesehen? Wie heißt er noch gleich?«

»Quincy. Nein, nein. Vielleicht irre ich mich ja, aber sehen Sie sich das mal an.«

Zuerst deutete Nikki auf die merkwürdige Abschürfung unter Belangers Kinn.

»Ein Ring?«, fragte Keller, der wie üblich sofort ganz bei der Sache war.

»Ich glaube schon.«

»Mit Rauten, die eine Initiale bilden?«

»Ganz genau. Aber da ist noch mehr.«

Nikki hielt ihm das Otoskop hin – das Instrument, mit dem Ärzte den Ohrkanal und das Trommelfell untersuchen. Zu oft schon war ihr aufgefallen, dass Assistenzärzte und selbst angesehene Pathologen diesen Teil der Postmortem-Untersuchung unterließen. *Methode!*

Keller ließ sich Zeit, murmelte etwas vor sich hin, während er Belangers Ohren untersuchte, drehte den großen, bläulich angelaufenen Kopf von einer Seite zur anderen und führte das Otoskop in den Ohrkanal ein.

»Geplatzte Trommelfelle, Rückstände getrockneter Blutstropfen«, sagte er schließlich. »Beide Trommelfelle sind kurz vor seinem Tod geplatzt.«

»Ich habe mir seinen Whirlpool noch nicht angesehen«, sagte Nikki, »aber ich würde wetten, dass er keine einsfünfzig tief ist.«

Ein Meter fünfzig – das war die Mindesttiefe, bei der der Wasserdruck, wenn er nicht ausgeglichen wurde, zum Platzen der Trommelfelle führte.

»Sie behaupten also, dass dieser Mann hier nicht in seiner Badewanne ertrunken ist?«

»Also, ertrunken ist er schon, aber ich glaube, dass jemand, der mit ihm geschwommen ist – jemand der einen Ring mit der Initiale »H« trug –, ihn an der Kehle gepackt hat und ihn unter Wasser gedrückt hielt – vielleicht sogar auf den Boden eines Swimmingpools – und ihn schließlich nach Hause gebracht und in seinen Whirlpool gelegt hat.«

»Ein Streit?«

»Vielleicht.«

»Und das Wasser in Lunge und Magen?«

»Ich warte noch auf –«

»Home is the hunter, home from the kill. Oh, hallo, Joe.«

»Das heißt ›home from the hill‹, Brad«, bemerkte Nikki. »Haben Sie das Päckchen mitgebracht?«

»Hab ich. Was wollen Sie denn mit Teststreifen für Chlor?«

»Ich glaube, dass Ihr Ertrunkener, wie Sie so schnell geschlussfolgert haben, tatsächlich ertrunken ist, und zwar in einem Swimmingpool.«

»Aber wie ist er dann ... Wurde er ermordet?«

»Sie sind ja wirklich ein Schnellspanner«, erwiderte Nikki.

Sie tauchte einen der Teststreifen in das Wasser in Belangers Magen. Innerhalb einiger Sekunden hatte sich der winzige Indikator rot verfärbt.

»Ich bin sehr beeindruckt«, sagte Keller. »Ich werde unsere Freunde im Polizeirevier anrufen und sie davon unterrichten. Das ist faszinierend, wirklich faszinierend.«

Er hinkte zurück in sein Büro.

»Zum Glück habe ich darauf bestanden, dass Sie bei dem Burschen eine gründliche Autopsie vornehmen«, sagte Brad.

Nikki starrte den Mann an, konnte aber nicht erkennen, ob er das ernst meinte. Die Lautsprecheransage hielt sie davon ab, es herauszufinden.

»Dr. Solari, sind Sie noch dort?«

»Ja, Ruth, ich bin hier.«

»Da ist ein Anruf für Sie. Ich stelle ihn durch.«

Sekunden später klingelte das Telefon an der Wand. Brad machte nicht Platz, als sie vorbeiging, und zwang sie somit, sich zwischen ihm und dem Seziertisch durchzuzwängen.

»Kindskopf«, sagte sie.

»Sie steht auf mich.«

Diesmal ignorierte Nikki ihn.

»Pathologie, Dr. Solari.«

»Nikki?«

Nikki blieb fast das Herz stehen.

»Kath, wo bist du, Liebes? Ist alles in Ordnung?«

Kathy Wilsons Stimme war die eines kleinen Kindes.

»Nikki, mir ist so kalt ... Sie sind hinter mir her und mir ist so kalt.«

Im Hintergrund war Verkehrslärm zu hören, ein Auto hupte. Kathy musste von einem Münztelefon aus anrufen.

»Kathy, bleib ganz ruhig. Ich helfe dir. Es wird alles wieder gut.«

»Warum versuchen sie, mich umzubringen, Nikki? ... Warum ist mir so kalt?«

»Hey, was ist los?«, fragte Brad Cummings.

Nikki legte einen Finger auf ihre Lippen und scheuchte ihn mit einer Handbewegung aus dem Zimmer.

»Gehen Sie«, formte sie mit den Lippen.

»Ist ja schon gut. Sie sind ja ganz schön empfindlich heute. Sie haben bestimmt Ihre –«

»Raus!«, schrie sie ihn an. Gespielt beleidigt verließ er das Zimmer. »Kathy, sag mir, wo du bist. Ich komme sofort und hole dich ab ... Kath?«

»Du bist wie all die anderen, Nikki. Du willst, dass ich mit meiner Musik aufhöre ... Sind die deshalb hinter mir her? Weil ich mit meiner Musik aufhören soll?«

Ihre leiernde Stimme klang gehetzt und undeutlich. Nikki stellte sich vor, wie Kathy an irgendeiner Ecke im Regen zusammengekauert an einem Münztelefon stand. Sie überlegte kurz, ob sie die Polizei verständigen könnte, damit die den Anruf zurückverfolgte.

Sie hatte Mühe, ruhig zu bleiben. »Kathy, sieh dich um und sag mir, was du siehst.«

»Nikki ... Nikki ... Nikki. Du hast sie geschickt, stimmt's? Du hast sie geschickt, um meine Musik zum Schweigen zu bringen. Dafür kriege ich dich. Ich kriege dich und wenn es das Letzte ist, was ich tue.«

»Ich liebe dich, Kathy. Du bist meine Freundin. Ich würde dir nie wehtun. In deinem Herzen weißt du das doch. Kleines, du kannst im Moment nicht klar denken. Du musst nach Hause kommen. Lass dir von mir helfen.«

»Hilf ... mir ...«

»Kathy, du musst mir nur sagen, was ich tun soll.« Stille. Schier endlose Stille. Dann war die Verbindung unterbrochen.

»Kathy?«

Nikki wartete noch dreißig Sekunden, bevor sie langsam den Hörer auf die Gabel legte. Ohne sich noch weiter um Roger Belangers Leiche zu kümmern, brach sie in Tränen aus und rannte aus dem Zimmer.

5

Es war ein grauer, stürmischer Tag – ein Tag wie geschaffen für eine Beerdigung. Matt war einer von nur zwölf Trauergästen, die sich am Grab von Darryl Teague eingefunden hatten. Die anderen waren Verwandte, die in den Hügeln nördlich der Stadt wohnten. Matt empfand es als ziemlich makaber, dass von dem trostlosen, überwucherten Friedhof aus die hohen Hügel mit dem BC&C-Bergwerk deutlich zu sehen waren.

Aber das war nicht das einzig Makabre an diesem Tag.

Erst als Matt von seiner Harley abstieg und sich dem Friedhof näherte, fiel ihm auf, dass dies seit beinahe vier Jahren das erste Begräbnis war, an dem er teilnahm. Das letzte war das seiner Frau gewesen. Matt erinnerte sich an jenen Tag mit schmerzlicher Deutlichkeit – die Trauergäste, die Limousinen, der blumengeschmückte Leichenwagen mit den sterblichen Überresten der Frau, der er gelobt hatte, sie zu lieben, bis dass der Tod sie scheiden würde. Allerdings hatte der Tod seiner Liebe zu ihr kein Ende gesetzt. Absolut nicht.

Der ungepflegte Friedhof, der von wuchernden Sträuchern begrenzt war, lag inmitten eines breiten, hügeligen und baumlosen Geländes. Teagues Grab war durch einen hastig aufgestellten, grob behauenen Marmorklotz gekennzeichnet, in den die Initialen »D. T.« gemeißelt waren. Sonst nichts.

Virginia McLaren Rutledge
Geliebte Tochter, Schwester und Lehrerin
Geliebte Frau von Matthew Rutledge

Matt schaute drei- bis viermal die Woche bei seiner Mutter vorbei, aber Ginnys Grab besuchte er fast täglich und oft brachte er ein Blatt oder einen Ableger ihres Weißdorns mit, manchmal auch Blumen. Zuweilen stand er nur einige Minuten am Grab, aber andere Male saß er eine Stunde oder länger an ihrem Grabstein, las oder starrte einfach nur in die Gegend. Bei jedem Besuch schien das Band zwischen ihm und der einzigen Frau, die er außer seiner Mutter je geliebt hatte, immer stärker zu werden. Keiner außer Mae Borden wusste, wie oft er zum Saints and Angels Cemetery ging.

»Matthew«, sagte sie bei den unterschiedlichsten Gelegenheiten, »wir alle vermissen sie und haben sie geliebt, aber Sie mögen wir auch. Es ist an der Zeit, dass Sie Ihr Leben weiterführen. Sie haben Platz in Ihrem Herzen für Ginny *und* für jemand anderen. Ich bin sicher, sie hätte es nicht gewollt, dass Sie so mit Ihrem Leben umgehen.«

In der Regel reagierte Matt auf solche Bemerkungen mit einem Achselzucken oder zustimmendem Brummeln und wandte sich ab. Es war sinnlos, über etwas zu diskutieren, was ohnehin nicht geschehen würde.

Der hagere Pfarrer, der die Trauerzeremonie für Darryl Teague abhielt, hatte nur wenig zu sagen. Man musste ihm zugute halten, dass er keinerlei Anstalten machte, den Toten besser darzustellen, als er gelebt hatte. Er sagte nur, Darryl habe eine sorgenfreie, verspielte Kindheit gehabt, sei gottlos aufgewachsen und, als er starb, ein zorniger, unruhiger junger Mann gewesen. Der

Pfarrer las einige Bibelzitate vor und fügte noch ein paar tröstende Worte für Darryls Eltern und Schwester hinzu.

»Gottes Wege sind unergründlich«, sagte er, während vier Männer die schweren Seile ergriffen, an denen der schlichte Sarg aus Kiefernholz in das Grab hinabgelassen werden würde. »Gottes Wege sind unergründlich.«

In der Umgebung des Krankenhauses hatte man gemunkelt, Matt sei der Letzte gewesen, der sich vor Teagues Herzversagen in dessen Krankenzimmer aufgehalten habe. Aber niemand konnte mit einer plausiblen Erklärung dafür aufwarten, warum er dem Mann erst das Leben gerettet und ihn einige Tage später ins Jenseits befördert haben sollte, also schrieb man seinen Tod einer natürlichen Ursache zu.

Hal Sawyers Autopsie konnte auch nur wenig dazu beitragen, das Rätsel zu lösen. Wie Matt bereits vermutet hatte, war Teagues gebrochenes Brustbein die Ursache für die geplatzten Blutgefäße, die zu der beinahe tödlichen Perikardtamponade geführt hatten. Unterhalb dieser Fraktur war der Herzmuskel gequetscht. Die Verletzung konnte also die elektrische Instabilität und die Herzrhythmusstörungen verursacht haben. Hal bestätigte als Todesursache Arrhythmie in Folge einer Herzprellung, die auf ein durch einen Unfall bewirktes Brusttrauma zurückging. Die Knoten in Teagues Gesicht und an seinem Kopf wurden als Neurofibrome diagnostiziert. Das Gehirn war im Großen und Ganzen normal, sodass Hal sich erst einmal keinen Reim auf das Koma machen konnte. Die toxikologischen Untersuchungen würden erst in ein oder zwei Wochen abgeschlossen sein, aber eine vorläufige Untersuchung hatte keine Hinweise auf die Beruhigungsmittel, über die sich Matt gewundert hatte, ergeben.

Ein scharfer Windstoß fegte über den Friedhof und hüllte die kleine Trauergemeinde, die ein Kirchenlied angestimmt hatte, an das sich Matt noch schwach aus seiner Kindheit erinnern konnte, in eine Staubwolke. Seine Gedanken schweiften zu seinem Vater ab. BC&C konnte kein Verschulden an dem Stolleneinbruch nachgewiesen werden, bei dem Matthew Rutledge senior ums Leben gekommen war, aber Matt, der seinerzeit gerade erst fünfzehn Jahre alt gewesen war, hatte Gerüchte gehört. Man hatte gemunkelt, dass Gelder, die für Sicherheitsmaßnahmen bestimmt waren, anderen Zwecken zugeführt und Sicherheitsbestimmungen nicht eingehalten wurden und sogar dass Schweigegelder an Beschäftigte gezahlt wurden.

»Wir beenden den Gottesdienst mit dem dreiundzwanzigsten Psalm. Die Sargträger lassen den Sarg ins Grab hinab, während wir singen: ›Der Herr ist mein Hirte, mir wird nichts mangeln ...‹«

Niemand außer Matt konnte sich vorstellen, dass Ginnys merkwürdiger Krebs irgendetwas mit der Mine zu tun haben könnte.

»Sie selbst haben doch gesagt, dass es von dieser Krebsart jährlich mehrere hundert Fälle über das Land verteilt gibt«, hatte der Direktor von BC&C, Armand Stevenson, zu ihm gesagt. »Und wahrscheinlich gibt es in der Nähe jedes dieser Todesfälle irgendeine Fabrik oder irgendein Labor oder vielleicht sogar ein Bergwerk. Ich weiß, dass Sie bedrückt sind, Dr. Rutledge. Ihre Frau ist vor kurzem gestorben. Ich weiß, dass Sie aufgebracht sind und uns dafür verantwortlich machen wollen. BC&C kann man jedoch keinen Vorwurf machen. Ich wiederhole, die Firma ist weder für den Tod Ihrer Frau noch für den Tod Ihres Vaters verantwortlich.«

»›... Er erquickt meine Seele ...‹«

Matt sah zu, wie der Sarg langsam in das Grab hinabgelassen wurde.

Irgendjemand von der Bergwerksgesellschaft hat dich umgebracht, Darryl, stimmt's? ... Warum? ... Was hast du gewusst? ... Wärst du am Leben geblieben, was hätte dein Körper der Welt darüber mitteilen können?

»›... Und ob ich auch wanderte im finstern Tal ...‹«

Matt schob die düsteren Gedanken beiseite und fiel in die letzten Verse des Psalms mit ein. Als die Beerdigung vorüber war, bedankte sich die Familie Teague bei ihm für seine Bemühungen, Darryls Leben zu retten. Im Anschluss daran machte Matt einen längeren Spaziergang zu den Hügeln und zurück. Ginny würde von ihm erwarten, dass er weiter auf Antworten drängte. Jetzt war sie vereint mit Darryl Teague und Teddy Rideout. Ihre Todesumstände waren unterschiedlicher Art, aber vielleicht waren ja auch die Gifte verschieden, die für ihren Tod verantwortlich waren.

Mach dir keine Sorgen, Ginny, dachte er. *Früher oder später werden wir sie auf die eine oder andere Weise überführen.*

Die eine oder andere Weise schloss allerdings nicht die Belohnung in Höhe von 2500 Dollar ein. Matt hatte dreihundert leuchtend rote Flugblätter drucken lassen. Davon hatte Mae die Hälfte in Belinda verteilt, er hatte den Rest in den umliegenden Städten aufgehängt. Innerhalb von vierundzwanzig Stunden waren fast alle verschwunden und es hatte sich auch niemand darauf gemeldet. So viel zum Ausschuss für Gesundheit in Bergwerken. *Wieder eine Schlacht verloren*, dachte Matt, *aber der Krieg noch nicht. Dieser verdammte Krieg ist noch lange nicht verloren.* Er wendete die Harley und fuhr zurück in die Praxis. Schließlich warteten Patienten auf ihn.

Es stellte sich heraus, dass ihn auch noch eine Nachricht erwartete – eine Nachricht von Armand Stevenson, der Matt darum bat, ins Büro der Bergwerksgesellschaft zu kommen und sich dort mit ihm und anderen, die in dem Unternehmen für Sicherheit und Gesundheit zuständig waren, zu unterhalten. Mae grinste, als sie ihm die Nachricht überreichte.

»Na also!«, rief Matt aus und ballte die Faust.

»Ich dachte mir, Sie wollten da vielleicht hingehen, deshalb habe ich für morgen Nachmittag all Ihre Termine abgesagt«, sagte sie. »Sie sollen um eins dort sein.«

»War vielleicht ein bisschen voreilig, anzunehmen, ich wäre daran interessiert, da zu erscheinen.«

»Ich weiß, ich weiß«, erwiderte Mae.

Matt küsste sie auf die Wange und bereitete sich in seinem Sprechzimmer auf den ersten Patienten vor. Es war noch keine Minute vergangen, da rief sein Onkel an.

»Hallo, Hal, wir haben jetzt offiziell den toten Punkt überwunden. Ich fahre morgen zur Mine und treffe mich mit Stevenson.«

»Ich weiß. Deshalb rufe ich an.«

»Was ist los?«

»Ich bin gerade deinem Freund Robert Crook über den Weg gelaufen. Er hat mir erzählt, dass Stevenson dich dorthin eingeladen hat. Crook wird auch dabei sein, als Chef des medizinischen Beratungsausschusses für Fragen der Sicherheit und Gesundheit.«

»Hast du eine Ahnung, was sie wollen?«

»Nicht im Geringsten, aber ich wollte dir den dringenden Rat geben, um alles in der Welt einen klaren Kopf zu bewahren.«

»Du meinst, ich soll ihnen nicht knallhart vorwerfen, dass sie meinen Vater umgebracht haben und wahrscheinlich auch für den Tod meiner Frau verantwortlich sind, und dass sie vermutlich gerade dabei sind, noch mehr Bergleute zu vergiften?«

»So in etwa. Matt, du hast bei diesen Leuten schon den Ruf eines Hitzkopfes. Biete ihnen keine Gelegenheit, zurückzuschießen.«

»Keine Sorge. Ich werde zahm wie ein Lamm sein.«

»Im Ernst, Matt, diese Leute halten in dieser Stadt die Fäden in der Hand. Ich denke, mittlerweile müsste dir das wohl klar sein. Ich möchte einfach nur, dass du vernünftig bist – präsentiere dich ihnen als einen verantwortlichen Mann.«

»Ich werde mir Mühe geben, Hal. Ich verspreche es dir. Also, danke für deinen Anruf. Gib Heidi einen Kuss von mir. Und mach dir keine Sorgen. Ich bin die Verantwortung in Person.«

Am nächsten Tag um halb eins packte Matt die beiden überquellenden Aktenordner zum Thema BC&C in eine Sporttasche, schnallte sie auf seiner Harley fest und machte sich auf den Weg in westlicher Richtung. Hal wollte nur sein Bestes, aber er machte sich immer zu viele Sorgen. Dieses Treffen war möglicherweise der erste Durchbruch. Er hatte selbst auch kein Interesse daran, die Geschichte zu vermasseln.

Neben der Medizin und Motorrädern war Kohle das Thema, mit dem sich Matt am besten auskannte. Er hatte schon als kleiner Junge von seinem Vater viel darüber erfahren, weitergehende Kenntnisse hatte er sich mit Hilfe des Internet und in Bibliotheken angeeignet. Er wusste, dass die Belinda Coal and Coke Company – und letztlich die ganze Stadt – ihre Existenz nur einem riesigen Vorkommen an subbituminöser Kohle verdankte, die zuerst 1901 tief unten in den Hügeln westlich der Stadt entdeckt wurde. Subbituminöse Kohle, auch Glanzbraun-Kohle genannt, wurde nur an drei Stellen im Staat gefunden. Glanzbraun-Kohle war relativ frei von Verunreinigungen, sodass sie sich gut für die Dampferzeugung und die Koksproduktion verwenden ließ. Die Gründer von BC&C waren so weitsichtig, in der Nähe der Mine Kokereien und chemische Fabriken zu errichten, ebenso wie eine Eisenbahnlinie, auf der sich ihre Produkte transportieren ließen.

Das gesamte Firmenareal von BC&C lag auf einem riesigen staubigen Plateau und war vollständig von einem kilometerlangen drei Meter hohen Maschendrahtzaun eingefasst, dessen oberer Rand mit Stacheldraht versehen war. Matt war nur einmal seit dem Tod seines Vaters auf dem Gelände gewesen, und zwar bei einer Führung, an der Ginny und er teilnahmen, kurz nachdem er seine Arbeit in der Notaufnahme aufgenommen hatte.

Heute war er ein geladener Gast. Der uniformierte Wachmann am Besuchertor begrüßte ihn mit Namen, bevor er sich vorstellen konnte, und wies ihn zu dem glitzernden zweistöckigen, aus Zedernholz und Glas errichteten Verwaltungsgebäude. Blaine LeBlancs Sekretärin Carmella Cassetta erwartete ihn im gediegenen Empfangsbereich. Sie war selbst im Bergbau beschäftigt gewesen, eine herbe Schönheit, die einen der leitenden Angestellten der Firma geheiratet hatte. Im Laufe der Jahre hatten sie und Matt sich bei verschiedenen Anlässen gesehen und waren einigermaßen miteinander ausgekommen.

»Matt, schön Sie mal wieder zu sehen«, begrüßte sie ihn herzlich und reichte ihm die Hand.

Er versuchte sich einen Reim darauf zu machen, warum ausgerechnet sie zu seiner Begrüßung eingeteilt worden war. Er deutete auf die beeindruckenden mannshohen Fotos der Firma – historische und zeitgenössische Aufnahmen –, die die Wände der Empfangshalle schmückten.

»Danke. Das ist ja ein prächtiges Gebäude.«

»Es vermittelt einen guten ersten Eindruck. Hier werden viele Geschäfte abgeschlossen – nationale und internationale. Lassen Sie uns gleich zum Konferenzraum gehen. Man erwartet Sie schon. Ich glaube, Sie werden überrascht sein, was man Ihnen zu sagen hat.«

Soll das heißen, dass ich hier wieder lebend rauskomme?

»Ich freue mich auf jeden Fall, worum auch immer es gehen mag.«

Als sie sich der Tür des Konferenzraums näherten, schob gerade eine ältere schwarze Frau einen Wagen mit Kaffee und Gebäck heran.

»Sie sind nur zu viert, Agnes«, sagte Carmella. »Ich nehme nicht teil.«

Matt meinte, einen schmollenden Unterton aus ihren Worten herauszuhören. Carmella klopfte an, öffnete die Tür, winkte Matt und Agnes hinein und verschwand wieder. Drei Männer erwarteten ihn am anderen Ende eines glänzenden Mahagonitischs, der mindestens zwanzig Personen Platz bot – Blaine LeBlanc, Robert Crook und Armand Stevenson, der Geschäftsführer der Firma. Stevenson war einssiebzig groß, hatte schütteres rotblondes Haar und sehr flinke, wache Augen, mit denen er Matt aufmerksam musterte. BC&C war eins der größten Privatunternehmen im Staat und Stevenson hatte den Ruf eines rücksichtslosen Taktikers, wenn es um das Wohl des Unternehmens ging.

Nachdem er einen verwunderten Blick auf die Sporttasche geworfen hatte, reichte LeBlanc Matt die Hand so flüchtig, als befürchtete er, Matt könne eine Seuche übertragen. Sein Gesichtsausdruck war extrem angespannt und Matt fragte sich, ob hier wohl etwas zur Sprache kommen sollte, was LeBlanc nicht in den Kram passte. Crook vermied es, Matt die Hand zu geben, begrüßte ihn stattdessen mit einem Kopfnicken, einem Grunzer, der Matts Name sein konnte, und einem Zucken seiner raupenartigen Augenbrauen. Armand Stevenson dagegen lächelte aufgeräumt und legte gleich los.

»Nehmen Sie doch bitte Platz, Matthew, wenn ich Sie so nennen darf«, sagte er, nachdem sein Angebot von etwas Stärkerem als Kaffee abgelehnt worden war.

»Nennen Sie mich ruhig Matt.«

»Und Sie mich Armand. Wir wissen es zu schätzen, dass Sie so kurzfristig hier zu uns rauskommen konnten, Matt. Bin ich richtig informiert, dass Ihr Vater bei uns gearbeitet hat?«

»Er war Vorarbeiter.«

»Und er ist bei einem Unfall ums Leben gekommen?«

»Ja, bei einer Explosion.«

»Kann es sein, dass Ihre Abneigung gegen das Bergwerk und unser Unternehmen daher rührt?«

Stevenson schoss direkt aus der Hüfte. Er verschwendete keine Zeit. Matt musste daran denken, dass Leute wie Stevenson nur deshalb reich werden konnten, weil sie genau wussten, was sie taten.

»Da ist vielleicht etwas dran«, erwiderte er. »Einiges, was mir Freunde und Kollegen meines Vaters erzählt haben, hat mich zu der Annahme gebracht, dass die Explosion und der Einsturz, wodurch er zu Tode kam, möglicherweise hätten verhindert werden können. Sie sollten bedenken, dass ich damals gerade fünfzehn Jahre alt war.«

»Vieles von dem, was ich mit fünfzehn erlebt habe, beeinflusst noch heute mein Leben«, sagte Stevenson und nippte an seinem Mineralwasser. »Wann sind Sie wieder zurückgekommen, um Ihre Praxis zu eröffnen?«

Matt wollte ihn schon auffordern, endlich zur Sache zu kommen, aber er erinnerte sich an die mahnenden Worte seines Onkels. Außerdem wirkte Stevenson nicht wie ein Mann, den man drängen könnte.

»Vor etwa sechs Jahren«, antwortete er, wobei ihm klar war, dass dieser Inquisitor zweifellos die Antworten auf all seine Fragen ohnehin kannte.

Falls dieses Geplänkel dazu dienen sollte, Matt einzulullen, hatten sie sich gründlich verrechnet. Stevenson öffnete seinen Aktenkoffer und legte einen schweren Ordner auf den Tisch.

»Matt, all das hier ist Ihr gesamter Briefwechsel mit der Behörde für Bergwerkssicherheit, mit dem Arbeitsamt, der Umweltschutzbehörde, den Senatoren Alexander und Brooks und schließlich dem Abgeordneten Delahanty.«

Er schob den Ordner über den Tisch, aber Matt hob abwehrend die Hand.

»Ich habe von allem Kopien«, sagte er und klopfte auf seine Sporttasche.

»Sie haben uns immer wieder und, soweit ich informiert bin, ohne je einen Fuß in das Bergwerk gesetzt zu haben, beschuldigt, bei unzureichender Belüftung und mit veralteter, gefährlicher Ausrüstung zu produzieren, die mit der Gewerkschaft ausgehandelten Arbeitszeiten nicht einzuhalten, giftige Stoffe in die Luft zu blasen, Giftmüll zu lagern, Müll illegal zu entsorgen und darüber hinaus gegen alle anderen möglichen Gesetze zu verstoßen. Sie haben uns so viele Verstöße vorgeworfen, dass ihre Aufzählung nicht mal auf einer Rolle Toilettenpapier Platz hätte.«

»Und ich glaube, einer der Bergleute, mit dem ich von Zeit zu Zeit rede, hat sich über all das auch schon beschwert.«

Stevenson musste herzhaft lachen.

»Und jetzt hängen Sie Flugblätter auf und bieten Belohnungen an«, fuhr er fort. »Also gut, ich weiß besser als jeder andere, dass Ihre Anschuldigungen und Behauptungen aus der Luft gegriffen sind. Und Sie wissen besser als jeder andere, dass dieser ganze Papierwust, den Sie produziert haben, absolut niemanden interessiert.«

»Und was ist dann der Grund für dieses Treffen?«

»Blaine?«

Das Lächeln des Chefs der Arbeitssicherheit war absolut nicht freundlich. Er räusperte sich und trank einen Schluck Wasser. Egal, was er mitzuteilen hatte, es kam ihm nicht leicht über die Lippen.

»Also, Matt«, überwand er sich schließlich, »wie Armand schon sagte, bei keiner der Behörden, mit denen Sie Kontakt aufgenommen haben, konnten Sie erreichen, dass in unserer Firma Inspektionen durchgeführt wurden, die über das übliche Maß hinausgehen. Aber das soll nicht heißen, dass Sie uns nicht dennoch lästig sind. Wir haben jede Menge Zeit darauf verwendet, auf Ihre Anschuldigungen zu reagieren, und tatsächlich haben wir die Behörden zwei- oder dreimal hierher eingeladen, um ihnen zu beweisen, dass wir auf dem neuesten Stand der Technik arbeiten. Aber all das kostet wertvolle Zeit. Doktor Crook hat uns einen Vorschlag gemacht.«

Matt warf Crook einen Blick aus den Augenwinkeln zu, konnte aber nichts anderes als Geringschätzung erkennen und vielleicht eine Spur Verzweiflung. Was auch immer jetzt dargelegt würde, es ging zurück auf Armand Stevenson und nicht auf Crook oder LeBlanc.

»Das ist richtig«, murmelte Crook.

»Nun gut«, fuhr LeBlanc fort, »wir freuen uns, Ihnen eine Position in unserem Beratungsausschuss für Arbeitssicherheit und betriebliche Gesundheitsfragen anbieten zu können. Auf diese Weise wären Sie immer nah am Geschehen und Sie können selbst sehen, wie wir die Dinge handhaben. Es wäre Ihre Aufgabe, alle vier Monate an Zusammenkünften teilzunehmen und natürlich all Ihre Bedenken vor dem Ausschuss vorzutragen, um Verbesserungen herbeizuführen. Damit kämen Sie sicherlich weiter als mit Ihren bisherigen Bürgerwehrmethoden. Ihr Honorar für die Tätigkeit in unserem Ausschuss würde die nette runde Summe von fünfzigtausend Dollar pro Jahr betragen.«

Fünfzigtausend! Matt war nicht sicher, ob er die Zahl nur gedacht oder ob er sie laut herausgeschrien hatte. In Anbetracht der Beschränkungen, die ihm durch die Politik der regulierten Gesundheitsversorgung auferlegt waren, und der niedrigen sozialen Stellung der meisten seiner Patienten, verdiente er nicht sehr viel mehr pro Jahr als diese Summe.

»Natürlich«, fügte Stevenson stolz hinzu, »würde dieses Geld in einer Weise ausgezahlt werden – absolut legal natürlich, das versichere ich Ihnen –, dass Sie dadurch nur gering oder gar nicht steuerlich belastet würden.«

Matt war sprachlos. Das war ein unmissverständlicher Bestechungsversuch. Geld hatte ihm nie besonders viel bedeutet. Wenn es so wäre, hätte er wesentlich mehr Geschick an den Tag gelegt, zu Reichtum zu kommen. Aber mit fünfzigtausend Dollar im Jahr zusätzlich könnte er seine Altersvorsorge aufbauen und auch manch gute Sache unterstützen.

»Ich ... danke, ich meine nein danke«, hörte er sich plötzlich sagen. »Ich weiß Ihr Angebot zu schätzen, wirklich. Aber ich glaube, dass meine Hände von größerem Nutzen sein können, wenn sie nicht gebunden sind.«

»Sie sind ein Narr, Rutledge«, giftete Crook los. »Ich habe es ihnen vorher gesagt, aber sie wollten nicht auf mich hören. Ein Querulant und ein Narr.«

Stevenson starrte den Kardiologen finster an, dann unternahm er einen letzten Versuch, sein Gesicht zu wahren.

»Vielleicht möchten Sie ja unser Angebot ein paar Tage überdenken«, sagte er mit gequältem Lächeln.

Matt schüttelte den Kopf.

»Was ich möchte, ist, freie Hand zu haben und Leute meiner Wahl zusammenzustellen, die die Produktionsbedingungen in der Fabrik und der Mine untersuchen und all Ihre Unterlagen durchforsten, um Kenntnis über den Verbleib jedes Tropfens Gift zu erhalten. Was ich möchte, ist, dass Sie nicht mehr so weitermachen können wie bisher und aufhören, sich von wem auch immer in den Behörden freizukaufen.«

»Sie sind ja nicht ganz bei Trost!«, geiferte LeBlanc.

»Nein, *Sie* sind nicht bei Verstand!« Matt spürte, wie ihm das Blut in den Kopf stieg. Normalerweise ging er nicht so leicht hoch, aber wenn doch, dann explodierte er richtig. »Sie sind nicht ganz bei Verstand, wenn Sie meinen, dass irgendein anständiger Arzt« – das münzte er mit einem scharfen Blick auf Crook – »sich bei solchen Fällen wie Darryl Teague und Teddy Rideout einfach blind stellt.«

»Sagen Sie mir eins, Dr. Rutledge«, fragte Stevenson,

mittlerweile deutlich verärgert, »ist es der Tod Ihrer Frau, der solche Rachegelüste in Ihnen weckt? Machen Sie uns dafür etwa auch verantwortlich?«

Matt ging hoch wie eine Rakete.

»Das tue ich allerdings!«, schrie er. »Und ob ich das tue! Lungenkrebs. Sie sollten mal eine Zeit lang mit jemandem zusammenleben, der daran zugrunde geht. Ja, ich mache Sie dafür verantwortlich. Ich mache Sie für alles verantwortlich, was hier in der Gegend krank macht! Sie sind ein Widerling, LeBlanc! Und Sie erst, Crook. Wie können Sie sich noch Arzt nennen, wenn Sie sich bei Tod und Schmerz einfach abwenden? Ihr sollt alle verflucht sein samt eurer gottverdammten Bestechung!«

Armand Stevenson musste einen Knopf unter dem Tisch betätigt haben, denn in Sekundenschnelle befanden sich zwei muskelbepackte Sicherheitsleute in Anzug und Krawatte mit dem BC&C-Monogramm im Raum. Stevenson gab seine Anweisung mit einem Kopfnicken. Einer der Schläger packte Matt am Arm.

»Finger weg, du Arschloch!«, schrie Matt. Er riss sich los und schnappte sich die Sporttasche. »Fass mich noch einmal an, und du brauchst neue Eier!«

Unwillkürlich warf der Bodyguard einen Blick auf Matts schwere Motorradstiefel. Armand Stevenson befreite den Mann aus seiner misslichen Lage.

»Begleiten Sie ihn hinaus und sorgen Sie dafür, dass er das Firmengelände verlässt«, bellte er. »Sie hatten die Wahl, Rutledge. Jetzt werden Sie die Konsequenzen tragen müssen. Sie drohen damit, den Leuten ihre Arbeitsplätze wegzunehmen. Das hat man hier in der Gegend nicht sonderlich gerne. Gar nicht gerne. Und jetzt verschwinden Sie!«

6

Ellen Kroft kniete neben ihrer Enkelin und hielt das Mädchen an den Schultern fest. Sie versuchte, wenigstens für einen kurzen Moment mit ihr Blickkontakt herzustellen – oder überhaupt einen Kontakt.

»Oma liebt dich, Lucy«, sagte sie, wobei sie jedes Wort so deutlich aussprach, als redete sie mit einer Dreijährigen. »Ich wünsche dir einen schönen Tag in der Schule.«

Das Mädchen, das mittlerweile acht Jahre alt war, verzog das Gesicht zu einer undefinierbaren Grimasse, dann verdrehte sie den Hals, sodass sie an Ellen vorbei in den Himmel schauen konnte. Kein Wort. Beinahe fünf Jahre besuchte Lucy nun schon den kostspieligen Unterricht an der besten Sonderschule, und immer noch sprach das Kind fast kein Wort.

»Na, Lucy, freust du dich auf die Schule?«

Die Lehrerin von Lucys kleiner Klasse im Remlinger Institute in Alexandria, Virginia, hieß Gayle. Sie war Mitte zwanzig, neu in der Schule und hatte noch die jugendliche Unbekümmertheit, das erfrischende Auftreten und die Engelsgeduld, die es erforderte, autistische Kinder zu erreichen und zu unterrichten. Gayle streckte eine Hand aus. Lucys Kopf schaukelte rhythmisch von einer Seite zur anderen wie ein Pferdeschweif. Sie wich der dargebotenen Hand weder aus noch langte sie danach. Nur wenn etwas sich drehte, aufblitzte oder bunt leuchtete, reagierte sie.

Acht Jahre alt.

Es war fünf Jahre her, dass bei dem Mädchen schwerer Autismus diagnostiziert worden war, und vier, seit Ellen sie zur Schule brachte, damit ihre Tochter Beth zur Arbeit gehen konnte.

»Nun komm schon, Lucy«, sang Gayle und nahm sie mit. »Sag deiner Oma tschüss.«

Sag deiner Oma tschüss. Ellen lachte verbittert in sich hinein. Es hatte einmal eine Zeit gegeben, als Lucy das wirklich konnte. Nun, das war vorbei. Sie wandte sich um und öffnete die Tür ihres sechs Jahre alten Taurus, als Gayle einen Schrei ausstieß. Lucy lag mit starr durchgedrücktem Rücken, wie es anatomisch eigentlich unmöglich war, in einem epileptischen Anfall auf dem Rasen.

Schnell, aber routiniert, griff Ellen in das Handschuhfach ihres Wagens, entnahm vier hölzerne Zungenspatel, die am Ende durch ein Klebeband miteinander verbunden waren, und eilte zu Lucy. Lucy biss die Zähne so heftig und schnell aufeinander, dass Verletzungen für ihre Lippen und die Zunge drohten. Speichel lief ihr aus den Mundwinkeln.

»Was soll ich tun?«, fragte Gayle. »Ich habe schon bei manchen Kindern einen Anfall erlebt, aber bei Lucy noch nie.«

»Ich schon«, erwiderte Ellen, rollte ihre Enkelin auf die Seite, sodass sie, falls sie sich übergab, nicht an ihrem Erbrochenen erstickte. Dann presste sie ihren Daumen und Mittelfinger in die Seiten von Lucys Kiefer, bis der Druck stärker war als der Muskelkrampf. Sie bekam die Zähne ein wenig auseinander und steckte mit geübtem Handgriff die behelfsmäßig vorbereiteten Spatel in Lucys Mund. Mit einer Hand drückte sie die Spatel fest, mit der anderen hielt sie das Mädchen in Seitenlage und gab Gayle mit einem Nicken zu verstehen, dass sie die Situation unter Kontrolle hatte.

»Soll ich Mr Donnegan bitten, den Notarzt zu rufen?«, fragte Gayle.

»Nein, meine Liebe, es wird ihr gleich wieder gut gehen. Es dauert nicht mehr lange.«

»Ich werde Mr Donnegan trotzdem lieber holen.«

»Tun Sie das.«

Der heftige Anfall war im Wesentlichen vorüber, als der Direktor eintraf. Ellen saß im Gras und Lucy wiegte den Kopf in ihrem Schoß. Das Mädchen war jetzt bewusstlos – eine Folge des epileptischen Anfalls. Ellen überprüfte, ob Lucy sich nicht in die Hose gemacht hatte, dann blickte sie zum Direktor auf und zuckte die Achseln.

»Sollen wir einen Krankenwagen holen?«, fragte er.

»In zwanzig Minuten geht's ihr wieder besser. Das ist schon geraume Zeit nicht mehr passiert. Ihre Medikamente müssen vielleicht ein bisschen geringer dosiert werden. Wenn Sie nichts dagegen haben, kann sie meinetwegen in der Schule bleiben. Lassen Sie uns einfach noch ein wenig hier sitzen. Wenn sie in zwanzig Minuten nicht wieder auf dem Damm ist, dann nehme ich sie mit nach Hause. Aber es ist besser für sie, hier mit den anderen Kindern zusammen zu sein. Viel besser.«

Donnegan schien etwas einwenden zu wollen, aber schließlich beugte er sich hinunter und tätschelte Ellens Schulter.

»Ganz, wie Sie wünschen, Mrs Kroft«, antwortete er. »Sie kennen das Kind am besten.«

Ellen saß mit in sich gekehrtem Blick auf dem frisch gemähten Rasen, wiegte Lucy sanft in den Armen und ließ ihren Tränen freien Lauf. Ein paar Minuten später kam das Mädchen wieder zu sich.

Ellen stieg in ihren Wagen und fuhr Richtung Norden. Ohne etwas dagegen tun zu können, durchlebte sie an manchen Tagen noch einmal die fürchterlichen Telefongespräche, die der Beginn von all dem gewesen waren.

»Mom, irgendwas stimmt mit Lucy nicht. Heute Morgen war ich mit ihr beim Kinderarzt. Er meinte, ihr Gesundheitszustand sei bestens, Größe und Gewicht völlig normal. Im Vergleich mit anderen Dreijährigen ist sie sehr weit entwickelt, was Sprechen und Hand-Augen-Koordination angeht. Dann hat er sie gegen Diphterie und Masern und Mumps geimpft. Das war vor ungefähr acht Stunden. Und jetzt schreit sie. Mom, sie hat fast 40° Fieber und sie hört überhaupt nicht mehr auf zu schreien. Was soll ich bloß tun? ...«

»... Ich habe den Arzt geholt. Er sagt, ich soll mir keine Sorgen machen. Viele Kinder reagieren empfindlich auf die Impfung. Ich soll ihr einfach Aspirin geben ...«

»... Mom, ich hab fürchterliche Angst. Sie schreit zwar nicht mehr, aber sie ist völlig abwesend. Ihre Augen rollen zurück in die Augenhöhlen und sie reagiert nicht mehr auf mich. Überhaupt nicht. Und sie ist irgendwie schlaff. Dick holt gerade den Wagen. Wir fahren mit ihr ins Krankenhaus ...«

»... Sie behalten Lucy in der Klinik. Man weiß nicht, was mit ihr los ist. Vielleicht irgendeine Art von Anfall, meint der Arzt. Mommy, es ist so fürchterlich. Ich hab solche Angst. Es ist ganz schrecklich. Was soll ich nur tun? Mein armes Kind ...«

Was soll ich nur tun?

Beths panische Worte klangen in Ellens Ohren nach wie fast an jedem anderen Tag, nachdem sie Lucy zur Schule gebracht hatte. Mit einiger Anstrengung schob sie die Gedanken beiseite. Sie musste sich heute auf andere Dinge konzentrieren, und zwar besonders auf eine Versammlung, die auf der anderen Seite des Potomac-Flusses in der Zentrale der PAVE – People Advocating Vaccine Education – stattfinden sollte, einer Organisation zur Aufklärung über die Gesundheitsgefahren durch Impfungen.

Ellen kannte den Weg über den George Washington Parkway und die Teddy Roosevelt Bridge bereits auswendig. Sie war eine gepflegte, grauhaarige Erscheinung von dreiundsechzig Jahren und sie erinnerte sich noch allzu gut an den Tag vor ihrem fünfundfünfzigsten Geburtstag, als ihr Mann ihr bescheinigt hatte, dass sie sich von einer »gut aussehenden« Frau in eine »für dein Alter verdammt gut aussehende« Frau entwickelt hatte. Eineinhalb Jahre später hatte er sie nach neunundzwanzigjähriger Ehe verlassen und war mit einer Kellnerin um die dreißig, die er auf einem Ingenieurskongress in Las Vegas kennen gelernt hatte, durchgebrannt.

Zu der Zeit fühlte sie sich, als sei sie mit Höchstgeschwindigkeit gegen eine Mauer gerast. Sie handelte mit der Schule, an der sie Biologie unterrichtete, einen Plan zur Frühpensionierung aus, zog sich danach in die völlige Isolation zurück und kappte alle Verbindungen nach außen. Ausgerechnet die Tragödie mit Lucy holte sie wieder ins Leben zurück.

Sie war immer ein optimistischer und fröhlicher Mensch gewesen, aber Howards verletzender und völlig unerwarteter Abgang in Verbindung mit Lucys Schicksal hatte ihr einen Doppelschlag versetzt, der sie in eine Abwärtsspirale zu schleudern drohte, an deren Ende es nur noch Valium gab. Dank tatkräftiger Freunde und eines vom lieben Gott gesandten Therapeuten öffnete sie sich allmählich wieder und fand langsam ins Leben zurück. Jetzt ging sie mehrmals die Woche ins Fitnessstudio, war eng mit dem Leben ihrer Enkelin verbunden, arbeitete ehrenamtlich für PAVE und als Vertreterin der Verbraucher saß sie als einsame Kämpferin in einem staatlichen Ausschuss, der die Einführung des Superimpfstoffs Omnivax beurteilen sollte, kurz und gut, sie steckte voller Energie.

Ellen hatte Glück und fand einen Parkplatz nicht weit vom PAVE-Büro. Nach ihrer Gründung war PAVE einige Jahre lang eine wahre Graswurzel-Organisation gewesen, die von den beiden Begründerinnen Cheri Sanderson und Sally Lynch sozusagen vom Küchentisch aus geleitet wurde. Beide Frauen waren damals fest davon überzeugt gewesen, dass ihre Kinder aufgrund von Impfungen irreversible Schäden davongetragen hatten. Unabhängig voneinander hatten sie festgestellt, dass sie nicht die einzigen Betroffenen waren. Und mittlerweile hatte sich PAVE mit viel Fantasie, Geduld und harter Arbeit als angesehene Organisation etabliert, die aufgrund großer Fürsprache und Unterstützung selbst in Kongresskreisen inzwischen mehrere zehntausend fördernde Mitglieder aufweisen konnte. Mit ihrem Motto: »Untersuchung, Aufklärung und freie Entscheidung« warb die Organisation für ihre Ziele.

»Wir sind keine religiösen Eiferer, die mit Äxten in Impfräume eindringen«, hatte Cheri erklärt, als Ellen zum ersten Mal an einer Schulung für Ehrenamtliche teilgenommen hatte. »Aber wir sind hartnäckig. Wir werden nicht eher Ruhe geben, bis die zukünftige Regierung es für notwendig erachtet, Impfstoffe auf Nebenwirkungen und Langzeitwirkungen hin zu untersuchen, die Öffentlichkeit aufzuklären und den Eltern freie Wahl bei der Impfung ihrer Kinder zuzugestehen.«

PAVE sah sich Verleumdungen von allen möglichen

Seiten ausgesetzt, von der Wissenschaft, den Kinderärzten, der Gesundheitsbehörde und auch der Politik. Dennoch wuchsen die Organisation und ihr Einfluss jedes Jahr; dazu trugen allgemeine Faktoren wie die Todesstatistiken und ärztliche Fehlgriffe, aber auch gut besuchte, von PAVE organisierte wissenschaftliche Konferenzen bei. Immer mehr Eltern begriffen, dass ein Zusammenhang zwischen den Impfungen und Gesundheitsschäden bei ihren Kindern bestand.

Anfang der neunziger Jahre zog die inzwischen von der Steuerzahlung befreite Organisation mit ihrer umfangreichen Bibliothek, einem beeindruckenden Archiv, sieben hauptamtlichen Mitarbeitern und dem Kader an ehrenamtlichen Helfern in den ersten Stock eines Klinkerbaus in der 18th Street zwischen dem DuPont Circle und Adams-Morgan. Nach der Katastrophe, die mit Lucy passiert war, überwies Ellen anfänglich kleinere Spenden an PAVE, später ließ sie sich intensiv schulen und qualifizierte sich für den Telefondienst. Und etwa ein Jahr danach wurde bekannt, dass in der staatlichen Kommission zur Bewertung von Omnivax auch die Verbraucherseite durch einen Sitz neben Wissenschaftlern und Ärzten vertreten sein würde.

Cheri und Sally erklärten Ellen, dass sie als pensionierte Biologielehrerin die ideale Kandidatin für diese Aufgabe sei, da sie nie durch militantes Verhalten oder zu einseitiges Engagement zum Thema Impfstoffe aufgefallen sei. Die Gesundheitsbehörde stimmte ihrer Ernennung zu. Ellen vermutete, dass diese Leute wohl davon ausgingen, sie würde entweder stillhalten oder, wenn nötig, sich von den Wissenschaftlern und Ärzten in dem Gremium beeinflussen lassen. Nicht, dass das eine große Rolle gespielt hätte. Sie hatte nur eine Stimme von dreiundzwanzig und die Unterstützung für den Superimpfstoff und seine dreißig Komponenten war von Anfang an überwältigend gewesen. Selbst wenn sie gegen das Projekt stimmte, war doch von der ersten Ausschusssitzung an klar, dass das Ergebnis am Ende zweiundzwanzig zu eins lauten würde.

An diesem Tag herrschte hektische Betriebsamkeit im Büro von PAVE. Als Ellen erschien, standen alle Mitarbeiter auf und klatschten ihr begeistert Beifall. Mit einer abwehrenden Handbewegung lächelte sie gut gelaunt und verneigte sich. Während der vergangenen zwei Jahre und länger hatte sie PAVE regelmäßig über die Sitzungen des Gremiums zum Thema Omnivax informiert, teilweise sogar anhand wortwörtlicher Mitschriften. Jeder wusste, wie viel Arbeit sie sich machte, epidemiologische Untersuchungsdaten zusammenzutragen und Expertenmeinungen, die die Position von PAVE unterstützten, einzuholen. Derart gewappnet hatte sie sich gegen einige einflussreiche Mitglieder gestellt, die eine Ausweitung des Impfschutzes für weitere Krankheitsbilder befürworteten. Und sie hatte sich ziemlich wacker geschlagen.

»Bitte, bitte«, scherzte sie, »am Beifall könnte noch ein bisschen gearbeitet werden. Sie da hinten, etwas lauter, wenn ich bitten darf. Na, das ist doch schon viel besser. So, und wer jetzt noch das Bedürfnis hat, darf vortreten, niederknien und meinen Ring küssen.«

»Wo warst du denn so lange?«, rief Sally Lynch von der Tür ihres Büros her.

»Es gab ein paar Probleme mit Lucy in der Schule«, erwiderte Ellen. »Nichts Ernsthaftes.«

»Na gut, Cheri ist zur Abwechslung auch mal spät dran. Sie müsste eigentlich in ein paar Minuten eintreffen. Sie meinte, sie hätte interessante Neuigkeiten für uns.«

Sally, eine dunkelhaarige, hoch gewachsene Mittvierzigerin mit geschäftsmäßigem Auftreten, war introvertierter und weit weniger extravagant als ihre Partnerin. Sie waren ein perfektes Team – die eine arbeitete hinter den Kulissen, während sich die andere den Kameras präsentierte, aber beide waren gleichermaßen intelligent, einfühlsam und energiegeladen. Wenn Sally überhaupt einen Schwachpunkt hatte, dann war es ihre extreme Intensität, die hin und wieder ihr Beurteilungsvermögen trübte und sie manchmal die Geduld verlieren ließ. Aber ihr leidenschaftliches Engagement war verständlich. Ein paar Stunden, nachdem ihr sechs Monate alter Sohn Ian routinemäßig geimpft worden war, bekam er über 40° Fieber, erlitt einen Anfall und starb. Einfach so.

Sallys Büro war aufgeräumt und gut organisiert, während das von Cheri Sanderson ein völliges Chaos bot. An einer Wand hing eine große, professionell gestaltete Farbgrafik, aus der sich ablesen ließ, dass sich in den achtziger Jahren die Zahl autistischer Kinder in Kalifornien verdoppelt und in den neunziger Jahren beinahe vervierfacht hatte. Die anderen Wände waren bedeckt mit Dutzenden von Fotos, auf denen vorwiegend autistische Kinder abgebildet waren, deren Zustand nach Auffassung ihrer Eltern durch Impfungen verursacht worden war. Auf einem Foto direkt hinter Sallys Schreibtisch war Lucy zu sehen. In der Ecke des Bilderrahmens steckte ein Schnappschuss des Mädchens auf einer Schaukel, aufgenommen einige Wochen vor ihrer katastrophalen Verwandlung.

»Kaffee?«, fragte Sally.

»Nein danke. Ich bin schon nervös genug.«

»Also, in ein paar Tagen wird es vorüber sein«, sagte Sally und meinte damit die anstehende Entscheidung über Omnivax – das Thema ihrer Sitzung an diesem Vormittag.

»So heißt es zumindest.«

»Irgendwelche Fortschritte?«

»Du meinst, ob sich an der Abstimmung etwas ändern wird? Was glaubst du wohl?«

Sally schlug mit der Faust auf den Schreibtisch.

»Diese ganze Omnivax-Geschichte ist einfach frustrierend«, sagte sie. »Sieh dir das an, Ellen. Das ist ein Untersuchungsbericht, herausgegeben vom Kongress. Vom Kongress! ›Kontroversen zu Impfstoffen‹. Was sagst du dazu? Jetzt stellen sie Fragen. Ganz plötzlich kümmern sie sich darum. Hier, sieh mal. Alle pharmazeutischen Unternehmen werden von den Gesundheitsbehörden angehalten, Quecksilber aus ihren Impfstoffen zu entfernen. Hast du eine Ahnung, wie viele Millionen Kinder geimpft worden sind, bevor irgendwer sich mit der Quecksilberfrage beschäftigt hat? Und hier, Diphterie- und Polioimpfstoffe modifiziert; Rotavirus Anti-Diarrhö-Impfstoff zurückgerufen wegen Darmverletzungen und Todesfällen bei Kindern; Hepatitis-B-Impfstoff wird noch einmal überprüft. Ellen, wir können nicht zulassen, dass die Omnivax-Verfechter sich durchsetzen.«

Ellen seufzte und starrte zum Fenster hinaus. Nichts von dem, was Sally sagte, war ihr neu. Ihr kleines Arbeitszimmer quoll über von Notizheften, Lehrbüchern, kopierten Artikeln und Computerausdrucken. Während der letzten zwei Jahre hatte sie sich von einer besorgten Großmutter in eine Expertin auf dem Gebiet aller Arten von Impfungen verwandelt. Natürlich hatten sie auch einige Siege erfochten, wie das Verbot von Quecksilber oder den Rückruf der Rotavirus-Impfstoffe. Aber es gab auch eine beeindruckende Zahl von namhaften Wissenschaftlern und Kinderärzten, die mit Daten bewaffnet – zutreffend oder manipuliert, wer konnte das schon beurteilen? – die Zahl von Leben ins Feld führten, die mit jedem der Impfstoffe, die Bestandteil von Omnivax sein sollten, angeblich gerettet worden waren. Tausende und Abertausende.

»Sally«, sagte Ellen schließlich, »wir beide kennen die Macht und den Einfluss derjenigen, die diese Geschichte vorantreiben, die Dekane der Medizinfakultäten, Professoren der Kinderheilkunde, ganz zu schweigen vom Präsidenten und seiner Frau.«

»Was ist denn hier los?«

Cheri Sanderson polterte in das Zimmer, eine Tasse Kaffee in der einen, eine überquellende Ledermappe in der anderen Hand.

Sie war vielleicht gerade mal einssechzig groß, aber eine Ausgeburt an Energie und Optimismus.

»Ellen hat mir erzählt, dass die Abstimmung zweiundzwanzig zu eins ausgehen wird«, sagte Sally.

»Hast du was anderes erwartet?«, erwiderte Cheri. »Diese Leute sind handverlesen, damit sie mit Ja stimmen. Die Pharmagiganten finanzieren denen doch ihre Labors. Was glaubst du denn, wie sie abstimmen? Du hast dich großartig geschlagen, Ellen, und unsere Forderungen so gut wie irgend möglich vertreten.«

»Danke. Ich bin selbst auch ein bisschen enttäuscht, dass ich nicht mehr erreichen konnte, aber wie du schon gesagt hast, es war von vorneherein ein abgekartetes Spiel. Also, was hast du für Neuigkeiten?«

Cheri ließ einen Moment verstreichen, um die Spannung zu steigern.

»Die Neuigkeit ist, dass die oberste Gegnerin einer vernünftigen Impfpolitik, Lynette Marquand höchstpersönlich – wenn man der Pressemitteilung ihres Büros Glauben schenken darf –, am Tag der entscheidenden Ausschussdebatte über Omnivax von ihren Räumen in der Gesundheitsbehörde aus eine Rede an die Nation halten wird.«

»Gut gewählter Zeitpunkt«, bemerkte Ellen. »Die Abstimmung findet zwei Tage nach dieser Sitzung statt.«

Die First Lady Lynette Marquand und die Gesundheitsministerin Dr. Lara Bolton galten als überzeugte Verfechterinnen flächendeckender Impfungen. Vier Jahre zuvor war Lynettes Ehemann Jim nach einem heißen Wahlkampf ganz knapp zum Präsidenten gewählt worden. Jetzt, wo die nächste Wahl in wenigen Monaten ins Haus stand, sah es schon wieder nach einem Kopf-an-Kopf-Rennen gegen seinen Herausforderer aus, den er beim letzten Mal mit nur zwei Prozent und gerade mal einem Dutzend Wahlmännerstimmen Vorsprung geschlagen hatte.

Eins seiner Wahlkampfversprechen – eins der wenigen, das er wahrscheinlich würde uneingeschränkt halten können, ohne Schaden zu nehmen – war die Entwicklung und Verbreitung eines Superimpfstoffs. Schon Kleinkinder sollten mit Omnivax geimpft werden und schließlich die gesamte Bevölkerung. Zu Beginn der Impfaktion würde das Mittel injiziert werden, aber später sollte es oral verabreicht werden, sobald die Forschung, die schon auf Hochtouren lief, dies erlaubte. Aufgrund der dreißig verschiedenen Abwehrstoffe, aus denen sich Omnivax zusammensetzte – abgetötete oder modifizierte Viren und Bakterien –, würde das Immunsystem der Geimpften Antikörper gegen alle erdenklichen Erreger bilden, sodass den Menschen in Zukunft kein Schaden mehr durch solche Erreger entstünde. Die Zeitungen hatten sich vor Lob überschlagen und behaupteten, man müsse Jim Marquands gewagte Ankündigung auf eine Stufe stellen mit John F. Kennedys Versprechen, einen Mann auf den Mond zu schicken. Zumindest auf diesem Schauplatz der Politik sah es also gut für ihn aus.

»Perfektes Timing«, meinte Ellen. »Lynette Marquand geht auf Wahlkampftour für ihren Mann, der dafür Unsummen von der Pharmaindustrie einheimst.«

»Und wie Cheri gesagt hat, die meisten Ärzte und Professoren in diesem Ausschuss verdanken ihre Forschungslabors allen möglichen Medikamentenherstellern«, fügte Sally hinzu.

»Also«, fragte Cheri, »haben wir irgendeinen Knaller, den Ellen bei der Abstimmung hochgehen lassen könnte? Wenn Lynettes Presseleute sich so ins Zeug legen wie bisher, dann wird es dort von Reportern nur so wimmeln.«

»Mir fällt nichts ein«, erwiderte Ellen. »Woche für Woche, Monat für Monat habe ich immerzu nach Schwachstellen in den Vorschlägen des Ausschusses gesucht, habe alle Komponenten von Omnivax analysiert und fieberhaft nach irgendwelchen brauchbaren wissenschaftlichen Studien geforscht, die mir bestätigen, dass auch nur eine der dreißig Komponenten Mängel enthält – oder wenigstens das Gegenteil, dass eine einwandfrei ist.« Sie deutete auf die Grafik hinter Sallys Schreibtisch. »Ich kann keine hieb- und stichfesten Fakten finden, die beweisen, dass Impfungen tatsächlich zum Anstieg von Autismus geführt haben. Ein Experte meinte, dass dem Phänomen heutzutage lediglich immer mehr Aufmerksamkeit gewidmet wird. Andere behaupten, alles Fehldiagnosen, Wichtigtuerei. Wieder andere führen die Zunahme von Autismus auf Umweltfaktoren zurück. Und irgendein Professor hält alles für Spinnerei.«

Sie musste sich erst beruhigen, bevor sie weiterreden konnte.

»Als ich mit meiner Arbeit im Ausschuss angefangen habe, kam ich noch mit gefletschten Zähnen und wollte gleich zubeißen. Ich würde es am liebsten immer noch tun, das könnt ihr mir glauben. Aber es gibt so wenige wissenschaftliche Studien, selbst auf unserer Seite. An dieser ganzen Impfgeschichte ist überhaupt nichts eindeutig, außer dass wir mehr Informationen brauchen – viel mehr. In der Zwischenzeit ist die Gegenseite auf dem besten Wege, die Schlacht zu gewinnen, und Omnivax wird ein Teil unserer Kultur werden. Dir und mir und Cheri und allen anderen von PAVE wird nichts anderes übrig bleiben, als längerfristig um die wissenschaftliche Wahrheit zu kämpfen, egal, wie sie aussieht.«

Sally wirkte völlig frustriert.

»Wenn ich an all die Zeit und all die Arbeit denke, und wir haben nichts über irgendeine der Komponenten von Omnivax in der Hand?«, fragte sie.

»Ich sitze noch dran«, erwiderte Ellen. »Wirklich, ich lasse nicht locker.«

Sie sah den Zweifel in Sallys Gesichtsausdruck und hoffte nur, dass die Frau ihr nicht anmerkte, dass sie eine Information zurückhielt. Sie glaubte, dass weder Sally noch Cheri stillhalten würden, bis Rudy Petersons Arbeit zu einem für sie günstigen Ergebnis gekommen war, besonders wo Omnivax bald genehmigt werden würde. Rudy nahm seit über einem Jahr alle Informationen über die Komponenten des Superimpfstoffs unter die Lupe, ohne dass irgendetwas Brauchbares dabei herausgekommen war. Es gab allerdings klinische Daten über eine der Komponenten, bei denen er das Gefühl hatte, sie seien nicht umfassend genug und durch mehr als zehn Jahre alte Forschungen zustande gekommen. Hier konnte ein Schwachpunkt liegen. Die Komponente hieß Lasaject, es war ein Impfstoff gegen den Virus, der das tödliche Lassafieber verursachte.

Rudy war felsenfest davon überzeugt, dass die Daten dennoch die Schlussfolgerung zuließen, der Impfstoff sei sicher. Er brauchte aber mehr Zeit – vor allem Zeit, in der der Hersteller des Impfstoffs nichts von seinen Nachforschungen erfuhr.

Ellen spürte deutlich, dass das nicht der richtige Augenblick war, den kampflustigen Chefinnen von PAVE zu erzählen, dass man derzeit zwar Omnivax nicht verhindern konnte, aber die vage Hoffnung bestand, zumindest seinen Ruf anzuknacksen.

7

»Hören Sie, Officer, ich möchte Ihnen ja nicht auf die Nerven gehen, aber diese Frau ist wirklich krank und sie läuft hier irgendwo in der Stadt herum und ist fest davon überzeugt, dass irgendwelche Leute sie umbringen wollen. Sind Sie sicher, dass Ihre Leute Bescheid wissen?«

»Ma'am, ich versichere es Ihnen. Das ist heute schon der vierte Tag hintereinander, dass Sie anrufen. Jeder hier ist über Kathy Wilson informiert. Alle Streifenwagen und Polizisten halten Ausschau nach ihr. Sobald wir sie gefunden haben, melden wir uns bei Ihnen.«

Vier Tage waren inzwischen seit Kathys Anruf vergangen und seitdem hatte sie kein Wort mehr von ihr gehört. Als Nikki aus dem Büro nach Hause kam, war eine zusammenhanglose Nachricht von Kathy auf dem Anrufbeantworter, aber keinerlei Hinweis auf ihren Aufenthaltsort. Die chaotische, hasserfüllte Nachricht war sowohl vom Tonfall als auch vom Inhalt her erschreckend. Kathy Wilson war offensichtlich verrückt geworden.

Joe Keller bemühte sich, Nikki so gut wie möglich zu trösten, ohne so herablassend zu sein wie die Polizisten. Wie sie erwartet hatte, war er beeindruckt von der rasanten Entwicklung dessen, was er nach ihrer Beschreibung als Neurofibrome einstufte. Zweimal versuchte er, ihr seine Kenntnisse über die unterschiedlichen Diagnosen dieses Leidens zu vermitteln, aber als ihm klar wurde, dass Nikki nur einen Bruchteil seiner Worte wirklich mitbekam, gab er es auf.

Nikki lief ruhelos in ihrer Zweizimmerwohnung auf und ab, wählte mit der Fernbedienung des CD-Wechslers zwischen Mahler, Carly Simon und Miles Davis, konnte sich jedoch für nichts richtig entscheiden und spielte schließlich die CDs der »Bluegrass Ramblers« ab. Überall standen halb volle Tee- und Kaffeetassen herum. Mehr als einmal musste sie den Drang überwinden, hinauszugehen und sich ein Päckchen »Merits« zu kaufen – ihre Lieblingsmarke, bevor sie vor mehr als zehn Jahren mit dem Rauchen aufgehört hatte. Das Wohnzimmer war übersät mit Lehrbüchern, in allen ging es um die verschiedenen Aspekte von Neurofibromen oder akuter Paranoia. Draußen hatte der Dauerregen ein wenig nachgelassen, aber der Wind heulte immer noch.

Nikki wechselte wieder zu Mahler – einer beeindruckenden Interpretation seiner 7. Symphonie – und kniete sich auf den Boden, um in ihren Lehrbüchern zu blättern. Tuberöse Hirnsklerose, Von-Recklinghausen-Krankheit, Sturge-Weber-Syndrom, Von Hippel-Lindau-Syndrom. Die geheimnisvolle Ansammlung dieser Krankheiten, die auch Neurofibromen einschloss, war zum größten Teil das Ergebnis genetischer Mutationen eines der vielen verschiedenen Chromosomen. All diese Krankheiten wurden begleitet von irgendeiner Art von Gehirnstörung, entweder aufgrund von Krebs oder durch das schnelle Wachstum von Neurofibromen im zentralen Nervensystem. Nikki kam zu dem Schluss, dass Kathy Wilson an irgendeiner Form der Von-Recklinghausen-Krankheit leiden musste – der am meisten verbreiteten Krankheit dieser Art –, die bei einer Person unter 3500 zum Ausbruch kam. Ausgang der Von-Recklinghausen-Krankheit:

tödlich, manchmal bereits nur wenige Jahre nach der Diagnose. Behandlungsmöglichkeiten: keine.

Das Klingeln des Telefons schreckte sie auf.

»Kathy!«, rief sie aufgeregt, kletterte über ihren Ordner und nahm den Hörer ab.

»Nikki, hier ist Joe Keller.«

»Oh, hallo. Danke für den Anruf. Ich habe noch nichts gehört. Jedes Mal, wenn das Telefon klingelt, bleibt mir fast das Herz stehen, weil ich denke, sie ist es vielleicht.«

Ein paar Sekunden herrschte ein unangenehmes Schweigen.

»Nikki, meine Liebe, hören Sie zu«, sagte Keller schließlich. »Kathy Wilson wird nicht anrufen.«

Nikki ließ sich auf das Sofa fallen, sie ahnte bereits, was auf sie zukam.

»O nein«, sagte sie.

»Es tut mir Leid, dass ich es Ihnen am Telefon mitteilen muss. Mir fiel nichts ein, womit ich Sie hätte herlotsen können, damit ich es Ihnen unter vier Augen hätte sagen können. Nikki, Kathy ist tot. Sie wurde vor ungefähr einer Stunde auf der Washington Street von einem Lkw überfahren. Ihre Leiche ist jetzt hier.«

Nein, nein, nein!

»Joe, ich ... sie hat mir noch vor ein paar Stunden eine Nachricht hinterlassen. Oh, ist das furchtbar.«

»Nikki, Sie haben alles Erdenkliche versucht.«

»Ich hätte etwas tun können. Ich hätte anders reagieren können, als sie das letzte Mal anrief.«

»Nikki, Sie haben alles getan, was in Ihrer Macht stand. Ich weiß es. Vom Stadium ihrer Fibrome her zu urteilen, hatte Kathy eine rapide Verschlechterung ihres Gesundheitszustands, ständige Arztbesuche und einen vorzeitigen Tod zu erwarten. Wenn das stimmt, was über ihr Verhalten unmittelbar vor ihrem Tod berichtet wurde, dann könnte dieser Unfall schon ein Ergebnis dieser Verschlechterung sein.«

»Wie ist es denn passiert?«

»Ich weiß noch nicht genau Bescheid, aber ich werde es herausfinden. Die Polizei wird gleich hier sein. Ich habe gehört, dass sie in einem Café war und dort randaliert hat. Die Wachleute haben sie rausgebracht, sie hat sich losgerissen und ist direkt auf die Straße gelaufen. Der Fahrer des Lkws meinte, er hätte nicht mal bremsen können.«

»Wie schrecklich.«

»Nikki, ich weiß, dass es hart für Sie ist, aber könnten Sie herkommen, um sie zu identifizieren?«

Nikki wischte sich die Tränen mit dem Ärmel ab. Immer wieder während der vergangenen Woche hatte sie das Schlimmste befürchtet, sogar erwartet. Jetzt war es eingetreten.

»Ich bin in zehn Minuten da«, sagte sie.

Babys, die zu Tode geprügelt worden waren, völlig verkohlte Leichen, Schusswunden im Gesicht, Leichen, die lange im Wasser gelegen hatten, Unfälle jeder erdenklichen Art – während ihrer jahrelangen Arbeit beim Leichenbeschauer hatte Nikki all das schon gesehen. Aber sie war nicht im Geringsten auf den Horror vorbereitet, Kathy Wilsons übel zugerichtete Leiche auf dem Edelstahltisch liegen zu sehen, direkt neben dem Tisch, auf dem einige Tage zuvor Roger Belanger obduziert worden war.

Aus einigen Schritten Entfernung ließ Kathys unnatürliche Kopfstellung auf einen Genickbruch schließen.

Oberhalb des Tuchs, das ihren Körper bedeckte, wirkte ihr von den vielen Knoten schon sehr verunstaltetes Gesicht dennoch erstaunlich frisch. Aber aus ihrem Mundwinkel zog sich eine getrocknete Blutspur über das Kinn – dieser Mund würde nie wieder singen. Nikki hatte das Gefühl, ihr bliebe die Luft weg, als sie näher trat und behutsam das Leichentuch wegzog. Die Polizisten oder die Pathologen hatten schon die Kleider entfernt. Wie Nikki war auch Kathy eine Joggerin, sie hatte allerdings breitere Schultern und war muskulöser als Nikki. Sie beide waren häufig gemeinsam gelaufen, wenn die Zeit es zuließ. Jetzt wirkte Kathys Körper zerbrechlich und knochig. Sie war offensichtlich mit hoher Geschwindigkeit von links erwischt worden. Ihr Arm war fast abgerissen, der Brustkorb auf der linken Seite eingedrückt. Es war zwar nur ein schwacher Trost, aber in Anbetracht der unnatürlichen Neigung ihres Kopfes und der Wahrscheinlichkeit, dass die Aorta durch den Aufprall gerissen war, war sie wohl auf der Stelle tot gewesen.

Einige Augenblicke lang kam Nikki der Klang von Kathys Mandoline in den Sinn. Es war das atemberaubende Solo von »Nik the Quick«, eines Stücks, das Kathy für sie geschrieben und auf der zweiten CD der Band aufgenommen hatte.

Gott sei Dank gibt es die CDs. Für Nikki würde Kathy Wilson so lange leben wie ihre Musik.

Nikki zog das Tuch sanft wieder über Kathys Körper, beugte sich über sie und küsste ihre Freundin auf die Stirn.

»Ich bin völlig am Boden zerstört, Joe«, konnte sie gerade noch hervorbringen.

Sie begleitete Keller in sein Büro und ließ sich ihm gegenüber auf einen Stuhl plumpsen.

»Sie hätten sie spielen und singen hören sollen, Joe. Das Publikum stand auf und tobte, wenn das Konzert vorbei war, und schrie nach Zugaben. Achtzigjährige fingen an zu tanzen. Sie war überwältigend.«

»Aufgrund der Aufnahmen, die Sie mir gegeben haben, stimme ich Ihnen vorbehaltlos zu. Es ist nicht die Musik, die ich normalerweise höre, aber es ist Musik, die mir gefällt.«

»Freut mich, das zu hören. Joe, wäre es möglich, dass *Sie* sie übernehmen?«

Lass bloß nicht Brad Cummings in ihre Nähe!

»Das hatte ich mir schon überlegt«, erwiderte Keller. »Ich werde es wohl heute während des Nachtdienstes machen.«

Seit dem Tod seiner Frau lebte Joe nur noch für seine Arbeit. Man konnte ihn fast rund um die Uhr in seinem Büro antreffen, auch an Wochenenden, wie er sich über sein Mikroskop beugte, über Fragen nach Zellen und deren Klassifizierung brütete und auch häufig die Antworten fand. Es war für ihn nichts Besonderes, die Nacht im Bereitschaftszimmer zu verbringen.

»Und, Joe?«

»Ja bitte?«

»Ich wollte Sie noch um einen anderen Gefallen bitten. Selbst wenn ihr Gehirn völlig normal erscheint, könnten Sie es untersuchen?«

Keller sah sie fragend an.

»Sie möchten, auch wenn ich kein Problem erkennen kann, dass ich ihr Gehirn seziere, fixiere und einfärbe?«

Im Gegensatz zur Obduktion der meisten anderen Gewebe verlangte die Obduktion des Gehirns die spezialisierte, zeitraubende und teure Fixation und Färbung. Um die mikroskopische Untersuchung durchführen zu können, musste man Tage, manchmal sogar zwei Wochen warten. Aufgrund der Kosten wurde der mikroskopische Teil der Autopsie fast nie vorgenommen, es sei denn, es gab schon bei einer flüchtigen Untersuchung spezifische Hinweise auf Veränderungen des Gehirns.

»Bitte machen Sie es auf jeden Fall«, bat Nikki. »Nehmen Sie alle denkbaren Färbungen vor, mit denen sich Gifte aufspüren lassen. Sie ist verrückt geworden, Joe. Sie sprach dauernd davon, dass man sie umbringen wolle. Innerhalb weniger Monate hat sie sich von der kreativsten, fröhlichsten und bodenständigsten Frau, die ich je erlebt habe, in eine ängstliche, paranoide Verrückte verwandelt, die sogar meinte, dass selbst ich ihr nach dem Leben trachtete.«

»Wie könnte ich Ihnen eine Bitte abschlagen?«

»Danke, Joe.«

»Äh ... ich möchte Ihnen heute nicht noch mehr Unannehmlichkeiten bereiten, als Sie schon haben, aber bisher hat noch niemand ihre Familie verständigt.«

»Ich habe mir schon gedacht, dass Sie mich darum bitten würden. Ihre Eltern leben beide noch. Kathy hat zwar in den letzten Jahren nicht mehr viel mit ihnen zu tun gehabt, aber sie standen in Kontakt und wenn es sich machen ließ, hat sie Auftritte der Band in ihrer Nähe organisiert.«

»Wo kommt sie denn ursprünglich her?«

Nikki holte ihr zerfleddertes Adressbuch aus der Tasche.

»Sie kommt aus einer Kohlestadt in den Appalachen. Ich habe ihre Telefonnummer und Adresse hier. Die Stadt heißt Belinda. Belinda, West Virginia.«

8

Das Telefon hatte schon mehrmals geklingelt, als Matt sich den nächststehenden der vier Wecker schnappte, die er vorsichtshalber in unterschiedlichen Abständen vom Bett aufgestellt hatte. Er hielt den Wecker umklammert und brachte sich wieder in Schlafstellung, als er merkte, dass das Läuten weiterging.

»Hallo?«

»Dr. Rutledge, hier spricht Jeannie Putnam in der Notaufnahme.«

»Prima.«

»Dr. Rutledge, sind Sie wach?«

»Ich bin wach, ich bin wach. Wie lange arbeiten Sie schon im Krankenhaus, Jeannie?«

»Drei Monate, warum?«

»Glauben Sie mir nie, wenn ich sage, dass ich wach bin.«

»Aber sind Sie es denn?«

»Ja.« Matt knipste die Nachttischlampe an, um sicherzugehen. »Aber ich habe keinen Dienst.«

»Ich weiß, aber eben ist ein Mann in die Notaufnahme gekommen und hat behauptet, sein Bruder würde dauernd das Bewusstsein verlieren. Er ist draußen im Wagen und er will nicht hereinkommen, solange Sie nicht da sind. Der Mann, der hereinkam, sagte, er müsste uns nicht erst seinen Namen nennen, Sie würden schon Bescheid wissen ... Dr. Rutledge?«

Matt hielt den Wecker ins Licht. Viertel nach drei. Er stöhnte und streckte sich. Sein ganzer Körper rebellierte. Um sieben Uhr abends hatte er seine letzten Visiten gemacht, dann war er in die Sporthalle gerast zu seiner P&S-Basketballmannschaft – P&S, für Prellungen und Schürfwunden. Er hatte gerade noch eine Minute Zeit gehabt, sich aufzuwärmen, bevor er und ein Haufen Dreißig- bis Fünfzigjähriger sich in eine zweieinhalbstündige Schlacht stürzten. Matt konnte noch auf ein paar Kenntnisse aus seiner Zeit als Captain seines Highschool-Teams zurückgreifen, aber die meisten seiner Mitstreiter hatten alle Feinheiten, wenn sie denn je über welche verfügt hatten, längst verloren und diese durch eine Mischung aus roher Gewalt und altersbedingter Unbeholfenheit ersetzt. Wenn es nicht die so genannten Schiedsrichter gäbe, für deren Bezahlung sie alle zusammenlegten, wäre die Notaufnahme jeden Montag und Donnerstag überfüllt.

»Ich bin wach, ich bin wach«, sagte er noch einmal. »Aber noch ein bisschen benommen. Jeannie, das sind wahrscheinlich zwei der Slocumb-Brüder.«

»Auch das noch.«

»Klingt, als hätten Sie schon von denen gehört.«

»Nicht viel. Ich bin erst kürzlich von Philadelphia hierher gezogen. Ich dachte, die Leute würden mir irgendeine Appalachen-Geschichte auftischen, nur um mich ein bisschen zu schockieren. Wie viele Brüder sind das denn?«

»Vier. Derjenige, der reingekommen ist, können Sie den gerade sehen?«

»Nein. Er ist wieder in den Wagen gestiegen. Dr. Rutledge, er stinkt fürchterlich.«

»Das findet er wahrscheinlich selbst überhaupt nicht. Hat er Zähne?«

»Wie bitte?«

»Zähne. Hat er noch welche?«

»Ich glaube, vorne noch ein paar.«

»Nun, das wird wohl Lewis sein. Sagen Sie ihm, er soll Ihnen gestatten, dass Sie seinen Bruder in die Notaufnahme bringen lassen, damit man sich schon mal um ihn kümmern kann, sonst mache ich auf dem Absatz kehrt, wenn ich dort erscheine, und fahre schnurstracks wieder nach Hause. Bleiben Sie standhaft. Jeder dieser Brüder ist sturer als der andere. Sie haben bei denen bloß eine Chance, wenn Sie sich durchsetzen. Vor Leuten mit Mumm haben die Respekt.«

»Och, Mumm habe ich«, erwiderte Jeannie. »Ich mache mir nur Sorgen, dass er meinen Geruchssinn völlig ruiniert.«

»Messen Sie seinen Blutdruck und Puls im Sitzen und Liegen und wenn es so aussieht, als könnte er mitmachen, auch im Stehen.«

»In Ordnung.«

»Dann noch EKG und Routineuntersuchungen, wenn er es sich gefallen lässt. Außerdem soll das Labor ihm Blut abnehmen und Kreuzproben für drei Konserven machen sowie drei weitere vorbereiten.«

»Glauben Sie, er blutet?«

»Keine Ahnung. Aber sie würden nie zur Notaufnahme kommen, wenn es nicht was wirklich Ernsthaftes wäre. Die brennen ihren eigenen Schnaps in einem Versteck hinter dem Haus. Ich würde mich nicht wundern, wenn ihm der Whiskey die Magenschleimhaut zerfressen hätte.«

»Ich kümmere mich sofort um ihn. Und Sie sind wach, ja?«

»Ich will es hoffen«, erwiderte Matt und mühte sich aus dem Bett. »Ich bin in einer Viertelstunde da.«

Sein dröhnender Schädel erinnerte ihn an den Ausklang des Abends – wie viele Flaschen Bier hatte er wohl mit seinen Kumpels nach dem Spiel geleert? So viele konnten es auch wieder nicht gewesen sein, entschied er, sonst wäre er gar nicht so leicht wach geworden – und auf keinen Fall zu viele, um sich mit welchem Slocumb auch immer herumzuschlagen.

Die Slocumb-Brüder Kyle, Lyle, Lewis und Frank waren zwischen fünfzig und Anfang sechzig. Sie lebten schon seit ihrer Kindheit auf einer Mischung aus Schrottplatz und Farm zusammen – ungefähr vierzig Hektar Land, die man nach dreizehn Kilometer Weg durch unwegsames, dicht bewaldetes Gebiet von der Stadt aus erreichte. Ihre Mutter, die zwei Jahrzehnte zuvor das Zeitliche gesegnet hatte, war wahrscheinlich die einzige Frau, die je einen Fuß auf das Gelände gesetzt hatte. Nicht ein einziges Mal während der langen Zeit, die Matt die Brüder kannte, hatten sie ihren Vater auch nur mit einem Wort erwähnt.

Matt hatte schon in seiner Kindheit von den »Freak Brothers« gehört. Die Gerüchte über die völlig abgeschieden lebenden Slocumbs reichten von bizarr über pervers bis Angst einflößend. Wie die meisten Kinder in der Gegend, so war es auch Matt verboten worden, sich nur in die Nähe der verrufenen Familie zu wagen. Er war zehn Jahre alt, als ein paar der älteren Jungs von ihm als Mutprobe verlangten, er sollte zu den Slocumbs gehen und von ihnen eine Spende für die Junior-Basketballmannschaft erbitten.

Keiner der Jungs war bereit, näher als bis zu dem Feldweg heranzugehen, der von der engen Hauptstraße abzweigte und zur Farm führte. Einer von ihnen erzählte Matt, dass sie bloß ein kleines Stück von der Hauptstraße entfernt läge. Tatsächlich waren es fünf Kilometer. Matt fuhr teils auf dem Rad, teils schob er es bis dahin. An der Tür des heruntergekommenen Hauses blieb er zögernd stehen und umklammerte die Spendenbüchse so fest, dass er sie fast zerbeult hätte. Dann holte er tief Luft, um sich zu beruhigen, wie er es später tun sollte, bevor er zum ersten Mal eine kräftige Nadel in die Brust eines jungen Bergmanns stach, und klopfte.

Zwanzig Minuten später fuhr er wieder auf dem matschigen Feldweg zurück. In seinem Korb hatte er ein Sandwich aus selbst gebackenem Brot mit Wurst. Um sein Handgelenk trug er einen aus Hufnägeln geschmiedeten Armreif. Und in der Spendenbüchse befanden sich zwei zerknitterte, ölverschmierte Ein-Dollar-Noten. Bevor der Tag zu Ende war, kursierten in der Stadt unterschiedliche Versionen der Geschichte. Matts Vater strich ihm zwei Wochen das Taschengeld wegen Ungehorsams und verbot ihm, sich noch einmal in die Nähe der Slocumbs zu begeben. Von dem Zeitpunkt an hielt Matt seine monatlichen Besuche auf der Farm geheim. Seit er von seinem Job als Assistenzarzt nach Belinda zurückgekehrt war, fuhr er genauso oft wieder zu ihnen, um ein bisschen medizinische Versorgung zu leisten oder auch nur, um sich auf den neuesten Stand bringen zu lassen. Im Großen und Ganzen gefiel ihm, was er mit den Jahren von den vier Männern mitbekommen hatte, obwohl keiner von ihnen ein Kommunikationsgenie war. Und er wusste auch, dass es inzwischen eine neue Generation von Kindern gab, denen es von ihren Eltern verboten wurde, in die Nähe der Freak Brothers zu kommen. Die Slocumbs hatten nichts dagegen einzuwenden.

Matt zog seine Lieblingsjeans, ein kariertes Arbeitshemd und seine Stiefel an. Es war nicht daran zu denken, dass er vor seinem eigentlichen Arbeitsbeginn noch einmal nach Hause zurückkehren würde.

Der Briefumschlag lag auf dem Fußboden vor der Eingangstür. Er bemerkte ihn erst, als er darauf trat. Es war ein einfacher weißer Umschlag voller Fettflecke. Auf der Vorderseite stand in ungelenker Handschrift »Dr rutlege« mit Bleistift geschrieben. In Anbetracht seines Zustands nach dem rauen Basketballspiel und dem darauf folgenden Absturz in Woody's Tavern war es durchaus möglich, dass der Brief schon dort gelegen hatte, als er nach Hause gekommen war. Er machte das Licht im Wohnzimmer an und riss den Umschlag auf.

Dr rutlege
Sie haben Recht
In den Bergen ist Givt fergraben
das finden sie durch den Tunel in der Felsspalte
die belonung solln die krign die se ferdinen
unterschriem
ein besorchter freunt

Das ungleichmäßige Gekrakel erinnerte ihn daran, wie viele der Bergbewohner schrieben – so, wie sie im Dialekt redeten, große und kleine Buchstaben verdreht und ohne Zeichensetzung. Aber egal, wer das hier geschrieben hatte, er war auf der richtigen Seite – auf *seiner* Seite. Mit klopfendem Herzen schob Matt den Brief wieder in den Umschlag und verstaute ihn in seinen Jeans. Möglicherweise war das der Durchbruch, auf den er schon so lange hin arbeitete.

Der Tunnel in der Felsspalte.

Matt hatte einen Großteil seines Lebens in der Gegend verbracht, er konnte sich jedoch keinen Reim darauf machen, worauf sich die Zeile bezog. Aber wer auch immer den Brief geschrieben hatte, wusste es, und andere wussten es auch. Angespornt durch diese neue Wendung, sprang Matt auf die Harley und raste den Hügel hinunter zum Krankenhaus.

Er ließ das Motorrad ausrollen und parkte neben dem hell erleuchteten Noteingang. Der verbeulte Ford Pickup der Slocumbs war leer. Ohne besonderen Grund nahm Matt an, dass es sich bei demjenigen, der aus den Latschen gekippt war, um Kyle handelte – den Kontaktfreudigsten und Stursten des exzentrischen Slocumb-Quartetts.

Jeannie Putnam, die eine OP-Schürze und eine Chirurgenmaske trug, erwartete ihn in der überraschend geschäftigen Notaufnahme. Jeannie war groß, Ende zwanzig, kannte sich gut aus mit Erster Hilfe und ging einfühlsam mit den Patienten um.

»Wir sind Ihnen dankbar, dass Sie gekommen sind.«

»Welcher der Brüder ist es?«

»Kyle. Und Sie hatten Recht in Bezug auf den anderen. Es ist Lewis.«

»Sind die Laborergebnisse schon da?«

»Kyle hat sich geweigert, sich untersuchen zu lassen, solange Sie nicht da sind und das anordnen.«

»Ich hab's geahnt.«

»Aber ich habe seine Meinung geändert«, fügte sie augenzwinkernd hinzu. »Ich habe ihn sogar dazu gebracht, einen Pyjama anzuziehen. Er ist so was von niedlich.«

»Sie sollten mal das Zimmer sehen, in dem die vier schlafen. ›Niedlich‹ ist bestimmt nicht das Erste, was Ihnen dazu einfallen würde. Aber ich freue mich, dass Sie seine Art von Charme zu schätzen wissen. Was haben Sie veranlasst?«

»Das Übliche. Blutstatus. Außerdem Kreuzprobe. Sagen Sie mir noch mal, warum Sie die angeordnet haben?«

Matt zuckte die Achseln und schüttelte den Kopf. »Ich weiß nicht. Kyle hatte nie irgendwelche Gesundheitsprobleme, mit denen ich mich hätte beschäftigen müssen. Was Sie über sein Umkippen und sein anschließendes Aufwachen gesagt haben, klang nach niedrigem Blutdruck, deshalb dachte ich, er hätte vielleicht innere Blutungen.«

»Falls Sie tatsächlich am Telefon morgens um drei die richtige Diagnose gestellt haben, dann würde ich Sie wohl doch für ein Gespenst halten.«

»Sie wären nicht die Erste«, bemerkte Matt.

Kyle Slocumb, der Jüngste der Brüder, wirkte ausgesprochen lächerlich in seinem gestreiften Pyjama. Zerknirscht begrüßte er Matt mit einem Kopfnicken, als dieser zur Tür hereinkam. Lewis Slocumb, der nur sprach, wenn es unbedingt sein musste, saß schläfrig in der Ecke des Zimmers. Matt trat an Kyles Bett und machte sich daran, ihn zu untersuchen, während er ihm Fragen stellte.

»Also, Kyle, was gibt's?«

Haut blass, Handflächen blass, Nagelbetten blass. Jeannie könnte Recht haben mit ihrem Gespenst, dachte er. Anämie in irgendeiner Ausprägung stand ganz oben auf der Liste der Möglichkeiten.

»Bin aufgestanden, weil ich pissen musste, und alles hat sich gedreht, Doc. Lewis meint, ich wär umgekippt, aber er übertreibt gern.«

»Schmerzen?«

Puls flach und schnell.

»Nicht mehr als sonst.«

»Hast du viel von dem Zeug gesoffen, das ihr bei euch zusammenbraut?«

Bauch weich. Leichte Muskelspannung über dem Magen.

»Ja klar. Aber die anderen Jungs auch.«

»Hat dein Stuhl eine ungewöhnliche Farbe?«

»Mein was?«

»Dein Stuhl. Deine Darmentleerung.«

»Meine was?«

»Deine Scheiße, Kyle. Deine Scheiße.«

»Ach so. Woher soll ich das wissen? Niemand, der noch klar im Kopf ist, kuckt sich seine Scheiße an.«

»Warum willste das wissen, Doc?«, fragte Lewis.

»Ich weiß nicht, Lewis. Vielleicht hat er Blut drin.«

»Du bringst ihn wieder auf die Beine.«

»Klar bring ich ihn wieder auf die Beine, Lewis.«

Matt untersuchte ihn gründlich und stellte fest, dass Kyles Blutdruck extrem sank, wenn er sich aufrichtete. Hypovolämie und niedrige Blutwerte. Anämie. Jetzt war der Zeitpunkt, nach der Ursache des Blutverlusts zu suchen und Matt begann mit dem Wahrscheinlichsten. Er zog sich einen Gummihandschuh über.

»Wofür soll das sein?«, fragte Kyle.

»Na, wofür wohl, Kyle? Dreh dich auf die Seite, mit dem Gesicht zur Wand, und zieh die Knie an. Ich muss prüfen, ob du innen blutest.«

Kyle tat, wie ihm geheißen, aber als Matts behandschuhter Finger seinen Anus berührte, schrie er, streckte seine Beine und heulte auf wie ein verwundetes Tier. Die anderen Mitarbeiter – zwei Krankenschwestern und der Notaufnahmearzt – kamen ins Zimmer gerannt.

»Ich glaub, das gefällt ihm nich«, sagte Lewis gedehnt.

»Warum zum Teufel hast du mir nichts gesagt?«, erwiderte Matt viel lauter als beabsichtigt.

Jeannie Putnam und die beiden anderen standen wie angewurzelt an der Tür. Matt, der den behandschuhten

Finger nach oben gereckt hielt wie ein Sportfan, der bei irgendeiner merkwürdigen Sportart demonstrieren wollte, dass sein Team vorne lag, lächelte sie verlegen an.

»Ich ... ich habe wahrscheinlich nicht lange genug auf Kyles Zustimmung zu der Prozedur gewartet. Offenbar ist er an dieser Stelle besonders empfindlich.«

»Offenbar«, sagte Jeannie. »Äh, Dr. Rutledge, können wir irgendwie helfen?«

»Ja, versichern Sie sich, dass sechs Konserven eingekreuzt sind und sagen Sie dem Labor, wir brauchen dringend sein Hämatokrit.«

»Hat er innere Blutungen?«

»Ich vermute es.«

»Sie vermuten es?«

»Ich könnte mir sicherer sein, wenn ich eine Stuhlprobe auf Blut untersuchen könnte. Kyle, wie sieht's aus, kann ich da wenigstens mit einem Wattestäbchen rein?«

»Nö.«

»Pass auf, Kyle. Es ist halb vier in der Früh und du bist krank und ich muss rausfinden, warum. Du lässt mich jetzt entweder diese Prozedur machen, die ich machen muss, oder ich verspreche dir, ich fahre wieder nach Hause und lege mich ins Bett.«

»Was?«, riefen Kyle und Jeannie unisono.

»Du würdest mich hier nich hängen lassen, Doc«, sagte Kyle.

»Doch, das würde ich. Glaub mir, ich würd's tun. Dr. Ellis hier kann sich um dich kümmern und morgen früh macht's dann wieder ein anderer. Vorausgesetzt, du lebst überhaupt noch. Also, wie sieht's aus?«

Eine halbe Minute herrschte Schweigen. Dann rollte sich Kyle langsam wieder mit dem Gesicht zur Wand auf die Seite und zog die Knie an.

»Verdammt, du bist genau so'n Arsch von Doktor wie die anderen«, sagte er. »Als Kind warst du schon ein Arsch und seitdem bist du nur noch schlimmer geworden.«

»Ich bin ganz vorsichtig«, erwiderte Matt.

Um sechs Uhr dreißig hatten Kyles Qualen ein Ende. Die schwer erkämpfte Rektal-Untersuchung ergab schwarzen Stuhl, der Blut enthielt. Nachdem er schon durch die Prozedur eingeschüchtert war, leistete Kyle kaum noch Widerstand, als Matt ihm einen dünnen Plastikschlauch durch Nase und Rachen in den Magen einführte. Jahrelanger Konsum selbst angebauten, starken Zigarettentabaks hatten seinen Würgereflex verkümmern lassen, sodass die normalerweise schwierige Einführung ein Kinderspiel war. Der Schlauch förderte aus dem Magen altes Blut vermischt mit Kaffeesatz, aber auch Spuren frischen, roten Bluts. Kyle bekam Transfusionen, mit denen der Blutverlust schnell ausgeglichen und durch die wieder eine normale Blutzirkulation herbeigeführt wurde. Als Kyle auf dem Krankenbett schließlich zur Untersuchung durch den Gastroenterologen Ed Tanguay gerollt wurde, hatte er seine normale Farbe zurückgewonnen und wieder einen stabilen Blutdruck.

»Dann war's das wohl«, sagte Lewis Slocumb, als er gemeinsam mit Matt die Notaufnahme verließ. Die kühle Morgenluft roch angenehm frisch.

»Sieht so aus«, erwiderte Matt. »Wir können ihm nur die Daumen drücken, dass Dr. Tanguay nichts anderes als Gastritis findet. Das ist eine Entzündung der Magenschleimhaut. Wenn es ein kleines Geschwür ist, dann lässt sich das voraussichtlich wieder heilen.«

»Aber wenn er Krebs hat, dann ist es aus mit ihm.«

»Nicht unbedingt. Man kann dann operieren. Aber wir wollen nicht den Teufel an die Wand malen; erst mal hören, was Dr. Tanguay rausfindet. Wir können von Glück reden, dass er sich so schnell um Kyle kümmern konnte.«

»Wenn dieser Doktor sagt, Kyle soll die Nacht über dableiben, haut der bestimmt einfach ab.«

»Ich denke, er bleibt besser, schon damit er Medizin für seinen Magen bekommt und vielleicht noch eine Bluttransfusion.«

»Ich sag dir, wenn er wieder gehen kann, dann bleibt er nicht.«

»Ich hab ihn dazu gebracht, diese Untersuchung über sich ergehen zu lassen. Ich kann ihn auch überreden, hier zu bleiben.«

Lewis Slocumb drehte sich um und schaute Matt an. Der scharfe Blick seiner blaugrünen Augen stand im Widerspruch zu seinem wettergegerbten, ungepflegten Gesicht.

»Wir sind anders, Matthew«, sagte er. »Wir haben es uns selbst ausgesucht und es ist uns völlig schnurz, dass die meisten Leute meinen, wir sind verrückt oder krank oder Pack. Solange wir die Grenze zu denen nich überqueren. Dazu haben wir nich die geringste Lust, das kannst du mir glauben. Kyle und ich haben heute Morgen aber die Grenze überquert. Und jetzt wollen wir wieder auf die andere Seite, so schnell es nur geht. Und du, Doc, bist der Grund, dass wir's gemacht haben, und wir sind das Risiko eingegangen. Unsereins, die Leute aus den Bergen, sagt sich, solange du keinem was tust, kannst du leben, wie du willst. Aber die meisten Leute hier in der Stadt sind nich besonders nett zu uns, und das gilt auch für die Leute im Krankenhaus.«

Matt war so überrascht, dass er kaum etwas erwidern konnte. Lewis Slocumb hatte ihn immer mit Doc angeredet, seit er wieder zurückgekommen war. Und er hatte gerade die längste Rede gehalten, die Matt je von ihm gehört hatte.

»Okay«, brachte er heraus. »Ich tue, was ich kann, ihn da rauszubekommen. Aber wenn ich denke, dass er in Gefahr ist, dann müsst ihr ihn gegen meinen Rat mitnehmen.«

»Das machen wir. Und keine Sorge. Wir verklagen dich schon nich, egal, was passiert.«

Er hustete laut und spuckte aus.

Matt betrachtete den Morgenhimmel, der von der Sonne, die hinter den Bergen aufging, erleuchtet wurde. Dabei schob er die Hände in die Hosentaschen und fühlte plötzlich den Briefumschlag.

»Lewis, sag mal, was du hiervon hältst«, sagte er und gab ihn Lewis.

Er hatte das sichere Gefühl, dass alle Slocumbs bis zu einem gewissen Grad des Lesens mächtig waren.

»Sagt mir nix«, erwiderte Lewis.

»Du meinst, du weißt nicht, wovon der Bursche, der das geschrieben hat, redet? Du weißt nicht, wo die Felsspalte ist?«

Lewis kratzte mit der Spitze seiner abgetragenen Stiefel auf dem Boden.

»Vielleicht, vielleicht auch nich.«

»Lewis, ich hab gerade deinem Bruder das Leben gerettet und ich komme seit Jahren auf eure Farm und sehe nach euch. Dieser Zettel ist ganz wichtig für mich. Das hat mit der Mine zu tun.«

»Ich weiß, womit das zu tun hat. Du reißt dir ganz schön den Arsch auf wegen der alten Mine.«

»Ich habe auch genug Gründe dafür«, sagte Matt und war plötzlich wütend. »Mein Vater und meine Frau, das sind schon zwei Gründe. Ein paar tote Bergleute, das sind schon zwei mehr ... Lewis?«

»Ich bin dir wirklich dankbar, was du da drin für Kyle getan hast, ehrlich.«

»Und?«

»Is das wirklich so wichtig für dich?«

»Natürlich. Ich habe Zettel verteilt und eine Belohnung ausgesetzt für Informationen über illegale Müllentsorgung in der Mine und diese Nachricht hier hat jemand unter meiner Tür durchgeschoben.«

Lewis scharrte nachdenklich weiter mit dem Fuß im Sand und kratzte die Löcher, die er gemacht hatte, wieder zu.

»Und, was soll daran neu sein?«

»Wie meinst du das?«

»Ich meine, 'ne Menge Leute da oben wissen über die Felsspalte und den Tunnel Bescheid und auch über den Scheiß, den die von der Mine da lagern.«

Matts Puls fing an zu rasen.

»Was meinst du mit ›Scheiß‹?«, fragte er.

»Chemiezeug, wie du gesagt hast. Jede Menge Fässer.«

»Verdammt noch mal. Lewis, kannst du mich da hinbringen?«

Lewis seufzte.

»In den Berg? Glaub schon, dass ich das kann.«

»Wann?«

»Wann glaubst du, bist du fertig mit Kyle?«

»Ich weiß nicht. Vielleicht am späten Nachmittag.«

»Dann reden wir heute Nachmittag drüber.«

»Du weißt wirklich von dem Gift, von dem auf dem Zettel die Rede ist?«

»Klar.«

»Und du bringst mich hin, sodass ich es mit eigenen Augen sehen kann?«

»Denke schon, aber ich will dir jetzt nix versprechen. Ich muss erst mit meinen Brüdern reden.«

»Lewis, du weißt wahrscheinlich, dass ich versuche, etwas gegen BC&C zusammenzutragen. Warum hast du mir nicht schon vorher was darüber gesagt?«

»Wir mögen dich, Doc. Aber wir müssen auch leben.«

»Was soll denn das jetzt wieder heißen?«

»Das heißt, dass Stevenson und seine Leute in der Mine uns dafür bezahlen, dass wir die Klappe halten.«

»Versteh ich nicht. Was haben die denn mit euch zu tun?«

Lewis rieb sich das Kinn, dann seufzte er nochmals.

»Eine Zeit lang haben wir das Zeug für sie dahingeschafft«, erwiderte er.

9

Seit zweieinhalb Jahren hatten fast alle Versammlungen des Omnivax-Ausschusses in einem der beiden nebeneinander liegenden Konferenzräume im dritten Stock des Parkman Buildings stattgefunden, der Zentrale der Gesundheitsbehörde in Rockville, Maryland. Wenn Lynette Marquand am Nachmittag ihre Rede hielt, würden die Schiebetüren zwischen den Räumen geöffnet werden, damit Platz war für die Medienleute, den Omnivax-Ausschuss, den Mitarbeiterstab der First Lady und für die etwa einhundert geladenen Würdenträger.

Aber im Moment war die Abtrennung geschlossen, sodass der Ausschuss seine Versammlung ungestört abhalten konnte. Soweit Ellen wusste, war diese Zusammenkunft vermutlich die Letzte vor der endgültigen Abstimmung über die Verbreitung und die allgemeine Anwendung des Superimpfstoffs.

Im Vorbeigehen warf sie einen kurzen Blick in den ersten Raum. Fernsehteams bereiteten sich darauf vor, Marquands Botschaft in alle Welt zu senden, und mehrere Geheimdienstler waren dabei, sorgfältig die Wände, das Podium und den Boden unter den Stühlen zu überprüfen. Die meisten Ausschussmitglieder hatten sich bereits in dem anderen Raum eingefunden und standen zumeist in Grüppchen zu zweit oder zu dritt beieinander. Einige nahmen schon ihre mit Namensschildern gekennzeichneten Plätze an dem überdimensionalen, polierten

Konferenztisch ein. Die meisten Ausschussmitglieder waren Männer und alle – bis auf Ellen – hatten entweder einen medizinischen oder einen anderen Doktortitel, manche auch beides. Auf den Kärtchen waren unter den Namen jeweils der Titel, das Spezialgebiet und der Name der Organisation vermerkt. Ellens Kärtchen wies sie lediglich als »Ellen Kroft, Biologielehrerin; Verbrauchervertreterin« aus.

In den Wochen nach der ersten Versammlung hatten Cheri und Sally Ellen mit detaillierten Dossiers über die anderen Mitglieder des Ausschusses versorgt, aus denen hervorging, wer ihre Forschungen finanzierte und wer welche Aktien der Pharmaindustrie besaß. Ellen war fasziniert davon, wie viele Informationen die beiden Hausfrauen zusammengetragen hatten. Sie waren gewissenhafte und ernst zu nehmende Akteurinnen, die weltweit in relativ kurzer Zeit auf Resonanz gestoßen waren. Ebenso erstaunt war Ellen über das Ausmaß und die Komplexität der Verflechtung zwischen den Ausschussmitgliedern und der Pharmaindustrie. Wenn Cheris und Sallys Auskünfte stimmten – und sie hatte keinen Anlass, dies zu bezweifeln –, hatte praktisch jeder irgendeinen Kontakt.

Nur einige der Anwesenden nahmen mit einem Lächeln oder einem Kopfnicken Notiz von Ellen. Im Großen und Ganzen wurde sie, wie üblich, einfach ignoriert. Kurz nachdem sie ihren Platz am Konferenztisch eingenommen hatte, setzte sich Dr. George Poulos, Leiter des Instituts für die Entwicklung von Impfstoffen, direkt auf den Stuhl rechts neben ihr. Poulos, der zu denen gehörte, die sich mit zwei Titeln schmückten, war ein gut aussehender Mann mit klassisch griechischen Gesichtszügen. Jederzeit elegant gekleidet, trug er heute, wahrscheinlich zur Feier des Tages, sogar ein rotes Einstecktuch in der

Brusttasche seiner Anzugjacke. In dem Dossier, das Cheri und Sally über ihn angelegt hatten, wurde er als hoch angesehener Kliniker, Forscher und Geschäftsmann beschrieben, aber auch als ein engagierter Anhänger von Präsident Jim Marquand. Bei bestimmten Themen konnte man ihn durchaus zu Kompromissen bewegen, allerdings nur, wenn sich dadurch auch eine Verbesserung seiner Position ergab.

Unberechenbar und allgemein nicht vertrauenswürdig, stand in dem Dossier. *Wurde als Held gefeiert, als er mit dazu beitrug, Experimente zu stoppen, bei denen Mitte der 1980-er Jahre in Südamerika eine Impfstoffkombination gegen Mumps und Windpocken angewandt wurde, die bei weiblichen Kleinkindern zu Todesfällen und einer Schwächung des Immunsystems geführt hatte. Als aber sechs Monate später ein nur leicht reduzierter Impfstoff verwandt wurde, bezog er keinerlei Stellung.*

Das Dossier endete mit der simplen Feststellung: *Fährt einen roten Porsche 911 Turbo.*

»Nun, Ellen«, sagte er mit einer vagen Geste in Richtung der Anwesenden in dem eleganten Raum, »als Biologielehrerin an einer Mittelschule bis hierher zu gelangen war sicherlich ein steiniger Weg.«

Ellen verkniff sich jede impulsive Entgegnung. Weder wollte sie abrupt oder merkwürdig berührt noch beleidigend reagieren.

»Es war ganz sicherlich eine interessante Erfahrung«, erwiderte sie diplomatisch.

»Und was ist das für ein Gefühl, Hand in Hand mit einer so qualifizierten Gruppe Wissenschaftler zusammenzuarbeiten?«

»Das ist ebenfalls eine Erfahrung«, gab sie mit dem Versuch eines warmherzigen Lächelns zurück. »Sind Sie gespannt auf den Auftritt der First Lady?«

»O ja. Lynette und ich, wir kennen uns von früher her. Ich habe sie bei ihrem Buch *Citizen Pioneers* über das Thema Impfstoffe beraten. Omnivax ist sozusagen ihr Baby.«

»Sieht so aus.«

»Und nach der Abstimmung wird sie dieses Baby mit dem ganzen Land und vielleicht der ganzen Welt teilen.«

»Ist das der Grund dafür, dass die Abstimmung vorgezogen wurde?«

»Vielleicht. Da das Ergebnis so gut wie feststeht, wollen eine Menge Leute in sehr hohen Positionen diese Geschichte möglichst bald in Angriff genommen sehen.«

Ellen spürte, dass sie nah dran war, die Contenance zu verlieren.

»Ich wünschte, ich könnte diese Meinung teilen. Wissen Sie, wie viele Eltern und Großeltern in Briefen an den Kongress ihre Bedenken geäußert haben, dass Omnivax nicht ausreichend lange erprobt wurde? Oder wie viele Zeitungsartikel veröffentlicht wurden, in denen davor gewarnt wurde, dieses Projekt zu voreilig über die Bühne zu bringen? Und warum erhalte selbst ich Briefe und E-Mails – manchmal sogar täglich zehn Stück während der vergangenen Monate? In der Öffentlichkeit schlagen die Wogen sehr hoch, wenn es um dieses Projekt geht.«

»Berufsprotestierer«, sagte Poulos mit unverhüllter Verachtung. »Das ist doch nur eins von vielen Themen, über die sie ständig schreiben. Ich versichere Ihnen, die übergroße Mehrheit der amerikanischen Bevölkerung steht wie ein Mann hinter diesem Projekt. Nur schreiben diese Leute keine Briefe.«

Ellen hatte sich in Poulos' Gegenwart nie besonders wohl gefühlt, aber jetzt begann sie, begründete Ablehnung gegen ihn zu empfinden.

»Ich denke immer noch, dass wir diese Geschichte viel zu schnell vorantreiben«, erwiderte sie. »Es gibt noch unbeantwortete Fragen.«

»Und welche wären das wohl?«

Ellen musste sich vorsehen, sich nicht in eine Diskussion über Lasaject verwickeln zu lassen, solange Rudy seine Nachforschungen noch nicht abgeschlossen hatte. Sie hatte es tunlichst unterlassen, mit Cheri und Sally über seine Arbeit zu sprechen. Jetzt damit herauszurücken, gegenüber einem Mann, der die Position der Gegenseite vertrat, wäre gewagt und töricht.

Lasaject, ein Impfstoff gegen das fürchterliche Lassa-Fieber, war eine der letzten Komponenten, die noch in den Omnivax-Cocktail aufgenommen werden sollte. Ursprünglich aus dem westafrikanischen Sierra Leone eingeschleppt, breitete sich der Virus seit einigen Jahren in den Vereinigten Staaten mit wachsender Geschwindigkeit aus.

»Zunächst einmal«, erwiderte sie, »wäre es interessant zu erfahren, warum die gegenwärtige Regierung einen solchen Druck auf uns ausübt, den Impfstoff zu genehmigen, wo es doch noch so viele offene Fragen gibt und so viele Verbraucher das Mittel gerne entschärft oder am liebsten ganz ad acta gelegt sähen.«

So! Jetzt ist es raus und ich bin froh darüber.

Ellen stellte seit geraumer Zeit Nachforschungen über das Fieber an, während Rudy die klinischen Daten analysierte, die man für den Impfstoff zusammengetragen hatte. Das Lassa-Fieber, das verursacht wurde durch einen Virus ähnlich dem tödlichen Ebola-Erreger, war erstmals zehn Jahre zuvor in Chicago und Milwaukee aufgetaucht und hatte in kurzer Zeit zwei Dutzend Todesopfer gefordert. Da die Gefahr einer Seuche drohte, hatte Columbia

Pharmaceuticals, ein Unternehmen mit Sitz in Maryland, schnell einen Impfstoff entwickelt und erfolgreich getestet. Aber plötzlich verschwanden die Lassa-Viren ebenso schnell wieder von der Bildfläche, wie sie aufgetaucht waren. Die Gefahr einer Seuche war nicht mehr gegeben und die bevorstehende obligatorische Impfung mit Lasaject wurde von den Gesundheitsbehörden auf unbestimmte Zeit verschoben. Die Arbeit war Columbia teuer zu stehen gekommen. Ihre Pläne, den Impfstoff wenigstens nach Sierra Leone zu verkaufen, wurden von politischen Unruhen durchkreuzt, außerdem zählt das Land volkswirtschaftlich zu den ärmsten Afrikas. Die Weltgesundheitsorganisation weigerte sich, ihre Mitarbeiter in solch eine Krisenregion zu entsenden. Und so kümmerte der abgeschwächte Virus inklusive des Impfstoffs in den Brutkästen der Pharmafirma vor sich hin.

Poulos warf ihr einen geringschätzigen Blick zu.

»Sie hatten Ihre Arbeit im Ausschuss so viel versprechend begonnen«, sagte er.

»Es tut mir Leid, wenn ich Sie enttäuscht haben sollte.«

In diesem Augenblick eröffnete der Ausschussvorsitzende Richard Steinman, Professor an der Universität Georgetown, die Sitzung.

»Jedenfalls«, sagte Poulos und wandte seine Aufmerksamkeit dem Professor zu, »gibt es in diesem Land Millionen Menschen, die erheblich besser schlafen werden, wenn sie wissen, dass Omnivax sie und ihre Kinder vor der Gefahr einer Vielzahl von ansteckenden Krankheiten beschützt.«

»Nun, George«, erwiderte Ellen, »wenn das so ist, dann jedenfalls nicht, weil ich dafür gestimmt habe.«

Professor Richard Steinman, der aussah wie eine aufgeplusterte Taube, strahlte in die Versammlung und letztlich in die ganze Welt. Mittlerweile war die Abtrennung zwischen den beiden Konferenzräumen geöffnet und der Konferenztisch entfernt worden, sodass Platz für mehr als einhundertfünfzig Personen geschaffen wurde. Auf einer niedrigen Bühne hinter Steinman saßen verschiedene politische und wissenschaftliche Würdenträger und dazu noch die prominenteren Mitglieder des staatlichen Sonderausschusses zu Omnivax, einschließlich George Poulos. Ellen saß in der ersten Reihe außen links zwischen dem Leiter des Committee on Infectuous Diseases of the American Academy of Pediatrics und der Leiterin des Center for Disease Control's Committee on Immunization Practices. Einige Reihen dahinter agitierte Cheri Sanderson bis zur letzten Minute.

Bei der vorausgegangenen Ausschusssitzung hatten sich die Anwesenden lediglich selbst beweihräuchert, ganz wie Ellen es erwartet hatte. Die Wissenschaftler und Ärzte hatten sich gegenseitig verbal auf die Schulter geklopft und gefeiert, dass ihre Arbeit nun fast erledigt sei. Auf Empfehlung der Gruppe hatte Richard Steinman den Termin für die endgültige Wahl festgesetzt und in die Runde gefragt, ob noch jemand eine Stellungnahme abgeben wolle. Dabei war nichts wesentlich Neues zur Sprache gekommen.

Ellen hatte sich mit dem Vorschlag zurückgehalten, man solle sich doch Zeit lassen, um die eigene Entscheidung noch einmal zu überprüfen, da sie nicht das Bedürfnis verspürte, zur allgemeinen Erheiterung beizutragen. Sie hatte kurz überlegt, ob sie sich sarkastisch bedanken sollte, dass die Anwesenden in den vergangenen drei Jahren ihre ständigen Nachfragen ertragen und ihr Vieles beigebracht hatten, aber sie wusste, dass ihr Über-ich zu stark war, um ihr das zu erlauben. Als sie an der Reihe war, beschloss sie daher, sich möglichst kurz zu fassen, nippte noch einmal an ihrem Wasser und hoffte, dass niemand ihre zitternden Hände bemerkte. Dann erhob sie sich und wandte sich an die Versammelten.

»Alle meine Vorredner haben bekräftigt, welche positive Erfahrung es war, diesem Ausschuss zu dienen«, leitete sie ihre Rede ein. »Und auch für mich war es eine positive Erfahrung. Bitte nehmen Sie zur Kenntnis, dass ich mir die größte Mühe gegeben habe, nicht zu destruktiv zu sein, als wir uns durch die Berge von wissenschaftlichen und klinischen Daten und Berichten gearbeitet haben. Aber ich bin nun einmal die Vertreterin der Verbraucherseite in diesem Gremium und ich würde es als Versäumnis betrachten, selbst wenn es sich bei unserer Stimmabgabe zu Omnivax nur um eine Formalität handelt, nicht noch einen letzten Appell zugunsten der Verbraucher an Sie zu richten.

Es ist erheblich schwieriger, einen Zug mit einer gefährlichen Fracht bei voller Fahrt aufzuhalten, als ihn so lange im Bahnhof stehen zu lassen, bis nachgewiesen ist, dass diese Fracht sicher und sinnvoll ist. Omnivax wird erst seit sechs Monaten getestet und das Gleiche gilt für die meisten seiner Komponenten.

Ich weiß, dass ich meine Bedenken schon zuvor geäußert habe, aber nach wie vor empfinde ich Unbehagen angesichts der Zunahme von Impfungen, denen wir unsere Kinder aussetzen, und der Zunahme von Immunkrankheiten wie Diabetes, Asthma und Multiple Sklerose, ganz zu schweigen von der Aufmerksamkeitsdefizitstörung ADS und Autismus. Ich sehe schon, wie es viele von Ihnen in den Füßen juckt, aufzuspringen und meine

Behauptung anhand Ihrer Daten zurückzuweisen. In den Jahren, die wir zusammmengearbeitet haben, habe ich gelernt, dass Statistiken manipulierbar sind. Die gleichen Daten können für verschiedene Zwecke aufbereitet werden.«

Ellen spürte an der Atmosphäre, dass sie schon zu lange schwadronierte.

Dann war sie – kein bisschen mehr nervös – zum Schluss gekommen. »Diese Versammlung ist zwar die Letzte vor der Abstimmung, aber ich werde in den nächsten Wochen, Monaten und auch Jahren das Thema Omnivax sehr genau beobachten. Und vielleicht werden auch Sie dann irgendwann meiner Meinung sein.«

Ellen schob die Gedanken an ihre Rede während der abschließenden Sitzung des Ausschusses allmählich beiseite und konzentrierte sich wieder auf das aktuelle Geschehen im Raum. Steinman, der vor lauter Wichtigtuerei einen hochroten Kopf hatte, beendete gerade die Vorstellung der bedeutendsten Koryphäen. Dann ließ er seinen Blick über die Versammelten schweifen.

»Und nun, meine Damen und Herren«, dröhnte er schließlich, »ist es mir eine besondere Ehre, die Frau anzukündigen, die dieses Projekt mit ihrer Vision und mit großem Engagement vorangetrieben hat, die Autorin der wegweisenden Bücher *Prevention Is the Strongest Medicine* und *Citizen Pioneers*, die First Lady der Vereinigten Staaten, Mrs Lynette Lowry Marquand.«

Die stehenden Ovationen zogen sich über eine Minute hin. Mrs Marquand, gekleidet in ein schlichtes und dennoch umwerfendes beigefarbenes Kostüm, forderte die Anwesenden mit einer Handbewegung auf, sich wieder hinzusetzen. Dann stand sie während der nächsten fünfzehn Sekunden nur da, betrachtete das Publikum und blickte in die Kamera, um die Bedeutung des Augenblicks zu unterstreichen. Als die dramatische Stille ihren Höhepunkt erreicht hatte, ergriff sie das Wort.

»Meine Damen und Herren, verehrte Wissenschaftler und Ärzte, Mitglieder der Medien, liebe Bürger dieses Landes und der ganzen Welt, es bereitet mir ein besonderes Vergnügen, Ihnen allen den wirklichen Star dieser Veranstaltung vorzustellen.«

Sie zögerte einen kurzen Moment, dann wandte sie sich theatralisch um, zog an einer langen goldenen, mit einer Quaste versehenen Schnur und entrollte ein großes Schriftband von der Decke. In geschwungenen Buchstaben waren – beginnend mit Diphterie bis hin zur Japanischen Enzephalitis – die Namen von dreißig Krankheiten zu lesen, die von Omnivax verhindert, wenn nicht sogar ausgelöscht werden sollten. Als dritte Krankheit war, direkt nach Cholera und vor Shigellosis, das Lassa-Fieber aufgeführt.

Wieder gab es einen donnernden Applaus.

In einer dynamischen, wohlgesetzten Rede ging die First Lady die Liste nacheinander durch und veranschaulichte kurz für jeden verständlich die Auswirkungen der jeweiligen Krankheit, sodass alle Eltern im ganzen Land erleichtert aufatmen konnten, denn ihren Kindern würden diese fürchterlichen Konsequenzen erspart bleiben.

Ellen war beeindruckt von der Frau, obwohl sie bei der letzten Wahl gegen Marquand gestimmt hatte und es auch bei der nächsten tun würde. Und dennoch konnte sie sich kaum auf die Rede konzentrieren; sie musste daran denken, dass ihre beinahe dreijährige Arbeit nun beendet war und dass Rudy immer noch seine Nachforschungen betrieb, ohne zu wissen, dass die Abstimmung vorgezogen worden war. Sie war so abgelenkt, dass sie beinahe die Worte von Lynette Marquand verpasst hätte, die ihr ganzes Leben verändern sollten.

»... Der Präsident, Ministerin Bolton und ich, wir sind uns völlig darüber im Klaren, dass es Menschen gibt, die sich diesem Projekt widersetzen. Nichts von bleibendem Wert wurde jemals erreicht ohne gegensätzliche Auffassungen und Kontroversen. Wir wissen auch von denjenigen, die versuchen, dieses Projekt zu politisieren. Für meinen Mann und mich kann ich nur sagen, dass uns nichts ferner liegt. Aus diesem Grunde wurde auch die Auswahl der Mitglieder für diesen Ausschuss mit äußerster Sorgfalt vorgenommen. In Ihren Programmen finden Sie eine Liste der Mitglieder und dazu ihre jeweilige Qualifikation. Sie werden mir sicherlich zustimmen, dass es sich hier um ein bemerkenswertes, unabhängiges und vertrauenswürdiges Team handelt, und ich möchte die Gelegenheit nutzen, Dr. Steinman und allen anderen für ihre harte Arbeit und ihr Engagement für dieses Projekt zu danken.«

Mrs Marquand deutete auf die Ausschussmitglieder, die hinter ihr saßen, und auch auf diejenigen in der ersten Reihe. Dann forderte sie sie auf, sich geschlossen zu erheben, und feuerte das Publikum zu einem enthusiastischen Applaus an. Erst als Ellen wieder Platz genommen hatte, konnte sie sich wieder voll auf die Ereignisse konzentrieren.

»Beinahe drei Jahre lang«, fuhr Mrs Marquand fort, »hat jedes Mitglied dieses Gremiums weltbekannter Experten Omnivax aus jedem erdenklichen Blickwinkel studiert. Ich wurde regelmäßig über den Stand der Dinge informiert. Bald werden sie darüber abstimmen, ob das Mittel für den allgemeinen Gebrauch freigegeben werden soll oder nicht. Ich verspreche Ihnen, dem amerikanischen Volk, dass wir, sollte auch nur eins der dreiundzwanzig Mitglieder dieses Ausschusses gegen die Freigabe von Omnivax stimmen, unser Impfprogramm so lange zurückstellen werden, bis alle Bedenken ausgeräumt sind.«

Die Ankündigung, die rhetorisch mit dem gleichen Enthusiasmus wie zu Wahlkampfzeiten vorgetragen worden war, wurde mit spontanem und stürmischem Beifall begrüßt. Ellen starrte die First Lady wie betäubt an, bis ihr bewusst wurde, dass alle anderen im Raum sich erhoben hatten. Langsam und zögerlich stand sie auf und fiel in das allgemeine Klatschen ein. In diesem Augenblick bemerkte sie, dass George Poulos von seinem Platz rechts hinter Lynette Marquand sie aufmerksam beobachtete.

10

So aufgedreht, wie er Jahre nicht mehr gewesen war, schob Matt die Kawasaki aus der Garage. Es war eine 900-ccm-Vulcan, ebenholzfarben und silber, hatte fünf Gänge und einen Viertakt-Zwei-Zylinder-V-Motor. Verglichen mit seiner Harley war die Kawasaki das, was eine Corvette gegenüber einer Luxus-Limousine war.

Es war kurz nach ein Uhr nachts. In der kühlen Luft lag ein feiner Nebel. Die Dunkelheit war ein gutes Omen, dachte Matt, als er die Maschine die Kiesauffahrt hinunter auf die zweispurige Straße rollen ließ. Irgendwo hinter der dichten Wolkendecke versteckte sich der Vollmond. Das war heute schon die zweite Fahrt auf die Farm der Slocumbs. Das erste Mal war er nachmittags um vier dort gewesen, um nach Kyle zu sehen. Nachdem der jüngste der Brüder sich hartnäckig geweigert hatte, den Gastroenterologen eine weitere Rektaluntersuchung durchführen zu lassen, kostete es Matt einige Anstrengung, den Spezialisten davon zu überzeugen, dass sich eine Gastroskopie dennoch lohnte. Bei der Untersuchung kam genau das heraus, was Matt befürchtet hatte, nämlich hämorrhagische Gastritis, eine erodierende Entzündung von Kyles Magenschleimhaut. Matt hatte sicherlich schon schlimmere Fälle erlebt und als Kyles Vitalzeichen und Blutwerte wieder stabil waren, erklärte sich dieser nur widerstrebend damit einverstanden, weiterhin Medikamente zur Drosselung der Säureproduktion und Antazide zur

Beruhigung der Magenschleimhaut einzunehmen. Außerdem wurde ihm Alkoholkonsum jeder Art untersagt, besonders der selbst gebrannte Fusel. Überraschenderweise hatte sich Kyle, soweit Matt beurteilen konnte, an jede seiner Anweisungen gehalten und befand sich mittlerweile auf dem Wege der Besserung.

Mit gedrosseltem Motor legte Matt langsam den letzten halben Kilometer des Holperwegs zur Farm zurück. Lewis erwartete ihn auf der Veranda. Er war ein grauhaariger, sehniger Mann von Anfang sechzig, trug eine Jeans-Latzhose, ein verschlissenes T-Shirt mit dem Logo der West Virginia University, Arbeitsstiefel und eine schwarze Schirmmütze. Er hatte Gesicht und Hände mit irgendeiner Schmiere geschwärzt.

»Hier«, sagte er und hielt Matt einen Topf hin, »lass mich mal dein Gesicht mit dem Zeug bemalen.«

»Was ist das?«

»Es ist schwarz«, erwiderte Lewis.

»Puh, das stinkt ja wie ... Lewis?«

»Tu auch was davon auf deine Hände.«

»Ich glaub nicht, dass ich dich das machen lasse«, sagte Matt. »Denkst du, es gibt Schwierigkeiten? Müssen wir deshalb in dieser Kriegsbemalung losziehen?«

»Ich weiß nich, was uns erwartet. Die Leute, denen die Mine gehört, sind nich deshalb so weit gekommen, weil sie blöde sind. Hast du alles mitgebracht, was ich dir gesagt hab?«

Matt klopfte auf seinen Rucksack. »Seil, Jagdmesser, Kamera, Taschenlampen, einen Kompass und ein paar Gläser für Proben.«

»Wenn wir überhaupt so nah rankommen«, murmelte Lewis.

»Du bist ja vielleicht ein Optimist.«

Lewis schnaubte verächtlich und bestieg den Sozius der Kawasaki.

»Fahr da lang«, sagte er und wies auf einen Schlammpfad, der über ein stockfinsteres Feld hinter dem Haus führte.

»Das ist nicht gerade ein Crossrad«, sagte Matt. »Es ist nicht dafür gebaut, durch Kuhscheiße zu fahren.«

»Wir sind da gleich raus«, erwiderte Lewis. »Das ist 'ne gute Abkürzung. Fahr einfach gradeaus.«

Mit dem Scheinwerfer bahnten sie sich ihren Weg über das Feld in den Wald hinein. Fast zwanzig Minuten fuhren sie schweigend und folgten einem ehemaligen Wirtschaftsweg. Es war schwierig, zu zweit zu fahren, aber Lewis war ein erstaunlich guter Beifahrer. Er behielt seinen Schwerpunkt in der Mitte, saß ganz entspannt und versuchte nicht, sich in die Kurven zu legen.

Der tiefschwarze Wald war unheimlich. Einmal glitt eine riesige Eule weniger als drei Meter vor ihnen durch das Licht des Scheinwerfers. Es war so gespenstisch, dass Matt fast das Herz stehen blieb.

»Bloß ein kleines Huhn«, kicherte Lewis.

Matt konnte nur raten, dass sie sich in westlicher Richtung hielten, parallel zu den Hügeln, auf deren Rückseite die Mine lag. Er rechnete damit, dass der schmale Pfad jeden Moment enden würde, aber er führte gerade, wie von einem Lineal gezogen, durch den dichten Wald. Der Nebel behinderte Matts Sicht, also hängte er den Helm an den Lenker.

»Und du weißt genau, wo wir hinfahren?«, fragte er über die Schulter.

»O ja.«

»Wie lange noch?«

»Wir sind da. Mach das Licht aus.«

Matt tat wie ihm geheißen. Auf der Stelle war es stockdunkel. Lewis legte einen Finger an die Lippen. Sie befanden sich anscheinend auf einer Lichtung und lauschten einige Minuten lang.

»Von jetzt an wird nur noch geflüstert«, sagte Lewis. »Ich weiß nich, ob die hier irgendwen abgestellt haben, aber es würd mich nich wundern. Die Sicherheitsleute der Mine sind die widerlichsten Arschlöcher, die du je gesehen hast.«

»Wie weit ist die Felsspalte von hier weg?«

»Is noch 'n Stück. Dein Motorrad ist nich grade leise.«

Matt schob es in die Büsche und kettete es an. Dann nahm er den Kompass aus seiner Jeanstasche und beleuchtete ihn mit einer Minilampe.

»In welcher Richtung liegt die Farm?«

»Dahinten.«

Südosten, merkte sich Matt, *vielleicht acht Kilometer.*

»Wir gehen hier lang«, sagte Lewis und deutete auf den Pfad.

Sie marschierten vielleicht zehn Minuten – ungefähr einen Kilometer. Von irgendwo zu ihrer Rechten hörten sie einen Bach rauschen. Das Geräusch wurde übertönt vom Summen der Insekten und vom Quaken der Frösche und vereinzelt vom Ruf einer Eule. Der Wald bei Nacht.

»Wohin fließt der Bach?«, fragte Matt.

»Er frisst sich in die Hügel, genau da, wo wir hin wollen. Ein Stück fließt er unterirdisch, dann kommt er im Tal wieder nach oben.«

»Und wo kommt er her?«

»Er fließt hinter der Farm lang. Das ist alles, was ich weiß. Fertig?«

»Fertig.«

Lewis zeigte auf einen Fleck vor ihnen. Matt konnte

eine Veränderung in der Dunkelheit ausmachen, aber sonst kaum etwas. Kurz darauf wurde ihm klar, dass sich dort die steile Seite eines felsigen Hügels befand. Von rechts her rauschte der Bach, vielleicht zweieinhalb Meter breit, in eine Felsenöffnung.

»Es gibt 'nen Haufen Wege in die Höhlen«, sagte Lewis. »Aber das hier ist die Felsspalte, und die hat dein mysteriöser Fremder gemeint. Es ist auch die, die wahrscheinlich am wenigsten bewacht wird. Sieht aus, als wenn niemand hier draußen ist, aber wir bleiben trotzdem besser leise.«

Sie stiegen in den Bach und duckten sich unter einen Felsvorsprung, um durch eine Öffnung von einem Meter achtzig Höhe und einem Meter Breite in den Hügel zu gelangen – es war die Felsspalte. Das Wasser wirbelte ihnen um die Knie herum und zog sie mit sich, bis es eine scharfe Biegung nach rechts vollzog und dann über einen fußhohen Absatz in einen langen dunklen Teich floss.

»Wie gesagt, das ist nur ein Weg in den Hügel«, flüsterte Lewis. »Sie können die Fässer aber nicht hier durch bringen. Ist zu eng und es sind zu viele Stufen.«

»Und wie machen sie's dann?«

»Ein paar von den anderen Eingängen sind breiter und die benutzen sie für den Transport vom Bergwerk.«

»Dieser Tunnel führt durch den Hügel bis zum Bergwerk?«

»Genau. Die ganze Zeit bergab. Der Mineneingang liegt ein ganzes Stück tiefer als diese Stelle. Die Lagerstelle liegt genau in der Mitte.«

»Lewis, wie lange ist es her, dass du für die Mine gearbeitet hast?«

»Also ... seit zehn Jahren oder so haben wir nichts mehr für die gemacht.«

»Ich wundere mich, dass sie euch am Leben lassen, bei dem, was ihr wisst.«

»Ach, zuerst haben sie überlegt, uns Leute rauszuschicken, aber dann sind sie klüger geworden und haben uns Geld geschickt.«

»Sie bestechen euch schon seit zehn Jahren?«

»Tja, kann man wohl so sagen.«

»Lewis, du weißt, dass ich alles daransetzen werde, dieser Mülldeponie ein Ende zu bereiten, und wenn es bis an mein Lebensende dauert.«

»Ich weiß.«

»Na ja, ich weiß ja nicht, wie viel Geld ihr verliert, wenn die Zahlung eingestellt wird, aber ich möchte dir sagen, wie sehr ich das schätze, was du hier tust.«

»Du bist doch zu uns immer gut gewesen«, erwiderte Lewis nur.

Matt leuchtete den Tunnel vor ihnen aus. Die Wände, die Decke und der Boden schienen sich zu einem Korridor wie in *Alice im Wunderland* zu verengen.

»Wie niedrig und eng wird das da hinten noch?«, flüsterte er.

»Man kann noch so eben durchklettern«, antwortete Lewis. »Wenn man nich zu tief Luft holt«, kicherte er.

»Lewis, ich weiß nicht, wie ich es dir erklären soll, aber ich ... ich hab ein Problem damit, wenn es so eng wird. Hatte ich schon immer. Ich kriege da Panik.«

»Also, hör mal, ein Bursche aus West Virginia, und dann so was! Das schaffst du schon, Doc. Es sind nur ’n paar Stellen, wo du kriechen und dich durchquetschen musst.«

»Ogottogott«, murmelte Matt.

»Ist schon ’ne Weile her, dass ich hier drin war, wir gehn’s lieber langsam an. Wegen der engen Stellen brauchst du dir keine Sorgen machen, mehr wegen der steilen Abhänge.«

Den Strahl der Taschenlampe auf den feuchten Boden gerichtet, arbeiteten sie sich zügig hinab in den Berg. Das Plätschern des Bachs war ständig zu hören, manchmal schien es ganz nah zu sein und ein andermal aus einem Nebenschacht zu kommen. Zweimal mussten sie sich eng an einer Wand entlangdrücken und seitwärts am Rand eines Steilabfalls vorbeiklettern. Einmal stieß Matt absichtlich einige Steine in den dunklen Schlund. Das Platschen war kaum zu vernehmen.

»Ich glaub nich, dass du *da* runterfallen möchtest«, sagte Lewis.

Der enge Tunnel machte ein paar Biegungen und Matt begann sich zu fragen, ob sie wohl ohne Mühe denselben Weg zurückfinden würden. Aber Lewis arbeitete sich zielstrebig durch die stickige, schwere Luft vor. Einmal mussten sie an einem besonders niedrigen und schmalen Tunnelstück auf die Knie. Matt kam nicht tief genug hinunter und musste drei, vier Meter auf dem Bauch vorwärtsrobben. Augenblicklich fing sein Puls an zu rasen. Ihm fielen plötzlich die Höhlenforscher ein und er wunderte sich, dass sie nicht in Panik gerieten, wenn sie durch enge Felsspalten krochen, ohne sich aufrichten oder wenden zu können und ohne die Gewissheit, dass der Weg nicht vielleicht irgendwo einfach enden würde. Bei dieser Vorstellung wurde ihm ganz mulmig zumute und seine Muskeln verspannten sich.

Kurz darauf konnten sie wieder aufrecht stehen, der Tunnel verbreiterte sich und von links kamen weitere Schächte hinzu. Die Luft war weniger drückend.

»Da hinten«, flüsterte Lewis und zeigte in einen der Tunnel. »Das ist einer der Wege, auf denen wir die Fässer hier reingebracht haben. Wir haben sie auf kleinen Wagen transportiert.«

»Und wer macht das jetzt?«, fragte Matt.

»Keine Ahnung. Aber soweit ich weiß, haben sie das eingestellt.«

»Glaub ich nicht ... Warte, riechst du auch was?«

»Ja. Die Höhle, die wir suchen, ist ganz in der Nähe.«

Es war der Gestank von Chemikalien – süßlich, beißend und Ekel erregend. Benzol? Toluol? Matt versuchte, den Geruch zu definieren, aber es gelang ihm nicht. *Hab ich euch endlich!*, dachte er. Seine jahrelangen, frustrierenden Bemühungen, die Öffentlichkeit über die Geschäftspraktiken der Belinda Coal and Coke aufzuklären, würden jetzt endlich Früchte tragen. Auch das Wasserrauschen, das von den feuchten Wänden hallte, war wieder ganz nah. Zu ihrer Linken, direkt hinter Lewis, stürzte ein kleiner Wasserfall aus einer breiten Felsspalte heraus. Der Strahl seiner Taschenlampe wurde vom Wasser reflektiert und beschien den offenen Raum dahinter. Das Gewölbe stieg nach oben hin an. Der organische Geruch wurde immer intensiver. Welche Art von Chemikalien hier auch lagern mochten, sie wurden mit Sicherheit nicht vorschriftsmäßig aufbewahrt.

»Lewis«, flüsterte er, »ist es hier?«

»Dahinten«, antwortete Lewis, leuchtete mit der Lampe voraus und knipste sie dann aus.

Fast eine Minute lang standen die beiden Männer in der Dunkelheit. Es war nur noch das Rauschen des Bachs in der Höhle zu hören, die Matt mittlerweile ziemlich riesig vorkam.

»Geh vorsichtig und halt dich rechts«, wies Lewis Matt an. »Kein Licht mehr, bis wir sicher sein können, dass wir nich Gesellschaft haben.«

»Ich kann sie sehen«, sagte Matt aufgeregt. »Ich sehe die Fässer.«

Vor ihnen standen Ölfässer, die zu zwei riesigen Pyramiden aufgestapelt waren, jede an der Basis sieben Meter breit mit einer Höhe von drei Metern. Ein dritter Stapel war begonnen worden. Hinter den Fässern in direkter Verlängerung des Tunnels, durch den sie gekommen waren, befand sich ein weiterer Zugang, der wahrscheinlich von der Mine hierher führte. Fahles Licht schimmerte von irgendwo aus diesem Tunnel und beleuchtete die Rückseite der Stapel.

Die beiden Männer verharrten geduckt im Schatten der Wände in einiger Entfernung von den Fässern. Lewis knipste seine Taschenlampe an, die erheblich stärker war als Matts, und reichte sie diesem. Der Anblick vor ihnen verursachte Matt Beklemmungen. Zwar schienen viele der Ölfässer in einem ordnungsgemäßen Zustand zu sein, dennoch waren eine ganze Reihe durchgerostet und aus sechs oder sieben Fässern hatte sich der Inhalt auf den Felsboden ergossen. Nicht einmal zehn Meter hinter den Stapeln befand sich der Bach, der in Richtung Mine floss. Matt konnte sich gut vorstellen, dass die Giftstoffe über den Bach in die Umwelt gelangten.

»Diese Schweine«, murmelte er. »Beeilen wir uns, Lewis. Ich habe keine Ahnung, was dieses ätzende Zeug in unseren Lungen oder im Gehirn anstellt.«

»In meinem Gehirn gibt's nich mehr viel anzustellen«, erwiderte Lewis mit einem heiseren Lachen.

Matt streifte den Rucksack ab, kniete nieder und öffnete ihn. Er nahm die Kamera heraus und schoss ein halbes Dutzend Fotos. Dann holte er eine Plastiktasche mit Probenfläschchen heraus und machte einige Schritte auf die Fässer zu. Kurz bevor er sie erreichte, wurden Scheinwerfer, die hoch an den Wänden installiert waren, eingeschaltet und erleuchteten die Höhle taghell.

Aus dem Augenwinkel nahm Matt Gasmasken und Sicherheitsanzüge wahr, die an einem Ständer hingen. Instinktiv ließ er sich auf den feuchten Boden fallen, als gerade zwei Wachleute die Höhle von dem anderen Tunnel her betraten. Ihre Worte wurden von dem Getöse des Baches übertönt, aber er konnte hören, wie sie lachten und Witze rissen. Einer von ihnen schloss einen Sicherheits-Check-Kasten auf, der an der Felswand befestigt war.

Matt kroch auf allen vieren zu Lewis zurück, der sich im Schatten an die Wand drückte.

»Mach hin!«, flüsterte Lewis mit Nachdruck.

So schnell er konnte, huschte Matt in den Schatten, aber einer der Wachleute entdeckte ihn.

»Scheiße, Tommy! Dahinten!«

Matt sah, wie der Mann eine Waffe zog.

»Weg hier!«, schrie Lewis schon im Laufen.

Matt folgte ihm.

»Sollen wir ihnen nicht einfach sagen, wer wir sind und dass wir keinen Ärger machen wollen?«, fragte er.

»Die interessieren sich nur dafür, dass wir hier nich lebend rauskommen«, antwortete Lewis. »Darauf kannst du Gift nehmen.«

In dem Moment fielen hinter ihnen Schüsse und Querschläger prallten von den Wänden ab.

»Scheiße«, schrie Matt und bückte sich.

Er hatte seinen Rucksack und die Kamera zurückgelassen, aber zum Glück hielt er immer noch Lewis' Taschenlampe in der Hand. Er reichte sie Lewis und ihrem Strahl folgend, tauchten beide in die Dunkelheit des Tunnels.

Anfänglich lief Lewis mit erstaunlicher Behändigkeit und Energie. Aber schon bald machten sich sein Alter und seine Raucherlunge bemerkbar. Als sie die erste engere Stelle des Tunnels erreichten, keuchte er schon. Matt wusste, dass er allein viel schneller vorwärts kommen würde, aber selbst wenn er sich im Tunnelsystem ausgekannt hätte, hätte er den Mann nicht allein gelassen. Er verfluchte sich selbst dafür, dass er sie beide so unüberlegt in Gefahr gebracht hatte. Vielleicht hätte er besser warten und mit jenem rätselhaften Brief zu den Behörden gehen sollen.

Es fielen noch mehr Schüsse. Matt hatte das Gefühl, dass sie ihren Verfolgern nicht würden entkommen können, aber Lewis wusste Rat.

Sie bogen scharf rechts ab, dann mussten sie an einigen Stellen, an die sich Matt nicht erinnern konnte, auf allen vieren kriechen. Sein Herzrasen und der Kloß im Hals verstärkten sich wieder, wie immer, wenn es zu eng um ihn wurde. Er zwang sich dazu, weiter zu kriechen. Plötzlich musste er an seinen Vater denken. Wie mochten die letzten Sekunden für ihn nach dem Stolleneinbruch gewesen sein? Hatte er noch Zeit gehabt, Angst zu empfinden? Hatte er überhaupt Angst gehabt? Hatte die Explosion ihn auf der Stelle getötet oder war er von einem umherfliegenden Felsbrocken getroffen worden?

Wieder prallten Kugeln von den Felswänden ab und schlugen irgendwo ein. Plötzlich hörten die Schüsse auf.

»Hier lang!«, rief Lewis ihm zu und schaltete die Taschenlampe aus. »Sie können uns nich mehr sehen. Deshalb haben sie aufgehört zu schießen.«

Er bekam einen Hustenanfall, zögerte aber nur ein paar Sekunden und hastete dann weiter.

»Weißt du, wo wir sind?«, fragte Matt.

»Sagen wir mal so. Ich weiß, wo *ich* bin.«

Er lachte gequält und fing wieder an zu husten.

»Lewis, alles in Ordnung?«

Der Mann gab keine Antwort. Stattdessen ließ er sich auf den Bauch fallen und robbte durch einen drei Meter langen Spalt, der höchstens einen halben Meter hoch und sechzig Zentimeter breit war. Er stöhnte laut, aber er bewegte sich flink vorwärts. Matt schloss die Augen und folgte ihm durch den engen Spalt. Er hatte Angst, ohnmächtig zu werden, sich zu übergeben oder stecken zu bleiben und durchzudrehen. Als sie schließlich einen halben Meter mehr Kopffreiheit hatten, war er so erleichtert wie beim Zahnarzt, wenn der den Bohrer abstellte.

Nachdem sie fast eine Ewigkeit auf Händen und Knien oder auf dem Bauch gekrochen waren, wurde die Decke höher. Die Luft roch wieder frischer. Lewis kam ziemlich wacklig auf die Beine und sein Kopf und seine Schultern verschwanden irgendwo im Dunkel über ihm. Matt kroch zu ihm hin, legte den Kopf in den Nacken und spürte feinen Regen im Gesicht. Ungefähr drei Meter hinter Lewis führte eine schmale Felsspalte hinauf, an deren Ende ein nicht mehr so dunkles Schwarz den Himmel verriet.

»Kannst du da rausklettern?«, fragte Lewis, jetzt wieder im Flüsterton.

»Wenn ich nicht stecken bleibe, wird es gehen.«

»Kannst du mich da raufschieben?«

»Ich glaube schon. Ich stecke einfach meinen Kopf zwischen deine Beine und stehe dann auf. Aber schlag mich dann bloß nicht, weil ich so unverschämt bin.«

Lewis bekam Matts krampfhaften Scherz gar nicht mit, weil er schon wieder husten musste.

»Bist du sicher, dass du das schaffst?«, fragte er, als er

wieder Luft bekam. »Ich bin nich grade ’n Fliegengewicht.«

»Wenn es uns hier rausbringt, kann ich sogar einen Elefanten heben. Stütz dich an meinem Kopf ab und sobald du irgendwo Halt mit den Händen findest, zieh dich hoch. Und wenn ich erst stehe, schieb ich deine Füße nach. Fertig? Also, eins, zwei, und drei.«

Lewis wog höchstens sechzig, siebzig Kilo. Matt nahm genug Schwung, um aufstehen zu können, und balancierte Lewis, indem er ihn erst an den Seiten und dann an den Füßen festhielt. Lewis stöhnte, gab dann einen leisen Schrei von sich und zog sich in der Spalte hoch nach draußen.

»Schnell, und mach leise«, flüsterte er hinunter.

Matt sah hinauf und diesmal hatte er Angst, dass er nicht genug Kraft haben oder genug Halt an dem glitschigen Felsen finden würde, um sich hochzuziehen. Als er seinen Blick kurz über die Wände schweifen ließ, fiel ihm auf, dass seine rechte Hand feucht und klebrig war. Er roch daran und versuchte zu erkennen, was es war, obwohl es einfach zu erraten war. Er arbeitete schon lange genug in der Notaufnahme, um zu wissen, wie Blut roch und wie es sich anfühlte.

Er stützte sich mit Rücken und Schultern gegen eine Seitenwand der Spalte, tastete über sich, bis seine Finger einen Felsvorsprung zu fassen bekamen, dann zog er die Knie an, um sich einzukeilen. Zentimeter für Zentimeter schob er seinen Rücken den Felsen hinauf, bis er seine Knie wieder anziehen und das Manöver wiederholen konnte. Schließlich spürte er, dass er sich mit dem Fuß auf einem winzigen Vorsprung abstützen konnte. Im nächsten Augenblick packte Lewis ihn am Kragen und wuchtete ihn nach oben.

Sie befanden sich an einem Abhang, umgeben von dichtem Wald. Nicht einmal sieben Meter unter ihnen suchten zwei Männer mit Taschenlampen den Abhang ab. Die Wachleute in der Höhle mussten über Funk Verstärkung angefordert haben.

»Glaub mir«, sagte der eine, »wenn sie es überhaupt da raus schaffen, dann irgendwo an einer Stelle den Weg da hinten runter. Es ist völlig zwecklos, hier herumzusuchen.«

Der zweite Mann leuchtete noch einmal über den Abhang und verfehlte seine ausgestreckt daliegende Beute nur um einen halben Meter. Dann trollten sich die beiden.

Matt, der die ganze Zeit über den Atem angehalten hatte, kroch zu Lewis hinüber, der völlig reglos auf dem durchnässten, mit Blättern bedeckten Boden lag und mühsam atmete.

»Du blutest irgendwo«, sagte Matt.

»Erzähl mir lieber was, was ich noch nich weiß«, erwiderte Lewis mit gepresster Stimme und versuchte, seinen Husten zu unterdrücken. »Wenn du an meiner linken Seite nachsiehst, genau zwischen meinen Rippen, dann findest du ganz bestimmt ein Loch von einer Kugel.«

11

In absoluter Dunkelheit und Stille vergingen zehn Minuten, bevor Matt wagte, die Taschenlampe einzuschalten. Lewis lag auf dem Bauch, atmete flach und verhielt sich ganz ruhig, als Matt ihn untersuchte. Die linke Seite der Latzhose, des Pullovers und des zerschlissenen T-Shirts waren blutgetränkt. Direkt neben Lewis' Schulterblatt auf Höhe der sechsten Rippe fand Matt die Wunde, aus der Blut austrat. Behutsam rollte Matt ihn auf die rechte Seite und achtete darauf, dass der Schein der Taschenlampe möglichst unter dem blutigen Hemd verborgen war.

Mit dem eigenen Ärmel tupfte Matt das Blut ein wenig ab. Er seufzte erleichtert, als er die Austrittswunde entdeckte, die sich gleich neben der linken Brustwarze befand. Er zog eine gedachte Linie zwischen den beiden Wunden. Wenn die Kugel den direkten Weg genommen hatte, war sie knapp über dem oberen Lappen von Lewis' linker Lunge durchgeschlagen. Aber er wusste aus Erfahrung von einer ganzen Reihe von Schießereien, dass die Kugel selten einen geraden Weg nahm. Einmal hatte er eine Schussverletzung gesehen, bei der die kleinkalibrige Kugel neben der Wirbelsäule ein- und neben dem Brustbein ausgetreten war, ohne die Brust geradlinig durchschlagen zu haben. Sie war stattdessen halb um den Brustkorb herum und durch den Brustmuskel unter der Haut gewandert. In einem anderen Fall hatte das Opfer, ein älterer Ladenbesitzer, der einem Räuber beim Überfall in die Quere gekommen und angeschossen worden war, keine anderen Symptome als Schmerzen in der Schulter und ein taubes Gefühl im kleinen Finger. Die Eintrittswunde befand sich im linken Oberarm, aber es gab keine Austrittswunde und in Arm und Schulter ließ sich auch beim Röntgen keine Kugel entdecken. Schließlich fand man sie im Magen des Mannes; sie hatte sich irgendwo zwischen Rippen und Lunge, die dabei an vier Stellen verletzt wurde, verirrt, danach das Zwerchfell und schließlich die Magenwand durchbohrt.

Matt tastete Lewis' Rücken ab und versuchte herauszufinden, ob die Lunge erweitert war – allerdings ohne Erfolg. Dann legte er ein Ohr an die Einschusswunde und lauschte auf die Atmung. In dieser schwierigen Lage war es aber fast unmöglich, etwas festzustellen.

»Lewis, kannst du normal atmen?«, fragte er und fühlte an Lewis' Armbeuge und Hals den Puls, der aber normal schlug.

»Noch besser könnte ich atmen, wenn ich 'ne Zigarette hätte. Die sind hinten in meiner Hosentasche.«

Lewis keuchte beim Sprechen und wurde zweimal von einem Hustenanfall unterbrochen.

»Die sind bestimmt aufgeweicht. Alles ist aufgeweicht«, erwiderte Matt, dem sein schlechtes Gewissen dem alten Freund gegenüber schwer zu schaffen machte.

»Ich hab sie in 'ne Tüte gepackt. Streichhölzer auch.«

»Mich wundert allmählich überhaupt nichts mehr. Hör zu, Lewis, sobald wir von hier weg sind, gebe ich dir eine. Okay?« Matt schaltete die Taschenlampe aus. »Was machen wir jetzt?«

»Auf keinen Fall hier bleiben.«

»Kannst du gehen, wenn ich dir helfe?«

Matt vermutete, dass eine Viertelstunde vergangen war,

seit der Querschläger Lewis erwischt hatte. Sie waren in der Zeit durch enge, niedrige, verwinkelte Tunnel gekrochen. Der Mann war zwar in den Sechzigern und wirkte schmächtig, aber er hatte die Konstitution eines Bullen.

»Ich kann's versuchen«, sagte Lewis.

Vorsichtig, so leise es ging, rutschten sie auf dem Hintern Stück für Stück den Abhang hinab. Als sie unten angekommen waren, verharrten sie erneut und lauschten. Schließlich legte Matt seinen Arm um Lewis' Taille und half ihm zuerst auf, dann über die schmale Lichtung zwischen dem Fuß des Hügels und dem Wald. Von irgendwo in der Ferne hörten sie Stimmen, aber die unmittelbare Gefahr, entdeckt zu werden, war vorüber.

Nachdem sie fünfzig Meter in den Wald hinein zurückgelegt hatten, war klar, dass Lewis es nicht bis zum Motorrad schaffen würde. Mit rasselndem Atem ließ er sich am Stamm einer Kiefer nieder.

»Das darf doch wohl nicht wahr sein«, sagte er begleitet von einem neuerlichen Hustenanfall. »Ich war zwei Jahre in Vietnam, ohne einen Kratzer abzukriegen, und jetzt das.«

»Sieht so aus, als ob du immer schlechter Luft bekommst.«

»Es geht schon.«

»Lewis, ich muss dich ins Krankenhaus bringen.«

»Bloß dass ich nich da reingehe.«

Er hustete wieder, aber diesmal schrie er vor Schmerzen auf. Matt untersuchte die Wunden, an denen das Blut mittlerweile geronnen war, und den Puls, der nach wie vor ziemlich stabil war.

»Hör zu«, sagte er, »du bleibst hier und ich hole mein Motorrad her. Dann bringe ich dich ins Krankenhaus.«

Lewis sah ihn wütend an.

»Stimmt irgendwas mit deinen Ohren nich, Kleiner? Ich hab gesagt, ich gehe in kein Krankenhaus. Wenn wir Glück haben, wissen die Wachleute nich, auf wen sie geschossen haben. Aber wenn ich im Krankenhaus aufkreuze mit dem Loch von 'ner Kugel, dann ist das mein Todesurteil – und deins vermutlich auch.«

Ihm blieb die Luft weg, bevor er noch mehr sagen konnte.

»Pass auf«, sagte Matt, »ich geh jetzt los und sehe zu, dass ich mein Motorrad finde. Dann reden wir weiter.«

»Ich hab alles gesagt, was nötig ist«, erwiderte Lewis und schlang die Arme um die Brust.

Er beschrieb Matt so gut es ging, wie sie zu der Felsspalte gelangt waren. Matt nahm die Taschenlampe und den Kompass, um sich auf den Weg zu machen. Aber zuvor kniete er neben Slocumb nieder.

»Lewis, es tut mir ganz schrecklich Leid, was dir passiert ist«, sagte er. »Es wär mir lieber, das wär mir passiert.«

»Das wär ein schöner Scheiß«, krächzte Lewis. »Meine Brüder würden mir die Hölle heiß machen, wenn ich zugelassen hätte, dass du angeschossen wirst. Du bist unser Doc.«

»Ich bin bald wieder zurück«, sagte Matt. »Du bleibst hier.«

»Genau das hatte ich vor«, gab Lewis zurück.

Mit größter Wachsamkeit schlug Matt einen Bogen um den Hügel, um den Männern, die hinter ihnen her waren, möglichst nicht vor die Flinte zu laufen. Er hatte noch nie einen Kompass benutzt und nach einer Weile gab er den Versuch als zu schwierig und zu unsicher auf. Es war schon nach vier Uhr. Wahrscheinlich würde bei Tagesanbruch die Suche nach ihnen verstärkt werden. In der Dunkelheit ließ sich unmöglich einschätzen, wie gut Lewis versteckt war. Aus Furcht, dass Lewis entdeckt werden könnte, beeilte sich Matt noch mehr und strauchelte öfter als einmal über vorstehende Baumwurzeln. Die Taschenlampe zu benutzen war immer noch riskant, aber nachdem er wieder gestolpert und dann kopfüber in einem Wacholderbusch gelandet war, beschloss er, das Risiko doch einzugehen.

Mit einer ungefähren Vorstellung davon, wo der Hügel war, stolperte er weiter vorwärts und suchte nach der kleinen Lichtung, wo die Kawasaki angekettet war. Er würde schon großes Vertrauen in Lewis' Wegbeschreibung und eine Menge Glück brauchen, um sie zu finden. Aber noch mehr Glück würde er brauchen, um die fünf Zentner schwere Maschine durch den dichten Wald zu manövrieren.

Aber schließlich stellte es sich als erstaunlich einfach heraus, das Motorrad zu finden. Er hatte sich gemerkt, in welchem Winkel zu den Hügeln er sich befand und brauchte nur weiterzugehen, bis er auf den Bach traf. Dann wandte er sich vorsichtig nach rechts auf einen schmalen Pfad und spähte angestrengt in den Wald, bis er das Motorrad entdeckte.

Matt schloss die Kette auf und schob die Maschine sechs, sieben Meter über den unebenen Waldboden. Wurzeln hielten ihn auf und Steine, die aus dem Boden ragten, warfen ihn fast aus dem Gleichgewicht. Die Entfernung von der Lichtung bis zum Fuß der Hügel schätzte er auf einen knappen Kilometer. Er konnte nur hoffen, dass die feuchte, schwere Luft das Motorgeräusch schlucken würde, vorausgesetzt, er kam den Männern, die hinter ihnen her waren, nicht zu nahe. Aber selbst wenn er es durch den Wald bis an einen Punkt schaffte, der auf halbem Weg dorthin lag, wo Lewis wartete, würde er sich nach rechts halten und wieder auf die Hügel zufahren müssen, wo die Wachen patrouillierten.

Gab es andere Möglichkeiten?

Eine war, Lewis' Wünsche zu ignorieren und so schnell wie möglich die Polizei und einen Rettungsdienst zu verständigen. Abgesehen davon, dass sie unerlaubt in ein nicht einmal eingezäuntes Gelände eingedrungen waren und sie eigentlich nichts Unrechtes getan hatten, bewies ihr Fund doch ganz deutlich, dass die Bergwerksgesellschaft sich der illegalen Lagerung und Entsorgung von Giftmüll schuldig gemacht hatte. Allerdings war es gewagt, die Polizei von Belinda einzuschalten. Dort hegte man keinerlei Sympathie für die Slocumbs und es war allgemein bekannt, dass Polizeichef Bill Grimes eng befreundet war mit Armand Stevenson.

Vielleicht sollte er seinen Onkel kontaktieren, überlegte er dann. Hal stand sich gut mit Grimes, wie auch mit den meisten anderen einflussreichen Bürgern der Stadt. Matt wusste, wenn es ihm nicht gelänge, Hilfe zu holen, und wenn Lewis etwas Ernsthaftes zustieße, würde er sich selbst nie wieder ins Gesicht sehen können. Aber dasselbe würde passieren, wenn er das Vertrauen seines Freundes verraten würde.

Ich habe die Lage aus ärztlicher Sicht beurteilt, Lewis.

Zum Teufel mit deiner ärztlichen Sicht, Junge. Du hast eben unser Todesurteil unterzeichnet.

Aufgewühlt versuchte Matt, mit Hilfe des Kompasses auszumachen, in welcher Richtung die Hügel lagen, dann startete er den Motor und schwenkte die Maschine Richtung Westen in den dichten Wald hinein. Von wegen ärztliche Sicht.

In einer mondlosen Nacht auf einer fünf Zentner

schweren Straßenmaschine durch einen Wald zu pflügen war eine Herausforderung der besonderen Art. Mit ausgestreckten Beinen zum Balancieren schlingerte Matt zwischen Bäumen und tief hängenden Ästen hindurch, ständig verzweifelt bemüht, den Motor nicht zu sehr aufheulen zu lassen. Brombeersträucher peitschten über sein Visier und stachen ihm in Kinn und Lippen. Einmal verlor er auf einer dicken Wurzel das Gleichgewicht und die Maschine kippte um. Matt konnte gerade noch sein Bein wegziehen und verhindern, dass es eingequetscht oder vom heißen Auspuff verbrannt wurde. Fünf Minuten vergingen ... zehn ... Sicherlich hatte das Motorgeräusch mittlerweile Aufmerksamkeit erregt. Und wahrscheinlich hatten die Wachleute spezielle Geländewagen und waren schon hinter ihm her. Fünfzehn Minuten ... Er hatte das Gefühl, sich jetzt nach rechts in Richtung der Hügel wenden zu müssen.

Halt durch, Lewis.

Matt schaute noch einmal auf den Kompass, dann schaltete er den Scheinwerfer aus und benutzte stattdessen die Taschenlampe, um den Weg zu beleuchten. Wenn sie das Geräusch der 900-ccm-Maschine bisher nicht gehört hatten, dann würden sie es jetzt bald tun. Alle paar Minuten sah er auf den Kilometerzähler und auch auf den Kompass. Bisher schien alles zu stimmen. Als er den größten Teil der Strecke zurückgelegt hatte, hielt er an und schaltete den Motor aus. Sofort war er umgeben von absoluter Stille. Er wartete eine Minute, damit sich seine Sinne an die Umgebung gewöhnen konnten. Irgendwo in der Ferne glaubte er Stimmen zu hören. Er hatte Lewis etwa fünfundsiebzig Meter vom Hügel entfernt zurückgelassen, also konnte er nicht mehr weit sein. Es war an der Zeit, ihn zu Fuß zu suchen.

Matt lehnte das Motorrad gegen einen Baum und stapfte vorsichtig weiter. Die Stimmen der Männer waren jetzt näher, sie kamen von rechts; er konnte noch nichts verstehen, aber der Tonfall schien eindringlich.

»Lewis«, flüsterte er laut. »Lewis, ich bin's.«

Er schlich zehn Meter weiter auf den Hügel zu. Von weiter weg zu seiner Rechten vernahm er ein heulendes, hochtouriges Motorengeräusch – wahrscheinlich ein Geländewagen.

»Lewis! Wo steckst du?«

Er hatte das Gefühl, in der richtigen Entfernung vom Hügel zu sein, aber er hatte keine Ahnung, ob er vielleicht zu weit gefahren war, bevor er rechts abbog, oder nicht weit genug. Außerdem bestand noch die Möglichkeit, dass Lewis entweder geschnappt worden war oder, schlimmer noch, gar nicht mehr reagieren konnte.

Das Motorenheulen kam näher und Matt geriet allmählich in Panik. Er fluchte und rief wieder Lewis' Namen, diesmal fast in normaler Lautstärke. Plötzlich wurde er von hinten gepackt und auf den Boden gezerrt. Die Landung war schmerzhaft, aber geistesgegenwärtig entwand er sich seinem Angreifer und wirbelte herum in der Erwartung von Schlägen. Lewis kniete neben ihm, einen Finger an die Lippen gelegt.

»Für einen Doc bist du manchmal nich besonders helle«, sagte er schwer atmend. »Die sind nich so weit weg, dass sie dich nich hören würden, wenn du noch lauter redest, selbst bei dem Krach, den ihr Honda macht.«

»Woher weißt du das?«

»Sie waren hier. Zu zweit. Vielleicht sieben Meter in der Richtung. Hätt nich viel gefehlt und sie hätten mich über den Haufen gefahren.«

»Das Motorrad steht nur fünfzig Meter von hier. Meinst du, du schaffst es?«

»Gib mir eine Hand, dann geht's. Dieser Husten macht mich fertig.«

Lewis' Schnoddrigkeit konnte nicht über seine offensichtlichen Schmerzen und Kurzatmigkeit hinwegtäuschen. Wieder legte Matt ihm den Arm um die Taille. Diesmal schien sich Lewis mehr auf ihn zu stützen.

»Und, ins Krankenhaus?«, fragte Matt hoffnungsvoll.

»Eher soll mich der Teufel holen.«

Als sie beim Motorrad ankamen, hustete Lewis schon wieder.

»Das wird jetzt kein Zuckerschlecken«, sagte Matt, als er Lewis auf den Sozius half. »Die Maschine lässt sich nicht so gut durch den Wald lenken.«

»Dann fahr möglichst schnell. Die Kiste, mit der *die* fahren, ist für so 'nen Wald gebaut.«

»Schaffst du's?«

»Schmeiß sie an und fahr los, Doc«, antwortete Lewis.

Er legte die rechte Hand auf Matts Schulter, packte dessen Hemd, zog sich eng an ihn heran und hielt den linken Arm wie eine Schiene vor die Brust. Matt hatte zwar für seine Motorräder Erste-Hilfe-Kästen konstruiert, aber jetzt war nicht die Zeit, den Arzt zu spielen. Er warf die Maschine an und fuhr langsam den Weg zurück, den er gekommen war. Nur Sekunden später hörten sie ein anschwellendes Motorengeräusch hinter sich und von links. Es gab keine Möglichkeit mehr, sich unbemerkt davonzustehlen.

»Gib Gas!«, befahl Lewis ihm. »Kümmer dich nich um mich. Ich komm klar. Fahr hier lang. Das is kürzer.«

Matt machte die Scheinwerfer an und setzte einen Fuß auf die Gangschaltung. Er hatte die Kawasaki nie im

Gelände ausprobiert, aber jetzt war die Zeit dazu gekommen. Nach einer leichten Drehung am Gas schoss die Vulcan vorwärts in die Büsche. Die nächsten paar hundert Meter waren das Schlimmste, was Matt je auf einem Motorrad erlebt hatte. Er fuhr zwischen dreißig und fünfundvierzig und kümmerte sich nur um die Bäume. Er pflügte einfach durch das hohe Gestrüpp. Die Vulcan sprang gnadenlos über Wurzeln und Steine. Manchmal hatte Matt das Gefühl, dass Lewis gleich herunterfallen würde, aber irgendwie schaffte er es, sich festzuhalten. Zweige schlugen über Matts Visier und zerkratzten die Haut, die ohnehin schon wund war. Mehr als einmal flogen sie durch die Luft, landeten aber mit genügend Schwung, um nicht umzufallen. Dann, nach einer Reihe wilder Schläge, bei denen die Maschine fast umgeworfen wurde, waren sie aus dem Wald heraus und auf dem Pfad, der vom Hügel fort führte. Matt nahm sofort das Gas weg. Es gab kein anderes Geräusch als das gleichmäßige Brummen seiner Maschine.

»Alles in Ordnung?«, fragte er.

»Bring mich nach Hause zur Farm«, schnarrte Lewis. »Und ich wär dir dankbar, wenn du mich in Zukunft mit solchen Sonntagsausflügen verschonen würdest.«

Kurz nachdem Matt und Lewis auf der Farm eingetroffen waren, traten die Slocumb-Brüder in Aktion. Kyle schob Matts Motorrad in die Scheune, nahm den Erste-Hilfe-Kasten aus der Satteltasche und versteckte die Maschine anschließend unter einer Plane. Frank half Matt, Lewis auf eine wacklige Couch in dem mit Krempel vollgestopften Wohnzimmer zu legen. Über ihnen verlief eine Balustrade entlang des Flurs im ersten Stock, von dem mehrere Türen abgingen. Matt sah, wie Lyle einen Wandschrank öffnete und alle möglichen Waffen, Gewehre, Schrotflinten und sogar zwei halbautomatische Waffen herausnahm.

»Was macht der denn?«, fragte Matt.

»Diese Minenleute sind ziemlich schlaues Pack«, sagte Frank beiläufig und deutete auf das Waffenarsenal. »Wir gehen lieber kein Risiko ein.«

Matt nahm eine Schere, um Lewis' blutgetränktes Hemd aufzuschneiden. Kyle kehrte zurück und stellte den Erste-Hilfe-Kasten neben dem Sofa auf den Fußboden. Dann ging er in die Küche und kam mit einem halb vollen Marmeladenglas zurück, in dem sich eine dickflüssige, beißend riechende, beige Schmiere befand. Er rieb sie Lewis ins Gesicht und wischte die schwarze, ebenso heftig stinkende Schmiere ab. Unter seiner Tarnung war Lewis bleich und hatte die Zähne zusammengebissen. Er sah Matt an und konnte dessen Gedanken lesen.

»Kein Krankenhaus«, röchelte er.

Matt legte das Stethoskop an und kniete sich neben Lewis.

»Bringt mir bitte einen Topf mit lauwarmem Wasser«, sagte er. »Tut ein bisschen Seife rein, wenn ihr welche habt, am besten Spülmittel. Und ich brauche auch noch ein sauberes Handtuch.«

Die Wunden, denen die holprige Fahrt durch den Wald überhaupt nicht gut getan hatte, waren mittlerweile fast völlig getrocknet, obwohl noch ein wenig frisches Blut aus dem Ausschussloch trat. Matt legte die Hände auf Lewis' Rücken und beobachtete die Atmung. Die rechte Seite bewegte sich eindeutig mehr als die linke. Das Stethoskop bestätigte seinen Verdacht. Lewis verletzter Lungenflügel war kollabiert. Anschließend machte er sich daran, Lewis Blutdruck zu messen – er betrug 110. Es hätte schlimmer kommen können, viel schlimmer.

»Lewis«, sagte er, »deine Lunge ist zusammengefallen. Die einzige Möglichkeit, sie wieder auszudehnen, besteht darin, dir einen Schlauch in die Brust einzuführen. Und der einzige Ort, wo das möglich ist, ist das Krankenhaus.«

Lewis schüttelte verbissen den Kopf und wandte den Blick ab.

»Also gut«, sagte Matt. »Ich probier's. Frank, ich möchte, dass das Zimmer oben geputzt wird und das Bett mit den saubersten Laken, die ihr habt, bezogen wird. Außerdem brauche ich zwei saubere Kopfkissen. Kapiert?«

»Lass mir zehn Minuten Zeit«, erwiderte Frank.

»Noch was. Ich brauche eine möglichst spitze Zange.«

»Hab ich.«

»Und einen Plastikschlauch, wie man ihn benötigt, um Benzin abzusaugen.«

»Hab ich auch.«

»Gut. Und dann brauche ich noch die Gummihandschuhe aus meinem Erste-Hilfe-Koffer.« Er stöhnte. »Ach Scheiße, egal. Ich hatte sie in meinen Rucksack gepackt. Hört zu, für das, was ich vorhabe, wäre ein Kondom sogar noch besser. Du weißt schon, ein Gummi. Kann einer von euch mal eben in die Stadt fahren und mir eine Dreier-Packung holen?«

Es herrschte einen Augenblick lang Schweigen, dann sagte Lyle: »Ich hab welche hier.«

Matt sah von einem der Brüder zum nächsten, als Lyle ins Schlafzimmer ging und mit zwei farbigen Kondomen wieder erschien. Falls den Slocumbs die Situation irgendwie peinlich war, so verbargen sie es auf jeden Fall gut hinter ihren Poker-Mienen. Mit einem stolzen, zahnlosen Lächeln reichte Lyle Matt die beiden Kondome. Die Plastikverpackung war zwar zerknittert, aber intakt.

»Ich will es gar nicht wissen«, sagte Matt zu keinem im Besonderen. »Ich will es *nicht* wissen.«

Sobald das Zimmer vorbereitet war, wurde Lewis dorthin verfrachtet. Sein Atem war mittlerweile angestrengter und seine Gesichtsfarbe war ziemlich grau. Matt hatte in einem Handbuch über Notfallmaßnahmen, das in seinem Badezimmer lag, gelesen, wie man im Ernstfall einen Schlauch in den Brustkorb einführte. Die meisten der von einem Vietnamveteran vorgestellten Verfahren waren sehr bildhaft beschrieben. Einige, wie zum Beispiel das Einführen eines Schlauchs in den Thorax, waren geradezu spektakulär. Der Schlüssel für die Prozedur war das Kondom. Er würde es auspacken, die Spitze abschneiden, es dann auf das Ende des aus der Brust herausragenden Schlauchs ziehen und mit Klebeband daran befestigen. Das am Ende offene Kondom würde dann als perfektes Einweg-Ventil fungieren und ermöglichen, dass Luft aus der Lunge entwich und nicht wieder zurückströmte. Einen Finger von einem Gummihandschuh abzuschneiden hätte vielleicht auch funktioniert, aber sicherlich nicht so gut, und ganz bestimmt wäre er nicht so bunt.

Die Bettlaken – mit verblichenem Blumenmuster – waren erstaunlich sauber und rochen sogar frisch. Außerdem waren nach zehnminütigem Auskochen alle Reste von Benzin und anderen Verunreinigungen von dem ein Meter achtzig langen Dreiviertel-Zoll-Schlauch und der Spitzzange entfernt. Der Erste-Hilfe-Koffer war gut bestückt und enthielt neben einer Lupenbrille und Nähmaterial auch starke Antibiotika zum Injizieren und ein Mittel zur Lokalanästhesie. Matt reinigte die Schusswunden, strich sie mit antibiotischer Salbe ein und verband sie. Dann benutzte er das Anästhetikum, um eine Stelle seitlich unterhalb der Austrittswunde zu betäuben.

»Lewis«, sagte er, »ich werde dich so gut ich kann örtlich betäuben, aber es wird trotzdem wehtun.«

»Mehr oder weniger, als angeschossen zu werden?«

»Gute Frage.«

Matt nahm ein Skalpell zur Hand und schnitt ein Loch in die betäubte Haut, dann spitzte er das Ende des Schlauchs an.

»So, jetzt tief Luft holen, Lewis, und anhalten. Ich werde dir jetzt den Schlauch hineinschieben«, sagte er. »Okay, jetzt.«

Das angespitzte Ende des Schlauchs klemmte er so fest wie möglich mit der spitzen Zange ein und stieß diese dann in die Brust, bis er eine Rippe traf. Dann schob er sie unter der Rippe durch die Zwischenrippenmuskulatur in den Raum, der durch den kollabierten Lungenflügel frei geworden war. Lewis, dem der Schweiß auf der Stirn stand, schrie kurz vor Schmerz auf, dann war er ruhig. Matt zog die Zange heraus und ließ den Schlauch in der Brust. Einige Sekunden lang war alles still, dann begann das Kondom zu flattern, als die Luft durch den Schlauch hindurch entwich.

Mit geschlossenen Augen lag Lewis da, atmete gleichmäßig und war völlig erschöpft. Matt wartete einige Minuten, in denen keiner ein Wort sagte, dann horchte er die Lunge ab. Diese hatte sich zwar noch nicht vollständig wieder mit Luft gefüllt, aber es gab Atemgeräusche, wo kurz zuvor keine gewesen waren. Er fragte sich, wie viele vor ihm schon einmal eins der Verfahren, die in dem Handbuch beschrieben waren, angewendet hatten. Eines Tages, vorausgesetzt, Lewis und er kamen lebend aus dem ganzen Schlamassel heraus, würde er dem Autor einen Brief schreiben.

Nachdem er den Schlauch fünfundzwanzig Zentimeter tief in Lewis' Brust gefädelt hatte, nähte er ihn fest und verband die Einstichöffnung. Dann horchte er die Lunge noch einmal ab. Die Atemgeräusche nahmen zu, die Lunge dehnte sich aus.

»Und?«, fragte Frank.

Matt verpasste Lewis eine hoch dosierte Antibiotika-Injektion.

»Nun ja«, erwiderte er, wobei er den Ausdruck der Verwunderung in der eigenen Stimme wahrnahm, »das verdammte Ding scheint ja zu funktionieren, zumindest im Augenblick. Ich werde mir ein bisschen Sauerstoff und etwas von dem anderen Zeug, was ich brauche, im Krankenhaus besorgen und so schnell wie möglich wieder hierher kommen.«

»Das hast du gut gemacht, Doc«, meinte Frank.

Lewis' Gesichtsfarbe normalisierte sich und er schlug die Augen auf.

»Wusste doch, dass es vernünftig war, dir das Geld zu geben, als du damals an unsre Tür geklopft und für die Baseballmannschaft gesammelt hast.«

»Wen wir in Gefahr bringen, den flicken wir auch wieder zusammen«, sagte Matt. »Das ist unser Motto.«

Er war immer noch davon beeindruckt, dass er mit einer Technik, die er wie in einem Rezeptbuch nachgelesen hatte, ein Menschenleben retten konnte. Was würden die in Harvard wohl dazu sagen?

»Doc?«, sagte Lyle.

»Ja?«

»Wenn du den anderen Gummi nich mehr brauchst, kann ich ihn dann wiederhaben?«

Lynette Marquand brüstete sich damit, präzise, pünktlich und zuverlässig zu sein, wie sie es ausdrückte. In der passenden Umgebung, fügte sie augenzwinkernd noch leidenschaftlich hinzu. An fünf Tagen in der Woche, wenn sie nicht gerade Urlaub machte, stand sie um halb fünf morgens auf und war um fünf in ihrem Büro im Ostflügel des Weißen Hauses. Samstags schlief sie bis sechs und sonntags sogar bis um sieben, es sei denn, ihr Mann hatte vor Frühstück und Kirchgang das Bedürfnis nach Zuwendung. An diesem regnerischen Mittwochmorgen vor Sonnenaufgang stand in ihrem Terminkalender nur ein Name, und zwar Dr. Lara Bolton.

Lynette hatte bestenfalls lauwarme Gefühle für die meisten Kabinettsmitglieder übrig, aber Bolton stellte eine Ausnahme dar. Einsdreiundachtzig groß und schwarzhaarig, wurde die Gesundheitsministerin von mehr als einem politischen Karikaturisten als Storch dargestellt und mit ihrem schmallippigen Bostoner Akzent war sie ein willkommenes Opfer für die Saturday Night Live Talkshow-Moderatoren. Aber ihr gewitzter Verstand und ihre politische Weitsicht führten sie häufig sowohl in Lynettes Büro als auch in den Westflügel des Oval Office.

Bolton, wie üblich in ein frisch gebügeltes marineblaues Kostüm gekleidet, klopfte an und betrat Lynettes Büro um Punkt 5.15 Uhr.

»Nun, Lara«, sagte Lynette, nachdem sich die Ministerin eine Tasse koffeinfreien Kaffee eingegossen hatte, »mein Mitarbeiterstab ist um ein Mitglied kleiner.«

»Das haben Sie richtig gemacht. Janine Brady war nun

schon so lange im Geschäft und hätte es wissen müssen, dass sie Ihnen nicht einfach den einstimmigen Ausgang der Abstimmung versichern kann, ohne sich dessen zu vergewissern.«

»Und wo stehen wir jetzt?«

»Also, es sieht so aus, dass Ellen Kroft ernsthafte Bedenken gegen Omnivax hat.«

»Schlecht.«

»Sie vertritt in dem Ausschuss die Verbraucher, daher gibt es auch von Seiten der Pharmaindustrie keinerlei Druckmittel auf sie.«

»Wurde einer meiner Mitarbeiter befragt, bevor sie ernannt wurde?«

»Ich sage es nicht gern, aber es war Janine Brady. Oder warten Sie, ich glaube, ich wurde auch befragt, Lynette. Kroft schien völlig harmlos zu sein – ein Pro-forma-Angebot von PAVE. Wäre sie militanter gewesen, hätten wir ihrer Berufung niemals zugestimmt. Niemand hat so etwas erwartet.«

»Und nun?«

»Unser Mann im Ausschuss, Poulos, hat mir erzählt, er wolle sich um das Problem kümmern. Er ist optimistisch, dass sich eine Einigung wird finden lassen.«

»Lohnt es sich, dass ich mich mit ihr treffe?«

»Sie können es versuchen, aber soweit ich weiß, hat sie fünfzig Dollar zu Harrisons letztem Wahlkampf beigesteuert und diesmal ihren Beitrag sogar auf fünfundsiebzig erhöht.«

»Das ist doch einfach unglaublich. Seit den letzten Umfragen sind wir um drei Prozentpunkte abgesackt. Jim setzt auf Omnivax, damit sich das wieder ändert. Und hier haben wir eine Harrison-Anhängerin, die die ganze Sache zu vermasseln droht.«

»Wenn Kroft bei ihrer Haltung bleibt, dann schießen wir uns darauf ein, dass die Sache bei ihr einen politischen Hintergrund hat, da sie ja eine bekannte Harrison-Anhängerin ist.«

»Das wird uns die drei Prozentpunkte auch nicht wieder zurückbringen.«

»Ich weiß.«

»Was ist mit unseren Plänen zur Erstimpfung?«

»Ich glaube, dass wir jetzt so weit sind, Lynette. Wir haben zwei Frauen hier in Washington, D. C., die kurz vor der Entbindung stehen. Die Babys werden vier Tage alt sein, wenn wir bereit sind. Beide Frauen suchen die Gesundheitsstation in Anacostia auf, beide wünschen sehr, dass ihre Kinder als Erste mit Omnivax geimpft werden.«

»Sind beide Schwangerschaften ohne Komplikationen verlaufen?«

»Keinerlei Probleme.«

»Kennen wir schon das Geschlecht der Kinder?«

Bolton grinste. »Verehrte First Lady, Sie sagten, Sie wollten ein Mädchen. Wer auch immer die Mutter sein mag, Sie bekommen Ihr Mädchen.«

»Das wird jede Menge Aufsehen erregen. Das gibt drei Punkte, wenn nicht mehr.«

»Wenn nicht mehr«, wiederholte die Ministerin.

12

Auf ihrer Fahrt von Boston nach Belinda, West Virginia, war Nikki ernst und in sich gekehrt und hörte die ganze Zeit über Musik – Countrywestern, Jazz, Klassik und alle Arten von Bluegrass. Neben Kathy Wilsons zwei Alben hatte sie noch mehrere Aufnahmen, auf denen Kathy als Studiomusikerin bekannte Sänger begleitete, von denen einige von ihr geschriebene Texte sangen. Kathy hatte verschiedene Instrumente beherrscht, aber die Mandoline spielte sie wie kaum ein anderer.

Ein wesentlicher Grund, warum Nikki den Saturn gekauft hatte, war die hervorragende Stereoanlage. Den größten Teil der Strecke legte sie bei voll aufgedrehter Musik und mit offenem Schiebedach zurück. Im Kofferraum und auf dem Rücksitz lagen Kathys persönliche Habe, ihre Bücher, Kleider, Stereoanlage, ihre Instrumente, vor allem ihr wertvollster Besitz, eine alte Gibson F-5-Mandoline aus den zwanziger Jahren, was sie jedem, ob er sich nun für Mandolinen interessierte oder nicht, erzählt hatte.

Es war ein klarer, sonniger Tag. Nikki hatte die Nacht in einem Best-Western-Hotel außerhalb von Harrisburg, Pennsylvania, verbracht und war am Morgen rechtzeitig von dort aufgebrochen, um vor der Totenfeier in Belinda noch eine Stunde Zeit zu haben. Ihre Gedanken kreisten unaufhörlich um das Leben und den Tod von Kathy Wilson und die Musik nahm sie so gefangen, dass sie hunderte von Kilometern gefahren war, ohne irgendetwas von der vorbeiziehenden Landschaft wahrzunehmen.

Die von Joe Keller an Kathys Leiche durchgeführte Autopsie hatte enttäuschend wenig enthüllt. Ihr Gehirn schien, zumindest nach einer ersten groben Untersuchung, normal zu sein. Keine Tumore, keine Schlaganfälle, keine Gefäßdeformationen, keine Narben – kurz, es gab keinerlei Erklärung für den rapiden psychischen Verfall, der letztlich ihren Tod verursacht hatte. Die mikroskopische Untersuchung ihres Gehirns würde erst am folgenden Tag Aufschlüsse ermöglichen, aber Nikki knüpfte daran oder an die toxikologische Untersuchung von Kathys Blut keinerlei Erwartungen.

In einem Witz über Ärzte heißt es, Internisten wissen alles, tun aber nichts, Chirurgen wissen nichts, tun aber alles, und Pathologen wissen alles, nur leider zu spät. In Kathys Fall konnte der Spruch nicht weiter von der Realität entfernt sein. Ihnen allen würden, sogar nach den aufwendigsten post-mortem-Untersuchungen, nichts als Fragen bleiben – Fragen, auf die es verdammt wenige Antworten gab.

Selbst die auffälligen Neurofibromen hatten keinerlei Aufschluss gegeben. Von den Beulen, die Kathys Gesicht und Kopfhaut bedeckten, hatte Joe den Eindruck, dass sie typisch waren für Neurofibromen – Ursache unbekannt, wahrscheinlich auf irgendeine Mutation oder auf andere genetische Faktoren zurückzuführen. Er hatte Nikki versichert, dass er nicht aufgeben und die Meinung anderer Pathologen einholen werde. Außerdem werde er selbst noch weitere spezielle Untersuchungen durchführen. Aber Nikki kamen, zumindest im Moment, die unbeantworteten Fragen wie nicht eingelöste Versprechen vor.

Sie kurbelte die Scheibe zur Hälfte herunter und atmete die angenehme Luft der Appalachen ein. Sie war schon viel durch die Staaten gereist – eine Floßfahrt auf dem Colorado durch den Grand Canyon, Touren mit dem Mountain-Bike in die Bryce-, Zion- und Yosemite-Nationalparks, mal eine Woche nach New Orleans, San Francisco oder Chicago. Aber in West Virginia war sie zum ersten Mal. Schon vom Highway aus erschien ihr die Landschaft wild und umwerfend schön. Die Wälder waren dicht und grün und großenteils unberührt. Unzählige Bäche und Flüsse wanden sich unter der Straße hindurch, im Wechsel schäumende Wildwasser und mäandernde Flussläufe, die unter tiefgrünen Laubdächern gemächlich den dunklen Bergen in der Ferne zustrebten. Wasserfälle, die an vielen Orten die Hauptattraktion wären, waren einfach ... da. Auf ihrer Fahrt durch diese Landschaft konnte Nikki die Begeisterung für die Natur, die in vielen von Kathys Liedern mitschwang, nachempfinden.

Auf dem Straßenschild an der Route 29 stand: »Belinda 20 Meilen.« Wie geplant würde sie ungefähr eine Stunde vor dem Gottesdienst dort sein. Sie hätte auch, wie die Bandmitglieder, hinfliegen und sich dort einen Wagen mieten können. Obwohl sie direkt im Anschluss wieder nach Boston zurückfahren musste, damit sie nicht zu viele Urlaubstage nehmen oder, was schlimmer wäre, Brad Cummings Rede und Antwort stehen musste, war es ihr wichtig, diese Zeit für sich allein zu haben. Sie wollte der Musik lauschen und über die Entscheidungen nachdenken, die sie in ihrem Leben getroffen hatte.

Ihre Entscheidung für das Medizinstudium, die sich als richtig zu erweisen schien, basierte lediglich auf ihrem Wunsch, dem Vater nachzueifern. Das galt in gleichem Maße für die Entscheidung, Chirurgin zu werden. Wenn es überhaupt einen Wendepunkt in ihrem Leben und ihrem Selbstgefühl gegeben hatte, dann war das der Wechsel in die Pathologie. Sie betrat nicht mehr vorgeschriebene Pfade, nur weil andere sie dazu drängten. Dass sie ihre Verlobung mit Joe DiMare aufgelöst hatte – einem Mann, den ihre gesamte Familie und die meisten Freunde für eine glänzende Partie hielten –, unterstrich ihre eigenständige Entwicklung. Das geschah ein Jahr nachdem sie ihre Zeit als Assistenzärztin in der Pathologie beendet hatte. Und wieder ein Jahr später verließ sie die Kammermusik und bat Kathy Wilson, ihr Bluegrass beizubringen.

Ihr friedliches Leben war, wie das anderer Leute auch, unvorhersehbar und zerbrechlich. Krankheit, Unfälle, Irrtümer bei Entscheidungen und Beurteilungen – alles das lauerte wie Felsbrocken in einem schnell fließenden Strom neben den Herausforderungen der Liebe, bei der Arbeit und in den Beziehungen. Und schließlich begriff sie, dass sie in ihrer Seele forschen musste, um herauszufinden, wer sie war und was sie wollte, keine Angst vor Entscheidungen haben durfte und jeden Tag wichtig nehmen musste.

Die schmucklose, weiße Baptistenkirche füllte sich schon, als Nikki eintraf. Sie trug einen schwarzen Leinenhosenanzug mit einer ärmellosen Bluse aus silberfarbener Seide. Aber da die Temperatur schon 28 Grad betrug und die Trauergemeinde vorwiegend leger gekleidet war, hatte sie ihre Jacke über den Arm gelegt.

Die Mitglieder von Kathys Band begrüßten Nikki herzlich, ebenso wie Kathys Eltern – Sam, ein Milchbauer, und Kit, die Quilts herstellte und verkaufte. Sie waren ernste, schweigsame Leute vom Land, mit müden

Gesichtern, an denen sich ihr hartes Leben ablesen ließ, aber besonders der Kummer über den plötzlichen Tod ihrer einzigen Tochter. Kathy hatte liebevoll und mit Bewunderung von ihnen gesprochen, trotz der Unterschiede in ihrem Temperament und der Lebensauffassung, die sie über die Jahre einander entfremdet hatten.

Nikki wunderte sich, als Kit sie bat, sie und ihren Mann auf einem Spaziergang zu begleiten. Sie gingen einen Feldweg entlang, der hinter der Kirche über eine große, ungemähte Wiese verlief. Als sie Kathys Eltern nach der post-mortem-Untersuchung angerufen hatte, schienen beide – außer dass sie indirekt fragten, ob Kathy getrunken oder Drogen genommen hatte – nicht sonderlich interessiert an ihrem Gesundheitszustand oder dem Ergebnis der Autopsie. Vielleicht hatte ja der Schock klare Gedanken verhindert, aber Nikki sah immer noch keinen Grund, warum sie Fragen beantworten sollte, die sie gar nicht gestellt hatten. Sie hatten sich sehr bald für eine Einäscherung und eine Totenfeier ausgesprochen, und das war's dann auch schon.

Jetzt ging Nikki neben ihnen her und begriff noch nicht so richtig, was der Verlust für Kathys Eltern bedeutete.

»Wir möchten uns bedanken, dass Sie hergekommen sind«, sagte Kit in einem Tonfall, der Nikki auf unheimliche Weise an Kathy erinnerte.

»Ich vermisse sie ganz schrecklich«, sagte Nikki. »Sie war nur ein Jahr jünger als ich und ich war diejenige, die ihr Leben in der Großstadt verbracht hatte, aber sie war so klug und so mit sich selbst im Reinen, dass ich manchmal dachte, sie sei meine größere Schwester.«

»Das verstehe ich gut. Selbst als sie noch klein war, war sie so was auch für mich manchmal.«

»Als ich sie kennen lernte, spielte ich klassische Geige. Ich habe sie damals gefragt, ob sie eine Bluegrass-Geigerin aus mir machen könnte. Sie sagte, sie wolle es versuchen. Die Entscheidung war nicht so leicht. Sie holte mich am nächsten Abend ab und fuhr mit mir aufs Land auf eine große Wiese. Sie hatte eine Decke dabei, einen Flachmann mit einem scheußlichen Apfelwhiskey und einen tragbaren CD-Spieler. Wir blieben dort bis zum Morgengrauen, hörten uns einen Bluegrass-Musiker nach dem anderen an und tranken dieses widerliche Zeug, bis es wie Honig schmeckte. Am Morgen war ich so von Mücken zerstochen, dass ich mich kaum noch bewegen konnte. Kathy hatte keinen einzigen Stich. Sie hatte sich mit einem Mückenmittel dick eingerieben. Ihre Tochter wollte herausfinden, ob ich so weit in die Musik eintauche, dass ich nicht merke, ob ich bei lebendigem Leib aufgefressen werde. Am nächsten Tag gab sie mir die erste Unterrichtsstunde. Großer Gott, sie spielte fantastisch.«

»Das wissen wir«, sagte Kit. »Das wissen wir. Manchmal bleiben uns die Wege des Herrn verborgen, bis wir bereit sind, sie zu verstehen und zu akzeptieren.«

Als sie zurück zur Kirche kamen, sah Nikki, dass die Trauergemeinde immer noch anwuchs. Kit fragte sie: »Nikki, Sam und ich würden gern wissen ... Kathy hatte so ein schönes Gesicht, wie ein Engel ... Ist bei dem Unfall ...? Also, ich meine ...«

»Kit, sie war auch zum Schluss noch schön«, sagte Nikki, die versuchte, die zahllosen auf sie einstürmenden Bilder von sich fern zu halten. »Ihre Halswirbel waren gebrochen. Deshalb starb sie. Sonst nichts. Ihr Gesicht war völlig unversehrt.«

»Gott sei Dank«, murmelte Sam. »Sie hat immer gesagt, sie will eingeäschert werden, falls ihr mal was zustößt, deshalb haben wir es so gemacht.«

Nikki begleitete Kathys Eltern in den Altarraum und setzte sich neben sie. Sie hatten sie am Telefon gebeten, während des Gottesdienstes ein paar Worte zu sagen. Nikki hatte eingewilligt und sich überlegt, aus Kathys Gedichten vorzulesen und die Texte von zwei Liedern, zu denen Kathy die Musik nicht mehr hatte schreiben können, anstatt ihre persönlichen Erinnerungen an Kathy von sich zu geben. Sie musste mehrmals innehalten, um die Fassung wieder zu erlangen, aber in dem Raum herrschte ein solches Gefühl von Stärke und Zuversicht, dass sie den Eindruck hatte, dass jedes Wort richtig war. Der Gottesdienst dauerte weniger als eine Stunde. Durch die Kirchenlieder, Vorlesungen, Erinnerungen, zwei Stücke, die von Kathys CDs abgespielt wurden und das Lied einiger Freunde, das diese gemeinsam mit der Band spielten, entstand eine derart herzergreifende Atmosphäre, dass allen Anwesenden Tränen in die Augen stiegen.

Der anschließende Empfang in dem Gemeindehaus neben der Kirche glich allerdings mehr einer Hymne auf Kathys Leben als einer Gedenkzeremonie. Die Band bildete den Kern des musikalischen Geschehens. Musiker stießen dazu, spielten ein Stück und machten anderen Platz. Die meisten waren Amateure, spielten aber erstaunlich gut. Irgendeiner sagte den Namen eines Stückes an oder begann mit den ersten Takten und sofort fielen die Übrigen ein. Nikki zog sich Jeans und Turnschuhe an und holte die Geige aus dem Wagen. Im Vergleich zu den meisten anderen war sie immer noch eine Anfängerin, aber sie schaffte es, bei der Jamsession mitzuhalten, ohne sich zu blamieren. Sie spielte sogar ein

Solo in »Foggy Mountain Breakdown«, für das sie immerhin Applaus des Banjospielers einheimste. Schließlich wischte sie sich den Schweiß ab, machte eine Pause und steuerte auf die Bowle zu. »Hier«, sagte ein Mann zu ihrer Rechten. »Darf ich Ihnen einen Becher einschenken? Alkoholfrei oder extra stark?«

Er war um die vierzig und gut aussehend mit breiten Schultern und schmaler Taille, flachsblondem Bürstenschnitt, athletischer Figur und dunkelgrauen Augen, die für Nikkis Geschmack etwas zu eng beieinander standen. Er trug ein weißes Oberhemd und einen schwarzen Bolo-Tie mit einem großen Türkis als Schmuckstein. Der für die Leute aus den Bergen typische breite Dialekt klang bei ihm weitaus weniger durch als bei den meisten anderen, die sie hier kennen gelernt hatte, und sein Benehmen und seine Wortwahl ließen auf eine College-Ausbildung schließen.

»O nein, bitte keinen Alkohol«, antwortete sie. »Ich habe heute Nachmittag noch eine lange Autofahrt vor mir.«

»In diesem Fall muss ich allerdings darauf bestehen, dass Sie den hochprozentigen Stoff nicht anrühren. Ich kenne den, der das Zeug gebrannt hat, und außerdem bin ich der Polizeichef von Belinda. Bill Grimes ist mein Name.«

Er streckte Nikki die Hand hin. Sein Händedruck zeugte von Selbstvertrauen.

»Nikki Solari. Erfreut, Sie kennen zu lernen.«

»Das war eine sehr bewegende Lesung.«

»Kathy war eine wundervolle Texterin. Ihre Lieder bedeuten einer Menge Leute sehr viel.«

»Kit sagte mir, Sie seien Ärztin.«

»Von meinem Beruf her bin ich Pathologin, aber meine Leidenschaft gehört der Musik. Kathy war dabei, mich von einer klassischen Violinistin in eine Fiddlerin zu verwandeln.«

»Ich habe es gehört. Das ist ihr hervorragend gelungen.«

»Danke. Ich spiele nicht in ihrer Liga, aber davon gibt es auch nicht sehr viele.«

»Ich bin nicht in dieser Gegend aufgewachsen, aber ich habe gehört, dass ihr Vater ihr die Musik beigebracht hat und dass die Leute, schon als sie Kind war, stehen blieben, wenn sie irgendwo gespielt hat. Die Leute haben es ihr übel genommen, dass sie von hier weggegangen ist.«

Nikki musste bei der Vorstellung lächeln.

»Das glaube ich gerne«, sagte sie.

»Ihr Tod hat uns alle schockiert. Dr. Solari, wenn die ganze Geschichte für Sie noch zu frisch ist, um darüber zu reden, kann ich das gut verstehen, aber als Polizist und Freund der Familie bin ich doch daran interessiert, zu erfahren, was eigentlich vorgefallen ist.«

»Wenn ich über die Dinge reden kann, hilft mir das dabei, sie zu verarbeiten – auch wenn es wehtut. Sie können mich gern Nikki nennen.«

»Und Sie mich Bill. Ich werde so häufig ›Chief‹ genannt, dass es mir schon wie mein Name vorkommt.«

Sein entspanntes Verhalten wirkte beruhigend auf Nikki. Sie lösten sich mit ihren Getränken aus der Menge und gingen zu einer Bank, die unter einer großen Weide stand. Die Sonne bewegte sich langsam nach Westen und weit in der Ferne lagen die dunklen Hügel in phosphoreszierendem Licht. Nikki hatte sich nie viel mit visueller Kunst beschäftigt, aber sollte sie einmal das Nirwana darstellen müssen, dann wären dazu die Farben von West Virginia geeignet.

»Sie sind also Pathologin«, nahm Grimes das Gespräch wieder auf, nachdem sie auf der Bank Platz genommen hatten.

»Ich arbeite für die Gerichtsmedizin.«

»Interessant. Unser Gerichtsmediziner war auf der Trauerfeier, aber er ist schon vor einer Weile gegangen. Groß und schlank, ein vornehmer Mann, der gern graue Anzüge trägt.«

»Ich fürchte, von all dem hab ich heute nicht so viel mitbekommen.«

»Verständlich. Nun, er ist Pathologe wie Sie auch. Er heißt Doc Sawyer – Hal Sawyer. Sympathisch. Und dazu sehr intelligent – und auch nicht nur an medizinischen Fragen interessiert. Sie haben sich also mit Kathys Tod beschäftigt?«

»Nun, ihr Tod fiel in unsere Zuständigkeit. Mein Chef, Josef Keller, Chefpathologe unseres Staates, hat die Untersuchungen durchgeführt.«

»Hat er irgendetwas Außergewöhnliches herausgefunden? Drogen? Alkohol?«

»Nichts dergleichen. Was wissen Sie darüber, was mit ihr vor dem Unfall los war?«

Grimes schüttelte den Kopf.

»Ich weiß nur, dass sie von einem Auto überfahren wurde.«

»Es war ein Lastwagen. Sie rannte aus einer Bar hinaus direkt auf die Straße. Der arme Fahrer hatte nicht die geringste Chance, zu bremsen.«

»Aber Sie haben gesagt, sie hätte nicht getrunken.«

»Sie hatte keinen Alkohol im Blut. Die Untersuchung auf Giftstoffe hin war – zumindest nach dem vorläufigen Bericht, der uns bisher vorliegt – absolut negativ. Sie war geistig verwirrt, Bill. Psychotisch. Monate, bevor sie starb, verfiel sie in eine fürchterliche Paranoia. Sie glaubte, es wären Leute hinter ihr her, die sie umbringen wollten. Ich habe immer noch versucht, ihr zu helfen, aber je mehr ich mich bemühte, umso mehr zog sie sich von mir zurück.«

»Haben Sie mit ihrer Familie gesprochen?«

»Ich rief sie einmal ungefähr vier Wochen vor Kathys Tod an, aber sie waren nur verstört und verärgert, weil Kathy sich von ihnen abgewandt hatte. Sie konnten nicht verstehen, wie ausgerechnet sie ihr sollten helfen können, wo ich doch die Ärztin war und auch nichts tun konnte.«

»Die Wilsons sind nette Leute«, sagte Grimes, »aber einfach und ziemlich festgefahren in ihren Ansichten. Kathy war ihr einziges Kind. Sie hatten nie damit gerechnet, dass sie weggehen würde.«

»Ich weiß.«

»Also das war's dann? Sie ist einfach verrückt geworden?«

»So ungefähr. Wie ich schon sagte, am Ende war sie überzeugt, dass Leute hinter ihr her waren und versuchten, sie umzubringen. Ich glaube, sie war auf der Flucht, als sie starb.«

»Ist es möglich, dass sie Recht hatte?«

»Nicht dass ich wüsste.«

»Und die Autopsie, die Ihr Chef durchgeführt hat, brachte auch keine anderen Hinweise?«

»Nein. Es gab da allerdings eine andere Sache, die völlig ungewöhnlich war. Etwas, das ich ihren Eltern lieber nicht erzählen wollte. Ein paar Monate vor ihrem Tod, zeitgleich mit dem Auftreten ihrer Paranoia, wurde ihr Gesicht zunehmend von Wucherungen entstellt – wir nennen sie Neurofibrome.«

»Neu-ro-fi-bro-me.« Grimes wiederholte das Wort

langsam, als wollte er es seinem Vokabular hinzufügen. »Ursache?«

»Unbekannt, vielleicht genetische Schwäche oder Mutation, irgend so was. Möglicherweise ein Virus. Haben Sie zufällig mal den Film *Der Elefantenmann* gesehen?«

»Ich fürchte, nein. Aber ich glaube, ich weiß, wovon Sie sprechen.«

»Nun, in ihrer schlimmsten Form kann die Krankheit diese Auswüchse annehmen. Und Kathy war auf dem Weg dahin. Sie war am Ende schon ziemlich deformiert. Nicht auszudenken, wie sie aussehen würde, hätte sie weitergelebt.«

Nikki schaute nach der Sonne und warf dann einen Blick auf die Uhr.

»Sie haben wirklich vor, heute schon wieder nach Hause zu fahren?«, fragte Grimes.

»Ich habe ab morgen Abend Bereitschaftsdienst, bis dahin muss ich zurück sein. Ich bin keine gute Nachtfahrerin, deshalb werde ich nur bis New York fahren und morgen den Rest des Wegs hinter mich bringen. Ich habe aber noch Lust, ein bisschen mehr zu spielen, bevor ich losfahre. Es gibt da ein paar von Kathys Stücken, die ich gern mit der Band ausprobieren würde.«

»Ich würde mir wünschen, dass Sie noch etwas bleiben könnten«, sagte Grimes mit einem einladenden Blick und Tonfall.

»Netter Gedanke«, sagte sie, ohne im Geringsten durch den Ton des Polizisten eingeschüchtert zu sein, »aber ich muss nach Hause.« Sie stand auf. »Kommen Sie doch mit rein, dann spielen wir ein paar Stücke für Sie. Haben Sie irgendwelche Lieblingslieder, die Sie noch nicht gehört haben?«

»Ich verstehe nicht besonders viel von Bluegrass«, erwiderte Grimes, »obwohl mir die Musik gefällt. Sagen Sie mir noch«, fuhr er fort, während er sie ins Gemeindezentrum zurückbegleitete, »warum hatten Sie beschlossen, den Wilsons nichts von Kathys Neu-ro-fi-bro-men zu erzählen?«

»Ich sah keinen Grund dafür, ihnen das am Telefon zu sagen. Und als ich sie dann persönlich kennen lernte, war ich mir gar nicht mehr so sicher, dass ich es überhaupt noch wollte. Sie wollten wissen, ob Kathys Gesicht bei dem Unfall übel zugerichtet worden war. Die Ärmsten hatten genug Probleme damit, zu verdauen, dass Kathys Geisteszustand verwirrt war. Es wäre grausam gewesen, ihnen zu erzählen, dass ihr Gesicht auch deformiert war. Außerdem ist die mikroskopische Untersuchung des Gehirns und der Neurofibromen noch nicht abgeschlossen. Wenn dabei irgendetwas herauskommt, was die Geschehnisse erklären kann, werde ich es ihnen natürlich sagen. Wenn nicht, muss ich entscheiden, ob es sich überhaupt lohnt, etwas zu sagen. Wie Sie wissen, ist Kathy ein Einzelkind, man braucht sich also keine Sorgen zu machen, falls irgendwelche genetischen Probleme eine Rolle spielen.«

»Wenn ich an Ihrer Stelle wäre, würde ich es den Wilsons wahrscheinlich auch nicht erzählen«, sagte Grimes. »Es bringt nichts.«

»Gar nichts«, pflichtete Nikki ihm bei.

»Nun«, sagte er, als sie im Gemeindehaus ankamen, »es tut mir Leid, Sie unter diesen Umständen kennen gelernt zu haben, aber dennoch freut es mich.«

»Das gilt auch für mich.«

»Vielleicht sehen wir uns ja noch einmal.«

»Man kann nie wissen. Wenn ich noch mal aus irgendeinem Grund hierher kommen sollte, rufe ich Sie auf dem Polizeirevier an.«

»Tun Sie das. Und ich werde Sie im Leichenschauhaus anrufen, sollte ich in Boston sein.«

»Gern«, antwortete sie.

»Und Nikki, wenn bei der mikroskopischen Untersuchung etwas herauskommt, lassen Sie es mich bitte wissen.«

Nikki griff sich ihre Fiddle und rieb sie behutsam mit einem Tuch ab.

»Das werde ich tun, Bill«, sagte sie und nahm ihren Platz unter den Musikern ein, die mittlerweile ziemlich zahlreich waren. »Da Sie keinen besonderen Wunsch haben, werde ich ein Stück auswählen. Wir spielen einiges von Alison Krauss. Sie war Kathys Idol. Meins übrigens auch.«

Der intelligente, vornehm aussehende Gerichtsmediziner, den sie nicht kennen gelernt hatte, mochte vielleicht schon gegangen sein, aber die meisten anderen waren geblieben. Die Leute standen um das Buffet herum oder auf der Tanzfläche verteilt, Arm in Arm, und warteten auf das nächste Stück. Kathy hätte das Ganze gefallen und wahrscheinlich hätte sie zur Feier ein Fässchen Budweiser beigesteuert.

Nikki schloss die Augen und ließ sich von der Musik durchströmen. Noch vor wenigen Stunden war sie eine völlig Fremde in Belinda gewesen. Aber jetzt, durch Kathy und das Geschenk des Bluegrass, war sie mit der Stadt, mit den Wäldern, den Bergen und den Gewässern der Gegend in einer Weise verbunden, die bis an ihr Lebensende andauern würde.

Es ging auf halb vier zu. Nikki lud Kathys persönlichen Nachlass in den Dodge Pick-up der Wilsons. Nachdem alles verstaut war, holte sie den Koffer mit Kathys wunderschöner Mandoline aus ihrem Saturn.

»Hier«, sagte sie und reichte sie Sam. »Chief Grimes hat mir erzählt, dass Sie Kathy beigebracht haben, darauf zu spielen.«

»Nur ein paar Wochen lang«, gab er zurück, nahm das Instrument aus dem Kasten und wiegte es in seinen riesigen Händen mit einem sanften, melancholischen Gesichtsausdruck. »Danach hat sie angefangen, es mir beizubringen.«

Er strich mit seinem knotigen Daumen über die Saiten, die Nikki gestimmt hatte, bevor sie die Mandoline in den Kofferraum gepackt hatte. Dann nahm er ein paar Picks aus dem Koffer und spielte ein kurzes, ziemlich schwieriges Riff mit bemerkenswerter Klarheit.

»Das war wunderschön«, sagte Nikki. »Kein Wunder, dass Kathy so gut war. Sie hatte es im Blut.«

»Hier«, erwiderte Sam, legte die Mandoline zurück in den Koffer und hielt ihn ihr hin. »Ich möchte, dass Sie sie behalten.«

»Aber ich –«

Kit, die ein wenig hinter Sam stand, unterbrach sie mit einem energischen Kopfschütteln.

»Sam hat schon schlimme Arthritis«, sagte sie. »Wir würden uns beide sehr freuen, wenn Sie Kathys Instrument nehmen würde.«

Beiden Gesichtern war anzusehen, dass eine Diskussion zwecklos war.

»Vielleicht komme ich mal wieder her, um eine Stunde zu nehmen«, antwortete sie.

»Das können Sie gerne machen«, brachte Sam mit Tränen in den Augen hervor.

Nikki legte den Mandolinenkoffer auf den Vordersitz,

verabschiedete sich mit einer Umarmung von den Wilsons und fuhr die geschwungene Auffahrt der Kirche hinunter zur Straße Richtung Norden. Am Stadtrand von Belinda hielt sie noch einmal an und blickte durch das Heckfenster zurück in die Main Street. Es war wirklich eine liebenswerte Stadt – freundliche, ernsthafte Menschen; eine schöne Landschaft, und die Gemächlichkeit, in der hier das Leben vonstatten ging, hatte etwas Anziehendes. Es tat ihr weh, daran zu denken, dass sie diesen Ort nie mehr mit ihrer Freundin würde gemeinsam kennen lernen können.

Sie wandte sich Richtung Norden, nahm die schmale zweispurige Straße, die sie auf die Route 29 bringen würde. Die Straße, die sich durch dichten Wald schlängelte, war genau wie auf der Hinfahrt völlig verlassen. Nikki setzte die Baseballmütze der Red Sox auf, um ihre Haare zu bändigen, und öffnete das Schiebedach und das Fenster auf der Fahrerseite. Sonnenlicht fiel stellenweise durch die Baumwipfel und warf Muster auf die Straße. Als sie um eine rechte Biegung fuhr, sah sie einen Wagen in der Spitze der Kurve stehen. Ein Mann in Jeans und einem gelben T-Shirt lag mit dem Gesicht nach unten auf der Straße. Ein schwergewichtiger Mann in einem dunklen Anzug kniete neben ihm. Nikkis erster Eindruck der Szenerie war, dass der Mann einen Fußgänger angefahren hatte. Er blickte auf, als sie näher kam, dann erhob er sich und winkte, sie solle anhalten. Nikki fuhr an den Straßenrand, wobei sie den Boden um das Opfer herum nach Blutspuren untersuchte.

Der Mann von Mitte dreißig, der völlig aufgelöst schien, eilte an ihr Fenster.

»Ich ... ich habe ihn nicht gesehen. Ich kam um die Kurve und da stand er. Haben Sie ein Handy?«

»Atmet er noch?«

»Ich ... ich glaube schon.«

Nikki eilte zu dem bewegungslosen Mann, sie befürchtete das Schlimmste. Kein Blut, keine offensichtlichen Verletzungen. Seine Brust hob und senkte sich leicht – auf jeden Fall atmete er. Sie wollte ihn nicht auf die Seite rollen, ohne seinen Hals zu stabilisieren. Sie kniete sich neben ihn, betrachtete sein Gesicht und fasste nach seinem Handgelenk, um den Puls zu fühlen. In diesem Augenblick rollte er sich auf die Seite und gleichzeitig packte der Mann, der hinter ihr stand, sie grob an den Haaren und drückte ihr ein Tuch auf Mund und Nase. Es war getränkt mit einer Substanz, die sie sehr wohl aus dem Labor kannte – Chloroform.

»Schlafen Sie gut, Doc«, sagte er.

13

Während ihres Jahres als Assistenzärztin in der Chirurgie hatte sie sich, noch bevor sie in die Pathologie gewechselt war, den Spitznamen »Eisklotz« erarbeitet, weil sie selbst angesichts der grässlichsten medizinischen Notfälle absolut gelassen reagierte und nie die Fassung verlor. Sie hatte keine Erklärung dafür, diese Fähigkeit schien angeboren zu sein. Aber einmal, nachdem sie nur Augenblicke zuvor das Leben eines Patienten durch einen Luftröhrenschnitt gerettet hatte, hatte sie ihren Pulsschlag gemessen: Achtundfünfzig.

»Ich nehme an, es liegt daran, dass ich einfach ein sehr rationaler Mensch bin«, erklärte sie einmal einem befreundeten Arzt. »Und ein positiv denkender dazu. Sobald ich in einer x-beliebigen kritischen Situation stecke, konzentriere ich mich nur noch darauf, was ich zu tun habe, und eigentlich nie auf das, was passieren könnte, falls ich versage.«

Als Nikki das Chloroform roch, wusste sie, was sie zu tun hatte. Ihr blieben drei Sekunden Zeit. Wie bei Notfällen im Krankenhaus schien ihre Reaktion angesichts dieser wertvollen Sekunden reflexhaft zu sein, aber in Wirklichkeit gingen ihr blitzschnell einige Überlegungen durch den Kopf.

Chloroform – tief einatmen und die Luft anhalten! ... Schnelle, gezielte Bewegungen des so genannten Opfers – das ist eine Falle! ... Schlafen Sie gut, Doc – er weiß, wer ich bin! Das ist kein zufälliger Überfall. Betteln oder bitten ist völlig sinnlos ...

Dreimal in ihrem Leben hatte Nikki Selbstverteidigungskurse für Frauen besucht. Jedes Mal ging sie anschließend frustriert nach Hause, verlegen und ein wenig erschrocken, weil sie schon wieder so viel vergessen hatte. Aber drei immer wiederkehrende Regeln hatten sich in ihr Gedächtnis eingebrannt: Du musst schnell reagieren; konzentrier dich auf den Unterleib, die Nase oder das Knie; und hau ab, so schnell es geht. Immer noch auf den Knien, im Rücken ihren massigen Angreifer, riss sie die Faust hoch und jagte ihm dann mit aller Kraft den Ellbogen in den Unterleib. Er stöhnte benommen auf, ließ von ihr ab, stolperte kurz und kippte dann auf seinen Hintern wie ein Getreidesack, der vom Lkw geworfen wird. Das chloroformgetränkte Tuch flog durch die Luft. Der dünne Mann im gelben T-Shirt wollte sich aufrichten, aber Nikki war schneller auf den Füßen. Als er hochkam, trat sie ihm mit voller Wucht unters Kinn, sodass seine Zähne aufeinander schlugen und er hintenüber fiel. Dann wirbelte sie herum und rannte über die Straße in den Wald.

»Schnapp sie dir, Verne!«, schrie der Größere von beiden, der nicht aus der Gegend zu stammen schien. »Herrgott noch mal, knall die Schlampe ab!«

»Scheiße, Larry, sie hat mir einen Zahn zerschlagen. Sie hat mir verdammt noch mal den halben Zahn ausgeschlagen!«

Nikki war schon ein Stückchen zwischen den Bäumen verschwunden, bevor sie es wagte, einen Blick über die Schulter zurück zu werfen. Larry, der Mann im Geschäftsanzug, schien zwar etwas wacklig, war aber schon wieder auf den Beinen. Er hatte seine Jacke abgelegt, unter der sein breites Kreuz zum Vorschein kam. Die Sonne glitzerte auf seinem weiten weißen Hemd, beleuchtete ein Schulterhalfter und dunkle Schweißflecken unter den Achseln. Verne, der auch auf den Füßen war, wirkte weniger benommen. Er hatte eine Pistole mit kurzem Lauf aus dem Hosenbund gezogen, überquerte die Straße und nahm ihre Verfolgung auf, wobei er sich noch immer das Kinn rieb. Er feuerte einen Schuss ab, aber Nikki duckte sich ins Gebüsch. Sie hatte keine Ahnung, ob der Schuss überhaupt in ihre Nähe gekommen war.

Die wissen, wer ich bin, und wollen mich umbringen!, schoss es ihr durch den Kopf. *Weg! Nichts wie weg!*

Völlig verängstigt und verwirrt rannte sie los und versuchte, sich einen Reim auf die Situation zu machen, sich irgendeinen Plan zurechtzulegen. Ihr Vorteil war, dass sie in wesentlich besserer Verfassung war als Larry und wahrscheinlich genauso fit wie Verne. Außerdem rannte sie um ihr Leben.

Ihr Nachteil war, dass sie zu zweit waren und bewaffnet, sich hier auskannten, vor Wut kochten und wild entschlossen waren, sie umzubringen. Schlechte Aussichten. Aber noch konnte sie sich beherrschen, noch kämpfte sie gegen die drohende Panikattacke.

»Schneid ihr dahinten den Weg ab!«, hörte sie Verne rufen. »Wenn ich sie nicht vorher schnappe, ist sie gleich aus dem Wald wieder draußen, und da krieg ich sie. Sorg dafür, dass sie nicht zurückkommt.«

Nikki hielt sich die Hand vors Gesicht, damit ihr die Zweige nicht in die Augen peitschten. Die Stadt lag mehrere Kilometer zu ihrer Linken. Zu ihrer Rechten verlief, soweit sie sich erinnern konnte, lediglich irgendwo der Highway, und der war bestimmt fünfzehn Kilometer entfernt. Verne machte sich offenbar vor allem Sorgen darüber, dass sie kehrtmachen könnte, also war es vielleicht das, was sie tun sollte. Aber sie verwarf diese Möglichkeit sofort wieder. Die Gefahr, einem von ihnen in die Arme zu laufen, war zu groß. Außerdem gab es keine Garantie, dass überhaupt ein Auto kam, wenn sie die Straße erreichte. Sie musste weiterlaufen und eine Stelle suchen, wo sie bis zur Dunkelheit bleiben konnte. Dann könnte sie es zurück nach Belinda schaffen.

Da ihr nichts Besseres einfiel, kauerte sie sich hinter einem dicken Baumstamm auf den Boden und lauschte. Verne war nicht weit hinter ihr. Sie hörte seine Stimme, aber brauchte eine Weile, bis sie begriff, dass er nicht wirklich sprach, sondern vielmehr sang – und zwar mit der verstellten, quengeligen Stimme eines Kindes.

»Komm schon, komm schon, wo steckst du denn? Nun zeig dich schon, kleine Lady, du kommst hier nicht weg.«

Ihre Konzentration auf Verne wurde jäh unterbrochen von einem Schuss von links. Die Kugel schlug in den Baum ein, hinter dem sie sich verbarg.

»Was zum Teufel machst du da?«, rief Verne.

»Sie ist da vorne, du Arsch«, antwortete Larry. »Genau hinter dem Baum. Geben Sie's auf, Doc. Es gibt kein Entkommen.«

Ein zweiter Schuss, ein dritter, aber Nikki hastete schon weiter, schlängelte sich zwischen Bäumen hindurch und stolperte über Wurzeln. Der hünenhafte Killer war viel schneller, als sie ihm zugetraut hatte. Den Fehler, ihn zu unterschätzen, würde sie nicht noch einmal begehen. So nützlich die Bäume und das dichte Unterholz waren, so hinderlich waren sie auch. Zum einen boten sie ein bisschen Schutz, aber sie zerkratzten ihr auch das Gesicht und die Arme, ließen sie stolpern oder verstellten ihr die Sicht. Vor allem hielten sie sie davon ab, schneller rennen zu können.

Warum tut ihr mir das an? Warum?

Nikki wäre am liebsten stehen geblieben und hätte diese Frage laut heraus geschrien. Aber diese Männer handelten auf Befehl, sie würde keine Antwort bekommen. Also kämpfte sie sich weiter durch das Gehölz, stand plötzlich in einem flachen Bach und bemühte sich, das Bachbett entlang zu laufen. Es musste doch irgendwo ein Versteck geben oder zumindest einen Trampelpfad, wo sie die Männer abhängen konnte. Sie rutschte immer wieder auf den glitschigen Steinen im Bach aus. Schließlich gab sie den Versuch auf und kletterte das lehmige Ufer hinauf.

»Sie ist im Bach«, schrie Verne. »Nein, da ist sie, auf der anderen Seite, da lang, da lang!«

Zwei weitere Schüsse fielen. Einer streifte einen Ast direkt neben Nikkis Gesicht. Wenn nicht bald eine Lichtung kam, wo sie loslaufen konnte, würde man sie erschießen. Sie schlug Haken, rannte gebückt, um keine Zielscheibe zu bieten und um keine Zweige in die Augen zu bekommen. Es war Spätsommer und der Waldboden war noch nicht mit Laub bedeckt, unter dem sie sich hätte verstecken können. Mittlerweile bekam sie kaum noch Luft. Und sie spürte, dass sie langsamer wurde. Sie wollte sich nur noch hinter einem Baum auf den Boden ducken und beten, dass man sie nicht sah. Welche Möglichkeit hatte sie denn sonst noch?

Sie ließ sich auf ein Knie nieder und verharrte reglos, um wieder zu Atem zu kommen. Zehn, fünfzehn Sekunden lang war alles ruhig. Konnte sie die Männer in so kurzer Zeit abgehängt haben? Sie bekam die Antwort auf die Frage unmittelbar danach: Ein Ast zerbrach und es knackte im Gehölz. Zumindest einer der beiden war nah – ziemlich nah. Die Angst ergriff Besitz von ihr, sie war ratlos. Wieder redete ihre innere Stimme auf sie ein, da zu bleiben und auf ihr Glück zu vertrauen. Ihr Instinkt sagte jedoch das Gegenteil. Sie sprang wieder auf und rannte weiter durch das dichte Gebüsch.

»Hier lang! Da ist sie!«, schrie Verne.

Plötzlich hatte sie die Büsche hinter sich und stand in der Sonne auf einem Felsvorsprung. Unter ihr lag ein See, an dessen Ufer sich Wälder erstreckten. Der Felsen fiel zehn Meter weit sanft ab bis zu einem steilen Vorsprung, der etwa fünf Meter über der Wasseroberfläche hervorragte. In einiger Entfernung konnte sie ein paar Boote ausmachen. Das hatte Verne also gemeint, als er sagte, sie würde bald keinen Platz mehr finden, wohin sie flüchten konnte. Sie verlor vor Angst fast den Verstand. Von dem »Eisklotz« war nichts mehr übrig. Sie saß in der Falle und würde sterben und das Einzige, was ihr noch einfiel, war zu schreien.

Sie spürte, dass die Killer näher kamen. Vor ihnen wegzulaufen war unmöglich. Ihr blieb nur, in voller Kleidung in den See zu springen und zu hoffen, dass es ihr nicht erging wie einem Fisch in der Regentonne. Im selben Augenblick, als sie sich den Abhang hinunterarbeiten wollte, wurde geschossen, einmal, dann noch einmal. Die zweite Kugel streifte sie direkt über dem Ohr. Benommen torkelte sie und fiel hin. Ihr Kopf schlug hart auf dem Felsen auf. Sie verlor beinahe das Bewusstsein, rollte den Abhang hinunter und stürzte über den Felsvorsprung.

Sie schlug mit dem Gesicht auf der Wasseroberfläche auf und spürte nur noch die Kälte, die sie umgab, und dass sie ihre Bewegungen nicht mehr kontrollieren konnte. Der Aufprall hatte fast die ganze Luft aus ihren Lungen gedrückt und sobald sie ins Wasser eintauchte, trieb sie nach unten. Innerhalb von zehn Sekunden erreichte sie den felsigen Boden. Für einen kurzen Moment hatte sie die Ausweglosigkeit ihrer Situation deutlich vor Augen. Dann wurde sie ohnmächtig und tat einen Atemzug.

14

Es war nach zehn Uhr am Vormittag, als Matt das Gefühl hatte, er könne Lewis getrost mit seinen Brüdern allein lassen. Frank schien im Gegensatz zu seinen Brüdern dafür prädestiniert und gut geeignet, sich um Lewis zu kümmern. Matt erklärte ihm, wie man Wunden pflegt und worauf zu achten war, bat ihn, Lewis ins Krankenhaus zu bringen, falls sich sein Zustand verschlechterte, und versprach wiederzukommen, sobald es ihm seine Arbeit erlaubte. Dann drehte er die Vulcan voll auf und donnerte nach Hause, um zu duschen, sich umzuziehen und Mae anzurufen.

»Dr. Rutledge, ich war gerade dabei, die Polizei zu Ihrer Wohnung zu schicken«, sagte sie.

»Tut mir Leid. Ich habe gestern Abend eine lange Fahrt gemacht und bin unter dem Sternenhimmel eingeschlafen.«

»Letzte Nacht war kein Stern zu sehen, Sir«, erwiderte Mae gedehnt. »Sie können mich mit der Wahrheit verschonen. Ich bin Ihr größter Fan und ich werde Ihnen alles abnehmen, was immer Sie mir erzählen.«

»Das ist auch gut so, Mae. Glauben Sie mir. Alles in Ordnung?«

»Nein, nichts ist in Ordnung. Sie haben heute Bereitschaft in der Notaufnahme und dort versucht man seit einer Stunde, Sie zu erreichen.«

»Herrgott noch mal.«

»Wie bitte?«

»Ich habe gesagt, ich werde direkt dort anrufen.«

»Die Krankenschwester erzählte etwas von einem etwa fünfzigjährigen Mann aus Hawleyville mit Diarrhö und Fieber und weit und breit kein Arzt.«

»Da hat er aber Glück. Man hatte mich in Harvard für eine Fieber/Diarrhö-Auszeichnung vorgeschlagen. Und in der Praxis ist alles okay?«

»Uns geht's gut. Und Ihnen?«

»Was sind Sie, so 'ne Art Hexe?«

»Es gibt Leute, die mich so nennen würden. Kann ich irgendetwas für Sie tun?«

»Im Moment nicht. Nehmen Sie für den Nachmittag nicht zu viele Patienten an.«

»Ich werd's versuchen.«

Matt rief in der Notaufnahme an und erteilte ein paar Anweisungen für den Mann, einen Bauern, der sich eine Darminfektion – Salmonellen oder Shigella – eingefangen hatte. Dann zog er sich im Schlafzimmer aus, schob seine schmutzigen Kleider unter einen Stuhl und schrubbte sich unter der heißen Dusche gründlich ab. Die Kratzer und feinen Schnitte im Gesicht waren nicht so schlimm, wie er befürchtet hatte, aber er rubbelte einige Minuten, bis er begriff, dass die schwarzen Augenränder nichts mit der Tarnschmiere von Lewis zu tun hatten und sich nicht abwaschen ließen.

Als er sich abtrocknete, warf er einen Blick auf das Buch, das auf dem Spülkasten lag: Handbuch für medizinische und chirurgische Notfälle. Es war eher unwahrscheinlich, das er in diesem Leben noch einmal nach diesem Buch würde vorgehen müssen. Aber man konnte ja nie wissen ... Er blätterte flink durch die Seiten und stellte das Buch dann auf einen bevorzugten Platz auf seinem Nachttisch.

Der Bauer mit Fieber und Diarrhö war dehydriert und hatte Bauchschmerzen. Matt untersuchte ihn, gab ein paar schriftliche Anweisungen und diktierte den ausführlichen Aufnahmebericht. Er hoffte inständig auf einen Tag ohne Komplikationen, aber es war ihm nicht vergönnt. Zwanzig Minuten später wurde von einem Krankenwagen eine neunzigjährige Frau eingeliefert, die in einem Pflegeheim einen Schlaganfall erlitten hatte und ihre rechte Seite nicht mehr bewegen und auch nicht sprechen konnte. Es war ein medizinischer und ethischer Alptraum und natürlich war ihr behandelnder Arzt in Urlaub. Matt fragte sich, ob es klug war, sie überhaupt zu behandeln. Er stand an ihrem Bett, wiegte ihre knorrige Hand in seiner, sah ihr in die glasigen Augen, konnte aber keine klare Reaktion feststellen. Seine Mutter war viel jünger als diese Frau und noch nicht annähernd an diesem Punkt angelangt, aber ihr Alzheimer verschlimmerte sich ständig und in nicht allzu ferner Zukunft würde er sich immer wieder die Frage stellen müssen, was eine grausame Behandlung war und was nicht. Aber heute war heute für seine Mutter, genauso wie für diese arme Frau. Seufzend nahm er ihr Krankenblatt zur Hand, schrieb Anweisungen für die Infusionen, für diagnostische Untersuchungen und eine stationäre neurologische Konsultation. Er brauchte mehr Informationen über sie, viel mehr, bevor er seinen langen weißen Kittel anziehen und Gott spielen würde.

Als er schließlich seinen zweiten ausführlichen Aufnahmebericht diktiert hatte, mehrere Patiententermine in der Praxis wahrgenommen und Visiten bei seinen drei anderen Patienten im Krankenhaus gemacht hatte, war es bereits später Nachmittag. Wieder in der Notaufnahme zurück, ging er eine Liste mit Instrumenten und Medikamenten durch, die er vom Krankenhaus »beschlagnahmte«, weil er sie für Lewis brauchte. Er hatte gerade einen ordnungsgemäßen Plastikschlauch und Instrumente für eine Drainage zusammengepackt, als ein Sanitäter, der eben noch im Vorraum seinen Kaffee getrunken hatte, in sein Büro stürzte. Sein Name war Gary Lydon. Er hatte ein Milchgesicht, war keinen Tag älter als zwanzig Jahre, aber sehr eifrig.

»Dr. Rutledge«, sagte er außer Atem, »die Zentrale hat eben gefunkt. Die Polizei hat einen Anruf von einem Motorradfahrer von der Wells Road erhalten. Anscheinend haben im Crystal Lake ein paar Jungs getaucht und eine Frau aus dem Wasser gezogen. Sie waren unterhalb von Niles Ledge, dem Felsvorsprung, beim Angeln, als sie von dort oben abgestürzt und im See untergegangen ist.«

»Lebt sie noch?«

»Angeblich ja.«

Kirsten Langham, die zweite Sanitäterin, gesellte sich zu ihnen. Sie war zwar ein bisschen erfahrener als Gary, aber auch noch ziemlich grün. Es passte gar nicht zu der Einsatzleitung von Rescue, so ein Team zusammenzustellen. Matt begleitete die beiden hinaus zum Krankenwagen.

»Wie lange war sie denn unter Wasser?«, fragte er.

»Darüber hat die Zentrale nichts gesagt. Aber es gibt da ein Problem.«

»Welches?«

»Rick Wise ist der Notarzt in dieser Schicht, und der

ist gerade unterwegs auf der Harlan Road, um dort einen Motorradfahrer abzuholen. Wenn diese Frau intubiert werden muss, Kirsten und ich sind dazu nicht ausgebildet.«

Crystal Lake in der Nähe der Wells Road. Matt schätzte, dass die beiden Sanitäter mindestens eine halbe Stunde benötigen würden, um die Frau durch den Wald in den Krankenwagen zu transportieren und von dort zum Krankenhaus zu fahren. Wenn sie künstlich beatmet werden musste – und wenn sie nicht die Augen weit offen hatte und etwas Vernünftiges sagen konnte, würde sie das müssen –, sollte ein Beatmungsschlauch zum Einsatz kommen, sobald sie bei ihr eintrafen.

»Gedulden Sie sich einen Moment«, sagte er. »Ich komme mit.«

»Dem Himmel sei Dank, Doc«, sagte Gary. »Ich mache Ihnen den Vordersitz frei.«

»Nein, ich bleibe hinten, um die Ausrüstung zu prüfen.«

»Kirsten hilft Ihnen dabei. Ich fahre.«

Matt rannte in die Notaufnahme, erklärte den Krankenschwestern, wo er hinfuhr, und dann stieg er in den Krankenwagen. Die Fahrt zu den Slocumbs musste jetzt warten. Er konnte nur hoffen, dass Lewis' Gesundheitszustand stabil war. Wenn nicht, würde Frank Slocumb hoffentlich so viel Mut aufbringen, Lewis ins Krankenhaus zu bringen.

Mit Sirenengeheul dauerte die Fahrt zur Wells Road zehn Minuten. Ein verlassener Streifenwagen der Polizeistation Belinda stand mit blinkendem Blaulicht in der Kurve. Gary Lydon fuhr an dem Wagen vorbei und kam an einem kleinen Weg zum Stehen, von dem Matt wusste, dass er zum Niles Ledge führte. Er hatte den großen

Notfallplastikkoffer mit all den Instrumenten, die er für eine Intubation brauchte, vorbereitet. Den Koffer in der Hand, rannte er durch den Wald und dabei hatte er das starke und unangenehme Gefühl, gleich ein Déjà-vu zu erleben. Was er und Lewis durchgemacht hatten, schien schon ein Jahr zurückzuliegen. Nach einigen hundert Metern teilte sich der gewundene Weg – ein Pfad führte nach oben auf den Felsvorsprung und einer hinunter zum Wasser.

»Nehmen Sie die rechte Abzweigung«, schrie er, für den Fall, dass die beiden Sanitäter nicht in der Gegend aufgewachsen waren.

»Alles klar«, rief Gary zurück.

Die Szenerie unter dem massiven Felsvorsprung war beeindruckend. Mehrere Fischerboote hatten am Ufer festgemacht und die Besitzer hatten sich zu den beiden Polizisten und zwei Teenagern gesellt. Der Crystal Lake war lang und ziemlich breit. Der Vorsprung, der in einer Bucht am südlichen Ende lag, war schwierig zu erreichen, aber eignete sich bestens zum Tauchen, da das Wasser mindestens fünf Meter tief war, und rundherum ließ sich hervorragend angeln. Die beiden Jungs, die immer noch ihre pitschnassen Jeans trugen, aber weder Hemden noch Schuhe, standen ein wenig abseits. Ein Polizist kniete neben einer auf dem Rücken liegenden Frau, beatmete sie von Mund zu Mund und hielt dann inne, um zu sehen, ob sie selbst atmete.

»Diese Jungs hier sind Helden, Doc«, sagte der bei den Jungen stehende Polizist stolz. »Sie haben sie gerettet.«

Aber auch rechtzeitig?, fragte sich Matt, als er sich neben den anderen Polizisten kniete.

»Officer Gibbons, Sir«, sagte der junge Polizist. »Ich glaube, wir sind uns schon einmal begegnet.«

»Was ist passiert?«, fragte Matt und begann sofort mit der Untersuchung.

Die Frau, schlank, weiß, Mitte dreißig, war bewusstlos und atmete unregelmäßig. Ihr dunkles Haar klebte ihr auf der Stirn. Ihre Lippen hatten eine violette Färbung. Der Polizist war immer noch mit der Mund-zu-Mund-Beatmung beschäftigt und Matt sagte ihm, er solle fortfahren. Ihre Pupillen saßen mittig, reagierten aber nicht auf den Strahl von Matts kleiner Stablampe – das konnte ein schlechtes Zeichen sein. Sie trug Jeans, Turnschuhe und ein schwarzes T-Shirt mit einem schwungvollen Notenbild und hatte einen frischen blauen Fleck und eine Abschürfung über dem linken Auge. Außerdem hatte sie eine Platzwunde, fast eine Art Furche, entlang des Haaransatzes direkt über ihrer rechten Schläfe.

Die Sanitäter trafen ein und Matt wies sie an, Vorkehrungen für die künstliche Beatmung mit einem Sauerstoffbeutel zu treffen.

»Diese Jungs haben hier geangelt«, erklärte der stehende Polizist, »als die Frau plötzlich vom Felsvorsprung stürzte. Einer von ihnen, Percy Newleys Sohn Harris, schwört, er hätte so etwas wie einen Schuss gehört, bevor sie an ihnen vorüber ins Wasser fiel.«

»Haben sie sie gleich beim ersten Versuch nach oben geholt?«, fragte Matt, der den Brustkorb der Frau mit dem Stethoskop abhorchte, während er sprach.

»Wie bitte?«

»Haben Percys Sohn und sein Freund die Frau beim ersten Tauchgang an die Oberfläche geholt?«

An dem verlegenen Gesichtsausdruck des Polizisten ließ sich ablesen, dass er erst jetzt den Sinn dieser Frage verstand, die er offensichtlich nicht gestellt hatte.

»Harris, wie viele Versuche musstet ihr unternehmen, um die Frau vom Boden an die Oberfläche zu holen.«

»Zwei. Michael hat's zuerst probiert, aber dann haben wir sie gemeinsam an den Haaren nach oben gezogen.«

»Danke«, sagte Matt, der bereits die Intubation vorbereitete.

Er schätzte die Zeit, die sie unter Wasser verbracht hatte, auf zwei Minuten und hoffte, dass er keine zu hohe Meinung von den Tauchkünsten der Jungs hatte. Mittlerweile befestigte Gary die dreieckige Maske des Beatmungsbeutels über Mund und Nase der Frau, während Kirsten eine Infusion legte. Wenn erst der Tubus an Ort und Stelle war, würde die Maske abgenommen werden und der Beutel direkt an ihm angeschlossen werden.

»Normale Kochsalzlösung?«, fragte Kirsten.

»Ja«, erwiderte Matt. »Ihr alle hier habt das ganz prima gemacht. Dank unserer zwei Helden und der Mund-zu-Mund-Beatmung wird die Frau wohl durchkommen. Aber sie braucht noch unsere Hilfe. Ich werde ihr einen Beatmungsschlauch einführen, damit wir Sauerstoff in ihre Lungen pumpen können. Gary, helfen Sie mir, sie auf die Trage zu legen und sie dann hochzufahren. Ich arbeite lieber aufrecht. Wenn sie auf dem Boden liegen bleibt, klemme ich mir nur den Bauch ab.«

In den Krankenhäusern waren die Narkosefachärzte die Fachleute auf dem Gebiet der Intubation, da sie diese Fähigkeit im OP ständig unter Beweis stellen mussten. Während seiner Zeit als Assistenzarzt hatte Matt eine Zeit lang in der Anästhesie gearbeitet und unter der Anleitung der Narkoseärzte Dutzende von Patienten intubiert. In den Jahren darauf war er immer wieder für diese Erfahrung dankbar gewesen. Die Hauptregel, die er gelernt hatte, lautete: Der behandelnde Arzt muss sich bei der Prozedur körperlich *und* mental wohl fühlen, sonst wächst das Risiko einer Fehlintubation. Die häufigsten Fehler waren die Intubation der Speiseröhre anstatt der Luftröhre, wobei der Magen mit Luft gefüllt wird; die Verletzung des Kehlkopfgewebes und eine dadurch verursachte Blutung, die die folgenden Intubationsversuche erheblich erschwert; ferner die Verletzung der Stimmbänder, indem der Schlauch ohne Sicht in die Stimmritze hineingezwängt wird; und schließlich das zu tiefe Einführen des Schlauchs und die Verletzung der Bronchien.

Matt tat nun genau, was ihm beigebracht worden war und was er selbst in der Folge vielen Studenten und medizinischen Hilfskräften vermittelt hatte – er nahm sich einige Sekunden Zeit, seine Patientin in die richtige Lage zu bringen und für sich selbst eine bequeme Position zu finden, bevor er mit der Prozedur begann. Er neigte den Kopf der Frau, die auf dem Rücken lag, ein wenig nach hinten, damit ihr Hals überstreckt war, und Gary Lydon, der sich neben ihn kniete, hielt ihren Kopf in dieser Position fest. Auf ein Knie gestützt und so zuversichtlich, wie es unter den gegebenen Umständen möglich war, führte Matt den gebogenen, beleuchteten Laryngoskopspatel in den Mund ein, schob die Zunge beiseite und hob den Griff des Laryngoskops so zu ihrem Kinn hin an, dass er in die Luftröhre hineinsehen konnte. Das einzig Sichtbare war Wasser, das von den Lungen aufstieg. Das sah nach Schwierigkeiten aus – nach großen Schwierigkeiten. In der Notaufnahme würde man das Wasser aus ihren Atemwegen absaugen können. Aber das konnte er hier nicht. Und einen Schlauch blind einzuführen war vielleicht möglich, aber gefährlich. Das konnte nur der letzte Ausweg sein.

Jetzt hieß es absolute Ruhe bewahren.

Die Gesichtsfarbe der Frau blieb weiterhin bleich. Ihre Gehirnzellen waren vielleicht schon geschädigt. Bald würden sie beginnen abzusterben.

Komm schon, Rutledge. Bleib ruhig und gerate nicht in Panik. Du schaffst das ... Du ... schaffst ... das.

Matt holte tief Luft, um sich zu beruhigen, hielt den Griff des Laryngoskops fester und schob den Spatel noch ein Stückchen weiter hoch. Mit dieser Bewegung hob er die Epiglottis ein wenig an, den Kehldeckel, der verhindert, dass Speisen oder Getränke in die Lunge geraten. Daraufhin ging das Wasser ein wenig zurück, sodass die beiden silbrigen Halbmonde ihrer Stimmbänder freigelegt wurden.

Ja!

Jetzt schob Matt den Schlauch mit dem am Ende befestigten Ballon ganz sanft durch die Stimmritze.

»Wir sind drin«, bemühte er sich um einen beiläufigen Tonfall, der allerdings gründlich misslang.

Den beiden Sanitätern und den Polizisten war die Erleichterung deutlich anzumerken.

»Hat ja prima geklappt«, sagte einer von ihnen.

Matt benutzte eine große Spritze, um den Ballon aufzublasen, der verhindern sollte, dass der Tubus wieder herausrutschte. Kirsten Langham schob den schwarzen Latexbeutel über das obere Ende des Tubus und schloss ihn am Sauerstoffgerät an. Innerhalb von Sekunden veränderte sich die Hautfarbe der Frau. Matt war jetzt ziemlich sicher, dass sie durchkommen würde. Ob ihr Gehirn Schaden genommen hatte, blieb abzuwarten.

Matt hielt den Beatmungsbeutel, während die anderen sich mühten, die Trage über den Weg zurück zum Krankenwagen zu transportieren. Während die Frau in den

Wagen gehoben wurde, nahm Matt die beiden Jungs beiseite.

»Ihr beiden wart großartig. Wahrscheinlich habt ihr der Frau das Leben gerettet.«

»Ein Glück, dass wir hier waren«, erwiderte einer von ihnen.

»Das will ich meinen. Du bist Harris?«

»Ich bin Michael. Er ist Harris.«

»Okay. Ich möchte zwei Dinge wissen. Erzählt mir zuerst einmal, was hier passiert ist. Ihr habt geangelt und sie ist vor eurer Nase ins Wasser gefallen.«

»Ja.«

»Und untergegangen?«

»Sie war vielleicht noch ein oder zwei Sekunden oben«, sagte Michael, »aber ansonsten ist es genauso passiert. Ich bin gleich hinterhergetaucht, aber ich bekam sie nicht zu fassen, weil mir die Luft ausging. Dann sind wir zusammen rein und haben sie an den Haaren nach oben gezogen.«

Zwei Minuten mindestens, schätzte Matt noch einmal. *Höchstens vier, je nachdem, wann sie mit der Beatmung angefangen und wie gut sie es gemacht haben.*

»Und du hast Mund-zu-Mund-Beatmung gemacht?«

»Das war Harris. Ich hab um Hilfe gerufen.«

»Harris, hast du ihr die Nase zugehalten?«

»Ja, Sir. Und ich hab ihren Kopf nach hinten gebogen.«

»Wo hast du die Mund-zu-Mund-Beatmung gelernt?«

»Im Gesundheitszentrum, Sir. Wir haben es an einer Puppe geübt.«

»Also, wir können froh sein, dass du damals gut aufgepasst hast«, sagte Matt. »So, und jetzt zu den Schüssen.«

»Das waren keine Schüsse«, erwiderte Michael. »Dafür waren sie zu leise. Wahrscheinlich waren das Äste, die geknackt haben. Oder vielleicht auch Fehlzündungen von einem Auto oben auf der Straße.«

»Doch, da waren auch Schüsse«, insistierte Harris. »Michael, glaub mir, Pistolenschüsse hören sich ganz anders an als Fehlzündungen. Es waren zwei Schüsse, vielleicht sogar drei.«

»Fertig«, rief Gary von der Hecktür des Krankenwagens. »Kirsten kümmert sich mit um den Sauerstoff. Ich fahre.«

»Ihr Jungs habt das prima gemacht«, bemerkte Matt noch einmal. »Eine Menge Leute, Ärzte eingeschlossen, meinen manchmal, *sie* hätten das Leben von jemandem gerettet, während es in Wahrheit vielleicht gar nicht stimmt. Und ich sage euch, in diesem Fall habt ihr sie gerettet.«

Er sprang in den Krankenwagen und winkte den Jungs zu, als Gary die Tür schloss. Dann nahm er auf der Bank gegenüber der Sanitäterin Platz und betrachtete die Frau, die nur knapp dem Tod entronnen war, zum ersten Mal etwas näher.

Sie war immer noch bewusstlos. Die Prellung über ihrem linken Auge wurde dicker und verfärbte sich allmählich. Aber soweit Matt fühlen konnte, gab es keinen Hinweis auf eine Schädelfraktur. Die lang gezogene Kerbe auf ihrer rechten Schläfe konnte sicherlich von einer Kugel stammen. Auch waren ihre Wangen und das Kinn voller Kratzer – die gleichen, die auch Matt einen halben Tag zuvor abbekommen hatte. Es war nicht schwer, sich vorzustellen, wie sie sich panisch einen Weg durch den dichten Wald bahnte, weil jemand hinter ihr her war und auf sie schoss.

Er öffnete ihre Augenlider und überprüfte noch einmal die Reaktion der Pupillen mit dem Lichtstrahl seiner Stablampe. Diesmal war das Ergebnis anders.

»Beide Pupillen reagieren«, erklärte er der Sanitäterin.

»Großartig«, erwiderte Kirsten. »Die Sauerstoffsättigung beträgt siebenundneunzig.«

»Das ist schon ganz ordentlich. Ich kann nicht sagen, warum, aber ihre Ohnmacht scheint nicht mehr so tief zu sein.«

»Sie haben Recht. Sie hat eben ein bisschen auf dem Schlauch herumgekaut.«

Matt strich ihr das nasse Haar aus der Stirn. Ihr Gesicht, das durch den Atemschlauch entstellt war, wirkte friedlich und sanft – helle, nicht nachgezogene Augenbrauen ... hohe Wangenknochen ... große Mandelaugen. Er hob ihre schlaffe Hand und legte sie auf seine. Ihre Finger waren lang und feingliedrig, die Nägel kurz geschnitten. Falls sie überhaupt lackiert waren, dann farblos. Sie trug einen goldenen Freundschaftsring – zwei Hände, die ein Herz halten – an ihrem rechten Ringfinger und einen goldenen Armreif an ihrem linken Handgelenk. Sonst keinerlei Schmuck. Ihre Handflächen waren weich ohne jede Schwiele, aber sie hatte kräftige Muskeln. Matt stellte sich vor, dass diese Hände Klavier spielten oder schrieben oder eine Töpferscheibe drehten – auf jeden Fall irgendetwas Künstlerisches.

Komm schon, drängte er sie im Stillen, *wach endlich auf!*

Der mobile Magnetresonanztomograph, der Einzige in der Gegend, befand sich gerade im Hastings Hospital, das vierzig Kilometer entfernt lag. Im Montgomery County gab es allerdings einen Computertomographen, der genauso dienlich war bei Kopfverletzungen. Matt rief über Funk im dortigen Krankenhaus an und bat darum, ein Zimmer zu reservieren, er werde in einer Stunde da sein. Er bat außerdem die Oberschwester, das Polizeirevier in

Belinda anzurufen und einen Polizisten in die Notaufnahme zu bestellen. Dieser solle Nachforschungen über eine mögliche Schießerei anstellen und die Identität ihrer Patientin ermitteln. Er fragte sich, ob die Chefs von BC&C schon Anzeige gegen ihn erstattet hatten.

Patient gerettet, Arzt eingesperrt.

Die Art von Nachrichten, die eine Kleinstadt regelrecht aufblühen lässt.

Die Mitarbeiter der Notaufnahme erwarteten sie schon an der Krankenwagen-Rampe. Während der nächsten fünfzehn Minuten spielte Matt nur noch die zweite Geige. Die Krankenschwestern und der Beatmungsspezialist leiteten die Behandlung, während der Blutspezialist aus dem Labor und der Röntgenologe zuständig waren für das Zusammentragen der Untersuchungsbefunde. Die bewusstlose Unbekannte wurde von der Trage in ein Bett gehoben, entkleidet, in ein Nachthemd gesteckt und mit Bettlaken zugedeckt. Die Infusion und die Kabel für Aufzeichnungen wurden an die Krankenhausinstrumente angeschlossen. Man legte ihr einen Blasenkatheter, um die Flüssigkeitszufuhr an die ausgeschiedene Urinmenge anpassen zu können, außerdem wurde sie an ein Beatmungsgerät angeschlossen. Danach wurden ihr Brustkorb und der Schädel geröntgt.

Als alle ihre Arbeit getan hatten, nahm Matt wieder seinen Platz am Bett ein. Diesmal konnte er eine detailliertere Untersuchung durchführen, einschließlich einer Augenspiegelung. Er stellte erleichtert das Pulsieren der Blutgefäße fest, und dass der Sehnerv scharf begrenzt war. Wenn eins von beiden nicht in Ordnung wäre, könnte das ein ernsthaftes Zeichen für ein Gehirnödem sein, das von einem Trauma oder aber einem längeren Mangel an Sauerstoff herrührte.

»Dr. Rutledge, haben Sie mich rufen lassen?«

Grimes.

Matt wandte sich langsam zum Polizeichef von Belinda um. Er hatte im Lauf der Jahre einige Konflikte mit dem Mann ausgetragen, die in der Regel mit Matts Aktionen gegen BC&C zu tun hatten. Matt hatte sich auch schon mehr als einmal darüber beschwert, ständig mit Strafzetteln für Falschparken und Geschwindigkeitsübertretungen belästigt zu werden. Grimes war ein Ex-Soldat und hielt die Stadt an der kurzen Leine. Er hatte irgendeine Ausbildung im Strafrecht und war aus dem Norden hierher versetzt worden, wo er sich den lokalen breiten Akzent ein bisschen angewöhnt hatte. Grimes war geschieden, hatte irgendwo in Florida ein Kind und man munkelte, dass er es nie sah. Ihre unterschiedlichen Lebensauffassungen allein waren schon schwierig für ihr Verhältnis, aber Grimes' Verbindung mit Armand Stevenson und den anderen Bergwerksmanagern besiegelte ihre Feindschaft endgültig.

Mit den Jahren hatte sich der Polizeichef selbst zu einer Art Ein-Mann-Bürgerwehr ernannt, die immer auf den Plan trat, wenn Matt mal wieder eine Genehmigung nicht vorweisen konnte oder durch Anschlagzettel gegen städtische Verordnungen protestierte. Matt verdächtigte Grimes oder seine Lakaien, hinter dem Verschwinden der meisten, wenn nicht aller Flugblätter zu stecken.

»Ich habe *einen* Polizisten angefordert«, erwiderte Matt, »nicht *den* Polizisten.«

»Da sehen Sie einmal, wie wichtig Sie uns sind«, erwiderte Grimes und lächelte höflich. »Was gibt's denn?«

Matt deutete auf seine Patientin. Bei ihrem Anblick spannten sich Grimes' Lippen merklich.

»Diese Frau ist von *Niles Ledge* direkt in den See gestürzt«, klärte Matt ihn auf. »Einer der beiden Jungs, die sie gerettet haben, hat gesagt, er hätte mehrere Schüsse gehört. Der zweite war anderer Meinung. Sie hat eine große Druckstelle über dem Auge. Vielleicht ist sie deshalb bewusstlos, aber sie hat auch eine Kopfwunde, die wahrscheinlich von einer Kugel stammt. Ich bin gesetzlich verpflichtet, jeden Hinweis auf eine Schießerei zu melden.«

»Danke, dass Sie mir das sagen, Doc. Von Zeit zu Zeit vergesse ich schon mal ein Gesetz. Wie lange war sie unter Wasser?«

»Ich schätze mal, mindestens zwei, höchstens vier Minuten. Sie hatte keine Papiere dabei, deshalb dachte ich mir, dass Sie herausfinden könnten, wer sie ist.«

Grimes trat einen Schritt vor, legte die Hände auf das Gitter des Betts und starrte auf die Frau.

»Ihr Name ist Nikki Solari«, sagte er gepresst. »Sie kam extra von Boston runter, um heute Vormittag an der Gedenkfeier von Kathy Wilson teilzunehmen. Ich habe mich dort eine Weile mit ihr unterhalten. Wilson war ihre Mitbewohnerin. Wissen Sie, wer sie war?«

»Ich habe von ihr gehört und kenne ein paar ihrer Stücke, kenne sie aber nicht persönlich.«

»Nun, sie wurde in Boston von einem Lkw überfahren. War auf der Stelle tot.«

»Ich habe von Hal Sawyer darüber gehört. Er kannte anscheinend die Familie und auch Kathy.«

»Ja, er war auch bei der Trauerfeier. Diese Frau hier spielte die Fiddle in Kathy Wilsons Bluegrass Band.«

Matt befand, dass Fiddle und Klavier durchaus vergleichbar waren. Er klopfte sich gedanklich schon selbst auf die Schulter für seine scharfsinnige Schlussfolgerung, dass Nikki Solaris Hände die einer Künstlerin waren, als

Grimes fortfuhr: »Sie machte Musik nur als Hobby. Eigentlich ist sie Pathologin – Gerichtsmedizinerin in Boston. Steckt die meiste Zeit mit ihren Armen bis zu den Ellbogen in Blut und Eingeweiden.«

Matt hörte sofort auf, sich in Gedanken zu loben.

»Was denken Sie über die Wunde über ihrem Ohr?«, fragte er.

Grimes betrachtete sie näher.

»Könnte von einer Kugel stammen«, sagte er. »Könnte aber auch von etwas anderem herrühren, zum Beispiel von einem abgebrochenen Ast.«

»Nun, das werden wir ja erfahren, wenn sie wieder aufwacht.«

Grimes drehte sich unvermittelt um und sah ihm ins Gesicht.

»Sorgen Sie dafür, dass das bald passiert«, knurrte er.

15

Vieles von dem, was ich hier über meine Infektion mit dem Lassa-Virus und meine wundersame Genesung schreibe, habe ich aus Gesprächen mit denjenigen zusammengetragen, die mich während der dreißig Tage im Krankenhaus gepflegt haben. Ich stütze mich auf ihre Berichte, da ich die meiste Zeit im Delirium verbracht habe und mich an fast nichts mehr erinnern kann.

Dies waren die Worte von Dr. Suzanne O'Connor, einer Missionsärztin. Sie arbeitete im Frühjahr 1973 in der zentralnigerianischen Stadt Jos, als eine ihrer Patientinnen, Lila Gombazu, sich im Fieberwahn in Suzannes Gummihandschuhe krallte und ihr die Haut auf dem Handrücken aufkratzte.

Zurückgezogen in eine Ecke der medizinischen Bibliothek des National Institute of Health las Ellen Kroft den quälenden Bericht von O'Connor mit trockenem Mund und einem unangenehmen Druck auf der Brust.

Die arme Frau, die sich in meinen Handschuh gekrallt hatte, wurde am nächsten Tag von Krämpfen geschüttelt. Wir versuchten alles Mögliche, dennoch begann sie aus Nase, Schoß und Rektum zu bluten. Sie schrie nach ihren Kindern, von denen zwei, ohne dass sie es wusste, auch schon die Symptome der Krankheit aufwiesen. Sie starb einen schrecklichen Tod. Meine Begegnung mit Lila hatte ich aufgrund meines stabilen Gesundheitszustands und der völlig vereinnahmenden Arbeit mit den Patienten ver-

drängt. Zwölf Tage danach, an einem Montag, erwähnte ich gegenüber einer der Krankenschwestern, ich hätte eine verstopfte Nase und Kratzen im Hals und glaubte, ich bekäme eine Grippe. Am Dienstag ging es mir nicht wesentlich schlechter, obwohl das Kratzen im Hals immer unangenehmer wurde. Aber ich konnte mir ja nicht einfach freinehmen. Das Krankenhaus war voll belegt. Ich verabreichte mir selbst eine hohe Dosis Penicillin und zwang mich, trotz der Entzündung und der wunden Stellen am Gaumen und im Rachen möglichst viel zu trinken.

Am Mittwoch bekam ich während meiner Patientenvisiten Zitterkrämpfe und Schwächeanfälle. Meine Kleider waren schweißdurchnässt. Ich hatte mehr als 40 Grad Fieber. Innerhalb einer Stunde wurde ich in meinem eigenen Krankenhaus zur Patientin, stöhnte vor Schmerzen in Muskeln und Gelenken, konnte nichts mehr trinken wegen der offenen Geschwüre in meinem Hals, litt unter Diarrhö und beschmutzte mich selbst und mein Bett. Am nächsten Morgen befand ich mich im Delirium. Meine Temperatur war auf 41 Grad gestiegen trotz starker Medikamente, mit denen das Fieber eingedämmt werden sollte. Später wurde mir gesagt, ich sei mehrere Tage lang bewusstlos gewesen, ohne zu essen und zu trinken, hätte aus dem Rektum geblutet und auch Blut gehustet.

Schon von Anfang an bestand der Verdacht auf Lassa-Fieber. Meine Kollegin Dr. Janet Pickford bemühte sich hartnäckig um Einreisegenehmigungen für Experten der amerikanischen Gesundheitsbehörden nach Nigeria. Diese sollten das von einer Frau gewonnene Serum, die von dem Fieber genesen war und dagegen Antikörper entwickelt hatte, hierher bringen. Leider verzögerte die nigerianische Regierung, verärgert darüber, dass das Fieber nach dem an der Grenze zu Kamerun gelegenen Dorf Lassa benannt worden war, die Erteilung von Visa für alle Personen, die im Zusammenhang mit meinem Fall standen. Schließlich wurden die Dokumente doch ausgestellt und am zehnten Tag meiner Krankheit bekam ich Infusionen mit den Antikörpern die-

ser Frau. Bis dahin hatte ich schon ein Dutzend Bluttransfusionen hinter mir und befand mich mittlerweile im Koma. Ich hatte fast dreißig Pfund abgenommen, bestand nur noch aus Haut und Knochen, Hämatomen und offenen Wunden. Mein Urin und mein Stuhl ebenso wie der Schleim, den ich hustete, waren blutig.

Das Unglaubliche geschah: Zwei Tage, nachdem mir das Serum injiziert worden war, verbesserte sich mein Gesundheitszustand. Alle hielten es für ein Wunder. Allmählich verheilten die Geschwüre in meinem Mund und ich war wieder in der Lage, Nahrung zu mir zu nehmen. Während der folgenden zwei Wochen erlangte ich meine Kräfte und meinen Lebenswillen wieder. Mein Gehör jedoch war in beiden Ohren von dem Virus zerstört worden. Nur mit dem linken Ohr kann ich noch ein wenig hören. Ich möchte niemandem wünschen, dass er am Lassa-Fieber erkrankt, und ich bete, dass irgendwann ein Heilmittel oder ein Impfstoff gegen diesen fürchterlichen Virus gefunden wird.

Ellen klappte das Buch mit dem Titel *Näher als man glaubt – ansteckende Krankheiten in einer kleiner werdenden Welt* zu, saß zusammengesunken auf ihrem Stuhl und starrte ins Leere. Einundsechzig. So viele Fälle von Lassa-Fieber waren in den letzten Jahren in den USA bekannt geworden. Einundsechzig bisher. Es spielte keine Rolle für Ellen, ob diese Fälle in den USA oder in Afrika aufgetreten waren, aber derzeit stand Omnivax kurz davor, zumindest in den Vereinigten Staaten zugelassen zu werden. Die Lasaject-Komponente des Superimpfstoffs bildete, zu der Auffassung war sie mittlerweile gekommen, das schwache Glied in der Kette. Und jetzt, einen Tag nach einer sehr ernüchternden, exklusiven Gesprächsrunde im Büro von Dr. Richard Steinman, war sie sich nicht mehr so sicher.

Lynette Marquands überraschendes Versprechen, dass sie, sollte auch nur eins der dreiundzwanzig Ausschussmitglieder Bedenken vorbringen, die Zulassung für Omnivax auf Eis legen werde, bis alle Probleme zufriedenstellend gelöst seien, drohte Ellen völlig aus dem Gleichgewicht zu werfen. Nach der Ankündigung hatte Ellen sich bemüht, wieder zu ihrem normalen Tagesablauf zurückzukehren, doch von normal konnte keine Rede sein. Bereits am Tag nach Marquands Rede hatte Steinman sie um ein Treffen in seinem Büro in Georgetown gebeten. Als sie erschien, erwartete der angesehene Arzt und Wissenschaftler sie gemeinsam mit George Poulos. Auf einer Ecke von Steinmans Schreibtisch lag eine Ausgabe der *Washington Post* dieses Tages. Die Schlagzeile auf der Titelseite verkündete:

First Lady will Omnivax überdenken, falls Gremiumsbeschluss nicht einstimmig ist.

In dem Artikel, den Ellen bereits kannte, wurde sie zwar nicht namentlich erwähnt, aber man wies darauf hin, dass die Mitglieder des Omnivax-Ausschusses die verbleibenden drei Tage bis zur Abstimmung zu weiteren Diskussionen nutzen wollten. Steinman war einerseits ausgesprochen charmant und warmherzig, achtete gleichzeitig aber sehr auf Förmlichkeit und selbst nach drei Jahren sprach er die Ausschussmitglieder noch mit ihrem Titel an.

»Nun, Mrs Kroft«, begann Steinman, »ich weiß es sehr zu schätzen, dass Sie heute hierher gekommen sind. Ich hoffe, es macht Ihnen nichts aus, dass ich so frei war, Dr. Poulos ebenfalls einzuladen.«

»Durchaus nicht«, erwiderte Ellen, die immer noch ein wenig unter ihrem Wortwechsel mit Poulos bei der abschließenden Sitzung des Gremiums litt.

»Nach Mrs Marquands Rede hatte ich, wie soll ich sagen, das Gefühl, es sei wichtig, Dr. Steinman von unserer Unterhaltung in Kenntnis zu setzen«, sagte Poulos. »Ich dachte mir, angesichts des Versprechens der First Lady sollte er wissen, dass die endgültige Abstimmung möglicherweise nicht einstimmig verlaufen könnte.«

»Vermutlich hätte ich an Ihrer Stelle das Gleiche getan«, gab sie ein wenig kühl zurück.

»Mrs Kroft«, schaltete sich Steinman ein, »ich muss zugeben, dass es mich etwas erstaunt hat, zu erfahren, Sie wollten – zumindest vor Mrs Marquands Rede – gegen die Einführung von Omnivax stimmen. Während der Jahre unserer Zusammenarbeit hatte ich immer den Eindruck, dass Sie Ihr Mandat als Verbrauchervertreterin in unserem Ausschuss bewundernswert ernst nahmen. Sie haben bei schwierigen Themen Fragen gestellt, bis Sie sie verstanden hatten, und Sie waren stets gut vorbereitet. Ich habe mich schon manches Mal gefragt, ob Sie wohl gegen die Zulassung stimmen würden, wo Sie doch eigentlich nur über eine von dreiundzwanzig Stimmen verfügten. Aber nun, wo Ihre Stimme das gesamte Omnivax-Programm blockieren kann, dachte ich, wir könnten noch einmal besprechen, was auf dem Spiel steht, wenn Sie einverstanden sind.«

Von all den Mitgliedern des Omnivax-Ausschusses war Steinman derjenige, den Ellen am meisten respektierte. Er hatte alle Sitzungen unparteiisch geleitet und immer mit Geduld und Zuspruch reagiert, wenn sie wieder mal eine ihrer typischen Fragen stellte, die begannen mit: »Entschuldigen Sie bitte, aber als Nichtärztin frage ich mich ...«

»Ich bin offen für jede Anregung und jede Meinung«, erwiderte sie, »unabhängig davon, was Dr. Poulos Ihnen möglicherweise über mich gesagt hat.«

Poulos bemühte sich vergeblich, seinem Grinsen eine gewisse Freundlichkeit zu verleihen.

»Ich meine mich zu entsinnen, von Ihnen etwas in der Richtung gehört zu haben, Sie hätten nicht vor, für Omnivax zu stimmen.«

Das war richtig, aber da sie die meisten Trümpfe in der Hand hatte, hielt Ellen es nicht für nötig, zu reagieren.

Steinman reichte ihr zwei Computerausdrucke.

»Ich weiß, was Sie von Statistiken halten, Mrs Kroft. So ›formbar wie Knetgummi‹, das waren, soweit ich mich erinnere, Ihre Worte. Aber Sie müssen auch zugeben, dass in der Wissenschaft Statistiken häufig das Einzige sind, worauf wir uns stützen können.«

»Ich verstehe.«

»Dies ist eine Zusammenfassung aller Themen, die wir während unserer Sitzungen bis in alle Einzelheiten diskutiert haben. In Kurzform gibt es unsere Einschätzung darüber wieder, wie viele Menschenleben über einen Zeitraum von einem, fünf und zehn Jahren mit Omnivax gerettet werden können, dargestellt anhand jeder einzelnen Krankheit, die durch den Impfstoff verhindert wird. Bitte glauben Sie mir, dass diese Schlussfolgerung das Werk von Statistikern ist, die in ihren Meinungen so unvoreingenommen sind wie irgend möglich.«

Ellen überflog die Listen, die laut Steinman zusammenfassten, was auf dem Spiel stand. Der Masernimpfstoff war aufgeführt, ebenso wie andere Impfstoffe, die mittlerweile zur gesetzlich vorgeschriebenen Impfung von Kindern gehörten. Aber mit oder ohne Impfung war die Zahl der zu rettenden Menschenleben höchst erstaunlich. Durchschnittlich würden pro Jahr etwa 240

Menschen am Lassa-Fieber sterben, was etwa den statistischen Angaben entsprach, die Ellen kannte. Nach fünf Jahren jedoch läge die Todesrate schon bei achttausend und nach zehn Jahren bei fast fünfzigtausend. Ellen schaute aus dem Fenster. Sie musste an Lucy und an all die anderen Tragödien denken, die in den Unterlagen und Fotos von PAVE erfasst waren. Bei diesen Fällen handelte es sich um Menschen aus Fleisch und Blut und nicht um statistisches Material. Dann gab es noch die unzähligen Fälle von Konzentrationsstörungen, Lernschwäche, Asthma, Diabetes, Multipler Sklerose, plötzlichem Kindstod, Asperger-Syndrom und anderen Formen von Autismus – alles Fälle, deren möglicher Zusammenhang mit der Erstimpfung noch aufgeklärt werden musste.

»Ich werde mir darüber Gedanken machen«, sagte sie und verstaute die Listen in ihrem Aktenkoffer.

»Ellen, werfen Sie einen Blick auf diese Daten«, polterte Poulos los. »Sehen Sie denn nicht, was sie bedeuten?«

»Doch, das sehe ich, Doktor«, konterte Ellen. »Ich sehe es sehr genau. Aber sehen Sie auch, wie es ist, wenn das Leben eines glücklichen, völlig gesunden Kindes plötzlich ruiniert oder ausgelöscht wird durch etwas, das ihm von einem Arzt angetan wurde?«

»George, bitte«, schaltete sich Steinman ein und gab seine sonst übliche Förmlichkeit für einen Moment auf. »Mrs Kroft, wir verstehen Sie. Bitte glauben Sie mir. Das wohl überlegte Verhältnis von Gefahren und Nutzen stellt einen Grundpfeiler dar, auf dem alles ärztliche Handeln aufbaut. Und keiner von uns würde leugnen, dass in einigen Fällen Impfungen nachteilige Folgen für die betroffenen Kinder hatten. Wir möchten Sie lediglich darum bitten, dass Sie genau das tun, was Sie eben gesagt haben, nämlich die Dinge noch einmal zu überdenken. Aber ich betrachte es als meine Pflicht, Sie daran zu erinnern, was auf dem Spiel steht.«

»Das weiß ich zu schätzen, Dr. Steinman«, antwortete Ellen und erhob sich zum Zeichen, dass sie genug gehört hatte – vor allem von George Poulos. »Ich werde hier keine Erklärung abgeben, wie ich mich verhalten werde, aber ich verspreche, dass ich alle Aspekte in Erwägung ziehen werde. Ich hoffe, dass das fürs Erste reicht.«

»Das muss es wohl«, beschloss Steinman die Sitzung.

Ellen hatte Steinmans Büro ein wenig benommen verlassen. Warum zum Teufel hatte Lynette Marquand ihr das angetan? Sie hatte keine Probleme gehabt, als sie davon ausgehen konnte, dass ihre Stimme nichts weiter als eine Meinungsäußerung sein würde. Nun, da ihre Stimme das ganze Projekt stoppen konnte, lastete ein ungeheurer Druck auf ihr.

Sie verließ Georgetown und verbrachte den Rest des Tages in der Bibliothek in Bethesda. Nachdem sie zwei Tage lang Informationen gesammelt hatte, war es an der Zeit, die Angelegenheit mit Cheri und Sally bei PAVE zu diskutieren und vor allem eine definitive Entscheidung darüber zu treffen, wie sie abstimmen sollte. Wie auch immer diese Entscheidung ausfallen würde, Suzanne O'Connors ergreifender Bericht über ihren Kampf gegen das Lassa-Fieber würde dabei sicherlich eine wesentliche Rolle spielen.

Gedankenverloren packte sie ihre Sachen zusammen und ging zu ihrem Wagen. Nach Marquands Rede würden Cheri und Sally von ihr erwarten, dass sie persönlich mit ihnen sprach. Und dennoch hatte sie diese Unterredung bisher vor sich her geschoben. Cheri Sanderson hatte jedoch nicht allzu lange abgewartet, bis sie sie anrief. Sie war nicht dumm und Ellen war ihre Unsicherheit deutlich anzumerken.

»Das ist jetzt eine richtig große Sache, Ellen«, hatte sie am Telefon gesagt. »Ich müsste lügen, wenn ich behaupten würde, es wäre für uns nicht wichtig, plötzlich im Mittelpunkt des Interesses zu stehen, und dass es an dir liegt, uns dorthin zu bringen.«

Von unterwegs rief sie Rudy auf ihrem Handy an.

»Peterson.«

»Rudy, ich bin's«, sagte sie und stellte sich vor, wie er an seinem Schreibtisch im Dachgeschoss seiner Hütte saß.

»Glückwunsch. Wirst du jetzt berühmt?«

»Du meinst, ob ich gegen Omnivax stimmen werde?«

»Damit wäre dir eine Einladung zu Oprah Winfreys Talkshow sicher.«

»Das glaube ich auch. Gestern hatte ich eine Unterredung mit dem Leiter des Ausschusses und ich bin jetzt auf dem Weg zu den Müttern von PAVE.«

»Und?«

»Ich weiß überhaupt nichts mehr, Rudy. Hast du irgendeine Information über Lasaject, die mir weiterhelfen könnte?«

»Ich warte auf den Anruf eines Freundes vom CDC. Im Augenblick kann ich dir nur sagen, dass die Forschungsarbeiten an dem Impfstoff anfänglich ein wenig schludrig und nicht sehr umfassend waren. Aber wie ich schon früher gesagt habe, es gibt da möglicherweise noch ein paar andere Dinge. Und genau darum wird es bei Arnie Whitmans Anruf vom CDC gehen.«

»Und wann wirst du etwas wissen?«

»Vielleicht heute Nachmittag, vielleicht erst morgen. Bis dahin kann ich nur sagen, dass der Impfstoff in Ordnung zu sein scheint, wenn nicht sogar blitzsauber. Wann ist die Abstimmung?«

»Übermorgen.«

»Also, ich weiß nichts. Aber ich melde mich auf jeden Fall wieder.«

»Danke, Rudy.«

»Hast du irgendwelche Pläne, hier in die Gegend zu kommen?«

»Sobald die Abstimmung vorüber ist. Mir gefällt's da oben bei dir und Ruhe werde ich auf jeden Fall gebrauchen können.«

»Das glaube ich auch. Du bist auf jeden Fall herzlich willkommen.«

Ellen legte das Handy weg. Rudy konnte ihr nicht die Hilfe geben, die sie brauchte, zumindest nicht zum gegenwärtigen Zeitpunkt.

Im Gegensatz zu ihrem letzten Besuch im PAVE-Büro fand Ellen diesmal keinen Parkplatz. Widerstrebend fuhr sie in ein Parkhaus, das drei Blocks entfernt lag und schon die erste halbe Stunde acht Dollar kostete. Es gab Probleme mit Impfstoffen, die von der Regierung und der Wissenschaft ignoriert wurden – so einfach war das. Sie hatte keinen Zweifel daran, dass Impfungen häufig zu teils unmittelbaren, teils langfristigen Komplikationen führten, die Menschenleben zerstörten und sogar auslöschten. Aber sie hatte ebenso wenig Zweifel daran, dass Impfungen vielfach Leid und Tod verhinderten.

Diesmal gab es keine stehenden Ovationen, als Ellen die Büroräume von PAVE betrat, und auch keine Albereien. Plötzlich war ihr tapferes, idealistisches Eintreten für eine Sache, an die sie alle glaubten, zu einer ernsten Angelegenheit geworden. Ellen musste an den köstlichen Film *Die Maus, die brüllte* denken, in dem ein Miniaturstaat mit seiner Armee von ein paar Dutzend Bogenschützen Amerika den Krieg erklärt. Der Plan besteht darin, möglichst schnell zu verlieren, um die in solchen Fällen üblichen Wiederaufbauhilfen von den amerikanischen Siegern einzuheimsen. Das Problem ist bloß, dass das kleine Land gewinnt. Was nun?

Niemand, wirklich niemand hatte es für möglich gehalten, man könnte Omnivax zu Fall bringen, nicht einmal seinen Einsatz aufschieben. Die Mitarbeiterinnen von PAVE hatten lediglich eine Plattform schaffen wollen, von der aus man in Minischritten die Welt über die Gefahren von Impfstoffen aufzuklären hoffte. Und Ellen hatte sich für dieses Ziel eingesetzt.

Was nun?

»Hallo, da kommt ja unsere Heldin.«

Cheri Sanderson stürmte aus ihrem Büro und umarmte Ellen.

»Wenn ich eine Heldin bin«, erwiderte Ellen, »wie kommt es dann, dass ich mich fühle, als hätte ich einen Stein im Magen?«

»Soweit ich weiß, wurde John F. Kennedy krank, bevor er Chrustschow anrief und ihn aufforderte, die Raketen abzubauen. Komm erst mal rein. Kaffee oder Tee?«

»Nichts dergleichen, danke. Ist Sally nicht da?«

Cheris unaufgeräumtes Büro hing voller eingerahmter Zeitungsartikel, die den bemerkenswerten Aufstieg von PAVE und das zunehmende öffentliche Bewusstsein dokumentierten, dass Impfungen nicht so willkommen, harmlos und unumstritten waren, wie es die Machthaber den Leuten gerne weisgemacht hätten.

»Sie verbringt den Tag mit ihrem Mann. Sie war in letzter Zeit wegen dieser ganzen Omnivaxgeschichte ziemlich gereizt und häufig nicht besonders nett zu ihm.«

»Das kann ich verstehen. Ich weiß, was sie durchmacht, nach dem, was mit ihrem Sohn passiert ist.«

»Also sind wir beide heute allein. Lynette hat dich ja ganz schön ins Licht der Öffentlichkeit gezerrt.«

Ellen starrte auf ihre Hände. Obwohl sie nur einhundertsechsundfünfzig Zentimeter maß, war Cheri eine große Frau, womöglich von Gott dazu ausersehen, gewaltige Widerstände zu überwinden und etwas zu bewegen. Während der vergangenen fünfzehn Jahre hatte sie tausende Stunden damit verbracht, Briefe zu schreiben, zu forschen, zu diskutieren, zu schmeicheln, zu verwerfen, zu betteln, zu trösten und zu schluchzen, um dabei zu helfen, etwas aus der Welt zu schaffen, was sie als schlimmes Übel empfand. Sie hatte sich an der Seite von Müttern engagiert, deren Kinder abgeholt worden waren, weil sie sich geweigert hatten, diese impfen zu lassen. Sie hatte an Sitzstreiks vor Richtern des obersten US-Verwaltungsgerichts teilgenommen gemeinsam mit Eltern, die eben erst von diesen Richtern mit einer lächerlich geringen Summe für ihre bei Impfungen geschädigten Kinder abgespeist worden waren – dem rechtlich festgelegten Höchstbetrag für Impfschäden entsprechend einem Gesetz aus dem Jahr 1986 – oder, schlimmer noch, völlig leer ausgegangen waren.

Ellens Blick blieb auf einem gerahmten Zitat hängen. Es stammte von einer Frau aus Wisconsin, deren Sohn auf fürchterliche Weise dauerhaft geschädigt worden war: *Die Regierung zwingt uns dazu, unsere Kinder impfen zu lassen*, stand da, *und wenn irgendetwas schief geht, dann haben wir eben Pech gehabt und sind auf uns allein gestellt.*

»Hör zu«, sagte Ellen schließlich, unfähig, die richtigen Worte zu finden, »es tut mir Leid, dass ich so reserviert wirke, aber du weißt ja nicht, was ich mir in den letzten drei Jahren alles habe anhören müssen und wer es gesagt hat. Diese Männer und Frauen sind keine Monster oder Verbrecher oder Mörder. Sie sind Ärzte und Wissenschaftler und Intellektuelle. Sie glauben an das, was sie tun.« Zu Ellens Verwunderung widersprach ihr Cheri nicht sofort. Ihre Augen, die manchmal so hart wie Diamanten wirkten, nahmen einen weichen und traurigen Ausdruck an.

»Ich weiß«, sagte sie sanft.

»Ich will nicht abstreiten«, fuhr Ellen fort, »dass viele von ihnen ihre Forschungsgelder von der Pharmaindustrie erhalten. Aber setzt sie das automatisch ins Unrecht? Auf jedes Schaubild, das ich erstellt habe, haben sie mit einem Dutzend Grafiken reagiert. Auf jede Frage, die ich gestellt habe, hatten sie unglaublich logische, fundierte Antworten. Für jeden Experten, den ich zitierte, brachten sie mir zehn andere, die mindestens ebenso hoch qualifiziert waren. Als ich noch davon ausging, meine Stimme hätte lediglich symbolischen Wert, sie wäre eine höfliche Bitte, das Thema noch intensiver zu diskutieren, war das eine Sache. Aber es ist etwas anderes, zum Mittelpunkt dieser Kontroverse zu werden. Ich wollte nie die sein, die letztlich entscheidet.«

Cheri erhob sich von ihrem Schreibtisch, trat hinter Ellen, umarmte sie und drückte eine Wange an Ellens Haar. Ihre Geste hatte nichts Falsches und Überhebliches.

»Sieh mal«, sagte sie und nahm wieder auf ihrem Stuhl Platz, »ich sage nicht, dass das für uns nicht wichtig ist. Aber es ist auch nicht alles. Es ist nur eine Schlacht, nicht der ganze Krieg. Auf unserer Tagung zu Impfstoffen in diesem Jahr waren mehr als fünfhundert Teilnehmer aus aller Welt – Professoren, Kinderärzte, Wissenschaftler, Eltern und sogar Philosophen. Bei der nächsten Tagung werden es noch mehr sein. Die Medien und der Kongress begreifen allmählich, dass wir keine fanatischen Radikalen sind, die von Verbitterung, Hormonen und Gefühlen getrieben und unfähig sind, logisch zu denken und logische Argumente zur Kenntnis zu nehmen.

Ellen, du hast fantastische Arbeit geleistet – weit mehr als wir alle hätten erwarten können. Sally und ich und all die anderen hier sind sehr stolz auf dich. Durch deine Arbeit ist Tausenden von Eltern klar geworden, dass ihre Meinung eine Rolle spielt. Falls du gegen Omnivax stimmen solltest, wissen wir beide jetzt schon, dass sich die Medien um dich reißen werden, vielleicht kommst du sogar auf die Titelseite von *Newsweek* und *Time*. Es wäre naiv, etwas anderes anzunehmen. Wenn du dafür stimmst, wird sich dein Leben wieder normalisieren und wir werden uns freuen, wenn du wieder den Telefondienst übernimmst. Aber ich verspreche dir, egal, wie du abstimmst, pro oder contra, nichts wird sich an unserem Ziel ändern, eine ehrliche, wissenschaftliche Langzeituntersuchung von Impfungen zu fordern. Nichts wird sich an unserem Kreuzzug für die freie Wahl der Impfmethode durch die Eltern ändern. Nichts wird sich daran ändern, dass wir einen Mittelweg suchen, der für alle Menschen der sicherste ist.«

Ellen konnte an Cheris Gesichtsausdruck ablesen, dass das keine reinen Gedankenspiele waren, obwohl sie in manchen Kreisen durchaus den Ruf hatte, darin Meister zu sein.

»Meine Entscheidung steht im Prinzip fest«, sagte Ellen, »aber solange ich mir nicht absolut sicher bin, möchte ich mich nicht dazu äußern.«

»Das ist völlig in Ordnung«, erwiderte Cheri. »Es wäre

allerdings nett, wenn wir es erfahren, sobald du dich entschieden hast, und natürlich hoffe ich, dass es für unsere Sache sein wird.«

»Ich habe vor, das zu tun, was richtig ist«, fügte Ellen in der Hoffnung hinzu, Cheri würde daraus entnehmen, dass sie sich wahrscheinlich in ihrem Sinne entscheiden würde.

»Mehr haben wir nie von dir erwartet«, sagte Cheri.

Als Ellen auf dem Weg nach draußen an Sallys offener Bürotür vorbeikam, warf sie noch einmal einen Blick auf die Fotos an den Wänden. Sie blieb kurz stehen, um ein Bestimmtes zu betrachten.

Ellen lebte in Glenside, Maryland, südöstlich von Washington, D. C., in dem geräumigen Haus, das sie und Howard kurz nach ihrer Hochzeit gekauft hatten.

»Wenn wir immer hier leben können, werde ich unendlich glücklich sein.«

Von wegen.

Auf dem Heimweg hielt Ellen bei einem Supermarkt an, um Eier und Milch zu kaufen. Sie mochte Omeletts aller Art und mit dem, was sie noch im Gemüsefach ihres Kühlschranks hatte, würde sie ein preisverdächtiges Mahl zaubern. Sie war körperlich und seelisch erschöpft – so ausgebrannt, wie sie sich noch nie gefühlt hatte. Als sie gerade in ihrer Handtasche nach dem Portemonnaie suchte, fiel ihr Blick auf die ausliegenden Zeitschriften: *Newsweek* und *Time.* Sie stellte sich ihr Gesicht auf den Titelseiten vor. Heute kaufte sie Eier und Milch bei Kim's Korner und schon morgen würde ihr Konterfei um die Welt gehen. War sie darauf vorbereitet?

Na, was sagst du dazu, Howie? Kannst du dir vorstellen, dass deine neue Braut demnächst mal auf einem Titelbild zu sehen ist? Vielleicht in Die Bardame?

Während Ellen ihre Einkäufe auf den Beifahrersitz packte, schalt sie sich selbst für ihre Kleinkariertheit. Meistens schaffte sie es, ihren Ärger und ihren Schmerz gut zu kaschieren. Sie fühlte sich nie wohl, wenn solche Gefühle mit ihr durchgingen. Die Geschichte mit dem Superimpfstoff war zu viel für sie, alles ging zu schnell. Sie musste an den Teufelskreis denken, den Steinman skizziert hatte: Menschenleben ausgelöscht oder ruiniert, wenn sie für Omnivax stimmte. Dasselbe, wenn sie dagegen stimmte. Auf der Basis dessen, was derzeit über Impfstoffe bekannt war, hätte sich diese Frage so eigentlich gar nicht stellen dürfen. Schließlich war das genau der Punkt, für den Cheri und Sally und die anderen sich so leidenschaftlich einsetzten – mehr Informationen für die Allgemeinheit.

Ellen parkte den Wagen in der Garage und brachte ihre Einkäufe in die Küche. Trotz der unangenehmen Erinnerungen an Howard liebte sie dieses Haus, ihren Kräutergarten am Fenster und die riesige Eiche im Garten, auch die frechen Eichhörnchen und den kleinen Balkon vor ihrem Schlafzimmer, wo sie oft saß und die ersten Sonnenstrahlen durch das Laub der Bäume schimmern sah. Es war wirklich ein ausgesprochen schöner –

Ellen stellte die Einkäufe ab und schnupperte. Hatte jemand im Haus geraucht? Worüber sich Howard bei ihr am meisten geärgert hatte, war ihr Geruchssinn, und Tabakqualm jeder Art hatte sie immer schon gestört. Verwundert ging sie durch den kurzen Flur zum Wohnzimmer. Plötzlich stieß sie einen Schrei aus, taumelte rückwärts und schlug vor Schreck die Hände vor die Brust.

Im Sessel neben dem Kamin saß ein großer, kräftig gebauter Mann. Er trug einen teuren grauen Anzug, ein schwarzes Hemd – mit offenem Kragen und ohne Krawatte – und mit Stickereien verzierte Cowboystiefel. Auf seinem riesigen Schädel hatte er dichtes blauschwarzes Haar, das er nach hinten gegelt trug. Seine harten, eng stehenden Augen waren so schwarz wie sein Haar und sein breiter Mund wurde noch unterstrichen von einer kurzen, dicken Narbe, die von der Mitte der Oberlippe zur Nase verlief – vielleicht die Folge einer Schönheitsoperation, um eine Hasenscharte zu entfernen.

»Oh, das tut mir aber Leid, dass ich Sie erschreckt habe, Mrs Kroft«, sagte er mit der angenehmen, rauen Stimme und der betont freundlichen Art eines Gebrauchtwagenhändlers. »Setzen Sie sich doch hin, setzen Sie sich.«

Ellen blieb stocksteif stehen. Es gab keinen Hinweis darauf, dass der massige Eindringling in ihrem Haus geraucht hatte, obwohl der Zigarettengestank eindeutig von ihm kam. Sie war kurz versucht, wegzurennen, aber eigentlich fühlte sie sich nicht unmittelbar bedroht. Der Mann war schließlich schon in ihrem Haus. Wenn er ihr hätte etwas antun wollen, dann hätte er nicht in aller Seelenruhe in ihrem Wohnzimmer auf sie gewartet.

»Wer sind Sie? Was wollen Sie?«, fragte sie.

Der Mann lächelte geduldig.

»Wer ich bin, spielt keine Rolle. Was ich will, ist erst einmal, dass Sie sich setzen ... und zwar dorthin.« Er wies auf das Sofa neben seinem Sessel.

Ellen zögerte, dann atmete sie einmal tief durch und tat, was er von ihr verlangte. Aus der Nähe wirkten seine Augen tiefschwarz, sie waren erschreckend kalt. Seine massigen Hände mit den groben Knöcheln ruhten in seinem Schoß und hielten einen großen Briefumschlag. Am kleinen Finger der linken Hand trug er einen goldenen Ring mit einem rechteckig geschliffenen Diamanten von mindestens drei Karat.

»Also«, sagte Ellen, »was haben Sie hier zu suchen?«

»Ich vertrete Leute, die daran interessiert sind, dass Omnivax so schnell wie möglich in Umlauf gebracht wird. Das ist alles, was Sie wissen müssen.«

»Aha. Und was hat das mit mir zu tun?«

Sein Gesichtsausdruck wurde härter. Ellen hatte den Eindruck, dass sein Mundwinkel kurz zuckte. Aber immerhin schaffte er es noch, sich ein überhebliches Grinsen abzuringen.

»Mrs Kroft«, erwiderte er in einem nach wie vor bedrohlich ruhigen Tonfall, »ich habe weder die Zeit noch Geduld für irgendwelche Spielchen. Wir beide kennen sehr genau die Bedeutung des unglückseligen Versprechens, das Lynette Marquand der Welt gegeben hat.«

»Und?«

»Und ich weiß aus zuverlässiger Quelle, dass Sie die einzige Person sind, die sie zwingen könnte, sich an dieses Versprechen zu halten.«

»Für wen arbeiten Sie? Den Präsidenten? Die Pharmaindustrie? Für wen?«

Der Koloss seufzte ungeduldig und überging die Fragen.

»Mrs Kroft, ich muss darauf bestehen, dass Sie mir Ihr Wort darauf geben, die geplante Freigabe von Omnivax nicht zu verhindern.«

»Was haben Sie da in dem Umschlag?«, fragte sie. »Bestechungsgeld?«

»Ich habe keinesfalls die Absicht, Sie zu bestechen, Mrs Kroft.«

In seinen Worten schwang etwas mit, was sie frösteln

ließ. Er reichte ihr den Umschlag. Ellen öffnete ihn, nahm die Fotos, die er enthielt, heraus und hielt die Luft an. Es waren ein halbes Dutzend Schnappschüsse von Lucy, in Schwarz-weiß und gestochen scharf. Lucy, die gerade die Schule betrat, Hand in Hand mit Gayle; auf dem Spielplatz; zu Hause im Garten; sogar schlafend in ihrem Bett.

»Sie würden es nicht wagen, dem Kind etwas anzutun«, krächzte Ellen.

Der Mann schaute sie fast gelangweilt an. Am liebsten wäre sie aufgesprungen und hätte ihm seine selbstgefällige Visage zerkratzt.

»Ich werde alles tun, was nötig ist«, erwiderte er mit Nachdruck. »Sehen Sie mich an. Ich rate Ihnen, nicht an meinen Worten zu zweifeln. Wenn Sie es doch tun, sind Sie, und nur Sie, verantwortlich für die Konsequenzen. Die Leute, für die ich arbeite, räumen dieser Angelegenheit höchste Priorität ein. Sollten Sie uns auf irgendeine Weise enttäuschen, verspreche ich Ihnen, wird Ihre Enkelin ganz einfach verschwinden ... für immer. Was ihr widerfährt, nachdem sie erst einmal verschwunden ist, darüber werden Sie nicht einmal spekulieren wollen. Und, je nachdem, wie wütend meine Auftraggeber sind, wäre das erst der Anfang.«

Die unglaubliche Arroganz dieses Scheusals verschlug ihr die Sprache und Ellen konnte ihn trotz ihrer Wut nur anstarren.

»Habe ich mich deutlich genug ausgedrückt?«, fragte er. *»Habe ich das?«* Zum ersten Mal hob er die Stimme.

»J-ja«, stotterte Ellen.

»Sie können zur Polizei gehen, wenn Sie wollen, aber ich verspreche Ihnen zweierlei. Erstens, wir werden es herausfinden, und zweitens, sie werden nichts unternehmen können, um zu verhindern, was ich Ihnen angekündigt habe. Klar?«

»Ja.«

»Gut. Wir haben uns also verstanden?«

»Ja«, wiederholte sie den Tränen nahe.

»Bestens«, sagte der Mann und erhob sich.

Zu voller Größe vor ihr aufgerichtet mit seinen breiten Schultern und dem massigen Kopf war der Killer eine Furcht einflößende Erscheinung. So ruhig, als würde er die Morgenzeitung aufheben, bückte er sich und nahm den Umschlag mit den Fotos wieder an sich. Ellen wurde übel von dem Zigarettengestank, den er ausströmte. Dann holte er ein Handy aus der Tasche und wählte mit einem Knopfdruck eine Nummer.

»Alles erledigt«, sagte er einfach.

Sekunden später fuhr vor dem Haus ein Wagen vor.

»Ich danke Ihnen für Ihre Gastfreundschaft, Mrs Kroft«, sagte der Mann. »Und Ihre Familie, da bin ich sicher, wird es Ihnen danken, wenn Sie eine vernünftige Entscheidung treffen. Ich finde selbst hinaus.«

Er zog die Vorhänge des zur Straße hin gelegenen Fensters zu und verschwand mit einem letzten Grinsen. Ellen stürzte ans Fenster, riss die Vorhänge auf und versuchte, das Kennzeichen des Wagens zu erkennen. Aber der Wagen, eine unauffällige Limousine, war schon zu weit weg.

16

Nur selten konnte Matt sich nach dem Aufwachen an einen Traum erinnern und noch seltener wusste er, dass er einen Traum hatte, während er ihn durchlebte. Aber diesmal, in einer Ecke seines Unterbewusstseins, war er sich darüber im Klaren. Er war zugleich Teilnehmer und Betrachter, auf der einen Seite völlig verängstigt und auf der anderen merkwürdig unberührt und analytisch.

Es war ein riesiges Gila-Monster, eine Krustenechse, deren orangefarbene Schuppen in der Sonne glitzerten. Die giftige Echse, so groß wie ein Haus, fegte durch einen dichten Wald, der riesige Schwanz knickte Bäume ab und die kurzen Beine zertrampelten alles, was ihnen in den Weg kam. Ihre schwarze Zunge schoss hervor wie eine Peitsche und trennte die Wipfel von Kiefern ab. Immer wieder warf sie sich gegen den felsigen Hügel und Gesteinsbrocken prasselten direkt neben Matt auf den Boden. Plötzlich waren Männer mit Gewehren da – undefinierbare Schatten, die pausenlos auf die Echse feuerten. Das Monster erhob sich auf seine Hinterbeine, balancierte mit dem Schwanz und suchte nach der Ursache für seine Schmerzen. Immer mehr Männer – mit immer mehr Waffen ... noch mehr Schüsse ... noch mehr Mündungsfeuer ... noch mehr Gebrüll ... und dann Blut, das aus Hunderten von Wunden an der Flanke des Tiers herausspritzte. Der riesige orangefarbene und schwarze Kopf wiegte sich von einer Seite zur anderen, die kräftigen Kiefer schnappten nach Luft.

»Neiiiin!«, hörte Matt sich selbst schreien. »Aufhören!«

Tödlich verletzt fiel das Ungeheuer unter lautem Gebrüll vornüber, schlug mit den Krallen der Vorderpranken um sich und riss immer wieder an Matts Arm. In diesem Augenblick merkte er, dass er aufgewacht war. Er öffnete die Augen einen Spalt, immer noch spürte er die Krallen an seinem Arm. Schließlich wurde ihm klar, dass es nur eine harmlose Hand war, die an seinem Unterarm kratzte. Er saß auf einem Stuhl in einer verglasten Kabine der Intensivstation – der Kabine von Dr. Nikki Solari, wie er bemerkte. Er war eingeschlafen und lag auf der Seite mit dem Kopf halb auf seiner Schulter, halb auf dem Bett. Das Kratzen, das ihn aufgeweckt hatte, war die Berührung von Nikki Solaris Hand. Durch die Glasscheibe hindurch winkte ihm die Nachtschwester Julie Bellet mit einem Lächeln zu. Auf der Wanduhr hinter ihr war es fünf Uhr dreißig.

Matt bekam ziemlich schnell einen klaren Kopf. Sein steifer Hals deutete darauf hin, dass er eine ganze Weile dagelegen haben musste. Seine Patientin, deren Arme mit Lederriemen festgebunden waren, hatte sich mit der Berührung in dem nur schwach erleuchteten Raum stumm flehend an ihn gewandt. Mit vor Angst und Verwirrung weit aufgerissenen Augen starrte sie ihn an. Der Polystyren-Schlauch, den er ihr zwischen die Stimmbänder geschoben hatte, war immer noch an Ort und Stelle. Das daran angeschlossene Beatmungsgerät surrte und zischte, während es ihr bei jedem Atemzug Luft in die Lungen drückte. Julie Bellet betrat das Zimmer.

»Hallo«, sagte sie. »Sie haben fast drei Stunden geschlafen. Aber Sie sahen so friedlich aus, dass es keiner von uns übers Herz gebracht hat, Sie zu wecken.«

»Ich ... äh ... war ein bisschen müde«, erwiderte er. »Ich glaube, es ist an der Zeit, den koffeinfreien Kaffee zu vergessen und mir mal wieder einen richtigen Bohnenkaffee zu genehmigen.«

Er grinste verlegen und wandte sich wieder Nikki zu. Aus Erzählungen von Patienten wusste er, dass es eins der unangenehmsten Gefühle ihres ganzen Lebens war, aufzuwachen und an ein Beatmungsgerät angeschlossen zu sein, mit einem Tubus durch Hals und Luftröhre, und noch dazu mit fixierten Händen. Er schaltete die Neonlampe über Nikki an.

»Dr. Solari, entschuldigen Sie, dass ich hier einfach so eingeschlafen bin. Ich habe ein paar anstrengende Tage hinter mir. Ich bin Matt Rutledge, Ihr behandelnder Arzt. Können Sie mich verstehen?« Nikki nickte und hielt den Blick weiter auf ihn geheftet. »Gut«, sagte er. »Sie sind hier im Montgomery County Regional Hospital in Belinda, West Virginia. Sie hängen an diesem Schlauch, weil Sie gestern beinahe in einem See ertrunken wären. Sie waren mehr als zwölf Stunden bewusstlos.«

Nikki schenkte dem Pochen in ihren Schläfen keine Beachtung, sondern bewegte ihre angebundenen Hände, soweit es möglich war, und deutete verzweifelt auf ihr Gesicht.

Der Schlauch. Nehmen Sie ihn raus! Bitte, nehmen Sie ihn raus. Ich ersticke sonst!

Nikki betete, dass der Arzt sie verstand.

Matt Rutledge war offenbar einige Jahre älter als sie, er hatte ein freundliches, markantes Gesicht. Die dunklen Haare hatte er zu einem Pferdeschwanz zusammengebunden, der ihm ein wenig über den Hemdkragen hing.

»Ich weiß, dass Sie diesen Schlauch auf der Stelle heraus haben wollen. Aber ich möchte Sie bitten, sich zu entspannen und ruhig zu atmen. Meinen Sie, ein Medikament würde Ihnen dabei helfen? ... Gut. Geben Sie mir ein Zeichen, wenn Sie Ihre Meinung ändern sollten. Die Sauerstoffzufuhr ist eingeschaltet, sodass Sie nur ganz einfach zu atmen brauchen. Ich verspreche Ihnen, dass ich den Schlauch so bald wie möglich entfernen werde. Aber vorher brauche ich noch Röntgenaufnahmen und muss Ihre Blutgaswerte überprüfen. Wenn ich die Schlaufen um Ihre Handgelenke löse, versprechen Sie mir dann, den Schlauch in Ruhe zu lassen?«

Nikki nickte. Die Krankenschwester, die in der Tür gestanden hatte, kam herbei, stellte sich vor und entfernte die Handfesseln.

»Nikki«, sagte sie, »der Ballon an dem Tubus ist noch aufgeblasen. Bitte versuchen Sie nicht, ihn herauszuziehen. Sie könnten dabei Ihre Stimmbänder beschädigen. Okay?«

Nikki zwang sich zu einem Nicken. Der Tubus in ihrer Kehle fühlte sich so dick an wie ein Gartenschlauch. Vom Verstand her wusste sie, was es war und wofür es gut war, dennoch hatte sie das Gefühl, ersticken zu müssen. Sie schloss die Augen, als der Arzt Herz und Lungen abhörte, ihren Bauch untersuchte und den Puls an Armen und Beinen fühlte. Dann ließ er sie die Augen öffnen und überprüfte diese mit einem Ophtalmoskop. Sein ganzes Verhalten war beruhigend und sanft. Soweit sie es beurteilen konnte, schien er zu wissen, was er tat. Sie ließ sich wieder in ihr Kissen sinken und zwang sich, langsamer zu atmen. Nach und nach erinnerte sie sich an die Ereignisse auf dem Highway und im Wald.

Warum? Diese Frage beschäftigte sie am meisten. *Warum?*

»Es hört sich alles ganz gut an«, sagte Matt. »Ich werde jetzt einige Anweisungen aufschreiben und dann muss ich mir mal das Gesicht waschen. Anschließend komme ich wieder her.«

Als er weg war, strich Schwester Julie die Bettlaken glatt und wischte Nikkis Gesicht und Hände mit einem feuchten Waschlappen ab.

»Es wird Ihnen bald wieder besser gehen«, sagte sie. »Dr. Rutledge sieht zwar nicht gerade aus wie ein Medizinprofessor, aber glauben Sie mir, er ist ein wunderbarer Arzt – der beste in diesem Krankenhaus. Ich habe gehört, Sie sind aus Boston. Nun, er ist hier aufgewachsen, hat aber in Harvard studiert. Der Doktor ist im Krankenwagen mit an den See hinausgefahren und hat vor Ort den Schlauch in Ihren Hals eingeführt.«

Nikki nickte zum Zeichen, dass sie verstanden hatte, und reckte mit letzter Kraft den Daumen in die Höhe.

Doktor. Kurz nachdem der fette Typ im Geschäftsanzug sie angegriffen hatte, hatte er zu ihr gesagt: »Schlafen Sie gut, Doc.« Woher konnte er das gewusst haben? Die beiden Männer waren nicht darauf aus gewesen, sie auszurauben, und auch nicht, sie zu vergewaltigen. Sie wollten sie töten.

Warum?

Nachdem er sich gewaschen und rasiert hatte, sammelte Matt die Utensilien ein, die er für Lewis Slocumb brauchte, und kehrte dann zu Nikki Solari zurück. Der

Schlaf hatte ihm gut getan und er hatte, zumindest für den Moment, seine Konzentration und Energie wiedergefunden. Am vorangegangenen Tag hatte er vorgehabt, nach ein paar Stunden Arbeit im Krankenhaus zur Farm der Slocumbs zu fahren, um den provisorischen Schlauch in Lewis Slocumbs Brust zu ersetzen und nach dem Rechten zu sehen. Mittlerweile waren fast vierundzwanzig Stunden vergangen. Er konnte aber nicht mehr tun als möglich und hoffte, dass Frank Slocumb clever genug war, seinen Bruder ins Krankenhaus zu schaffen, falls ernsthafte Schwierigkeiten auftauchten.

Nikki Solari wirkte wach und schon ein wenig lebhafter. Das Röntgenbild zeigte keinerlei Hinweise auf Lungenentzündung und ihre Blutgaswerte waren ausgezeichnet. Es war jetzt an der Zeit, sein Versprechen zu halten und den Schlauch zu entfernen. Und er konnte nur hoffen, dass er von ihr Erklärungen für die Geschehnisse am Crystal Lake bekommen würde. Das Rätsel seines bizarren Traums war immerhin schon gelöst. Auf Solaris Fußrücken war ein orange-schwarzes Gila-Monster tätowiert. Matt hatte es bei seiner ersten Untersuchung bemerkt, aber er war zu sehr damit beschäftigt gewesen, ihr Leben zu retten, als dass er dem Tattoo viel Aufmerksamkeit geschenkt hätte.

Die Frau mit den feingliedrigen Händen, die er für eine Kunsthandwerkerin gehalten hatte, hatte sich als Gerichtsmedizinerin entpuppt. Und die Pathologin, die Bluegrass spielte, hatte eine orange-schwarze Echse auf ihrem Fuß. Zwar waren Tätowierungen mittlerweile weit verbreitet, aber wohl nicht unbedingt unter den durchschnittlichen Medizinstudenten und Ärzten. War sie möglicherweise drogenabhängig? Dealte sie vielleicht sogar? Konnte das der Grund dafür sein, dass sie in der

Nähe von Niles Ledge durch den Wald verfolgt worden war?

Matt erwog diese Möglichkeit, während er Vorbereitungen traf, den Tubus aus ihrem Hals zu entfernen. Er betrachtete das Tattoo auf seinem eigenen Arm – eine ständige Erinnerung an Liebe und Verlust. Welche Bedeutung dieses merkwürdige Tattoo auch haben mochte, es hatte auf keinen Fall etwas mit Drogen zu tun, dachte Matt, als er Nikki Solaris ausdrucksstarke Augen betrachtete.

Die Entfernung des Tubus war im Prinzip einfach, konnte aber zu lebensgefährlichen Komplikationen führen. Schleim aus der Luftröhre abzusaugen, die Luft aus dem Ballon abzulassen, den Patienten zum Husten zu bringen und den Tubus herauszuziehen, das alles war relativ simpel. Aber immer lauerte die Gefahr eines Kehlkopfkrampfs, der dazu führen konnte, dass die Luftwege sich verschlossen und eine erneute Einführung des Tubus unmöglich machten.

Matt hatte noch nie einen Luftröhrenschnitt vorgenommen, war jedoch für alle Fälle ausgerüstet, obwohl es in diesem Moment das Letzte war, was er tun wollte.

»Dr. Solari, wir sind so weit«, sagte er.

Nikki gab ihm zu verstehen, dass sie einverstanden war. Die Frau war zäh, dachte Matt. Was immer sie sonst noch sein mochte, zäh war sie.

»Gut«, sagte er. »Ich weiß, dass der nächste Schritt unangenehm sein wird, aber wir müssen es tun. Julie, bitte absaugen.«

Die Krankenschwester führte einen kleinen Endotrachealkatheter unterhalb des Schlauchs in Nikkis Luftröhre ein. Nikki reagierte auf diese Reizung mit einem heftigen Hustenanfall, Tränen traten ihr aus den Augen und liefen ihr die Wangen herunter.

»Es tut mir wirklich Leid«, sagte Matt und ließ die Luft aus dem Ballon. »Gleich haben Sie's hinter sich. Holen Sie tief Luft und husten Sie.«

Sie hustete, dann folgte ein leichter Ruck und schon war der Tubus draußen. Die Schwester traf Vorkehrungen, ihr den Schleim aus Mund und Hals abzusaugen, aber Nikki schob ihre Hand weg.

»Danke«, krächzte sie.

Die Schwester schob eine durchsichtige Plastikmaske über Nikkis Mund und Nase. Einige Minuten sprach keiner ein Wort, als Nikki dankbar mit tiefen Zügen die feuchte, mit Sauerstoff angereicherte Luft einatmete. Die Sauerstoffsättigung des Blutes, die mit einem auf eine Fingerkuppe aufgesetzten Oxymeter gemessen wurde, blieb unverändert gut, auch ihr Herzschlag war stabil. Es gab keinen Hinweis auf einen Kehlkopfkrampf.

»Alles in Ordnung?«, fragte Matt schließlich.

»Ah, das war ja fürchterlich«, erwiderte Nikki. »Eigentlich nicht die netteste Methode, eine neue Patientin zu begrüßen. Wo ich herkomme, fragen die Ärzte einen erst mal, bei welcher Krankenkasse man versichert ist.«

Das Licht in der Kabine auf der Intensivstation wurde wieder gedämpft. Die Schwestern waren weg und bereiteten sich auf den nächsten Patienten vor – der vermutlich Nikkis Bett einnehmen würde. Mit Unterbrechungen, weil sie alle paar Minuten wegdöste, berichtete Nikki von dem vorgetäuschten Unfall, dem Chloroform, den Schüssen und der anschließenden Verfolgungsjagd durch den Wald. Aber sie konnte sich nicht mehr daran erinnern, was sich unmittelbar vor ihrem Sturz in den See zugetragen hatte.

Matt war völlig fasziniert von dem erschreckenden Bericht, aber noch mehr von der Frau, die ihn vortrug. Erschöpft und von Kopfschmerzen, Schwindel und all den anderen Nebenwirkungen einer Gehirnerschütterung geplagt, bewies Nikki (sie bestand darauf, dass er sie so nannte) einen Scharfsinn und einen trockenen Humor, dem nicht einmal ihr jämmerlicher Zustand etwas anhaben konnte.

Er hatte jede Menge Fragen, zweifellos ebenso wie Grimes. Aber im Augenblick hatte er keine Lust, sich mit dem Mann zu beschäftigen. Sobald Nikki wieder richtig wach war, würde er das Revier verständigen. Vorerst hieß es, ruhig abzuwarten, bis sie sich erholte. Er ertappte sich dabei, wie er ihr Gesicht musterte. Warum sprach es ihn so an? Kaum etwas daran erinnerte ihn an die Frau, die er einmal über alles geliebt hatte. Wenn Ginny wie der Sand am Strand und wie die Mittagssonne gewesen war, war Nikki eher wie der Mondschein und das stille dunkle Wasser eines Sees bei Nacht. Ginnys Mund war unschuldig und kindlich gewesen, Nikkis dagegen voll und sinnlich. In all den Jahren seit Ginnys Tod war er hin und wieder mit Frauen zusammen gewesen. Aber nie hatte er sich so von einer angezogen gefühlt. Die Situation machte ihn verlegen und er hatte das merkwürdige Gefühl, untreu zu sein. Was brachte ihn dazu, diese Frau mit Ginny zu vergleichen?

... Diese Gedanken sollten Sie daran erinnern, wie schön das Leben wieder sein kann. Waren das nicht Maes Worte gewesen?

In diesem Augenblick rief ihm dieselbe Stimme, die solche Gedanken bei ihm auslöste, wieder ins Gedächtnis, dass er ihr Arzt war. Liebesbeziehungen zwischen Arzt und Patientin waren nicht nur durch den hippokratischen Eid verboten, sondern auch durch die Gesetze der meisten amerikanischen Bundesstaaten. Bei vielen Ärzten hatte eine solche Verbindung auf direktem Weg zu einer Stellung als Verkäufer in einer Apotheke geführt.

»Hallo, Sie da, sind Sie noch da?«

»Ich ... äh ... ich bin wohl ein bisschen weggedöst.«

»Schon wieder?«

»Im Schlafseminar an der Uni war ich unschlagbar. Einsame Spitze in meinem Semester.«

»Ich auch. Ich sollte eigentlich Chirurgin werden, aber man hat mich rausgeworfen, als ich am Operationstisch eingeschlafen bin.«

»Ich stelle mir gerade vor, wie Sie mit der Nase voran in eine offene Bauchhöhle kippen. Nikki, sagen Sie mir, wieso ist Ihnen das eigentlich alles passiert?«

»Keine Ahnung. Aber diese Männer wussten, wer ich bin. Da bin ich mir ganz sicher.«

»Waren die vielleicht hinter Drogen her?«

»Alles denkbar. Aber soweit ich mich erinnere, waren sie schlicht und einfach hinter mir her. Ich glaube, sie haben einander beim Namen genannt, aber ich entsinne mich nicht mehr.«

Matt erhob sich von seinem Stuhl.

»Ich bin gleich wieder da«, sagte er.

»Wo wollen Sie hin?«

»Die Polizei anrufen. Chief Grimes wird erfahren wollen, dass Sie wieder bei Bewusstsein sind, und außerdem möchte ich einen Wachmann vor Ihrer Tür, bis wir wissen, was hier eigentlich gespielt wird.«

Nikki rieb sich die Augen.

»Ich glaube, ich habe mich mit dem Polizeichef unterhalten.«

»Stimmt. Davon hat er mir erzählt.«

»Soweit ich mich erinnere, war er sehr freundlich.«

»Das erklärt alles«, erwiderte Matt, dem plötzlich Grimes' völlig unangemessene, kaum verhohlene Drohung in der Notaufnahme wieder einfiel.

»Was?«

»Ach, nichts. Nikki, wir haben Ihre Familie noch nicht benachrichtigt. Geben Sie mir doch die Telefonnummern und ich rufe Ihren Mann oder Ihre Eltern oder wer sonst benachrichtigt werden soll an.«

»Mein Vater erholt sich gerade von einem Schlaganfall, meine Mutter wird hysterisch beim Anblick eines Rotkehlchens, das einen Wurm verspeist, und die Bewerber um die Stelle als mein Ehemann tragen alle gerade einen tödlichen Kampf um mich aus. Da ich jedoch vermutlich überlebe, wollen wir lieber niemanden damit behelligen. Außer meiner Arbeitsstelle. Ich sollte eigentlich schon wieder dort sein.«

Matt schrieb sich die Nummer auf.

»Ich bin gleich wieder da.«

»Sie sind ... sehr ... nett«, sagte sie.

Ihm lag eine Antwort auf der Zunge, als er bemerkte, dass sie schon wieder eingeschlafen war und tief und ruhig atmete.

Als Matt im Polizeirevier anrief, wurde er direkt zu Bill Grimes durchgestellt.

»Hat sie Ihnen erzählt, was passiert ist?«, fragte Grimes.

»Ich habe ihr nicht sehr viele Fragen gestellt. Ich wollte zuerst Sie anrufen.«

»Erzählen Sie mir nicht, dass Sie neuerdings auf mich Rücksicht nehmen.«

»Sehr lustig. Sie sagte, es seien zwei Männer gewesen – der eine ziemlich fett, in einem Anzug. Der andere sportlich. Sagt Ihnen das was?«

»Vielleicht.«

»Sie meinte auch, die hätten auf sie geschossen.«

»Es war also tatsächlich eine Schusswunde an ihrem Kopf.«

»Würde ich sagen, ja.«

»Ich schicke Ihnen einen Mann, er wird innerhalb der nächsten Stunde da sein«, sagte Grimes. »Ich komme dann später, um mich mit ihr zu unterhalten.«

»Lassen Sie sich ruhig Zeit«, erwiderte Matt, der ihm eigentlich lieber klar gemacht hätte, er solle sich zum Teufel scheren. »Sie hat eine ziemlich üble Gehirnerschütterung.«

»Was glauben Sie, wie lange muss Sie im Krankenhaus bleiben?«

»Das kann ich noch nicht sagen. Vielleicht ein paar Tage. Ich möchte, dass ein Neurologe sie untersucht und sie in die Magnetresonanzröhre steckt, wenn er meint, dass dabei mehr rauskommt als bei der Notfall-Computertomographie, die wir durchgeführt haben.«

»Also gut. Der Wachposten wird bald dort sein.«

»Rund um die Uhr, okay?«

»Rutlegde, wie wär's, wenn Sie sich um Ihre Arbeit kümmerten und mich meine machen ließen?«

»Nancy«, sagte Matt zu der Stationsschwester, »meinen Sie, es wäre möglich, Dr. Solari noch ein bisschen länger auf der Intensivstation zu lassen?«

»Matt, Sie wissen, ich würde für Sie über glühende Kohlen gehen«, erwiderte Nancy Catlett, »aber im Moment haben wir vier kritische Fälle auf der Station und dazu ein postoperatives Abdominal-Aneurysma, das sehr bald behandelt werden muss. Ich sehe einfach keine Möglichkeit, zu begründen, warum ich jemanden, der wach ist und klar im Kopf, hier behalten soll – auch wenn's eine Patientin von Ihnen ist.«

»Wenn das so ist, wenigstens ein Einzelzimmer.«

»Das hängt von ihrer Krankenkasse ab.«

»Bemühen Sie sich um eins. Wir stellen ihr eine Wache vor die Tür. Ich möchte, dass nur Pflegepersonal zu ihr reingeht. Wenn sie dafür eine besondere Anordnung braucht, werde ich sie ausfüllen. Sollte das Einzelzimmer nicht durch die Versicherung abgedeckt sein, übernehme ich den Restbetrag.«

»Also, ich glaube, so weit muss es nicht kommen«, sagte Nancy. »Aber wenn Sie sich um alle Ihre Patienten so rührend kümmern, wechsle ich sofort den Arzt und komme zu Ihnen. Meine Kasse stellt sich fürchterlich an bei Einzelzimmern.«

Matt erledigte noch schnell die Visite bei den Patienten, die er im Krankenhaus betreute, dann brachte er die Instrumente und Medikamente, die er für Lewis Slocumb zusammengestellt hatte, zum Motorrad. Die Gedanken an Nikki Solari und die Fragen, die sich nach dem Angriff auf sie stellten, kreisten in seinem Kopf, sodass er sich kaum auf etwas anderes konzentrieren konnte. Als er wieder in die Intensivstation kam, berichteten ihm die Schwestern, Nikki habe geschlafen, seit er weggegangen sei, und nach den beiden EEG, die sie bei ihr durchgeführt hätten, sei sie sofort wieder weggesackt. Aber als er ihr Zimmer betrat, stöhnte sie zufrieden und öffnete die Augen.

»Hallo, wieder da?«, sagte sie gähnend.

»Woher wussten Sie, dass ich wieder da bin?«

»Manchmal kann ich hellsehen.«

»Was machen Ihre Kopfschmerzen?«

»Haben Sie mal die *Riverdance-Show* gesehen?«

»Oje. Ich kann Ihnen ein paar Aspirin verschreiben, aber von stärkeren Sachen würde ich die Finger lassen.«

»Aspirin ist okay. Ich bin zäh.«

»Davon brauchen Sie mich nicht mehr zu überzeugen. Der Wachmann ist bestellt. Sie hatten Recht in Bezug auf Bill Grimes. Er fühlt sich für Sie verantwortlich.«

»Ich hoffe, er kann den Vorfall klären«, erwiderte sie.

»Er ist ein ganz guter Polizist.« *Wenn er will.* »Hören Sie, ich muss einen Hausbesuch machen, aber ich werde hier warten, bis der Polizist da ist. Sie können ganz einfach schlafen. Im Moment ist das aus ärztlicher Sicht das Beste, was Sie tun können.«

»Später. Im Moment bin ich hellwach. Können Sie sich eine Weile zu mir setzen? Ich komme mir ein bisschen verloren vor.«

»Ich würde mich auch viel lieber mit Ihnen unterhalten als Krankenberichte schreiben.«

»Danke. Die Krankenschwestern haben mir erzählt, Sie hätten Ihre Ausbildung in Harvard absolviert.«

»Und als Assistenzarzt habe ich im White Memorial Medical Center in Boston gearbeitet.«

»Ich bin schwer beeindruckt. Mich haben sie da in der Chirurgie nicht angenommen. Ich habe ein Jahr als Chirurgin im Metropolitan Hospital gearbeitet, bevor ich in die Pathologie gewechselt bin. Ich bevorzuge Patienten, die wirklich absolut still liegen, wenn ich an ihnen herumschnippele. Wo haben Sie gewohnt, als Sie dort gearbeitet haben?«

»In Beacon Hill. Die ärmere Gegend im Süden der

Stadt. Mir gefiel Boston ziemlich gut, aber mein Herz hängt an den Bergen hier. Ich konnte es kaum erwarten, wieder herzukommen.«

»Das ist nicht schwer zu verstehen. Es ist wunderschön hier.«

»Wenn man nicht gerade von zwei durchgeknallten Killern gejagt wird. Darf ich Sie etwas fragen?«

»Sicher.«

»Es ist wegen Ihres Tattoos.«

»Was soll damit sein?«, fragte sie mit einem leicht abwehrenden Unterton.

»Ach nichts. Ich wollte Ihnen eigentlich nur sagen, dass man hier dauernd Tattoos von Gila-Monstern auf den Füßen der Ärztinnen findet.«

Nikkis Augen verengten sich zu Schlitzen. *Machst du dich über mich lustig?*, schienen sie zu fragen.

Matt bemühte sich, die Situation zu retten.

»Tut mir Leid«, sagte er. »Locker-flockige Sprüche im unpassenden Moment sind eine meiner weniger erfreulichen Spezialitäten. Damit stolpere ich gerne in Fettnäpfchen. Mea culpa.« Er schob einen Hemdsärmel hoch und zeigte ihr sein eigenes Tattoo. »Ich hab's mit Weißdornbüschen.«

Nikkis Gesichtsausdruck entspannte sich wieder.

»Irgendwann werden *Sie* derjenige sein, der *mir* eine Geschichte schuldig ist. Ich habe mir das Tattoo vor ein paar Jahren machen lassen. Ein paar meiner Musikerfreunde ließen sich welche machen und ich wollte auch eins. Ich hab's mir auf den Spann tätowieren lassen, sodass ich es mir immer ansehen konnte, wann ich wollte, aber auch verstecken, wann ich wollte. Ich hätte mir vielleicht auch eine andere Stelle dafür ausgesucht, wenn ich gewusst hätte, wie gefährlich dieses Biest ist. Eigentlich ist es aber nur ein halbes Gila-Monster. Die vordere Hälfte ist ein Salamander.«

»Die meisten unserer Ärztinnen haben sich für diese Variante entschieden«, bemerkte er ohne zu überlegen.

Ihre Augen blinzelten vergnügt. Diesmal gab es kein Problem.

»Ich habe diese Kombination einmal auf einer Tonschale in einem Navajo-Reservat in Arizona gesehen«, fuhr sie fort, »und nachdem mir der Künstler den Sinn erklärt hat, habe ich dieses Symbol als eine Art Totem für mich übernommen. Der Salamander ist scheu, verletzlich, schwach und verschlossen. Das Gila-Monster ist furchtlos, kräftig, kriegerisch, entschlossen und so hartnäckig, dass man ihm, wenn es erst mal was zwischen den Zähnen hat, den Kopf abschlagen muss, damit es loslässt.«

Matt musste an den schrecklichen Tod des Monsters in seinem Traum denken und erschauerte. Er hatte nie das Mystische oder Übernatürliche abgelehnt, das sich in Träumen äußert, daher beschäftigte ihn dieser Traum von Minute zu Minute mehr. Stellte das ungemütliche Szenario lediglich einen Reflex auf die Ereignisse der jüngsten Vergangenheit dar oder war es eine Vision der Zukunft?

»Soweit ich sehe, haben die beiden Typen auf dem Highway nicht damit gerechnet, in einen solchen Schlamassel zu geraten«, sagte er.

Keine Reaktion. Sie hatte die Augen wieder geschlossen, sie war erschöpft und angeschlagen von der Gehirnerschütterung. Die Auswirkungen von Schlagtraumata waren absolut nicht vorhersehbar und konnten unter Umständen verheerend sein. Matt hatte schon manche Profisportler erlebt, deren Karriere schlagartig beendet war, und wieder andere, die anfänglich geistig gesund wirkten, bei denen die Computertomographie keinerlei sichtbare Veränderungen ergab, deren Zustand sich dennoch innerhalb weniger Tage deutlich verschlechterte.

Still betete er für Nikki Solari und die Musik, die sie machte – mit und ohne Geige. Er stand auf und bevor er sich zum Gehen wandte, überkam ihn der Impuls, ihre Hand zu berühren. Im letzten Moment zog er seine Hand zurück. Die Geste hätte bei fast allen anderen Patienten völlig unverfänglich und selbstverständlich gewirkt. Aber nicht, das musste er sich eingestehen, bei dieser speziellen Patientin.

17

Dr. Richard Steinman klopfte mit dem Hammer dreimal schnell hintereinander auf den Tisch, um die abschließende Sitzung des Omnivax-Ausschusses zu eröffnen. Die Szenerie draußen vor den Türen war nicht zu vergleichen mit dem Gedränge von Reportern und Fotografen, das Lynette Marquands Rede begleitet hatte. Dennoch waren die Medien zahlreich vertreten. Die Dramatik, mit der die First Lady angekündigt hatte, man werde Omnivax neu konzipieren, wenn auch nur ein einziges Ausschussmitglied dagegen stimmen sollte, gekoppelt mit den politischen und medizinischen Implikationen des Projekts, hatte das öffentliche Interesse wach gehalten.

In dem eleganten Konferenzsaal beendeten zweiundzwanzig Ärzte und Wissenschaftler ihre Gespräche und nahmen feierlich ihre durch Namenskärtchen gekennzeichneten Plätze ein. Ein Platz blieb auffällig leer – der Platz von Ellen Kroft.

»Ich möchte die Gelegenheit nutzen«, leitete Steinman die Sitzung ein, »mich bei Ihnen allen zu bedanken für Ihre herausragenden und engagierten Bemühungen in den vergangenen drei Jahren, die ihren Höhepunkt in der heutigen Abstimmung finden. Sie haben unserem Land, der Wissenschaft und auch den Menschen auf der ganzen Welt einen großen Dienst erwiesen. Die Tagesordnung für diese Versammlung sieht vor, dass jeder Teilnehmer noch einmal die Gelegenheit erhält, abschließende Bemerkungen zum Thema vorzutragen. Danach werde ich um den Tisch gehen und jeder wird sein Votum abgeben. In Anbetracht des Versprechens der First Lady an das amerikanische Volk wird Enthaltung nicht als Gegenstimme gewertet.«

Er hielt kurz inne und sah aus, als hätte er soeben einen unzerkauten Fleischbrocken verschluckt.

»Bevor wir in der Tagesordnung fortfahren«, ergriff er wieder das Wort, nachdem er sich geräuspert hatte, »möchte ich Ihnen noch eine Erklärung vorlesen. Sie wurde mir heute am frühen Morgen zugestellt zusammen mit einer Mitteilung, dass Kopien der Erklärung sowohl an die *Washington Post* und die *New York Times* als auch an die vier großen Fernsehsender und *CNN* geschickt würden. Die Erklärung stammt von Mrs Ellen Kroft, die heute nicht anwesend sein wird. Es tut mir Leid, dass nicht genug Zeit war, jedem von Ihnen eine Kopie zukommen zu lassen, aber wir werden das bis zum Ende unserer Sitzung nachholen. Mrs Kroft hat mich gebeten, Ihnen die Erklärung in voller Länge vorzulesen.«

Im Raum entstand eine gewisse Unruhe, Blicke wurden ausgetauscht. Auf einigen Gesichtern spiegelte sich Neugier, auf anderen unverhohlene Verachtung. George Poulos, der neben Ellen Krofts leerem Stuhl saß, hielt seinen Blick mit unbewegter Miene auf Steinman gerichtet.

»Da es keine Einwände gibt«, sagte Steinman, »werde ich also beginnen.« Erneut räusperte er sich und schob seine Brille zurecht.

»›Verehrte Kolleginnen und Kollegen, als einzige Vertreterin der Verbraucherseite im Omnivax-Ausschuss habe ich – im Gegensatz zu allen anderen Mitgliedern –

meine Verantwortung nicht als Wissenschaftlerin oder als Ärztin übernommen, sondern als Mutter und Großmutter. Vom Tag unserer ersten Zusammenkunft an habe ich meinen Auftrag als dreifaches Mandat aufgefasst. Als Erstes wollte ich so viel wie möglich erfahren über den Prozess, wie Impfstoffe entwickelt, geprüft, zugelassen und später dann, wenn sie im Umlauf sind, bewertet werden. Als Zweites wollte ich mich mit den Komponenten von Omnivax vertraut machen – mit ihrer Herstellung, ihren unterschiedlichen Charakteristika und ihrem Zusammenwirken. Und schließlich wollte ich mit Vätern und Müttern in möglichst vielen Gemeinden sprechen und ihre Hoffnungen und auch ihre Ängste zum Thema Impfungen im Allgemeinen und zu Omnivax im Besonderen kennen lernen. Diese drei Aufgaben nenne ich ganz bewusst in dieser Reihenfolge.

Es gibt viele Leute, die meisten der hier Anwesenden, die Präsidentenfamilie und Gesundheitsministerin Lara Bolton eingeschlossen, die glauben, dass sich Fortschritt in einer zivilisierten Gesellschaft darin niederschlägt, wie gründlich ihre Bürger gegen Infektionskrankheiten geschützt sind. Vielleicht ist es Ihnen bekannt, vielleicht auch nicht: Im Jahr 1940 wurden Kinder dreimal geimpft, und zwar gegen Tetanus. Heute werden Kinder vierzigmal geimpft, und zwar gegen zwölf verschiedene Erreger. Jetzt soll mit Omnivax die Anzahl der Impfungen zwar erheblich reduziert werden, aber die Zahl der verabreichten Impfstoffe wird sich mehr als verdoppeln. Omnivax scheint wirklich ein riesiger Schritt vorwärts zu sein. Aber was ist mit den Nebenwirkungen?

Zur Erforschung eines jeden neuen Medikaments gehört normalerweise die Doppelblind-Studie, bei der die Probanden in zwei Gruppen aufgeteilt werden, die in demographischer und medizinischer Hinsicht einander möglichst ähnlich sind. Je größer die Zahl der getesteten Personen, desto besser. Der einen Gruppe wird dann der zu testende Wirkstoff verabreicht, der anderen ein Placebo. Die Studie wird »double blind« genannt, wenn weder die Probanden noch die Versuchsleiter wissen, wem was verabreicht wird. Je länger die Wirkungen überprüft werden, desto zuverlässiger sind die Ergebnisse. Tatsächlich wurden viele neue Medikamente über zehn Jahre oder auch mehr getestet.

Meine Nachforschungen haben ergeben, dass kein einziger Impfstoff über einen längeren Zeitraum in einer Doppelblind-Studie getestet wurde. Die Pharmakonzerne sind mächtig und sie finanzieren einen großen Teil der Medikamentenforschung, die an unseren Universitäten und Kliniken betrieben wird. Sie verfügen außerdem über äußerst effektive Abteilungen für Öffentlichkeitsarbeit, die immer wieder alles daran setzen, die Bevölkerung davon zu überzeugen, dass man diese Studie bei Impfstoffen nicht machen kann, da sonst ja der Placebogruppe der lebensrettende Impfstoff vorenthalten würde, bis man ein Ergebnis der Blindstudie vorweisen kann.

Hat diese Abkürzung wissenschaftlicher Prozesse uns irgendwann einen messbaren Schaden zugefügt? Diese Frage kann ich nicht mit Gewissheit beantworten. Aber ich kann sagen, dass mit der Zunahme der Impfungen auch eine ganze Reihe von Krankheiten, die mit dem Immunsystem in Zusammenhang stehen, in alarmierendem Maße zugenommen hat, wie z. B. Asthma, Allergien und juveniler Diabetes, wie auch andere Defekte – Autismus, Lernstörungen und Konzentrationsschwächen –, deren Einstufung als Folgekrankheit noch aussteht. Ich frage mich, ob hier ein Zusammenhang besteht. Führen Impfungen in manchen Fällen zur Schädigung des körpereigenen Immunsystems? Solange bei diesen Impfstoffen keine langfristigen Doppelblind-Studien durchgeführt werden, werden wir es nicht wissen.‹«

An dieser Stelle hielt Steinman inne, um einen Schluck Wasser zu trinken und Blickkontakt mit den Mitgliedern des Ausschusses aufzunehmen. Mehrere verdrehten vor lauter Verzweiflung die Augen, weil sie gezwungen waren, sich die unausgereiften, simplifizierenden Enthüllungen dieses einen Ausschussmitglieds anzuhören, das selbst überhaupt nichts zur Forschung beigetragen hatte.

»Ich kann erkennen, was in Ihnen vorgeht«, fuhr Steinman fort, »aber ich werde diese Erklärung von Mrs Kroft zu Ende vortragen. Sie hat uns allen mit ihrer Entscheidung, sich bei der Abstimmung zu enthalten, einen großen Dienst erwiesen. In unseren Labors und Kliniken haben wir Macht und Einfluss. Aber in der öffentlichen Meinung hat die Vertreterin der Verbraucherseite mehr Gewicht als jeder Einzelne von uns. Sobald diese Sitzung vorüber ist und wir unsere Stimme abgegeben haben, werden wir alle öffentlich zu den von ihr angesprochenen Themen Stellung nehmen müssen. Irgendwelche Fragen?«

»Bringen wir es hinter uns und stimmen endlich ab«, maulte ein Kinderarzt.

»Ich danke Ihnen, Mel«, erwiderte Steinman. »Genau das hatte ich vor.« Er rückte seine Brille zurecht und trank noch einen Schluck.

»›Und wie sieht es nun mit Omnivax aus‹, fährt Mrs Kroft fort. ›Lassen Sie mich zuallererst sagen, wie beeindruckt ich von den Forschungen und der Technologie bin, die in die Entwicklung dieses erstaunlichen Produkts eingegangen sind. Aber auch hier muss ich die Frage stellen, wo die Doppelblind-Studie ist. Was ist mit der Langzeitauswertung? Wenn ein Medikament oder ein Impfstoff einmal freigegeben ist, verlassen sich die Gesundheitsbehörden auf ein Evaluierungssystem, bei dem Nebenwirkungen anhand von Formblättern erfasst werden, die von den behandelnden Ärzten ausgefüllt werden. Untersuchungen haben ergeben, dass nur ein kleiner Prozentsatz der Ärzte überhaupt je solch ein Formblatt ausfüllt, auch wenn sie wissen oder das Gefühl haben, dass viele Leiden erst durch Medikamente oder Impfungen ausgelöst werden könnten. Einige Ärzte sind zu beschäftigt oder haben gerade keinen Vordruck zur Hand, wenn sie ihn bräuchten. Diejenigen, die einen Vordruck ausfüllen, tun das in der Regel dann, wenn die verdächtigen Reaktionen innerhalb kurzer Zeit nach der Behandlung auftreten, und auch nur dann, wenn es sich um besonders auffällige Reaktionen handelt. Nun möchte ich auf keinen Fall behaupten, dass Omnivax bei Testpersonen bereits zum jetzigen Zeitpunkt Probleme hervorgerufen hätte, die auch nur annähernd vergleichbar wären mit den tödlichen Krankheiten, die es verhindern kann. Aber dennoch möchte ich darauf hinweisen, dass Omnivax nur so effektiv ist wie seine am wenigsten getestete Komponente.

Dreißig Komponenten, keine Doppelblind-Studie. Aber auch keine offensichtlichen Nebenwirkungen von Belang. Diese drei Tatsachen machen für mich die Entscheidung über Omnivax zu einer schwierigen Aufgabe.

Damit komme ich zu meinem letzten und dritten Mandat, das ich eingangs erwähnt habe, schließlich vertrete ich hier die Verbraucherseite. Viele Eltern befürchten, dass sowohl Behörden als auch pharmazeutische Unternehmen Informationen über Nebenwirkungen von

Impfstoffen zurückhalten könnten. Und Eltern, die es ablehnen, ihre Kinder impfen zu lassen, werden strafrechtlich verfolgt, selbst wenn sie nachweisen können, dass Impfungen ihre fundamentalen religiösen Überzeugungen verletzen. Das sollte in Amerika nicht geschehen. Wohin ich auch komme, immer wieder werden von Eltern drei Dinge eingefordert: Information, Überprüfung und freie Entscheidung.

Was folgt aus all dem? Wir haben hier ein bemerkenswertes Produkt, das ohne Frage Menschenleben retten wird. Wir haben ein grundsätzliches Forschungsprogramm, dem Omnivax wie jeder andere Impfstoff oder jede andere Kombination von Impfstoffen unterzogen wurde. Wir haben Eltern, die mehr Informationen und mehr Kontrolle darüber verlangen, was ihren Kindern injiziert wird.

Nach Abwägung aller Aspekte des Themas kann ich Omnivax weder ganzen Herzens unterstützen, noch kann ich es ablehnen und damit der amerikanischen Öffentlichkeit dessen lebensrettende Wirkungen vorenthalten. Daher habe ich entschieden, mich bei der Abstimmung über seine Zulassung der Stimme zu enthalten. Ich wünsche meinen Kollegen des Ausschusses alles Gute und danke ihnen für ihre Nachsicht und Unterstützung während der vergangenen zweiunddreißig Monate.«

Richard Steinman legte seine Brille ab. Die Atmosphäre im Raum ließ erkennen, dass die Anwesenden nicht im Geringsten von Ellens Brief beeindruckt waren. Nach einigen Sekunden des Schweigens hob George Poulos die Hand und ergriff das Wort.

»Ich möchte für diesmal beantragen, dass wir auf die abschließenden Kommentare verzichten und direkt zur Abstimmung schreiten.«

»Ich bin dafür«, rief jemand müde.

»Noch Einwände?«, fragte Steinman in die Runde. »Also gut, dann. George, ich denke, wir fangen bei Ihnen an.«

»Ich stimme mit Ja.«

Im Augenblick der historischen Abstimmung saß Ellen hundert Meilen weiter nördlich in ihrem Wagen und fuhr ohne besondere Eile durch die üppige Vegetation der Catoctin Mountains in Maryland zu Rudy Petersons Holzhaus. Zwei Stunden zuvor hatte sie Lucy zu Hause abgeholt und war mit dem Kind in einen kleinen bewaldeten Park gefahren, durch den ein sanft plätschernder Bach floss. Sie hatte Lucy zu einer Bank geführt und sich neben sie gesetzt, sie im Arm gehalten und sie hin und her gewiegt. Nicht weit von ihnen turnte ein halbes Dutzend Kinder auf einem Schulhof an den Schaukeln und Spielgeräten herum. Lucys zarter Duft unterschied sich nicht von dem dieser Kinder, dachte Ellen. Ihr Haare, ihre Haut, ihre schönen Augen – all das war völlig normal. Und dennoch war sie so anders als die anderen Kinder, als käme sie von einem anderen Planeten.

Ellen ließ den Blick umherschweifen und fragte sich, ob jemand ihnen gefolgt war und sie beobachtete. Bei der Vorstellung lief es ihr kalt über den Rücken. Es gab niemanden, der ihr besonders aufgefallen wäre, aber das bedeutete nichts. Die Leute, die sie gegen sich hatte, waren Profis.

»Ich werde diesen Mann finden, Liebes«, flüsterte Ellen sanft. »Ich werde ihn finden und auch die, die ihn angeheuert haben, und ich werde ihnen auf die Füße treten, wie es noch keiner vor mir mit ihnen gemacht hat.«

Eine Viertelstunde lang saßen sie da und Ellens Tränen rollten in die Haare ihrer Enkelin. Die Kinder waren alle in ihren Klassenzimmern verschwunden und der Schulhof war wieder leer. Lucy, die sich weniger als sonst wiegte, starrte verloren dorthin.

»Ich liebe dich, Kleines«, sagte Ellen schließlich, half dem Mädchen auf die Füße und zurück zum Auto. »Nun komm, wir fahren wieder. Gayle wartet schon auf dich in der Schule.«

Um elf Uhr war Ellen nur noch einige Kilometer von Rudys Hütte entfernt. Sie schaltete das Radio ein und fand eine durch Störgeräusche beeinträchtigte Nachrichtensendung, in der aus Rockville berichtet wurde. Die allgemeine Freigabe von Omnivax war einstimmig beschlossen worden, so wie Lynette Marquand es versprochen hatte. Schon in einigen Tagen würde die First Lady der ersten Impfung mit Omnivax beiwohnen, die von der Gesundheitsministerin Dr. Lara Bolton veranlasst und in einem Gesundheitszentrum in Washington durchgeführt würde. Danach würde die Impfung aller Neugeborenen mit Omnivax allgemein verbindlich und schließlich auch diejenige aller älteren Kinder.

Hiermit sind die Spiele eröffnet, dachte Ellen verbittert.

Sie war zwar besorgt, aber auch voller Tatendrang. Sie hatte tatsächlich keine andere Wahl gehabt. Sie hatte getan, was sie tun musste. Wenn sie auf ihrer Ablehnung von Omnivax beharrt hätte und Lucy wäre etwas zugestoßen, hätte sie ganz einfach nicht mehr weiterleben können.

In den Nachrichten wurde mit keinem Wort erwähnt, dass Ellen sich der Stimme enthalten hatte. Im Gegenteil, der Bericht konzentrierte sich auf die politischen Implikationen der Tatsache, dass Lynette Marquand ein Versprechen hielt, das sie der amerikanischen Öffentlichkeit gegeben hatte. In den nächsten Tagen würde Ellens Erklärung vielleicht auch irgendwo zu lesen sein. Aber vielleicht auch nicht. Es spielte eigentlich keine Rolle.

Ihre Hände umfassten das Lenkrad fester, als sie an den arroganten Schläger dachte, wie er so ruhig in ihrem Wohnzimmer gesessen und nach Qualm gestunken hatte. Der Scheißkerl hatte ganze Arbeit geleistet. Er hatte sie davon überzeugt, dass, wenn er es so wollte, keiner ihrer Lieben mehr sicher war und sie absolut nichts dagegen unternehmen konnte. Ihr blieb nur zu hoffen, dass ihm nicht klar war, dass er lediglich die erste Runde gewonnen hatte. Ihre Presseerklärung war nur ein harmloser Schlag gewesen und daher war sie sich fast sicher, dass ihre Erklärung keine Vergeltungsmaßnahmen nach sich ziehen würde. Jetzt musste sie einen Weg finden, einen kräftigen Treffer zu landen – wenn möglich einen Volltreffer. Schließlich hatte sie nicht nur Lucy geschützt, indem sie die Abstimmung nicht behinderte, sondern auch Zeit geschunden, damit Rudy Peterson seine Arbeit beenden konnte.

Sie bog von der Hauptstraße ab auf einen nicht ausgeschilderten Schotterweg, der über eine blumenübersäte Wiese führte. Die Sonne zauberte alle Farben hervor, die Insekten summten und der Geruch von Spätsommer lag in der Luft. Am Ende der Auffahrt stand zwischen Bäumen verborgen Rudys roh behauene Holzhütte. Rudy war Howards Zimmergenosse auf dem College gewesen und später Trauzeuge bei ihrer Hochzeit. Er hatte viele Jahre als Biostatistiker bei der Gesundheitsbehörde gearbeitet, bevor er aufgrund einer Umstrukturierung der Behörde in den vorzeitigen Ruhestand versetzt wurde. Aber damit war über die Geschichte dieses Mannes noch nicht sehr viel ausgesagt. Auch wenn er schon lange mit ihrem Ehemann befreundet gewesen war, hatte Ellen Rudy Peterson immer als das Gegenteil von Howard betrachtet. Während Howard gut aussah und forsch war, neigte Rudy zu Selbstversunkenheit und philosophischen Betrachtungen und war von seiner körperlichen Ausstrahlung her nicht gerade der Typ, auf den die Frauen flogen. Howard war eher ein spöttischer Komiker, während Rudy über einen subtilen, leisen Humor verfügte, der manchmal ins Zynische kippte. Bei Howard war mehr Schein als Sein gewesen, wohingegen Rudy sich als beständiger, loyaler Freund erwies, der nie ein böses Wort über seinen früheren Kommilitonen verlor. Und er war der Einzige ihrer gemeinsamen Freunde, der die Beziehung zu beiden auch nach der Scheidung aufrechterhalten hatte.

Ellen parkte hinter Rudys altem Pick-up, schaute sich um und ging dann hinter das Haus. An einem Tag wie diesem war es sinnlos, Rudy drinnen zu suchen. Ein schmaler, ausgetretener Pfad wand sich von dem kleinen Garten durch den Wald zu Rudys Teich. Es war ein sauberer, zwei Hektar großer Teich, der von Gebirgsbächen gespeist wurde und in dem von einer Firma für den Verkauf bestimmte Forellen und Barsche gezüchtet wurden. Rudy saß in seinem Ruderboot mitten auf dem See, betrachtete die Hügel und warf ab und zu die Angel aus. Er trug einen Tom-Sawyer-Strohhut, sein Markenzeichen. Selbst auf diese Entfernung stieg Ellen der Geruch seines Pfeifentabaks in die Nase. Laut einer seriösen Studie aus Schottland, so hatte er ihr erzählt, verlängerte eine Pfeife Cherrywood-Tabak pro Tag das Leben um

3,2 gesunde Jahre, wohingegen zwei Pfeifen oder mehr täglich die Lebenszeit um 5 Jahre verkürzten.

Sie setzte sich in den Schatten ans Ufer, aber es dauerte nicht lange, bis er sie entdeckte und ihr zuwinkte.

»Ahoy«, rief er, »ich bin gleich da.«

Ellen sah ihm zu, wie er die Angel einholte und zu ihr ans Ufer ruderte. Nachdem er von der Arbeit freigestellt worden war, hatte er seine Wohnung in Rockville aufgegeben und war ganz in seine Hütte gezogen. Er war Junggeselle, hatte einen Bruder, eine Nichte und einen Neffen, ein paar gute Freunde und seine Leidenschaft galt dem Tischlern und dem klassischen Klavierspiel, das er besser als viele andere beherrschte. Aber Ellen machte sich Sorgen, dass er zu viel Zeit allein verbrachte, und es war ihr ganz wichtig, mindestens einmal in der Woche bei ihm anzurufen und alle paar Monate zu ihm über Nacht hinauszufahren und ihn mit Essensvorräten, die sie selbst zubereitet hatte, für die nächsten Wochen zu versorgen. Seit ihrer Berufung in den Omnivax-Ausschuss hatten ihre Anrufe und Besuche allerdings zugenommen.

Rudy machte das Boot am kleinen, gepflegten Bootssteg fest und umarmte sie zur Begrüßung. Er hatte ein rundes, jungenhaftes Gesicht, das offensichtlich nie einen Rasierapparat benötigt hatte. Sein Schädel war bis auf einen silbernen Haarkranz kahl. Weil er so große Ähnlichkeit mit Gavin MacLeod hatte, nannten Ellen und einige seiner Freunde ihn auch Captain. Als Reaktion darauf hatte er den Schriftzug »The Love Boat« auf das Heck seines Boots gepinselt.

»Wo sind die Fische?«, fragte sie.

»Ich hab sie wieder reingeworfen. Um diese Jahreszeit kennen mich die meisten schon beim Vornamen. Die beißen bloß in den Haken, weil sie mal kurz auf einen Besuch bei mir vorbeischauen wollen. Hin und wieder stellt sich einer dabei so blöd an, dass ich ihn mit nach Hause nehmen und in die Pfanne hauen muss.«

»Schön, dich zu sehen.«

Sie legte ihm einen Arm um die Schultern, während sie zur Hütte spazierten.

»Und«, fragte er, nachdem er zwei Tassen Tee bereitet hatte, »wie ist die Abstimmung ausgegangen? Hast du ihnen einen Knüppel zwischen die Beine geworfen?«

Ellen hatte mit ihm nach Lynette Marquands Ankündigung gesprochen, aber noch nicht seit dem Besuch des Mannes mit der Narbe an der Oberlippe.

»Ich bin nicht zur Abstimmung gegangen.«

Rudy hob nur ganz leicht eine Augenbraue.

»Ich darf also annehmen«, sagte er, »dass unser niedlicher, bürgerfreundlicher Impfstoff jetzt dem ganzen Land verschrieben wird.«

»Zweiundzwanzig zu Null.«

»Mit einer Enthaltung.«

»Mit einer Enthaltung. Die erste Dosis soll in ein paar Tagen verabreicht werden.«

»Die erste von Millionen.«

»Zig-Millionen, danke«, verbesserte sie ihn verdrießlich.

»Noch ist es nicht so weit«, sagte er.

Ihr Gesichtsausdruck hellte sich auf.

»Hast du Beweise?«

»Nicht wirklich. Aber wie ich dir gesagt habe, wir sind einer Sache auf der Spur.«

»Sag es mir.«

Rudy betrachtete sie freundlich, dann schüttelte er den Kopf.

»Du zuerst«, sagte er. »Ich bin ja ein geduldiger Mann, aber ich finde, erst mal bist du mit deiner Geschichte dran.«

»Tut mir Leid, Rudy. Ich weiß, wie viele Sorgen du dir um mich machst, seit Howard weg ist. Ich wollte dir erzählen, was mich dazu gebracht hat, mich zu enthalten, ohne dass du dich zu sehr aufregst. Ich wusste bloß nicht, wie.«

»Das heißt, du wolltest vermeiden, dass ich vielleicht pikiert war.«

Ellen lächelte.

»Wahrscheinlich hast du Recht«, erwiderte sie. »Tut mir Leid. Du kennst mich doch, ich bin groß darin, mir Sorgen über Leute zu machen, die besorgt sind. Rudy, vorgestern ist jemand bei mir eingebrochen und hat auf mich gewartet, als ich nach Hause kam. Ein riesiger Kerl, der nach Zigarettenqualm stank und eine dicke Narbe direkt über der Lippe hatte. Er saß lächelnd da, während er mir Fotos von Lucy zeigte – in der Schule, im Garten, selbst in ihrem Zimmer. Der Typ drohte, sie würde entführt und bestialisch ermordet werden, sollte ich die Abstimmung zunichte machen und Omnivax zurück in die Schublade befördern.«

Rudy atmete hörbar aus und pfiff leise durch die Zähne. »Ich muss dir leider sagen, dass mich das nicht sonderlich überrascht. Dieser Superimpfstoff bedeutet einer Reihe Leute eine ganze Menge, vor allem eine Menge Geld. Kannst du den Scheißkerl näher beschreiben?«

»Natürlich, aber was haben wir davon?«

»Es ist ein Anfang.«

»Er war so verdammt selbstsicher, Rudy. Er saß einfach da mit seinem schmierigen Grinsen und wusste genau, dass mir nichts anderes blieb als zuzuhören. Er sagte, sollte ich zur Polizei gehen, könnten die nichts unternehmen, außerdem würde er es herausfinden.«

Ellen war kurz davor, die Fassung zu verlieren. Sie biss sich auf die Lippe und wischte mit dem Handrücken einige Tränen fort.

»Wahrscheinlich hat er mit beidem Recht«, sagte Rudy. »Es macht mich ganz krank, dass dir das passiert ist.« Er streckte eine Hand aus und tätschelte die ihre verlegen. »Kannst du dich an sonst noch etwas erinnern?«

»Nachdem er gedroht hatte, Lucy etwas anzutun, hat er auf seinem Handy irgendwo angerufen und dann ist eine Limousine vorgefahren. So ruhig wie ein Staubsaugervertreter ist er aus dem Haus gegangen und in den Wagen gestiegen. Einfach so. Ich hab noch versucht, das Nummernschild zu entziffern, aber der Wagen war zu schnell weg.«

»Hat er irgendwas gesagt, woraus hervorgehen könnte, für wen er arbeitet?«

Ellen schüttelte den Kopf. »Ich glaube nicht. Er sagte, er wäre von jemandem beauftragt, der will, dass Omnivax so schnell wie möglich in Umlauf kommt. Ich habe ihn gefragt, ob er für Präsident Marquand oder für die Pharmakonzerne arbeitet, aber die Frage hat er einfach mit einer Handbewegung weggewischt.«

»Wer weiß«, sagte Rudy. »Ich würde darauf wetten, dass die Produzenten dahinter stecken. So wie ich Lynette Marquand einschätze, bezweifle ich, dass sie in der Lage ist, so jemanden anzuheuern, aber ich kann natürlich nichts über ihren Mitarbeiterstab sagen – oder den ihres Mannes.«

»Warte mal, er sagte ›meine Auftraggeber‹. Plural. Daran erinnere ich mich genau.«

»Also gut, hier hast du Stift und Papier. Ich möchte,

dass du jede Einzelheit, die dir zu dem Mann einfällt, aufschreibst. Sein Aussehen, die Kleidung, seine Eigenarten, Sätze, die er gesagt hat, alles.«

»Wozu soll das gut sein?«

»Ich weiß es auch noch nicht, aber wie meine Oma so schön sagte, es kann nicht schaden. Vielleicht kommt dir noch etwas in den Sinn, das du vergessen hast.«

»Möglich. Ich will ihn finden, Rudy. Ich will ihn finden und ... und ihm richtig wehtun. Ich schließe nachts meine Augen und ich sehe sein scheußliches Gesicht vor mir. Ich wache aus Träumen auf und bin schweißgebadet. Heute früh ging es mir ganz schlecht. Ich wäre am liebsten zur Polizei gegangen, aber nach dem, was er gesagt hat, habe ich mich nicht getraut.«

»Immer mit der Ruhe, Ellen. Ich werde dir helfen. Wenn er irgendwo da draußen herumläuft, werden wir ihn finden. Aber zuerst schreibst du alle Fakten auf. Du kennst mich ja. Ich brauche Daten. Ich setze in der Zwischenzeit noch einen Tee auf.«

»Und dann erzählst du mir, was sich bei dir alles tut?«

»Das erzähle ich dir dann.«

Rudys Arbeitszimmer lag im ersten Stock der Hütte gleich unter dem Dach. Die Dachfenster, die schräge Balkendecke, die Wandverkleidung aus Kiefernholz und die Bücherregale, die vom Boden bis zur Decke reichten, sorgten für eine angenehme Atmosphäre, zu der aber auch Rudys Person beitrug. Am meisten Platz nahm ein großer Schreibtisch aus Eichenholz ein, auf dem ein Computer und andere elektronische Geräte standen. Der Rest des Zimmers war ausgefüllt von einer kleinen Sitzecke mit zwei abgenutzten Ledersesseln und einer Ottomane. Vor dem einzigen Fenster stand ein Teleskop, das über den Garten hinweg auf den See gerichtet war.

Nachdem Ellen alles aufgeschrieben hatte, was ihr zu dem gut gekleideten, wortgewandten Killer einfiel, schlüpfte sie aus ihren Schuhen und machte es sich in einem der Sessel bequem. Rudy nahm im anderen Platz. Als er seine Beine auf der Ottomane ausstreckte, streifte sein nackter Fuß einen ihrer Füße. Er zog ihn schnell zurück und murmelte eine Entschuldigung. An seinem Gesicht ließ sich eine merkwürdige Mischung ablesen aus Verlegenheit und ... tja, was?, fragte sich Ellen. Dann bemerkte sie, dass er ein bisschen rot geworden war.

»Und?«, sagte sie, als er seinen Fuß in unverfänglicher Distanz zu ihrem auf der Ottomane ausgestreckt hatte.

»Also, es geht um das Problem, auf das ich gestoßen bin, als ich Omnivax unter die Lupe genommen habe. Es ist nicht so, dass es irgendwelche belastenden Forschungsdaten gäbe – die gibt es nicht. Das Erstaunliche bei einem so gewaltigen Unternehmen ist eher, dass es überhaupt wenige Daten gibt. Und als Statistiker liebe ich es, mit Zahlenkolonnen herumzuspielen, das tue ich fast so gern wie angeln. Der Megaimpfstoff ist zwar getestet worden, aber nicht auf nachprüfbare Weise, und auch die Komponenten sind alle getestet worden, einzeln und in einigen Kombinationen, aber auch nicht auf nachprüfbare Weise. Jeder Bestandteil dieses Mistzeugs scheint prima zu funktionieren, aber nur so weit, wie er evaluiert wurde. Ich habe keinen Zweifel daran, dass Omnivax die Menschen vor all den Infektionen schützt, wie es behauptet wird.«

»Ich höre schon das *Aber.*«

»*Aber*, würde es sich hier um ein neues Medikament gegen Arthritis oder um eine neue Verhütungspille handeln, gäbe es auf dieser dürftigen Basis gar keine Zulassung.«

»Soweit ich weiß, ist noch nie eine wirklich kontrollierte Doppelblind-Studie bei irgendeinem Impfstoff durchgeführt worden.«

»Soweit *ich* weiß, stimmt das. Ärzte und Pharmaindustrie und auch ein paar meiner lieben alten Freunde in der Gesundheitsbehörde setzen lieber darauf, dass es mit einem Impfstoff kein Problem gibt, als der Öffentlichkeit den Schutz gegen auch nur einen dieser verdammten Bazillen zu verweigern.«

»Sprich weiter.«

»Nun, wie ich dir wahrscheinlich schon gesagt habe, konzentriere ich mich darauf, wie wenig Zeit und Energie auf die Überprüfung des schwächsten Glieds in der Omnivax-Kette verwendet wurde. Also habe ich die zugänglichen Daten über jede der selteneren Krankheiten durchstöbert – die ich die Randfiguren nennen würde. Und wie ich bereits erwähnt habe, steht der Impfstoff gegen das Lassa-Fieber ganz oben auf meiner Liste. Er ist relativ neu. Genauso wie die Krankheit selbst, gegen die uns der Stoff schützen soll. Er wurde von den Behörden für den allgemeinen Gebrauch vor ungefähr zehn Jahren zugelassen. Vom statistischen Standpunkt aus betrachtet – zumindestens von *meinem* statistischen Standpunkt aus –, wurde das Medikament zu schnell freigegeben.«

»Es war zu befürchten, dass eine größere Epidemie sich hier in den Staaten entwickeln könnte.«

»Ich weiß, nur kam es nicht dazu – zumindest damals nicht. Nun, es gibt mit dem Impfstoff keine größeren Probleme, von denen ich wüsste, aber er wurde sicherlich nicht gründlich genug überprüft.«

»Das weiß ich ja bereits«, sagte Ellen und hoffte, dass

ihr Tonfall nicht ihre tiefe Enttäuschung verriet. »Das ist alles, was du herausgefunden hast?«

Rudy nahm ihre Reaktion allerdings sehr wohl wahr und saß einige Augenblicke einfach nur da. Dann schüttelte er den Kopf und grinste stolz.

»O nein«, erwiderte er. »Tatsächlich ist es nicht alles, was ich habe. Ich habe ein paar Anrufe gemacht. Einer galt einem alten Kumpel von mir bei der Seuchenbehörde, mit dem ich bei verschiedenen Projekten zusammengearbeitet habe. Sein Name ist Arnold Whitman, er ist Epidemiologe und Mikrobiologe. Arnie überprüft für uns hinter den Kulissen noch einmal jedes Auftreten des Lassa-Fiebers. Wenn er dabei erwischt wird, dass er in anderer Leute Zuständigkeiten herumstöbert, dann kann ihn das den Job kosten. Jedenfalls, was er herausgefunden hat, kann unbedeutend sein, aber er glaubt es eigentlich nicht und Arnie steht ganz oben auf meiner Liste cleverer Leute, die sich verdammt gut mit der Wissenschaft auskennen.«

»Du solltest auf dieser Liste stehen«, sagte Ellen.

»Ich steh längst drauf. Jetzt im Ernst, hör dir das an. Die Inkubationszeit des Lassa-Virus beträgt sieben bis vierzehn Tage. In achtzehn Fällen wurde die Infektion offensichtlich aus Afrika eingeschleppt. Der Rest hat sich wahrscheinlich bei diesen achtzehn angesteckt. Wenn man jetzt von der bekannten Inkubationszeit ausgeht, dann sieht es so aus, dass jeder dieser achtzehn Menschen sich genau an dem Tag oder kurz davor angesteckt hat, als er Afrika auf dem Weg in die USA verlassen hat.«

»Das ist ja seltsam.«

»Mehr als seltsam, meine Liebe. Aber um dafür eine Erklärung zu finden, gibt es die Statistik. Und was glaubst du wohl?«

»Es gibt keine?«

»Exakt! Es gibt keine Erklärung dafür, dass diese achtzehn Leute sich alle infizieren, als sie gerade Afrika verlassen wollen, weil daran nämlich etwas nicht stimmt.«

»Aber was?«

»Das ist das Rätsel. Ich weiß es noch nicht, zumindest zurzeit noch nicht. Aber warte, da ist noch was. In den Ländern, in denen das Lassa-Fieber häufig auftritt, gibt es eine deutliche saisonale Häufung in den Monaten Januar und Februar. Und hier habe ich mal eine Grafik erstellt über die Erkrankungen, die vor drei Jahren in Sierra Leone aufgetreten sind und die ich vom dortigen Gesundheitsministerium über meinen Kumpel Arnie erhalten habe.«

»Beeindruckend«, sagte Ellen.

»Nicht überwältigend, aber das Januar/Februar-Muster ist hier deutlich zu erkennen. Und jetzt sieh dir mal unsere achtzehn Fälle an.«

Ellen hielt die zweite Grafik neben die erste. Es gab nur einen Fall im Januar, keinen im Februar, der Rest war im Sommer.

»Und was schließt deine Statistik daraus?«

Rudy drückte auf einen imaginären Summer und steuerte das passende Geräusch dazu bei.

»Auch hier sagen die Daten, dass etwas nicht stimmt. Und ich möchte dich daran erinnern, dass dies meine Daten sind, und meine Daten lügen nie. Soweit ich sehe, hat man in den Monaten Mai, Juni und Juli eine größere Chance, mit Lassa-Fieber angesteckt zu werden, wenn man in die USA fliegt, als wenn man in Afrika bleibt.«

»Und was fangen wir jetzt mit dieser Erkenntnis an?«

»Wir versuchen, daraus eine Arbeitshypothese zu entwickeln«, erwiderte er, »ein Szenario, das zusammenpasst und die Daten erklärt. Wir müssen ein paar Fakten herausfinden.«

»Und wo sollen wir anfangen?«

»Ich würde sagen, bei der Botschaft von Sierra Leone in Washington, D. C. Ein Freund von mir im Außenministerium meint, sie hätten dort Zugang zu den Passagierlisten von Auslandsflügen ihres Landes. Außerdem möchte ich gerne wissen, wie viele Amerikaner das Lassa-Fieber in Afrika bekommen haben, im Verhältnis zu denen, die sich hier infiziert haben. Ich glaube, man könnte diese Information auch von den Leuten aus Sierra Leone bekommen. Daten! Ich brauche Daten!«

Ellen sprang auf und schlang ihre Arme um Rudys Hals.

»Ich wusste, dass du einen Durchbruch schaffen würdest. Rudy, du bist einfach mein bester Freund auf dieser Welt.«

»Das ist nicht gerade die schwierigste Aufgabe, die ich je zu bewältigen hatte«, sagte er und wandte den Blick ab.

18

»Code Blau, Intensivstation ... Code Blau, Intensivstation ...«

Matt befand sich in der Chirurgie Station 2 und schrieb die Anweisung für Nikkis Verlegung in ein Einzelzimmer, als der Code durchgegeben wurde. Der Grund für den Notruf musste der über sechzigjährige Förster sein, der Nikkis Bett bekommen hatte. Matt hatte den Mann bei seiner Einlieferung auf dem Korridor gesehen und gleich sein blasses Gesicht und die Flecken auf der Haut bemerkt, die verrieten, dass sein Herz nicht einwandfrei funktionierte.

Matt eilte in die Intensivstation, wo er gleichzeitig mit zwei Krankenschwestern und einem Anästhesisten eintraf. Er hatte sich für eine eigene Praxis entschieden, weil die Arbeit als Hausarzt ihm einen intensiveren Kontakt zu seinen Patienten ermöglichte, aber wenn er Bereitschaft hatte, empfand er die Arbeit in der Notaufnahme immer wieder als willkommene Abwechslung.

Erst als er im Krankenzimmer eintraf, bemerkte er, dass der Kardiologe am Bett des Patienten Robert Crook war. Matt hatte seinen Intimfeind seit dem unglückseligen Treffen bei BC&C nicht mehr gesehen. Crook bedachte ihn mit einem strafenden Blick und herablassendem Kopfschütteln.

»Brauchen Sie Hilfe?«, fragte Matt mit übertriebener Freundlichkeit.

»Nein, danke«, grummelte Crook.

Julie Bellet, die hinter Crook stand, formte mit den Lippen die Worte: »Bleiben Sie!«

»Für alle Fälle kann ich ja noch einen Augenblick bleiben.«

»Wie Sie wünschen. Dann bereiten Sie bitte einen Stromstoß von vierhundert Joule vor.«

Hundertfünfundzwanzig würden doch wohl reichen, dachte Matt. Julie Bellet warf ihm einen flehenden Blick zu, aber er konnte nur die Achseln zucken. Die vierhundert waren absolut übertrieben, aber keine so gravierende Fehlentscheidung, dass er sich deswegen mit Crook anlegen würde.

Entschlossen platzierte der Kardiologe die Defibrillatoren auf der Brust des Mannes.

»Fertig? ... Schock!«

Julie Bellet drückte den Knopf, mit dem der gewünschte Stromstoß durch die Brust des Mannes gejagt wurde. Fast unmittelbar darauf zeigte die EKG-Linie, die soeben noch chaotisch gezuckt hatte, schnelle, regelmäßige Ausschläge.

»Okay«, sagte Crook in einem bewusst sachlichen Tonfall, »jetzt hat er eine richtig schöne supraventrikuläre Tachykardie. Geben Sie ihm ein Milligramm Propranolol intravenös.«

Nein!, schrie Matt innerlich auf. Falsche Diagnose, falsche Behandlung. Er trat näher an Crook heran.

»Robert«, sagte er leise, damit die anderen im Zimmer es nicht hörten, »das ist eine ventrikuläre Tachykardie. Ich bin mir ganz sicher. Xylocain, nicht Propranolol.«

Crook sah ihn durchdringend an.

»Ein Milligramm Propranolol intravenös.«, ordnete er erneut an. »In zwei Dosen, aber langsam.«

Verdammt!, dachte Matt. Vergeblich versuchte er, Julie Bellets verzweifeltem Blick auszuweichen, während sie und die andere Schwester, offenbar um Zeit zu gewinnen, extrem langsam reagierten. Es konnte jeden Moment zum Eklat kommen.

»Robert«, flüsterte Matt erneut, »geben Sie ihm Xylocain, vielleicht verhindern Sie damit das Herzflimmern.«

Crook durchbohrte ihn mit seinem Blick.

»Ich danke Ihnen, dass –«

In diesem Augenblick degenerierte der instabile Rhythmus der ventrikulären Tachykardie mit einer Serie unwirksamer Herzschläge in ein unmittelbar lebensgefährliches ventrikuläres Flimmern.

»Fünfhundert Joule«, befahl Crook und wandte sich demonstrativ von Matt ab. »Zusätzlich hundert Xylocain. Propranolol setzen wir vorerst ab.«

In diesem Moment hätten die Wiederbelebungsversuche, die eigentlich zum Erfolg führen sollten, leicht das Gegenteil bewirken können. Zum Glück hatte eine Macht, die größer war als die der im Krankenzimmer Anwesenden, entschieden, dass die Zeit für den Förster einfach noch nicht reif war. Nach dem Elektroschock bekam der Patient das Xylocain, das man ihm von vorneherein hätte geben müssen, dann folgte noch ein Elektroschock und plötzlich zeigte der Monitor regelmäßige Herztätigkeit und einen funktionierenden Blutdruck an.

»Gut gemacht«, sagte Matt.

Von Robert Crook kam keine Reaktion.

Innerhalb weniger Minuten hatte sich der Herzschlag des Patienten stabilisiert. Sein Gesicht nahm wieder Farbe an, sein Blutdruck stieg und blieb konstant. Crook winkte Matt in eine Ecke des Zimmers, wo er flüstern konnte, ohne dass es jemand hörte.

»Wenn ich Ihnen einen guten Rat geben darf«, zischte er, »suchen Sie sich einen anderen Ort für Ihre Praxis. Am besten ganz weit weg.«

»Aber mir gefällt's hier«, erwiderte Matt. »Ich bin in der Gegend aufgewachsen. Ich hatte eigentlich vor, hier alt zu werden.«

»Sie können auch woanders alt werden, verdammt. Das heißt, wenn Sie wirklich alt werden wollen. Sie sind zu weit gegangen, Rutledge.«

»Ich weiß nicht, wovon Sie reden.«

»Es wird einigen Leuten etwas zustoßen und es würde mich nicht wundern, wenn Sie dazugehörten.«

»Soll das eine Drohung –«

»Dr. Crook?«

Julie Bellet deutete auf den Monitor. Die EKG-Linie wies erneut unregelmäßige Ausschläge auf.

»Fünfzig Xylocain intravenös«, rief Crook. Er wandte sich wieder zu Matt um. »Jeder weiß über Sie Bescheid«, sagte er.

Matt packte den Mann an Hemd und Krawatte, ohne dass die Schwestern es sehen konnten.

»Über Sie auch«, fauchte er. »Wagen Sie es nie wieder, mir zu drohen!«

Verblüfft und mit hochrotem Kopf riss Crook sich los, richtete Hemd und Krawatte und trat wieder an das Krankenbett.

Matt konnte sich nicht entsinnen, jemals in seinem erwachsenen Leben jemanden körperlich angegriffen zu haben. Er hatte Glück gehabt, dass niemand etwas gesehen hatte. Mit geballten Fäusten wandte er sich ab und verließ die Intensivstation, ohne Crook noch eines Blickes zu würdigen. Offenbar wusste Crook, dass sie in die Höhle mit dem Giftmüll eingedrungen waren, dachte

Matt. Aber hatte er ihn im Auftrag von Armand Stevenson gewarnt oder überschätzte der Kardiologe seine Rolle bei BC&C? Und was hatte er gemeint mit »Es wird einigen Leuten etwas zustoßen«? Welchen Leuten?

Die Slocumbs!

Matt eilte zu Nikkis Zimmer, um nachzusehen, ob der Polizist schon aufgetaucht war. Er hatte sich schon zu lange nicht um Lewis Slocumb und seine Brüder gekümmert. Matt wollte gerade das Zimmer betreten, als Officer Tarvis Lyons den Flur entlang geschlurft kam. Lyons hatte mit Matt zusammen die Montgomery Regional High School besucht. Schon damals war er in allem ziemlich langsam gewesen. Dass Tarvis überhaupt den Abschluss geschafft hatte, noch dazu ohne Vorstrafe, hatte Matt reichlich gewundert. Aber das war nichts im Vergleich zu dem Schock, der ihn traf, als er nach seiner Assistenzarztzeit in seine Heimatstadt zurückkehrte und feststellen musste, dass Lyons im Polizeidienst war. Kaum vorstellbar, dass irgendjemand dem Mann Handschellen anvertraute, geschweige denn eine Dienstwaffe.

»Hey, Ledge«, redete Lyons Matt mit seinem alten Spitznamen an. »Was gibt's?« Seine Stimme war um eine Oktave höher, als man bei seiner massigen Gestalt vermutet hätte.

»Hat Grimes dich geschickt?«

Matt hoffte, dass er das »dich« nicht allzu deutlich betont hatte.

»Ich hatte heute frei. Das heißt, ich kann einspringen und krieg dafür Überstunden gutgeschrieben. Der Chef hat gesagt, ich sollte auf ein Baby aufpassen.«

»Grimes hat Dr. Solari ein Baby genannt?«

»Hm, so genau kann ich mich nicht mehr erinnern.«

»Sie ist Ärztin, Tarvis. Das heißt mindestens zwölf

Jahre Ausbildung nach der High School. Ich glaube, sie hat ein bisschen mehr Respekt verdient, als ›Baby‹ genannt zu werden. Kommt Grimes her?«

»Er meinte, er wollte bald hier sein und mit ihr reden.«

»Tu genau, was er sagt.«

»Genau das hat er auch gesagt.«

»Was?«

»Er hat gesagt, ich soll warten und genau das tun, was er sagt.«

Matt seufzte. »Hör zu, du bleibst hier draußen stehen. Sieh zu, dass keiner zu ihr reingeht, der dir oder den Krankenschwestern nicht bekannt ist. Ich muss für ein paar Stunden weg. Mein Pieper ist eingeschaltet. Ruf die Vermittlung im Krankenhaus an, wenn du Fragen hast. Die findet mich dann schon.«

»Ich hab alles im Griff, Ledge«, sagte Lyons. »Spielst du immer noch Basketball?«

»Mach ich immer noch. Hab aber nicht mehr so viel Mumm in den Armen und meine Kondition ist auch nicht mehr die alte.«

»Du bist immer ein super Flügelmann gewesen, Ledge.«

»Schön, dass du dich noch daran erinnerst, Tarvis. Pass gut auf Dr. Solari auf.«

Matt stand im Türrahmen und wartete, bis seine Augen sich an das Dämmerlicht gewöhnt hatten. Nikki schlief und atmete vernehmlich unter ihrer Sauerstoffmaske. Beunruhigt durch Crooks Worte hatte er es eilig, zur Farm der Slocumbs zu kommen. Er ging in das Schwesternzimmer und schrieb eine Anweisung für ein EEG, halbstündlich während der nächsten zwei Stunden und in den folgenden fünf Stunden im Stundenrhythmus. Ein letzter Blick auf Tarvis Lyons, der sich gerade aus einem leeren Zimmer einen Stuhl holte, und dann war er unterwegs zu seinem Motorrad.

Die Fahrt zur Farm schien kein Ende zu nehmen. Einmal mehr meldete sich sein schlechtes Gewissen, weil er Lewis Slocumb einem solchen Risiko ausgesetzt hatte. Crook war ein Idiot, aber er hatte Recht. Matt war zu weit gegangen. Vielleicht sollte er die ganze Sache einfach sausen lassen – den Giftmüll vergessen und sich eingestehen, dass er für Belinda Coal and Coke und deren eigennützige Politik kein ernst zu nehmender Gegner war, ebenso wenig wie sein Vater. Dann kamen ihm die fürchterlich deformierten Gesichter von Darryl Teague und Terry Rideout in den Sinn. Wie viele Betroffene würde es noch geben? Und wie viele gab es schon? Nein, sagte er sich, als er vor der Farm hielt, er würde auf keinen Fall aufgeben. Aber er würde von jetzt an nie wieder einen anderen Menschen im Namen seines Kreuzzugs in Gefahr bringen.

Genauso wie Lewis ihn vor ihrem Ausflug in das Bergwerk auf der Veranda erwartet hatte, erwartete ihn nun Frank. Er lehnte am Geländer, eine beeindruckende Schrotflinte lässig im Arm. Matt fragte sich, ob sie irgendwie gewusst hatten, dass er kommen würde.

»Wie geht's ihm?«, fragte Matt.

»Es is ihm verdammt dreckig gegangen, vor allem wegen dem Schmerz in der Schulter. Aber er hat's überlebt und er flucht schon wieder.«

»Das ist ein gutes Zeichen. Frank, es tut mir wirklich Leid, dass ich so lange gebraucht hab. Im Krankenhaus war die Hölle los. Ich konnte nicht eher weg.«

»Wir wussten, dass du kommst, sobald du kannst.«

Nicht die Spur von Verärgerung oder Anspruchshaltung. Diese zähen Burschen waren daran gewöhnt, das

Leben zu nehmen, wie es kam, und von ihren Freunden nur das Beste zu denken. Lewis, nur mit verschlissenen Jeans bekleidet, saß im ersten Stock, eingekeilt zwischen Kissen in einem hölzernen Lehnstuhl. Seine Gesichtsfarbe war erstaunlich gut. Der Verband um den Brustkorb war blutgetränkt, aber das war zu erwarten gewesen. Das Drainage-System war intakt und die Gaze, die Matt lose um das Ende des Kondoms gewickelt hatte, war mit trockenem und trocknendem Blut verklebt. Offensichtlich funktionierte die Vorrichtung ganz gut.

Frank Slocumb und seine Brüder hatten sich als ganz passable Krankenpfleger erwiesen. Das Zimmer war erstaunlich sauber und die Bettwäsche sah aus, als wäre sie seit Matts letztem Besuch gewaschen worden. Stolz und respektvoll sahen die drei Männer ihm von der anderen Seite des Zimmers aus bei der Arbeit zu.

»Deine Brüder haben sich gut um dich gekümmert, Lewis«, sagte Matt, während er ihn abhörte. Er stellte fest, dass die Atemgeräusche sich über beide Lungenflügel erstreckten.

»Die wussten genau, was ihnen blüht, wenn sie das nich tun. Überlebe ich das hier?«

»Frank meint, du wärst zu störrisch zum Sterben, und er hat Recht.«

Matt bereitete eine Infusion vor und bat um einen dicken Draht, den man als Haken von der rohbehauenen Decke herabhängen lassen konnte. Nach knapp zwei Minuten hatte Lyle alles Nötige herbeigeschafft. Matt befestigte den kleinen mit starken Antibiotika gefüllten Plastikbeutel an dem provisorischen Haken und ließ das Medikament durchlaufen.

»Das wird dafür sorgen, dass du keine Entzündung bekommst«, sagte er.

»Und was is mit dem komischen Apparat hier?«, fragte Lewis und zeigte auf den provisorischen Tubus.

»Also«, erwiderte Matt, »dieser komische Apparat, so unglaublich es auch klingen mag, hat dir das Leben gerettet.« Auf jeden Fall wäre irgendwann ein Brief an den Autor von *Notfallmaßnahmen* fällig. »Und so wie ich das sehe, haben wir drei Möglichkeiten. Drinlassen, rausziehen oder austauschen.«

»Sollen wir abstimmen?«, fragte Frank.

Die vier Brüder prusteten laut los über den Witz, der irgendwie an Matt vorbeigegangen war.

»Für dich is es doch egal, Doc«, sagte Lewis, »aber mir wär's lieber, wenn du mir nich noch mal was in die Brust rammen würdest. Ich hab's nich übers Herz gebracht, es dir zu sagen, aber beim letzten Mal hat's höllisch wehgetan.«

Aus Respekt vor Matt hielten sich die drei stehenden Brüder mit ihrem Gelächter zurück.

»Meinetwegen«, sagte Matt. »Dann lassen wir es, wie es ist. Das Problem ist, wenn ich den Schlauch zu früh entferne, klappt die Lunge vielleicht wieder zusammen, und wenn ich ihn zu lange drin lasse, kann es sein, dass du dir eine Entzündung einfängst. Also, Jungs, wenn sich bei ihm was entzündet und er Fieber, Husten oder Schmerzen bekommt oder die Gegend um die Wunde ganz rot wird, dann schneidet ihr die Naht auf und zieht den Schlauch sofort raus. Kapiert?«

»Kapiert«, erwiderte Frank. »Saubere Arbeit, Doc.«

Matt reinigte die Wunde und erneuerte den Verband.

»Hört mal zu«, sagte er. »Ich muss noch was anderes mit euch bereden. Sieht so aus, als wüssten die Leute von der Bergwerksgesellschaft, dass ich das war an ihrer Müllkippe. Ich bin mir nicht sicher, ob sie auch wissen, dass Lewis bei mir war, aber ich möchte euch warnen. Dieser Arsch im Krankenhaus, dieser Crook, der arbeitet für die Bergwerksgesellschaft. Er hat angedeutet, irgendwelchen Leuten würde was zustoßen, sozusagen als Vergeltungsaktion.«

Lyle und Kyle tauschten viel sagende Blicke.

»Was ist?«, fragte Matt. »Was ist mit euch beiden?«

Diesmal meldete sich Lewis zu Wort.

»Die wissen, dass ich das war, Doc. Keine Frage. Auch wenn die meisten Leute hier das nich glauben, haben wir auch 'n paar Freunde – und zwar ziemlich gute. Uns kommt einiges zu Ohren.«

»Und was habt ihr vor? Wie wollt ihr euch schützen?«

Erneut tauschten die Brüder wissende Blicke.

»Wir können ganz gut auf uns aufpassen«, meinte Lyle. »Mach dir mal keine Sorgen.«

Matt sammelte seine Utensilien ein, dann scheuchte er die drei Brüder mit einer Handbewegung aus dem Zimmer.

»Lewis, soll ich dir zurück ins Bett helfen?«, fragte er.

»Ich krieg das schon hin. Aber wenn du nichts dagegen hast, würd ich gern noch 'n bisschen hier auf dem Stuhl sitzen bleiben.«

»Ich bin froh, dass es dir so gut geht. Was passiert ist, tut mir wirklich Leid. Ich weiß ja nicht, worüber Frank und die beiden anderen die ganze Zeit grinsen, aber ich fürchte, dass diese Verbrecher vom Bergwerk euch an den Kragen wollen.«

»Meine Brüder haben eigentlich nich richtig gegrinst, Doc. Es is nur so –«

Ein lautes, wiederholtes Warnsignal unterbrach ihn. Gleich darauf waren Schritte von schweren Stiefeln auf dem Holzfußboden unten und auf der Treppe zu hören.

»Du musst mich jetzt mal entschuldigen, Doc«, sagte Lewis, stand auf, hakte die Infusionsflasche aus dem Provisorium aus und zog seinen Stuhl in den Flur. »Wir kriegen Besuch.«

Matt lief hinter ihm her und drehte das Ventil ab, damit kein Blut in den Infusionsschlauch drücken konnte. Die Geräusche, die er gehört hatte, stammten von den drei Brüdern, die durch das Haus liefen, als hätten sie regelmäßig für den Notfall geübt. Einer hatte den Alarm schon abgeschaltet. Kyle eilte die Treppe hinauf und schob eine Metallplatte zwischen das Geländer und Lewis' Stuhl. Dann öffnete er den Wandschrank und verteilte das Waffenarsenal auf dem Boden. Diesmal zählte Matt ein halbes Dutzend Schrotflinten, mehrere Handfeuerwaffen, ein paar Scharfschützengewehre mit Zielfernrohr und zwei halbautomatische Waffen. Kyle ließ zwei Schrotflinten, eine schwere Pistole und ein Gewehr bei Lewis und legte ihm eine schwarze Metallkiste mit Zahlentasten und diversen Schaltern auf den Schoß. Danach reichte er Lyle die restlichen Waffen durch das Geländer nach unten.

Verblüfft über dieses enorme Arsenal konnte Matt nur hinter Lewis stehen bleiben und zuschauen.

»Wie viele?«, rief Lewis hinunter.

»Ich glaub, vier«, erwiderte Frank. »Sieht aus, als wär der alte Lonnie Tuggle mit von der Partie. Den konnte ich noch nie ausstehen.«

Kameras!, dachte Matt ungläubig. Irgendwo in den Bäumen da draußen hatten die Brüder Slocumb, diese legendären Hinterwäldler, ein Warnsystem mit Überwachungskameras installiert.

»Frank«, rief er, »meine Harley steht draußen. Soll ich sie wegstellen?«

»Doc, du glaubst doch nich, dass wir was an deine wun-der-schö-ne Maschine kommen lassen. Die steht sicher in der Scheune.«

»Lewis, hast du gewusst, dass diese Männer kommen würden?«

»Wir hatten schon so was läuten gehört.«

»Alle Achtung«, murmelte Matt, »ihr seid mir ja ein paar Einsiedler. Hört mal, seid bloß vorsichtig«, rief er, »ich will nicht, dass einem von euch was passiert. Und mir auch nicht, wenn's geht.«

»Um uns mach dir mal keine Sorgen, Doc«, antwortete Lewis bestimmt. »Du gehst einfach da in das Zimmer hinter mir und legst dich auf den Boden, für den Fall, dass die noch dümmer sind, als wir glauben.«

Matt tat wie ihm geheißen und hockte sich hinter die halb offene Tür. Der älteste der Slocumbs, zwei- oder dreiundsechzig Jahre alt, saß auf seinem Stuhl, in der Brust den behelfsmäßigen Tubus, aus dem immer noch Blut in das Kondom tropfte, und den Infusionsbeutel neben sich auf dem Fußboden; in der rechten Hand hielt er lässig eine Pistole, während die linke auf dem schwarzen Metallkasten ruhte.

»Da sind sie«, sagte Frank. »Zwei sind noch im Wagen. Zwei schleichen ums Haus.«

»Bleibt ganz ruhig, Jungs«, befahl Lewis. »Kein unnötiges Geballere. Keiner redet außer Frank.«

In diesem Augenblick wurde dreimal kräftig an die Eingangstür geklopft.

»Is offen«, rief Frank. »Komm mit ausgestreckten Händen rein.«

Von seiner Position im ersten Stock aus konnte Matt an der Metallplatte vorbei durch das Geländer sehen, wie die Tür aufgestoßen wurde. Der massige Wachmann von BC&C, der Matt nach seinem Treffen mit Armand Stevenson hinauskomplimentiert hatte, machte einen Schritt ins Haus. Er war vielleicht einsneunzig groß, wog bestimmt hundertdreißig Kilo und hatte einen rasierten Schädel, der auf seinem Hals thronte wie ein Basketball.

Matt konnte Frank nicht sehen, nahm jedoch an, dass er am anderen Ende des Wohnzimmers stand, eine Schrotflinte lässig in der Armbeuge.

»Lonnie«, sagte Frank.

»Frank. Pass auf, wir wollen keinen Ärger, aber wir haben einen Auftrag. Du weißt ja, wie das ist.«

»Und was für ein Auftrag soll das sein?«

»Neulich nachts sind zwei Männer unerlaubt in Bergwerksgelände eingedrungen. Wir glauben, dass einer von ihnen Dr. Rutledge war.«

»Und?«

»Außerdem glauben wir, dass der andere einer deiner Brüder war.«

»Und wie kommst du darauf?«

»Hör zu, Frank, wir kennen uns doch schon ziemlich lange. Verarsch mich nicht, dann verarsch ich dich auch nicht. Mr LeBlanc von BC&C will sich mit dem, der's war, treffen, und auch mit diesem Arzt. Er meint, die beiden könnten mit irgendwelchen chemischen Substanzen in Berührung gekommen sein und das kann gefährlich werden, wenn sie sich nicht richtig verhalten.«

»Lonnie, sag Mr LeBlanc, du hast dir Mühe gegeben, aber hier weiß keiner, wovon du überhaupt redest.«

»Frank, wo sind Lewis und die anderen?«

»Reicht dir mein Wort etwa nich?«

Matt riskierte einen Blick durch das Geländer, als Lonnie Tuggle gerade dabei war, eine Pistole aus dem Hosenbund zu ziehen.

»Frank, einer der beiden Männer wurde angeschossen. Auf den Steinen im Bergwerk waren Blutflecken. Es war nicht der Arzt. Also, wo ist Lewis?«

»Lewis ist hier oben«, sagte Lewis, bewegte sich ein Stück vor und legte die Hand mit der Pistole auf das Geländer. »Es wird Zeit, dass du verschwindest.«

»Du siehst ein bisschen mitgenommen aus, Lewis«, meinte Tuggle. »Du hast nicht zufällig in letzter Zeit eine Kugel abbekommen?«

Matt spannte jeden Muskel an. Es lief auf eine Schießerei hinaus. Er wusste es genau. Ganz langsam kroch er auf die Schrotflinten zu, die neben Lewis lagen. Wenn es losging, würde er auf der Seite der Slocumbs kämpfen.

»Bleib, wo du bist!«, befahl Lewis im Flüsterton über die Schulter hinweg.

Matt duckte sich wieder.

»Man hat mir aufgetragen, dich mitzunehmen, Lewis. Ich kann hier nicht ohne dich weggehen.«

»Das kannst du und das wirst du, wenn dir dein Leben lieb ist.«

»Ich hab Leute bei mir. Einer von ihnen zielt gerade genau auf Frank.«

»Ich seh ihn«, meldete sich Lyle aus dem Hintergrund. »Er muss ’n verdammt schneller Schütze sein, wenn er Frank kriegen will, bevor er ’ne Kugel im Kopf hat.«

»Dasselbe gilt für dich«, sagte Kyle und trat aus dem Zimmer am Ende des Flurs auf die Galerie, drei Meter von Lewis entfernt.

Lewis tippte blitzschnell ein paar Zahlen auf seiner schwarzen Kiste ein.

»Das is ’ne Warnung, Lonnie«, sagte er und drückte auf den Auslöser.

Die Fensterscheiben schepperten von der Explosion draußen auf dem Hof und Tuggle fuhr herum. Im gleichen Augenblick war Frank hinter dem massigen Mann und hielt ihm die Schrotflinte an den Kopf.

»Lass die Knarre fallen! Mach schon, Lonnie.«

Widerstrebend gehorchte Tuggle.

»Dieser Knall war 'n paar Meter hinter eurem Auto«, rief Lewis von oben. »Der nächste is direkt drunter.«

»Und die nächste Kugel aus dieser Flinte landet in deinem Gehirn«, fügte Frank hinzu. »Du hast jetzt zehn Sekunden, deine Jungs zusammenzutrommeln und von hier zu verschwinden. Sag deinem Kumpel, er soll die Knarre fallen lassen, bevor er eine Bewegung macht.«

»Tu, was er sagt, Cork«, befahl Tuggle.

Tuggle gab dem Mann hinter Frank ein Zeichen und gleich darauf kam dieser in Matts Blickfeld, eingeschüchtert und ohne Waffe. Die beiden Männer drückten sich zur Eingangstür hinaus und riefen die anderen beiden zu sich.

»Das wirst du bereuen, Frank«, rief Tuggle. »Du bist nicht der Einzige, der was in die Luft jagen kann.«

»Erst musst du uns kriegen, Lonnie. Und das hast du bisher noch nie geschafft. Tu uns den Gefallen und versuch's nich noch mal. Es macht uns keinen Spaß, arme Schweine umzubringen. Sag dem alten LeBlanc, keiner von uns war im Bergwerk. Der Doktor auch nich. Wenn dem Doc was zustößt, machen wir dich verantwortlich. Kapiert? Ich hab gefragt, ob du's kapiert hast?«

»Ja, ja, ich hab's kapiert.«

Matt hörte den Wagen wegfahren, dann richtete er sich auf und ging zu Lewis.

»Ich kann's nicht glauben, dass ihr hier alles vermint habt«, sagte er.

»Ende der Sechziger war ich auf Abenteuer aus und da bin ich in die Armee eingetreten«, erwiderte Lewis.

»Ja, davon hast du mir erzählt.«

»Ich hab dir aber nich erzählt, dass ich das nur gemacht hab, weil ich wissen wollte, wie man was in die Luft sprengt. Ich war bei 'nem Sprengkommando in Vietnam. Is manchmal ganz praktisch, wenn man Baumstümpfe und so was aus dem Weg räumen will. Außerdem kommt so keiner her, den wir nich hier haben wollen.«

»Oder von hier weg, wie mir scheint. Ihr Jungs verblüfft mich immer wieder.«

»Hilf mir mal wieder ins Bett, Doc«, sagte Lewis, nahm seinen Infusionsbeutel und den Tubus. »Die ganze Aufregung hat mich ganz schön geschafft.«

Von der Erholung, die Matt der Kurzschlaf an Nikkis Bett gebracht hatte, war nichts mehr zu spüren. Seine Augen brannten vor Erschöpfung und auf dem Weg zurück ins Krankenhaus warf er einen sehnsüchtigen Blick auf die Abzweigung zu seinem Haus. Er würde noch einmal nach den Patienten sehen, danach die Übergabe an den Dienst habenden Kollegen machen, und dann ab ins Bett.

Es war immer noch möglich, dass die Schläger von BC&C hinter ihm her waren, aber außer vorsichtig zu sein, gab es nicht viel, was er tun konnte, höchstens aus der Gegend verschwinden, und das war ausgeschlossen. Die Slocumbs hatten ihre Meinung klar gemacht, und zwar sehr deutlich. *Versuch uns nur zu kriegen, wenn du meinst, dass es sich lohnt, dafür zu sterben.* Was die Giftmülldeponie betraf, ließ sich nicht vorhersehen, was Armand Stevenson und die anderen Chefs der Bergwerksgesellschaft tun würden. Im Moment wusste er nur, dass sein langer Kampf gegen BC&C aufgrund eines anonymen Zettels von einem wenig gebildeten Bewohner der Gegend, dem es weder um Anerkennung noch um eine Belohnung ging, schließlich doch noch eine Rechtfertigung erfahren hatte.

Der Ärzteparkplatz war weitgehend besetzt. Das Krankenhaus, das erst vor fünfzehn Jahren errichtet worden war, konnte mittlerweile Spezialisten auf jedem Gebiet der inneren Medizin und auch auf den meisten Gebieten der Chirurgie vorweisen. Auch wenn es ihm widerstrebte, musste er zugeben, dass dies größtenteils der Belinda Coal and Coke zu verdanken war.

Gleich neben dem Eingang zur Ambulanz stellte er die Harley ab. Dann durchquerte er die Notaufnahme und eilte die Treppen zur Chirurgie II hinauf. Er wunderte sich nicht, dass Tarvis Lyons auf seinem Stuhl neben der Tür zu Nikkis Zimmer mit dem Kopf auf der Brust eingenickt war. Irgendetwas – Matts Schritte auf den Fliesen oder vielleicht ein Luftzug im Flur – weckten den Polizisten, kurz bevor Matt ihn erreichte.

»Hey, Ledge, was gibt's?«, fragte er.

»Alles in Ordnung?«

»Klar. Deine Lady ist pünktlich von hier abgeholt worden.«

»Abgeholt?«, fragte Matt entgeistert.

»Zur Magnetresonanztomographie, wie du es angeordnet hast«, erwiderte Lyons mit ziemlich verblüfftem Gesichtsausdruck.

Matt riss die Tür auf. Nikkis Bett war leer und bereits gemacht und es sah nicht so aus, als ob sie wieder zurückkommen würde.

Matts Puls begann zu rasen. »Tarvis«, sagte er, »das habe ich nicht angeordnet.«

19

Es stand in dem für ärztliche Anweisungen vorgesehenen Feld von Nikkis Krankenkarte, direkt unter der Anordnung für das EEG, die Matt eingetragen hatte.

Magnetresonanztomographie im Hastings Hospital. Patientin wird vom Krankenwagen gebracht.
T. A. Dr. Rutledge.

T. A. – telefonische Anordnung. Irgendjemand hatte unter seinem Namen bei der Stationsschwester angerufen und angeordnet, dass Nikki ins Hastings Hospital gebracht werden sollte. Matt rief sofort bei dem dortigen Radiologen an. Es wunderte ihn nicht, dass Nikki als Notfallpatientin auf seine Bitte hin sofort einen MRT-Termin bekommen hatte. Sie hätte vor dreißig Minuten untersucht werden sollen, war aber noch nicht erschienen.

Tarvis Lyons stand verdattert und verlegen an der Tür zu Nikkis Zimmer.

»Ich hab's vermasselt, stimmt's?«, sagte er.

»Erzähl mir, was passiert ist.«

»Du und Chief Grimes, ihr habt mir beide gesagt, ich soll keinen in das Zimmer lassen, den ich nicht kenne. Also, wenn ich die Stith-Brüder nicht kenne, dann kenn ich überhaupt keinen!«

»Die Stith-Brüder?«

»Marty und Gerald. Die fahren für die Gold Cross

Ambulance. Marty hat auch noch einen Job bei der Feuerwehr. Samstags sind sie Stammgäste bei Snooky's, genau wie ich. Also, zuerst ist die Schwester gekommen und hat mir gesagt, du hättest eine MRT angeordnet und der Krankenwagen würde gleich kommen. Kurz darauf sind die beiden Stiths hier aufgetaucht und haben sie mitgenommen. Ich wusste doch nicht, dass ich sie nicht weg lassen sollte.«

Matt rieb sich die Augen. *Wer zum Teufel konnte dahinter stecken?* Es musste jemand sein, der das Krankenhaus und die genauen Abläufe kannte. Ein Arzt? Eine Schwester? Er schnappte sich das Telefon und rief die Vermittlung an.

»Hallo, hier spricht Dr. Rutledge. Können Sie mich mit der Gold Cross Ambulance verbinden?«

»Sofort, Doktor.«

»Gold Cross, Mary am Apparat.«

»Mary, hier ist Dr. Rutledge im Krankenhaus. Könnten Sie bitte den Krankenwagen anfunken, der Nikki Solari vom Montgomery County zum Hastings Hospital fährt?«

»Und was soll ich ausrichten?«

»Sagen Sie den Fahrern, sie sollen umkehren und schleunigst wieder hierher kommen. Sie sollen die Patientin nicht ins Hastings bringen.«

Matt klopfte nervös mit dem Fuß auf den Boden und fummelte an der Schnur des Telefonhörers, aber er wusste, was kommen würde.

»Dr. Rutledge«, sagte die Frau in der Zentrale, »das ist ganz komisch. Ich erwische sie nicht.«

»Vielleicht sind sie gerade im Krankenhaus.«

»Jeder von denen hat ein Handy, das sich einschaltet, sobald sie den Krankenwagen verlassen. Ich werde es über die Notruftaste versuchen. Soll ich es auch weiter über Funk probieren?«

»Ja, natürlich«, sagte Matt, »versuchen Sie's weiter.«

Im selben Augenblick rauschte und knisterte Tarvis Lyons' Funkgerät.

»Lyons.«

»Tarvis, hier ist Chief Grimes.«

»Scheiße«, flüsterte Lyons. »Ja, Chef?«

»Ich habe dir doch gesagt, du sollst die Frau nicht aus den Augen lassen.«

»Aber ich kann mich nicht erinnern, dass Sie gesagt haben –«

»Tarvis, gib mal her«, fauchte Matt und riss ihm das Funkgerät aus der Hand. »Grimes, hier ist Matt Rutledge. Irgendwer hat meinen Namen benutzt und telefonisch angeordnet, Nikki zur MRT ins Hastings zu bringen. Dort ist sie aber bisher nicht eingetroffen und die Leute von Gold Cross können den Krankenwagen nicht über Funk erreichen.«

»Das liegt daran, dass die Fahrer mit Klebeband an einen Baum im Wald neben dem Highway 29 gefesselt worden sind. Sie sind eben hierher gebracht worden. Nikki Solari ist nicht bei ihnen.«

»Verdammt, ich komm sofort rüber.«

»Hören Sie, bleiben Sie ruhig, ich komme gleich –«

Matt reichte Lyons das Funkgerät.

»Tarvis«, sagte er, »wenn der Chief noch mal anruft, sag ihm, ich hätte nicht verstanden, was er gesagt hat, und dass ich schon unterwegs bin.«

Das Polizeirevier, ein einfacher roter Ziegelbau mit Garage und einem Gefängnis im hinteren Bereich, lag am östlichen Stadtrand. Während er mit seiner Harley quer durch die Stadt fuhr, überlegte Matt, wer Nikkis Entführung ausgeheckt haben konnte und vor allem, warum. Wer auch immer es gewesen war, musste ihn beobachtet und gewusst haben, dass er das Krankenhaus verlassen hatte. Wenn Nikki ihm wenigstens eine Erklärung dafür hätte geben können – oder auch eine Theorie –, warum die beiden Männer es überhaupt auf sie abgesehen hatten.

Der Polizist am Tresen in der Polizeistation rief bei Grimes an und deutete dann mit einer Kopfbewegung auf eine Reihe von Klappstühlen. Durch die Jalousien an der Glaswand von Grimes' Büro konnte Matt den Chief mit zwei Sanitätern reden sehen. Die Brüder Stith, beide sommersprossig und rothaarig, schienen gleichzeitig zu reden. Matt hatte mit keinem von beiden bisher mehr als ein paar Worte gewechselt, aber das hatte gereicht, um zu wissen, dass die beiden keine Intelligenzbestien waren. Grimes' rechte Hand, ein abgebrühter Sergeant namens Steve Valenti, saß den Fahrern gegenüber auf einem Stuhl neben dem Schreibtisch und durchbohrte sie mit seinem Blick, als könnte er sehen, ob sie die Wahrheit sagten. Als Matt sich der Bürotür näherte, hob Grimes eine Hand zum Zeichen, er solle einen Moment warten. Dann, nachdem er ein paar Worte mit Valenti gewechselt hatte, winkte er Matt hinein. Noch bevor Grimes den Mund aufmachte, ließ sein Gesichtsausdruck erkennen, dass er Matt irgendwie für den Vorfall verantwortlich machte.

»Rutledge, ich hatte Ihnen gesagt, Sie sollen sich um die Frau kümmern.«

»Ich habe einen Hausbesuch gemacht«, erwiderte Matt.

»Außerdem hatte ich Ihnen gesagt, Sie sollten im Krankenhaus bleiben.«

»Nun, ich bin es nicht gewohnt, mir Befehle erteilen zu lassen. Deshalb habe ich Medizin studiert. Was ist überhaupt mit Ihnen los? Hat Solari auf der Beerdigung irgendwas Nettes zu Ihnen gesagt? Hat es damit was zu tun?«

»Werden Sie nicht unverschämt, Rutledge.«

»Und Sie hören auf, mir Anweisungen zu geben, Grimes. Hallo, Leute.«

»Hallo, Dr. Rutledge«, erwiderten die Stiths unisono. »Die Geschichte tut uns Leid.«

»Wahrscheinlich konntet ihr nichts machen.«

»Nein, wirklich nicht. Wir hatten einen Platten auf dem Highway 29. Einer von den Scheißkerlen kam rangefahren und –«

»Gerald«, raunzte Grimes, »das hatten wir schon alles. Jetzt möchte ich Dr. Rutledge ein paar Fragen stellen. Ihr beiden könnt draußen warten. Ich rufe euch wieder rein, wenn ich euch brauche.«

Mit gesenkten Köpfen schlurften die Brüder aus dem Büro. Valenti schloss die Tür hinter ihnen und nahm wieder seinen Platz ein. Diesmal richtete er seinen Röntgenblick auf Matt.

»Also«, begann Grimes, »Sie behaupten, Sie hätten keine MRT für Nikki Solari angeordnet; die Krankenwagenfahrer haben die Anweisung aber gesehen.«

»Es war eine telefonische Anweisung, die nicht von mir kam.«

»Nicht von Ihnen, aber in Ihrem Namen.«

»Richtig.«

Matt spürte, wie ihm die Hitze zu Kopf stieg – gewöhnlich ein Zeichen für einen bevorstehenden Gefühlsausbruch. Grimes' abfälliger, arroganter Tonfall brachte ihn auf die Palme.

»Und wo waren Sie, während sich das alles abgespielt hat?«

»Ich habe einen Hausbesuch gemacht.«

»Bei wem?«

»Ich spreche nicht über meine Patienten. Aus ethischen Gründen.«

»Und Sie sind natürlich Mr Ethik höchstpersönlich. Also, obwohl Sie für das Opfer eines brutalen Mordversuchs verantwortlich waren, schien Ihnen dies der richtige Zeitpunkt zu sein, einen Hausbesuch zu machen.«

»Halten Sie sich zurück, Grimes«, blaffte Matt. Er stand kurz davor, zu explodieren. »Bis ich das Krankenhaus verlassen habe, bin ich zwölf Stunden lang nicht von ihrer Seite gewichen. Inzwischen war ihr Zustand einigermaßen stabil und ich musste mich noch um andere Patienten kümmern. Außerdem, wenn Sie nicht ausgerechnet diesen Volltrottel von Tarvis Lyons vor ihrer Tür postiert hätten, wäre vielleicht jemand auf die Idee gekommen, mich anzurufen, um das mit mir abzuklären, da ich überhaupt nichts von einer MRT gesagt hatte.«

»Ich hab keinen blassen Schimmer, was zum Teufel hier gespielt wird, Rutledge, aber ich werde das Gefühl nicht los, dass Sie mittendrin stecken.«

Matt ignorierte die Bemerkung demonstrativ. »Was genau ist denn eigentlich passiert?«

»Sieht so aus, als hätten wir es mit denselben Typen zu tun, die es schon beim ersten Mal auf sie abgesehen hatten. Wahrscheinlich hat einer einen Reifen des Krankenwagens zerschossen, dann haben sie die beiden Fahrer mit schallgedämpften Pistolen bedroht. Das Ganze kann höchstens zwei Minuten gedauert haben. Eine dunkle Limousine ist das Einzige, woran sich die Stiths erinnern können.«

»Wissen Sie, wer die Männer sind?«

»Sie etwa? Herrgott noch mal, Rutledge, wie konnten

Sie einfach wegfahren und zulassen, dass der Frau so was passiert?«

»Grimes, anstatt sich einen abzubrechen, um mich irgendwie mit der Geschichte in Verbindung zu bringen, sollten Sie lieber jeden verfügbaren Mann Ihrer ach so schlagkräftigen Truppe losschicken, um sie suchen zu lassen.«

»Kümmern Sie sich um Ihren eigenen Kram, Rutledge, und ich kümmere ...«

»Ja, ja, ich weiß, das hatten wir schon mal.«

»Und keine Hausbesuche mehr, bis wir die Geschichte aufgeklärt haben. Kapiert?«

»Okay, okay, ich hab's verstanden.«

»Gut. Und jetzt verschwinden Sie und schicken Sie Lyons her.« Grimes wandte Matt den Rücken zu. »Steve, wir geben eine Fahndungsmeldung nach Dr. Nikki Solari raus.«

Valenti nahm ein Klemmbrett zur Hand.

»Raus«, sagte Grimes.

In aller Seelenruhe nahm Matt seine Jeansjacke und die Motorradschlüssel, dann wandte er sich zur Tür.

»Weiße Frau, sechsundreißig Jahre alt«, diktierte Grimes.

»Vierunddreißig«, bemerkte Matt über die Schulter.

»Raus jetzt! Also schreib vierunddreißig. Mittellanges dunkles Haar, einszweiundsiebzig groß, schlank, trägt möglicherweise ein Krankenhaushemd.«

»Grün.«

»Verdammt noch mal, Rutledge. Okay, ein grünes Krankenhaushemd. Und jetzt machen Sie, dass Sie rauskommen. Was für ein Arschloch«, murmelte Grimes gerade noch laut genug, dass Matt es hören konnte.

Matt verließ das Büro. Die Tür fiel nicht ganz ins

Schloss und er drehte sich um, um sie zuzuziehen. Als er jedoch sah, dass keiner der Polizisten es bemerkt hatte, blieb er neben der Tür stehen, um dem Gespräch zu lauschen.

»Und?«, fragte Valenti, »hat der Arsch Recht? Hat sie dich angebaggert?«

»Das geht dich nichts an«, erwiderte Grimes grinsend.

»Rollins war auf der Beerdigung. Er meinte, die Kleine hätte dir schöne Augen gemacht.«

»Kann sein. Aber ich habe im Moment weiß Gott genug um die Ohren. Los komm, lass uns das hier hinter uns bringen.«

»Kennzeichen oder Narben?«

»Woher soll ich das wissen?«, antwortete Grimes. »Das heißt, Moment mal, da fällt mir was ein. Schreib auf. Sie hat auf ihrem Fuß eine merkwürdige Tätowierung. Irgendeine Eidechse. Kannst du dir das vorstellen?«

»Auf ihrem Fuß, sagst du? Zu mir kommen die Frauen jedenfalls nicht und zeigen mir ihre Füße.«

»Dir würden sie doch nicht mal freiwillig das Gesicht zeigen.«

»Was für eine Echse?«

»Eine orangefarbene. Woher zum Teufel soll ich wissen, was für eine?«

Matt, der sich schon auf den Weg zum Ausgang machen wollte, blieb stehen. Nikki hatte Turnschuhe getragen, als er am Crystal Lake die Intubation vorgenommen hatte. *Woher konnte Grimes von der Tätowierung wissen?* Er war zwar in der Notaufnahme gewesen, aber soweit Matt sich erinnern konnte, hatte Nikki die ganze Zeit unter einem Laken gelegen. *Konnte einer der Mitarbeiter ihm gegenüber etwas davon erwähnt haben?* Möglich, aber eher unwahrscheinlich. Er konnte sich gut vorstellen, dass Grimes sich bei der Trauerfeier irgendwie an Nikki herangemacht hatte, aber er wäre nie auf die Idee gekommen, dass sie mit Grimes geflirtet haben könnte. Er ließ die Vorstellung auf der Stelle fallen. Dass Grimes von dem Gila-Monster wusste, lag nicht daran, dass Nikki es ihm gezeigt hatte.

Verwirrt ging Matt zu seinem Motorrad. Die einzig logische Erklärung, die ihm einfiel, war, dass Nikki bei dem Trauergottesdienst Riemchenschuhe getragen haben musste. Als er sich dem Krankenhaus näherte, kam ihm noch eine andere Variante in den Sinn – die Möglichkeit, dass Grimes Nikki nach der Entführung gesehen hatte.

Tarvis Lyons, der zerknirscht aus der Wäsche guckte, war immer noch auf seinem Posten vor Nikkis Zimmer.

»Irgendwas gehört?«, fragte er.

»Nein. Sie ist weg.«

»Scheiße. Ist der Chief sauer auf mich?«

»Du sollst aufs Revier kommen.«

»Mist. Ledge, du musst Grimes sagen, dass ich nichts falsch gemacht hab.«

Ohne zu reagieren, trat Matt an den kleinen Wandschrank im Zimmer. Nikkis Kleider waren zum Trocknen aufgehängt und nicht, wie sonst üblich, in einen Plastikbeutel gestopft worden. Ihre Turnschuhe waren auch da – *New Balance*, ein ziemlich neues Paar, immer noch feucht. Sie musste Krankenhaussandalen getragen haben, als die Stith-Brüder sie auf einer Liege weggebracht hatten. Möglich, dass ihr die Sandalen während oder nach der Entführung von den Füßen gefallen waren oder dass man sie ihr ausgezogen hatte. Wenn Grimes in die Entführung verwickelt war, dann würde das auch erklären, warum er ausgerechnet Tarvis zur Bewachung des Zimmers abgestellt hatte.

Nikki hatte Jeans, Turnschuhe und ein T-Shirt angehabt, als sie in den See gefallen war, aber das war mit Sicherheit nicht die Kleidung, die sie zur Trauerfeier getragen hatte. Ihr Auto war vermutlich abgeschleppt oder zum Revier gebracht worden. Es war anzunehmen, dass man ihre Kleider und ihre anderen Sachen registriert und untersucht hatte. Sie mussten in der Asservatenkammer sein. Wenn ihre Schuhe geschlossen waren, hätte Grimes die Tätowierung nicht gesehen – die Riemchenschuh-Theorie wäre damit hinfällig.

Er wandte sich an den Polizisten.

»Tarvis«, sagte er, »ich soll also Grimes klar machen, dass das nicht dein Fehler war?«

»Du musst das für mich tun, Ledge. Ich hatte neulich schon mal Ärger und –«

»Gut, aber dafür tust du mir auch einen Gefallen.«

Lyons strahlte. »Spuck's aus, Ledge.«

»Als Dr. Solari von ihrer Gehirnerschütterung noch ganz duselig war, hat sie irgendwas davon gebrabbelt, was sie hier in der Gegend eigentlich wollte. Sieht so aus, als würde sie da oben im Norden so eine Art Agentur leiten, wo Ärztinnen, wie soll ich sagen, Bonzen, die genug Schotter haben, ihre Dienste anbieten.«

»Was denn für Dienste?«

»Sex, Tarvis. Sie leitet einen Prostitutionsring, bei dem alle Frauen Ärztinnen sind.«

»Heiliger Strohsack ...«

»Und sie hat ein Buch – ein schwarzes Buch mit den Namen aller Kunden und auch der Ärztinnen in Boston, New York und hier, die für sie arbeiten.«

»Ich werd verrückt«, sagte Lyons wehmütig, dem offensichtlich seine Fantasie durchging. »Und deshalb waren die hinter ihr her? Wegen dem Buch?«

»Ganz genau. Grimes hat nichts davon erwähnt, deshalb glaube ich nicht, dass er es schon hat. Wenn wir es finden können, bist du der Held.« Er beugte sich ein bisschen vor. »Außerdem würdest du nebenbei erfahren, welche Ärztinnen hier, äh ... den besten Service bieten«, raunte er Tarvis ins Ohr und knuffte ihn kumpelhaft mit dem Ellbogen in die Rippen.

»Und was soll ich tun?«

»Kannst du mich in die Asservatenkammer schleusen?«

»Ich hab eine Karte dafür. Jeder von uns. Ich muss sie nur durchziehen.«

»Also dann, worauf warten wir noch?«

Lyons war mit seinem zerbeulten und ölverschmierten Wrangler zum Krankenhaus gekommen. Matt folgte ihm zum Revier, bog jedoch kurz vor dem Gebäude in eine Seitenstraße ein, parkte die Harley und erwartete Lyons auf der Rückseite der Polizeistation an der Kellertür.

»Wie viele Ärztinnen stehen denn in dem Buch?«, wollte Lyons wissen.

»Keine Ahnung. Bestimmt mehrere Dutzend. Wenn Frauen für das Medizinstudium zugelassen werden, müssen sie nicht nur Grips haben, sondern vor allem gut aussehen.«

»Jesses«, sagte Lyons, zog die Karte durch das elektronische Schloss und öffnete die massive Eichentür. »Jeder, der reingeht, wird automatisch elektronisch erfasst und außerdem muss man hier noch unterschreiben.«

In dem Raum standen zehn große Plastikkörbe, doch nur zwei davon enthielten Beweismittel. Beide waren mit einem Schild markiert, auf dem »Solari« stand.

»Das Buch ist klein«, sagte Matt, während er den ersten Korb durchwühlte. »Vielleicht passt es ja in einen Schuhabsatz.«

»Aber nicht bei diesen Schuhen hier.«

Lyons hielt ein Paar schwarze, flache Schuhe hoch – einfach, geschlossen, keine Riemchen.

Grimes konnte die Tätowierung also unmöglich zufällig gesehen haben.

»Sieh mal einer an, da haben wir ja die kleinen Mäuse, die das Alarmlicht an der Asservatenkammer ausgelöst haben.«

Grimes und Steve Valenti standen Schulter an Schulter in der Tür.

Matt blieb fast das Herz stehen.

Tarvis, du Volltrottel!

»Oh, hallo«, sagte Matt ein bisschen zu gut gelaunt. »Ich habe Tarvis gebeten, mir Nikkis Sachen zu zeigen. Wir dachten, wir könnten vielleicht was finden, das uns irgendeinen Hinweis darauf gibt, wer ihr das angetan hat oder warum. Ich nehme an, er hat vergessen, dass es ein Alarmlicht gibt.«

»Und haben Sie?«

»Habe ich was?«

»Haben Sie irgendwelche bisher übersehenen Hinweise entdeckt?«

Matts Puls raste. Er war noch nie ein talentierter Lügner gewesen und konnte dem Blick des Polizisten kaum standhalten. An seinem Tonfall ließ sich unschwer heraushören, dass er Matt kein Wort glaubte. Mit unergründlicher Miene stand Valenti etwas abseits und beobachtete das Geschehen.

»Nein, nein«, stammelte Matt. »Also, wirklich, wir haben nichts gefunden. Ich zumindest nicht. Du vielleicht, Tarvis?«

Lyons sah aus, als hätte ihn der Schlag getroffen.

»Nichts, Chief«, brachte er schließlich hervor. »Ich,

äh, hoffe, Sie haben nichts dagegen, dass ich den Doktor mit hierher gebracht habe.«

»Warum sollte ich, Tarvis? Ich hab mich schon immer gefragt, warum wir diese blödsinnigen Vorsichtsmaßnahmen treffen, bloß um ein paar Beweismittel wegzuschließen.«

Matt konnte sich vorstellen, wie Grimes fieberhaft nach einer Erklärung suchte, warum er und Lyons in der Asservatenkammer standen. Schließlich blickte Grimes Valenti fragend an, der jedoch nur den Kopf schüttelte.

»Okay, Rutledge«, sagte Grimes schließlich. »Ich weiß nicht, was zum Teufel Sie eigentlich hier unten verloren haben, und ich habe auch nicht den Eindruck, dass ich es Ihnen entlocken kann. Aber hören Sie mir gut zu. Das ist das letzte Mal, dass ich Sie aus meinem Revier rausschmeiße. Beim nächsten Mal werden Sie mich anflehen, Sie gehen zu lassen.«

»Machen Sie Tarvis keinen Vorwurf«, sagte Matt. »Ich habe ihn gebeten, mich hier reinzulassen, um einen Blick auf Dr. Solaris Sachen werfen zu können.«

Während er aufrecht und mit erhobenem Kinn an Grimes und Valenti vorbei den Flur entlang bis zur Treppe marschierte, rechnete er fast damit, einen Schuss zu hören und eine Kugel in den Rücken zu kriegen.

Stattdessen hörte er, wie Grimes sagte: »Tarvis, komm in mein Büro, und zwar ein bisschen plötzlich.«

Und Lyons, der erwiderte: »Ich kann das alles erklären, Chief.«

20

In den Stunden nach seinem Zusammenstoß mit Grimes sorgte sich Matt um das Leben von Nikki Solari. Er war völlig erschöpft vom Schlafmangel, aber durch seine jahrelange Arbeit als Arzt war er an solche Zustände gewöhnt und hatte Techniken entwickelt und verinnerlicht, trotzdem handlungsfähig zu bleiben. Viel mehr machte es ihm zu schaffen, dass er im Dunkeln tappte. Er kam sich vor wie eine Marionette, die an den Fäden irgendeines geistig verwirrten Puppenspielers tanzte. Aber wer konnte das sein? Zum jetzigen Zeitpunkt kam eigentlich nur Grimes in Frage. Aber warum er? Und wie war er in der Lage gewesen, Nikkis Entführung aus dem Krankenhaus so schnell und nahtlos zu planen und durchzuführen?

Dr. Rutledge am Apparat. Ich habe für Dr. Solari eine MRT und ihren sofortigen Transport im Krankenwagen angeordnet.

Geschickt.

Matt betreute neben Nikki noch eine weitere Patientin im Krankenhaus, eine ältere Dame mit Diabetes, an deren Bein ein Arterien-Bypass gelegt worden war. Sie war im Zimmer gegenüber von Nikki untergebracht. Auf dem Weg zu der Patientin ging er in Nikkis leeres Zimmer, rief die Auskunft an und ließ sich die Nummer von Kit und Samuel Wilson geben. Kit hob nach dem ersten Klingeln ab.

»Als Erstes«, sagte Matt, nachdem er erklärt hatte, wer er war, »möchte ich Ihnen mein Beileid aussprechen.«

»Danke. Die Trauerfeier gestern war allen, die Kathy gekannt haben, ein großer Trost.«

»Das freut mich. Mrs Wilson, ich rufe wegen Nikki Solari an.«

»Nikki? Was ist mit ihr?«

»Sie haben es also noch nicht gehört. Ich überbringe nicht gerne schlechte Nachrichten, nach allem, was Sie im Moment durchmachen.«

»Bitte, was ist mit Nikki?«

»Kurz nachdem sie gestern die Kirche verlassen hat, haben zwei Männer sie auf der Wells Road in einen Hinterhalt gelockt. Sie ist ihnen entkommen, wäre dabei aber beinahe im Crystal Lake ertrunken.«

»Mein Gott. Wo ist sie denn jetzt? Geht es ihr gut?«

»Wir wissen leider nicht, wo sie sich augenblicklich befindet, Mrs Wilson. Irgendjemand hat in meinem Namen im Krankenhaus angerufen und sie zu einer Untersuchung ins Hastings Hospital bringen lassen. Auf der Fahrt dorthin ist sie aus dem Krankenwagen entführt worden.«

»Mein Gott, wie schrecklich. Wer macht denn so was?«

»Das versuche ich gerade herauszufinden. Erinnern Sie sich, ob gestern irgendetwas vorgefallen ist, das uns helfen könnte, zu verstehen, was hier vor sich geht? Hat sie mit irgendjemand gesprochen?«

»Nicht, dass ich wüsste. Sie hat beim Gottesdienst vorgelesen und fast den ganzen Nachmittag Musik gemacht. Sie hat das Kirchengelände gar nicht verlassen, bis auf einen Spaziergang mit Sam und mir. Dann hat sie noch eine Weile auf der Bank unter der großen Weide gesessen und sich mit Chief Grimes unterhalten. Das sind ja wirklich fürchterliche Nachrichten. Nikki und unsere Tochter waren eng miteinander befreundet. Kathy hat ihr beigebracht, die Fiddle zu spielen.«

Matt hatte gehört, was er wissen wollte, und plötzlich hatte er es eilig.

»Mrs Wilson«, sagte er, »bitte rufen Sie mich an, wenn Ihnen oder Ihrem Mann noch irgendetwas einfällt, das uns weiterhelfen könnte. Ich verspreche Ihnen, Sie auf dem Laufenden zu halten.«

»Ich hatte ihr angeboten, bei uns zu bleiben«, sagte Kit Wilson.

Matt ging zu seinem Motorrad und grübelte unterdessen über das soeben Gehörte nach. Kit Wilsons Information bedeutete auf jeden Fall, dass Grimes und Nikki zwar länger miteinander gesprochen, sich aber keinesfalls irgendwo aufgehalten hatten, wo sie die Schuhe ausgezogen hätte. Außerdem wusste Matt, dass ihre Füße zugedeckt gewesen waren, als Grimes in der Notaufnahme erschienen war. Was blieb also noch? Er konnte ihre ausgefallene Tätowierung erst gesehen haben, nachdem sie aus dem Krankenwagen entführt worden war. Eine andere Schlussfolgerung ließen die Fakten nicht zu.

Seine Theorie wurde noch gestützt von etwas, das Kit Wilson nicht gesagt hatte – dass sie nämlich noch gar nicht wusste, was mit Nikki passiert war. Die Nachricht hatte sie vollkommen überrascht. Immerhin waren bereits vierundzwanzig Stunden vergangen, seit Nikki beinahe getötet worden wäre, aber Grimes hatte es nicht für nötig befunden, die Wilsons zu befragen. Gut, er war bei der Trauerfeier gewesen und konnte dort seine eigenen Beobachtungen gemacht haben, aber eigentlich hätte er doch versuchen müssen, in Erfahrung zu bringen, ob Nikki irgendetwas zu Kit oder ihrem Mann gesagt hatte oder ob sie sich vorstellen konnten, warum ihr jemand etwas antun wollte. Grimes war ein schmieriger Typ, aber dumm war er nicht. Dass er sich nicht die Mühe machte, die Wilsons anzurufen, konnte sich Matt nur damit erklären, dass er bereits wusste, was geschehen war.

Möglichst unauffällig fuhr Matt durch die länger werdenden Schatten der Oak Street, die parallel zur Main Street verlief, und steuerte das Polizeirevier an. Bill Grimes' Vorliebe für auffällige Autos war allgemein bekannt, genau wie seine jüngste Errungenschaft, ein feuerroter Dodge Viper. Früher am Nachmittag hatte Matt den Wagen auf dem Mitarbeiterparkplatz hinter dem Polizeigebäude gesehen. Von der Ecke Oak Street und Waverley Street aus konnte er feststellen, dass der Dodge immer noch dort stand. Er setzte ein Stück zurück, bis er den Wagen gut im Blickfeld hatte, dann bockte er die Harley auf und kramte sein Werkzeug hervor, als hätte er an der Maschine etwas zu reparieren. Zweimal innerhalb der folgenden Stunde, während er immer wieder um das Motorrad herumlief und sich am Kopf kratzte, blieben Patienten von ihm stehen und boten ihre Hilfe an. Zwei Autos verließen den Parkplatz, später dann noch ein Kleinbus. Allmählich wurde es dunkel. Den Dodge ständig im Auge zu behalten war ermüdend, vor allem in Matts ohnehin schon erschöpftem Zustand.

Schließlich, als Matt drauf und dran war, es aufzugeben und einzupacken, tauchte Grimes auf und steuerte im Halbdunkel auf seinen Wagen zu. Matt verstaute sein Werkzeug, wartete, bis die Fahrertür des Wagens zugeschlagen wurde, und startete die Harley. Der kraftvolle Motor dröhnte und sofort fühlte Matt sich hellwach, energiegeladen und aufgedreht. Grimes war unverheiratet; womöglich machte er sich bloß auf den Heimweg oder war zum Abendessen verabredet. Und da Matt nichts Besseres einfiel, beschloss er, dem Polizeichef erst mal auf den Fersen zu bleiben.

Anstatt nach links auf die Main Street bog der Dodge mit eingeschalteten Scheinwerfern nach rechts ab, genau auf die Ecke zu, an der Matt stand und wartete. Er hatte gerade Zeit, seinen Helm aufzusetzen und den Kopf zu senken, bevor der Wagen in zehn Meter Entfernung an ihm vorbeischoss. Seine Harley war in der Stadt genauso bekannt wie der Dodge und Grimes war als Polizist eigentlich scharfsinnig genug, um Matt erkannt zu haben. Aber er schien mit seinen Gedanken woanders zu sein. Matts Anspannung stieg. Grimes wohnte im Süden der Stadt am Ufer des Belinda River. Außer dass er in Gedanken versunken war, fuhr er jetzt auch noch Richtung Norden in die Berge. Das war bestimmt kein zielloses Durch-die Gegend-Fahren.

Matt hielt einen möglichst großen Abstand zu Grimes. Im Licht der Abenddämmerung konnte er zwar genug sehen, aber er bezweifelte, dass entgegenkommende Fahrer ihn sehen würden, wenn er ohne Licht fuhr. Zum Glück gab es fast zehn Minuten lang keinen Gegenverkehr. Die schlecht asphaltierte Straße stieg steil an. Er kannte die Strecke aus seiner Jugend, war jedoch seitdem kaum hier entlang gefahren. Soweit er sich erinnern konnte, ging die Straße irgendwann in eine Schotterstraße, dann in einen Feldweg über, der in den Wald führte und so schmal und unwegsam wurde, dass man ihn bestenfalls mit einem Crossrad befahren konnte.

Die dicht stehenden Bäume am Straßenrand ließen kein Abendlicht mehr durch und es wurde abrupt dunkel. Die Rücklichter des Dodge waren in der Ferne gut auszumachen, aber der unbefestigte Seitenstreifen war in der Dunkelheit nicht mehr zu sehen. Trotz der gefährlichen Straßenverhältnisse wagte Matt es nicht, seinen Scheinwerfer einzuschalten oder den Wagen aus den Augen zu lassen.

Hin und wieder kam er an einem einzelnen, verrosteten Briefkasten vorbei oder an einem ausgefahrenen Weg, der zu irgendeinem Haus im Wald führte. An einem dieser Wege bog Grimes plötzlich ab. Wäre Matts Blick auf die Straße fixiert gewesen, hätte er das gar nicht mitbekommen, aber so sah er, dass das Bremslicht kurz aufleuchtete, bevor die Rücklichter nach rechts in die Dunkelheit verschwanden. Als Matt die Stelle erreichte, waren die Lichter bereits nicht mehr zu sehen.

Er nahm den Helm ab und rollte vorsichtig durch den stockfinsteren Wald. Obwohl er die Drehzahl niedrig hielt, dröhnte der Motor der schweren Maschine viel zu laut. Hatte Grimes angehalten? Wartete er weiter vorn in einem Hinterhalt? Matt schaltete den Motor ab und lauschte. Nichts. Eine Weile versuchte er, das schwere Motorrad zu schieben. Schließlich gab er es auf und ließ den Motor wieder an. Mit ausgestreckten Beinen hielt er das Gleichgewicht, während er langsam vorwärts holperte. Die Kawasaki war zwar leiser und bei niedrigem Tempo besser zu handhaben, aber er hatte Stauraum gebraucht, um die Instrumente und Medikamente zu den Slocumbs transportieren zu können.

Die nächsten fünf Minuten rollte er weiter den Waldweg entlang, während er mit jeder Faser seines Körpers auf eine Stimme, einen Angriff oder einen Schuss lauerte. Plötzlich sah er vor sich Licht durch das Laub schimmern. Er wendete die Harley und schob sie zwischen die Bäume, sodass sie vom Weg aus nicht zu sehen war. Mit seinem Schweizermesser schnitt er ein paar Kiefernzweige ab und breitete sie zur Tarnung über die verchromten Teile des Motorrads aus. Dann schlich er vorsichtig den Weg hinauf.

Der Dodge stand neben einem Land Rover vor einer

heruntergekommenen Blockhütte. Das roh behauene Holzhaus mit einer kleinen Veranda und einem Kamin stand mitten auf einer erstaunlich großen Lichtung. Zwei erleuchtete Fenster befanden sich zur Auffahrt hin, zwei weitere an der Seite.

Im Schutz der Bäume ging Matt um die Hütte herum. Von einem der beiden seitlichen Fenster hing ein zerfetztes Fliegengitter herab und in dem anderen schienen einige Scheiben zu fehlen. Mit angehaltenem Atem versuchte er vergeblich, Stimmen im Inneren auszumachen. Dann wagte er sich aus seinem Versteck, kroch auf allen vieren gut zehn Meter über Waldboden und Kiefernnadeln bis ans Haus und drückte sich mit dem Rücken gegen die Wand. Er ließ sich vorsichtig wieder auf die Knie hinunter und schob sich so weit hoch, dass er durch ein Fenster spähen konnte. Zuerst sah er nichts als das breite Kreuz eines Mannes im Jeanshemd. Doch aus dem Hintergrund vernahm Matt Grimes' unverwechselbaren Singsang.

»Ich habe gehört, was Sie mir erzählt haben, meine liebe Doktorin«, sagte er, »aber ich weiß nicht, ob es auch die Wahrheit ist.«

»Das ist alles, was ich weiß«, erwiderte Nikki mit müder und heiserer Stimme. »Wenn Sie mir nicht glauben, ist das Ihr Problem.«

»Da muss ich Sie verbessern, Verehrteste. Es ist *Ihr* Problem.«

Der Riese trat zur Seite und Matt ließ sich auf den Boden fallen. Als er sich wieder ein wenig aufrichtete, fiel sein Blick in ein schäbiges Schlafzimmer, das höchstens zehn Quadratmeter groß war. Die Decke war aus unbehandeltem Kiefernholz und die Wände waren nackt. Der Riese verstellte immer noch den Blick auf die Tür, in der

der Chief stand, aber jetzt konnte Matt Nikki erkennen. Sie war nicht gefesselt. In ihrem grünen Krankenhaushemd lag sie rücklings mit geschlossenen Augen auf einer nackten Matratze in einem Bett mit Metallrahmen. Man hatte ihr zwei unbezogene Kissen unter den Kopf geschoben und ein schmutziges Laken über die Beine geworfen. Sie war ganz grau im Gesicht und wirkte völlig erschöpft, aber er konnte auf die Distanz keine Spuren von Misshandlungen entdecken.

»Fangen wir noch mal ganz von vorne an«, sagte Grimes, »und zwar bei der Beerdigung. Mit wem außer mir haben Sie dort noch gesprochen? Also?«

Matt hörte ein kratzendes Geräusch zu seiner Rechten, dann kam ein Mann nach draußen. Er war groß und hager und trug einen Cowboyhut und Stiefel. In seinem breiten Gürtel steckte seitlich eine Pistole. Matt rutschte auf den Bauch und schmiegte sich an das Betonfundament der Hütte. Trotzdem war er auf die Entfernung von höchstens sechs Metern noch gut zu sehen. Der Mann entzündete ein Streichholz an seiner Sohle und steckte sich dann eine Zigarette damit an. Der Rauch zog genau auf Matt zu. Verzweifelt überlegte er sich, welche Möglichkeiten er hatte, falls er entdeckt wurde. Ihm fiel keine vernünftige ein.

Der Raucher ging ein paar Schritte vom Haus weg, warf den Kopf in den Nacken und pustete eine Wolke in den dunklen Himmel über der Lichtung. Matt wappnete sich für das Unvermeidliche. Der Winkel zwischen ihnen hatte sich verändert. Sobald der Mann sich umdrehte, um zurück in die Hütte zu gehen, würde es vorbei sein. Matt ging in Startposition, um sofort in den Wald zu rennen, sollte er entdeckt werden. In diesem Augenblick kam aus dem Unterholz hinter dem Cowboy ein krachendes Geräusch. Sekunden später brach eine kleine Hirschkuh aus dem Gebüsch und sprang über die Lichtung, keine fünf Meter entfernt. Der Mann setzte ihr ein paar Meter nach und versuchte, seine Waffe zu ziehen.

»Larry«, schrie der Cowboy. »Larry, komm raus, schnell!«

Matt hörte, wie der Riese auf die Veranda polterte.

»Was ist los?«

»Der größte Hirsch, den ich je gesehen hab. Er ist gerade ganz nah an mir vorbei gesprungen. Wenn meine Knarre nicht im Gürtel gesteckt hätte, hätten wir gleich Hirschbraten essen können.«

»Verne, du bist doch ein Vollidiot«, sagte Larry, der eindeutig keinen einheimischen Akzent hatte. »Komm gefälligst rein. Der Chief will, dass du ihn in die Stadt fährst und anschließend wieder zurückbringst. Wir beide bleiben heute Nacht hier bei der Schlampe. Wir brauchen Kaffee und Klopapier und irgendwas zu essen. Der Chief will noch was aus dem Revier holen – womit er unser Vögelchen zum Singen bringen will. Los, komm jetzt rein.«

Matt hielt den Atem an, bis die beiden in der Hütte verschwunden waren, dann rannte er zurück in den Schutz der Bäume. Grimes und Verne-der-Cowboy würden also in die Stadt fahren und wieder zurückkommen. Die Fahrt dauerte jeweils etwa zwanzig Minuten, vielleicht fünfundzwanzig, wenn man die Zeit im Laden dazu rechnete. Während dieser Dreiviertelstunde musste er eine Möglichkeit finden, einen hünenhaften Mann zu überwältigen und eine halb bewusstlose Frau auf die Füße zu bekommen, sie auf der Harley festzuschnallen und mit ihr das Weite zu suchen. Plötzlich bedauerte er, dass er das Angebot, eine der vielen Pistolen der Slocumbs in seiner

Satteltasche zu verstauen, abgelehnt hatte. Aber in Wahrheit hatten ihn Waffen schon immer nervös gemacht und dieses Manko gekoppelt mit seinem aufbrausenden Temperament konnte leicht zu einer Katastrophe führen.

Er überlegte, ob er Larry nach draußen locken und ihn mit einem Stück Holz oder einem Schraubenschlüssel außer Gefecht setzen sollte. Die Chance, diesen riesigen Burschen mit irgendetwas anderem als einem schweren Hammer aus dem Verkehr zu ziehen, schien gering und einen Hammer hatte er nicht.

Was blieb ihm stattdessen?

Grimes und Verne überquerten die Veranda und gingen zu dem Land Rover, während Matt gerade in Gedanken den Inhalt seiner Satteltaschen durchforstete. Die zwei großen Seitentaschen und der Koffer, der hinter dem Beifahrersitz befestigt war, waren unter anderem beladen mit Medikamenten – seine gut sortierte Hausbesuchs- und Erste-Hilfe-Apotheke, hastig aufgestockt durch eine Anzahl von Medikamenten, die er für den möglichen Gebrauch bei Lewis Slocumb aus dem Krankenhaus entwendet hatte.

Matt hatte das Gefühl, er wäre durchaus fähig, einen Menschen zu töten, um sein eigenes Leben oder das von jemandem, der ihm nahe stand, zu retten. Aber er wusste auch, dass es ihm nicht leicht fallen würde und dass er sich hinterher mit fürchterlichen Schuldgefühlen herumplagen würde. Außerdem gab es nur ein Medikament, mit dem er Larry tatsächlich umbringen könnte, und zwar ein muskellähmendes Präparat wie Anektin, und das hatte er wahrscheinlich sowieso nicht dabei. Er brauchte etwas, das schnell wirkte, intramuskulär verabreicht werden konnte und Larry kampfunfähig machte, ohne ihn zu töten. Dann musste er noch eine Möglichkeit finden, es dem Killer zu injizieren, bevor der ihm den Garaus machte.

Verne startete den Motor des Rover und schaltete die Scheinwerfer ein. Kaum waren die beiden Männer losgefahren, stellte Matt seine Timex auf Zeitschaltuhr. Der Countdown hatte begonnen.

Vierzig Minuten.

Während er fieberhaft überlegte, welche Eigenschaften das Medikament, das er brauchte, haben musste, rannte er zu seinem Motorrad. Die Stablampe in der Hand, durchwühlte er wie wild seinen Koffer und warf ein Medikament nach dem anderen ins Gebüsch.

Achtunddreißig Minuten.

Ruhig bleiben!, befahl er sich innerlich. *Ganz ruhig.* Er starrte das Fläschchen an, das er gerade im Begriff war, wegzuwerfen, und hielt den Atem an.

Ketamin, 100 mg/cc.

Ketamin – ein naher Verwandter von PCP und Distickstoffoxid, wurde vor Operationen benutzt, um eine dissoziative Anästhesie herbeizuführen – einen hilflosen Dämmerzustand. Matt hatte das Präparat eingepackt für den Fall, dass bei Lewis eine kleinere Operation notwendig werden würde. Soweit er sich erinnerte, entfaltete das Medikament, wenn man es intramuskulär verabreichte, sehr schnell seine Wirkung. Die normale Dosis betrug 100 mg, aber Larry war natürlich kein gewöhnlicher Fall. Das Fläschchen enthielt 10 cc – eine Gesamtmenge von 1000 mg. Reichten tausend, um eine solche Bestie kampfunfähig zu machen, oder würde die Menge noch Schlimmeres bewirken? Es gab nur eine Möglichkeit, das herauszufinden. Matt fischte eine 10 cc-Spritze aus dem Koffer, drehte eine große, fünf Zentimeter lange Nadel auf das Ende und zog den gesamten Inhalt der

Flasche auf. Wenn das Medikament überhaupt wirken sollte, musste er es in einen Muskel injizieren, nicht in Fettgewebe, wo nur eine minimale Blutzirkulation stattfand und die Absorption zu langsam vonstatten ging. Larry war wie ein Planet, der zu neunzig Prozent von Fett umhüllt war. Matt wählte die Hinterhauptmuskulatur an der Schädelbasis aus und spielte gedanklich durch, wie er die Nadel hineinstoßen und den Kolben hinunterdrücken konnte, ohne getötet zu werden. Er sah noch einmal auf die Uhr. Noch vierunddreißig Minuten, bis Grimes und Verne zurückkehrten. Jetzt kam es darauf an, Larry aus dem Haus zu locken, ohne dass er Verdacht schöpfte und mit gezogener Waffe erschien.

Feuer!

Verne hatte seine Kippe achtlos weggeworfen, als die Hirschkuh an ihm vorbeigesprungen war. Sobald er Qualm roch, würde Larry garantiert sofort an den Mann denken, den er eben einen Vollidioten genannt hatte. Das war Matts Chance. Er nahm ein Streichholzheftchen aus dem Koffer, außerdem eine von den beiden Leuchtraketen, die er immer bei sich hatte, und eine Schachtel mit Kompressen zum Anzünden. Dann ging er wieder unter die Bäume gegenüber der Hütte. Vorsichtig, mit quälender Langsamkeit, schleppte er mehrere Armvoll Reisig zur Hütte und stapelte sie neben der Veranda. Einmal riskierte er einen Blick durchs Fenster. Larry, eine Pistole im Halfter unter dem massigen linken Arm, hatte es sich auf einem Stuhl am Fußende des Betts bequem gemacht. Nikki lag auf dem Rücken. Sie schlief tief und fest.

Ein Blick auf die Uhr sagte Matt, dass ihm noch neunzehn Minuten blieben.

Er wählte den Dodge als Sichtschutz. Mit ein bisschen Glück würde Larry ihm den Rücken zuwenden, wenn er zustieß. Wenn nicht, war er wahrscheinlich tot, bevor er auch nur einen einzigen Tropfen Ketamin injizieren konnte. Er kniete sich neben den Haufen Reisig und schob die in Papier gewickelten Kompressen hinein. Dann zündete er das Papier an mehreren Enden an und sorgte dafür, dass es richtig brannte. Und für alle Fälle legte er noch die ungezündete Leuchtrakete dazu. Sie jetzt zu zünden würde zu viel Lärm machen.

Geduckt, die Spritze in der rechten Hand, rannte Matt auf die Rückseite des Dodge, legte sich flach auf den Boden und beobachtete unter dem Wagen hindurch, wie der Laubhaufen – viel zu langsam – zu brennen begann.

Komm schon, brenn endlich, Herrgott noch mal! Brenn!

Ein Zweig fing Feuer, dann der nächste. Er hätte das Risiko eingehen sollen, das Reisig zusammenzupressen, auch wenn er damit zu hören gewesen wäre, oder vielleicht sogar die Leuchtrakete zu zünden. Die Zweige brauchten entschieden zu lange, um Feuer zu fangen.

Noch vierzehn Minuten.

Er hoffte, der Qualm und das Knacken des Feuers würden ausreichen, Larry nach draußen zu locken. Wenn das schief ging, würde er es mit Plan B versuchen, irgendein undefinierbares Geräusch machen und beten. Es war ein Plan mit wenig Erfolgsaussichten und einem möglicherweise tödlichen Ausgang, aber die Zeit lief ihm davon. Matt war drauf und dran, irgendwie Lärm zu veranstalten, als ihm plötzlich Rauch in die Nase stieg. Er riskierte einen Blick über die Motorhaube des Wagens und stellte fest, dass Flammen aus dem Reisighaufen schlugen.

»Was zum Teufel ...?«

Mit schweren Schritten stampfte Larry über die Veranda, die Stufe hinunter und begann, das Feuer mit der Schuhspitze auszutreten.

»Verne, dieser Idiot«, hörte Matt ihn sagen.

Die Spritze in der Hand wie einen Dolch, den Daumen auf dem Kolben, drückte Matt sich an einer Wurzel ab und sprang auf. Im selben Augenblick explodierte die Leuchtrakete mit einem Lichtblitz und setzte so große Hitze frei, dass Larry ein paar Schritte rückwärts stolperte und einen Arm hochriss, um seine Augen zu schützen. Er war gut fünf Zentimeter größer als Matt, aber dieser hatte den Überraschungseffekt auf seiner Seite. Er stürzte sich von hinten auf Larry, umklammerte mit dem linken Arm seinen Hals, rammte ihm die Nadel bis zum Anschlag in den Schädel und drückte den Kolben hinunter. Larry, der durch die Wucht von Matts Aufprall lediglich einen Schritt nach vorne stolperte, schrie auf und fuhr mit der Kraft einer Dampfmaschine herum. Bevor Matt die gesamte Menge Ketamin injizieren konnte, flog er mitsamt der Spritze durch die Luft.

Die Augen vor Wut und Verblüffung weit aufgerissen, griff Larry an. Matt rollte sich weg und versuchte auszuweichen, konnte aber nicht verhindern, dass er einen Tritt in den Bauch abbekam. Der Hüne setzte nach, als Matt einen unbeholfenen Purzelbaum machte, um auf die Füße zu kommen. Larry schlug nach ihm, verfehlte ihn aber knapp. Während er nach seiner Waffe nestelte, rannte Matt Haken schlagend den Weg entlang, um keine Zielscheibe abzugeben. Er hörte einen Schuss, dann noch einen, aber die Schüsse erschienen ihm merkwürdig weit weg. Matt lief weiter in den Schutz der Dunkelheit, er wollte sich aber auch nicht zu weit von der Hütte entfernen. Er warf einen Blick zurück. Larry hatte seine Verfolgung aufgegeben, blieb in einiger Entfernung stehen und brüllte etwas Unverständliches hinter Matt her.

Die Stoppuhr zeigte fünfunddreißig Minuten an. Blieben noch etwa fünf Minuten, bis Grimes vermutlich auftauchen würde.

Die Harley stand nur ein paar Meter weit weg. Falls Larry die Verfolgung wieder aufnahm, würde es ihm nicht gelingen, das Motorrad rechtzeitig freizuräumen und zu starten. Aber er musste es wenigstens versuchen. Er hatte die Sache gründlich vermasselt. Es gab kaum noch eine Chance, an diesem Goliath vorbei zu Nikki zu gelangen. Wahrscheinlich blieb ihm nichts anderes übrig, als in die Stadt zu rasen und Hilfe zu holen. Aber bis er zurückkehrte – wenn er es überhaupt schaffte –, wäre Nikki längst weg und Grimes, Larry und Cowboy Verne würden ihn bei der nächsten Gelegenheit umlegen.

Was für ein Riesenschlamassel!

Matt betätigte den Anlasser, sprang auf die Maschine und brach durch das Gebüsch auf den Weg; er musste jeden Augenblick damit rechnen, angeschossen zu werden. Aber Larry stand einfach nur reglos da. Wie ein Fesselballon zeichnete sich seine massige Gestalt vor der erleuchteten Hütte ab. Matt hielt an und beobachtete, wie der Koloss hin und her wankte, einknickte, schließlich die Arme in die Luft warf und zusammenbrach. Vorsichtig, um nicht in eine Falle zu geraten, fuhr Matt auf den am Boden liegenden Larry zu. Der Wal war gestrandet, sein Kopf rollte kraftlos von einer Seite zur anderen. Der Revolver lag nur einen Meter weit weg. Ohne Larry aus den Augen zu lassen, hob Matt die Waffe auf und warf sie in den Motorradkoffer.

»Träum schön«, sagte er, wohl wissend, dass das Erwachen aus dem Ketamin-Schlaf häufig von Angstträumen begleitet wurde. *Träum schön.*

Er ließ die Kupplung kommen und raste zur Hütte. Das Reisig brannte noch und die Veranda hatte bereits an einer Ecke Feuer gefangen. Als Matt ins Haus rannte, zeigte seine Stoppuhr vierundvierzig Minuten an.

»Hallo, Sie, Zeit, aufzuwachen«, sagte er, nahm Nikkis Hand und tätschelte ihre Wangen.

Nikki blinzelte ihn verschlafen an und musste tatsächlich lächeln, bevor ihr wieder einfiel, wo sie eigentlich war.

»Matt, es ist Grimes, der –«

»Ich weiß. Hören Sie, wir müssen hier raus. Grimes wird jeden Moment zurückkommen. Können Sie gehen?«

»Ich fühle mich wacklig und ich habe Kopfschmerzen, aber ich denke, dass ich gehen kann.«

»Dann beeilen Sie sich. Ich helfe Ihnen. Mein Motorrad steht draußen.«

»Motorrad?«

»Motorrad. Bitte.«

Er half ihr auf die Beine und sie stützte sich auf seinen Arm.

»Sie setzen sich vor mich, bis ich sicher bin, dass Sie nicht runterfallen«, sagte er. »Stellen Sie die Füße dorthin, ein bisschen vom Motor weg, sonst verbrennen Sie sich. Halten Sie sich an meinen Armen oder am Lenker fest. Fertig?«

»Fertig. Wie haben Sie –«

»Ich erkläre Ihnen alles, wenn wir hier raus sind.«

Ohne den Scheinwerfer einzuschalten, gab er Gas. Er verlangsamte kurz, als sie an Larry vorbeikamen.

»Ist er tot?«, fragte Nikki.

»Ich glaube nicht. Er ist gerade auf einem Ketamin-Trip.«

»Matt!«

»Da sind sie.«

Vor ihnen beschrieb der Weg eine scharfe Rechtskurve. Durch die Bäume konnten sie auf und ab federnde Scheinwerfer sehen, die sich näherten. Kurz bevor sie von den Lichtern des Wagens erfasst wurden, schaltete Matt den Scheinwerfer am Motorrad ein und gab Gas. Ehe der verblüffte Verne reagieren konnte, war das Motorrad schon vorbeigerast. An Grimes' Gesicht hatte Matt ablesen können, dass dieser ihn erkannte. Im Rückspiegel bemerkte er, dass der Land Rover schnell wendete.

»Festhalten, Nikki«, sagte er. »Das wird jetzt keine Spazierfahrt.«

21

Zuversichtlich raste Matt den Feldweg entlang. Auf dieser Piste war der Land Rover seiner Harley zwar überlegen, aber am Ende des Wegs konnte er rechts abbiegen auf einen schmalen Pfad durch den Wald. Die Maschine war nicht für Geländefahrten geeignet, aber soweit er sich erinnern konnte, war der Pfad zu holperig und eng für jede Art von Auto, selbst für einen geländegängigen Land Rover.

»Ducken Sie sich hinter die Windschutzscheibe, dann kriegen Sie keine Zweige in die Augen«, rief er Nikki zu.

Durch die Neigung der Windschutzscheibe wurden Luft und Insekten normalerweise über die Köpfe von Fahrer und Beifahrer hinweggelenkt. So wie Nikki allerdings vor Matt kauerte, war ihr Gesicht direkt dem Fahrtwind ausgesetzt. Auf seine Worte hin beugte sie sich noch tiefer hinter die Scheibe. Sie war die perfekte Beifahrerin, legte sich geschickt in die Kurven und achtete darauf, ihre Füße und Knöchel von dem heißen Auspuff fern zu halten.

Als sie sich dem Ende des Weges näherten, riskierte Matt einen Blick über die Schulter. Verne und Grimes waren immer noch ein ganzes Stück hinter ihnen, aber anscheinend hatten sie den Abstand verringert.

»Gut festhalten!«, schrie er, als das Ende plötzlich zu sehen war.

Er schaltete herunter und schaffte es mit Ach und

Krach, den rechtwinkligen Abzweig zu meistern, ohne dass die Maschine unter ihnen ausbrach. Als Jugendlicher war er ein bisschen Motocross gefahren, aber seine Klassenkameraden, denen er in Geometrie und Englisch voraus war, besiegten ihn regelmäßig auf der Piste. Nun würden seine Fähigkeiten, die er sich damals angeeignet hatte, auf den Prüfstand gestellt werden. Sie saßen auf einer dreihundert Kilo schweren Maschine und jagten auf den Wald zu. Er gab noch ein bisschen mehr Gas und mit aufheulendem Motor schossen sie vorwärts. Einige Augenblicke später entdeckte er zwischen den Bäumen die Lichter des Land Rover, der ihnen offensichtlich auf die Straße gefolgt war. Nach etwa einem Kilometer wurde der Asphalt von Schotter abgelöst, kurz darauf befanden sie sich auf einer holprigen Sandpiste. Die Maschine reagierte schwerfälliger auf die Schlaglöcher als ein Geländemotorrad und Matt musste die Geschwindigkeit drosseln, um nicht abgeworfen zu werden.

»Alles okay?«, schrie er.

Nikki nickte und duckte sich noch tiefer hinunter. Sie fror in ihrem dünnen Krankenhaushemd. Zwar klammerte sie sich an seine Unterarme, aber er bezweifelte, dass sie genug Kraft hätte, sich auf dem Sozius festzuhalten.

Grimes, du Schwein, dachte Matt und hielt Nikki zwischen seinen Armen fest. *Dafür wirst du bezahlen, und wenn es das Letzte ist, was ich tue.*

Er blickte angestrengt bis an die Grenze seines Scheinwerferlichts nach vorn, jeden Moment musste der schmale Weg kommen. Er hatte das Gefühl, dass sie eigentlich schon zu weit gefahren waren. Anstatt sich zu verengen, schien die Piste breiter und auch ebener zu werden. In diesem Augenblick erfasste sein Scheinwerfer eine weiße

Reklametafel mit Bildern von glücklichen Bootsbesitzern, Anglern, Schwimmern, Tennisspielern, Golfern und Familien beim Grillen.

HIER ENTSTEHT
DIE NEUE SIEDLUNG
SHADY LAKE MANOR ESTATES
WASHAW, WEST VIRGINIA
WOHNEN IN DEN EASTERN MOUNTAINS
ERSCHLIEß UNG DER BAUGRUNDSTÜCKE IN KÜRZE
RESERVIEREN SIE JETZT

Eine neue Siedlung! Von wegen schmaler Waldweg. Sie waren gerade durch den Wald gefahren, wo Matt gehofft hatte, Grimes und seinen Handlanger abhängen zu können. Tatsächlich hatten sie das Stadtgebiet von Belinda bereits verlassen und befanden sich auf dem Gebiet der Nachbarstadt. Jetzt hatten sie wirklich ein Problem.

Die Baugrundstücke der Shady Lake Manor Estates mochten in Kürze erschlossen werden, bis jedoch die Erdarbeiten und die Bautätigkeiten anfingen, würde es noch eine ganze Weile dauern. Das Land war schon gerodet, aber bisher gab es hier nichts als ein Labyrinth aus Baustraßen und Spurrillen von Baufahrzeugen. Es gab keinerlei Beleuchtung und schwere Maschinen waren auch kaum zu entdecken. Matt fragte sich, ob das Projekt vielleicht schon gescheitert war. Er hoffte es zumindest. Seiner Meinung nach verschandelten solche »Siedlungen« die Landschaft ebenso wie der Tagebau.

Wenn es auch wenig Bauarbeiten in der ganzen Siedlung gab, wimmelte es dafür aber an allen Ecken von Schildern. Verkehrszeichen, Pfeile, Werbetafeln, Schilder mit den Grundstücksnummern; auf einem Schild an einem breiten, flachen Fundamentloch stand: Clubhaus; auf dem nächsten: Schwimmbad.

Also, Mr und Mrs Jones, diese Nummer 281, die da hinten im Schlamm steckt, mag ja bisher noch nicht viel hermachen, aber ...

Verne würde sie jeden Moment einholen – daran bestand kein Zweifel. Weniger als fünfzig Meter trennten sie noch voneinander. Überall hier auf dem Gelände war der Land Rover im Vorteil. Die Situation schien wirklich völlig aussichtslos und Matt malte sich bereits aus, wie Grimes sich bei ihrem Anblick halb totlachte.

Verzweifelt sah Matt sich nach einer Möglichkeit um, den Abstand zu ihren Verfolgern zu vergrößern. Der Land Rover war ihnen zu dicht auf den Fersen, als dass sie noch ein Versteck hätten suchen können. Die einzige Hoffnung bestand darin, auf die andere Seite des Geländes zu gelangen, indem er scharfe, unvorhersehbare Kurven fuhr und mit viel Glück einen engen Pfad oder einen Zugang in den Wald fand. Bei dem Versuch, einige Grundstücke zu überqueren, jagte Matt über einen Erdhügel, wobei das Motorrad einen Satz machte und so hart aufsetzte, dass Nikki aufschrie und mit dem Kopf gegen die Windschutzscheibe prallte. Hinter ihnen schwebte Verne geradezu über denselben Hügel.

Er gelangte wieder auf eine der Baustraßen und raste auf ein leicht hügeliges Stück Land, auf dem nur vereinzelte Bäume standen – wahrscheinlich der zukünftige Golfplatz. Die Maschine schlug jetzt ziemlich heftig auf. Matt gab sich Mühe, größeren Schlaglöchern und Hubbeln auszuweichen, aber bei dem Tempo war es schwer, sie rechtzeitig zu sehen. Dann plötzlich traf der Lichtkegel seines Scheinwerfers nur in dunkle Leere. Ehe er die

Situation richtig erfassen konnte, flogen sie schon wieder durch die Luft und segelten über einen Abhang, der die zukünftige Siedlung begrenzte.

»Gerade sitzen und festhalten!«, schrie er.

Im nächsten Augenblick landete das Motorrad erstaunlich sanft auf einer steilen Uferböschung, die vielleicht acht Meter hinunterführte. Am Ende des Abhangs konnte Matt Wasser erkennen. Was von dem See übrig war, konnte zwanzig Zentimeter oder auch zwei Meter tief sein – bei der Dunkelheit unmöglich abzuschätzen. Er bekam seine Geschwindigkeit nicht unter Kontrolle und schlitterte auf die glatte Oberfläche zu, aber er war lang genug Motorrad gefahren, die unterschiedlichsten Maschinen. Matt richtete sich auf, streckte die Beine aus und betätigte mit viel Gefühl die Bremsen. Endlich gelang es ihm, die Harley scharf nach rechts auf den steinigen Uferrand zu ziehen, einen halben Meter vom Wasser weg.

Gut gemacht, dachte er.

Er schaltete den Scheinwerfer aus und hielt an. Nikki seufzte laut, streckte sich und ließ sich wieder zurücksinken. Hastig zog er seine Jacke aus und half ihr, sie anzuziehen.

»Ich wusste, dass es furchtbar werden würde.«

»Wie bitte?«

»Das ist das erste Mal, dass ich auf einem Motorrad sitze. Jetzt weiß ich, warum ich bisher immer dankend abgelehnt habe.«

»Aber das ist nicht –«

»Rutledge!«

Hoch über ihren Köpfen war Verne vor dem Abhang zum Stehen gekommen. Die Doppelscheinwerfer des Land Rover strahlten ins Nichts. Gegen den erhellten Nachthimmel konnte Matt Grimes' Silhouette ausmachen, wie er, die Hände in die Seiten gestemmt, auf dem Rand der Böschung stand.

»Was gibt's?«, schrie Matt und versuchte, mit Hilfe des Scheinwerferlichts die Tiefe des fast leeren Sees einzuschätzen. Die Seiten waren zu steil, um hinauffahren zu können, aber er hatte das Gefühl, nur einen kleinen Teil des Sees überblicken zu können. Überall am Ufer bis ins Wasser hinein lagen faustgroße Steine. Wenn das Wasser nicht zu tief war und wenn der Grund des Sees mit diesen Steinen bedeckt war, konnte er vielleicht sogar hindurchfahren. *Wenn.* Und hindurchfahren wohin?

»Es gibt keinen Weg da raus außer zu Fuß, Matt. Kommen Sie rauf und lassen Sie uns reden.«

»Hört sich gut an. Sie sind schon immer ein aufrechter, vertrauenswürdiger Kerl gewesen. Machen Sie nur das Licht aus, dann kommen wir rauf.«

»Rutledge, Verne hat ein Gewehr und er ist ein verdammt guter Schütze. Kommen Sie hier rauf und ich sorge dafür, dass Ihnen nichts passiert.«

»Wie wollen Sie das denn anstellen?«, fragte Matt, um Zeit zu schinden. »Nikki«, flüsterte er, »können Sie noch ein bisschen durchhalten?«

»Sie haben mich zwar ein klein wenig durchgeschüttelt, aber immerhin sind meine Kopfschmerzen weg. Wo sind wir?«

Matt freute sich, dass sie schon wieder frotzeln konnte und ihre Stimme wieder kräftiger klang.

»Wir sind hier in Disneyland, ein oder zwei Jahre, bevor Micky Maus eintrifft«, erwiderte er. »Hören Sie, wenn Sie fit genug sind, dann versuche ich, um den See herumzufahren, bis die Böschung vielleicht irgendwo weniger steil ist und wir einen Weg hier raus finden. Können Sie sich noch festhalten?«

»Wäre es nicht einfacher, wenn ich hinten sitzen würde?«

»Nicht, wenn Sie runterfallen.«

»Ich schaff das schon.«

»Halten Sie Ihre Füße immer auf den Stützen. Wenn Sie mit Ihren nackten Füßchen an den Auspuff kommen, brauchen Sie anschließend kleinere Schuhe.«

»Rutledge, das ist Ihre letzte Chance!«

»Okay, okay, wir kommen ja schon«, rief Matt. »Nikki, alles klar?«

»Soll ich mich irgendwo festhalten?«

»An diesen Stangen neben dem Sitz, oder an mir.«

Sie schlang die Arme fest um seine Taille und drückte eine Wange an seinen Rücken.

»Fahren Sie los«, sagte sie.

Matt kniff die Augen zusammen, um möglichst weit zu sehen, wo er am Wasser entlangfahren konnte, ohne den Scheinwerfer einschalten zu müssen. Dann hob er einen Stein auf und warf ihn so weit er konnte in den See. Nach einem Platscher hörte er das deutliche Geräusch von einem Stein, der auf einen anderen trifft. Zumindest bis dahin war das Wasser sehr flach.

»Rutledge!«

Matt legte den ersten Gang ein und gab Gas. Falls aus einem Gewehr geschossen worden war, hatte Matt es nicht gehört. Das Motorrad raste über die Steine. Über die Schulter sah er, dass der Rover zurückgesetzt hatte und parallel zu ihnen an der Böschung entlangfuhr. Sie hatten jedoch einen kleinen Vorsprung. Die Dunkelheit ließ keine hohe Geschwindigkeit zu und schließlich erlag Matt der Versuchung, den Scheinwerfer für einen kurzen Moment einzuschalten. Der See, der gar nicht so riesig war, wie Matt angenommen hatte, bildete ein Oval, vielleicht achthundert Meter lang und vierhundert breit. Möglicherweise standen ja oben auf der Böschung Bäume, die Grimes und Verne aufhielten oder sie zwangen, einen Umweg zu fahren. Aber im Moment hatten sie kein Problem damit, da oben entlang zu fahren und ihnen auf den Fersen zu bleiben. Das Motorengeräusch hallte vom Wasser und der steilen Böschung so laut wider, dass es unmöglich war, zu hören, ob ihre Verfolger schossen oder nicht.

In diesem Augenblick entdeckte Matt die Öffnung in einiger Entfernung vor ihnen. Es war eine riesige Röhre aus massivem Stahl, die aus der Uferböschung ragte. Die Öffnung hatte einen Durchmesser von knapp zwei Metern und die Unterkante befand sich einen Meter oberhalb der Steine, auf denen sie fuhren. Seiner Lage nach zu urteilen, musste das Rohr dazu gedient haben, den See zu leeren. Es schien genügend Böschung da zu sein, auf der er mit dem Motorrad bis auf die Kante hoch und in die Röhre hineinfahren konnte – vorausgesetzt, er kam direkt von vorne, vom Wasser her. Wenn der See in der Mitte tiefer war als dreißig Zentimeter, würden sie ihn nicht auf der Harley durchqueren können. Matt überlegte kurz, eine Schleife durch den See und dann geradeaus in die Röhre zu fahren, aber dabei wären Grimes und Verne direkt über ihnen. Den See von der gegenüberliegenden Seite her zu durchqueren erschien ihm sinnvoller – wenn sie es schafften.

Er schaltete den Scheinwerfer der Harley ein, kontrollierte den Kilometerstand, als sie an dem Rohr vorbeikamen, und beschleunigte wieder. Das Motorrad auf den losen Steinen bei fünfzig Stundenkilometern zu halten war eine echte Herausforderung, aber er erhöhte auf sechzig. Über ihnen hielt der Rover mit ihnen Schritt.

Nikki war weiterhin die perfekte Beifahrerin, hielt sich gut fest, blieb aber entspannt genug, um nicht Matts heikle Balanceversuche zu beeinflussen. Die Frau war wirklich zäh.

Zu ihrer Rechten blieb die Böschung steil und hoch. Der Hoffnungsschimmer, am Ende des Sees befände sich eine weniger steile Böschung, schien sich als immer trügerischer zu erweisen. Im Gegenteil, sie wurde steiler. Als sie das spitze Ende des Sees erreichten und auf der anderen Seite weiterrasten, beobachtete Matt den Kilometerzähler, bis sie sich an dem Punkt befanden, der dem Tunnel direkt gegenüberliegen musste. Er schaltete das Licht aus und nahm eine scharfe Linkskurve ins Wasser. Falls Nikki darüber erschrocken war, ließ sie es sich nicht anmerken. Matt pflügte geradeaus durch den See. Das Wasser, das wahrscheinlich von kürzlichen Regenfällen stammte, war vielleicht zwanzig Zentimeter tief und der Untergrund von Steinen übersät. Falls der See zur Mitte hin tiefer war, konnten sie unmöglich ans andere Ufer gelangen. Wenn sie stecken blieben und den Motor nicht mehr anlassen könnten, würden sie das Motorrad stehen lassen müssen und versuchen, die Röhre zu Fuß zu erreichen.

»Komm schon, Baby«, raunte er. »Du schaffst das.«

Im Rückspiegel konnte er die Scheinwerfer des Rover sehen, die direkt über den See leuchteten. *Na, wo sind sie denn?*, dachte er und musste lächeln.

Komm schon, kleine Harley!

Sie hatten den See bereits mindestens zur Hälfte durchquert und noch immer war die Tiefe unverändert. Wenn er so langsam fuhr, dass kein Wasser ins elektrische System spritzte und dabei die Maschine nicht umkippte oder ausbrach, würden sie es auf die andere Seite schaffen. Sie waren an der richtigen Stelle ins Wasser hineingefahren und jetzt konnte er nur hoffen, dass er bei der Durchquerung eine gerade Linie eingehalten hatte. Hinter ihnen fuhr der Land Rover um den See herum und auf die Stelle zu, von wo sie gestartet waren. Wenn Matt Glück hatte, wussten weder Grimes noch Verne etwas von dem Tunnel. Dann würde er mit Nikki und der Harley einfach verschwinden wie in einer David-Copperfield-Show.

Er wartete so lange wie möglich, bevor er den Scheinwerfer einschaltete. Sie waren nur noch knapp fünfzig Meter vom Ufer entfernt und der Tunnel befand sich vielleicht sechs, sieben Meter rechts vor ihm.

»Gut festhalten!«, schrie er über die Schulter.

Ihre Arme umschlangen ihn noch etwas fester. Er schlug nach rechts ein, um gerade auf die Öffnung der Röhre zufahren zu können, dann gab er Vollgas. Mit aufheulendem Motor schoss die Harley aus dem Wasser, die niedrige Uferböschung hinauf und in die Röhre hinein. Die Stahldecke flog weniger als einen halben Meter über ihnen vorbei. Die Maschine schlitterte und holperte über den Boden. Vor ihnen war alles dunkel. Zehn Meter, zwanzig, fünfzig. Matt nahm das Gas weg. Das Ende der Röhre war direkt vor ihnen. Er schaltete den Scheinwerfer aus und ließ die Maschine in ein trockenes Flussbett ausrollen, das sanft nach unten hin abfiel. Schließlich hielt er an und blickte sich um. Die Stahlröhre war in Beton gegossen, am Ende befand sich eine massive Metalltür, die zum Glück offen stand. Der See schien ein Wunderwerk der Ingenieurskunst zu sein – ein Wasserreservoir für Swimmingpools und den Golfplatz. Unklar war, wo das Wasser, mit dem der See gefüllt würde, herkommen sollte. Vielleicht war der Bau der ganzen Siedlung deswegen zum Stillstand gekommen, dachte Matt amüsiert und musste grinsen.

Mit abgeschaltetem Licht folgten sie vorsichtig dem Flussbett durch die hügelige Landschaft, in der eines Tages der Golfplatz entstehen würde. Hinter ihnen, in Richtung des Sees, lag alles im Dunkeln.

»Und wie geht's jetzt weiter?«, fragte Nikki leise, die Wange immer noch an Matts Rücken gedrückt.

»Also, ich glaube, wir schaffen es, hier rauszukommen«, erwiderte er und wischte sich mit dem Ärmel den Schweiß von der Stirn. »Die Frage ist bloß: Wohin?«

»Nach Boston«, sagte sie bestimmt. »Bringen Sie uns nach Boston.«

22

Den Rückspiegel im Blick, fuhr Matt das fast ausgetrocknete Flussbett entlang bis in den Wald, wo es sich mit einem fließenden Bach verband. Etwa anderthalb Kilometer folgte er dem Bachlauf, bis Verkehrsgeräusche zu hören waren. Die zweispurige Straße war Matt nicht sonderlich gut bekannt und sie steuerten prompt ein paar Minuten in Richtung Süden, bis ihm sein Irrtum auffiel und er wendete. Obwohl sie Matts Jacke trug, fror Nikki inzwischen so heftig, dass sie mit den Zähnen klapperte. Er bot ihr seine Socken an, um ihre Füße zu wärmen, aber sie bestand darauf, weiterzufahren, bis sie außer Gefahr waren.

Sie war völlig erschöpft, hielt sich jedoch tapfer während der nächsten dreißig Kilometer fest, bis Matt das Gefühl hatte, dass sie es wagen konnten, anzuhalten. In einem Supermarkt kauften sie ein paar Toilettenartikel, Kleidungsstücke und Turnschuhe für Nikki; an der Tankstelle nebenan tankten sie voll und erstanden eine Straßenkarte. Auf einer Nebenstraße, die parallel zum Highway verlief, fuhren sie dann Richtung Norden.

Ein paar Kilometer hinter dem Supermarkt entdeckten sie ein Restaurant, das mitten im Niemandsland zu stehen schien. Nikki hatte sich in dem Laden Jeans und ein kariertes Flanellhemd angezogen und ein rotes Halstuch umgebunden. Ihre Lippen waren trocken und aufgesprungen und ihr Gesicht war zerkratzt. Um die Augen hatte sie dunkle Ringe. Dennoch entdeckte Matt unter all dem eine Schönheit und Intelligenz, die ihn in ihren Bann schlugen. Die wenigen Male, die er im vergangenen Jahr mit einer Frau zusammen gewesen war, war er derart desinteressiert und gedankenverloren gewesen, dass es ihm selbst peinlich war und er sich manchmal sogar entschuldigt hatte. Jetzt hatte er einen Kloß im Hals und wollte mehr über Nikki Solari erfahren, was sowohl bedrohlich und verwirrend als auch angenehm aufregend war. Seine Erinnerungen an Ginny waren nicht weniger lebendig als sonst auch. Aber während der letzten zwei Tage hatte sich etwas in ihm verändert.

Liegt es daran, dass mittlerweile genügend Zeit vergangen ist?, fragte er sich. *Oder liegt es an dieser Frau?*

»Alles in Ordnung?«, fragte er.

»Ich bin noch nicht ganz reif für einen Nachruf, wenn es das ist, was Sie meinen, aber ich glaube, ich gebe eine ganz gute Comicfigur ab. Das alles ist so unwirklich. Matt, wir müssen zur Polizei gehen ... oder zum FBI. Fällt Entführung nicht in deren Zuständigkeitsbereich?«

»Doch, das stimmt«, erwiderte er. »Ich habe bloß keine Ahnung, was passiert, wenn wir einen Polizeichef anzeigen, auch wenn wir Ärzte sind und dieselbe Geschichte erzählen. Und selbst wenn er uns heute Nacht nicht erwischt hat – Grimes ist alles andere als ein Trottel. Er ist ein Killer und noch dazu steht ihm jetzt das Wasser bis zum Hals. Der würde garantiert eine Gegenanzeige machen und behaupten, ich hätte Sie entführt und mit Hilfe von Drogen einer Gehirnwäsche unterzogen oder sonst was. Es sind schon verrücktere Sachen passiert.«

»Was können wir denn noch tun?«

»Keine Ahnung. Im Moment möchte ich in erster Linie gegen die Bergwerksgesellschaft vorgehen, und zwar bevor die dazu kommen, ihren Giftmüll wegzuschaffen. Nachdem sie uns beide jetzt los sind, wird das sicherlich ihr nächstes Ziel sein. Aber wenn wir uns in juristische Auseinandersetzungen mit der Polizei verzetteln, fürchte ich, dass wir am Ende die Verlierer sein werden. Außerdem wird sich Grimes wieder an unsere Fersen heften, sobald wir uns blicken lassen.«

»Verstehe. Was schlagen Sie also vor?«

»Ich weiß nicht. Wir müssen uns mit Verwandten oder Freunden ... oder mit einem Anwalt kurzschließen. Jemandem erzählen, was passiert ist. Irgendeine Strategie entwickeln. Dann vielleicht zur Polizei gehen. Ich möchte, was die Bergwerksgesellschaft angeht, zu einer Entscheidung kommen, bevor wir irgendetwas anderes unternehmen.«

»Also gut. Ich bin zwar nicht unbedingt einverstanden, aber Sie haben mir das Leben gerettet. Dann machen wir es so, wie Sie vorgeschlagen haben. Wir können bei meinem Chef anfangen.«

»Großartig, und dann gehen wir vielleicht noch zu meinem Onkel, Hal Sawyer, der ist Pathologe. Irgendwie werden wir schon den Weg zur Polizei finden. Ich verspreche es.«

Nikki bestellte schwarzen Kaffee und irgendetwas Heißes und Fettiges. Matt entschied sich für *Chili Con Carne.* Nachdem die Kellnerin sich entfernt hatte, berichtete Nikki über die merkwürdigen Umstände von Kathy Wilsons Krankheit und Tod.

»Ihr Gesundheitszustand war alles, was Grimes interessiert hat«, sagte sie. »Er hat nicht mit einem Wort erklärt, warum. Dauernd hat er gefragt: ›Wer weiß noch davon? Wer weiß noch davon?‹«

Matt staunte über die Beschreibung von Kathys Knoten und ihrer geistigen Verwirrung. Nikki hätte ebenso gut von Darryl Teague oder Terry Rideout sprechen können. Aber es gab ein Problem. Kathy Wilson hatte nie bei oder in der Nähe von BC&C gearbeitet und war vor fast neun Jahren von zu Hause weggegangen, um Musikerin zu werden.

»Sind Sie sicher, dass sie nicht wieder nach Belinda zurückgekehrt ist, nachdem sie weggezogen war?«

»Vielleicht bevor wir uns kennen gelernt haben oder vielleicht hin und wieder für ein, zwei Tage, wenn sie mit der Band auf Tournee war.«

»Aber nicht für einen längeren Zeitraum?«

»Ich glaube nicht.«

»Und was haben Sie Grimes an der Kirche erzählt?«

»Ich kann mich leider an keinerlei Einzelheiten unseres Gesprächs erinnern.«

»Das ist verständlich. Bei der Gehirnerschütterung, die Sie erlitten haben, kann es Wochen oder Monate dauern, bis Sie sich wieder an die Dinge aus der jüngsten Vergangenheit erinnern – manchmal geht es gar nicht mehr.«

»Da oben in dieser ... dieser Hütte ist er immer nur auf ein und derselben Frage herumgeritten, nämlich wer außer mir noch von Kathys Gesundheitszustand gewusst hat. Vor allem, was ich Ihnen gesagt habe, wollte er unbedingt wissen.«

»Das kann ich mir vorstellen.«

Matt erzählte Nikki alles, was er wusste, und berichtete dann von seinem verunglückten Ausflug mit Lewis in das Bergwerk und der anschließenden Behandlung der kollabierten Lunge. Als er geendet hatte, schüttelte Nikki nur den Kopf.

»Das klingt nicht nach irgendeinem toxischen Syndrom, das mir bekannt wäre«, sagte sie. »Aber ich will nicht ausschließen, dass es möglich ist.«

»Was könnte es denn sonst sein? Drei Leute mit einem solch bizarren Syndrom aus derselben Stadt mit einer nahe gelegenen Giftmülldeponie, durch die ein Bach fließt.«

»Vielleicht haben Sie ja Recht«, sagte Nikki nachdenklich, »vielleicht ist das Grundwasser verseucht durch die Abfälle und vielleicht war Kathy dem irgendwie ausgesetzt. Auf jeden Fall stimmt da irgendetwas nicht. Trotzdem scheint mir Ihre Theorie ziemlich gewagt.«

»Wenn Kathy nie in dem Bergwerk gearbeitet hat, kann nur verseuchtes Grundwasser die Ursache für ihre Krankheit sein.«

»Sagen Sie mal, was hat denn die Obduktion der Gehirne der beiden Bergleute erbracht?«

»Mein Onkel Hal Sawyer ist Gerichtsmediziner und hat die Obduktionen durchgeführt. Er meinte, die Tumore seien keine besonderen Neurofibrome und die Gehirne beider Männer seien normal groß gewesen, daher hat er auf eine mikroskopische Untersuchung verzichtet.«

»Das ist verständlich«, sagte sie, »aber bei einer ganzen Reihe von verheerenden Krankheiten des zentralen Nervensystems erscheint das Gehirn relativ normal bei oberflächlicher Untersuchung. Vielleicht erfahren wir mehr, wenn wir das Ergebnis von Kathys mikroskopischer Untersuchung kennen.«

»Haben Sie eine vorgenommen?«

»Mein Chef, Josef Keller, hat sie durchgeführt. Ich habe darauf bestanden. Ich finde mich nicht gerne mit offenen Fragen ab, seien sie noch so unbedeutend.«

»Ich bin sehr gespannt zu erfahren, was er herausgefunden hat. Vielleicht kann er sogar eine toxikologische Gewebeuntersuchung anordnen. Ich bin nach wie vor ganz sicher, dass das Bergwerk die Wurzel dieses Übels ist.«

»Ich werde Ihnen nicht widersprechen«, erwiderte Nikki und leerte ihre zweite Tasse Kaffee. »Und wie käme ich dazu, den klinischen Scharfsinn eines Arztes in Frage zu stellen, der das Leben seiner Patienten mit Kondomen rettet?«

Das Starlight Motel in Red Wolf, Pennsylvania, war genau der Ort, den Matt zu finden gehofft hatte. Es war ein Familienbetrieb fernab jeder Hauptstraße. Zimmer 212 befand sich im ersten Stock im hinteren Teil des Gebäudes und gab den Blick auf einen Teich frei. Matt trug das Gepäck und half Nikki die Treppe hinauf. Das Zimmer war nicht besonders gepflegt, außerdem roch es ein wenig nach Qualm. Nikki ging ins Bad und als sie wieder herauskam, trug sie eine leichte Trainingshose und ein T-Shirt mit einem Champion-Logo. Sie stützte sich gegen die Wand, schlug die Decke auf ihrer Seite des Betts zurück und legte sich schwer atmend hin.

»Machen Sie bitte den Mund auf«, sagte Matt. »Ich möchte Ihre Temperatur messen.«

»Ich will nur schlafen.«

»Ich weiß. Es dauert nicht lange.«

Matt schob das Thermometer unter ihre Zunge – gut 38 Grad Fieber. Dann legte er das Stethoskop an und hörte Brustkorb und Rücken ab – ein leichtes Rasseln, das auf eine harmlose Lungenentzündung deutete, nichts, was sofort hätte behandelt werden müssen.

»Legen Sie sich auch ins Bett«, sagte sie mit schwacher Stimme. »Sie haben mir in zwei Tagen zweimal das Leben gerettet. Sie brauchen nicht auf dem Boden zu schlafen.«

»Ich werde versuchen, nicht zu viel um mich zu treten.« Er knipste das Licht aus, aber es drang noch ein schwacher Lichtschein durch die dünnen Vorhänge. Er streckte sich neben ihr auf dem Rücken aus und zog das Laken und die dünne Decke über sie beide. »Wissen Sie«, fuhr er fort, »ich versuche die ganze Zeit, mir vorzustellen, wie Kathy mit dem Giftmüll im Bergwerk in Berührung gekommen sein könnte. Es kann ja sein, dass sie zufällig am falschen Ort war, als gerade mal wieder eine besonders große Menge Gift an die Umwelt abgelassen wurde. Vielleicht waren die beiden andern zur gleichen Zeit am gleichen Ort. Glauben Sie, das wäre möglich? ... Nikki?«

Ihre Augen waren geschlossen, ihr Atem ging ein wenig rasselnd, aber gleichmäßig. Sie hatte so lange und mit so viel Energie durchgehalten, wie sie konnte.

Matt drehte sich auf die Seite. Eine Zeit lang betrachtete er ihr Gesicht im Dämmerlicht und atmete ihren Duft ein.

»Gute Nacht, Kumpel«, flüsterte er schließlich. »Ich verspreche dir, das nächste Mal gehen wir in ein nettes, ruhiges Museum.«

»Jetzt kommt die nächste Wehe.«

»Okay, Kleines, du weißt, was du zu tun hast.«

»Mir geht's gut ... Mir geht's gut, Donny ... Ich krieg das schon hin. Keine Sorge ... Keine Sorge ... ich krieg das hin.«

Ihre Freunde und ihre Familie hatten ihr gesagt, wie schwierig es werden würde. Sherrie Cleary, die seit neun Stunden in den Wehen lag, konzentrierte ihre Gedanken auf all die Schwarzseher und Neinsager und lächelte. Sicherlich, die Wehen schmerzten. Manchmal sogar höllisch. Aber Schmerz war Schmerz, sagte sie sich immer wieder, sonst nichts, und sie hielt das durch. Sie bekam mit sechsundzwanzig ihr erstes Baby, und das würde ganz bestimmt nicht ihr letztes sein. Ihr Mann Don hatte eine kleine Lohnerhöhung in der Autowerkstatt erhalten und dank einer unproblematischen Schwangerschaft hatte sie noch bis vor drei Wochen kellnern können. Sie wohnten zwar immer noch in der Sozialwohnung, aber die Leute von Fannie Mae waren optimistisch, dass sie in Kürze einen Kredit bekommen könnten. Konnte man es ihr verdenken, dass sie mehr Kinder wollte?

Margie Briscoe, die Hebamme, kam in das Geburtszimmer, warf einen Blick auf den Wehenschreiber und trat dann ans Bett.

»Sieht doch wunderbar aus«, sagte sie. »Wie geht's Ihnen, Sherrie?«

»Mit den Wehen komme ich ganz gut klar, zumindest bis jetzt, aber allmählich werde ich ungeduldig.«

»Das ist völlig normal. Lassen Sie mich mal sehen. Entspannen Sie sich und lassen Sie Ihre Knie nach außen fallen ... Perfekt ... Sie sind ganz weich. So gut, wie Sie sich vorbereitet haben, werden wir wohl keinen Dammschnitt machen müssen.«

»Großartig.«

»Nicht mehr sehr lange, meine Liebe. Es geht jetzt bald los.«

»Wunderbar.«

»Sie wollen sie immer noch Donelle nennen?«

»Donelle Elizabeth Cleary. Wenn sie ein Junge geworden wäre, hätte sie Donald Junior geheißen. Meine Großmutter hieß Elizabeth.«

»Ein wunderschöner Name.«

»Und sie wird ein wunderschönes Baby sein. Oh, Donny, da kommt schon die nächste Wehe ... O Gott ... Oh, diese ist schlimmer als die davor ... Nein, warte ... O Gott, viel schlimmer ... Oh!«

Margie legte ihre Hände auf Sherries Bauch und beobachtete, wie der Monitor nichts weiter aufzeichnete als die erwartete Verlangsamung der Herzschläge des Fötus. Eine Minute, zwei, drei. Sherrie stöhnte und keuchte.

»Ich ... weiß ... nicht ... ob ... ich ... kann ... Warte, warte, es wird ein bisschen besser. Es geht weg. O Gott ...«

»Gleich kommt die nächste Wehe«, rief Margie, »es geht jetzt los! Die kleine Donelle ist unterwegs. Don, können Sie mal eben den Kopf zur Tür rausstrecken und Sue sagen, dass es so weit ist? Sherrie, ich werde Sie noch ein bisschen massieren, um dem Baby zu helfen, herauszukommen ... Großartig. Sie haben es geschafft, Sherrie. Sie haben es ganz ohne Medikamente geschafft. Einfach weiter so schnell atmen und bereitmachen zum Pressen. Fertig? Kinderarzt unterwegs, Sue? ... Bestens. Don, ziehen Sie diese Handschuhe an und kommen Sie her zu mir. Ich bleibe neben Ihnen. Sie werden Ihre Tochter gleich in Empfang nehmen. Fertig?«

»Ich ... ich glaube schon.«

»Sie machen das ganz prima. Sherrie, Sie müssen jetzt gleich pressen. Also los. Da kommt schon der Kopf. Pressen, Sherrie, pressen! ... Da ist sie, Don. Zuerst ihr Kopf, jetzt holen wir ihre kleine Schulter raus. Haben Sie sie? ... Großartig! Jetzt die andere Schulter, da ist sie ja schon. Wunderbar, einfach wunderbar. 21:15 Uhr. Sue, absaugen bitte.«

Das Schreien von Donelle Elizabeth Cleary erfüllte das Geburtszimmer. Don Cleary, ein Mann wie ein Kleiderschrank, weinte hemmungslos, als die Hebamme seine Tochter auf den Arm nahm, sie in ein Tuch einwickelte und der strahlenden Sherrie auf den Bauch legte, der die Tränen über die Wangen liefen.

»Ich hab's euch gesagt«, schluchzte sie, »ich hab euch ja gesagt, dass es unglaublich sein würde.«

Drei Stunden später, als Schwester Sue ins Zimmer kam, war Sherrie eingeschlafen, aber das Lächeln lag immer noch auf ihrem Gesicht. Ihr Mann, der zu ihrer Rechten saß, betrachtete voller Ehrfurcht sein Kind.

»Sherrie, meine Liebe, wachen Sie auf«, flötete Sue. »Sie haben Besuch, und zwar ganz besonderen Besuch. Ich wische Ihnen mal mit einem kühlen Tuch übers Gesicht. Gut. Sind Sie wach?«

»Was ist denn los?«

»Und Sie, Mr Cleary? Sind Sie wach?«

»Natürlich. Wer ist denn da?«

»Ich könnte es Ihnen verraten, aber ich glaube, Sie sollten selbst sehen.« Sie eilte zur Tür und rief in den Flur: »Treten Sie bitte ein.«

Die Frau des Präsidenten der Vereinigten Staaten schritt ohne Begleitung in das Zimmer und steuerte direkt auf Sherrie zu. Sherries und Dons Mienen machten deutlich, dass eine Vorstellung überflüssig war.

»Mrs Cleary«, sagte die Besucherin dennoch. »Ich bin Lynette Marquand. Ich beglückwünsche Sie zu Ihrer wunderbaren Tochter. Sie auch, Mr Cleary.«

»Danke«, war alles, was Sherrie herausbrachte. »Danke. Das ist ja eine Überraschung.«

»Nun, es ist mir ein Vergnügen, zu einem so freudigen Anlass hier zu sein«, sagte Lynette. »Mr Cleary, Mrs Cleary, ich habe großartige Nachrichten für Sie.«

23

Die Botschaft von Sierra Leone in Washington lag in der 19th Street, nicht weit entfernt vom Büro von PAVE. Das Gebäude, einst eine eindrucksvolle Stadtvilla, befand sich in einem ziemlich heruntergekommenen Zustand. Die Vorhänge und die Teppichböden waren aus billigem Material und anstatt einer Klimaanlage gab es lediglich ein paar Fensterventilatoren, von denen einige nicht einmal zu funktionieren schienen. Es war nicht das erste Botschaftsgebäude, das Ellen betrat, sie hatte vorher schon die Botschaften von Kanada, Mexiko und Frankreich besucht. Aber keine davon war so vorsintflutlich eingerichtet gewesen wie diese hier.

Sie war pünktlich erschienen, aber aus der Lethargie des jungen Mannes, der hinter dem Empfangstresen saß, schloss sie, dass Seine Exzellenz Andrew Strawbridge sie genau dann empfangen würde, wenn es ihm passte. Im Wartebereich – eine Ecke in der Eingangshalle, wo sechs billige Holzstühle und drei Beistelltische standen – gab es nichts zu lesen außer ein paar uralten Propagandaheften, in denen die Vorzüge von Sierra Leone angepriesen wurden, und einer zerfledderten Ausgabe von *Time*. Sie hatte nichts dagegen, dass der Botschafter sie warten ließ, dachte Ellen. Sie brauchte Zeit, um ihre Fassung wiederzugewinnen und einen klaren Kopf zu bekommen. Im Augenblick war jemand dabei, sowohl das Lassa-Fieber als auch Omnivax aus ihren Gedanken zu verdrängen und dieser Jemand war Rudy Peterson.

Wie so oft hatte Ellen im Gästezimmer von Rudys Hütte übernachtet. Sie war ganz aufgeregt gewesen wegen all der enthüllenden Fakten über das Lassa-Fieber, in die er sie eingeweiht hatte, wie auch wegen des Treffens mit Strawbridge. Nach wenigen Stunden unruhigen Schlafs war sie aufgestanden, hatte sich den Frotteebademantel übergezogen, den Rudy ihr hingelegt hatte, sich einen Kaffee gekocht und ihre Notizen mit in Rudys Arbeitszimmer im ersten Stock genommen. Es war kurz vor halb fünf Uhr früh. Als sie in der oberen rechten Schublade von Rudys Schreibtisch nach einem Stift suchte, entdeckte sie den Umschlag. Er lag unter einem Stapel Papiere und wäre ihr bestimmt nicht aufgefallen, wenn nicht ihr Name und ihre Adresse in Rudys sauberer Handschrift darauf gestanden hätten. In der oberen rechten Ecke klebte auch eine Briefmarke, aber das Porto reichte nicht. Ellen fragte sich – zu Recht, wie sich herausstellen sollte –, ob der Brief vielleicht schon vor längerer Zeit geschrieben worden war, als das Briefporto noch billiger war.

Sie schob den Umschlag zurück in die Schublade und schaffte es eine halbe Stunde lang, ihn nicht wieder hervorzuholen. Ellen war immer schon neugierig gewesen – wahrscheinlich neugieriger als die meisten – und sie hatte eine Vorliebe für Klatsch und Tratsch, die ihr manchmal regelrecht peinlich war. Für sie war es eine besonders große Herausforderung, der Versuchung, den Brief zu öffnen, zu widerstehen. Und um fünf Uhr morgens war ihre Fähigkeit, sich zu beherrschen und analytisch zu denken, nicht so ausgeprägt wie normalerweise. Im Laufe der halben Stunde bröckelte ihr Widerstand langsam, aber sicher dahin. Wenn Rudy nicht wollte, dass sie den Brief entdeckte, warum hatte er ihn dann in der Schreibtischschublade liegen lassen, wo sie ihn womöglich finden konnte? Wenn es ihm schwer fiel, sich zu entscheiden, ob er den Brief abschicken sollte oder nicht, würde sie ihm nicht einen großen Gefallen tun, wenn sie den Brief öffnete? So absurd und töricht ihre Argumente auch waren, am Ende siegten sie über ihren Verstand. Ehe sie sich versah, hielt sie den geöffneten Umschlag in den Händen. Ihr Entschluss, den Brief trotzdem nicht zu lesen, hatte nur wenige Sekunden Bestand.

Liebe Ellen,

ich schätze, am besten falle ich einfach gleich mit der Tür ins Haus. Ich liebe dich. Ich liebe dich seit dem Tag, als Howie dich zum ersten Mal mit ins Studentenheim gebracht und uns einander vorgestellt hat. Es sind jetzt vier Jahre vergangen, seit er dich verlassen hat, und ich liebe dich wie eh und je, obwohl ich weiß, dass du diese Liebe nie erwidert hast. Was soll ich tun?

Wie du weißt, bin ich in den Jahren, nachdem wir uns kennen gelernt haben, mit einer ganzen Reihe Frauen ausgegangen. Mit einigen von ihnen habe ich geschlafen und mit der einen oder anderen habe ich sogar versucht, eine ernsthafte Beziehung aufzubauen. Aber ich wusste immer, dass es nicht fair sein würde. Dann, einige Jahre, bevor er sich von dir getrennt hat, fing Howie an, mir unter vier Augen zu erzählen, dass er dir nicht treu gewesen ist. Am liebsten hätte ich dir erzählt, wie er dich behandelte und dass ich dich immer geliebt habe. Aber es schien mir einfach, ich weiß nicht, es schien mir nicht recht zu sein. Obwohl ich von seiner Untreue wusste und trotz meiner Gefühle für dich, war ich doch nach wie vor sein bester Freund. Und dafür schäme ich mich.

Nun, inzwischen ist Howie schon eine ganze Weile fort und ich sehe, wie du dein Leben wieder in den Griff bekommen hast. Du erzählst mir von den Dingen, die du unternimmst, sogar von den Männern, mit denen du dich verabredet hast. Das tut weh. »Ich bin doch hier!«, möchte ich am liebsten rufen. »Direkt vor deiner Nase! Und ich liebe dich seit fünfunddreißig Jahren.«

Wahrscheinlich werde ich diesen Brief nicht abschicken, vielleicht aber doch. So oder so, ich finde es großartig, dass du den Posten in diesem Ausschuss übernommen hast und dass du mich gebeten hast, dich mit meinen Nachforschungen zu unterstützen. Ich verspreche dir, alles in meiner Macht Stehende zu tun, damit du eine Expertin auf dem Gebiet wirst. Ich wünschte, ich wäre ein bisschen interessanter und charismatischer und weniger schüchtern, aber so bin ich nun mal. Ich bin, wie ich bin. Und ich bin nicht unglücklich darüber, wie mein Leben bisher verlaufen ist.

Ich dachte einfach, es wäre vielleicht an der Zeit, dass du Bescheid weißt.

Dein ergebener Freund
Rudy

Ellen blickte von der ausgefransten Ecke des Orientteppichs im Wartebereich der Botschaft von Sierra Leone auf, die sie die ganze Zeit angestarrt hatte. Andrew Strawbridges Attaché beobachtete sie freundlich lächelnd.

»Botschafter Strawbridge«, sagte er mit einem samtigen britischen Akzent, »wird Sie in Kürze empfangen.«

»Danke, es macht mir nichts aus, zu warten.«

Der Brief befand sich immer noch in ihrer Handtasche. Rudy war gegen sechs aufgestanden und ohne zu bemerken, dass sie oben in seinem Arbeitszimmer saß, in den Garten hinausgegangen und hatte zwanzig Minuten lang Tai-Chi-Übungen gemacht. Sie wusste, dass er diese ästhetische Form der Kampfkunst beherrschte, und hatte ihn schon mehrmals beim Training in seinem Garten beobachtet. Sie hatte ihn nie gefragt, ob sie mitmachen dürfe, und zurückhaltend, wie er war, hatte er das Thema nie angesprochen. Später beim Frühstück erfuhr sie, dass er im nahe gelegenen Gemeindezentrum Tai-Chi unterrichtete.

Mehrmals war sie drauf und dran, den Brief anzusprechen und zu gestehen, was sie getan hatte, aber jedes Mal schreckte sie im letzten Moment davor zurück. Als sie sich vor ihrer Abreise nach Washington zum Abschied umarmten, so wie sie es viele hundert Male getan hatten, war es, als würden sie sich zum ersten Mal berühren.

Warum hast du den verdammten Brief nicht einfach abgeschickt?, dachte sie, als sie losfuhr.

»Mrs Kroft? Mrs Kroft, ich bin Andrew Strawbridge«, sagte der Botschafter mit sonorer Stimme.

Zum zweiten Mal aus ihren Gedanken gerissen, sprang Ellen unbeholfen auf, murmelte eine Entschuldigung und reichte dem Botschafter die Hand. Er war klein, schmächtig und sehr gepflegt, mit warmen, dunkelbraunen Augen und tiefdunkler Haut. Sein Gesicht war ein wenig vernarbt, wahrscheinlich von einer Infektion, die er sich in seiner Kindheit zugezogen hatte.

»Vielen Dank, dass Sie mich persönlich begrüßen«, sagte Ellen.

»Leighton hat sich heute schon einmal von seinem

Stuhl erhoben«, erwiderte er mit einem Augenzwinkern. »Ich wollte ihn nicht überstrapazieren. Ehrlich gesagt, bin ich selbst hergekommen, weil Ihr Anruf mich neugierig gemacht hat und ich sehr gespannt darauf war, Sie kennen zu lernen.«

»Danke.«

»Sie sagten, Sie gehörten der Kommission an, die kürzlich den Superimpfstoff freigegeben hat?«

»Ja, das ist richtig. Aber ich habe mich der Stimme enthalten.«

»Manchmal ist eine Enthaltung eine sehr eindeutige Aussage«, meinte er.

Er führte sie in einen geräumigen, mit Mahagonipaneelen verkleideten Raum, in dem ein großer Konferenztisch und gut bestückte Bücherregale standen. Hinter dem massiven Schreibtisch prangte eine gerahmte grün-weiß-blau gestreifte Flagge. An den anderen beiden Wänden hingen die üblichen Fotos von Diplomaten und Würdenträgern, die einander die Hände schüttelten, und eine große, gerahmte Landkarte von Sierra Leone.

»Kaffee? Tee?«, fragte der Botschafter. »Ich scherze über Leighton, aber er ist mir eine große Hilfe und kocht den besten Kaffee.«

Ellen dachte an die Heerscharen von Angestellten in den anderen Botschaften, die sie besucht hatte.

»Wenn das so ist, dann nehme ich eine Tasse schwarzen Kaffee«, sagte sie.

»Leighton, schwarzen Kaffee für Mrs Kroft, bitte. Für mich das Übliche.« Er ließ die Tür offen stehen und bedeutete ihr, ihm gegenüber am Schreibtisch Platz zu nehmen. »So, und jetzt sind Sie also hergekommen, um mit mir über einen Impfstoff zu sprechen.«

»Ja, über einen Impfstoff gegen Lassa-Fieber.«

Strawbridge seufzte.

»Ich fürchte, das ist für uns ein empfindliches Thema, Mrs Kroft.«

»Ich verstehe nicht recht.«

»Bei der Firma, die Lasaject vor etwa zehn Jahren entwickelt hat, handelt es sich um Columbia Pharmaceuticals und sie hat ihren Sitz ganz hier in der Nähe.«

»Das weiß ich.«

»Nach allem, was wir wissen, ist der Impfstoff sehr effektiv. Stimmen Sie mir darin zu?«

»Ja und nein«, erwiderte Ellen. »Der Impfstoff wurde an einer sehr kleinen Gruppe von Personen in Ihrem Land getestet und da schien sich seine vorbeugende Wirkung zu bestätigen. Aber aus irgendeinem Grund wurden die Tests abgebrochen. Später wurde der Impfstoff dann an einer größeren Gruppe von Personen hier in den Vereinigten Staaten getestet.«

Strawbridge nickte und kaute auf der Unterlippe. Ellen spürte, dass er mit sich rang, wie viel er ihr erzählen sollte.

»Leider befand sich unser Land«, sagte er schließlich, »zu der Zeit, als Columbia Lasaject getestet hat, in einem, wie soll ich sagen, in einem Zustand des Aufruhrs. Deswegen hat die Firma ihre Leute zurückgerufen und sich entschlossen, den Impfstoff woanders zu testen.«

»Das ist der Test, von dem ich eben gesprochen habe. Aber anstatt zu testen, wie gut der Impfstoff gegen das Lassa-Fieber schützt, haben sie die Schutzantikörperspiegel gemessen, die von dem Impfstoff stimuliert wurden. Die Berichte, die Columbia dem Gesundheitsministerium vorlegte, sagen aus, dass die Impfungen in dieser Hinsicht einwandfrei waren.«

»Das freut mich aber sehr«, sagte Strawbridge sarkastisch. »Bedauerlicherweise hat kein Mensch in meinem Land von dieser Forschung profitiert. Wahrscheinlich überrascht es Sie nicht, wenn ich Ihnen sage, dass Sierra Leone kein reiches Land ist. Zwei führende Mitarbeiter von Columbia, eine Virologin und noch ein Arzt, sind nach Freetown gekommen und haben sich mit unserem Gesundheitsminister getroffen. Leider konnten sie sich, nun ja, nicht auf eine Finanzierung einigen, die es ermöglicht hätte, eine Massenimpfung durchzuführen.«

»Das tut mir Leid. Ich habe gelesen, dass die WHO sich nicht einmischen wollte, solange die politischen Unruhen andauerten.«

Strawbridges dunkle Augen blitzten kurz auf, doch dann wurde sein Blick wieder weich.

»Unglücklicherweise hat es in unserem Land einiges an Uneinigkeit gegeben«, sagte er. »Aber das sollte nicht dazu führen, dass Millionen Menschen daran gehindert werden, von einem medizinischen Durchbruch zu profitieren.«

»Das tut mir Leid.«

Es war Ellen peinlich, dass sie ausgerechnet in diesem Augenblick an Rudy denken musste – wie viel wohler sie sich fühlen würde, wenn er jetzt bei ihr wäre, wie dumm es gewesen war, seinen Brief an sie zu öffnen. Warum zum Teufel hatte er nie mit ihr gesprochen?

»Also«, sagte der Botschafter, »als Sie hier anriefen, haben Sie mich um zweierlei gebeten.«

»Ich weiß, dass das, worum ich Sie gebeten habe, schwierig sein könnte.«

Strawbridge lächelte geduldig.

»Wir mögen vielleicht nicht in der Lage sein, die exorbitanten Preise zu bezahlen, die Columbia für den Impfstoff verlangt«, sagte er, »aber zum Glück können wir uns Computer leisten. Ihre erste Frage hatte zu tun mit der

Anzahl der Amerikaner, die sich mit Lassa-Fieber infiziert haben.«

»Während der letzten drei Jahre, ja.«

»Nun, wegen der ärztlichen Schweigepflicht in meinem Lande darf ich Ihnen nicht die Namen nennen. Aber ich kann Ihnen sagen, dass während der vergangenen drei Jahre sechs Amerikaner in Sierra Leone an Lassa-Fieber erkrankt sind. Zwei von ihnen sind gestorben.«

»Das ist alles? Sechs?«

»Drei davon arbeiteten in Krankenhäusern.«

Sechs Fälle von Amerikanern, die sich in einem Land, wo das Lassa-Fieber endemisch war, während der letzten drei Jahre mit der Krankheit angesteckt hatten. Im gleichen Zeitraum achtzehn Fälle von infizierten Amerikanern, die sich auf einem Heimflug von Westafrika befunden hatten.

»Das wird ja immer seltsamer«, sagte Ellen.

»Mrs Kroft, werden Sie mir irgendwann erklären, worum es hier eigentlich geht?«

Ellen spürte, wie sie errötete.

»Botschafter Strawbridge, verzeihen Sie, dass ich mich so unklar ausdrücke. Ich bitte Sie, Geduld mit mir zu haben. Ich untersuche einige Unklarheiten im Zusammenhang mit dem Lasaject-Impfstoff. Mehr kann ich Ihnen zu diesem Zeitpunkt leider nicht sagen.«

»Stimmt irgendetwas mit dem Impfstoff nicht?«

»Nein. Ich habe keinen Grund, das anzunehmen.«

»Aber Sie werden mich auf dem Laufenden halten?«

»Sobald ich über gesicherte Informationen verfüge.«

Ellen hielt den Atem an, während der Botschafter nachdachte.

»In dem Fall«, sagte er schließlich, »sollten wir jetzt zu Ihrer zweiten Frage kommen.«

»Die Passagierlisten.«

Rudys Kontaktmann bei der Seuchenbehörde hatte die Flüge zusammengestellt, mit denen die Lassa-Fieber-Opfer in die Vereinigten Staaten zurückgekehrt waren. Zehn der Leute waren mit Sierra National Air von Freetown nach London und von London weiter in verschiedene Städte in den USA geflogen. Die anderen acht waren mit Ghana Air von Freetown nach Accra, Ghana, und dann weiter nach Baltimore geflogen. Nun hofften Ellen und Rudy, dass sich in den Passagierlisten ein wiederkehrender Name finden ließe – vielleicht der Name von jemandem, der die Krankheit übertragen hatte.

»Wissen Sie«, sagte Strawbridge, »uns Diplomaten wird immer beigebracht, niemals etwas ohne Gegenleistung herauszugeben. Wenn ich Ihnen diese Dokumente überlasse, dann habe ich eine Bitte an Sie.«

»Ja?«

»Meine Regierung ist zutiefst enttäuscht darüber, dass die Firma Columbia Pharmaceuticals beschlossen hat, uns ihren Impfstoff erst dann zur Verfügung zu stellen, wenn wir den von ihnen geforderten Preis bezahlen können. Falls Sie irgendeine Möglichkeit entdecken, wie wir, wie soll ich sagen, diesen Leuten das Leben schwer machen können, würde ich es begrüßen, wenn Sie mich darüber informieren würden.«

Ellen saß auf einer Bank am DuPont Circle in der Sonne, hielt ihr Handy auf dem Schoß und schaute vorüberschlendernden Paaren nach. Andrew Strawbridge hatte ihr nicht nur die Passagierlisten der Sierra National-Flüge, sondern auch diejenigen von Ghana Air ausgehändigt. Der nächste logische Schritt wäre nun, mit einigen der wenigen überlebenden Lassa-Fieber-Opfer zu sprechen. Sie hatte ihre VISA-Karte dabei und könnte die nötigen Flüge buchen.

Seit sie in ihrem Wohnzimmer dem Auftragskiller begegnet war, der gedroht hatte, ihre Enkelin zu töten, war sie von dem Gedanken besessen, die Produktion und Verbreitung von Omnivax zu stoppen, ohne Lucy oder sonst jemanden in ihrer Familie zu gefährden. Der riesige Kopf des Mannes, die seelenlosen Augen und die Narbe an der Lippe hatten sich ihr ins Gedächtnis gebrannt. Irgendwie würde sie diesen Mann aufspüren. Und wenn sie ihn gefunden hatte, würde sie eine Möglichkeit finden, ihn auf die denkbar schmerzhafteste Weise zu zerstören. Zu ihrer eigenen Verblüffung war ihr seit ihrer Begegnung mit dem Killer klar geworden, dass sie durchaus in der Lage wäre, einen solchen Menschen zu töten. Aber bis es dazu kam, würde sie alles daransetzen, um seine Auftraggeber zur Strecke zu bringen. Das Problem war, dass sie das auf einmal nicht mehr allein tun wollte.

Seit Howard sie verlassen hatte, war es ihr gelungen, mit ihrer Verletzlichkeit und ihrer Einsamkeit umzugehen. Aber Rudys Brief hatte alles geändert. Plötzlich fühlte sie sich unsicher und ängstlich. Was sie jetzt am allerwenigsten gebrauchen konnte, war der Verlust ihres Scharfsinns – auf keinen Fall durfte sie zulassen, dass der Hass, der sie trieb, gemindert wurde. Aber genau das schien zu passieren.

Unter der ersten der Telefonnummern, die Rudy herausgefunden hatte, meldete sich niemand. Es schaltete sich auch kein Anrufbeantworter ein. Als sie die zweite Nummer wählte, meldete sich ein Mann. Ja, bestätigte er ihr, seine Frau habe die schreckliche Krankheit überlebt und sie würden sich gern mit Ellen unterhalten, sobald seine Frau von der Arbeit nach Hause komme.

Als Nächstes rief Ellen die Telefonauskunft an und notierte sich die Nummer von United Airlines. Dann, ohne nachzudenken, rief sie Rudy an.

»Hallo?«

»Hallo Rudy, ich bin's.«

»Rufst du mich tatsächlich aus der großen Stadt an?«, fragte er mit einem gekünstelten ländlichen Akzent.

»Ich sitze am DuPont Circle.«

»Was hast du rausgefunden?«

»Sechs Fälle in drei Jahren, Rudy. Das sind sämtliche Amerikaner, die sich in Sierra Leone über diesen Zeitraum hinweg mit Lassa-Fieber angesteckt haben. Sechs. Und drei davon haben in Krankenhäusern gearbeitet.«

Rudy pfiff durch die Zähne.

»Ich glaube, man braucht kein Statistiker zu sein, um zu sehen, dass das im Vergleich zu der Anzahl von Amerikanern, die sich auf Flügen von West-Afrika in die USA infiziert haben, eine verschwindend geringe Anzahl ist«, sagte er.

»Nein, weiß Gott nicht. Strawbridge hat mir auch die Passagierlisten gegeben. Alle achtzehn. Ich habe bereits mit einer der Personen auf deiner Liste telefoniert. Die Frau wohnt in der Nähe von Chicago.«

»Hast du vor, sie aufzusuchen?«

»Ich glaube schon.«

»Meinen Segen hast du.«

»Rudy?«

»Ja?«

»Ich ... Ich möchte, dass du mit mir kommst.«

»Ach, das freut mich aber. Wann fliegst du denn?«

»Heute Nachmittag.«

»Oh, Mist. Tut mir wirklich Leid, Ellen, aber ich habe heute Nachmittag erst ein Seminar und anschließend eine Privatstunde. Ich fürchte, morgen ist es auch ziemlich eng. Da hab ich diese russischen Einwanderer, eine ganze Familie, denen ich Englischunterricht gebe. Vielleicht kann ich die auf einen anderen Tag verlegen, wenn ich sie erreiche, aber die haben kein Telefon und –«

Ellen sah, wie ein Pärchen auf einer Bank ihr gegenüber sich aneinander kuschelte und verspürte ein Stechen in der Brust.

»Nein, nein, mach dir keine Umstände«, brachte sie heraus. »Ich schaffe das schon. Ich fliege hin und zurück und setze mich entweder noch heute am späten Abend oder sonst morgen früh ins Auto und komme zu dir zurück.«

»Okay«, sagte Rudy. »Du schaffst das schon. Wer ist die Frau? Wo wohnt sie?«

»Sie wohnt in Evanston. Sie heißt Serwanga. Nattie Serwanga.«

24

Der stämmige Killer bewegte sich erstaunlich behände und trat an das Bett, in dem Nikki schlief. Ihre Augen öffneten sich ein wenig, doch es war zu spät. Bevor sie einen Ton von sich geben konnte, legte sich eine riesige, fleischige Hand über ihren Mund. Das Knie des Mannes drückte sich auf ihr Rückgrat, immer fester, gleich würde es brechen.

Bitte nicht! Aufhören! Ich will nicht gelähmt werden!

Sie zu lähmen war offenbar nicht alles, was der Mann mit ihr vorhatte. Seinen ersten Versuch, sie zu töten, hatte er vermasselt. Diesmal würde er auf Nummer sicher gehen. Ein diabolisches Grinsen breitete sich auf seinem Mondgesicht aus, als er ihr mit den Fingern unters Kinn packte und ihren Kopf nach hinten bog. Der Druck auf ihren Rücken wurde immer stärker.

Nikki wachte völlig verwirrt auf. Mit beiden Händen hielt sie ihr Kopfkissen umklammert. Die Luft im Raum war stickig. Dann, als sie sich zwang, sich zu beruhigen, hörte sie den regelmäßigen Atem des Mannes neben sich. Verblüfft setzte sie sich im Bett auf. Der Anblick von Matt Rutledge, der friedlich dalag und tief schlief, verscheuchte die letzten Schreckensbilder ihres Alptraums. Nach und nach fiel ihr wieder ein, was in der vergangenen Nacht geschehen war. Der Mann, der da lag, ihr Arzt, hatte sie vor schrecklichen Qualen und wahrscheinlich vor dem Tod bewahrt. War einfach auf seinem Motorrad erschienen und hatte ihr das Leben gerettet.

Das winzige Zimmer war mit einem französischen Bett ausgestattet, das jedoch ziemlich klein wirkte, und einem weißen Korbstuhl. An der Wand stand ein kleiner Schreibtisch mit drei Schubladen, auf dem einige ordentlich gefaltete Kleidungsstücke lagen. Nikki ging ins Bad, wusch sich das Gesicht mit kaltem Wasser, putzte sich die Zähne und bürstete sich die Haare. Ihre Arme waren übersät mit blauen Flecken von den Infusionen, Blutentnahmen und Gott weiß was sonst noch für Prozeduren. Über ihrem rechten Ohr befand sich eine dicke, verschorfte Stelle, die ziemlich empfindlich war. Sie war sich sicher, dass sie wusste, was die Verletzung verursacht hatte, aber im Augenblick konnte sie sich auf nichts richtig konzentrieren.

Sie ging zurück ins Schlafzimmer, setzte sich in den Korbsessel und ließ ihre Füße schwer aufs Bett fallen. Die Wucht reichte aus, um Matt deutlich spürbar einen Stoß zu versetzen, doch er rührte sich nicht. Sein verzückter Gesichtsausdruck ließ darauf schließen, dass er jedenfalls nicht von Alpträumen geplagt wurde. Er hatte die Decke weggestrampelt und lag da in seiner Trainingshose, von den Hüften aufwärts nackt. Seinem Oberkörper nach zu urteilen, war er in jungen Jahren einmal ein guter Sportler gewesen und schaffte es, einigermaßen in Form zu bleiben. Sie hatte nie eine Vorliebe für Männer gehabt, die ihr Haar zu einem Pferdeschwanz zusammengebunden trugen, doch bei ihm schien die Frisur zu seiner ganzen äußeren Erscheinung zu passen. Er war gewiss kein Hollywood-Star, aber sie fand ihn verdammt attraktiv. Und er hatte ihr das Leben gerettet. Sie kniete sich neben das Bett und betrachtete die Tätowierung an seinem Unterarm. Es war – was hatte er noch gesagt? –

ein Weißdornbusch, etwa fünf Zentimeter groß – sehr kunstvoll ausgeführt, soweit sie es erkennen konnte. Weil sie selbst eine ungewöhnliche Tätowierung hatte, fielen ihr auch die von anderen auf. Einen Baum hatte sie noch nie gesehen. Dahinter steckte eine Geschichte, da war sie sich ganz sicher. Sie beugte sich mit ihrem Gesicht ganz dicht über seins. Sie spürte seinen Atem und rechnete damit, dass er irgendwie auf ihre Nähe reagieren würde. Nichts. Er schlief weiter und nach seinem friedlichen Gesichtsausdruck zu urteilen, träumte er auch weiter.

Der Radiowecker auf dem Schreibtisch zeigte halb acht an, was mehr oder weniger zu dem Licht passte, das durch die Vorhänge fiel. Anscheinend würde sie ihren neuen Zimmergenossen tätlich angreifen müssen, um ihn zu wecken. Aber das hatte noch Zeit. Sie lehnte sich in dem Korbsessel zurück und versuchte, sich an die seltsamen und Furcht einflößenden Dinge zu erinnern, die sich seit ihrer Abreise aus Boston ereignet hatten. Bisher war ihr nur eins klar – alles hatte irgendwie mit Kathy Wilson zu tun. Sie war eine von mindestens drei Personen aus Belinda, die ein groteskes, schreckliches und tödliches Syndrom aufwiesen. Matt war davon überzeugt, dass die ungewöhnliche Kombination von Anzeichen und Symptomen durch eine giftige Substanz ausgelöst wurden. Seine Theorie konnte durchaus stimmen, vor allem in Anbetracht der Giftmülldeponie, die er in einer Höhle in der Nähe des Bergwerks von Belinda entdeckt hatte. Aber was hatte Kathy mit dem Bergwerk zu tun? Und warum schickte der Polizeichef ihr erst Killer auf den Hals und wollte anschließend unbedingt wissen, mit wem sie über Kathys Krankheit gesprochen hatte?

Im Augenblick wusste sie nicht einmal ansatzweise eine Antwort auf alle diese Fragen. Aber wenn es in

Kathys Nervensystem einen Hinweis gab, dann würde Joe Keller ihn finden. Auf dem Schreibtisch stand ein Telefon und an dem Telefon klebte ein Zettel, auf dem stand, dass Ortsgespräche kostenlos waren und Ferngespräche entweder als R-Gespräche angemeldet oder mit Kreditkarte bezahlt werden mussten. Mit angehaltenem Atem wählte sie Joe Kellers Durchwahl. Sie konnte nur hoffen, dass ihr Gedächtnis sie nicht im Stich ließ. Wenn die Uhrzeit auf dem Radiowecker stimmte, müsste ihr Chef jetzt schon seit einer Stunde bei der Arbeit sein – vielleicht sogar seit zwei – und war dabei, schwarzen Kaffee zu trinken und sich wie üblich mit anatomischen und biochemischen Problemstellungen zu beschäftigen.

»Joe, es geht mir gut«, sagte sie schnell, als er sich meldete.

»Gott sei Dank. Wir haben uns schon große Sorgen um Sie gemacht. Wir haben sogar die Polizei verständigt.«

Nikki wollte ihm erklären, dass ein Polizeichef für ihre derzeitige Situation verantwortlich war, überlegte es sich jedoch anders. Das hatte Zeit.

»Ich bin auf dem Weg nach Hause. Ich müsste heute am späten Abend in Boston eintreffen.«

»Wunderbar.«

»Joe, ich habe in West Virginia ziemliche Schwierigkeiten gehabt, die mit meiner Freundin Kathy zu tun hatten – der Frau, die Sie obduziert haben.«

»Was für Schwierigkeiten?«

»Hier unten gibt es zwei weitere Patienten, die dieselben Symptome aufweisen wie sie und ähnlich reagiert haben. Neurofibrome und progressive paranoide Zustände.«

»Also, das ist ja wirklich interessant«, sagte Keller. »Sie sehen also, dass Sie in diesem Fall instinktiv die richtigen

Schlüsse gezogen haben. Ich habe gerade die Dias von Miss Wilsons Gehirn vor mir. Sie litt zweifellos an Spongiformer Encephalopathie.«

Spongiforme Encephalopathie. Nikki hielt den Atem an. Die degenerative, übertragbare, letztlich tödliche Erkrankung des Nervensystems hatte verschiedene Erscheinungsformen, darunter ein Syndrom namens Creutzfeldt-Jakob, die Lach- oder Schüttelkrankheit, die früher einmal unter den Eingeborenen Westguineas vorkam und wahrscheinlich durch Kannibalismus übertragen wurde, die Schlafkrankheit und schließlich die Bovine Spongiforme Encephalopathie, besser bekannt als BSE.

Aufgeregt streckte sich Nikki und stieß Matt kräftig gegen eine Fußsohle. Er schob sich sein Kissen unter den Kopf und zog den Fuß weg. Sie trat ihn noch einmal, diesmal gegen die Wade und etwas heftiger. Er stöhnte und begann sich zu rühren.

»Erzählen Sie weiter, Joe«, sagte sie, denn sie brauchte ihn gar nicht erst zu fragen, ob er sich sicher war. »Das ist einfach unglaublich.«

»Sie sagen, da unten in West Virginia sind zwei weitere Fälle aufgetaucht?«

»In der Stadt, in der Kathy aufgewachsen ist, ja.«

Noch ein Tritt und Matt wurde wenigstens halbwegs wach. Wenn er nicht irgendein Schlafmittel genommen hatte, war er reif für das *Guinnessbuch der Rekorde.* Nikkis Patienten im Obduktionssaal waren leichter zu wecken als er.

»Und diese anderen Patienten«, fragte Keller. »Litten die auch an Spongiformer Encephalopathie?«

»Das weiß ich nicht. Ihre Gehirne wirkten bei oberflächlicher Betrachtung normal, deshalb wurde keine mikroskopische Untersuchung vorgenommen.«

SE wurde von Prionen genannten Erregern verursacht – Eiweiße, die in der Lage sind, DNS oder RNS zu vervielfältigen. Ein besonderes Charakteristikum von SE bestand darin, dass trotz eines häufig eindrucksvollen klinischen Bildes das Gehirn auf den ersten Blick normal wirkte, bis unter dem Mikroskop die Löcher sichtbar wurden, die das Gehirn aussehen ließen wie einen Schwamm. Ein weiteres Charakteristikum war die Inkubationszeit, die sich meist über eine Zeit von mehr als zehn Jahren erstreckte, während derer der Patient durchaus für andere ansteckend sein konnte.

»Wiesen die Fälle in West Virginia auch Neurofibrome auf?«, wollte Keller wissen.

Matt war mittlerweile wach, rieb sich die Augen und sah Nikki fragend an. Sie legte einen Finger auf ihre Lippen und bedeutete ihm, sie würde ihm gleich alles erzählen.

»Ja, beide. Nach allem, was ich in Erfahrung bringen konnte, hat die mikroskopische Untersuchung aber nichts Ungewöhnliches ergeben.«

»Tja, vielleicht, vielleicht auch nicht«, meinte Keller. »Ich habe es mit einer Reihe von Färbeverfahren und Kombinationen davon versucht und habe herausgefunden, dass sich diese Knoten deutlich von den Referenzneurofibromen unterscheiden, die ich in meiner Bibliothek aufbewahre.«

Keller, der Wissbegierige, Keller, der Intellektuelle. Bei dem Gedanken an ihren Chef musste Nikki lächeln. Dauernd experimentierte er mit Färbeverfahren herum und mit dem leistungsfähigen Elektronenmikroskop. In seiner Bibliothek befanden sich neben hunderten von Texten hunderte, wenn nicht tausende ungefärbte Gewebeproben sämtlicher menschlicher Organe in den unterschiedlichsten Krankheitsstadien, alle sorgfältig katalogisiert. Anscheinend befanden sich unter diesen ungefärbten Gewebeproben einige gewöhnliche Neurofibrome – die Referenzgewebeproben.

Spongiforme Encephalopathie mit ungewöhnlichen Fibromen. *Das Belinda-Syndrom*, dachte Nikki ... *Oder vielleicht die Rutledge-Solari-Krankheit.*

»Joe, hören Sie, wir werden heute Abend zwischen zehn und zwölf ankommen.«

»Dann müsste ich noch hier sein.«

»Das wäre großartig. Aber wenn nicht, melden wir uns morgen früh bei Ihnen.«

»Wir?«

»Ein Arzt hier aus der Gegend hat mir in den letzten Tagen zwei- oder dreimal das Leben gerettet. Er interessiert sich sehr für das Syndrom. Er macht eine geheime Giftmülldeponie dafür verantwortlich, von wo aus giftige Substanzen ins Trinkwasser gelangen.«

»Nach allem, was wir über Prioneninfektionen wissen«, sagte Keller, »kann ich mir nicht vorstellen, wie das möglich sein soll.«

»Na ja, wir reden darüber, wenn wir in Boston sind. Erst mal vielen Dank, Joe.«

»Ich bin wirklich erleichtert, dass es Ihnen gut geht«, sagte Keller. »Ach, übrigens, die Polizei hat den Mann gefunden, der Roger Belanger, Ihren Ertrunkenen, getötet hat. Er heißt Halliday. Daher das ›H‹ unter dem Kinn des Opfers. Die beiden waren Freunde und Geschäftspartner. Die Polizei geht davon aus, dass sie sich um Geld gestritten haben. Halliday hatte Belanger zu sich eingeladen, um sich mit ihm auszusprechen. Er stellte einen Scheck aus und dann haben die beiden ziemlich viel getrunken. Kaum hatte Halliday seinen Freund in den

Swimmingpool gelockt, hat er ihm die Hände um den Hals gelegt und ihn unter Wasser gedrückt.«

»Methode«, sagte Nikki.

»Genau«, erwiderte Keller.

Nikki legte auf. Matt hatte sich inzwischen ein neues blaues Sweatshirt übergezogen, auf dem in großen Buchstaben YALE aufgedruckt war.

»Morgen«, sagte sie.

»Morgen.«

Sie deutete auf das Sweatshirt.

»Haben Sie da studiert?«

»Nein, aber während Sie gestern in dem Laden Klamotten anprobiert haben, hab ich mir auch ein paar Teile gekauft. Das war das einzige Sweatshirt, das sie in meiner Größe hatten.«

»Ob Sie's glauben oder nicht, ich erinnere mich. Irgendwie jedenfalls. Wo haben Sie denn studiert?«

»An der guten alten University of West Virginia. Es war die einzige Uni, die wir bezahlen konnten. Aber sie war gar nicht schlecht.«

Nikki war sich sicher, dass eine Schwester ihr erzählt hatte, Matt hätte in Harvard studiert. Seine Bescheidenheit beeindruckte sie – als müsste er sie noch beeindrucken, nach allem, was er bereits für sie getan hatte.

»Du hast einen beneidenswerten Schlaf«, sagte sie.

»Das ist auch schon anderen Leuten aufgefallen«, erwiderte er.

»Falls ich heute beim Gehen humple, dann nur deswegen, weil ich dich so feste treten musste, damit du aufwachst.«

»Die Schwestern im Krankenhaus stellen mir Quizfragen, wenn sie mich anrufen, um sich zu vergewissern, dass ich wach bin. Die wissen noch nicht, dass ich inzwischen in der Lage bin, ihre Fragen im Tiefschlaf zu beantworten, selbst wenn sie mir komplizierte mathematische Aufgaben stellen. Erinnerst du dich an vieles von dem, was letzte Nacht passiert ist?«

»Leider ja. Ich hoffe, ich habe mich gehörig bei dir dafür bedankt, dass du mich gerettet hast.«

»Ich kann es einfach nicht ausstehen, einen Patienten zu verlieren. Mit wem hast du da eben telefoniert?«

»Mit meinem Chef, Joe Keller. Ich hab ihn angerufen, um ihm zu sagen, dass es mir gut geht, und um ihn zu fragen, ob er bei der mikroskopischen Untersuchung von Kathys Gehirn irgendwas rausgefunden hat.«

»Und?«

»Du wirst es nicht glauben, Matt. Kathy hatte Spongiforme Encephalopathie. Joe ist sich absolut sicher und glaub mir, der Mann hat sich noch nie geirrt.«

Matt ließ sich aufs Bett sinken und schaute sie ungläubig an. Er war weiß Gott kein Experte auf dem Gebiet, aber zumindest las er ständig die medizinische Fachliteratur, um sich auf dem Laufenden zu halten – jedenfalls soweit es sein voller Arbeitstag zuließ.

»Prionenerkrankung?«

»Ja«, sagte Nikki.

»Das ist ja unglaublich. Meinst du, meine beiden Patienten hatten auch SE?«

»Wie könnte es anders sein?«

»Was weiß ich? ... Was ist mit den Neurofibromen? Irgendwas Besonderes?«

»Anscheinend ja. Joe Keller ist ein Färbefanatiker. Der bringt es fertig, Gewebeproben ein Dutzend Mal einzufärben, einfach, um zu sehen, was dabei rauskommt. Er sagt, Kathys Knoten im Gesicht hätten eine ganz bestimmte dunkle Färbung angenommen, die sich von der

Färbung bei den üblichen Elefantiasis-Fibromen unterscheidet.«

»Kapier ich nicht.«

»Ich auch nicht. Aber hör zu, Matt, so wie ich die Sache sehe, bist du vielleicht doch auf der richtigen Spur. Lass uns nach Boston fahren und sehen, was Joe uns zeigen kann, bevor wir irgendwelche voreiligen Schlüsse ziehen.«

»Gib mir ein paar Minuten, um mich frisch zu machen, dann düsen wir los.«

»Aber nur bis zum nächsten Restaurant. Ich hab tierische Lust auf Pfannkuchen mit Ahornsirup.«

»Sie will in ein Restaurant«, murmelte Matt, als er ins Bad ging. »Erst kommt sie mir mit Prionen, dann will sie in ein Restaurant. Was für eine Frau ist das eigentlich?«

Es rührte Nikki, wie Matt versuchte, gute Laune zu verbreiten, aber sie wusste, dass Joe Kellers Erkenntnis ihn sehr beschäftigte. Nach allem, was Matt ihr letzte Nacht erzählt hatte, war er fest entschlossen, die Direktoren der Bergwerksgesellschaft von Belinda zur Verantwortung zu ziehen, weil sie sich nicht genügend um ausreichende Sicherheitsvorkehrungen in der Mine kümmerten und damit vielen Menschen großes Leid zugefügt hatten. Die grotesken Krankheitsfälle waren nur der letzte Anhaltspunkt, den er gesucht hatte, um sie zur Strecke zu bringen – der Beweis dafür, dass der vorschriftswidrige Umgang mit organischen Toxinen schwere gesundheitliche Schäden verursachte. Aber die Mine mit Prioneninfektionen in Verbindung zu bringen würde schwierig werden. Bisher war noch nichts entschieden, sagte sie sich.

Wenn es irgendwelche Antworten gab, dann würde Joe Keller sie haben.

Matt kam frisch geduscht und rasiert aus dem Bad. Er hatte das Yale-Sweatshirt ausgezogen und trug stattdessen ein schwarzes T-Shirt und die Jeansjacke, die er angehabt hatte, als er zu der Hütte im Wald gefahren war und sie gerettet hatte.

»Fertig?«, fragte er.

Sie blieb stehen und legte ihm die Hände auf seine Schultern. Ihre Blicke trafen sich.

»Du warst letzte Nacht sehr kaltblütig und sehr mutig«, sagte sie.

»Wenn ich lange darüber nachgedacht hätte, was ich da gerade tat, wäre ich wahrscheinlich in Ohnmacht gefallen.«

»Das bezweifle ich.«

Eigentlich hatte sie noch viel mehr sagen wollen, eigentlich wollte sie noch viel mehr über ihn wissen, aber plötzlich stand sie auf den Zehenspitzen, die Arme um seinen Hals geschlungen.

»Ich danke dir, Matthew Rutledge«, flüsterte sie. »Ich danke dir, dass du mir das Leben gerettet hast.«

Vielleicht hatte sie die ganze Zeit gewusst, dass sie ihn küssen würde. Vielleicht hatte sie sich, als sie hinter ihm auf dem Motorrad gesessen und sich an ihn geklammert hatte, im Stillen versprochen, dass sie ihn küssen würde, wenn sie das überlebten, ob es ihm gefiel oder nicht. Und doch, als sie ihre Lippen tatsächlich kurz auf seine drückte, war das zugleich überraschend und aufregend. Ihr zweiter Kuss war intensiver, länger, leidenschaftlicher. Seine muskulösen Arme hielten sie fest umschlungen, während seine Lippen und seine Zunge ihren Mund erkundeten. Sie legte ihre Hände auf sein Gesicht und fuhr mit den Fingerspitzen an seinen Wangen und seinem Kinn entlang. Als sie sich schließlich voneinander lösten, konnte sie sich kaum noch auf den Beinen halten, so sehr zitterten ihr die Knie.

»Ich kann mich nicht erinnern, wann ich das letzte Mal so wild darauf war, eine Frau zu küssen«, sagte er.

»Na, da bin ich aber froh, dass ich im richtigen Augenblick vorbeigekommen bin.«

»Sehr witzig. Wirklich. Sag mal, ich habe zwar den genauen Wortlaut nicht im Kopf, aber wenn ein Arzt seine Patientin küsst, verstößt das nicht irgendwie gegen den hippokratischen Eid, den wir abgelegt haben?«

Sie küsste ihn erneut, diesmal verspielt.

»Nenn es doch einfach Mund-zu-Mund-Beatmung«, sagte sie. »Ich glaube, das bezahlt sogar meine Versicherung.«

Er schaute sehnsüchtig zum Bett hinüber, machte jedoch keine Anstalten, sie dorthin zu führen.

»Dafür werden wir noch genug Zeit haben«, flüsterte sie. »Das verspreche ich dir. Aber im Moment wartet wichtige Arbeit auf uns.«

»Arbeit, Pfannkuchen. Gott, aber du küsst so gut.«

»Du auch. Weißt du was? Wir halten einfach alle hundert Kilometer an und üben noch ein bisschen. Auch diese Kunst lässt sich bestimmt perfektionieren.«

»Das würde mich sicherlich beflügeln«, sagte er. »Ach ja«, fügte er hinzu, »hier.« Er reichte ihr das Yale-Sweatshirt. »Eigentlich hab ich das für dich gekauft. Es wird dir ein bisschen groß sein, aber es war die einzige Größe, die sie hatten.«

»Und warum Yale?«

»Weil es das Einzige war, auf dem nicht irgendein alberner Spruch stand.«

»Na ja, eigentlich passt du sowieso viel besser zu West Virginia als zu Yale – und aus meinem Mund ist das ein großes Kompliment.«

»Wieso?«

Sie zog das Sweatshirt über und küsste ihn auf die Wange.

»Weil ich nämlich hier studiert habe«, erwiderte sie und legte eine Hand unter die vier Großbuchstaben.

Nattie und Eli Serwanga wohnten in einem einfachen Einfamilienhaus in Evanston, einer Kleinstadt am Michigansee nördlich von Chicago. Ellen saß am Esstisch, trank Tee mit Honig und versuchte sich zu erinnern, wann sie das letzte Mal so traurig gewesen war. Zum einen waren da natürlich die Situation mit Rudy und die schlimmen Schuldgefühle, mit denen sie sich plagte, weil sie seinen Brief gelesen hatte. Aber das alles war nichts im Vergleich zu dem, was diese beiden Menschen durchgemacht hatten. Während sie erzählten, musste Ellen immer wieder an Dr. Suzanne O'Connors unglaublichen Bericht über ihren Kampf gegen das Lassa-Fieber denken.

Ellen schätzte die Serwangas auf Anfang vierzig. Sie waren ihr gegenüber freundlich und großzügig und zweifellos liebten sie einander sehr – das perfekte Paar, um Kinder zu bekommen und großzuziehen. Nur leider hatten sie keine und sie würden auch nie welche haben. Noch schlimmer aber war die Tatsache, dass Nattie, wenn auch völlig ohne ihr Zutun, für den Tod von zwei achtjährigen Kindern verantwortlich war, die in dem Krankenhaus, in dem sie arbeitete, die Kindertagesstätte besucht hatten. Unglaublich.

»Sagen Sie mir noch einmal, Nattie«, bat Ellen, »wann wussten Sie, dass Sie krank waren?«

Nattie nahm ein Papiertaschentuch aus einer halb leeren Schachtel auf dem Tisch und wischte sich die Augen.

Sie war eine schöne Frau – mollig, mit großen, ausdrucksvollen Augen und ebenholzfarbener Haut.

»Es fing an zwei Wochen, nachdem wir aus Afrika zurückgekehrt waren«, sagte sie. »Wir sind an einem Dienstag angekommen und zwei Wochen später bekam ich Halsschmerzen. Zehn Tage später lag ich im OP. Sie haben die Geburt von meinem Baby eingeleitet, aber es war eine Totgeburt. Dann haben sie versucht, meine Gebärmutter zu retten, aber ich habe einfach zu stark geblutet.«

Eli, der immer noch in Schlips und Kragen war, stand auf und legte einen Arm um sie, um sie zu trösten. Sie hatten seine Verwandten in Sierra Leone besucht und er hatte ein schlechtes Gewissen, weil er sie dazu überredet hatte, noch eine Woche länger zu bleiben, damit er ein paar Familienangelegenheiten klären konnte – die Woche, in der sie sich nach Ansicht der Ärzte wahrscheinlich infiziert hatte. Ellen nippte an ihrem Tee und dachte über ihre eigenen Schuldgefühle nach.

»Wenn meine Fragen Sie zu sehr aufwühlen«, bemerkte sie, »sagen Sie es mir ruhig.«

»Es geht schon«, erwiderte Eli. »Aber es wäre nett, wenn Sie uns sagen könnten, wozu das alles gut sein soll.«

Ellen legte die Passagierliste auf den Tisch. Während des Flugs von Washington nach Chicago war es ihr gelungen, die Gesprächsversuche ihres Sitznachbarn, eines kürzlich geschiedenen, völlig auf sich bezogenen Waschmaschinenvertreters, lange genug abzuwimmeln, um die Listen durchzugehen. Sie suchte nach Übereinstimmungen – nach Passagieren, die mehr als einmal im selben Flugzeug mit einem zukünftigen Lassa-Fieber-Opfer gesessen hatten. Und es gab mindestens sechs.

»Ich habe Grund anzunehmen, dass Nattie sich entweder kurz vor oder nach der Abreise aus Sierra Leone oder vielleicht sogar während des Flugs angesteckt hat«, sagte Ellen.

»Aber wie soll das passiert sein?«, fragte Nattie.

»Ich weiß es nicht.«

»Soll das heißen«, wollte Eli wissen, »Sie nehmen an, jemand hätte sie absichtlich infiziert?«

»Das ist die Möglichkeit, die ich untersuche. Ich bitte Sie beide, mit niemandem über meinen Verdacht zu sprechen, bis ich meine Nachforschungen beendet habe. Es geht um Leben und Tod. Können Sie mir darauf Ihr Wort geben?«

»Ja«, sagten sie wie aus einem Mund. »Selbstverständlich«, bekräftigte Nattie ihre Bereitschaft.

»Ich danke Ihnen. Ich überprüfe zurzeit die Möglichkeit, dass jemand auf dem Flug in die USA Ihnen den Virus übertragen hat. Nattie, dies ist eine Liste der Leute, die auf dem Flug von Freetown nach Ghana mit Ihnen im Flugzeug gesessen haben, und das hier sind die Passagiere, die mit Ihnen von Ghana in die Vereinigten Staaten geflogen sind. Sagt Ihnen irgendeiner dieser Namen etwas? Wie Sie sehen, waren sechsundvierzig Passagiere auf dem ersten Flug, Sie eingeschlossen. Siebenunddreißig davon befanden sich unter den hundertsechzig Passagieren auf dem Flug nach Baltimore. Können Sie sich an irgendeinen von diesen Namen erinnern?«

Nattie schüttelte den Kopf.

»Es ist drei Jahre her«, sagte sie. »Außerdem habe ich mein Gedächtnis teilweise verloren, als ich krank war. Ich fürchte, ich kann Ihnen nicht helfen. Tut mir Leid.«

»Dein Gedächtnis ist völlig in Ordnung«, entgegnete Eli. »Mir sagen diese Namen auch nichts. Aber sagen Sie mal, Ellen, glauben Sie, es war Zufall, dass ausgerechnet Nattie infiziert wurde, oder war es Berechnung?«

Ellen überlegte.

»Wissen Sie, über diese Frage habe ich noch nie nachgedacht.«

Sie suchte nach den richtigen Worten, um über die zehn Fälle von Lassa-Fieber zu sprechen, die Nattie angeblich durch ihre Arbeit in der Kantine angesteckt hatte, darunter die beiden Kinder, die gestorben waren. Aber Nattie kam ihr zuvor.

»Wenn jemand die Krankheit verbreiten wollte, dann wäre jemand wie ich, die in einer Krankenhauskantine arbeitet, das perfekte Opfer. Aber das würde natürlich bedeuten, dass jemand weiß, womit ich –«

»Was ist los?«, fragte Ellen, die den verblüfften Ausdruck auf Natties Gesicht bemerkte.

»Eli, erinnerst du dich noch an den Mann auf dem Flug von Sierra Leone? Der große, der mich vor den Toiletten angesprochen hat? Er war auch in dem anderen Flugzeug.«

»Der Weiße?«

»Genau. Er war Vertreter für irgendwas. Versicherungen, glaub ich. Du hast noch gesagt, wie furchterregend er aussah.«

»Ja, ich erinnere mich an ihn.«

»Er war sehr charmant und hat viel geredet – wollte alles Mögliche von mir wissen. Hat es aussehen lassen wie ein Spiel, als wäre er ein so routinierter Vertreter, dass er die unterschiedlichsten Dinge über mich einfach erraten könnte.«

Ellen spürte, wie ihr Puls sich beschleunigte.

»Sonst noch jemand?«, fragte sie für alle Fälle.

»Nein, niemand, an den ich mich erinnern kann.«

Ellen fiel plötzlich das Gedächtnistraining ein, das Rudy mit ihr gemacht hatte.

»Okay«, sagte sie. »Könnte ich einen Stift und ein Blatt Papier haben?«

»Selbstverständlich.«

Eli brachte ihr mehrere Blätter Schreibmaschinenpapier.

»So«, sagte Ellen. »Ich werde mich jetzt ins Wohnzimmer zurückziehen und dann möchte ich, dass Sie beide sich zusammensetzen und alles über den Mann aufschreiben, was Ihnen einfällt – wie er aussah, wie er sich benommen hat, auch alles, was Sie mir bereits gesagt haben. Entspannen Sie sich und lassen Sie Ihren Gedanken freien Lauf. Ich weiß, es ist lange her, aber tun Sie Ihr Bestes. Nehmen Sie sich so viel Zeit, wie Sie brauchen, und wenn Sie sich über einen Punkt nicht einigen können, schreiben Sie beide Meinungen auf.«

»Wir werden uns Mühe geben«, sagte Nattie.

Eine Viertelstunde später fiel den Serwangas nichts mehr ein. Sie riefen Ellen zurück ins Esszimmer und reichten ihr den Zettel.

groß
kräftig
muskulös
gewieft
aalglatt
charmant
überschwänglich
dichtes Haar
plattes Gesicht ... wie eine Zeichentrickfigur, die einen Schlag mit einer Bratpfanne abgekriegt hat
tiefe Stimme
möglicherweise Texas-Akzent
Narbe im Gesicht

Ellen hatte das Gefühl, als würde ihr das Herz stehen bleiben.

»Die Narbe«, sagte sie mit zitternder Stimme. »Können Sie mir mehr darüber erzählen?«

»Das hat Nattie aufgeschrieben«, sagte Eli. »Ich kann mich an keine Narbe erinnern.«

»Er hatte aber eine. Da bin ich mir ganz sicher. Und zwar genau hier.«

Sie zeigte auf die Stelle zwischen ihrer Nase und ihrer Oberlippe.

»Das ist er«, entfuhr es Ellen.

»Wer?«

»Ein ganz übler Mann. Ich glaube, wir sind da einer schlimmen Sache auf der Spur.«

»Mir ist gerade noch ein Wort aufgefallen, das wir auf die Liste setzen sollten – ungeschickt.«

»Was meinen Sie damit?«

»Ich stand vor den Toiletten. Er kam vorbei, stolperte und fiel fast auf mich drauf.«

25

Matt und Nikki frühstückten in einem Diner am Ufer des Susquehanna. Es war ein romantisches Restaurant mit einer Veranda über dem Fluss. Andererseits hätten Matt und Nikki an diesem besonderen Morgen auch das Ambiente bei McDonald's oder Burger King romantisch gefunden. Seit über einer Stunde war kein Wort über Bill Grimes, Spongiforme Encephalopathie oder Belinda-Kohle gefallen. Stattdessen hatten sie Händchen gehalten und sich halb totgelacht über die witzigen oder peinlichen Anekdoten aus ihrer beider Leben oder sich wegen trauriger Erinnerungen gegenseitig getröstet. Nachdem die Kellnerin zum dritten Mal vergeblich an ihren Tisch gekommen war, um die Bestellungen aufzunehmen, kehrte sie mit zwei herzförmigen Lutschern zurück und einer Rechnung über zwei Dollar wegen öffentlich zur Schau gestellter Zärtlichkeiten.

Nachdem sie herzhaft über den Scherz gelacht hatten, bestellten sie ihre Pfannkuchen mit Ahornsirup.

In der Nähe der Toiletten befand sich ein Münzfernsprecher. Während sie auf ihr Frühstück warteten, rief Matt seinen Onkel im Krankenhaus an.

»Hallo Hal, hier ist Matt.«

»Hallo, wie geht's? Hast du was von deiner Patientin gehört?«

»Es geht mir nicht besonders gut, ehrlich gesagt. Und, ja, Nikki Solari ist in Sicherheit. Wir sind zusammen in

Pennsylvania. Hal, irgendwas extrem Seltsames und Gefährliches geht hier vor. Es hat mit diesen eigenartigen Krankheitsfällen zu tun.«

»Mit den Bergleuten?«

»Mit denen und der jungen Frau, die gestorben ist, Kathy Wilson. Und Bill Grimes hat seine Finger im Spiel.«

»Meiner Einschätzung nach ist Grimes gewieft und machthungrig«, erwiderte Hal, »aber er ist kein schlechter Kerl.«

»Hal, er ist ein übler Bursche. Glaub mir.«

Hal Sawyer hörte geduldig zu, als Matt ihm von Nikkis Entführung und der Rettungsaktion sowie den neuesten Erkenntnissen berichtete, die die mikroskopische Untersuchung von Kathy Wilsons Gehirn ergeben hatte.

»Spongiforme Encephalopathie«, sagte Hal, als Matt geendet hatte. »Ich komme mir ja direkt blöd vor, dass ich so was übersehen habe.«

»Dazu besteht kein Grund. Das Gehirn von Kathy Wilson sah auf den ersten Blick völlig normal aus, wahrscheinlich ebenso wie die Gehirne der beiden Bergleute, die du untersucht hast. Niemand hat von dir erwartet, dass du eine mikroskopische Untersuchung ihrer Gehirne durchführst. Der Mann in Boston hat das nur gemacht, weil Nikki Solari darauf bestanden hat.«

»Glaubst du denn immer noch, dass das alles etwas mit dem Bergwerk zu tun hat?«

»Da bin ich mir ganz sicher. Ich weiß nicht genau, wo der Zusammenhang liegt zwischen dem Bergwerk und dieser Prionenerkrankung, aber ich weiß, dass es ihn gibt. Und Grimes steht auf der Gehaltsliste der Bergwerksgesellschaft. Irgendwelche Vorschläge, was wir tun könnten?«

Hal überlegte.

»Ich würde sagen, am besten du zeigst jemandem von

der Gesundheitsbehörde diese Giftmülldeponie, die du entdeckt hast.«

»Ja, du hast Recht.«

»Im Amt für Gesundheit und Arbeitssicherheit in Washington sitzt ein Mann, Fred Carabetta. Er schuldet mir noch einen Gefallen für ein Sachverständigengutachten, das ich vor ein paar Jahren für ihn angefertigt habe. Ich könnte ihn daran erinnern und versuchen, ihn dazu zu überreden, dass er sich die Giftmüllfässer mit uns zusammen ansieht. Wenn wir ihn erst mal auf unserer Seite haben, dann können wir Druck auf BC&C ausüben.«

»Wenn die Fässer noch da sind.«

»Na ja, also darauf haben wir keinen Einfluss. Das ist Regel Nummer zwei im Buch deines Patenonkels –«

»Ich weiß, ich weiß. Regel Nummer eins: Den Satz ›Kann ich nicht‹ gibt's nicht. Regel Nummer zwei: Wenn du etwas nicht beeinflussen kannst, lass es dich nicht beeinflussen.«

»Hervorragend. Ich bin stolz auf dich, dass du die Regeln nach all den Jahren noch nicht vergessen hast.«

»Das liegt daran, dass du sie mir bei jeder Gelegenheit unter die Nase reibst.«

»Na, dann bin ich eben froh, dass du immer gut aufpasst. Hör zu, Matt, ich werde sehen, was ich wegen Fred Carabetta tun kann. Wie kann ich dich erreichen?«

»Ruf einfach bei mir zu Hause an und hinterlass eine Nachricht auf dem Anrufbeantworter. Ich höre ihn regelmäßig ab und dann melde ich mich bei dir.«

»Ich werde auch diesen Gerichtsmediziner in Boston anrufen. Mal sehen, ob er mir sagen kann, welche Färbemethode er benutzt hat.«

»Hast du noch Gewebeproben von den beiden Bergleuten?«

»Schätze schon.«

»Bitte sprich mit niemandem über Grimes, bis wir beide Gelegenheit hatten, miteinander zu reden, ja? Er ist gefährlicher, als du glaubst.«

»Wenn du dir deiner Sache so sicher bist, warum gehst du dann nicht zu einer anderen Polizeidienststelle und zeigst ihn an?«

»Nikki würde das am liebsten tun, aber ich hab es ihr vorerst ausgeredet. Soviel ich weiß, halten Polizisten fest zusammen. Kein Kollege von Grimes wird sich in aller Ruhe anhören, was wir zu berichten haben, und dann nach Belinda fahren, um Grimes zu verhaften. Und sobald wir uns blicken lassen, hat er uns sofort im Visier, egal, was wir gegen ihn vorbringen. Ich würde damit lieber noch warten.«

»Also gut, wie du meinst. Aber sei vorsichtig. Ich rufe dich im Laufe des Tages an. Übrigens habe ich heute Morgen deine Mutter besucht. Sie hat wirklich inzwischen häufiger Aussetzer.«

»Ich weiß. Ich war gestern kurz bei ihr. Wahrscheinlich wird sie bald in ein Pflegeheim müssen. Ich werde mich darum kümmern, sobald diese Sache hier vom Tisch ist. Danke für deine Hilfe, Hal.«

»Du bist auf der richtigen Fährte, Matt. Da bin ich mir ganz sicher.«

»Ich auch«, sagte Matt. »Ich auch.«

Matt kehrte an den Tisch zurück. Die Pfannkuchen waren erstklassig. Als sie gingen, hinterließen sie der Kellnerin ein dickes Trinkgeld.

»Weißt du, worüber ich wirklich froh bin?«, fragte Matt, als sie auf die Harley zugingen. »Ich bin heilfroh, dass diese Typen dich nicht umgebracht haben.«

»Gott, bist du romantisch. Gut zu wissen, dass wir was

gemeinsam haben. Ich bin auch verdammt froh, dass die mich nicht umgebracht haben.«

Als sie sich über das Motorrad beugte, um ihn zu küssen, hupte ein vorbeifahrender Lastwagenfahrer. Kaum hatten sie sich voneinander gelöst, bemerkten sie ein paar vereinzelte Regentropfen. Eine Viertelstunde später fuhren sie durch Nieselregen. In einem Wal-Mart außerhalb von York kaufte Matt für sie beide Regenkleidung, aber die nächsten fünf Stunden war die Fahrt sehr ungemütlich und es ging nur langsam voran. Sie überlegten kurz, in einem Motel zu übernachten, aber Nikki wollte unbedingt nach Hause. Bis der Himmel wieder aufklarte, waren sie immer noch mehrere Stunden von Boston entfernt, nachdem sie um New York herum in dichten Berufsverkehr geraten waren. Um neun Uhr rief Nikki im Büro an, um Joe Keller Bescheid zu sagen, dass sie spät dran waren und wahrscheinlich nicht vor elf eintreffen würden, erreichte jedoch niemanden.

»Entweder arbeitet er noch im Obduktionsraum«, sagte sie, »oder er ist essen gegangen. Ich hätte ihm nicht sagen sollen, dass wir kommen, aber jetzt, wo er es weiß, wird er bestimmt auf uns warten.«

Matt benutzte die Pause, um seinen Anrufbeantworter abzuhören. Er hatte zwei Nachrichten. Die erste war von Mae, die ihm berichtete, dass es keine Nachrichten über seine Patientin Nikki Solari gab, dass sie sich Sorgen machte, weil sie den ganzen Tag nichts von ihm gehört hatte, und dass sie hoffte, seine Abwesenheit sei auf nichts Ernsteres zurückzuführen als auf das merkwürdige Verhalten, das er seit einiger Zeit an den Tag legte. Die zweite Nachricht stammte von Hal.

»Gute Nachrichten, Matt. Nicht umwerfend, aber gut. Fred Carabetta will vorerst nichts gegen die Bergwerksgesellschaft unternehmen, ist aber bereit, sich in seinem Büro mit uns zu unterhalten. Morgen um drei. Constitution Avenue 200. Ich weiß ja nicht, wo du bist, aber ich hoffe, du schaffst es.«

Matt rief seinen Onkel erst im Büro und dann zu Hause an und hinterließ auf beiden Anrufbeantwortern die Nachricht, dass er pünktlich um fünfzehn Uhr in Carabettas Büro erscheinen werde. Anschließend sprach er auf den Anrufbeantworter in seiner Praxis die Nachricht für Mae, es gehe ihm gut und er werde sich wieder bei ihr melden. Nachdem er den Hörer aufgelegt hatte, teilte er Nikki mit, was er von Hal erfahren hatte.

»Ich fahre morgen mit dem Motorrad nach Washington«, sagte er. »Willst du mitkommen?«

»Bekommst du für deine Motorradfahrten Vielfahrer-Bonuspunkte?«

»Für die Fahrt nach Washington sogar doppelt, weil das Pendelverkehr ist.«

»Vielen Dank, ich würde dich wirklich gern begleiten, aber ich glaube, ich muss erst mal hier bleiben. Erstens fühle ich mich ziemlich erschöpft und zweitens werde ich dafür bezahlt, dass ich Leichen zerschnippele. Zwar mache ich das für einen Hungerlohn, aber den bekomme ich auch nur, wenn ich zur Arbeit erscheine. So steht es in meinem Vertrag.«

»Verstehe. Ich komme zurück, sobald ich diese Geschichte mit der Bergwerksgesellschaft hinter mir habe.«

Es war kurz vor elf, als sie über den Southeast Expressway auf die glitzernden Lichter von Boston zusteuerten. Der Regen hatte aufgehört und die Luft war kühl und frisch.

»Bist du noch mal in Boston gewesen, seit du hier als Assistenzarzt gearbeitet hast?«, fragte Nikki.

»Nein«, rief er über die Schulter. »Als ich zu Anfang wieder in Belinda war, hab ich wie ein Blöder in der Notaufnahme geschuftet, um das Geld für eine eigene Praxis zusammenzubekommen. Kurz darauf wurde Ginny krank. Seit ihrem Tod fällt es mir schwer genug, jeden Morgen aufzustehen und zur Arbeit zu gehen, wie sollte ich da auf die Idee kommen, aus lauter Nostalgie einen Ausflug nach Boston zu machen. Aber die Stadt hat mir damals sehr gefallen.«

Das gerichtsmedizinische Institut lag in der Nähe der Autobahnabfahrt. Bis auf die Nachtbeleuchtung war das dreistöckige Gebäude dunkel. Nikki läutete mehrmals am Haupteingang. Sie hörten, wie das Klingeln im Eingangsbereich widerhallte, aber drinnen rührte sich nichts.

»Seltsam«, sagte Nikki. »Normalerweise ist der Hausmeister die ganze Nacht da. Selbst wenn der nicht da ist, arbeitet Joe häufig bis nach Mitternacht. Ich kann mir gar nicht vorstellen, dass er nach Hause gefahren ist, wo er doch wusste, dass wir kommen.«

»Vielleicht hat er sich nicht gut gefühlt«, überlegte Matt.

»Vielleicht. Die Eingangstür lässt sich mit einer Code-Karte öffnen, die bei meinen Sachen in West Virginia ist. Aber hinten gibt es noch einen Notausgang mit einem Zahlenschloss. Joes Büro liegt sowieso hinten raus. Vielleicht hört er die Klingel einfach nicht.«

Matt folgte ihr durch eine schwach beleuchtete Gasse auf die Rückseite des Gebäudes.

»Siehst du«, sagte sie. »Da oben im ersten Stock, wo das Licht brennt, ist Joes Büro. Wusste ich doch, dass er noch da ist.«

»Wahrscheinlich hattest du Recht und er hat uns nicht gehört. Das ist ein ziemlich lang gestrecktes Gebäude, es erinnert mich irgendwie an einen Flugzeugträger.«

Nikki tippte den Zahlencode ein und trat in das hintere Treppenhaus, in dem das beleuchtete Ausgangsschild ein unheimliches Licht verbreitete. In der Luft lag der unverkennbare Geruch von Formaldehyd. Nikki eilte Matt voraus die Treppe hinauf in den ersten Stock und öffnete die Tür zu einem mit Teppichboden ausgelegten Korridor.

»Joe, wir sind's«, rief sie.

Sie klopfte an die Tür mit dem Schild JOSEF KELLER, M. D. CHIEF MEDICAL EXAMINER, dann drückte sie sie auf. Das Büro war hell erleuchtet von einer Neonlampe an der Decke und einer Schreibtischlampe. Joe Keller saß mit dem Rücken zur Tür an seinem Schreibtisch.

»Joe«, sagte Nikki, »warum haben Sie –«

Dann sah sie das Blut auf dem Boden. Sie stürzte auf den Schreibtischstuhl zu, dann schrie sie auf. Der ganze Schreibtisch und auch Joe Kellers Gesicht und Kleider waren mit dunklem, geronnenem Blut bedeckt. Sein Kopf war ihm auf die Brust gesunken. Nikki hob ihn vorsichtig an. Kellers Gesicht war zerschmettert, direkt über der Nase war eine Kugel in seinen Kopf gedrungen. Seine Augen waren offen und starrten leer aus den Höhlen. Seine Nickelbrille baumelte an einem Ohr.

»Sieh mal«, sagte Matt und zeigte auf Kellers rechte Hand, die in seinem Schoß lag.

Der Zeigefinger war am mittleren Knöchel glatt abgetrennt worden.

»Mein Gott!«, schrie Nikki und taumelte rückwärts. »O mein Gott, wer hat ihm das angetan?«

Matt nahm sie in die Arme und drückte sie an sich.

»Liebling, bitte, fass nichts an«, sagte er.

»Wer tut denn so etwas? Und warum? Er war so ein liebenswerter Mensch. Warum nur? O Gott! O Scheiße! Nein!«

Sie trat von einem Fuß auf den anderen und schlug sich mit den Fäusten gegen die Schenkel. Matt führte sie weg von ihrem toten Mentor. Er versuchte, sie zu trösten und gleichzeitig zu erfassen, was sich seinen Augen darbot und aufmerksam zu bleiben, falls der Killer noch im Gebäude sein sollte. Er dachte an die Pistole in seinem Motorradkoffer und verfluchte sich im Stillen dafür, dass er sie nicht mitgenommen hatte, als Keller die Tür nicht aufgemacht hatte. In dem Augenblick hatte er bereits geahnt, dass irgendetwas nicht stimmte, hatte dem Gefühl aber nicht genug Beachtung geschenkt. Er hegte nicht den geringsten Zweifel daran, dass die Misshandlung und der Tod des Gerichtsmediziners mit Kathy Wilson zu tun hatten. Konnte es sein, dass Grimes in der Nähe war? Oder seine Kumpane?

An einem Ende des Büros stand ein kleiner, runder Konferenztisch. Matt setzte Nikki auf den Stuhl, der von Keller abgewandt stand.

»Nikki, das tut mir alles schrecklich Leid.«

»Glaubst du, es hat was mit Grimes zu tun?«, schluchzte sie.

»Ich werde versuchen, das rauszufinden, aber ja, ich glaube es auf jeden Fall.«

Er beschloss, sie nicht noch einmal danach zu fragen, was sie Grimes bei der Trauerfeier oder später in der Hütte erzählt hatte.

»Ich – ich will dir helfen«, sagte sie.

»Gleich. Nikki, kannst du hier sitzen bleiben, während ich mich im Gebäude umsehe?«

»Ja.«

»Gut. Halt einfach die Hände auf dem Schoß. Ich weiß, dass es eine logische Erklärung dafür gibt, dass deine Fingerabdrücke hier überall zu finden sind, aber es wäre mir lieber, wenn es nicht die einzigen frischen Abdrücke eines Angestellten sind, die man hier findet.«

»Verstehe. Matt, die haben ihn *gefoltert.*«

Matt ging um den Schreibtisch herum und ließ seinen Blick durch das Büro schweifen. Keine Schusswaffe, kein Messer, kein Finger. Er ging in die Hocke und betrachtete Kellers schmerzverzerrtes Gesicht. Die Nase war mit Sicherheit zertrümmert und der Knochen über seinem linken Auge war wahrscheinlich auch gebrochen.

Am frühen Abend hatten sie erneut überlegt, ob sie die Polizei verständigen sollten, sich jedoch dagegen entschieden.

»Nikki«, sagte Matt, »kannst du einschätzen, wann er ermordet wurde?«

»Um das genau sagen zu können, müsste ich ihn gründlich untersuchen, aber nach allem, was ich gesehen habe, würde ich sagen, vor ein paar Stunden.«

»Wir können also noch damit warten, die Polizei zu benachrichtigen.«

»Und sie von einer Telefonzelle aus anrufen.«

»Dann kommst du am besten erst mal mit mir raus zum Motorrad«, sagte Matt.

»Willst du dich nicht hier umsehen und rauszufinden versuchen, warum die das getan haben?«

»Doch. Aber ich möchte mir zuerst etwas aus meinem Motorradkoffer holen, nur für den Fall, dass die noch im Gebäude sind.«

Minuten später hielt Matt Larrys Revolver in der

Hand und die beiden machten sich daran, das Institut systematisch zu durchsuchen.

»Angenommen, das hat was mit Kathy zu tun«, sagte Matt. »Was könnten die deiner Meinung nach hier gewollt haben?«

»Ich weiß es nicht. Lass uns mit den Akten anfangen. Die befinden sich in einem verschlossenen Raum hinter dem Autopsiesaal.« Nikki zog den Ärmel ihres Sweatshirts über ihre Fingerspitze und tippte den Zahlencode ein. Dann betraten sie den langen, schmalen Archivraum. »Die Krankenakten in den Regalen sind nach Fallnummern sortiert«, sagte sie, als sie auf einen schmalen Schubladenschrank zutrat. »Und diese Karteikarten sind alphabetisch geordnet.«

»Und?«

»Ich kann die Karte nicht finden. Hier sind sieben Katherine Wilsons, aber keine davon ist die Richtige.«

»Schau mal«, sagte Matt und zeigte auf einen dunkelbraunen Fleck an der Ecke des langen Tischs, der in der Mitte des Raums stand.

Nikki betrachtete den Fleck. »Sie haben Joe hierher geschleppt.«

Noch einmal blätterte sie die Kartei durch, dann nahm sie die Karten aller Wilsons heraus und legte sie auf den Tisch. Matt ging sie durch und schüttelte den Kopf.

»Nichts.«

»Wir haben von jeder Karteikarte eine Sicherungskopie im Computer.«

Nikki setzte sich an einen Computer. Nach wenigen Minuten notierte sie sich eine Nummer.

Kathy Wilsons Krankenakte war verschwunden und mit ihr sämtliche Obduktionsergebnisse.

»Beauftragt ihr ein Schreibbüro für eure Diktate?«

Nikki saß schon wieder am Rechner.

»Wir haben unseren eigenen Transkriptionsdienst im Haus. Die Daten sind von der Festplatte gelöscht worden. Sie haben an alles gedacht, außer an die Sicherungskopie. Irgendwie hat Joe es geschafft, ihnen nichts davon zu erzählen. Komm, lass uns runtergehen in die Histologie. Die liegt gleich unter der Pathologie.«

Sie verschlossen das Archiv sorgfältig und betraten den großen Autopsieraum, in dem drei Edelstahltische standen. Der mittlere Tisch war belegt. Ein Mann mit kupferfarbener Haut, bekleidet mit Arbeitsstiefeln und einer fleckigen Latzhose, lag friedlich da, die Daumen unter die Hosenträger geklemmt, und starrte mit leeren Augen an die Decke. Wo sein linkes Auge gewesen war, war ein dicker Klumpen aus geronnenem Blut und Gewebe zu sehen. Darunter befand sich zweifellos ein Einschussloch.

»O Gott«, stieß Nikki hervor und wandte sich ab.

»Der Hausmeister?«

Sie nickte. »Santiago.«

»Was für ein Einfall, seine Daumen so unter die Hosenträger zu klemmen.«

»Die Treppe zur Histologie ist dahinten.«

Sie wunderten sich nicht darüber, dass die Gewebsschnitte von Kathy Wilson und sämtliche ungeschnittenen Gewebeproben verschwunden waren.

»Nichts«, sagte Nikki, nachdem sie alles durchsucht hatten.

»Zwei Männer mussten sterben, damit jemand sicher sein konnte, dass nichts mehr vorhanden ist.«

»Matt«, sagte Nikki, »machen wir, dass wir hier wegkommen. Ich möchte nach Hause.«

»Ich weiß nicht, ob das klug ist.«

»Das ist mir egal. Du hast einen Revolver. Falls du Hemmungen haben solltest, ihn zu benutzen, kann ich nur sagen, dass meine Hemmungen in der Hinsicht völlig verschwunden sind. Ich will nach Hause. Ich möchte in meiner Küche sitzen und eine Tasse Tee trinken und überlegen, was wir als Nächstes tun müssen.«

»Also gut.«

»Danke.«

»Und, Nikki?«

»Ja?«

»Das mit Joe finde ich wirklich zum Kotzen.«

»Ich weiß.«

Schweigend fuhren sie durch die weitgehend leeren Straßen nach South Boston und parkten einen Block entfernt von dem Haus, in dem Nikki wohnte. Matt steckte sich den Revolver in den Gürtel und zog sein Sweatshirt darüber, hielt jedoch die Hand am Griff. Vorsichtig gingen sie die Straße entlang, achteten auf jede Bewegung in den am Straßenrand geparkten Autos.

»Wie kommen wir überhaupt rein?«, fragte Matt.

»Wir bewahren einen Ersatzschlüssel in einer kleinen Magnetschachtel hinter dem Regenrohr auf«, sagte Nikki. »Weil Kathy ihren dauernd verloren hat.«

Der Schlüssel war an seinem Platz. Leise gingen sie die Treppe bis in den ersten Stock hoch. Matt zog den Revolver und hielt ihn schussbereit, während Nikki den Schlüssel ins Schloss steckte, ihn vorsichtig herumdrehte und langsam die Tür öffnete.

»O nein.«

Ihre Wohnung war vollkommen verwüstet worden. Überall lagen Bücher verstreut, sämtliche Regale waren leer geräumt. Lampen waren umgestürzt, Schubladen herausgerissen und der Inhalt ausgeleert worden. Auf dem

Boden lag ein Durcheinander aus Kissen, Bilderrahmen, zerbrochenen Nippesfiguren und zerschlagenem Geschirr. Ohne darüber nachzudenken, ob die Männer noch in ihrer Wohnung sein könnten, sank Nikki auf die Knie und brach in Tränen aus. Matt kniete sich neben sie und tat das Einzige, was ihm richtig erschien – er trat die Tür zu, nahm sie in die Arme und ließ sie weinen.

Eine Viertelstunde später hockten sie immer noch an derselben Stelle auf dem Boden. Schließlich stand Nikki benommen auf und schlurfte in ihr Schlafzimmer. Wenige Minuten später kam sie mit einem halb gefüllten Rucksack wieder heraus.

»Machen wir, dass wir von hier und auch aus Boston verschwinden«, sagte sie tonlos. »Ich fühle mich, als wäre ich vergewaltigt worden.«

Matt folgte ihr aus der verwüsteten Wohnung die Treppe hinunter und hinaus zu der Stelle, wo sie das Motorrad geparkt hatten.

»Dafür werden sie bezahlen«, sagte er. »Das verspreche ich dir.«

»Wir gehen zur Polizei«, erklärte sie bestimmt und wandte sich plötzlich zu ihm um. Ihr Gesichtsausdruck war eine Mischung aus Wut und Verwirrung. »Diesmal lasse ich es mir nicht von dir ausreden. Wenn wir zur Polizei gegangen wären, als ich es zum ersten Mal vorgeschlagen habe, wäre Joe jetzt vielleicht noch am Leben.«

»Nikki, das ist doch –«

»Sag mir nicht, dass das Unsinn ist!«, fauchte sie. »Vielleicht ist es Unsinn, vielleicht auch nicht. Ich will jetzt einfach zur Polizei gehen.«

Matt schaute sich um, um zu sehen, ob jemand ihren Ausbruch mitbekommen hatte.

»Jetzt sofort?«, fragte er. »Aber –«

»Verdammt, Matt, ein guter Freund von mir ist tot und Grimes hat ihn umgebracht! Dein verdammtes Bergwerk interessiert mich einen Dreck und auch deine ... deine Theorien über Giftmüll in deiner verdammten Stadt. Joe Keller war der liebenswerteste Mensch auf der Welt. Warum zum Teufel haben die das getan? Warum?«

Schluchzend warf sie sich in seine Arme.

Matt drückte sie fest an sich. Wenn sie zur Polizei gingen, würden sie Ärger bekommen. Davon war er immer noch überzeugt. Joe Keller war schon seit mehreren Stunden tot gewesen, als sie ihn gefunden hatten, und diejenigen, die ihn getötet und Nikkis Wohnung verwüstet hatten, würden jetzt nicht leichter zu fassen sein als nach einem anonymen Anruf in einer Stunde. Wenn sie wegen Nikkis Entführung Anzeige erstatteten, würde ihr Wort gegen das von Grimes stehen. Außerdem würden sie ihre Deckung verlassen zu einem Zeitpunkt, wo ihre Freiheit und Bewegungsmöglichkeit ihre einzigen Vorteile darstellten.

»Hör zu«, sagte er. »Lass uns erst mal losfahren. Nach einer Weile halten wir an einer Telefonzelle und rufen die Polizei in Boston an. Ich hoffe, ich kann dir ausreden, persönlich in einem FBI-Büro oder auf einem Polizeirevier aufzutauchen, aber letztlich musst du das selber entscheiden.«

Nikkis Schluchzen ließ allmählich nach. Schließlich stieg sie wortlos auf die Harley.

Matt steckte den Revolver in seine Jackentasche, stieg auf sein Motorrad und ließ den Motor an. Wenn sie unbedingt zur Polizei gehen wollte, dann würde er sie hinbringen. Sie hatte so viel durchgemacht. Als er losfuhr, spürte er, wie sie ganz steif hinter ihm saß und in die Nacht hinausstarrte. Er war froh, dass sie im Schlafzimmer verschwunden war, um ein paar Sachen zu packen, froh, dass er Gelegenheit gehabt hatte, sich in ihrem Wohnzimmer umzusehen, bevor sie zurückkehrte, froh, dass er einen Blick auf das Kaminsims geworfen hatte. Irgendwann in der nächsten halben Stunde würde er am Straßenrand halten und wenn er sicher war, dass sie nicht genau darauf achtete, was er tat, würde er das, was er auf ihrem Kaminsims gefunden hatte, ins Gebüsch werfen.

Und der Verbleib von Joe Kellers Finger würde für immer ein ungelöstes Rätsel darstellen.

26

Um kurz nach zwei fanden Matt und Nikki ein Motel in der Nähe von Stamford, Connecticut. Verwirrt und verängstigt meldeten sie sich an und brachten ihr weniges Gepäck in den ersten Stock. Das Zimmer war einfach, aber gepflegt mit Blick auf die Interstate 95.

Sie waren über wenig befahrene Straßen südlich durch Providence und dann weiter nach Connecticut gefahren. Die ganze Zeit über hatten sie kein Wort miteinander gesprochen und Matt war deutlich unter der Geschwindigkeitsbegrenzung geblieben. Die Stimmung zwischen ihnen war angespannt, weil Nikki nach wie vor beabsichtigte, sich an die Polizei und eventuell sogar ans FBI zu wenden, während Matt es vorzog, Bill Grimes möglichst keinen Hinweis auf ihren Aufenthaltsort zu geben, solange die Sache mit Belinda Coal and Coke nicht erledigt war. Kurz hinter Providence bat Nikki ihn, von der Autobahn abzufahren. Von einer Raststätte aus rief sie die Polizei an.

»Im Institut für Gerichtsmedizin in der Albany Street ist ein Doppelmord verübt worden«, sagte sie. »William Grimes, G-r-i-m-e-s, der Polizeichef von Belinda, West Virginia, ist für die Morde verantwortlich.«

Eine Minute später waren sie wieder auf der Autobahn.

»Fühlst du dich besser?«, fragte Matt.

»Nicht viel. Grimes wird wahrscheinlich behaupten, er weiß von nichts, und irgendein Verrückter, den er mal verhaftet hat, will ihm was anhängen.«

»Wenn die Leichen erst einmal gefunden sind, wird die Polizei wahrscheinlich jeden vernehmen, der in dem Gebäude arbeitet. Es wird nicht lange dauern, bis sie dahinter kommen, dass du angerufen haben musst.«

»Das ist mir egal. Ich weiß, dass es dir nicht egal ist, aber mir ist es egal. Wir beide sind die Einzigen, die Joes Mord mit Grimes in Verbindung bringen können. Unsere Aussage wird gegen seine stehen, aber zwei Doktortitel müssen schließlich irgendwas wert sein. Wenn wir morgen früh aufstehen, möchte ich als Erstes zum FBI gehen, um die Morde anzuzeigen. Außerdem will ich wegen der Entführung Anzeige erstatten. Das fällt auf jeden Fall in den Zuständigkeitsbereich des FBI. Wenn du willst, werde ich denen sagen, ich wüsste nicht, wo du bist. Dann könntest du nach Washington fahren und dich mit dem Mann treffen, von dem dein Onkel gesprochen hat.«

»Tu, was du für richtig hältst«, erwiderte Matt.

»Es tut mir wirklich Leid, wenn ich deinen Plänen in die Quere komme.«

»Hoffen wir, dass es dazu nicht kommt.«

»Du bist sauer.«

»Nein, ich bin nicht sauer. Ich hätte gerne, ich weiß nicht recht, unsere Position ein bisschen abgesichert, bevor wir die Polizei einschalten, vielleicht mit einem Anwalt gesprochen.«

»Tut mir Leid.«

»Du brauchst dich nicht zu entschuldigen. Seit du nach Belinda gefahren bist, lebst du in einem Alptraum. Du hast ein Recht, zu tun, was du für richtig hältst.«

»Und du auch«, sagte sie.

»Ich auch«, hatte Matt erwidert, als er die Auffahrt zur Autobahn genommen und Gas gegeben hatte.

Ich auch.

Nikki duschte sich und zog sich im Bad zum Schlafengehen um. Als sie herauskam, hatte Matt sich eine Trainingshose angezogen. Er saß im Sessel neben dem kleinen Schreibtisch, so weit wie möglich vom Bett entfernt, und blätterte in einem Hotelprospekt.

»Kommst du ins Bett?«, fragte sie kühl.

»Später«, antwortete er in demselben Ton. »Ich bin noch ziemlich aufgedreht von der Fahrt und von allem, was passiert ist. Stört dich das Licht?«

»Eigentlich nicht.«

»Gut.«

Diese Frau war in vieler Hinsicht anders als Ginny, dachte Matt, aber nicht, wenn es darum ging, sich abzuschotten. Dabei würde er sie jetzt so gerne in die Arme nehmen. Stattdessen blieb er in seinem Sessel sitzen und betrachtete lustlos die Hochglanzfotos eines Hotels in einer schneebedeckten Berglandschaft.

Nikki rollte sich in die Decke ein. Sie hatte ihm den Rücken zugekehrt, aber an ihrer Atmung erkannte er, dass sie nicht schlief.

»Schläfst du?«, fragte er schließlich.

»Nein.«

»Das war ein grauenhafter Abend.«

»Ja. Joe war so ein wundervoller Mann.«

Mehrere Minuten vergingen.

»Hör mal«, sagte er dann. »Ich weiß eigentlich nicht viel über Prionenerkrankungen. Wenn du Lust hast, könntest du mir, da wir offenbar beide nicht schlafen können, ein bisschen darüber erzählen. Du hast immerhin eine ganze Menge über dieses Thema gelesen und außerdem hast du diesen Vortrag gehört.«

Langsam drehte Nikki sich um und stützte ihr Kinn in eine Hand.

»Du meinst den Vortrag von Stanley Prusiner?«

»Genau.«

»Bist du auf diesen Trick verfallen, weil die Stimmung zwischen uns im Moment ein bisschen angespannt ist?«

»Nein ... Na ja, ich meine, doch ... Ich meine, ich weiß wirklich kaum etwas über Prionenerkrankungen. Ich würde daher nicht von einem Trick sprechen, mehr von einem Bemühen, Fakten zu sammeln.«

»Hast du vor, da auf dem Sessel sitzen zu bleiben?«

»Das möchte ich eigentlich nicht.«

»Ich auch nicht.«

»Was mache ich dann noch hier?« Er setzte sich auf die Bettkante neben sie. »Ich mache dir einen Vorschlag. Was hältst du davon, wenn ich dir ein bisschen deine verspannten Schultern massiere, während du mich über Spongiforme Encephalopathie aufklärst?«

»Ich glaube, das würde Stanley gefallen.« Sie legte sich auf den Bauch und er begann, ihren Rücken zu kneten. »Mmmm. Vielleicht ein bisschen sanfter. Ah, ja, so ist es perfekt. Also gut, dann wollen wir mal sehen. Du weißt ja bereits, dass Prionen Eiweißpartikel sind, die sich selbst reproduzieren können. Keine DNS, keine RNS, sie multiplizieren sich einfach. Unglaublich.«

»Das ist so ziemlich alles, was ich weiß.«

»Du wirst langsamer. Möchtest du etwas über das Thema lernen oder nicht? So ist es besser. Okay. Prionen kommen ganz normal im menschlichen Körper vor und wahrscheinlich in jedem Organismus, der ein Nervensystem besitzt. PrPC ist die Abkürzung für diese normalen Prionen. Manche Menschen und manche Tiere haben das Pech, dass ein paar von ihren PrPC-Prionen mutieren. Daraufhin bildet sich ein toxisches Prion, bekannt als PrPSc. Das Gehirn und das Nervensystem nehmen das falsche Prion auf, ohne es zu merken. Dann zerfällt das normale Nervengewebe und der befallene Organismus stirbt ab.«

»Das kommt bei Menschen und bei Kühen vor.«

»Und bei Nerzen und Hirschen und Katzen, sogar bei Affen. Ich schätze, je mehr man forscht, umso mehr spongiforme Erkrankungen wird man entdecken. Möglicherweise sind Prionen auch für andere degenerative Krankheiten verantwortlich, zum Beispiel Alzheimer.«

»Meine Mutter hat Alzheimer.«

»Ja. Das hat mich so traurig gemacht heute Morgen, als du mir von ihr erzählt hast.«

»Meistens habe ich allerdings den Eindruck, dass sie selbst besser damit klarkommt als die Menschen in ihrer Umgebung.«

»Tja, wir wissen es noch nicht, aber möglicherweise hat sie eine von Prionen verursachte Krankheit. Macht dich das Massieren müde?«

»Nein.«

»Wenn das so ist, dann könntest du dich noch ein bisschen intensiver um meine Schultern kümmern, bitte. Ah, ja. Super. Gott, tut das gut.«

»Kann man eine Prionenerkrankung also nur durch Mutation bekommen?«

»Nein. Der Erreger kann auf verschiedenen Wegen in den Körper gelangen. Die Prionen, die zum Beispiel BSE oder Kuru verursachen, werden mit der Nahrung aufgenommen. Leute, die eine Hornhauttransplantation von einem Spender erhalten, der infiziert war, können auf diese Weise angesteckt werden. Ich nehme an, das sind nicht die einzigen Möglichkeiten.«

»Und es dauert sehr lange, bis die ersten Symptome auftauchen?«

»Bis zu mehreren Jahrzehnten. Bisher hat es nur etwa hundert Fälle von Rinderwahnsinn in England gegeben, obwohl die Leute tonnenweise Rindfleisch gegessen haben, bevor die Krankheit erkannt und davor gewarnt wurde. Das könnte bedeuten, dass tausende von Menschen infiziert sind, von denen man noch nichts weiß. Obwohl ich das nicht annehme.«

»Was meinst du?«

»Die Arme. Du solltest die Oberarme bearbeiten. Du machst das sehr gut.«

»Danke.«

»Bist du eigentlich genauso wie all die anderen Kerle, die einem erzählen, sie wären ganz wild darauf, einem den Rücken zu massieren, und wenn eine Frau sich auf sie einlässt, stellt sich heraus, dass die erste Massage die einzige ist, die sie je bekommen wird? Von dem Moment an wollen sie nur noch selbst massiert werden.«

»Kann sein. Das wirst du bestimmt noch rausfinden. Aber erzähl weiter. Warum glaubst du nicht, dass tausende von Menschen in England mit BSE infiziert sind?«

»Teilweise deswegen, weil es bisher noch keine tausende – oder zehntausende – von Fällen gibt. Ich habe den Eindruck, dass nur ein verschwindend geringer Prozentsatz derjenigen, die mit PrPSc-Prionen in Berührung kommen, infiziert werden. Wie sollte es anders sein?«

»Und wie kommt das?«

»Was glaubst du denn, wie es kommen könnte?«

»Genetische Faktoren?«

»Gut möglich. Wie bei den meisten Krankheiten wissen wir eigentlich überhaupt nicht, warum der eine, der mit dem Erreger in Kontakt kommt, infiziert wird, und der andere nicht. Ein bisschen fester, Doc. Perfekt. Wenn du mir jetzt sagst, das ist einfach Pech, dann sage ich dir, dass diese Erklärung, was Infektionskrankheiten angeht, so gut wie jede andere ist. Ich glaube, dass denjenigen, die eine spongiforme Krankheit bekommen, entweder ein schützendes Gen fehlt, oder dass sie ein Gen besitzen, das im Prinzip die veränderten Eiweiße zum Bleiben einlädt.«

Nikki drehte sich um, zog Matt zu sich herunter und küsste ihn auf den Mund.

»Weißt du was?«, sagte sie. »Wir halten in New Jersey in irgendeiner Stadt an, ich gehe ins FBI-Büro vor Ort und erstatte meine Anzeige. Und anschließend fahre ich mit dir, wohin du willst. Abgemacht?«

»Ich bin dagegen.«

»Das weiß ich.«

»Okay, abgemacht ... Aber du führst noch was anderes im Schilde, ich sehe es an deinen Augen. Was ist es? Los, spuck's aus.«

»Matt, es fällt mir schwer, das zu sagen, und ich hoffe, dass es dich nicht ärgert oder entmutigt, wenn ich es doch tue, aber deine Theorie mit dem Bergwerk überzeugt mich einfach nicht.«

»Wie meinst du das?«

»Ich meine, ich sehe keinen Zusammenhang zwischen dem Giftmüll und dem Krankheitssyndrom, dem wir auf die Spur gekommen sind.«

»Aber die Giftmülldeponie ist da. Ich habe sie selbst gesehen.«

»Sicher. Angenommen, die beiden Bergleute hatten dieselbe spongiforme Krankheit, die Joe Keller bei Kathy festgestellt hat. Spongiforme Encephalopathie, jedenfalls die vier oder fünf verschiedenen Typen, die uns bekannt sind, wird durch Prionen verursacht, aber ich kann mir nicht vorstellen, wie Giftmüll eine Prioneninfektion verursachen soll.«

»Also«, sagte er nach einer Weile, »lass mich mal überlegen. Es gibt gute und nützliche Prionen, die jeder hat und schätzt, richtig?«

»Ja.«

»Und es gibt schlechte, teuflische PrPSc-Prionen, die spongiforme Erkrankungen verursachen, richtig?«

»Im Prinzip, ja.«

»Was würdest du denn sagen, wenn der Kontakt mit dem Gift dafür sorgt, dass die Leute empfänglicher werden für die schlechten Prionen ... oder ... oder wenn er Mutationen verursacht, sodass die guten Prionen sich in schlechte verwandeln? Organische Gifte können immerhin Mutationen verursachen, die im weiteren Verlauf Krebs auslösen.«

»Das stimmt. Aber vergiss nicht, solche Erkrankungen entwickeln sich über viele Jahre hinweg, manchmal sogar Jahrzehnte. Wenn unsere drei Kandidaten also mit toxischen Substanzen in Kontakt gekommen sind, dann müsste das passiert sein, bevor einer von ihnen alt genug war, um in einem Bergwerk zu arbeiten. Und was ist mit Kathy? Sie ist, soweit wir wissen, nie auch nur in die Nähe des Bergwerks gekommen.«

»Und was ist mit der Grundwasserkontamination?«

»Die Toxine aus der Mine gelangen ins Wasser und beschleunigen die Prionenmutation. Ist es das, was du glauben möchtest?«

»Ganz genau, das möchte ich glauben«, erwiderte Matt.

Sie küsste ihn erneut, dann umarmte sie ihr Kopfkissen und rollte sich ein.

»Ich glaube es auch«, sagte sie verträumt.

Aber Matt spürte, dass das nicht stimmte. Er wartete, bis ihre Atmung ihm sagte, dass sie schlief.

»Gute Nacht«, flüsterte er.

Er streckte sich neben ihr aus. Beim Einschlafen gingen ihm Bilder von einem unterirdischen Fluss durch den Kopf, dessen reißendes Wasser an zahllosen Fässern mit Giftmüll vorbeirauschte und dann in einem dunklen Schlund verschwand.

Newark, New Jersey. Nachdem sie viermal anhalten mussten, um nach dem Weg zu fragen, brauchten sie länger, um das FBI-Büro zu finden, als von Stamford nach Newark zu gelangen. Sie hatten sich für Newark entschieden, weil sie annahmen, dass es dort ein relativ großes FBI-Büro geben würde und weil sie beide keine Lust verspürt hatten, nach Manhattan hineinzufahren. Matt fuhr langsam eine von Bäumen gesäumte Straße entlang, vorbei an dem hohen, unauffälligen Gateway Center auf der Market Street, und hielt einen Block vom FBI-Büro entfernt an.

»So«, sagte er, während Nikki ihren Helm abnahm und sich die Haare kämmte, »da wären wir.«

»Da wären wir«, wiederholte sie, die Hände in die Hüften gestemmt. »Matt, du wirkst gestresst. Ich dachte, wir hätten uns auf einen Plan geeinigt.«

»Das Ganze gefällt mir einfach nicht.«

»Das verstehe ich. Aber du könntest es mir trotzdem ein bisschen leichter machen.« Sie umschlang ihn mit den Armen. »Na, komm schon.«

»Tut mir Leid«, murmelte Matt und drückte sie an sich. »Es fällt mir einfach immer noch schwer, hinzunehmen, wenn die Leute meinen Standpunkt nicht als den Einzigen und Besten akzeptieren.«

»Du kannst mit mir kommen, wenn du willst.«

»Die FBI-Leute könnten leicht nervös reagieren auf einen Mann mit Pferdeschwanz, der nicht Steven Seagal heißt. Pass auf, ich werde von der Telefonzelle aus, die wir eben gesehen haben, meinen Onkel anrufen. Und anschließend komme ich vielleicht nach.«

»Es dürfte ja nicht allzu lange dauern, eine Anzeige zu erstatten.«

»Wir haben es hier mit einer Regierungsbehörde zu tun. ›Dürfte nicht lange dauern‹ ist ein Konzept, dass den Mitarbeitern dieser Behörde nicht bekannt ist.«

»Halt die Stellung.«

Matt schaute ihr nach, überlegte, ob er ihr folgen sollte, entschied sich dagegen, stieg wieder auf seine Harley und fuhr einen Block zurück. Er hatte zwei Nachrichten auf seinem Anrufbeantworter. Eine war von Mae, die ihn an einen Zahnarzttermin erinnerte und ihm mitteilte, dass sie die Patienten, die er für den Nachmittag bestellt hatte, zu einem Kollegen geschickt hatte.

»Ich hoffe, es geht Ihnen gut«, fügte sie mit besorgter Stimme hinzu.

Die zweite Nachricht, die noch vom Vorabend stammte, war von Hal.

»Es ist alles arrangiert, Matthew. Fred Carabetta erwartet uns morgen Nachmittag um drei in seinem Büro in Washington. Ruf mich zurück, damit wir uns über die Einzelheiten unterhalten können.«

Hal nahm nach dem ersten Läuten ab.

»Hallo, Matt, alles in Ordnung?«

»Nein.«

In knappen Worten schilderte er die Ereignisse der vergangenen Nacht.

»Gott, wie furchtbar«, sagte Hal. »Und von wo aus rufst du jetzt an?«

»Aus Newark. Nikki ist unterwegs zum FBI-Büro, um Anzeige zu erstatten.«

»Na, dann holst du sie am besten ganz schnell wieder zurück«, sagte Hal. »Ich wollte dir nämlich gerade eine weitere Nachricht hinterlassen. Grimes hat einen Haftbefehl für euch beide.«

»Ich hatte schon so was befürchtet. Weswegen will er uns denn verhaften?«

»Mord.«

»Was?«

»Grimes hat mich heute Morgen angerufen. Dann ist er zu mir rausgekommen und hat mich zu einer Leiche gefahren, die wir anschließend ins Leichenschauhaus gebracht haben. Ein großer Mann, nach dem zu urteilen, was von ihm übrig ist.«

»Ich glaube, ich weiß, wer das ist«, sagte Matt. Er spürte, wie sein Magen sich verkrampfte. »Er heißt Larry. Er hat für Grimes gearbeitet.«

»Entzückend. Soweit ich das sehen konnte, hat man ihm in einer Hütte in der Nähe der Tall Pines Road eine Kugel in den Kopf gejagt. Anschließend wurde die Hütte angezündet und brannte völlig aus. Der Mann war gut durchgebraten. Dann, auf der Fahrt zurück in die Stadt, erzählte Grimes mir ganz beiläufig, du und Dr. Solari würdet gesucht wegen Mordes an dem Mann. Wollte wissen, ob ich eine Ahnung hätte, wo ihr seid.«

»Wie kommt er dazu, mich zu verdächtigen?«

»In der Nähe der Hütte lagen jede Menge Krankenhausmedikamente und Geräte mit Fingerabdrücken drauf und überall waren Motorradspuren. Grimes glaubt, der große Typ hätte Dr. Solari in deinem Auftrag entführt und du hättest ihn erschossen, damit er nicht plaudern kann oder weil du sauer warst, dass er noch mehr Geld aus dir rausquetschen wollte.«

»Großartig. Hal, er legt es darauf an, dass Nikki und ich

beide draufgehen. Vielleicht eine Kombination aus Mord und Selbstmord, durchaus denkbar bei einem durchgeknallten Arzt, der so besessen von seiner Patientin ist, dass er sie sogar entführen lässt. Jetzt braucht Grimes uns nur noch in die Finger zu kriegen. Hal, ich muss Nikki einholen, bevor sie mit den FBI-Leuten spricht. Ich rufe dich später wieder an.«

»Carabetta erwartet uns heute Nachmittag um drei in seinem Büro. Constitution Avenue.«

»Wir werden da sein«, sagte Matt.

Er fuhr um den Block und stellte die Harley gegenüber dem Bürogebäude ab.

»Zum FBI, bitte.«

»Zweiundzwanzigster Stock«, sagte der uniformierte Wachmann am Empfangstresen und blickte gerade lange genug von der Zeitschrift auf, in der er las, um sich vergewissern zu können, dass der Besucher keinen Sprengstoffgürtel um den Bauch gebunden und kein Gewehr in der Hand hatte.

Die sechs Fahrstühle befanden sich alle zwischen dem zehnten und dem fünfzehnten Stock in dem vierundzwanzigstöckigen Gebäude. Es dauerte so lange, bis einer davon im Erdgeschoss ankam, dass Matt tatsächlich kurz überlegte, ob er die Treppe bis auf die zweiundzwanzigste Etage hochrennen sollte. Als der Aufzug kam, war er der einzige Wartende weit und breit, doch kaum hatte er die Kabine betreten, tauchten wie aus dem Nichts drei weitere Leute auf – ein Mann und zwei Frauen – und drückten auf die Knöpfe für die Stockwerke fünf, neun und siebzehn. Die Fahrt nach oben schien ewig zu dauern. Schließlich öffneten sich die Fahrstuhltüren.

Gott sei Dank!

Nikki hatte gegenüber der Empfangsdame im Wartebereich Platz genommen und blätterte in einer Zeitschrift. Auf einem der anderen Stühle saß eine alte Frau mit asiatischen Gesichtszügen. In dem Augenblick, als Matt aus dem Aufzug stieg, trat ein gut aussehender Mann aus einem der Büros, kam auf Nikki zu und stellte sich als Duty Officer Sherman vor. Nikki, offenbar verblüfft über Matts unerwartetes Auftauchen, ging nicht sofort auf den jungen Mann ein. Das kurze Zögern war alles, was Matt brauchte. Er eilte zu ihr hinüber und packte sie am Arm. Einen Augenblick lang wirkte Nikki erschrocken, fasste sich jedoch blitzschnell und reagierte gelassen auf seinen Überfall. Ihr Blick schien zu sagen: »Hoffentlich hast du eine gute Erklärung parat.«

»Tut mir Leid, dass ich hier so hereinplatze, Officer«, sagte Matt, »aber wir müssen ein andermal mit Ihnen sprechen. Es hat einen plötzlichen Todesfall in der Familie gegeben.«

»Sara Jane Tinsley, hör endlich auf, mir auf die Nerven zu gehen und lass mich meine Arbeit tun. Es ist niemand hinter dir her und niemand versucht, dir wehzutun. Und jetzt geh draußen spielen. Und wenn du dich langweilst, kannst du in den Garten gehen und anfangen, den Mais zu ernten.«

»Der Mais ist noch nicht reif, Ma, das weißt du genau«, fauchte Sara Jane.

»Er ist reif genug.«

»Außerdem willst du bloß, dass ich da rausgeh, damit die Männer mich fangen. Du kannst mich nicht ausstehen. Du findest es furchtbar, dass ich so hässlich geworden bin. Du glaubst, es ist meine Schuld. Du glaubst, ich bleib die ganze Nacht auf, bloß, um dich zu ärgern. Du kapierst überhaupt nicht, dass ich nicht schlafen kann. Egal, wie sehr ich mich anstrenge, ich kann einfach nicht schlafen.«

Sie war zwölf Jahre alt, groß und sehnig, und es gab noch keine äußeren Anzeichen dafür, dass sie einmal eine Frau werden würde. Aber im Moment war es ihr sowieso egal, ob sie eine Frau wurde oder nicht. Sie dachte an die Männer, die versucht hatten, sie in ihr Auto zu zerren, als sie die Straße entlangging. Zuerst hatten sie sie beim Namen gerufen und ihr einen großen Plüschpanda angeboten, wenn sie mit ihnen käme. Dann war einer von ihnen – der Dünne mit dem Cowboyhut – ausgestiegen und hatte ihr eine Hand voll Geldscheine hingehalten. Sara Jane hatte sich auf dem Absatz umgedreht und war in den Wald gerannt. Der Mann lief ihr nach, aber er würde sie nicht kriegen. Das war ihr Wald. Hier kriegte sie keiner, wenn sie es nicht wollte.

»Du machst einen großen Fehler«, rief der Mann hinter ihr her, als er die Verfolgungsjagd aufgab.

Sara Jane hatte ihrer Mutter von dem Vorfall erzählt, aber die hatte ihr natürlich kein Wort geglaubt. Sie hatte bloß gemeint, Sara Jane würde sich nicht so viel Ärger einhandeln, wenn sie nicht bei jeder Gelegenheit davonlaufen und stattdessen in der Nähe ihres Hauses spielen würde. Sieben Kinder, und Sara Jane war die Einzige, die sich immer daneben benahm. Sie blieb die ganze Nacht auf, dachte sich dauernd irgendwelche verrückten Geschichten aus, bekam Tobsuchtsanfälle, schrie ihre Mutter an, prügelte sich mit ihren Geschwistern, trieb sich im Wald herum.

Es waren die Beulen in ihrem Gesicht, die sie verrückt machten und sie dazu brachten, dumme Sachen zu machen, hatte Sara Jane versucht zu erklären. Die Beulen.

Aber der Arzt in Ridgefield hatte das für Unsinn erklärt. Er hatte gemeint, sie sei einfach dabei, eine Frau zu werden, und sie tue sich damit schwerer als die meisten Mädchen. Die Beulen würden weggehen, sobald sie ihre erste Regelblutung bekam. Vielleicht hatte er Recht. Aber heute Morgen hatte sie eine neue Beule entdeckt, direkt über dem Auge – fast so groß wie eine Münze und so hart wie ein Fingerknöchel. Es war die sechste im Gesicht und dazu kamen noch zwei auf ihrem Kopf. Wenn sie nicht bald ihre Periode bekam, würde von ihrem Gesicht nicht mehr viel übrig sein.

Offenbar hatte ihre Mutter alles gesagt, was sie zu sagen hatte. *Soll sie der Teufel holen.* Wenn sie unbedingt wollte, dass der Mais geerntet wurde, dann würde ihre Lieblingstochter sich darum kümmern.

Sara Jane stürmte aus dem Haus, schlug die Tür hinter sich zu und schnappte sich einen Plastikeimer. Für andere Leute Wäsche zu waschen und zu bügeln war die Haupteinnahmequelle ihrer Mutter, aber das winzige Maisfeld brachte zusätzliches Geld ein. In diesem Jahr war der Sommer allerdings sehr trocken gewesen und viele der Kolben waren verkümmert. Aber wenn ihre Mutter sie haben wollte, dann würde sie sie bekommen, verkümmert oder nicht.

Wütend marschierte Sara Jane zum Ende der äußersten Reihe, riss alle Maiskolben ab, die sie finden konnte, und warf sie in den Eimer. Das Abknicken und Abreißen der Maiskolben erzeugte ein Geräusch, als führe ein Mähdrescher durch die Reihen. Sie war so wütend bei der Sache, dass sie den Mann nicht hörte, der sich ihr vorsichtig von hinten näherte, und sie spürte seine Gegenwart erst, als es zu spät war. Mit einem Arm packte er sie um den Brustkorb, mit der anderen drückte er ihr einen Lappen auf Mund und Nase, der mit irgendwas getränkt war, das ekelhaft stank. Sara Jane wehrte sich und biss, doch der Mann riss sie um und drückte sie mit seinem Körpergewicht zu Boden. Sie wusste, dass es der Mann mit dem Cowboyhut war, aber sie konnte nichts tun. Nach kurzer Zeit hörte sie auf, sich zur Wehr zu setzen.

Ich hab's dir gesagt, Ma ... Ich hab dir doch gesagt, die sind hinter mir her ...

In ihrem Kopf drehte sich alles. Dann, als sie das Gefühl hatte, sich gleich übergeben zu müssen, wurde sie von Dunkelheit umfangen.

27

Ellen war allein. Sie saß in dem alten Ledersessel in Rudys holzverkleidetem Wohnzimmer, ein kaum angerührtes Avocado-Käse-Sandwich auf einem Tablett vor sich und ein fast leeres Glas Merlot – ihr zweites – in der Hand. Normalerweise war sie nicht besonders erpicht auf Alkohol und sie konnte sich nicht erinnern, jemals schon am Vormittag Wein getrunken zu haben. Aber die von Marquands Wahlkampfstrategen zusammengestellte »Dokumentarsendung« über Omnivax, die sie im Fernsehen verfolgte, und der Brief in ihrer Handtasche, mit dem sie sich noch auseinander setzen musste, stellten ihre Nerven auf eine arge Zerreißprobe.

Es war kurz nach zwölf Uhr mittags am Tag nach den bemerkenswerten Gesprächen, die sie mit Nattie und Eli Serwanga und wenige Stunden später mit dem Lassa-Opfer John Gendron, einem siebenunddreißigjährigen Lehrer aus Baltimore, geführt hatte.

Eigentlich war es kaum zu schaffen gewesen, aber mit viel Glück hatte Ellen noch einen Flug von Chicago zum Baltimore Washington International Airport bekommen. Da ihr Auto immer noch auf dem Reagan International Airport außerhalb von Washington stand, hatte sie sich einen Wagen gemietet und war zu Gendron gefahren, der in einem bescheidenen Einfamilienhaus auf der La Fayette Street wohnte, mehrere Blocks von der Uferpromenade von Baltimore entfernt.

Bis zu seiner Infektion mit dem Lassa-Virus hatte Gendron an einer Junior-Highschool Englisch unterrichtet. Vor anderthalb Jahren war er dem Tod von der Schippe gesprungen und glaubte nicht, je wieder arbeiten zu können. Ellens Gespräch mit ihm wurde erschwert durch sein geschädigtes Gehör – auf dem einen Ohr hörte er nur zu 70 Prozent, auf dem anderen war er völlig taub.

»Ich war in Sierra Leone, um meine Schwester zu besuchen, die dort für eine internationale Hilfsorganisation als Krankenschwester arbeitet«, erzählte er. »Etwa eine Woche nach meiner Rückkehr in die Staaten bekam ich heftige Schluckbeschwerden – nicht mal Wasser konnte ich trinken. Innerhalb von drei Tagen stieg mein Fieber auf fast 41 Grad und ich blutete aus Nase und Rektum.«

Gendron bekam feuchte Augen und Ellen spürte, dass diese Unterhaltung ihm extrem unangenehm war, obwohl er selbst sie zu sich eingeladen hatte.

»Mr Gendron, werfen Sie mich ruhig raus, wenn Ihnen das zu schwer fällt«, sagte sie. »Ich wohne nicht weit von hier entfernt und kann ein andermal wieder kommen.«

»Nein, nein, ist schon in Ordnung. Sie haben versprochen, mir zu erzählen, woran Sie arbeiten.«

»Ja, das werde ich«, sagte Ellen.

»Also, gegen Ende der zweiten Woche fiel ich ins Delirium und wurde ins Krankenhaus eingeliefert. Sie ... sie mussten meinen Darm entfernen, damit ich nicht verblutete. Trotzdem wäre ich beinahe gestorben. Ich bin geschieden und lebe allein, deswegen ist meine Schwester aus Sierra Leone hergeflogen und hat mich zwei Monate lang gepflegt. Meine Colostomie ist ein Andenken an meine Reise nach Afrika.«

Vielleicht ist es aber auch ein Andenken an Ihren Heimflug, dachte Ellen.

»Erzählen Sie weiter«, sagte sie.

»Soweit ich weiß«, sagte Gendron tonlos, »habe ich sechs meiner Schüler angesteckt, außerdem meinen Sohn und einen von seinen Freunden. Der Freund ist wieder gesund geworden, aber zwei meiner Schüler und mein Sohn hatten weniger Glück.«

O nein.

»Das tut mir schrecklich Leid.«

»Er war mein einziges Kind. Jeden Tag wünsche ich mir, ich wäre an seiner Stelle gestorben, und bete, dass ich bald sterben werde.«

»Auch ich habe persönliche Tragödien erlebt«, sagte Ellen. »Es ist sehr schwer, danach seinem Leben wieder einen Sinn zu geben. Therapie und Zeit helfen. Das ist alles, was ich dazu sagen kann. Therapie und Zeit und der Entschluss, anderen zu helfen.«

»Danke.«

Erneut versicherte Gendron Ellen, er sei in der Lage, das Gespräch fortzuführen.

»Können Sie sich an irgendetwas Ungewöhnliches auf Ihrem Rückflug in die Vereinigten Staaten erinnern?«, fragte Ellen, bemüht, keine Suggestivfragen zu stellen.

»Der Rückflug verlief ohne Zwischenfälle. Aber auf dem Flug von Freetown nach London habe ich einen ungewöhnlichen Mann kennen gelernt, falls Sie das meinen.«

»Genau das meine ich.«

»Er war ein amerikanischer Ingenieur – interessant und sehr gesprächig. Ich glaube, er sagte, er sei Prüfingenieur für Brückenbau.«

Ellen umklammerte die Stuhllehne. »Könnten Sie ihn beschreiben?«

»Ich denke schon, obwohl mein Gedächtnis nicht mehr so gut ist, seit –«

»Versuchen Sie's einfach«, sagte Ellen, die ihm nicht Bleistift und Papier hinlegen wollte, wie Rudy es bei ihr getan hatte.

»Na ja, also, er war groß. Groß und ausgesprochen kräftig gebaut. Wie ein Footballspieler. Sein Haar war eher blond und er trug eine Brille mit einem breiten Gestell.«

»Sonst noch etwas?«

»Sonst fällt mir nichts mehr ein ... außer – Moment mal – er hatte eine Narbe, eine sehr ungewöhnliche Narbe, direkt über der Lippe.«

Bingo!

Mit etwas Hilfestellung von Ellen erinnerte Gendron sich schließlich sogar daran, dass er auf dem Londoner Flughafen Gatwick mit dem Mann zusammengestoßen war.

»Ich glaube, er ist gestolpert, und dabei hat er mich gerempelt. Es war, als wäre ich mit einem Zug zusammengestoßen. Wir sind beide zu Boden gestürzt.«

Nachdem sie Gendron ebenso wie den Serwangas das Versprechen abgenommen hatte, über alles, worüber sie gesprochen hatten, Stillschweigen zu bewahren, erklärte sie ihm, warum sie sich für die Lassa-Fälle und den Mann mit der Narbe interessierte. Dann fuhr sie zum Flughafen in Washington und tauschte den Mietwagen gegen ihren Ford Taurus aus. Als sie kurz nach zwei Uhr früh in Rudys Hütte eintraf, stellte sie erleichtert fest, dass er nicht auf sie gewartet hatte.

Jetzt saß sie in seinem Wohnzimmer, schaute sich die Sondersendung über Omnivax an und atmete den erdigen Duft seines Pfeifentabaks ein, der noch in der Luft hing. Sein Merlot half ihr dabei, sich zu einer Entscheidung durchzuringen, ob sie sich ihm anvertrauen sollte. Rudy war oben in seinem Arbeitszimmer, brütete über Passagierlisten und telefonierte. Und er war der Fels in der Brandung für eine Frau, die er als gute Freundin betrachtete – eine Frau, die gleichzeitig wusste, dass er sie seit fast vierzig Jahren liebte.

Wie sollte sie ihm sagen, was sie getan hatte? Und, was vielleicht noch wichtiger war, was hielt sie wirklich von dem, was er geschrieben hatte? Es gab keine Möglichkeit, die erste Frage zu beantworten, wenn sie nicht bereit war, eine ehrliche Antwort auf die zweite zu geben.

Ellen schenkte sich noch ein Glas Wein ein. Das war das letzte, nahm sie sich vor, während sie spürte, wie ihr ganz warm im Gesicht wurde. Drei Gläser waren genug. Oder waren es schon vier? Die Gläser waren sowieso ziemlich klein.

Omnivax hatte sich zweifellos zum wichtigsten Wahlkampfthema entwickelt. Es waren noch zwei Monate bis zu den Wahlen und die Strategen des Präsidenten setzten alles daran, den Wählern klarzumachen, dass Marquand für Wohltätigkeit, Fortschritt und Glaubwürdigkeit stand. Der Bericht hatte zunächst über Impfungen im Allgemeinen informiert, um nun speziell auf Omnivax einzugehen. Der Sprecher – den man nicht sehen konnte – war ein Schauspieler mit einer Stimme, die Vertrauen erweckend und überzeugend klang. James Garner? Donald Sutherland? Ellen sah zu selten fern, um so etwas mit Sicherheit sagen zu können.

»Schätzungen zufolge«, sagte die Stimme, »werden allein im kommenden Jahr durch dieses erstaunliche Serum fünfzig- bis sechzigtausend Fälle von potenziell tödlichen Infektionskrankheiten verhindert. Ich habe die Ehre, Ihnen heute die First Lady der Vereinigten Staaten von Amerika präsentieren zu dürfen, Mrs Lynette Lowry Marquand.«

Lynette Marquand schlenderte durch die Kinderabteilung eines Krankenhauses, während sie sprach.

»In zwei Tagen, am zweiten September um fünfzehn Uhr«, sagte sie, »wird ein vier Tage altes Kind die erste offizielle Impfung mit Omnivax erhalten. Ich werde in diesem historischen Augenblick anwesend sein, ebenso die Gesundheitsministerin Dr. Lara Bolton, die den Superimpfstoff mit Hilfe dieses Luftdruckgeräts, das speziell für den Zweck entwickelt wurde, verabreichen wird.« Sie hielt eine kleine Pistole hoch, die irgendwie an eine Derringer mit abgeflachter Mündung erinnerte. »Wir stehen vor einem der wichtigsten Schritte in der Geschichte der Präventivmedizin – ein Fortschritt, der das Ende der heute bekannten Infektionskrankheiten bedeutet ...«

»Und was ist mit Thimerosal, mit dem unzählige Kinder vergiftet wurden?«, entfuhr es Ellen. Im selben Augenblick spürte sie, dass ihre Zunge schwer und ihr Glas leer war. »Was ist mit Autismus? Und mit Krämpfen und Hirnschäden und plötzlichem Kindstod? Und was ist mit Asthma und Lernschwächen und Hyperaktivität? Und was ist mit dem Mann, der durch die Welt jettet und Krankheiten und Tod verbreitet, nur um seinen verdammten Impfstoff auf den Markt zu bringen? Was ist damit?«

»Wovon redest du?«

Rudy betrat das Zimmer mit einem Stapel Papiere unter dem Arm.

»... wird das große Ereignis, bei dem ein vier Tage altes Mädchen durch die erste Impfung mit Omnivax seinen Platz in der Geschichte der Medizin einnehmen wird, auf allen Sendern live aus dem Anacostia Neighborhood Health Center übertragen.«

»Diese Sendung wirkt wie ein Werbefilm der Pharmaindustrie«, sagte Ellen. »Dabei ist es eine Wahlkampfsendung von Jim Marquand. Ich sage dir, dieses adrette Weibsstück von Präsidentengattin hat was an sich, das mich fürchterlich auf die Palme bringt.«

Sie bemühte sich, ihre Stimme zu kontrollieren, die ihr zu laut erschien. Hatte sie jemals so viel getrunken? Sie folgte Rudys amüsiertem Blick in Richtung Weinflasche, die neben ihr auf dem Boden stand. Sie war fast leer. Neben der Flasche lagen der Korkenzieher und der noch feuchte Korken, was bewies, dass sie erst kurz zuvor geöffnet worden war.

»Das war der beste Merlot, den ich zu dem Preis bekommen konnte«, sagte Rudy liebevoll, einfach, weil er das Gefühl hatte, etwas sagen zu müssen.

»Tut mir Leid, Rudy. Ich bin einfach übermüdet und ... und diese Sendung hat mich so gefangen genommen und ... und ich hab gar nicht gemerkt, dass ich fast den ganzen Wein ausgetrunken habe.«

»Kein Problem. Ein guter Wein ist dazu da, dass man ihn genießt.«

»Aber normalerweise trinke ich gar nicht so viel«, erwiderte sie mit schwerer Zunge.

Rudy ließ sich auf das Ledersofa sinken und schaute Ellen an.

»Also, wie steht's denn um unseren netten Familienimpfstoff?«, fragte er.

»Übermorgen soll ein vier Tage altes Mädchen mit großem Tamtam geimpft werden.«

Dieses Programm wurde Ihnen präsentiert vom Komitee für vier weitere Jahre Fortschritt für Amerika war auf dem Bildschirm zu lesen. Ellen fiel ein, dass sie den Abspann verpasst und gar nicht darauf geachtet hatte, wer der Sprecher gewesen war.

»Zumindest«, sagte Rudy, »werden die Fälle von Infektionen mit Lassa-Fieber drastisch zurückgehen.«

»Immerhin. Dann braucht dieses Narbengesicht nicht mehr durch die Gegend zu fliegen und Leute anzustecken. Damit hätte die Epidemie ein Ende.«

»Es ist ein bisschen kühl hier drin. Möchtest du eine Decke?«

»Nein. Ich meine, ja. Aber bleib sitzen, ich kann mir selbst eine holen.«

Rudy stand wortlos auf, nahm eine braune Wolldecke aus einer alten Truhe und legte sie Ellen über die Knie.

Hör auf, so nett zu mir zu sein, dachte sie. *Ich bin's nicht wert.*

»Danke«, sagte sie. »Ich weiß nicht, wie ich das alles ohne dich durchgestanden hätte.«

»Unsinn. Du bist der Profi. Ich bin nur der Kofferträger.«

»Nein, ich meine es ernst. Rudy, ich –«

Rudy seufzte. »Weißt du, bevor du mich in die Welt der Impfstoffe eingeführt hattest, fand ich das alles irgendwie ganz normal. Die Wissenschaftler und die Pharmaunternehmen produzieren ihre Impfstoffe und die Werbeagenturen machen den Verbrauchern klar, warum diese Produkte so wichtig für uns sind und welche schrecklichen Dinge passieren, wenn sie nicht zugelassen werden. So einfach war das. Und wenn die Gesundheitsbehörde die Impfstoffe erst abgesegnet hatte, dann haben wir ganz dankbar gelächelt und gesagt: ›Vielen Dank, her mit dem Zeug!‹«

»Tja, wenn eine Pharmafirma einen Fehler macht, dann

ist es meistens ein Riesenschlamassel«, sagte Ellen, die immer noch versuchte, das Gespräch auf den Brief zu lenken. »Es ist genau wie bei mir. Wenn ich was falsch mache, dann veranstalte ich gleich einen Riesenschlamassel.«

»Ach ja? Ich dachte immer, ich sei derjenige, der die kapitalen Böcke schießt.«

»Rudy«, sagte Ellen. »Ich weiß nicht, warum ich das getan habe, aber –«

»Du hast es getan, weil du im Gegensatz zu unserer First Lady auf der Suche nach der Wahrheit bist. Du hast eine Enkelin, die womöglich durch einen Impfstoff geschädigt wurde, und du bist entschlossen, herauszufinden, ob das sich tatsächlich so verhält. Außerdem willst du verhindern, dass andere Familien dasselbe Schicksal erleiden.«

»Wahrscheinlich hast du Recht.«

Ellen blickte ins Leere, dann goss sie die Hälfte des restlichen Weins in ihr Glas.

»Weißt du, Rudy«, versuchte sie es noch einmal, »ich bin schon immer sehr wissbegierig gewesen – manch einer würde mich sogar als neugierig bezeichnen. Howard hat immer gesagt, meine Neugier würde mich noch eines Tages in Schwierigkeiten bringen.«

»Wenn du wegen dieser Impfstoffe nicht so neugierig gewesen wärst, dann hätten wir längst aufgegeben und wären zu unserem normalen Leben zurückgekehrt.«

»Manchmal tut man etwas und im nächsten Augenblick wünscht man sich, man hätte es nicht getan.«

»Genau das wird dieser Mistkerl, der dich aufgesucht hat, sich wünschen, sobald ich ihn erwische. Ellen, ich habe ein paar Hinweise gefunden. Wir sind näher dran, den Burschen zu identifizieren, als du denkst.«

Ellen fühlte sich schwindlig, sie konnte sich nicht

mehr richtig auf das konzentrieren, was sie sagte oder hörte. Sie hatte viel zu viel getrunken und sie spürte, dass sie drauf und dran war, eine unangenehme Situation noch zu verschlimmern.

»Ich bin gespannt darauf zu hören, was du rausgefunden hast«, sagte sie. »Und ich muss unbedingt mit dir über etwas reden.«

Hatte sie die letzten Worte wirklich ausgesprochen oder nur gedacht?

»Also gut«, sagte Rudy, »dann will ich dir mal sagen, welche Bedeutung das hat, was du herausgefunden hast.«

»Es war ein Fehler«, sagte Ellen. »Ich weiß, ich hätte es nicht tun dürfen und es tut mir schrecklich Leid. Aber trotzdem, Rudy – hörst du mir überhaupt zu?«

Rudy blätterte in seinen Unterlagen.

»Aber trotzdem – erzähl weiter, ich höre dir zu.«

Ellen seufzte. Beim nächsten Mal, wenn sie wieder einen klaren Kopf hatte, würde sie versuchen, es richtig zu machen. Rudy hatte es nicht verdient, dass sie ihm in ihrem betrunkenen Zustand vorjammerte, wie sie in seine Privatsphäre eingedrungen war.

»Was hast du in Erfahrung gebracht?«, fragte sie und schaltete den Fernseher aus.

»Okay«, sagte Rudy aufgeregt, schob den Couchtisch näher heran und setzte sich neben Ellen auf die Sessellehne. »Ich habe nach einem männlichen Passagier gesucht, der immer dann auch im Flugzeug saß, wenn jemand mitflog, der später an Lassa-Fieber erkrankte. Ich habe alle Flüge aus Freetown und auch alle aus Ghana in die USA überprüft. Meiner Ansicht nach muss unser Erpresser einer dieser vier Männer sein.«

Ellen hörte Rudys Worte und einen Teil davon registrierte sie auch, aber das Gefühl der Übelkeit wurde immer stärker.

»Erzähl weiter«, sagte sie, während sie überlegte, ob es vielleicht helfen würde, einen Bissen von ihrem Sandwich zu essen.

»Natürlich ist es nicht ausgeschlossen«, fuhr Rudy fort, »und ich halte es sogar für ziemlich wahrscheinlich, dass es sich bei all diesen vier Namen um ein und dieselbe Person handelt. Für jemanden, der genug Geld hat, ist es kein Problem, sich gefälschte Pässe zu besorgen.«

»Und wer auch immer hinter dieser Erpressung stecken mag, er hat entweder schon jetzt genug Geld oder wird es bald haben.«

»Da hast du wahrscheinlich Recht. Ich habe die Namen und Adressen hier und ... Ellen, würdest du vielleicht lieber eine Pause machen und in ein paar Stunden weitermachen? Oder morgen früh?«

»Du meinst wegen des Weins?«

»Also, du bist immerhin nicht besonders trinkfest und dafür hast du eine ganze Menge intus.«

»Es geht mir gut«, erwiderte sie wesentlich schnippischer, als sie beabsichtigt hatte. »Wirklich. Lass uns die Auskunft anrufen und ... in Erfahrung bringen, ob diese vier Männer überhaupt unter der Adresse gemeldet sind, die sie angegeben haben.«

»Gute Idee!«, rief Rudy aus, der sich über ihren Vorschlag ehrlich zu freuen schien.

Drei der Namen, die Rudy den Passagierlisten entnommen hatte, waren bei keiner Telefongesellschaft registriert. Der vierte, Vinyl Sutcher aus Tullis, West Virginia, besaß zwar einen eingetragenen Telefonanschluss, hatte jedoch eine Geheimnummer.

»Dann würde ich sagen, dass wir bei ihm anfangen«,

meinte Ellen, die immer noch schwer mit ihrer Übelkeit und dem Schwindelgefühl zu kämpfen hatte. *Sei tapfer*, ermahnte sie sich. »Vinyl. So einen Namen denkt sich doch keiner für einen falschen Pass aus.«

»Wahrscheinlich ein Name, der in der Familie häufiger vorkommt«, sagte Rudy. »Oder seine Mutter hat sich einen Spaß daraus gemacht, ihre Kinder nach dem Material zu benennen, mit dem ihre Möbel bezogen waren.«

»Ach, was für ein süßes Baby. Ich glaube, wir nennen es Nappaleder.«

»Vielleicht sollten wir versuchen, einen Künstler zu engagieren, der ein Phantombild für uns anfertigt«, schlug Rudy vor. »Oder vielleicht könnten wir sogar vom Außenministerium Kopien von den Passfotos dieser vier Typen bekommen.«

»Irgendwann wird uns wohl nichts anderes übrig bleiben, als das zu versuchen«, erwiderte Ellen. »Aber im Augenblick möchte ich für so was lieber nicht allzu viel Zeit verschwenden.«

»Weißt du was, diese kleine Impfpistole, mit der die Gesundheitsministerin übermorgen das Baby impfen will, hat mich ziemlich beeindruckt.«

»Glaubst du, auf diese Weise hat dieser Vinyl, oder wie auch immer er heißt, die Leute mit dem Lassa-Virus angesteckt?«

»Entweder mit so einer Impfpistole oder mit irgendeiner kleinen, flachen Vorrichtung, die in seine Handfläche passt und mit einem Druckluftschlauch in seinem Ärmel verbunden ist. Technisch gesehen scheint es mir nicht allzu kompliziert zu sein, so was zu konstruieren. Eine kleine Rempelei, ein bisschen mit dem Lassa-Virus verseuchte Druckluft – fertig.«

Ellen spürte, wie ihr die Augen zufielen.

»Rudy«, murmelte sie mit leiser Kinderstimme. »Ich muss für ein paar Minuten die Augen zumachen. Ein wenig schlafen.«

»Tu das, meine Liebe«, hörte sie ihn sagen, während sie wegsackte. »Tu, was gut für dich ist.«

Mit der Fernbedienung schaltete Lynette Marquand das Fernsehgerät aus, das in ihr Büro geschoben worden war.

»Nun, Lara, was meinen Sie?«, fragte sie.

Lara Bolton strahlte.

»Hervorragend«, sagte sie. »Fantastisch. Es lässt sich unmöglich erkennen, dass der größte Teil der Sendung schon vor über einem Monat aufgenommen worden ist. Diese Leute sind einfach gut – nein, besser als gut. Sie sind großartig!«

»Und wie war ich?«

»Perfekt. Sie geben dem Zuschauer gerade genug Informationen, nicht zu viel und nicht zu wenig. Und Sie sahen absolut umwerfend aus.«

»Vielen Dank. Und mein Text? Hat der Ihnen auch gefallen?«

»Er war genau richtig – ernst und angemessen feierlich und dennoch engagiert und sachlich zugleich. Ich bin beeindruckt.«

»Und die Sache mit dem Baby?«

»Sie meinen, dass Sie das Kind erwähnen, ohne den Namen der Kleinen preiszugeben?«

»Ja.«

»Ich denke, das ist absolut korrekt. Niemand kann Ihnen den Vorwurf machen, Sie hätten das Kind und seine Familie ins Licht der Öffentlichkeit gezerrt, aber natürlich werden alle Leute wissen wollen, wer das Baby ist.

Um den Rest kümmern wir uns. Ein oder zwei anonyme Anrufe, und in ein paar Stunden wird alle Welt über die süße, kleine Donelle Cleary im Bilde sein.«

»Und was ist mit diesen Anrufen?«

Lara Bolton tat so, als schaute sie kurz auf ihre Armbanduhr.

»Ich glaube, die wurden bereits getätigt, Mrs Marquand«, sagte sie.

28

Hal Sawyer wartete in der Eingangshalle der OSHA, der Behörde für Arbeitssicherheit, auf Matt und Nikki. Seiner Kleidung nach zu urteilen, hätte man ihn für einen Yachtkapitän halten können – weiße Hose, marineblaues Jackett, blauweiß gestreiftes Hemd mit offenem Kragen –, doch sein Gesichtsausdruck war ernst. Er umarmte Matt, reichte Nikki die Hand und stellte sich vor.

»Ich bin ja so froh, dass es euch beiden gut geht«, sagte er.

»Das haben wir dir zu verdanken«, erwiderte Matt. »Wir haben es in letzter Minute geschafft, aus dem FBI-Büro zu verschwinden, ohne denen erklären zu müssen, warum ein Polizeichef glaubt, ich hätte einen Mann in den Kopf geschossen und anschließend die Leiche verbrannt.«

»Möglicherweise wissen die noch gar nichts davon. Aber Grimes macht natürlich ordentlich Dampf.«

Matt rang sich ein Lächeln ab.

»Sind wir hier in Sicherheit?«

»Es besteht kein Grund zu der Annahme, dass Carabetta bereits irgendetwas weiß. Ich nehme nicht an, dass das OSHA-Gebäude auf dem Verteiler steht für Fahndungsplakate der Polizei.«

»Mein Gott. Wie geht's Mom? Weiß sie, dass ich nicht in ihrer Nähe bin?«

»Manchmal, wenn sie einen lichten Moment hat,

scheint sie es zu wissen. Aber dann vergisst sie es genauso schnell wieder. Es tut mir wirklich Leid für dich, dass du das alles durchmachen musst. Für Sie auch, Dr. Solari.«

»Bitte, nennen Sie mich Nikki«, sagte sie. »Danke für Ihr Mitgefühl. Bei dieser ganzen Geschichte scheint es wirklich überhaupt keinen Lichtblick zu geben.«

»Das kommt noch. Grimes hat bei uns zu Hause viel Macht, aber die hat er nicht überall.« Er senkte seine Stimme. »Ich kenne ein paar gute Anwälte, die wir aufsuchen können, sobald wir diese Sache mit der Mine geregelt haben. Glaubst du immer noch, dass Grimes das alles macht, um BC&C zu schützen?«

»Da bin ich mir ziemlich sicher«, sagte Matt, Nikkis zweifelnden Gesichtsausdruck ignorierend.

»Wenn das so ist, dann sollte ich mich besser vorsehen. Ich habe schließlich auch mit diesen Fällen zu tun gehabt.«

»Daran hatte ich noch gar nicht gedacht«, meinte Matt. »Ein Grund mehr, warum wir zusehen müssen, dass wir unsere Beweise zusammenbekommen, um Grimes so bald wie möglich das Handwerk zu legen.«

»Apropos Beweise, ich habe Darryl Teagues Gehirn gefunden. Aber das von Ted Rideout ist nach wie vor verschwunden.«

»Könnte es jemand gestohlen haben?«, wollte Nikki wissen.

»Nun, wir bilden uns ein, dass wir gute Sicherheitsvorrichtungen gegen so etwas haben. Vorerst gehe ich davon aus, dass es einfach verlegt wurde. Wir haben einen Lagerraum für Gewebeproben, die über ein Jahr alt sind. Rideouts Tod liegt zwar noch kein Jahr zurück, aber vielleicht ist sein Gehirn aus Versehen dort gelandet.«

»Ich hoffe es.«

»Übrigens, Nikki, die Nachricht über Joe Keller hat mich sehr bestürzt. Ich habe ihn einmal auf einer Konferenz kennen gelernt. Er schien mir eine beeindruckende Persönlichkeit zu sein.«

»Ja, das war er. Seine Mörder haben alle Gewebeproben von Kathy Wilson mitgenommen. Könnte sein, dass diese Leute auch hinter den Proben her sind, die Sie in Ihrem Institut haben.«

»Möglich. Ich werde sämtliche Proben zusammenpacken und sie an einen sicheren Ort bringen.«

»Der Mann, den Matt und ich angeblich getötet haben, war einer der Schläger, die mich entführt haben. Grimes war mit ihm zusammen in der Hütte und hat mich über Kathys Tod ausgefragt. Es war eindeutig, dass Grimes das Sagen hatte.«

Hal pfiff leise durch die Zähne.

»Grimes behauptet, ihr beiden hättet den Mann getötet und dann sozusagen die Beweismittel verbrannt. Ich habe ihm erklärt, Matt hätte sich die Mühe mit dem Feuer gespart, weil er weiß, dass ich ein erfahrener Gerichtspathologe bin und auch im Kopf einer verkohlten Leiche das Loch von einer Kugel finden würde. Aber das hat ihn überhaupt nicht interessiert.«

»Also, entweder hat Grimes den Mann erschossen oder er hat ihn erschießen lassen«, sagte Matt. »Jetzt weißt du wenigstens, was für ein Mensch er ist.«

»Ja, jetzt weiß ich es«, erwiderte Hal mit einem bedauernden Unterton.

»Er baut darauf, dass seine Kumpels aus dem Country Club ihn unterstützen. Diese Leute halten mich sowieso für einen Idioten und sind wahrscheinlich zu allem fähig.«

»Ich kenne Bill, seit er in die Stadt gezogen ist, und ich dachte immer, ich kenne ihn ziemlich gut. Da sieht man mal wieder, wie man sich irren kann. Nun, es wird Zeit für einen Gegenangriff. Wir sollten Fred einen Besuch abstatten. Matthew, ich werde dich mit ihm allein reden lassen. Nikki und ich warten solange draußen vor der Tür. Wenn er sich weigert, die Inspektion durchzuführen, die du verlangst, werde ich mich der Sache annehmen.«

»Wie du willst.«

Fred Carabetta erwartete sie in einem kleinen, aufgeräumten Büro mit einem abgenutzten Ledersofa und eingebauten Bücherregalen. In einem Privatunternehmen wäre ein solches Zimmer mit nur einem Fenster einem kleinen Angestellten zugeteilt worden, in der Gesundheitsbehörde war es der Arbeitsplatz eines einflussreichen Mitarbeiters. An den Wänden hingen Fotos, die darauf schließen ließen, dass Carabetta eine Ehefrau und zwei halbwüchsige Töchter hatte und sich seine Freizeit gern mit Hochseeangeln und Golf vertrieb.

Carabetta war klein, korpulent und fast kahlköpfig. Er hatte die Angewohnheit, ständig mit seinen fleischigen Daumen über seine wurstartigen Zeige- und Mittelfinger zu reiben, was ihm anscheinend peinlich war, denn er war bemüht, seine Hände auf dem Schoß zu halten. Er hörte jedoch geduldig zu, als Matt ihm berichtete, wie er das Giftmüllversteck entdeckt hatte, und unterbrach ihn nur hin und wieder, um an bestimmten Punkten nachzuhaken. Matt erwähnte absichtlich nichts von dem Mord an Joe Keller und dem Anschlag auf Nikki. Er kannte Carabetta überhaupt nicht und bisher wirkte der Mann auf ihn weder furchtlos noch sonderlich gesetzestreu.

»Nun«, sagte Carabetta, als Matt geendet hatte, »so eine Geschichte hört man weiß Gott nicht alle Tage. Da ich Ihren Besuch erwartet habe, habe ich mich ein bisschen über Belinda Coal & Coke informiert. Es hat im

Laufe der vergangenen Jahre tatsächlich einige Beschwerden über diese Firma gegeben, aber aus welchem Grund auch immer stammten die allesamt von Ihnen.«

»Und keine einzige davon hatte irgendwelche Konsequenzen zur Folge«, entgegnete Matt etwas zu scharf. »Auf die meisten gab es noch nicht einmal eine Reaktion.«

»Ich nehme an, Sie haben es bei der Umweltbehörde und der Bergwerksaufsicht versucht?«

»Nur einige Dutzend Mal. Die Probleme, um die es da ging, waren nie so spektakulär oder mit einfachen Mitteln zu dokumentieren. Leider schenkt man mir bei diesen Behörden keinen Glauben. Ich brauche jemanden mit Ansehen und Einfluss, der meine Ausführungen bestätigt. Deswegen hat Hal mir vorgeschlagen, Sie aufzusuchen.«

»Das ehrt mich«, erwiderte Carabetta. »Ich hoffe, Sie nehmen mir die Bemerkung nicht übel, Dr. Rutledge, aber Ihre Behauptungen stützen sich in erster Linie auf Spekulationen und Hörensagen, anstatt auf Fakten.«

»Darüber bin ich mir im Klaren, aber –«

»Und die Sache hat noch einen Haken.«

Matt wusste, worauf er anspielte.

»Und der wäre?«, fragte er.

»Senator Nick Alexander.«

Matt verdrehte die Augen. Alexander, der einflussreiche, konservative – manche würden sogar sagen reaktionäre – Senator von West Virginia steckte mit den Bergwerksgesellschaften unter einer Decke. Er war ein Vollblutpolitiker, der es über die Jahre geschafft hatte, sämtliche Gesetzesentwürfe abzuschmettern, die den Minenbesitzern Steine in den Weg gelegt hätten.

»Das Einzige, was ich je aus seinem Büro erhalten habe, waren floskelhafte Briefe von der Sorte ›Wir danken Ihnen für Ihr Interesse‹.«

»Möglicherweise ist Ihnen nicht bekannt, dass Senator Alexander dieser Behörde vorsteht und über deren Etat verfügt.«

»Das wundert mich überhaupt nicht.«

»Er könnte in Marquands zweiter Legislaturperiode zum Innenminister ernannt werden. Ohne stichhaltige Beweise für irgendwelche Ungereimtheiten kann ich unmöglich bei BC&C hereinplatzen und eine Inspektion anordnen.«

»Das ist verrückt«, sagte Matt, der Mühe hatte, sich zu beherrschen. »Ich war da. Ich habe das Giftmülldepot mit eigenen Augen gesehen. Sie haben die Chance, ein Held zu werden.«

Diesmal verdrehte Carabetta die Augen.

»Dr. Rutledge, ich bin noch nie ein Held oder ein Mann der großen Taten gewesen. Ich habe vor, in dieser Behörde zu arbeiten, bis ich in den Ruhestand gehe. Bis dahin hoffe ich, noch einige Stufen der Karriereleiter zu erklimmen. Meine Rente wird mir und meiner Familie ein angenehmes Leben ermöglichen. Und das alles zu gefährden ist das Allerletzte, was ich will.«

»Verstehe«, sagte Matt resigniert.

»Noch etwas«, fuhr Carabetta fort. »Ich habe ein Diplom in Chemie, aber ich habe auch einige Semester Biologie studiert. Während der zehn Jahre, die ich nun schon in dieser Abteilung des OSHA tätig bin, habe ich mehr Unfälle mit Chemikalien bearbeitet, als ich zählen kann. Meines Wissens gibt es kein Toxin, das die neurologischen Erkrankungen hervorruft, die Sie beschreiben – vor allem bei einer Frau, die hundert Meilen entfernt von dem Giftmülldepot gewohnt hat und die wahrscheinlich in ihrem ganzen Leben nicht ein einziges Mal in einem Bergwerk gewesen ist.«

»Aber stimmen Sie mir denn nicht zu, dass toxische Chemikalien Mutationen hervorrufen können?«, fragte Matt. »Und fragen Sie sich nicht, warum die Minengesellschaft vier Schläger zur Farm meines Freundes geschickt hat, um zu verhindern, dass er und seine Brüder irgendjemandem erzählen, was wir in der Höhle entdeckt haben?«

»Mag sein«, gab Carabetta zurück. »Dr. Rutledge, es tut mir Leid. Ich sehe einfach nicht, was ich angesichts der fehlenden Beweise für Sie tun kann. Vielleicht sollten Sie sich an die Polizei wenden.«

Matt erhob sich seufzend und reichte dem Bürokraten die Hand.

»Danke fürs Zuhören«, sagte er und versuchte erst gar nicht, seinen Frust zu verbergen. »Hal lässt fragen, ob Sie ein paar Minuten Zeit hätten, mit ihm zu sprechen.«

»Selbstverständlich. Schicken Sie ihn rein.«

Matt ging in den Warteraum, wo Nikki und sein Onkel saßen.

»Zwecklos«, sagte er. »Er meint, ohne Beweise kann er kein Risiko eingehen – vor allem nicht das Risiko, Nick Alexander dem Großen auf die Füße zu treten.«

»Freddy, Freddy, Freddy«, sagte Hal seufzend. »Ihr beide wartet hier.«

Er rückte sein Jackett zurecht, straffte die Schultern und marschierte in Carabettas Büro. Eine Viertelstunde später trat er aus der Tür und bedeutete Matt und Nikki, ihm in den Korridor zu folgen.

»Bist du sicher, dass du uns im Dunkeln zu der Höhle führen kannst?«, fragte er.

»Absolut. Wenn wir erst mal die Schlucht hinter uns haben, teilt sich der Gang nicht mehr, sondern macht nur alle möglichen Biegungen. Die Schlucht zu finden könnte der schwierige Teil sein.«

»Darüber mach dir mal keine Sorgen, ich weiß, wo die ist«, sagte Hal. »Ich bin in diesen Bergen aufgewachsen. Also, morgen Nacht geht's los. Ihr beide bleibt solange bei mir im Haus. Wir stellen dein Motorrad in die Garage, Matt. Ihr macht es euch einfach gemütlich, esst den Kühlschrank leer und wartet, bis Fred aufkreuzt.«

»Du hast es geschafft!«, rief Matt aus und ballte die Fäuste. »Wahnsinn!« Doch dann ließ er die Hände ebenso schnell wieder sinken. »Du musstest ihm Geld dafür bieten, stimmt's, Hal?«

»Ich hatte gehofft, dass dein Enthusiasmus und deine Überredungskünste ausreichen würden, aber ehrlich gesagt, hab ich die ganze Zeit befürchtet, dass es darauf hinauslaufen würde. Es ist nicht das erste Mal, dass ich Fred auf diese Weise zu etwas bewege, und glaub mir, ich bin nicht der Einzige.«

»Kannst du mir sagen, wie viel er verlangt? Ich würde mich gern beteiligen.«

»Wenn du mit dieser Höhle Recht behältst, reicht mir das vollkommen. Und wenn du wissen willst, wie schwierig es war, Fred zu überreden, dann, äh, würde ich sagen, dass mein Onkelbonus gerade einen Höchststand erreicht hat.«

»Also, auf jeden Fall hast du einen sehr dankbaren Neffen. Und keine Sorge – wenn sie das Zeug nicht irgendwo verbuddelt haben, ist das Gift garantiert in der Höhle. Apropos Höhle – die Wachleute werden wohl ebenfalls dort sein.«

»Daran habe ich auch schon gedacht«, sagte Hal. »Ich habe sogar jemanden aufgetrieben, der sich professionell mit solchen Problemen befasst und bereit ist, uns zu begleiten. Und jetzt, wo ich weiß, wann die Aktion stattfindet, werde ich ihn anrufen.«

Matt umarmte seinen Onkel.

»Weißt du, eigentlich brauchst du nicht unbedingt mit in die Höhle zu gehen«, sagte er.

»Im Gegenteil«, entgegnete Hal. »Nachdem ich so viel Geld in Freddy Carabetta investiert habe, werde ich mir den Spaß um keinen Preis entgehen lassen.«

Ellen wachte mit einem Brummschädel auf. Ihre Zunge und ihr Gaumen fühlten sich pelzig an. Na ja, dachte sie verächtlich, es war ja auch ein Supertag gewesen. Sie hatte es fertig gebracht, sich vor Rudy zu betrinken und dann umzukippen. Jetzt wachte sie mit einem fürchterlichen Kater auf und sie hatte es immer noch nicht geschafft, ihm zu beichten, was sie getan hatte. Zu allem Überfluss hatte ein zwei Tage altes kleines Mädchen nur noch achtundvierzig Stunden Zeit, bis man ihm die erste offizielle Impfung mit dem Superserum verabreichte – ein Serum, das eine spezielle Komponente enthielt, mit der eine tödliche Epidemie gestoppt werden sollte, von der Ellen inzwischen mit Sicherheit wusste, dass sie absichtlich herbeigeführt war.

Sie hielt die Augen fest geschlossen, weil sie fürchtete, dass sich alles drehen würde, wenn sie sie öffnete. Nach einer Weile zwang sie sich, vor allem, weil sie wissen wollte, wie spät es war, zu einem vorsichtigen Blinzeln. Die Wände und die Decke bewegten sich nicht. Sie befand sich in Rudys Gästezimmer und nicht, wie sie plötzlich feststellte, auf dem alten Ledersessel, in dem sie weggenickt war. Sie war angezogen und mit der braunen Wolldecke zugedeckt. Die Vorhänge waren zugezogen, aber das Licht reichte aus, um die Zeit auf ihrer Armbanduhr abzulesen. *Fünf Uhr.* Vorausgesetzt, es war immer noch derselbe Tag, dann hatte sie etwa viereinhalb Stunden geschlafen. Nicht schlecht für eine Amateurin.

Sie drehte sich um und schaltete die Nachttischlampe ein. Auf dem Nachttisch stand eine langstielige rote Rose in einer Vase. An die Vase gelehnt stand ein Briefumschlag, der genauso aussah wie der, den sie aufgerissen hatte. Ihr Name und ihre Adresse standen in Rudys Handschrift darauf geschrieben und der Poststempel in der oberen rechten Ecke trug das Datum desselben Tages. Mit zitternden Händen öffnete sie den Umschlag.

Liebe Ellen,

jetzt weißt du es also. Welch eine Erleichterung! Ich weiß nicht, wie oft ich mit mir gerungen habe und mich nicht entscheiden konnte, ob ich den Brief abschicken sollte, ob ich ihn dir persönlich geben oder ob ich noch warten sollte. Nun hat das Schicksal mir die Entscheidung abgenommen. So sei es denn. Ich liebe dich und wahrscheinlich werde ich dir das von Angesicht zu Angesicht sagen, wenn ich dich das nächste Mal sehe. Wenn ich es tue, brauchst du dich nicht zu einer Antwort in die eine oder andere Richtung verpflichtet zu fühlen.

Bitte, lass das, was ich geschrieben habe, unsere Freundschaft nicht beeinträchtigen. Das würde mich mehr treffen, als jede Zurückweisung es je könnte. Ich lebe seit vielen Jahren mit meinen Gefühlen. Wenn nötig, werde ich noch viele weitere Jahre mit ihnen leben. Bitte, mach dir keine Vorwürfe, weil du den Brief geöffnet hast. Es hat so sollen sein.

Und lass um Gottes willen die Finger vom Merlot.

In Liebe,
Rudy

Ellen wusch sich mit kaltem Wasser, putzte die Zähne und kämmte sich die Haare.

Eine gut aussehende Frau für dein Alter. Das hatte Howard zu ihr gesagt. Rudy Peterson hatte ihr Alter nicht einmal erwähnt – auch nicht sein eigenes. Er hatte sie vor neununddreißig Jahren geliebt und er liebte sie heute noch. Sie lebte in einer Art Starre, seit Howard sie verlassen hatte, hatte ihre Gefühle eingefroren. Vielleicht war es an der Zeit, wieder aufzutauen. Was konnte einer Frau Besseres passieren, als sich mit ihrem ältesten, besten Freund zusammenzutun?

Noch einen letzten Blick in den Spiegel, dann ging sie nach unten, um ihm zu begegnen. Rudy saß an seinem Esstisch, die kalte Pfeife zwischen den Zähnen, vor sich jede Menge Papiere mit seinen gesammelten Daten, daneben ein großer Weltatlas. Ellen setzte sich ihm gegenüber, dann langte sie mit beiden Händen über den Tisch und nahm seine Hände.

»Danke für die Rose und den Brief«, sagte sie.

»Danke, dass du mich von dem Druck befreit hast.«

»Ich weiß eigentlich gar nicht so recht, was ich sagen soll.«

»Ich habe auch nicht erwartet, dass du etwas sagst.«

»Aber ich werde in mich gehen und meine Gefühle ergründen und ich verspreche, dich auf dem Laufenden zu halten.«

»Mehr kann ein Mann sich doch nicht wünschen.«

»Du bist ein wunderbarer Mann, Rudy.«

»Ich weiß«, erwiderte er. »Nur leide ich unter dem Fluch, verdammt wählerisch zu sein.«

Sie spürte, wie sie errötete.

»Also«, sagte sie und räusperte sich. »Was hast du rausgefunden?«

»Nun, ich habe einen alten Freund, er ist Anwalt und arbeitet bei der Steuerbehörde. Er wollte mir nicht mehr sagen, als dass Vinyl Sutcher existiert, letztes Jahr eine Steuererklärung abgegeben hat und unter der Adresse wohnt, die in seinem Pass steht.«

»West Virginia.«

»Tullis, um es genau zu sagen. Ganz hier in der Nähe, kurz vor der Staatsgrenze.«

»Ich kenne den Polizeichef in meiner Stadt ziemlich gut. Ich bin sicher, er würde für mich in seinem Computer nachsehen, ob dieser Vinyl aktenkundig ist. Vielleicht könnte er sogar bei der Polizei in Tullis nachfragen, ob die was über den Mann haben. Wenn es sein muss, fahre ich selbst hin und gehe aufs Polizeirevier. Ich will nur kurz Beth anrufen, um zu hören, ob sie Lucy selber zur Schule bringen kann.«

Ellen erreichte ihre Tochter, als diese gerade das Haus verlassen wollte.

»Hallo, Mom. Ich hab's eilig. Lucy hat einen Termin beim Zahnarzt. Wir dürfen uns nicht verspäten, weil sie immer alle anderen wegschicken, wenn sie sie behandeln.«

»Ich weiß«, erwiderte Ellen verständnisvoll.

»Sämtliche Helferinnen müssen mit anpacken, um sie festzuhalten, und sie schreit wie am Spieß. Da kann ich verstehen, dass sie keine anderen Patienten da haben wollen. Wer möchte schon seinem Kind zumuten, sich so ein Geschrei in einer Zahnarztpraxis anzuhören? Auf alles andere reagiert sie so gut wie überhaupt nicht, aber –«

»Ich weiß«, unterbrach sie Ellen. »Liebes, bleib einfach bei ihr. Mehr kannst du nicht tun. Du machst das ganz wunderbar.«

»Gestern Abend hat Dick wieder davon angefangen,

wir sollten ein Kind adoptieren. Ich kann einfach nicht, Mom, ich ...«

Ellen spürte, dass Beth mit den Nerven am Ende war. Es hatte eine Zeit gegeben, da war sie stark und selbstsicher gewesen. Diese Zeiten waren vorbei.

»Beth, ich rufe dich an, um zu hören, wie es dir geht, und um zu fragen, ob du Lucy noch ein paar Tage lang selbst zur Schule bringen kannst.«

»Klar. Ist alles in Ordnung bei dir?«

»Ja, es ist alles in Ordnung. Ich muss nur ein paar Dinge für den Omnivax-Ausschuss erledigen. Ich melde mich wieder bei dir.«

»Okay.«

»Und, Beth?«

»Ja?«

»Was ich gesagt habe, habe ich ernst gemeint. Du bist eine wunderbare Mutter.« Sie legte auf. »Ein Besuch beim Zahnarzt mit Lucy ist für Beth noch schlimmer als für die Kleine.«

»Du hast Recht. Sie ist eine wundervolle Mutter.«

Ellen wurde plötzlich ganz wehmütig, doch sie schüttelte das Gefühl ab.

»Wenn es also sein muss«, sagte sie, »dann fahre ich jetzt nach West Virginia. Wenn es mir gelingt, die Polizei dazu zu bringen, dass sie diesen Sutcher verhaftet, ist mir, was Lucy angeht, wesentlich wohler zumute, falls wir beschließen sollten, in Aktion zu treten.«

»Ich habe nichts dagegen einzuwenden, wenn du mir versprichst, ganz vorsichtig zu sein. In der Zwischenzeit forsche ich noch ein bisschen weiter nach diesen Männern – und zwar werde ich als Erstes dem Passamt in Washington einen Besuch abstatten und sehen, ob die mich einen Blick auf die Fotos werfen lassen.«

»Super.«

»Der Karte nach zu urteilen, ist Tullis ein ziemlich kleines Kaff«, fügte Rudy hinzu. »Nur ein winziger Punkt im Atlas. Die nächstgrößere Stadt ist Belinda. Belinda, West Virginia.«

»Schöner Name«, sagte Ellen.

29

Ellen summte einen Sinatra-Song mit, als sie den Shenandoah überquerte. Sie fuhr durchs nördliche Virginia in Richtung der Grenze zu West Virginia. Die spätmorgendliche Sonne war angenehm warm, die Autobahn frisch asphaltiert und so gut wie leer. Bald, sehr bald schon würde sie vielleicht mithelfen, den Mann zu fassen, der ihre Familie bedroht und im Alleingang eine große Anzahl Menschen mit einer abscheulichen, tödlichen Krankheit infiziert hatte. Es war noch nicht erwiesen, dass Vinyl Sutcher der Mann war, den sie suchte, aber sie konnte nur Gewissheit erlangen, wenn sie ihn mit eigenen Augen sah.

Am frühen Morgen war sie als Erstes zum Polizeirevier in ihrer Heimatstadt Glenside gefahren. Chief Ed Curran war Mitglied im selben Golfclub wie Howard und Ellen hatte früher häufig mit seiner Frau Lorraine Tennis gespielt. Auf dem Revier erfuhr sie, dass die Currans sich anlässlich ihres dreißigsten Hochzeitstages auf einer Italienreise befanden. Eds Vertreter, ein wesentlich jüngerer Mann namens Wes Streeter, war hier aufgewachsen und ein ehemaliger Highschool-Footballstar, dem nicht nur Currans menschliche Wärme fehlte, sondern auch, wie Ellen schnell feststellte, dessen Intelligenz.

»Dieser Mann mit der Narbe, der ist also in Ihr Haus eingedrungen, hat gewartet, bis Sie nach Hause kamen und dann gedroht, Ihre Enkelin zu töten. Warum?«

»Ich möchte nicht, dass über die Gründe irgendetwas an die Öffentlichkeit dringt. Können Sie mir das versprechen?«

»Mrs Kroft, ich kann Ihnen gar nichts versprechen, solange Sie mir nicht sagen, um was es überhaupt geht.«

»Ist schon gut. Ich werde die Sache selbst in die Hand nehmen.«

»Sie sollten hier und heute Anzeige gegen den Mann erstatten«, sagte Streeter. »Immerhin wurde das Verbrechen in unserem Ort begangen.«

»Ich bin mir nicht einmal sicher, ob der Name, den ich hier habe, zu dem Mann gehört, der in mein Haus eingedrungen ist. Ich möchte ihn nur sehen. Ein Blick würde mir genügen. Auf ein Foto oder den Mann selbst, das ist mir egal. Sobald ich ihn sehe, weiß ich, ob er der Mann ist oder nicht. Haben Sie nicht einen Polizeicomputer, wo Sie seinen Namen und seine Adresse eingeben können und nachsehen, ob er schon mal mit dem Gesetz in Konflikt geraten ist?«

Streeter, der offenbar den Eindruck hatte, dass die Frau, die ihm gegenübersaß, mehr zu verbergen hatte als der angebliche Kriminelle, gab den Namen Vinyl Sutcher aus Tullis, West Virginia, in seinen Computer ein, förderte jedoch keinerlei Information zutage. Schließlich, nach einiger Hilfestellung von Ellen, kam er zu dem Schluss, dass Tullis, West Virginia, so klein war, dass es keine eigene Polizeistation besaß, sondern in den Zuständigkeitsbereich der Nachbarstadt Belinda fiel. Mittlerweile war der Polizist völlig verwirrt von Ellen und ihrer Geschichte und konnte es kaum erwarten, sich wieder mit anderen Dingen zu befassen. Er schrieb ihr die Telefonnummer des Reviers in Belinda auf, den Namen des Polizeichefs, William Grimes, und führte sie in ein kleines Zimmer, von wo aus sie telefonieren konnte. Sie hatte Glück, der Polizeichef war im Hause und sie wurde sofort mit ihm verbunden.

»Chief Grimes.«

Ellen stellte sich einen Mann vor, der älter war als Wes Streeter und jünger als Ed Curran.

»Chief Grimes, mein Name ist Ellen Kroft, ich rufe vom Polizeirevier in Glenside, Maryland, aus an. Vor ein paar Tagen ist ein Mann in mein Haus eingedrungen und hat gedroht, mich und meine Familie zu töten, falls ich nicht tue, was er von mir verlangt. Ich habe Grund zu der Annahme, dass der Mann aus Tullis, Ihrer Nachbarstadt, stammt. Sein Name ist Sutcher, Vinyl Sutcher. Hätten Sie ein paar Minuten Zeit?«

»Wir bemühen uns stets, für unsere Nachbarn aus Maryland Zeit zu haben«, erwiderte Chief Grimes.

Die gekürzte Version der Geschichte, die Ellen dem Polizeichef erzählte, beinhaltete ihren Verdacht bezüglich der Fälle von Lassa-Fieber und auch die Art und Weise, wie sie Sutchers Namen aus den Passagierlisten herausgefiltert hatte.

Der Vinny Sutcher, den der Chief kannte, passte nicht zu der Beschreibung, die Ellen ihm gab. Nach allem, was Grimes in Erinnerung hatte – und er räumte ein, dass er sich nicht ganz sicher war, ob er den richtigen Mann meinte –, war Sutcher zwar kräftig, aber nicht so groß, und er hatte keine Narbe über der Lippe, wie Ellen sie beschrieb. Der Mann war Holzfäller und arbeitete hin und wieder als eine Art Leibwächter und er wohnte tatsächlich in der Nachbarstadt. Grimes hatte ihn zuletzt vor etwa einem Jahr gesehen, nachdem er einen Autofahrer tätlich angegriffen hatte, der an einer Ampel auf seinen Wagen aufgefahren war. Der Polizeichef wusste nicht mehr, wie die Sache geendet hatte, war sich jedoch ziemlich sicher, dass keine Anzeige erstattet worden war.

Wenn sie nach Belinda kommen wolle, sei er gern bereit, erklärte Grimes, ihre Aussage zu Protokoll zu nehmen, ihr alles über den Mann zu sagen, was er in Erfahrung bringen könne und ihr, falls Sutcher tatsächlich verhaftet worden war, ein Foto von ihm zu zeigen. Und sollten die Beweise, die sie hatte, überzeugend sein, werde er selbstverständlich das FBI einschalten und dafür sorgen, dass ein Haftbefehl gegen Sutcher ausgestellt wurde.

»Ich gebe Ihnen für alle Fälle meine Handynummer«, sagte er.

»Und ich gebe Ihnen meine.«

Es war kurz nach zwei, als Ellen nach einer Fahrt durch die Berge hinter einer Kurve die Stadt Belinda im Tal vor sich liegen sah. Ihr bot sich ein Postkartenpanorama auf die Stadt, die sich in einem weitläufigen Tal zum Osten hin an die Ausläufer einer Hügelkette schmiegte. Hinter den Hügeln erhoben sich die zerklüfteten Allegheny-Berge in den tiefblauen Nachmittagshimmel. Es waren drei Stunden vergangen, seit sie von zu Hause weggefahren war, aber durch die Musik von Carly Simon und Natalie Cole im Wechsel mit Lyle Lovett und Frank Sinatra war ihr die Fahrt viel kürzer vorgekommen.

Unterwegs hatte sie viel an Rudy gedacht. Durch sein Verhalten und genau die richtigen Worte hatte er ihr die Schuldgefühle genommen, mit denen sie sich herumgeplagt hatte, seit sie den Brief aus seiner Schublade geöffnet hatte. Jetzt kam es nur noch darauf an, dass sie ihren Gefühlen für ihn auf den Grund ging, dass sie hinter der tiefen Freundschaft den Funken Leidenschaft entdeckte, den sie sich auch mit ihren dreiundsechzig Jahren noch wünschte. Rudy liebte sie aufrichtig, daran zweifelte sie nicht. Und er war ein Mann, mit dem sie gern alt werden würde. Die Frage, über die sie sich den Kopf zerbrach, als sie auf die Main Street einbog, war, ob er auch der Mann war, mit dem sie wieder jung werden konnte.

Bis zu ihrer Verabredung mit Polizeichef Grimes blieben ihr noch drei Stunden und außer einen Donut und Kaffee hatte sie seit ihrer Abfahrt aus Glenside nichts zu sich genommen. Ihr Kater war mittlerweile verflogen, aber sie hoffte, das Gelübde, das sie am Morgen abgelegt hatte, nie wieder am Vormittag Wein zu trinken, würde ein wenig länger halten. Sie überlegte, Belinda zu durchqueren und direkt nach Tullis weiterzufahren, um sich das Städtchen einmal anzusehen, aber das *Belinda Diner*, ein Restaurant in einem ehemaligen Eisenbahn-Speisewagen am Stadtrand, sah einfach zu einladend aus. Das Restaurant war fast leer. Eine resolute Kellnerin in Jeans und T-Shirt bediente zwei ältere Damen in einer Nische und zwei alte Männer in einer anderen.

Ellen nahm sich eine Zeitung und setzte sich in eine Ecknische, entfernt von den anderen Gästen. Sie bestellte das Tagesgericht, Hackbraten mit Kartoffelpüree, und konzentrierte sich auf den Polizeibericht, wie immer, wenn sie eine Lokalzeitung las, einschließlich der in ihrer Heimatstadt Glenside. Bissiger Hund ... Fremder in dunkler Gasse ... Faustkampf ... Hirsch von Laster überfahren ... Öffentliche Ruhestörung ... Colaautomat zerstört ... Patientin entführt. Zwischen etwa zwei Dutzend Polizeinachrichten wurde mit zwei Sätzen erwähnt, dass eine Krankenhauspatientin aus einem Krankenwagen entführt worden war. Ellen fand den Artikel, der das Verbrechen beschrieb, auf Seite 1 und war gerade dabei, ihn zu lesen, als die Kellnerin mit ihrer Bestellung kam.

»Was hat es mit dieser Entführung auf sich?«, fragte Ellen.

Die Kellnerin zuckte die Achseln. »Das weiß kein Mensch«, sagte sie. »Es heißt, ihr Arzt hätte die Frau entführt, Doc Rutledge. Die Patientin ist anscheinend selber Ärztin. Jetzt ist sie weg und er ist auch verschwunden. Vielleicht hat er sich einfach in sie verknallt – hat gedacht, er könnte nicht ohne sie leben. Also heuert er ein paar Schläger an, lässt sie entführen und tut dann so, als würde er sich genauso wundern wie alle anderen.«

»Und ich dachte, ich wäre in ein verschlafenes Nest gekommen. Ein Arzt entführt seine Patientin. Das klingt ja wie aus einer Fernsehserie.«

»Der arme Doc Rutledge. Der ist einfach nicht mehr der Alte, seit seine Frau vor ein paar Jahren gestorben ist. Aber nach allem, was ich so gehört hab, muss er ein verdammt guter Arzt sein. Wenn ich mal einen Arzt bräuchte, würd ich wahrscheinlich zu ihm gehen. – Und was führt Sie hierher?«

»Ich ... hab einen geschäftlichen Termin. Das ist eine schöne Stadt.«

»Danke. Uns gefällt sie auch. Sind Sie hier in Belinda verabredet?«

»Eigentlich nicht«, erwiderte Ellen, während sie überlegte, ob es schaden konnte, herauszufinden, wo Vinny Sutcher wohnte. »Ich muss in eine Stadt namens Tullis.«

»Ach, das ist gleich der nächste Ort. Ein Teil von Belinda, kann man fast sagen.«

Ellen nahm einen Notizblock aus ihrer Handtasche und warf einen Blick darauf.

»Deep Woods Road«, las sie vor. Es war die Adresse, die sie der Passagierliste entnommen hatte.

»Nie gehört«, sagte die Kellnerin.

»Ich kenn die Straße«, rief einer der alten Männer. »Fahren Sie die Main Street bis nach Tullis raus, dann quer durch Tullis durch, links in die Oak Street, dann ungefähr zwei Meilen weit den Hügel rauf. Da müssen Sie dann nach einem Feldweg Ausschau halten. Ich glaub nicht, dass es da ein Straßenschild gibt, aber auf ein paar Briefkästen an der Ecke steht Deep Woods Road.«

»Danke«, rief Ellen.

»Die Belinda Road ist die Fortsetzung der Main Street und geht bis nach Tullis«, sagte die Kellnerin. »Fahren Sie einfach vom Parkplatz die Straße runter, bis sie an ein kleines Schild kommen, auf dem Tullis steht.«

»Ein größeres Schild hat das Kaff nicht verdient«, rief der Alte.

Sein Kumpel und die beiden älteren Frauen in der Nische nebenan brachen in schallendes Gelächter aus.

Ellen hatte schon häufiger die Erfahrung gemacht, dass sie in dieser Art Diner mit einfacher Hausmannskost keine bösen Überraschungen erlebte und das traf auch auf dieses Lokal zu; der Hackbraten war sehr schmackhaft und das Kartoffelpüree mit Soße durchaus genießbar. Sie ließ ein ordentliches Trinkgeld auf dem Tisch zurück und ging hinaus in die Nachmittagssonne. Ihr blieben immer noch fast zwei Stunden Zeit bis zu der Verabredung mit Bill Grimes. Seit der Alte in dem Diner ihr erklärt hatte, wie man zur Deep Woods Road gelangte, konnte sie an nichts anderes mehr denken – aus einer Mischung aus Wut und Neugier heraus wollte sie wenigstens einen kurzen Blick auf diesen Vinyl Sutcher erhaschen. Wenn er so aussah, wie Grimes ihn beschrieben hatte, dann würden sie und Rudy sich erneut die Passagierlisten vorknöpfen und wieder von vorne anfangen müssen. Falls Grimes' Gedächtnis nicht besonders verlässlich war, falls sich herausstellen sollte, dass eine auffällige Narbe Sutchers Lippe verunzierte, dann würde sie bald ihre Rache bekommen. Sie musste nur vorsichtig sein und durfte nicht aus dem Auto aussteigen. Sie wollte nur einen kurzen Blick auf den Mann werfen oder wenigstens auf das Haus, in dem er wohnte.

Entgegen einer inneren Stimme, die sie beschwor, zu warten, bis sie mit dem Polizeichef gesprochen hatte, fuhr Ellen vom Parkplatz auf die Straße nach Tullis. Die Wegbeschreibung war korrekt, nur was die Entfernungen anging, hatte der Alte sich ein bisschen verschätzt. Bis zum Ortsausgang von Tullis waren es fast zehn Kilometer und die Oak Street wand sich weitere fünf Kilometer einen Hügel hinauf, ehe Ellen die erwähnten Briefkästen entdeckte. Auf einige davon hatten die Besitzer »Deep Woods Road« gepinselt. Auf einem Briefkasten stand die Nummer 100 sauber aufgeklebt und darunter der Name SUTCHER. Vielleicht hatte Grimes Recht, dachte Ellen. An so einem gottverlassenen Ort vermutete man keinen Weltreisenden, keinen Mann, der während der vergangenen drei Jahre mindestens viermal in ein westafrikanisches Land geflogen war. Andererseits hatten diese Reisen, wenn sie und Rudy mit ihren Vermutungen richtig lagen, rein geschäftlichen Zwecken gedient.

Die Deep Woods Road, eine Schotterstraße, führte in sanften Kurven den bewaldeten Hügel hinauf. Sie war gerade breit genug für ein Auto, rechts und links verliefen flache Entwässerungsgräben und hin und wieder gab es eine kleine Bucht, wo man ausscheren konnte, um ein entgegenkommendes Fahrzeug vorbeizulassen. Ganz langsam fuhr Ellen weiter. Irgendwie bereitete es ihr ein seltsames Vergnügen, sich in eine potenziell gefährliche Situation zu begeben. Obwohl Briefkästen am Straßenrand standen, war weit und breit kein Haus zu sehen, nur Wege, die von der »Straße« abbogen und noch tiefer in den Wald führten, und hölzerne, an Baumstämme genagelte Schilder mit den Hausnummern.

62 ... 70 ... 83 ...

Ellen fuhr noch langsamer. An einigen Wegen hatte keine Hausnummer gestanden. Konnte einer davon zu Sutchers Haus führen?

90 ...

Mit klopfendem Herzen hielt Ellen an, bog in einen der Wege ohne Nummer ein und wendete. Dann öffnete sie vorsichtig die Wagentür.

Das ist dumm, sagte ihre innere Stimme. *Das ist absolut idiotisch.*

Sie steckte die Autoschlüssel in die Hosentasche, schloss leise die Tür und schlich sich die Straße hinauf. Weiter vorne waren die Bäume lichter und der Weg wurde heller.

100.

Die Nummer, mit schwarzer Farbe auf ein Brett aus Kiefernholz gemalt, hing in Augenhöhe an einem Birkenstamm. Gleich hinter den ersten Bäumen lag eine Lichtung, die den fantastischen Blick auf ein von Flussläufen durchzogenes Tal freigab, das sich bis zu den graublauen Bergen in der Ferne erstreckte. In der Mitte der Lichtung stand ein nagelneues Haus, oder vielleicht auch ein altes Haus, das gründlich renoviert worden war – einstöckig, modern, mit hohen Panoramafenstern und mahagonifarben gebeizter Holzverkleidung. Um das Haus herum lagen noch Reste von Baumaterial. Es war noch kein Rasen gesät worden, doch an einer Stelle lagen die Rohre für eine Bewässerungsanlage bereit, die im Boden verlegt werden sollten. Es gab keine Garage, doch am Rand der für den Rasen vorgesehenen Fläche befand sich ein Parkplatz für zwei Autos.

Obwohl sie davon überzeugt war, dass das Haus menschenleer, wenn nicht sogar unbewohnt war, blieb Ellen im Schutz der Bäume stehen, von wo aus sie das Grundstück mehrere Minuten lang beobachtete. Nichts rührte sich.

Schließlich hielt sie es nicht länger aus. Sie trat aus dem Schatten der Bäume und ging mit klopfendem Herzen auf das Haus zu. Auch wenn es noch eine Baustelle war, schien es doch bewohnt zu sein. Durch die Fenster konnte Ellen sehen, dass es vollständig eingerichtet war, und zwar in einem ziemlich maskulinen Stil – wuchtige Sofas und Sessel aus Leder und schwere Couchtische. Sie drückte ihr Gesicht an eine Fensterscheibe, um besser sehen zu können. Über dem offenen Kamin thronte ein riesiger Elchkopf und an der Wand hingen mehrere Schrotflinten. Zu ihrer Verwunderung konnte sie nirgendwo ein Foto entdecken. Langsam ging sie um das Haus herum und spähte in jedes Fenster.

Das Panorama war wirklich umwerfend, vor allem im warmen Licht des Sonnenuntergangs. Das Haus stand zwar nicht an einem Steilhang, aber das Grundstück fiel steil ab. Der Hang war mit Gestrüpp und dicken Steinen übersät und überall lagen Bretter, Reste von Bandeisen und Betonbrocken herum. Erst jetzt entdeckte Ellen, dass das Haus nicht einstöckig war, wie sie anfangs vermutet hatte, sondern über zwei, womöglich sogar drei Stockwerke ging, die in den Hang gebaut waren. Vorsichtig tat sie ein paar Schritte weiter den Abhang hinunter. Dann blieb sie verblüfft stehen. Unterhalb der Etage, in die sie hineingelugt hatte, gab es noch ein weiteres Geschoss mit Wohnräumen. Beide Etagen waren über die gesamte Breite des Hauses auf der dem Tal zugewandten Seite hin mit getönten Glaswänden versehen. Und unterhalb des unteren Stockwerks befand sich eine Garage, die ebenfalls in den Hang gebaut und über eine schmale Einfahrt erreichbar war, die etwa von dort, wo Ellen ihren Wagen geparkt hatte, zur Vorderseite des Hauses führte.

In der Garage stand ein großer, schwarzer Jeep mit Allradantrieb.

Bei dem Anblick drehte sich Ellen der Magen um.

»Sieh mal einer an, wen haben wir denn da?«

Vinyl Sutchers laute Stimme drang wie ein Messer in Ellens Herz. Zutiefst erschrocken fuhr sie herum, stolperte und stieß sich das Knie an einem kantigen Stück Beton. Sofort sprang sie wieder auf, ungeachtet des Schmerzes, der zerrissenen Hose und des Bluts, das ihr am Bein hinunterlief. Sutcher stand weiter oben am Hang, die Hände in die Hüften gestemmt, und grinste auf sie herab.

»Ich wusste, dass Sie es waren«, stieß Ellen verächtlich hervor.

»Kommen Sie hier rauf ... Ich sagte, KOMMEN SIE GEFÄLLIGST HIER RAUF, verdammt noch mal!«

Ellen zögerte, folgte dann jedoch seinem Befehl. Sie hatte einen fürchterlichen Fehler gemacht und jetzt würde sie dafür bezahlen – zuerst mit Schmerzen und früher oder später mit ihrem Leben. Wenn der Abhang hinter ihr ein bisschen steiler gewesen wäre, hätte sie ihren Qualen vielleicht auf der Stelle ein Ende bereitet oder zumindest versucht, ihn mit sich in die Tiefe zu reißen. Aber sie würde höchstens bis auf die Einfahrt fallen. Ihr blieb nichts anderes übrig, als sich dem Mann zu stellen.

»Wie haben Sie dieses Haus gefunden?«, herrschte er sie an.

»Ist es nicht schrecklich, erkennen zu müssen, dass Sie

längst nicht so schlau sind, wie Sie geglaubt haben?«, sagte sie, mehr zu sich selbst als zu ihm.

Sutcher trug schwarze Jeans, ein schwarzes, kurzärmeliges Hemd und schwarze Stiefel und er schaute Ellen mit boshaften Augen an.

»Ich habe Sie was gefragt«, bellte er.

Er kam auf Ellen zu, packte sie am Handgelenk und drehte ihr mit der anderen Hand den Arm um, sodass sie mit einem Aufschrei in die Knie ging.

»Ich weiß, wer Sie sind, und ich weiß, was Sie getan haben«, brachte sie mühsam heraus.

Sutcher zog sie auf die Füße, ließ ihr Handgelenk jedoch nicht los.

»Wovon reden Sie?«

»Macht es Ihnen Spaß, eine alte Frau zu quälen, die Ihre Mutter sein könnte?«

»Mir macht es Spaß, Menschen zu quälen, egal wen. Und jetzt frage ich Sie zum letzten Mal, bevor die richtigen Qualen anfangen: Wie haben Sie mich gefunden?«

Ellen dachte an ihre Enkelin, die in ihrem Zimmer geschlafen hatte, während dieser Widerling sie fotografierte.

»Ich hab mich einfach in den Windschatten gestellt und geschnuppert«, sagte Ellen. »Dann bin ich dem Gestank gefolgt.«

Ohne zu zögern versetzte Sutcher ihr einen derart brutalen Schlag mit der flachen Hand, dass sie herumwirbelte und den Abhang hinunterstürzte. Übel zugerichtet und blutend landete sie bäuchlings im Dreck, ein spitzer Betonbrocken bohrte sich in ihre Wange. Sie war vollkommen bei Sinnen und überall am Körper tat ihr irgendetwas weh, aber seltsamerweise war der Schmerz so allgegenwärtig, dass sie ihn schon gar nicht mehr richtig spürte. Reglos und mit geschlossenen Augen blieb sie liegen. *Was jetzt?* Von weiter oberhalb hörte sie Sutchers schweren Atem und die kullernden Steine, die er lostrat, als er zu ihr hinabstieg.

Sie öffnete die Augen ein kleines bisschen. Gleich neben ihrer rechten Hand lag ein fast einen Meter langes schmales Brett, aus dessen einem Ende ein langer, rostiger Nagel herausragte. Gegen dieses Ungeheuer von Mann hatte sie keine Chance, darüber war sie sich im Klaren, aber sie wollte sich nicht kampflos ergeben. Ganz vorsichtig schloss sie ihre Finger um das Brett. Sie musste versuchen, ihn ins Gesicht zu schlagen in der Hoffnung, mit dem Nagel ein Auge zu erwischen. Ihr Hass auf den Mann war mittlerweile so groß, dass die Vorstellung, ihn womöglich blind zu machen, sie weder anekelte noch abschreckte.

Sein schwerer Atem kam näher. Mindestens einmal meinte sie ihn stolpern zu hören. *Gut!* ... Jetzt stand er neben ihr und stubste sie mit der Stiefelspitze an. Wenn er bemerkte, dass sie das Brett umklammert hielt, und auf ihr Handgelenk trat, war sie verloren. Aber er schien vor allem feststellen zu wollen, ob sie überhaupt noch lebte. Um es ihm ein bisschen zu erschweren, hielt sie die Luft an.

»Los, schön umdrehen«, sagte er und schob seinen Fuß unter ihren Körper.

Ellen wartete, bis er sie fast umgedreht hatte, dann rollte sie sich mit einem lauten Schrei auf den Rücken und schlug gleichzeitig mit dem Brett nach ihm. Der Nagel bohrte sich bis zum Anschlag direkt unter Sutchers Auge in seine Wange. Er brüllte obszöne Flüche, stolperte rückwärts und fasste nach dem Brett. Als es ihm gelang, sich davon zu befreien, stürzte er zu Boden und rollte ein Stück den steilen Abhang hinunter. Ellen war auf den Beinen, noch bevor er in der Einfahrt landete. Trotz der Schmerzen am ganzen Körper hastete sie den Hang hinauf.

»Du Miststück! Ich bring dich um!«, brüllte Sutcher. »Dich mach ich fertig!«

Selbst wenn er die Schlüssel zu seinem Jeep in der Hosentasche hatte, konnte er sie unmöglich erwischen, bevor sie ihr Auto erreichte. Halb stolpernd und nach Luft ringend rannte sie auf die Stelle zu, wo sie ihren Taurus geparkt hatte. Im Laufen fürchtete sie plötzlich, Sutcher könnte ihr einen Reifen zerstochen oder sonst etwas mit dem Auto angestellt haben. Es war jedoch alles in Ordnung. Dass sie den Wagen gewendet hatte, bevor sie losgegangen war, erwies sich jedoch als der einzige Geistesblitz an diesem Nachmittag des Leichtsinns. Sie setzte sich ans Steuer und im nächsten Augenblick raste sie den Weg hinunter.

Während sie den Rückspiegel im Auge behielt, fuhr sie so schnell sie konnte die unbefestigte Straße entlang. Kurz bevor die Straße endete, fischte sie ihr Handy aus der Handtasche. In der Hoffnung, dass sie sich nicht in einem Funkloch befand, wählte sie die Nummer, die Chief Grimes ihr gegeben hatte. Zu ihrer Verwunderung nahm er sofort ab.

»Also, Mrs Kroft, das war nicht besonders klug von Ihnen«, sagte er, nachdem sie ihm kurz die Situation geschildert hatte.

Darauf hätte ich auch selber kommen können, dachte sie. »Ich glaube, er ist hinter mir her«, sagte sie. »Was soll ich tun?«

»Ich sitze gerade im Streifenwagen«, erwiderte Grimes. »Fahren Sie einfach weiter, bis ich Ihnen entgegenkomme, dann halten Sie am Straßenrand. Ich schalte das Blaulicht ein, damit Sie mich rechtzeitig sehen.«

»O Gott, ich danke Ihnen«, sagte Ellen mit zitternder Stimme.

»Schon in Ordnung, Mrs Kroft. Sie haben eine große

Dummheit gemacht, aber zum Glück ist Ihnen ja nichts Schlimmes passiert. Von jetzt an übernehme ich. Atmen Sie einfach tief durch. Jetzt sind Sie in Sicherheit.«

»Nein, auf gar keinen Fall! Hier drinnen schläft ein Baby. Und jetzt verschwinden Sie gefälligst. Wir geben keine Interviews mehr.«

Don Cleary schlug die Tür zu, stürmte wütend zurück in seine Wohnung und verfluchte die Schließanlage an der Haustür, die seit mindestens einem Jahr nicht mehr funktionierte. Verdammt, es würde ihnen wirklich gut tun, ein für alle Mal aus dem Sozialbau rauszukommen.

»Schon wieder Reporter?«, fragte Sherrie verschlafen vom Sofa aus.

»Die hocken auf der Treppe wie die Schmeißfliegen und auf dem Gehweg drängeln sich die Kameratrupps.«

Nachdem eine Frau namens Tricia sie aus dem Büro von Lynette Marquand angerufen und informiert hatte, hatten Don, Sherrie, Sherries Mutter und ein paar Freunde die Omnivax-Sendung gemeinsam im Fernsehen verfolgt. Wie die Frau ihnen versprochen hatte, wurden ihre Namen in der Sendung nicht erwähnt, um vorerst die Privatsphäre der Familie zu schützen. Wenn die Impfung erst einmal stattgefunden hatte, würde sich natürlich einiges ändern. Damit mussten sie rechnen. Mrs Marquand, hatte Tricia versichert, würde ihnen selbstverständlich jemanden schicken, der ihnen nach der Impfung im Umgang mit der Presse behilflich sein und dafür sorgen würde, dass die Familie auf jede erdenkliche Weise von der Publicity finanziell profitierte – und man würde ihnen garantiert zahlreiche Angebote machen.

Dann, kaum eine Stunde nach dem Ende der Sendung,

hatte das Telefon zu läuten begonnen. Keiner der Anrufer schien genau zu wissen, woher er die Nummer der Clearys oder Donelles Namen hatte. Anfangs waren Don und Sherrie ganz aufgeregt gewesen. Sie gaben einem Reporter von einem der Washingtoner Fernsehsender ein Interview, gestatteten einem Fotografen von der *Post*, ihre Wohnung zu betreten und eine Aufnahme von ihnen und dem Baby zu machen. Als dann aber der Ansturm der Medien ungeahnte Ausmaße annahm, hatten sie angefangen, nein zu sagen. Und jetzt wurden sie allmählich sauer.

In ihrer Wiege, die neben dem Sofa stand, begann Donelle zu greinen.

»Verdammt, ich hab sie aufgeweckt«, sagte Don. »Tut mir Leid, Liebes.«

Er eilte an das Bettchen, nahm seine kleine Tochter auf den Arm und setzte sich neben seine Frau auf das Sofa. Das Baby war sofort still. Die Kleine öffnete die dunklen Augen und schien ihren Vater anzuschauen.

»Wie sie dich ansieht!«, sagte Sherrie. »Die ist ja ganz schön kokett.«

»Ja, genau wie ihre Mutter.«

»Hey, sei nicht so frech. Mensch, Donny, ist sie nicht wunderbar?«

»Ja, das ist sie.«

»Was, glaubst du, wird sie später mal werden? Tänzerin? Oder ... oder Ärztin? Oder vielleicht eine berühmte Sportlerin?«

»Das weiß ich nicht und es ist mir auch egal«, erwiderte Don. »Es gibt nur eins, was ich mir wirklich für sie wünsche.«

»Und was ist das?«

»Dass sie gesund ist und bleibt.«

Erneut klingelte das Telefon.

30

Kurz nach halb elf hielt Fred Carabetta in der Einfahrt von Hals Anwesen, einem rustikalen, aber geräumigen Holzhaus mit sechs Zimmern, drei offenen Kaminen und einem Bootshaus, direkt an einem klaren, sieben Kilometer langen See. Matt und Nikki beobachteten vom Küchenfenster aus, wie der korpulente Mann sich aus seinem Cadillac zwängte.

»Carabetta ist da!«, rief Matt. »Es wird in einigen Gängen ziemlich eng für ihn werden, aber ich denke, er wird es schaffen.«

Hal kam in die Küche, eine Kamera in der einen Hand und eine Schrotflinte in der anderen. Er hatte sich auf Matts Anraten hin für ihre Expedition ganz in Schwarz gekleidet und war offensichtlich ziemlich aufgedreht. Falls er auch nur im Geringsten nervös oder angespannt war, ließ er es sich nicht anmerken. Aber da Matt den Abenteuergeist seines Onkels kannte, wunderte ihn das nicht.

»Dann sind wir jetzt schon zu viert«, sagte Hal gut gelaunt. »Unser Begleiter müsste auch jeden Augenblick eintreffen. Mit der Waffe, die er mitbringt, Freddys Adleraugen und deiner Pistole müssten wir besser vorbereitet sein als beim letzten Mal, als du und Lewis Slocumb unbewaffnet da reinmarschiert seid.«

»Glaub mir, ich kann wesentlich besser laufen als schießen. Aber hoffen wir, dass nichts passiert. Es war einfach Pech, dass die Wachen gerade in dem Augenblick ihren Rundgang machten, als wir da waren. Die haben überhaupt nicht damit gerechnet, jemanden in der Höhle anzutreffen. Wir müssen uns einfach vorsehen, dann wird schon nichts schief gehen.«

»Wahrscheinlich nicht«, meinte Hal. »Bist du sicher, dass du die Höhle wieder findest?«

»Als ich mit Lewis da war, hab ich mir beim Reingehen den Weg ganz genau gemerkt, da müsst ihr mir einfach vertrauen. Aber nach dem, was Lewis zugestoßen ist, möchte ich die Slocumbs da nicht noch mal mit reinziehen, auch wenn bestimmt einer von ihnen bereit wäre, mitzukommen, wenn ich sie darum bitten würde. Aber die Brüder haben genug getan. Es ist wirklich ein Wunder, dass Lewis noch lebt.« *Wenn er noch lebt.*

Carabetta klopfte an die Haustür und wurde hereingelassen. Er sah ein bisschen lächerlich aus in seinem schwarzen Pullover und mit schwarzer Schirmmütze, aber er hatte eine gute Kamera bei sich und einen Lederkoffer, der wahrscheinlich Instrumente zur Probenentnahme enthielt, wie Matt vermutete. Der Mann machte den Eindruck, als fühlte er sich nicht wohl in seiner Haut.

»Hallo, Freddy«, sagte Hal. »Na, freuen Sie sich schon drauf, die Nummer eins in Ihrer Behörde zu werden?«

»Ich weiß immer noch nicht, ob es klug ist, diese Expedition durchzuführen. Wozu brauchen Sie die Schusswaffe?«

»Wir wollen nur für alle Eventualitäten gerüstet sein«, erwiderte Hal. »Ich rechne nicht mit Problemen. Aber sollte es doch welche geben, werden wir uns wenigstens in einer starken Verhandlungsposition befinden.«

»Mit Hilfe einer Schrotflinte?«

»Es wird uns noch jemand begleiten, ein professioneller Beschützer, wenn Sie so wollen. Glauben Sie mir, Fred, Sie brauchen sich keine Sorgen zu machen.«

»Wir gehen rein, sehen uns um, nehmen ein paar Proben und verschwinden wieder«, sagte Matt. »Mehr haben Sie nicht zu befürchten.«

»Ich ... ich muss mit Ihnen reden, Hal – unter vier Augen«, sagte Carabetta.

»Reden Sie mit *mir*«, mischte Matt sich ein. Er ahnte, worauf der Mann hinaus wollte. »Das ist mein Projekt. Los, kommen Sie, suchen wir uns ein stilles Plätzchen.«

»Ihr könnt in mein Schlafzimmer gehen«, sagte Hal.

Heidi, Hals Lebensgefährtin, war für eine Woche zu ihrer Mutter gefahren. Matt führte Carabetta in das geräumige Zimmer, in dem außer dem luxuriösen Bett ein Ledersofa und zwei wuchtige Sessel standen. Von dem riesigen Panoramafenster aus hatte man eine fantastische Aussicht auf den See. Matt bemerkte, wie Carabetta verstohlen einen Blick ins Badezimmer warf, wo ein Wasserfall über eine Felswand in eine Badewanne stürzte. *Ich habe halt keine Kinder, deren Studium ich finanzieren musste*, pflegte Hal zu erklären, wenn jemand sich über seine spektakuläre Einrichtung wunderte. Matt wusste genau, was Carabetta dachte.

Mehr.

»Okay, was gibt's?«, fragte er.

Carabetta straffte die Schultern und sah Matt trotzig an.

»Also diese ganze Geschichte ist offenbar wesentlich komplizierter, als man mir anfangs erklärt hat. Und jetzt ist auf einmal auch noch von Schusswaffen die Rede und ... und Leibwächtern und von Wachleuten, die womöglich aufkreuzen, während wir da drinnen sind.«

»Und?«

»Und ich glaube nicht, dass das Geld, das man mir zahlt, das Risiko wert ist.«

Matt hatte Mühe, sich zu beherrschen. Ohne Carabetta hatten sie keine Chance.

»Wie viel?«, fragte er.

Carabetta schielte noch einmal zum Bad hinüber.

»Noch mal fünftausend«, sagte er schnell.

Matt wusste nicht genau, wie viel Hal dem Mann ursprünglich angeboten hatte, einer Bemerkung seines Onkels hatte er jedoch entnommen, dass es eine Summe um fünfzehntausend gewesen war. Jetzt wollte Carabetta noch mal fünftausend. Zwanzigtausend – keine schlechte Bezahlung für ein paar Stunden Arbeit. Matt dachte an sein schwindsüchtiges Bankkonto. Fünftausend konnte er so gerade eben aufbringen. Dann dachte er an Armand Stevenson und Blaine LeBlanc, an Bob Crook und die Sicherheitsleute, die ihn aus dem Büro der Minengesellschaft geworfen und anschließend versucht hatten, die Slocumbs umzubringen, und er dachte an Bill Grimes.

»Also gut, fünftausend, aber keinen Cent mehr«, sagte Matt.

»Ich möchte das Geld gleich morgen früh. Solange ich kein Geld sehe, werde ich nichts unternehmen, egal, was wir heute Abend vorfinden«, entgegnete Carabetta.

Sie machen Ihrem Berufsstand wirklich alle Ehre, hätte Matt am liebsten geantwortet. »Sie bekommen Ihr Geld«, sagte er stattdessen.

Sie kehrten zurück ins Wohnzimmer, wo Matt Hal durch ein angedeutetes Kopfnicken zu verstehen gab, dass er sich mit Carabetta geeinigt hatte. Dann winkte er Nikki in die Diele, wo er sie eine Weile in den Armen hielt. Schließlich küsste er sie leicht auf den Mund.

»Danke«, sagte sie. »Ich hatte auch schon das Gefühl, dass es zu lange her war. Und, wie viel hat Carabetta versucht, aus dir rauszuquetschen?«

»Er hat's nicht nur versucht«, erwiderte Matt. »Der Typ ist ein richtiger Gauner.«

»Aber zumindest für uns ein nützlicher Gauner.«

»Gut, dass du mich daran erinnerst. Wie fühlst du dich eigentlich?«

»Nervös, ein bisschen ängstlich. Und du?«

»Ich bin vor allen Dingen wütend, glaube ich – wegen meines Vaters, wegen all der anderen Minenarbeiter, wegen der Demütigungen, die ich erdulden muss, bloß weil ich versuche, das Richtige zu tun. Hör zu«, fuhr er fort, nach den richtigen Worten suchend, »du bist nicht verpflichtet, mitzukommen, es ist vollkommen in Ordnung, wenn du hier auf uns wartest.«

»Du meinst, ich soll's mir hier vor der Glotze gemütlich machen, während ihr Männer loszieht, um den Kampf mit den Leuten von der Minengesellschaft aufzunehmen, mit den Leuten, die mich entführt und Joe ermordet haben? So eine Gelegenheit würde ich mir doch nicht entgehen lassen!«

»Ich wollte nur –«

»Du hast mich gerade geküsst«, fiel Nikki ihm ins Wort. »Und das bedeutet, ich komme mit. Außerdem möchte ich sichergehen, dass du dieses Abenteuer wohlbehalten überstehst. Wir beide haben noch was zu erledigen, wenn wir das hier hinter uns haben.«

Sie genossen zwar die anheimelnde, teils auch sinnliche Atmosphäre in Hals Haus, aber die Erinnerung an Joe Kellers Tod war immer noch zu frisch. Sie hatten die Nacht zusammen verbracht, hatten sich in den Armen gehalten und miteinander geredet, in dem Wissen, dass sie schon bald ein richtiges Liebespaar sein würden. Diesmal küsste Matt sie weniger zurückhaltend und Nikki grub ihre Fingernägel in seinen Nacken.

»Es wird alles gut«, flüsterte sie, als sie sich voneinander lösten. »Es wird alles gut.«

Minuten später durchbrachen zwei Scheinwerfer die Dunkelheit in Hals Auffahrt.

»Das muss unser Beschützer sein«, sagte Matt und zeigte aufs Fenster. »Wo hast du den Kerl überhaupt aufgetrieben, Hal?«

»Ich weiß, du hältst mich für arglos und charakterlich fehlerfrei«, erwiderte Hal mit einem Zwinkern, »aber nachdem ich den größten Teil meines Lebens hier in der Gegend verbracht habe, kenne ich tatsächlich ein paar Leute. Genau wie du deine Beziehungen hier im Tal hast, habe ich meine. Ich habe mit einem Freund gesprochen, der sich mit solchen Dingen auskennt. Er versprach mir, sich um die Sache zu kümmern, und einige Stunden später hat mich dieser Mann angerufen.«

»Eine bessere Empfehlung kann man sich ja kaum wünschen«, meinte Matt. »Weißt du wenigstens, wie der Mann heißt?«

»Das werde ich bald erfahren. Denk dran, wir haben den Mann nicht herbestellt, damit er unsere Rhododendronbüsche beschneidet.«

»Schon klar.«

Das Klopfen an der Tür klang wie Pistolenschüsse. Hal öffnete und vor ihm stand ein Mann, der mit seinen breiten Schultern und seiner eindrucksvollen Größe fast den ganzen Rahmen ausfüllte. Der Mann nickte kurz zum Gruß und trat ein. Sein massiger Kopf und das verkniffene Gesicht erinnerten Matt an einen Verbrecher in einem Dick Tracey-Cartoon. Über seinem rechten Auge hatte er einen riesigen blauen Fleck und eine Schürfwunde und auf der linken Wange trug er ein großes Pflaster.

Der Mann, den wir bräuchten, ist der, der ihm das angetan hat, dachte Matt.

»Sutcher«, stellte der Mann sich vor. »Vin Sutcher.«

Hal und Matt hatten beschlossen, ihre Wagen auf einem kleinen öffentlichen Parkplatz abzustellen, von dem aus mehrere Wanderwege abgingen. Von dort aus war es nicht ganz einen Kilometer zu Fuß bis zu der Schlucht, eine Entfernung, die in dem Gelände selbst für Fred Carabetta, der körperlich zweifellos das schwächste Glied ihrer Expedition war, zu bewältigen sein müsste. Der Tunnel, der zu der Höhle führte, war vielleicht eine andere Sache, aber irgendwie würde der Mann schon durch die engen Stellen kommen, dachte Matt. Sie fuhren mit zwei Autos – Hal, Nikki und Carabetta in Hals Mercedes und Matt mit Vin Sutcher in dessen Grand Cherokee.

Zu Matts Überraschung war Sutcher gebildet und belesen und durchaus bereit, über sein Leben und seinen Beruf zu diskutieren. Er hatte an der Pennsylvania State University Sport studiert, musste jedoch nach dem zweiten Jahr wegen einer Knieverletzung das Studium abbrechen. Eine Zeit lang hatte er Autos verkauft, dann Versicherungen. Wegen seiner Größe und seiner Bereitschaft, sich auf tätliche Auseinandersetzungen einzulassen, war er schließlich von einer Agentur angeheuert worden, die Leibwächter für Rockstars und hin und wieder auch für Filmstars zur Verfügung stellte. Er reiste viel, hatte sich aber in den Hügeln westlich von Belinda ein Haus als

Basisstation gebaut, weil die Gegend sich hervorragend zum Jagen und Angeln eignete. Außerdem mochte er die Abgeschiedenheit. Es war jedoch purer Zufall gewesen, dass er gerade zu Hause war, als Hals Freund angerufen hatte.

Neben einer Handfeuerwaffe, die er in einem Schulterhalfter über seinem langärmeligen schwarzen T-Shirt trug, hatte Sutcher eine Art halbautomatische Maschinenpistole dabei, die er locker in der rechten Hand hielt. Matt hätte gerne gewusst, ob der Mann wohl schon einmal auf einen Menschen geschossen oder gar jemanden getötet hatte, wagte jedoch nicht, danach zu fragen. Auf jeden Fall fühlte er sich in Sutchers Begleitung wesentlich sicherer.

Sie brauchten eine halbe Stunde, um vom Parkplatz bis zu der Schlucht zu gelangen. Hal, der den Weg kannte, ging voraus und die anderen folgten im Gänsemarsch, erst Carabetta, dann Nikki, dann Matt und schließlich Sutcher.

»Ich bin froh, dass du mitgekommen bist«, sagte Matt zu Nikki, während sie durch die Dunkelheit stapften.

»Du bist wirklich süß, wenn du aufgeregt bist«, flüsterte sie.

Obwohl sie alle eine Taschenlampe dabei hatten, war Hal der Einzige, der seine einschaltete, und das auch nur, wenn unbedingt nötig. Am wolkenlosen Himmel stand ein fahler Mond, dessen Licht ausreichte, um den Weg halbwegs zu beleuchten. Sie überquerten den breiten Bach, der Matt bereits vertraut war, und erreichten die Felsspalte ohne Schwierigkeiten.

»Okay, Matthew«, sagte Hal, »jetzt bist du an der Reihe. Bring uns rein und sicher wieder raus.«

»Alles klar«, erwiderte Matt und setzte sich an die

Spitze der Gruppe. »Fred, am besten, Sie halten sich dicht hinter mir. Wir müssen durch einige sehr enge Spalten und an einer Stelle werden wir ein paar Meter weit auf dem Bauch robben müssen. Aber ich denke, Sie werden das schon schaffen.«

»Auch das noch«, jammerte Carabetta. »Von auf dem Bauch robben hat mir keiner was gesagt.«

»Denken Sie einfach an das Geld, das Sie bekommen, und an die Belobigungen, die Sie sich einrahmen können. Übrigens werden wir uns auch an ein paar steilen Abhängen entlanghangeln müssen. Achten Sie einfach nicht weiter darauf.«

»Mein Gott«, stöhnte Carabetta.

Diesmal fiel es Matt wesentlich leichter, sich durch den feuchten, engen Tunnel zu arbeiten. Schweigend und selbstbewusst ging er den anderen voran. Hin und wieder musste er dem leise vor sich hin fluchenden Carabetta tatsächlich eine Hand reichen, um ihm über einen Spalt hinweg oder einen schmalen Weg entlang zu helfen. Vielleicht lag es daran, dass er den Weg bereits kannte, oder auch daran, dass er sich auf seine Aufgabe als Anführer der Gruppe konzentrierte, auf jeden Fall war seine Klaustrophobie kein so großes Problem, wie er erwartet hatte.

Mit überraschender Leichtigkeit überwand Carabetta die Stelle, wo sie gezwungen waren, auf allen vieren zu kriechen. Doch als es dann noch niedriger wurde und Matt den anderen bedeutete, auf dem Bauch weiter zu robben, sträubte Carabetta sich.

»Kommt überhaupt nicht in Frage«, erklärte er so laut, dass alle es hören konnten. »Weiter gehe ich nicht. Sie können Ihr blödes Geld behalten.«

»Kommen Sie, Fred«, sagte Matt. »Sie schaffen das.

Nach drei Metern können Sie wieder aufstehen. Und zurück nehmen wir einen anderen Weg, der nicht so beschwerlich ist.« *Vorausgesetzt, ich finde ihn.*

»Auf keinen Fall. Ich bleibe hier.«

»Mr Carabetta, kommen Sie mal zu mir rüber«, bellte Vin Sutcher.

Ohne zu zögern befolgte Carabetta den Befehl und arbeitete sich an Hal und Nikki vorbei bis zu dem Riesen vor. Sutcher beugte sich vor und flüsterte ihm etwas ins Ohr. Selbst in dem dunklen Tunnel konnte Matt erkennen, wie Carabetta erbleichte.

»Also gut«, sagte er und schluckte. »Aber wenn es so aussieht, als könnte ich stecken bleiben, dann kehre ich um.«

»Was haben Sie Carabetta gesagt?«, fragte Matt Sutcher leise, nachdem sie alle die enge Stelle hinter sich gebracht hatten.

»Ich hab ihm gesagt, wenn er sich nicht auf der Stelle in Bewegung setzt, reiße ich ihm den Arm ab«, erwiderte Sutcher ohne den geringsten Anflug von Humor.

»Sehr effektiv.«

Zum ersten Mal stieg Matt der stechende Gestank der Giftmülldeponie in die Nase. Vier Tage waren vergangen, seit er mit Lewis in der Höhle gewesen war – wahrscheinlich hatte die Zeit nicht gereicht, um den Müll fortzuschaffen, selbst wenn Armand Stevenson das angeordnet haben sollte. Killer anzuheuern und Mitarbeiter bei Behörden zu bestechen war wesentlich billiger und effizienter, vor allem wenn der Polizeichef bereits auf der Gehaltsliste der Minengesellschaft stand. Einen Augenblick lang überlegte Matt, wer ihm vor einiger Zeit den Zettel mit der Information über die Giftmülldeponie unter die Tür geschoben haben mochte. Wer auch immer das gewesen war, musste noch eine gewaltige Rechnung mit BC&C zu begleichen haben.

»Riechst du das?«, flüsterte Matt.

»Ja«, erwiderte Nikki.

»Toluol«, sagte Carabetta. »Toluol oder vielleicht auch Kreosot.«

»Kameras bereitmachen«, befahl Hal. »Mr Sutcher, würden Sie bitte die Führung übernehmen.«

»Gern«, erwiderte Sutcher und fasste seine Maschinenpistole fester.

»Los, weiter«, sagte Matt. »Lasst die Taschenlampen möglichst ausgeschaltet und sprecht nur im Flüsterton. Sollten irgendwelche Wachleute auftauchen, dann kommen sie durch den Eingang an der hinteren Wand.«

Vorsichtig, mit Sutcher an der Spitze und Hal als Schlusslicht, folgten sie dem immer intensiver werdenden Gestank weiter durch den engen Tunnel.

»Da«, sagte Matt.

Nicht weit vor ihnen entdeckten sie ein schwaches Licht.

»Nur zu«, knurrte Sutcher. »Ich halte hier hinten die Stellung.«

Matt ging den anderen voraus in die Höhle. Das Rauschen des unterirdischen Bachs, die riesige Pyramide aus gestapelten Fässern, die sich mindestens sieben Meter hoch erhob, der ekelhafte Gestank, die Schutzanzüge, die an einer Felswand hingen – alles schien unverändert, seit er es vor vier Tagen zusammen mit Lewis gesehen hatte. Mit dem Strahl seiner Taschenlampe bedeutete er Carabetta, mitzukommen. Dann führte er ihn und Nikki quer durch die Höhle auf die Fässer zu.

»Okay«, sagte Matt. »Machen wir ein paar Fotos und nehmen ein paar Proben.«

»Rutledge«, rief Carabetta aus und zeigte auf etwas hinter den Fässern. »Was liegt da auf dem Boden?«

Matt kam nicht dazu, eine Antwort zu geben. Mit einem ohrenbetäubenden Knall, einem extrem hellen Blitz und einer Wucht, wie er sie noch nie erlebt hatte, detonierte an beiden Höhleneingängen eine Sprengladung. Augenblicklich füllte sich der Raum mit Staub und beißendem Rauch. Felsbrocken flogen durch die Luft. Matt wurde hart gegen eine Wand geschleudert. Er stürzte zu Boden und atmete Staub ein. Gesteinsbrocken prasselten auf ihn nieder. Ein Stein von der Größe eines Basketballs traf ihn in den Rücken. Immer mehr Geröll drohte, ihn in kürzester Zeit unter sich zu begraben.

Nach wenigen Sekunden waren die Explosionen vorbei. Die Luft in der stockdunklen Höhle war erfüllt von Staub und dem erstickenden Gestank der aus den Fässern ausgetretenen Chemikalien. Matts Gesicht war halb mit Schutt bedeckt. Um keine Erstickungsanfälle zu bekommen, drückte er Nase und Mund an seine Schulter und versuchte, durch den Stoff seines T-Shirts zu atmen. In seinen Ohren dröhnte es wie verrückt und er spürte, dass seine Nase blutete. Dann hörte er ein Wimmern.

»Nikki?«, versuchte er zu rufen, brachte jedoch nur ein Krächzen heraus.

Er hustete, spuckte aus, hustete wieder, bis er das Gefühl hatte, den Hals halbwegs von Staub befreit zu haben. Die Schmerzen in seinem Rücken waren heftig, aber er stellte fest, dass er sich noch normal bewegen konnte. Wahrscheinlich nur ein paar blaue Flecke. Er befühlte seine Nase. Sie war nicht gebrochen, doch sie blutete – wie stark, war schwer zu sagen. Auch seine Arme waren nicht gebrochen. Seine Beine jedoch waren unter zentnerweise Geröll begraben.

»Nikki?«, rief er.

»Matt?«

Er meinte, ihre schwache Stimme von irgendwo zu seiner Linken gehört zu haben. Seine beschädigten Trommelfelle dämpften alle Geräusche, aber da er keine starken Schmerzen empfand, nahm er an, dass keins geplatzt war. Es musste Nikkis Stimme gewesen sein.

Er zog sein T-Shirt über Mund und Nase, um sich das Atmen zu erleichtern. Mit großer Mühe gelang es ihm, sich in eine Stellung zu bringen, aus der er nach und nach das Geröll von seinen Beinen entfernen konnte.

»Nikki?«, rief er noch einmal.

Diesmal kam keine Antwort.

Seine Handrücken waren aufgeschürft und er fühlte sich wie gerädert. Wer auch immer die Höhle in die Luft gesprengt hatte, musste davon ausgegangen sein, dass die Decke einstürzen und alle augenblicklich unter sich begraben würde. Da er jedoch nicht von mehreren Tonnen Felsen zermalmt worden war, war die erwartete Wirkung der Sprengladungen wohl nicht eingetreten. Vorsichtig zog er seine Beine unter dem restlichen Geröll hervor und versuchte, sie zu bewegen. Es tat höllisch weh, aber es schien nichts gebrochen zu sein. Offenbar hatte er verdammt viel Glück gehabt.

»Nikki? ... Hal? ... Hört mich jemand?«

Seine Stimme wurde fast vollständig verschluckt. Unmöglich festzustellen, wie viel von der Höhle – und wie viel Luft – übrig geblieben war. Auf Händen und Knien kroch er über spitze Steine hinweg in die Richtung, aus der er meinte, Nikkis Stimme gehört zu haben. Er war höchstens zwei Meter weit gekommen, als er gegen einen Körper stieß. Es war eine Frau, die bäuchlings im Staub lag. Ihre Haare waren viel länger als Nikkis, sie war sehr zierlich gebaut, wog sicherlich keine fünfzig Kilo. Sie trug Jeans und ein T-Shirt. Ein junges Mädchen, dachte Matt, keine Frau. Er legte zwei Finger auf die Halsschlagader, um den Puls zu fühlen. Sie lebte noch. Im gleichen Augenblick holte das Mädchen tief Luft.

»Was zum Teufel ...?«, murmelte Matt. »Kannst du mich hören?«, sagte er in ihr Ohr. Keine Antwort.

Während er mit der einen Hand so gut wie möglich ihren Nacken stabilisierte, drehte er sie mit der anderen vorsichtig um. Ohne etwas zu sehen, strich er ihr die Haare und den Staub aus dem Gesicht.

»O Gott«, entfuhr es ihm, als er die Neurofibrome in ihrem Gesicht und auf ihrem Kopf fühlte. »O Gott, nein.«

31

In der Höhle war es stockdunkel und schwül und Matt, der in geschlossenen Räumen panisch wurde, fühlte sich erdrückt. In der Luft lag der stechende Geruch chemischer Dämpfe. Eine Weile blieb er still neben dem bewusstlosen Mädchen sitzen, atmete durch sein T-Shirt und versuchte, sich zu sammeln. Offenbar hatten Armand Stevenson und seine Kumpane beschlossen, die menschlichen Beweise ihrer Sünden zusammen mit den Anklägern zu vernichten. Matt fragte sich, wie viele weitere Kranke wie dieses Mädchen sich in der Höhle befanden.

Er hatte immer noch ein unangenehmes Rauschen in den Ohren, aber das Nasenbluten schien aufgehört zu haben. Alle paar Sekunden hörte man irgendwo in der Höhle einen Felsbrocken auf den Boden krachen. Die Decke war zwar nicht eingestürzt, aber sie war definitiv instabil. Während Matt dort hockte und auf das Rumpeln der Gesteinsbrocken lauschte, musste er an das Bild der einstürzenden Türme des World Trade Center denken. Schließlich gelang es ihm, sich zu orientieren, indem er sich auf das Plätschern und Gurgeln des unterirdischen Bachs konzentrierte, der hinter der Stelle verlief, wo die Fässer gestapelt gewesen waren. Das beständige Rauschen in der absoluten Dunkelheit hatte etwas seltsam Beruhigendes.

»Nikki?«, rief er. »Hal?« Irgendwo weiter rechts meinte er einen Mann stöhnen zu hören.

Er wischte noch etwas Staub und Steinsplitter aus dem

Gesicht des Mädchens. Ihr Kopf schien unverletzt zu sein, aber zweifellos war sie fürchterlich entstellt. *Die Ärmste.* Schlüsselbeine, Brustkorb, Arme, Hände, Unterbauch, Becken, Beine. Soweit Matt es beurteilen konnte, hatte sie keine ernsthaften Verletzungen davongetragen.

»Nikki?«, rief er noch einmal. »Kann mich irgendjemand hören?«

Ein paar Sekunden lang war da nur das Rauschen des Wassers, dann: »Matt? ... Matt, ich bin's.«

Diese Antwort hatte er sich auf keinen Fall eingebildet. Nikkis Stimme, schwach, aber gefasst, kam von irgendwo weiter links.

»Nikki, bist du verletzt?«

»Ich ... ich kann dich hören, aber ich verstehe nicht, was du sagst. Meine Ohren ...«

»Ich weiß«, sagte Matt und bemühte sich, möglichst langsam, laut und deutlich zu sprechen. »Meine auch. Ich habe gefragt, ob du verletzt bist.«

»Ich ... ich glaube, nicht ernsthaft. Meine Ohren machen mich verrückt. Ich höre dauernd so ein Pfeifen. Ich habe einen ganz schönen Schlag auf den Kopf abgekriegt. Ich glaub, ich war nicht bewusstlos, aber mir ist ein bisschen schwindlig.«

Schon wieder eine Gehirnerschütterung, dachte Matt. Das Wort wurde häufig ganz locker benutzt, vor allem in der Notaufnahme, wo Kopfverletzungen nicht besonders ernst genommen wurden, wenn der Patient nicht mindestens eine Zeit lang bewusstlos gewesen war, auf den Röntgenaufnahmen Schädelfrakturen zu erkennen waren oder bei der Computertomographie eine Blutung oder Prellung des Gehirns festgestellt wurde. Aber Matt hatte oft genug erlebt, wie ein Syndrom nach Gehirnerschütterung infolge eines leichten Sturzes oder eines harmlosen

Auffahrunfalls das Leben eines Menschen ruiniert oder eine Familie zerstört hatte. Mühsam richtete er sich auf. In seinem Rücken und in seinen Beinen pochte es und seine Handrücken brannten, aber die Schmerzen waren erträglich, vor allem jetzt, wo er wusste, dass Nikki lebte.

»Nikki, kannst du stehen?«

»Ich glaube, ja.«

»Gehen?«

»Mal sehen ... Ja, ja, ich kann gehen.«

»Halt!«, rief Matt plötzlich. »Beweg dich nicht! Hast du eine Ahnung, wo deine Taschenlampe ist?«

»Was?«

»Deine Taschenlampe.«

»Ich ... ich hatte sie in der Hand, als die Explosion losgegangen ist. Hier ist alles voll Geröll. Ich hab keine Ahnung, wo sie sein könnte. Aber ich kann ja mal versuchen, sie zu –«

Sie bekam einen Hustenanfall.

»Halt dir dein T-Shirt vors Gesicht, dann kannst du besser atmen. Nikki, bleib, wo du bist, und hör nicht auf zu reden. Ich folge deiner Stimme, bis ich bei dir bin. Dann können wir die Taschenlampe gemeinsam suchen.«

Matt schätzte, dass sie acht bis zehn Meter von ihm entfernt war. Die Arme ausgestreckt wie Frankensteins Monster, kletterte er über die Gesteinsbrocken durch die Dunkelheit, während Nikki ein Lied sang, um ihm die Richtung zu weisen.

»Silver threads and golden needles cannot mend this heart of mine ...«

Zweimal ging Matt auf Hände und Knie, um sich um einen Haufen Felsbrocken herumzutasten.

»... *and I dare not drown my sorrow in the warm glow of your* – Ha, ich hab sie! Ich glaub, sie funktioniert sogar noch.«

Einen Augenblick später fuhr ein Lichtstrahl durch die stauberfüllte Luft, huschte herum, bis er Matt traf. Und gleich darauf lagen Matt und Nikki sich in den Armen.

»O Nikki«, sagte Matt und drückte sie an sich. »Ich hatte solche Angst, du könntest verletzt sein oder ... oder tot. Ich kann es nicht fassen, dass sie das getan haben.«

Er nahm ihr die Taschenlampe ab, um sie anzusehen. Blut lief aus einem Riss gleich neben ihrer verheilenden Schusswunde. Matt zog einen seiner Strümpfe aus und benutzte ihn, um einen Druckverband anzulegen.

»Alles in Ordnung?«, fragte Nikki. »Dein ganzes Gesicht ist voll Blut.«

»Ja, meine Nase hat geblutet, obwohl ich nicht glaube, dass ich an der Nase getroffen wurde. Wahrscheinlich war es der Luftdruck von der Explosion. Soweit ich weiß, habe ich aber nichts gebrochen. Das klingt jetzt vielleicht komisch, aber ich denke, wir haben Glück gehabt. Wahrscheinlich haben sie damit gerechnet, dass das Dach der Höhle einstürzen würde. Und nach den Gesteinsbrocken zu urteilen, die hier runterkommen, könnte das tatsächlich immer noch passieren.«

Nikki leuchtete mit der Taschenlampe in der Höhle herum. Wegen des aufgewirbelten Staubs war kaum etwas zu erkennen.

»Was ist mit den anderen?«, fragte sie.

»Ich weiß nicht. Aber da hinten liegt ein Mädchen – zumindest glaube ich, dass es ein Mädchen ist und keine Frau.«

»Was?«

»Sie ist bewusstlos. Ich bin gegen sie gestoßen, als ich auf allen vieren herumgekrochen bin. Und rate mal, womit ihr Gesicht und ihre Kopfhaut übersät sind.«

»Neurofibrome. Matt, das ist ja furchtbar. Ist sie schwer verletzt?«

»Ich denke, sie ist höchstens leicht verletzt. Aber sie ist bewusstlos. Und ich glaube, ich habe dahinten einen Mann stöhnen hören.«

»Hal?«

»Keine Ahnung. Ich mache mir solche Sorgen um ihn. War er nicht direkt hinter dir?«

»Soweit ich mich erinnern kann, ja.«

»Na, dann müsste er irgendwo da hinten sein, nicht da, wo das Stöhnen herkam. Hal? Hal, kannst du mich hören?«

Nikki leuchtete die Wand ab. Wenn Hal Sawyer hinter ihr gewesen wäre, hätte er direkt an der Stelle gestanden, wo der Tunnel in die Höhle mündete, und da war jetzt nichts als ein riesiger Haufen Geröll zu sehen, der bis an die Decke reichte.

»Wahrscheinlich hat er keine Chance gehabt«, sagte Matt. »Hal? Hal, kannst du mich hören?«

Stille.

»Lass uns versuchen, ihn zu finden, Matt.«

Sie gingen zu dem Geröllhaufen hinüber und entfernten ein paar Felsbrocken. Dann sahen sie einander an und zuckten hilflos die Achseln. Wenn Hal unter diesem Berg begraben war, würde es ihm nichts nützen, wenn sie ihre Kraft vergeudeten, um ihn auszugraben.

»Er war der beste Mensch, den ich kannte. Konnte keiner Fliege was zuleide tun«, sagte Matt schließlich. »Vielleicht etwas exzentrisch und schrullig, aber er war immer gut zu mir. Und zu meiner Mutter war er so nett und ... und er hat mich wirklich sehr geliebt.«

»Das weiß ich.«

»Ich kann es einfach nicht glauben. Hal? Verdammt, Hal, antworte mir. Ich bin's, Matt.«

Sie legte ihre Arme um ihn und zog ihn fest an sich.

»Stevenson und seine Kumpane werden dafür bezahlen«, sagte er.

In der Situation, in der sie sich befanden, standen ihre Chancen, zu überleben und irgendjemanden für irgendetwas bezahlen zu lassen, ziemlich schlecht, dachte Nikki.

»Lass uns noch mal nach dem Mädchen sehen«, sagte sie.

Der Staub schien sich allmählich ein wenig zu legen, sodass sie besser sehen konnten. Das Mädchen lag auf dem Rücken, sie war immer noch bewusstlos. Sie war elf oder zwölf Jahre alt und hatte langes, blondes Haar. Ihr schmales, verunstaltetes Gesicht, das früher einmal hübsch gewesen sein mochte, war schmutzig und blutig. Matt war gerade dabei, sie etwas gründlicher zu untersuchen als beim ersten Mal, als er zu seiner Rechten ein Stöhnen hörte. Er blickte auf und sah einen Mann am Boden liegen, halb bewusstlos, von den Hüften abwärts unter Schutt begraben. Der Kopf des Mannes rollte hin und her und alle paar Sekunden schlug er mit den Armen kraftlos auf die Gesteinsbrocken, die seine Beine einklemmten.

»O mein Gott, sieh mal!«, rief Nikki.

Keine drei Meter von dem Mann entfernt war die untere Körperhälfte eines Mannes zu sehen, dessen Arbeitsschuhe und Arbeitskittel unter einem Haufen Geröll herausragten. Und gleich daneben lag noch ein Mann, auf dem Rücken und nur teilweise von Schutt bedeckt. Er war bewusstlos, aber er atmete. Nikki stürzte zu ihm hin, sodass Matt einen Augenblick lang im Dunkeln stand.

»O nein, Matt! Schnell!«, rief Nikki, legte die Taschenlampe ab und begann, Dreck und Gesteinsbrocken aus dem Weg zu räumen. »Hier ist noch einer.«

Matt eilte zu ihr hinüber, nahm die Taschenlampe und

kniete sich auf den Boden. Das staubbedeckte Gesicht des etwa dreiundzwanzigjährigen Mannes war fürchterlich entstellt von Neurofibromen. Am Hals, wo er offenbar von einem scharfkantigen Felsbrocken getroffen worden war, hatte er eine offene Wunde. Seine Atmung ging schwer und war begleitet von Stridor – dem rasselnden Geräusch, das entsteht, wenn Luft durch einen Spalt gepresst wird.

»Was hat das zu bedeuten?«, fragte Nikki.

»Verdammt, ich weiß nicht, außer dass es ein Wunder ist, dass wir das hier lebend überstanden haben. Diese Höhle sollte für uns alle zum Massengrab werden. Bisher haben wir mindestens einen Toten und drei Vermisste – meinen Onkel, Vin und Carabetta. Wir haben drei Bewusstlose. Der Mann da drüben, der die ganze Zeit um sich schlägt, ist offenbar ziemlich schwer verletzt und die Atmung dieses Mannes hier gefällt mir überhaupt nicht.« Matt fischte aus der Gesäßtasche des Mannes einen Geldbeutel heraus. Er enthielt einen Führerschein. »Colin Morrissey«, las er laut vor. »Zweiundzwanzig Jahre alt. Aus Wells.«

»Wo liegt das?«

»Fünfzig Kilometer südlich von hier.«

»Wir haben jetzt also zwei mit Neurofibromen. Glaubst du, hier sind noch mehr?«

»Würde mich nicht wundern. Irgendwie kapier ich das alles noch nicht richtig. Aber eins weiß ich. Wir haben hier drin nur eine begrenzte Menge Luft, die von giftigen Dämpfen verseucht ist, und wir haben nur eine schwache Lichtquelle mit Batterien, von denen wir nicht wissen, wie lange sie noch funktionieren.«

»Das klingt nicht gut«, sagte Nikki.

»Wir brauchen unbedingt mehr Licht. Wenn deine Taschenlampe den Geist aufgibt, bevor wir was anderes aufgetrieben haben, sind wir verloren. Wir müssen versuchen, meine zu finden.«

»Meinst du nicht, wir sollten zuerst versuchen, dem armen Kerl da drüben zu helfen?«

»Wie du willst.«

»Lass uns zusehen, ob wir ihn befreien können. Er ist wenigstens nicht bewusstlos. Danach können wir uns überlegen, ob wir uns um die anderen kümmern oder lieber zuerst deine Taschenlampe suchen.«

»Gut. Aber lass uns die Taschenlampe ausschalten und im Dunkeln arbeiten, sobald wir uns orientiert haben.«

Der Mann, ein kräftig gebauter Kerl mit Halbglatze, schrie immer wieder auf, während sie die Felsbrocken von seinem Körper entfernten. Matt und Nikki wussten beide, wie riskant ihr Handeln war. Becken, Bauch, Unterleib, Beine, Wirbelsäule, Muskeln – zusätzlich zu Knochenbrüchen und inneren Verletzungen bestand die Möglichkeit des plötzlichen Herztods, der gewöhnlich ausgelöst wird durch Embolien aus den verletzten Beinen.

Als sie den Mann schließlich befreit hatten, begann er zu sprechen. Er gab unzusammenhängendes Zeug von sich, aber es war nicht zu überhören, dass er vor Wut kochte.

»Diese Schweine ... habt mich reingelegt ... ich bring euch um, bring euch um ... Tracy ... ich liebe dich, Tracy ... kann mich nicht bewegen ... diese Schweine ... habt mich reingelegt ...«

»Hey, beruhigen Sie sich«, sagte Matt. »Ganz ruhig. Wir sind Ärzte. Wir sind hier, um Ihnen zu helfen. Nikki, leuchte mir ins Gesicht, damit er mich sieht.«

Eine ganze Weile versuchten Matt und Nikki abwechselnd, an den Mann heranzukommen. Schließlich hatte

Nikki Erfolg. Sie hielt den Kopf des Mannes mit einer Hand und bat Matt, die Taschenlampe so zu halten, dass sie ihr Gesicht und das des Opfers beleuchtete.

»Ich bin Dr. Solari«, sagte sie freundlich. »Verstehen Sie mich?«

»Doktor«, murmelte der Mann.

»Ja. Wie heißen Sie?«

»Sid«, erwiderte er und schüttelte den Kopf, als versuchte er, einen klaren Gedanken zu fassen.

»Sid, was ist passiert? Wie sind Sie hier reingeraten?«

»Die haben mich reingelegt ... die Schweine ...«

Nikki hob seinen Kopf ein wenig an und wischte noch etwas Staub aus seinem Gesicht. Plötzlich hielt er still und schaute sie an.

»Sid, was sind Sie von Beruf? Wer hat sie reingelegt?«

»Sind Sie ... wirklich Ärztin?«

»Ja.«

»Meine Beine ... ich kann meine Beine nicht fühlen.«

Matt untersuchte die Beine des Mannes, dann sah er Nikki an und schüttelte wütend den Kopf.

»Wir werden Sie untersuchen und sehen, was wir für Sie tun können«, sagte sie.

»Was ... was ist passiert?«

»Es hat eine Explosion gegeben. Wir sind in einer Höhle, wo giftige Chemikalien aufbewahrt werden. Die Eingänge sind verschüttet. Wer auch immer das getan hat, wollte uns alle töten, aber die Decke ist bis jetzt nicht eingestürzt. Jetzt hocken wir also hier. Wir haben nur diese eine Taschenlampe, deswegen müssen wir sie immer wieder ausschalten, um die Batterien zu schonen. Haben Sie das verstanden?«

»Es gibt ... jede Menge Taschenlampen ... große.«

»Was?«, riefen Matt und Nikki gleichzeitig aus.

»Schrank am anderen Ufer des ... Bachs. Handschuhe, Taschenlampen, Gasmasken, Erste-Hilfe-Kästen, Werkzeug.«

Sid wurde von einem krampfartigen Husten geschüttelt. Nikki hob seinen Oberkörper vorsichtig an und stützte ihn mit ihrem Bein, bemüht darum, die Gegend um seine untere Brustwirbelsäule nicht zu bewegen, wo das Rückenmark komprimiert oder gerissen zu sein schien.

»Wer sind Sie?«, fragte sie.

»Ich arbeite hier ... als Wachmann. Tommy ... Wo ist Tommy?«

Nikki schaute zu dem reglosen Körper hinüber, der unter einer Tonne Gestein begraben lag. Sid folgte ihrem Blick.

»O Scheiße! O nein! Diese Schweine. Verdammt. Er hat ein kleines Kind.«

»Waren es die Leute von der Minengesellschaft, die Sie reingelegt haben?«

»Nein«, erwiderte Sid energisch. »Das war Grimes ... Der verdammte Grimes und noch ein paar Typen.«

»Wofür wurden Sie bezahlt?«

»Dafür, dass wir nicht hingesehen haben ... während sie hier in der Höhle waren. Ich dachte, sie ... wollten das Zeug einfach verbuddeln ... weil letzte Woche zwei Typen hier ... aufgekreuzt sind ... Keiner hat uns was davon gesagt, dass hier Leute drin sein würden, wenn ... alles in die Luft fliegt ... vor allem nicht, dass wir hier sein würden ... Die haben uns was gespritzt, sodass wir bewusstlos waren, und dann haben sie uns einfach hier ... Hören Sie, meine Beine, ich spüre sie nicht. Sie müssen mir helfen.«

Das Mädchen und Colin Morrissey hatten angefangen laut zu stöhnen.

»Was auch immer die Ihnen allen gegeben haben,

scheint nicht länger zu wirken«, sagte Nikki. »Matt, wir sollten uns diesen Schrank ansehen.«

»Lassen Sie mich nicht allein«, rief Sid. »Ich kann meine Beine nicht bewegen.«

»Wir sind gleich wieder da.«

Nikki legte ihn wieder auf den Boden. Hand in Hand bahnten Matt und Nikki sich ihren Weg um die Fässer herum, deren Inhalt teilweise ausgelaufen war. Überraschenderweise waren eine ganze Reihe, vor allem die, die zuunterst gestanden hatten, intakt geblieben.

»Was glaubst du, warum Grimes sie mit einer Spritze außer Gefecht gesetzt hat, anstatt ihnen eine Kugel in den Kopf zu jagen?«, fragte Nikki.

»Ich nehme an, er wollte für den Fall vorsorgen, dass irgendjemand irgendwann auf die Idee kommen könnte, hier alles umzugraben. Wenn man uns gefunden hätte, hätte es keinen Beweis dafür gegeben, dass wir ermordet wurden. Vielleicht eine Gruppe, die an einer Führung teilgenommen hatte, oder ein paar Umweltschützer, die das Pech hatten, zum falschen Zeitpunkt am falschen Ort zu sein. Gott, Explosionen gibt's doch in Minen andauernd, besonders in *dieser* Mine.«

Der Bach, etwa drei Meter breit und höchstens einen halben Meter tief, floss mit leichter Strömung von rechts nach links. Zwei Brücken mit roh gezimmerten Geländern führten ans andere Ufer, eine davon war jedoch bei der Explosion durch herabstürzende Felsbrocken zerstört worden. Das Wasser bahnte sich seinen Weg um das Hindernis und an einer Stelle trat der Bach bereits über das Ufer. Die zweite Brücke schien passierbar.

»Wenn die Höhle sich mit Wasser füllt«, überlegte Matt, »was glaubst du, werden wir dann eher ertrinken oder ersticken?«

»Wir werden einen Ausweg finden, Dr. Rutledge«, erwiderte Nikki bestimmt. »Und wenn Sie nicht aufhören, schwarz zu sehen, müssen Sie mit drakonischen Strafen rechnen.«

»Dann möchte ich die Frage anders formulieren. Meinst du, wir sollten unsere Energie darauf verwenden, einen Ausweg zu suchen, oder lieber darauf, die Verletzten zu stabilisieren?«

»Könntest du die Verletzten einfach ignorieren?«

»Wahrscheinlich nicht.«

»Warum fragst du dann?«

»Ich hatte gehofft, du würdest mich dazu überreden.«

Der aus grauem, gehärtetem Kunststoff gefertigte Schrank befand sich genau an der Stelle, die Sid beschrieben hatte. Er war an der Felswand befestigt, etwa zweieinhalb Meter hoch und mindestens genauso breit und einen halben Meter tief. Er enthielt vier lichtstarke, batteriebetriebene Leuchten, drei Gasmasken, Gesichtsmasken, alles Mögliche an Werkzeug, Seile, Klebeband, einen Sicherheitsanzug und einen gut ausgestatteten Erste-Hilfe-Kasten.

»Jetzt sind wir wieder im Geschäft«, sagte Matt, zog sich eine Gesichtsmaske über und reichte Nikki eine andere. »Fertig zum Doktor spielen?«

»Los geht's.«

Die Lampen, die alle funktionierten, und den Erste-Hilfe-Koffer nahmen sie mit. Auf dem Rückweg bekamen sie einen besseren Eindruck vom Zustand der Höhle. Die beiden Eingänge, die vielleicht dreißig Meter voneinander entfernt lagen, waren vollständig verschüttet. Die meisten der Giftmüllfässer befanden sich immer noch in der Mitte der Höhle, wenn auch nicht mehr ordentlich zu einer Pyramide gestapelt. Die Decke wirkte stabil und in der vielleicht acht Meter hohen Höhle würde die Luft noch eine ganze Weile reichen, auch wenn sie von giftigen Dämpfen erfüllt war.

»Wer weiß, was das Zeug mit unseren Lungen macht«, meinte Matt.

»Das ist im Moment nicht unsere größte Sorge. Wo wollen wir anfangen?«

»Colin Morrisseys Halsverletzung scheint mir ziemlich übel zu sein, aber ich würde vorschlagen, wir vergewissern uns erst mal, ob nicht noch mehr Leute irgendwo rumliegen, von denen wir noch nichts wissen. Gleichzeitig suchen wir noch mal nach Hal, Vin und Fred. Dann bringen wir alle Leute an eine Stelle, checken sie durch und sehen, was wir tun können.«

Der Staub hatte sich mittlerweile gelegt, aber mit jedem Schritt wirbelten sie ihn erneut auf. Das Schreien und Stöhnen nahm immer mehr zu und damit auch die Notwendigkeit, zu handeln. Sie stellten den Erste-Hilfe-Kasten neben dem Mädchen ab, das sich inzwischen regte. Dann, jeder mit einer Lampe bewaffnet, begannen sie, die Höhle nach weiteren Opfern abzusuchen.

»Da drüben!«, rief Matt plötzlich.

Fred Carabetta lag halb bewusstlos auf dem Bauch, das Gesicht zur Seite gewandt. Seine untere Körperhälfte war unter einem Geröllhaufen begraben. Aus seinem linken Ohr lief Blut und sein Gesicht sah aus wie das eines Preisboxers, der gerade einen Kampf verloren hatte.

»Helfen ... Sie ... mir ... Helfen ... Sie ... mir«, stöhnte er immer wieder.

»Fred, ich bin's, Matt. Können Sie mich hören?«

»Kann ... Sie ... hören ... Helfen ... Sie ... mir.«

»Sollen wir versuchen, ihn da rauszuholen, oder sollen

wir lieber noch weiter nach anderen Verletzten Ausschau halten?«, fragte Nikki.

»Wir brauchen mehr Leute.«

»Matt, wir können nur das tun, wozu wir in der Lage sind.«

»Dann lass uns versuchen, ihn zu befreien. Fred, wir entfernen jetzt die Steine von Ihren Beinen.«

Der Gesteinshaufen, unter dem Carabetta lag, war wesentlich kleiner und leichter abzuräumen als der, unter dem der Wachmann gelegen hatte. Dennoch waren Matt und Nikki nass geschwitzt und außer Atem, als sie endlich mit der Arbeit fertig waren.

Carabetta schrie vor Schmerz, als sie ihn umdrehten. Matt und Nikki zuckten zusammen, als sie seinen Zustand sahen. Seine schwarze Hose und sein T-Shirt waren von Blut durchtränkt und aus einer Wunde an seiner rechten Leistengegend quoll Blut.

»Bei all dem Geröll, das hier rumliegt, kann man sich noch nicht mal neben ihn auf den Boden knien«, sagte Matt. »Am besten, wir schaffen ihn zu den anderen rüber, da können wir uns besser um ihn kümmern.«

»Einverstanden.«

»Fred, wir bringen Sie zu einer Stelle, wo wir genug Platz haben, um Sie zu behandeln.«

Den Mann zu transportieren war keine leichte Aufgabe. Letztlich blieb ihnen nichts anderes übrig, als ihn an den Handgelenken zu packen und langsam, Stück für Stück an dem Mädchen vorbei zu der Stelle zu ziehen, wo der Wachmann und der Mann mit dem Belinda-Syndrom lagen. Erschöpft von der Anstrengung und vom Atmen durch die Gesichtsmasken standen sie fast eine Minute lang da, die Hände auf die Knie gestützt, und rangen nach Luft.

»Vorerst keine Eisbecher mehr für Fred«, keuchte Matt.

In diesem Augenblick löste sich eine Gestalt aus der Dunkelheit und stürzte sich mit einem grässlichen Schrei auf Nikki, die rücklings zu Boden stürzte, wobei eine der Lampen zu Bruch ging.

Nikki schrie vor Schmerz auf, als der Angreifer – eine kräftige Frau – sich auf sie setzte und an der Kehle packte. Im Licht der restlichen Lampen sah Matt die Neurofibrome, die das Gesicht der Frau bedeckten. Er sprang auf sie zu, rammte sie mit seiner Schulter und warf sie zu Boden. Knurrend und spuckend schlug sie wild um sich, mehrmals gelang es ihr, ihn zu treffen. Matt schlug sie ins Gesicht, zuerst mit der offenen Hand, dann mit der Faust. Er hatte noch nie in seinem Leben jemanden so geschlagen. Wie betäubt sackte die Frau in sich zusammen. Er drückte sie mit seinem Knie nieder, riss ihr das Baumwollhemd vom Leib und benutzte einen Ärmel, um ihr die Arme auf den Rücken zu fesseln. Dann band er mit dem anderen ihre Hände an ihre Knöchel und fixierte sie noch zusätzlich mit Klebeband aus dem Erste-Hilfe-Kasten.

»Alles in Ordnung?«, fragte er Nikki.

»Mein linker Knöchel«, stöhnte sie. »Ich bin umgeknickt, als sie auf mich losgegangen ist.«

»Bist du sonst noch irgendwo verletzt?«

»Nein, nicht ernsthaft.«

Er kniete sich neben sie und untersuchte den Knöchel, der bereits stark geschwollen und außerdem sehr druckempfindlich war. Ihr Wadenbein war vielleicht nicht gebrochen, aber sie hatte garantiert einen Bänderriss abbekommen. Auf jeden Fall konnte sie nicht mehr laufen. Nikki stöhnte leise, während Matt den Knöchel bandagierte. Dann nahm er einen chemischen Eisbeutel und befestigte ihn mit einem Verband am Gelenk. Mit einem zweiten Verband vervollständigte er die unförmige Schienung.

Mit großer Mühe erhob sie sich auf Hände und Knie.

»Wir müssen uns um Fred kümmern«, sagte sie. »Ich weiß nicht, wie lange er ohne Hilfe überlebt.«

»Schaffst du das?«

»Ich versuch's«, erwiderte sie.

»Ich nehme mir das Klebeband und kümmere mich um die beiden anderen, während du Fred versorgst. Ich habe keine Lust, noch mal so was zu erleben wie mit dieser Verrückten hier, wenn die zwei wach werden. Gott, ist das ein Schlamassel.«

Nikki kroch zu Fred hinüber, stellte zwei Laternen auf etwas größere Felsbrocken, nahm zwei Paar Gummihandschuhe aus dem Erste-Hilfe-Kasten und machte sich an die Arbeit. Mit Hilfe einer Schere entfernte sie Carabettas Kleider. Wenn er noch nicht im Schockzustand war, dann stand er kurz davor – er war schmutzig, bleich, blutbedeckt und nass geschwitzt, sein schwacher Puls ging extrem schnell. Über seinen massigen Körper und die stämmigen Beine verteilt waren vier oder fünf Fleischwunden, aber die schlimmste Verletzung war eine sieben Zentimeter aufklaffende Wunde in seiner Leiste, aus der dunkles Blut austrat.

Atemlos kehrte Matt zurück.

»Arteriell?«, fragte er.

»Ich glaube venös. Du bist kräftiger. Wie wär's mit ein bisschen Druck?«

Matt legte ein paar Kompressen auf die Wunde und stützte sich mit seinem Körpergewicht darauf. Carabettas dicke Fettschicht machte es schwierig, genug Druck auszuüben, und unter der Kompresse trat weiterhin Blut aus.

Mittlerweile verschlimmerte sich Colin Morrisseys rasselnder Atem.

»Wir brauchen mehr Leute, die mit anpacken«, bemerkte Matt noch einmal, als Nikki zu dem Mann hinüberkroch.

»Wir haben nun mal nicht mehr«, sagte sie über die Schulter hinweg. »Matt, dem Mann hier geht es richtig schlecht. Ich fürchte, er schafft es nicht ohne einen Luftröhrenschnitt.«

»Also, ich kann nicht genug Druck ausüben, um die Blutung bei Fred zu stoppen. Ich fürchte, seine große Beinvene ist gerissen.«

»Was können wir also tun?«

»Die Vene mit einer schmalen Mullbinde abbinden.«

»Hast du so was schon mal gemacht?«

»Wenn ich die tote Katze im Seminar über vergleichende Anatomie mitzähle, ja. Du?«

»Na ja, nach meinem Jahr als Chirurgin und der Arbeit in der Pathologie bin ich mit der menschlichen Anatomie ziemlich gut vertraut.«

»Dann ist der Fall ja klar. Du übernimmst die OP und ich assistiere.«

»Was ist mit Colin?«

»Im Moment atmet er ja noch. Aber wenn wir die Blutung hier nicht stoppen, hat Freddy es hinter sich.«

»Okay, okay.«

Während Matt weiter auf die Wunde presste, öffnete Nikki den Erste-Hilfe-Kasten und entnahm ihm eine zweieinhalb Zentimeter breite Mullbinde und eine spitze Zange, die normalerweise benutzt wird, um Splitter zu entfernen.

»Sind Klemmen da drin?«, fragte Matt.

»Ich sehe keine.«

»Ein Skalpell?«

»Nein.«

»Novocain? Xylocain?«

»Schön wär's. Moment, hier ist ein Einmalskalpell.«

»Na, immerhin. Fred, können Sie mich hören?«

»Helfen ... Sie mir.«

Matt machte sich gar nicht erst die Mühe, irgendwelche medizinischen Erklärungen abzugeben. Er beugte sich dicht über Freds Ohr.

»Fred, das wird jetzt wehtun«, sagte er. »Nikki, wie geht's deinem Knöchel?«

»Taub. Solange ich keine abrupten Bewegungen mache, ist es erträglich. Aber ich glaube nicht, dass ich auf dem Fuß stehen kann.«

»Also, ich kann den Druck auf die Wunde aufrechterhalten und die Laterne halten, aber die Rolle deiner OP-Schwester wirst du selbst übernehmen müssen.«

»Ich hab Angst«, sagte sie plötzlich.

»Ich weiß«, erwiderte Matt. »Wenn du keine Angst hättest, würde ich dir nicht trauen. Tu einfach dein Bestes und tu es schnell.«

»Ich glaube, ich muss die Wunde etwas vergrößern.«

»Tu's einfach.«

Nikki zuckte die Achseln und machte einen tiefen, zehn Zentimeter langen Einschnitt quer über die Wunde. Blut trat aus den Hautschichten und aus der darunterliegenden hellgelben Fettschicht aus.

»O Gott!«, schrie Carabetta, als sie den Schnitt machte. »O Scheiße!«

Die Schmerzensschreie ließen Nikki zurückzucken, aber Matt schüttelte den Kopf.

»Du schaffst das«, beruhigte er sie.

»Okay«, sagte sie. »Drück auf die Stelle unterhalb der

Wunde – ganz fest. Siehst du, es ist tatsächlich die große Sammelvene – sie ist fast durchgerissen. Ein Wunder, dass er noch lebt.«

»Du bist das Wunder. Bind sie ab – oberhalb und unterhalb –, dann können wir uns um den Mann kümmern, der keine Luft mehr bekommt.«

Hinter sich hörten sie, wie Colin immer mühsamer nach Luft rang.

»Wenn der Mann und das Mädchen auch nur halb so durchgedreht sind wie diese Verrückte da hinten, dann haben wir alle Hände voll zu tun, sobald sie aufwachen«, sagte Nikki.

»Erst dieser Mann hier, dann der andere Mann, dann das Mädchen«, sagte Matt.

»In Ordnung.«

Mit den Fingern und dem stumpfen Ende der Zange wand Nikki etwas Verbandstoff um das gerissene Blutgefäß. Dann zog sie die Enden von zwei dreißig Zentimeter langen Gazestreifen durch den Tunnel, den sie durch den Schnitt erzeugt hatte. Bei jeder ihrer Handbewegungen schrie Fred laut auf vor Schmerz, aber seine Reaktionen wurden allmählich schwächer. Ein großer Teil seines Blutvolumens befand sich in seinen Kleidern und auf dem Boden. Wenn die Blutung nicht gestoppt wurde, würde es vielleicht noch eine oder zwei Minuten dauern, bis er endgültig das Bewusstsein verlor.

»Du machst das ganz wunderbar«, ermutigte Matt sie. »Mach einen Knoten in den unteren Streifen, ich werde meinen Druck dann erhöhen, um den Blutrückfluss zu stoppen. Für jemanden, der seit Jahren keinen lebenden Patienten mehr angefasst hat, machst du das verdammt gut.«

»Los, komm schon«, sagte Nikki zu der Vene, während

sie vorsichtig den zweiten Gazestreifen in Position brachte. »Reiß mir jetzt bloß nicht.«

»Du hast es geschafft! Du hast es geschafft!«

»Das hoffe ich.«

Nikki verknotete die Gazestreifen und einen Augenblick später ließ Matt mit dem Druck auf die Wunde etwas nach. Aus dem Schnitt und aus der Wunde trat ein wenig Blut aus, aber das Gebiet um die abgebundene Stelle war trocken. Die Saphena, die große Sammelvene, wird gewöhnlich für Herz-Bypässe entnommen, während die Kollateralvenen die Aufgabe übernehmen, das Blut zum Herzen zurückzutransportieren. Falls Carabetta den Eingriff überlebte und auch noch lebend aus der Höhle herauskam, würden ihn wahrscheinlich nur seine hin und wieder geschwollenen Knöchel an dieses Abenteuer erinnern.

»Gut gemacht«, sagte Matt. »Diese Vene zu erwischen, ohne sie zu zerreißen, war wirklich eine Meisterleistung.«

In diesem Augenblick hörten sie Colin Morrissey wieder nach Luft schnappen.

»Wir werden wahrscheinlich um einen Luftröhrenschnitt nicht herum kommen«, sagte Nikki. »Kannst du noch mal nach ihm sehen?«

»Würde ich gern, aber Freds Wunde muss noch unter Druck gehalten werden.«

»Das übernehme ich«, sagte eine Stimme hinter ihnen. Eine ältere Frau, ebenso übel zugerichtet wie alle anderen, war aus einem Teil der Höhle herausgekrochen, den sie noch nicht in Augenschein genommen hatten. »Kümmern Sie sich um den Jungen dort«, sagte sie. »Ich werde hier mein Bestes tun. Mein Name ist Ellen. Ellen Kroft.«

32

Nikki wusste, dass ihr Knöchel gebrochen war. Sie hatte den Knochen krachen gehört und den stechenden Schmerz gespürt, als die verrückte Frau sich mit ihren mindestens achtzig Kilo auf sie gestürzt hatte. Jetzt biss sie sich auf die Lippe und versuchte, irgendwie mit dem Schmerz zurechtzukommen. Sie befanden sich in einer schlimmen Lage, hatten nur einen begrenzten Vorrat an Luft und noch keinen Ausgang aus der Höhle gefunden. Die anderen hatten weiß Gott andere Sorgen, als sich um Nikkis schmerzenden Knöchel zu kümmern.

Ellen Kroft, die nur minimale Blessuren davongetragen hatte, drückte weiter auf Freds Wunde, während Matt ohne Stethoskop die Lunge von Colin Morrissey abhörte.

»Ich glaube, er bekommt genug Luft«, sagte er. »Zumindest vorerst. Aber sein Koma ist nicht mehr so tief.«

»Hoffen wir, dass er nicht auch durchdreht, wenn er aufwacht.«

»Da sein Kehlkopf fast komplett zugeschwollen ist, wird er uns sicherlich keine großen Probleme bereiten. Wie geht's deinem Bein?«

»Gut«, erwiderte Nikki vielleicht etwas zu hastig. »Es tut ein bisschen weh«, fügte sie hinzu.

»Meinst du, du kannst den Fuß belasten?«

»Ich ... ich glaube nicht.«

»Ich habe von drüben gesehen, wie Sie sich um diesen

Mann bemüht haben«, sagte Ellen und zeigte in die dunkle Ecke zu ihrer Rechten. »Sind Sie beide Ärzte?«

»Ich bin Matt Rutledge, Internist aus Belinda, und das ist Nikki Solari aus Boston. Sie ist Pathologin.«

»Wie viele Leute sind außer uns hier in der Höhle eingeschlossen?«

»Vermissen Sie irgendjemanden?«

»Nein. Ich war eine Zeit lang gefesselt, dann hat man mir etwas gespritzt, das mich bewusstlos gemacht hat. Als ich zu mir kam, war ich mit Staub und Felsbrocken bedeckt. Ich nehme an, Grimes hat meine Fesseln gelöst, während ich bewusstlos war, und dann hat er die Höhle gesprengt. Er ist der hiesige Polizeichef.«

»Oh, wir wissen genau, wer er ist. Sie schätzen ihn schon ganz richtig ein. Außer diesem Mann und uns vieren gibt es noch ein Mädchen und eine Frau mit Beulen im Gesicht, wie bei ihm hier. Die beiden scheinen nicht schwer verletzt zu sein, aber die Frau ist vorhin völlig durchgedreht. Wir haben sie gefesselt. Das Mädchen ist immer noch bewusstlos.« Matt senkte seine Stimme. »Außerdem gibt es da drüben noch zwei Wachmänner von der Minengesellschaft. Einer von ihnen ist tot und der andere wahrscheinlich querschnittgelähmt.«

»Und zwei Männer, die mit uns zusammen hergekommen sind, werden noch vermisst«, fügte Nikki hinzu.

»Wissen Sie, warum Grimes uns das angetan hat?«, wollte Ellen wissen.

»Ich weiß nicht, warum er es *Ihnen* angetan hat«, sagte Matt. »Aber wie Sie sehen, benutzt die Minengesellschaft diese Höhle als Giftmülldeponie. Wir wollten die Sache an die Öffentlichkeit bringen. Und Grimes steckt mit den Leuten von der Mine unter einer Decke.«

Da die Ursache für Kathys Prionenerkrankung nie

zweifelsfrei nachgewiesen wurde, war Nikki mit Matts Behauptungen über die Mine nie ganz einverstanden gewesen.

»Ich will Sie ja nicht noch mehr verwirren«, sagte sie, »aber was Matt nicht erwähnt hat, ist die Tatsache, dass eine ganze Reihe Leute hier aus der Gegend an einem Syndrom leiden, das ihre Gesichter furchtbar entstellt und sie letztlich in den Wahnsinn treibt. Matt glaubt, dass das etwas mit diesen Chemikalien zu tun hat. Ich bin mir da nicht so sicher wie er. Haben Sie irgendwas mit der Mine zu tun?«

»Nein. Ich bin noch nie hier in der Gegend gewesen.«

»Warum also sind Sie jetzt hier?«

»Nun, ob Sie es glauben oder nicht, ich bin hergekommen, weil ein Mann in mein Haus in Glenside, Maryland, eingedrungen ist und geschworen hat, er würde meine Enkelin töten, wenn ich nicht tat, was er von mir verlangte. Ich konnte herausfinden, wer der Mann ist und dass er hier in Tullis wohnt, aber ich musste ihn erst sehen, bevor ich mit Sicherheit sagen konnte, dass er derjenige war, den ich suchte. Ihr Polizeichef sollte mir dabei behilflich sein und außerdem meine Aussage aufnehmen, aber dazu sind wir gar nicht erst gekommen.«

»Ich verstehe nicht recht«, sagte Matt und sah noch einmal nach Morrissey. »Wer ist denn der Mann, dessentwegen Sie hergekommen sind?«

»Er heißt Sutcher. Vinyl Sutcher.«

Matt und Nikki schauten einander verblüfft an.

»Vielleicht sollten Sie uns ein bisschen mehr erzählen«, meinte Nikki.

Fred Carabetta war mittlerweile bewusstlos. Vor dem Hintergrundgeräusch seiner tiefen, regelmäßigen Atemzüge berichtete Ellen über ihre Rolle im Omnivax-Ausschuss, von Lynette Marquands politisch motiviertem Gelübde an das amerikanische Volk, von ihrer Furcht einflößenden Begegnung mit Vinyl Sutcher und schließlich von dem, was Rudy Peterson bei seinen beharrlichen Nachforschungen über die Ursachen des Lassa-Fiebers zutage gefördert hatte. Nachdem sie geendet hatte, herrschte einige Minuten lang Schweigen. Mit geschlossenen Augen ging Matt das Kaleidoskop seiner Erinnerungen durch, suchte nach etwas ... irgendetwas, von dem er wusste, dass es da war.

Plötzlich blickte er auf und sah die beiden Frauen ernst an.

»Der Lassa-Fieber-Impfstoff ist hier getestet worden«, sagte er.

»Was?«

»Ich weiß nicht genau, wann, aber es war irgendwann während der Zeit, als ich in Harvard studiert habe. Eine Pharmafirma zahlte damals den Ärzten hier im Tal eine Prämie für jeden Patienten, den sie überreden konnten, sich die Spritze verpassen zu lassen. Nachdem ich hierher zurückgekommen war, um mich als Arzt niederzulassen, haben einmal ein paar der älteren Ärzte in der Krankenhauskantine darüber gewitzelt. Sie amüsierten sich, dass keiner von ihnen jemals einen Fall von Lassa-Fieber zu Gesicht bekommen hatte und jetzt, nachdem sie die halbe Stadt dagegen immunisiert hatten, garantiert niemals einen zu Gesicht bekommen würde. Einige von ihnen hatten noch nicht mal eine Ahnung, was das für eine Krankheit war, gegen die dieser Impfstoff helfen sollte, und trotzdem hatten sie einer ganzen Reihe ihrer Patienten das Zeug gespritzt. Ich meine mich sogar zu erinnern, dass sie hundert Dollar pro Kopf kassiert haben und dass einige sich das Geld mit den Patienten geteilt haben. Soweit ich weiß, war das alles vollkommen legal – Ärzte und Patienten werden ständig dafür bezahlt, dass sie freiwillig an irgendwelchen Studien teilnehmen. Ich weiß nicht, wie viele Leute hier im Tal als Probanden mit dem Impfstoff in Kontakt gekommen sind.«

»Vierhundert«, sagte Ellen. »Vierhundert Menschen jeden Alters. Ich habe die Versuchsergebnisse gesehen, aber ich habe mir nie notiert, wo der Versuch durchgeführt wurde.«

»Wie viele Jahre ist das her?«, fragte Nikki.

»Ich weiß nicht«, sagte Matt. »Vielleicht zehn.«

»O Gott!«, rief sie aus.

»Was?«

»Matt, begreifst du denn nicht? Die Prionen. Die Inkubationszeit, also die Zeit zwischen der Infektion mit dem Virus und dem Auftreten von Symptomen kann zehn Jahre und länger betragen. Also ist das Belinda-Syndrom das Ergebnis des Impfstoffs, nicht der Verseuchung durch Giftmüll. Die Zellen der Gewebekulturen, auf denen der Virus gezüchtet wurde, müssen von Anfang an mit Prionen durchsetzt gewesen sein. Wahrscheinlich haben sie Affengewebe benutzt. Wenn ja, waren die Affen, von denen die Zellen stammten, vielleicht infiziert.«

»Aber –«

»Du hast die ganze Zeit Recht gehabt mit der Vermutung, dass die Minengesellschaft illegal Giftmüll lagert. Du hattest Recht und du hast diese Sache, von der du überzeugt warst, mit Leidenschaft verfolgt. Grimes wusste von dieser Giftmülldeponie. Wahrscheinlich hat *er* dir diesen Zettel unter der Tür durchgeschoben, damit du immer schön die Mine im Visier behieltest und ja nicht auf die Idee kamst, nach der Wahrheit hinter den Fällen zu suchen, die du entdeckt hattest.«

»Aber warum?«

»Er muss irgendein Interesse an dem Impfstoff haben.«

»Wenn das so ist«, sagte Ellen, »dann wird er bald ein sehr reicher Mann sein. Lasaject ist eine der teuersten Komponenten von Omnivax. Vom nächsten Jahr an, vor allem, wenn nicht nur Neugeborene, sondern auch ältere Kinder und Erwachsene geimpft werden, werden Millionen Dosen von dem Serum verabreicht. – Aber was hat es mit den Prionen auf sich? Was sind Prionen?«

»Die Erreger, die BSE und andere neurologische Erkrankungen auslösen«, sagte Nikki. »Wir glauben, dass sie die Ursache für die Krankheit sind, die nicht nur dieser Mann hier hat, sondern auch das Mädchen und die Frau, die mich angegriffen hat. Die Symptome treten erst Jahre nach der Ansteckung auf und es gibt keine Möglichkeit, festzustellen, ob jemand, der noch keine Symptome aufweist, die Krankheit in sich trägt oder nicht.«

»Glauben Sie, jeder, der mit dem Serum geimpft wird, bekommt die Krankheit?«

»Das bezweifle ich. Diejenigen, die letztlich erkranken, haben wahrscheinlich eine genetische Disposition, die sie für die Prionen empfänglich macht. In England, wo hunderttausende von Menschen das verseuchte Rindfleisch gegessen haben, sind nur verhältnismäßig wenige an BSE erkrankt.«

»Bei wie vielen der vierhundert geimpften Personen hat sich Ihrer Meinung nach die Prioneninfektion entwickelt?«

Nikki zuckte die Achseln. »Lassen Sie mich mal überlegen«, sagte sie. »Matt und ich kennen sechs Fälle, einschließlich dieser drei hier. Nehmen wir mal an, Grimes und seine Helfershelfer haben weitere sechs Infizierte aus dem Weg geräumt, dann wären das insgesamt zwölf.«

»Drei Prozent«, sagte Ellen.

»Das könnte ein höherer Prozentsatz sein als bei BSE«, meinte Matt, »aber es könnten noch weitere Fälle auftreten, denn wir wissen ja nicht, wie variabel die Inkubationszeit ist. Außerdem haben die Briten den Erreger *gegessen*, während man ihn diesen Leute hier direkt injiziert hat.«

»Also mindestens drei Prozent«, sagte Ellen. »Das ist schrecklich. Weiß jemand das Datum von heute und die jetzige Uhrzeit?«

Matt warf einen Blick auf seine Armbanduhr. »Heute ist der Zweite. Und es ist jetzt halb zwei Uhr morgens. Warum?«

»Weil heute Nachmittag, ich glaube, um fünfzehn Uhr, in Gegenwart der First Lady und der Gesundheitsministerin vor laufenden Fernsehkameras einem vier Tage alten Baby die erste offizielle Impfung mit Omnivax verabreicht wird. Das kleine Mädchen soll in einem Gesundheitszentrum in Washington geimpft werden. Und gleich im Anschluss daran werden Kinderärzte im ganzen Land anfangen, ihre kleinen Patienten mit Omnivax zu impfen. Das Serum befindet sich bereits in ihren Kühlschränken.«

»Und wahrscheinlich wird keins dieser Kinder sofort erkranken«, sagte Nikki düster. »Es wird keinen Anhaltspunkt dafür geben, dass irgendetwas nicht stimmt.«

»Oh, einige werden sicherlich krank werden«, sagte Ellen. »Ein gewisser Prozentsatz geimpfter Kinder wird immer krank, manche sogar schwer, und in einigen Fällen sogar mit tödlichen Folgen. Die Kinderärzte und die Wissenschaftler und die Pharmakonzerne versuchen uns klarzumachen, dass dies der Preis ist, der für das Allgemeinwohl bezahlt werden muss. Ich wüsste bloß gerne, wie sie sich fühlen würden, wenn ihr eigenes Kind unter den Opfern wäre. Die große Frage ist – und diese Frage beschäftigt nicht nur mich, sondern eine Menge Leute, die diesen Impfungen kritisch gegenüberstehen: Wer kann uns sagen, was mit den Kindern, die jetzt geimpft werden, in fünf oder zehn Jahren passiert – vor allem, wo sie jetzt alle diesen Superimpfstoff erhalten?«

»Diese drei hier können es uns sagen«, knurrte Matt. »Grimes muss erkannt haben, dass der Impfstoff gefährlich ist. Aber bei all dem Geld, das da auf dem Spiel steht, hat er einfach beschlossen, diejenigen, bei denen die Prionenerkrankung aufgetreten ist, verschwinden zu lassen, anstatt mit der Wahrheit herauszurücken oder zu riskieren, dass Leute wie wir genug Fälle sehen, um eins und eins zusammenzuzählen. Das gibt ihm zehn Jahre Zeit, bis die nächste Welle von SE und Neurofibromen auftritt.«

»Das könnte eine riesige Flutwelle werden«, bemerkte Nikki.

»Nikki, du hast mir gesagt, Kathy sei davon überzeugt gewesen, dass irgendwelche Männer ihr nach dem Leben trachteten. Also, ich glaube allmählich, dass sie Recht hatte. Ich glaube, dass Grimes sämtliche Testpersonen von damals aufgespürt hat. Die drei hier in der Höhle könnten die Letzten mit dem Syndrom gewesen sein.«

»Wir müssen diesen Superimpfstoff verhindern«, sagte Ellen.

»Ellen«, erwiderte Nikki sanft. »Grimes hat es irgendwie eingerichtet, dass Ihr Freund Sutcher zu unserem Schutz angeheuert wurde. Ich bin mir fast sicher, dass er derjenige war, der die Explosionen ausgelöst hat, die die Eingänge zu dieser Höhle verschüttet haben. Es ist ein Wunder, dass die Decke nicht runtergekommen ist, was zweifellos geplant war. Aber wir sind jetzt hier im Berg gefangen. Es gibt keinen Ausweg.«

»Es gibt einen, weil es einfach einen geben muss«, entgegnete Ellen grimmig.

»Ich hoffe, Sie haben Recht«, sagte Nikki. »Wir haben die Höhle schon zum Teil untersucht, aber nichts entdecken können. Ich glaube, Sie brauchen jetzt nicht mehr so stark auf die Wunde zu pressen.«

Ellen nahm etwas den Druck zurück. Bis auf ein dünnes Blutgerinnsel blieb die klaffende Wunde unterhalb von Carabettas Leiste trocken. Schweigend legte Nikki einen Verband aus steriler Gaze an und befestigte ihn mit Klebeband. Fred reagierte auf die schmerzhafte Prozedur nur mit einem leisen Stöhnen.

»Ellen hat Recht«, rief Matt und ballte die Fäuste. »Es muss einen Weg hier raus geben. Es steht einfach zu viel auf dem Spiel, als dass wir einfach hier rumsitzen und auf eine Rettungsaktion warten, die sowieso nicht stattfinden wird.«

»Sollen wir uns etwa freibuddeln? Matt, diese Felsbrocken wiegen teilweise mehrere Zentner. Und ich kann noch nicht mal ohne fremde Hilfe gehen.«

»Na gut, dann werden Ellen und ich das übernehmen. Vielleicht kann das Mädchen uns helfen, wenn sie zu sich kommt, und vielleicht sogar die Verrückte. Was bleibt uns denn anderes übrig?«

»Möglicherweise gibt es wirklich einen Ausweg«, sagte Nikki. »Sieh mal, dieser Bach dahinten, der kommt schließlich irgendwoher und er muss auch irgendwohin abfließen.«

Matt wurde sofort hellhörig.

»Ich glaube, der Bach fließt direkt neben der Felsspalte in die Höhle, durch die wir gekommen sind«, sagte er aufgeregt. »Aber das ist ein verdammt weiter Weg unterirdisch und von hier aus geht es da ziemlich steil nach oben. Ich glaube kaum, dass man da rauskommt.«

»Dann müssen wir den Ausgang eben in der anderen Richtung suchen.«

Matt schaute erst Nikki, dann Ellen an, während er sich auszumalen versuchte, wie so eine Rettungsaktion aussehen – und wie sie enden könnte. Er musste daran denken, wie er in Panik geraten war, als er zum ersten Mal durch den engen Tunnel gekrochen war. Wie würde es sein, wenn er sich von dem kalten Bach durch eine enge, stockdunkle Röhre tragen ließ? Was würde passieren, wenn der Spalt zu eng wurde und er keine Möglichkeit hatte, umzukehren? Konnte es einen schlimmeren Tod geben, als in einem unterirdischen Bach, zwischen Felswänden eingeklemmt, zu ertrinken? Wie lange würde es dauern, bis er das Bewusstsein verlor?

»Los, versuchen wir's«, hörte er sich sagen.

Ohne um Erlaubnis zu fragen, bückte er sich und nahm Nikki auf den Arm. Eine Laterne ließen sie stehen, damit die anderen nicht in Panik gerieten, eine zweite nahm Ellen in die Hand und dann machten sie sich gemeinsam auf den Weg über das Geröll hinweg, an den Fässern vorbei und auf den Bach zu. Nikki schlang ihre Arme um Matts Hals und drückte ihre Wange fest an seine.

»Danke fürs Mitnehmen, Fremder«, sagte sie, als er sie auf der Brücke, wo sie sich am Geländer festhalten konnte, absetzte.

»Keine Ursache, Ma'am.«

Er tippte sich an einen imaginären Hut, dann kniete er sich hin und spähte in das dunkle, schäumende Wasser. Zu ihrer Linken trat der Bach durch einen schmalen Felsspalt in die Höhle ein – zwischen der Wasseroberfläche und dem Felsen war nicht mal ein halber Meter Platz. In drei Metern Entfernung von ihnen waren die Überreste der zweiten Brücke zu sehen. Stromabwärts, zu ihrer Rechten, war die Öffnung noch enger, vielleicht dreißig Zentimeter hoch. Matt langte mit der Hand in den Bach und fand bestätigt, was er bereits gewusst hatte – das Wasser war verdammt kalt.

Er sah sich nach etwas um, womit er die Wassertiefe messen konnte, und entschied sich schließlich für ein Stück vom zerstörten Brückengeländer. Das Brett, gut einen Meter lang, verschwand fast gänzlich im Wasser, als Matt damit nach dem Grund des Baches stocherte. Ein gutes Zeichen.

»Ich schaffe das«, sagte er, spürte jedoch, wie die Angst ihm in die Knochen kroch.

»Vielleicht sollte ich das lieber übernehmen«, sagte Ellen. »Ich bin kleiner als Sie und ich gehe regelmäßig viermal die Woche schwimmen.«

Obwohl er sie eben erst kennen gelernt hatte, zweifelte Matt nicht daran, dass Ellen Kroft Himmel und Hölle in Bewegung setzen würde, um einen Ausweg aus ihrer misslichen Lage zu finden. Aber er war jünger und kräftiger und nicht weniger motiviert.

»Die Leute hier in den Bergen können ziemlich ungastlich sein«, sagte er, »vor allem mitten in der Nacht. Aber vielleicht bekommen Sie auch noch Ihre Chance. Wenn ihr in drei bis vier Stunden kein Lebenszeichen von mir erhalten habt, könnten Sie es in entgegengesetzter Richtung versuchen. Das müssen Sie entscheiden. Aber machen Sie sich keine Sorgen. Ich war früher einmal Rettungsschwimmer.«

»Wenn das so ist, dann überlasse ich das Ihnen«, sagte Ellen. »Sie schaffen das schon.«

»Das werde ich.«

Matt legte seine Arme um Nikki und drückte sie an sich.

»Soll ich dich zurück zu deinen Patienten tragen?«, fragte er.

»Ellen kann mir helfen«, erwiderte sie den Tränen nahe. »Matt, ich hab solche Angst. Ich ... ich möchte nicht, dass du gehst.«

Matt küsste sie, erst sanft, dann voller verzweifelter Leidenschaft.

»Ich könnte mir auch vorstellen, was ich lieber täte«, flüsterte er. »Aber wie Ellen schon sagte, ich werde es schaffen, weil ich es muss.«

Er spürte, dass er weniger überzeugend geklungen hatte als beabsichtigt. Die Angst schnürte ihm regelrecht die Kehle zu. Erneut schaute er auf das Wasser und dann zu der Spalte hinüber, die wieder zwischen den Felsen verschwand. Als Student hatte er mit seinen Freunden hin und wieder darüber diskutiert, was sie wohl empfinden würden, wenn sie durch irgendeinen Zufall ihren genauen Todeszeitpunkt erfahren würden. Jetzt kam es ihm so vor, als sei er des Rätsels Lösung ganz nah.

Noch einmal ging er im Stillen alle möglichen Fragen durch.

Gab es irgendeine andere Möglichkeit, aus dieser Höhle zu entkommen? Falls er eingeklemmt würde, wie lange würde es dauern, bis er das Bewusstsein verlor? Wie lange konnte er den Atem anhalten? Wie fühlte es sich an, zu ertrinken?

Den Revolver, den er Grimes' bulligem Kumpan abgenommen hatte, trug er immer noch in der Hosentasche. Die Waffe konnte sich als nützlich erweisen, falls er lebend aus der Höhle herauskam und draußen irgendwie in Schwierigkeiten geriet. Er kannte sich gut genug mit Handfeuerwaffen aus, um zu wissen, dass sie auch nach einem kurzen Bad noch funktionieren würde, vorausgesetzt, er vergaß nicht, das Wasser aus dem kurzen Lauf zu entfernen, bevor er abdrückte. Sollte er zwischen Bach und Fels eingeklemmt werden, würde es ihm wahrscheinlich nicht gelingen, die Waffe gegen sich selbst zu richten.

Fragen über Fragen ...

Sollte er noch etwas mitnehmen, das ihm nützlich sein konnte? Die Schuhe lieber ausziehen oder anlassen? Tief und kräftig durchatmen oder einfach losschwimmen?

Matt wusste, dass er bloß versuchte, Zeit zu schinden. Um sich anzuspornen, stellte er sich vor, wie viele Menschenleben in Gefahr sein würden, wenn ihre Vermutungen über Lasaject und die spongiforme Krankheit sich als zutreffend erwiesen. Mit diesem Gedanken im Kopf glitt er über das felsige Ufer in den eiskalten Bach, bis er bis zur Brust im Wasser stand. Nikki beugte sich zu ihm hinunter und berührte seine Fingerspitzen mit ihren.

»Bis bald«, sagte sie.

Matt ging auf die Öffnung im Felsen zu. Er holte mehrmals tief Luft und drehte sich noch einmal um.

»Bis bald.«

Dann atmete er noch ein letztes Mal tief ein, tauchte und schwamm los.

33

Das Brennen in Matts Brust – das erste Anzeichen für Sauerstoffmangel – setzte bereits ein, nachdem er fünfzehn oder zwanzig Sekunden in dem eiskalten, stockdunklen Wasser getaucht war. Seine Schwimmbewegungen wurden unkoordiniert. Aus Furcht, nur gegen das Dach seines Grabs zu stoßen, falls er aufzutauchen versuchte, zwang er sich, noch etwa zwanzig Sekunden lang weiterzuschwimmen. Das Feuer in seiner Lunge wurde unerträglich. Verzweifelt griff er nach oben. Seine Hand durchstieß die Wasseroberfläche, doch dann, noch bevor er den Arm halbwegs ausstrecken konnte, berührten seine Finger Felsen. Über ihm befand sich tatsächlich Luft, wie viel, war jedoch schwer zu sagen.

Matt kämpfte gegen seine Panik an, hielt sich die Nase zu, legte den Kopf so weit wie möglich in den Nacken, suchte mit den Füßen Halt am Boden und drückte sich hoch. Sein Gesicht befand sich auf gleicher Höhe wie sein Vorderarm, als er auftauchte. Er konnte sich zwar nicht ganz aufrichten, aber immerhin betrug der Luftraum über der Wasseroberfläche fast fünfzehn Zentimeter. Die Stirn gegen den Felsen gedrückt, atmete er dankbar die muffige, schwere Luft ein. Dann ging er so weit in die Knie, bis er gerade aus dem Wasser herausschauen konnte, und drehte sich um hundertachtzig Grad. Die Dunkelheit war undurchdringlich. Es war unwahrscheinlich, dass Ellen und Nikki die Brücke bereits verlassen hatten, woraus er schloss, dass er entweder weiter geschwommen war, als er angenommen hatte, oder dass der Bach eine scharfe Biegung gemacht hatte. Das kalte Wasser floss gleichbleibend an seinem Gesicht vorbei. Er drehte sich wieder um, sodass die Strömung von hinten kam, dann beugte er sich noch einmal zurück, um tief Luft zu holen.

Obwohl er sich die Nase zuhielt und die Stirn fest gegen den Felsen drückte, konnte er nicht verhindern, dass ihm dauernd Wasser in den Mund lief und ihm das Atmen erschwerte. Er spürte, wie er in Panik geriet. Er lebte, doch die Angst lähmte ihn. Seine Klaustrophobie machte ihm mehr zu schaffen, als er befürchtet hatte, viel mehr. Er konnte unmöglich weiterschwimmen. Er musste umkehren – irgendwohin, wo er sich aufrichten konnte, wo er frei durchatmen konnte, zurück zu Nikki. Vergeblich versuchte er, sich erneut umzudrehen, doch die Kräfte schienen ihn verlassen zu haben.

Die Strömung, auch wenn sie nicht allzu stark war, schob ihn vor sich her, hob seine Füße vom Boden und zog ihn unter Wasser. Mühsam hielt er sich an den Felswänden fest, doch es dauerte nicht lange, bis die Strömung ihn wieder erfasste. Während er immer weiter trieb, nahm er kaum noch etwas anderes wahr als seine Hilflosigkeit. Plötzlich stieß er mit der Stirn so heftig gegen einen kleinen Felsvorsprung, dass er einen Moment lang benommen war. An den rauen Felswänden schürfte er sich die Arme auf. Der Versuch, sich an einer Stelle festzuhalten, war so anstrengend, dass er völlig außer Atem geriet.

Er konnte es einfach nicht mehr länger aushalten.

Er musste sich aufrichten.

Hol dich der Teufel, Grimes.

Matt riss sich zusammen und schloss die Augen. Zu sehen gab es hier sowieso nichts. Er beruhigte sich, indem er sich vorstellte, dass vor ihm eine Höhle lag ... eine riesige Höhle ... mit ausreichend Luft ... mit Raum, wo er sich bewegen konnte ... Raum, wo er sich umdrehen und stehen konnte ... Raum, um nachzudenken.

Langsam tauchte er mit Mund und Nase unter Wasser, wobei sein Kopf weiter an der Decke entlangschleifte, und machte einen vorsichtigen Schritt vorwärts ... dann noch einen und noch einen. Er spürte, wie sein Puls sich beruhigte und seine Konzentration zurückkehrte. Die Panik ließ nach. Alle sechs oder sieben Schritte blieb er stehen und legte den Kopf in den Nacken, um Luft zu holen. Mit einem Mal fasste er neuen Mut, tauchte unter und schwamm mit kräftigen Zügen ein Stück weiter stromabwärts. Als er diesmal wieder hochkam, konnte er sich noch weniger aufrichten als vorher, der Luftraum über der Wasseroberfläche betrug nur noch etwa fünf, sechs Zentimeter. Er konnte nur ein paar hastige Atemzüge machen, bis die Strömung ihn weitertrug. Nach wenigen Metern füllte das Wasser den Tunnel vollständig aus, es gab keine Möglichkeit mehr, Luft zu holen. Mit halb vollen Lungen versuchte er, beim Schwimmen nicht zu viel Kraft zu verbrauchen. Zweimal wollte er auftauchen, aber beide Male stieß er nur gegen harten Felsen.

Das war's. Das war das Ende.

Die Strömung wurde stärker und zusätzlich traten jetzt Wirbel auf. Verzweifelt stapfte er durch den reißenden Bach, versuchte, nicht mitgerissen zu werden. Seine Lunge brannte wie verrückt und jeder Herzschlag war wie eine Explosion in seinem Kopf. Die Wände des Tunnels schienen immer näher zu rücken.

Nicht atmen! ... Durchhalten! ...

In dem Augenblick, als ihm endgültig die Puste ausging und er einatmen musste, hatte er Platz über sich. Matt konnte den Kopf aus dem Wasser recken und sog begierig die feuchte Luft über sich ein. Hustend und würgend versuchte er, in der starken Strömung aufrecht zu stehen, spürte aber, dass ihn seine Kräfte verlassen hatten.

Der Bach war breiter und flacher geworden. Das Wasser, nicht einmal mehr einen Meter tief, floss mit großer Geschwindigkeit durch die Dunkelheit. Matt kämpfte, um ans rechte Ufer zu gelangen, doch die Strömung riss ihn mit sich wie eine Stoffpuppe. Zweimal wurde er gegen Felsen geschleudert, die aus dem Boden ragten. In den vergangenen Jahren hatte er an verschiedenen Raftingtouren auf den Flüssen in West Virginia teilgenommen und Dutzende Stromschnellen teils rudernd, teils schwimmend überwunden. Beim Rafting kam es darauf an, sich nicht gegen vorspringende Felsen schleudern zu lassen, indem man sich mit den Füßen voran in einer fast sitzenden Position hielt und die Arme als Ruder benutzte. Aber hier, in völliger Dunkelheit, hatte er keine Chance, Hindernisse zu erkennen, und so krachte er ständig an irgendwelche Felsen.

Er trieb hilflos stromabwärts. Der wirbelnde, schäumende Bach bewegte sich offenbar geradewegs auf einen steilen Abhang zu. Dann hallte ein Dröhnen von den Felswänden wider – das Dröhnen eines Wasserfalls. Ein Strudel erfasste ihn, zog ihn unter Wasser und wirbelte ihn über den felsigen Grund. Matt bekam keine Luft mehr, Wasser gelangte in seine Lungen und er war kurz davor, das Bewusstsein zu verlieren. Nur Sekunden später spürte er keinen Boden mehr unter sich, stürzte in die Tiefe und landete mit großer Wucht in einem See. Sein

Kopf schlug gegen einen scharfkantigen Stein und schien vor Schmerz zu explodieren.

Dann war nichts mehr.

Eine Viertelstunde lang blieben Nikki und Ellen bei der Brücke stehen, den Lichtstrahl ihrer Laterne auf die Öffnung gerichtet, durch die der Bach die Höhle verließ.

»Ich habe solche Angst um ihn«, sagte Nikki schließlich.

»Das kann ich verstehen. Was er getan hat, war sehr mutig.«

»Dabei leidet er an Klaustrophobie. Das hat er mir selbst erzählt.«

»Irgendwo muss der Bach ja wieder aus dem Berg herausfließen. Er wird es schon schaffen.«

»Das können Sie doch nicht wissen!«

Ellen legte ihre Arme um Nikkis Schultern.

»Tut mir Leid. Ich wollte Ihnen nur ein bisschen Mut machen. Ich weiß, wie schlimm das für Sie ist. Für mich ist es auch nicht einfach.«

»Tut mir Leid, dass ich explodiert bin«, sagte Nikki.

»Nikki, was Matt getan hat, war richtig. Wir beide wissen, dass wir, so wie die Dinge liegen, keine große Chance haben. Ich werde noch ein paar Stunden abwarten und wenn bis dahin nichts passiert ist und uns keine andere Lösung eingefallen ist, werde ich einen Versuch unternehmen, aus dieser Höhle rauszukommen, vielleicht stromaufwärts. Wollen wir zurückgehen und nach den anderen sehen?«

Nikki starrte auf den schmalen Hohlraum zwischen der Wasseroberfläche und der Tunneldecke. Der Lichtkegel der Laterne glitzerte auf dem Wasser, dann wurde er von der Dunkelheit verschluckt. Zögernd hob sie die Laterne auf und legte einen Arm um Ellens Schultern. Ihr Fußknöchel pochte und verursachte ihr bei der geringsten Bewegung höllische Schmerzen, aber das spielte jetzt keine Rolle. Sie hatte schon immer gut mit Schmerzen umgehen können.

»Sie sind ein guter Mensch«, sagte sie, während sie auf Ellen gestützt zu der Stelle hinüberhumpelte, wo Morrissey lag.

»Genau wie Sie«, erwiderte Ellen, den Arm um Nikkis Taille. »Genau wie Sie.«

Das Mädchen, dem das blonde Haar im Gesicht klebte, saß neben Morrissey und streichelte seine Hand. Beim Anblick der Fibrome, die das ehemals hübsche Gesicht vollkommen entstellten, zuckte Nikki zusammen. Morrissey, dessen Gesicht noch grässlicher aussah, war immer noch bewusstlos und bekam offenbar kaum Luft. Das Pfeifen, ein Zeichen, dass er zumindest atmete, war kaum noch hörbar.

»Er ist tot«, sagte das Mädchen in einem emotionslosen Singsang.

»Nein. Nein, er ist nicht tot«, erwiderte Nikki und kniete sich neben sie. »Mein Name ist Nikki. Ich bin Ärztin. Das ist Ellen. Sie ist Lehrerin. Wie heißt du?«

»Sara Jane Tinsley. Werden Sie ihm helfen?«

Keine Angst, keine Panik, keine Fragen danach, was passiert war oder wo sie sich befanden. Nikki beschloss, nicht nachzuhaken, solange das Mädchen keine Fragen stellte. Offenbar stand Sara Jane unter Schock und wahrscheinlich auch noch unter der Wirkung der Drogen, die man ihr verpasst hatte, was auch immer das gewesen sein mochte. Wahrscheinlich hatte aber auch SE bereits ihr Gehirn angegriffen.

Vielleicht ist es besser so, dachte Nikki. Je weniger Sara Jane sich ihrer derzeitigen Situation bewusst war, umso besser.

»Ich werde es versuchen, Sara Jane«, sagte sie.

»Ich glaub, er ist tot. Tot. Tot.«

»Nein. Siehst du, er at –«

Nikki brach mitten im Satz ab. Morrisseys pfeifender Atem war nicht mehr zu hören. Durch seinen gequetschten, geschwollenen Kehlkopf strömte keine Luft mehr. Sie überprüfte seinen Puls, der noch schwächer geworden, aber immer noch spürbar war. Bis irreparable Hirnschäden eintraten, blieben ihr jetzt noch drei oder vier Minuten Zeit, um seinem Blutkreislauf Sauerstoff zuzuführen. Unwillkürlich zögerte sie bei dem Gedanken, dass Morrissey wahrscheinlich ohnehin bereits an einer unheilbaren Gehirnerkrankung litt.

Doch dann dachte sie an Kathy Wilson und Hal Sawyer, an Joe Keller und die toten Bergleute und an all die anderen Opfer des Belinda-Syndroms, die Grimes und seine Leute vermutlich schon aus dem Weg geräumt hatten. Und plötzlich bündelte sie ihre ganze Wut und Angst und wandte sich diesem jungen Mann zu, der sich nichts Schlimmeres hatte zuschulden kommen lassen, als vor zehn Jahren auf das zu hören, was seine Mutter oder sein Arzt ihm zu tun empfohlen hatte.

Colin Morrissey würde nicht sterben – nicht, wenn sie es verhindern konnte!

Im Stillen verfluchte Nikki sich selbst dafür, dass sie nicht sofort Vorkehrungen für einen Luftröhrenschnitt getroffen hatte. Sie war zu sehr beschäftigt gewesen mit der bedrohlichen Situation, in der sie sich befanden, und den schrecklichen Schmerzen in ihrem Knöchel. Und womöglich hatte sie sich auch von dem Gedanken beeinflussen lassen, dass der Mann an einer unheilbaren Krankheit litt, die bereits verheerende Schäden in seinem Gehirn verursacht hatte. Im Nachhinein ist man immer schlauer, sagte sie sich. Was geschehen war, war geschehen. Sie musste sich auf den Augenblick konzentrieren.

»Ellen, ich muss dafür sorgen, dass der Mann Luft bekommt. Ich brauche Ihre Hilfe.«

»Sagen Sie mir einfach, was ich tun soll.«

Nikki überstreckte den Nacken des jungen Mannes. Morrissey reagierte mit einem einzigen, erstaunlich effektiven Atemzug, wodurch er wertvolle Sekunden gewann. In Gedanken stellte Nikki die Uhr wieder auf null.

»Halten Sie bitte seinen Kopf in dieser Position«, bat sie Ellen. »Haben Sie zufällig einen Kugelschreiber oder irgendwas anderes, das hohl ist?«

»Ich fürchte nein.«

»Sara Jane, ich werde versuchen, dem Mann zu helfen. Es kann sein, dass sein Hals anfängt zu bluten.«

»Ich hab schon mal Blut gesehen«, erwiderte das Mädchen und blickte sich in der Höhle um, als sähe sie sie zum ersten Mal.

Es blieb keine Zeit, noch mehr zu erklären. Die Haut oberhalb von Colin Morrisseys Schlüsselbeinen wurde nach innen gesaugt, während seine Lunge verzweifelt nach Luft rang. Nikki schnappte sich den Erste-Hilfe-Kasten und durchsuchte ihn hastig. Das Einmalskalpell, das sie bei Carabetta benutzt hatte, war noch da, außerdem eine Verbandschere, die sie zum Spreizen der Luftröhre benutzen konnte. Jetzt brauchte sie noch irgendetwas Rundes, Hohles – etwas, das weit genug war, um Luft durchzulassen, aber nicht so dick, dass es die Luftröhre zerriss. Mit einer großen Hohlnadel könnte sie sich etwas

Zeit erkaufen und die obere Hälfte eines Kugelschreibers wäre perfekt. Während die Sekunden vergingen, schüttete sie den gesamten Inhalt des Kastens auf den Boden. Eine 2-ccm-Spritze, immer noch steril verpackt, kullerte heraus.

Bingo!

»Es kann losgehen«, sagte sie.

Nikki riss die Verpackung auf und schnitt mit Hilfe der Verbandschere das Ende der Kanüle ab, an der die Nadel befestigt war. Das drei Zentimeter lange Röhrchen war mehr, als sie erwartet hatte.

Ein stechender Schmerz durchzuckte ihr Bein, als sie das Gewicht verlagerte, um sich über Morrisseys geschwollenen Hals zu beugen. Ellen bemühte sich unbeholfen, den Lichtstrahl auf das Geschehen zu richten, während sie Morrisseys Kopf in der von Nikki gewünschten Position hielt.

»Sara Jane«, sagte Nikki schließlich, »kannst du mit der Laterne hierher leuchten?«

»Ja, mach ich.«

»Vielen Dank. Wir brauchen dich, Sara Jane. Halt die Laterne ganz ruhig.«

Nikki hatte keine Ahnung, wie viele von den vier Minuten bereits vergangen waren, aber sie würde ihr Vorhaben in jedem Fall in die Tat umsetzen.

»Nicht auf die Uhr schauen«, flüsterte sie, während sie sich konzentrierte.

Sie suchte die Stelle an Morrisseys Kehlkopf, wo sich seine Ringknorpelmembran befand – die beste Stelle, um den Einschnitt zu machen. Wenn sie sich irrte, musste es auch so klappen. Aber sie würde nicht zögern und sie hatte nicht vor, die Sache zu vermasseln. Mindestens ein Dutzend Menschen waren bereits gestorben, um Grimes und seine Leute reich zu machen. Hunderte, vielleicht tausende waren in Gefahr, wenn es ihnen gelang, ihren Impfstoff auf den Markt zu bringen.

Aber dieser Mann würde nicht sterben – zumindest jetzt nicht.

Sie hielt das kostbare Skalpell parallel zu den Knorpelringen und schnitt die Haut tief ein bis in die Luftröhre. Sofort trat blutiger Schaum aus. Reflexartig begann Morrissey zu husten und besudelte Nikkis T-Shirt und Kinn. Die Wirkung der Droge, die man ihm verabreicht hatte, ließ allmählich nach und er kam wieder zu sich. Mit sicheren Handgriffen und ohne sich weiter um das Blut zu kümmern, schob Nikki die Schere in die Öffnung, um sie aufzuspreizen. Dann schob sie das Plastikröhrchen in die Trachea. Mit einem pfeifenden, gurgelnden Geräusch füllte sich die Lunge des Mannes mit Luft und bald darauf beruhigte sich seine Atmung.

Wenige Minuten später bewegte Colin Morrissey einen Arm, dann begannen seine Lider zu flattern und er öffnete die Augen.

Zwei weitere Stunden vergingen, während Ellen und Sara Jane sich um ihre vier Patienten kümmerten. Fred Carabetta war immer noch bewusstlos, schien jedoch kaum merklich zu reagieren, wenn man ihm kaltes Wasser auf Gesicht und Lippen träufelte. Sid, der Wachmann, lag in seiner Nähe, abwechselnd weinend und fluchend. Er war eindeutig querschnittgelähmt und das hatte er mittlerweile begriffen. Die Frau, die sich auf Nikki gestürzt hatte, war nach wie vor gefesselt. Sie schlief die meiste Zeit und schimpfte wild drauflos, wenn sie wach war. Sara Jane, die sich der beängstigenden Lage nicht bewusst war, kroch abwechselnd auf allen vieren zu der Frau und zu Morrissey hin, tröstete die beiden, wischte ihnen die Stirn mit einem nassen Lappen ab, hielt ihnen die Hand und sang ihnen manchmal sogar etwas vor.

»Die sind wie ich«, sagte sie einmal zu Ellen und Nikki. »Die sind genau wie ich.«

Nikki hatte darauf bestanden, Morrisseys Hände an seinem Gürtel festzubinden, um zu verhindern, dass er sich das Röhrchen aus dem Hals riss. Erschöpft und von Minute zu Minute ängstlicher, lag sie jetzt auf dem staubigen Boden, den Kopf auf einen Felsbrocken gestützt und das verletzte, pochende Bein auf ein paar aufeinander gestapelte Steine hochgelegt. Jetzt gab es nichts mehr für sie zu tun, jetzt konnte sie nur noch warten. Horrorvisionen gingen ihr durch den Kopf – im Geiste sah sie Matt hilflos zwischen Felsen eingeklemmt, sah seine leblosen Beine und Arme im Wasser. Zu allem Überfluss schien die feuchte, stinkende Luft immer stickiger zu werden. Konnte es sein, dass sie schon fast verbraucht war?

Während sie dort lag, machte Nikki sich Gedanken über Ellen, die pausenlos in Bewegung war, sich um die Verletzten kümmerte, aufmunternd auf sie einredete und mit Sara Jane plauderte. Hin und wieder kam sie zu Nikki herüber, um ihr zu versichern, dass es ihren Patienten gut ging, dass Matt es nach draußen schaffen würde und dass sie lebend hier rauskommen würden. Als sie diesmal kam, hatte sie jedoch keine erfreuliche Nachricht. Zum ersten Mal wirkte ihr Gesicht angespannt.

»Ich werde versuchen, durch den Bach rauszukommen«, sagte sie.

»Was?«

»Ich werde es nicht stromabwärts versuchen, aber irgendetwas muss ich tun. Er ist seit fast drei Stunden weg und ich fürchte, uns wird bald die Luft ausgehen. Glauben Sie, Sie kommen ohne mich zurecht?«

Was spielt das denn noch für eine Rolle?, hätte Nikki am liebsten zurückgefragt.

»Ich werde tun, was ich kann«, erwiderte sie stattdessen. »Sie glauben also nicht, dass er es geschafft hat, stimmt's?«

Ellen setzte sich neben sie und nahm ihre Hände.

»Ich weiß im Moment überhaupt nicht, was ich glauben soll, außer dass wir nicht einfach hier hocken bleiben können und zulassen, dass diese Verbrecher ihr Ziel erreichen. Erstens haben Sie und ich einen neuen Mann in unserem Leben. Ich möchte jedenfalls erleben, wie sich das für mich entwickelt. Und zweitens wird dieser Impfstoff in wenigen Stunden zum Grundbestandteil unserer Impfmedizin werden. Kinderärzte im ganzen Land sind von den Werbefachleuten der Pharmaindustrie und von unserem lieben Präsidenten und seiner Frau darauf vorbereitet worden. Es würde mich nicht wundern, wenn bis heute Abend bereits mehrere tausend Impfungen durchgeführt werden.«

»Sie haben Recht«, sagte Nikki und richtete sich mühsam auf. »Wir dürfen nicht aufgeben. Sie sagten, Sie sind eine gute Schwimmerin?«

»Ich schwimme wie ein Fisch.«

»Ich möchte Sie bis zum Bach begleiten. Sara Jane und ich werden schon zurechtkommen.«

»Da bin ich mir ganz sicher.«

Auf dem Weg zur Brücke gerieten die beiden Frauen mehr als erwartet außer Atem. Ihnen war klar, was das bedeutete. Der Sauerstoffvorrat ging zur Neige.

Nikki sah zu, wie Ellen sich an den Überresten der zweiten Brücke vorbei arbeitete und ins Wasser glitt. Eine unglaubliche Frau, dachte sie, mutig, intelligent, zäh und liebevoll, genau die Art von Frau, wie sie gerne mit sechzig sein würde. Die Vorstellung, überhaupt so alt zu werden, entlockte ihr ein wehmütiges Lächeln. Mehrere Stunden waren vergangen, seit Matt sich auf den Weg gemacht hatte. Es war kaum anzunehmen, dass er es aus dem Berg heraus geschafft hatte, und jetzt lag das letzte Fünkchen Hoffnung auf den Schultern einer schmächtigen Frau, die beinahe doppelt so alt war wie er. Ellen musste nicht nur stromaufwärts schwimmend einen Ausweg aus der Höhle finden. Wenn sie die erste Hürde geschafft hatte, musste sie aufpassen, dass sie Grimes und seinen schießwütigen Kumpanen nicht in die Fänge geriet. Sie musste irgendwelche Leute finden, die in der Lage und willens waren, zu helfen, und dann schnell genug zur Höhle zurückkehren, bevor ihnen hier drinnen endgültig die Luft ausging. Die Chance, dass ihr all das gelingen würde, war gering.

Aber besser eine geringe Chance als gar keine.

Die Laterne in der Hand, setzte Nikki sich ans Bachufer und wartete. Aber sie brauchte nicht lange zu warten. Keine fünf Minuten, nachdem Ellen in den stockdunklen Tunnel geschwommen war, wurde sie bäuchlings im Wasser liegend und mit den Füßen voran von der Strömung zurückgetrieben. Nikki stützte sich auf eine Hand und griff nach Ellens Bluse, die ihr jedoch sofort entglitt. Den Schmerz in ihrem Knöchel ignorierend, schob sie sich von dem felsigen Ufer ins Wasser hinab. Kurz bevor sie die zweite Brücke erreichte, bekam sie Ellen zu fassen und umschlang ihre Taille mit beiden Armen. Während Nikki sie mit einem Arm festhielt, packte sie Ellen an den Haaren und hob ihr Gesicht aus dem Wasser. Dann, gegen die Brücke gestützt, gelang es ihr, den unverletzten Fuß auf dem Boden aufzusetzen. Das Wasser reichte ihr bis ans Kinn.

Mit aller Kraft, die sie aufbringen konnte, drückte Nikki die ältere Frau Zentimeter um Zentimeter nach oben, bis sie es schließlich schaffte, sie mit dem Oberkörper auf die Brücke zu schieben. Trotz des schmerzenden Knöchels, der sie laut aufschreien ließ, gelang es Nikki, sich ans Ufer zu hieven und zu Ellen hinüberzukriechen. Mit beiden Händen drückte sie einmal kräftig auf Ellens Rücken und ein Wasserschwall schoss aus ihrer Lunge hoch. Nachdem sie die Prozedur noch einmal wiederholt hatte, setzte unter reflexhaftem Husten und Spucken bei Ellen die Atmung wieder ein. In weniger als einer Minute kam Ellen zu sich. Eine Zeit lang blieb sie etwas benommen und schwer atmend liegen.

»Felsen«, brachte sie schließlich heraus. »Tunnel war von Felsen blockiert.« Eine weitere Minute verging, bis sie wieder zu sprechen begann. »Ich ... hab versucht, sie wegzuräumen ... Hab mir den ... Fuß eingeklemmt ... Kam nicht mehr raus ... Dann hab ich Wasser in –«

»Immer mit der Ruhe«, sagte Nikki, die Ellens Kopf in ihrem Schoß hielt. »Bleiben Sie ganz ruhig. Sie waren sehr mutig. Jetzt entspannen Sie sich und versuchen, ganz regelmäßig zu atmen. Ich bin bloß froh, dass Sie heil zurückgekommen sind.«

Es dauerte eine ganze Weile, bis Ellen sich aufrichten konnte. Sie spuckte immer noch Bachwasser und musste fürchterlich husten.

»Gott, war das furchtbar«, sagte sie. »Felsbrocken sind auf mich herabgefallen und dann konnte ich mein Bein nicht mehr rausziehen.«

Nikki zog sich am Brückengeländer hoch. Durchnässt und zitternd hielten die beiden Frauen sich in den Armen. Dann machte Ellen sich los.

»Wo wollen Sie hin?«, fragte Nikki.

»Da oben auf den Haufen Felsbrocken«, erwiderte Ellen und zeigte in die Richtung des Eingangs, durch den Nikki und die anderen die Höhle betreten hatten. »Schicken Sie Sara Jane zu mir. Sie muss mir dabei helfen, diese Steine da wegzuräumen.«

Nikki wollte protestieren, doch dann zuckte sie nur die Achseln und nickte.

Ob sie nun starben, während sie hilflos hier herumsaßen und warteten, oder ob sie starben, während sie versuchten, sich zu befreien, was machte das schon für einen Unterschied?

34

Das Erste, was Matt wahrnahm, war der Gestank von Motoröl. Das Zweite, dass er lebte und fror. Er befand sich in einer Art großem Schuppen und lag in seinen nassen Sachen auf einem Bett mit schmuddeligen Lumpen. Die Holzwände des Schuppens waren mit Teerfarbe gestrichen. Die nackte Glühbirne, die an der Decke baumelte, war ausgeschaltet, aber durch ein winziges, mit Fliegendraht versehenes Fenster dicht unter der Decke drang fahles Licht. In Matts Nähe waren Plastikeimer gestapelt, die anscheinend Chemikalien enthielten, und Papiersäcke mit Samen oder Düngemitteln. In einer Ecke standen Gartengeräte, an der Wand hingen mehrere Motorsensen und darunter stand ein ziemlich großer, teilweise zerlegter Motor.

Erst als Matt sich bewegen wollte, bemerkte er, dass seine linke Hand mit einer Handschelle an ein U-förmiges Rohr gefesselt war, das scheinbar nur zu diesem Zweck in dem Schuppen angebracht worden war. Er sah sich noch einmal um, versuchte zu ergründen, wer ihn hier eingesperrt haben könnte. Ein pulsierender Schmerz wie von einem zu fest gebundenen Stirnband machte sich in seinem Kopf bemerkbar. Der Gestank, der in dem Schuppen herrschte, verursachte ihm Übelkeit und immer wieder stieg ihm bittere Galle hoch. Seine Armbanduhr und auch die Pistole, die er sich in die Tasche gesteckt hatte, waren verschwunden. Seine Handrücken waren aufgeschürft und mit getrocknetem Blut verkrustet. Von draußen drang kein Verkehrslärm zu ihm, aber innerhalb etwa einer Viertelstunde hörte Matt zweimal ein Motorrad wegfahren – wahrscheinlich zwei verschiedene, beides Harleys. Ganz allmählich kam die Erinnerung an seine Furcht erregenden Erlebnisse in dem unterirdischen Bach zurück.

»Hilfe!«, schrie er. »Hey, kann mir jemand helfen?«

Er wartete auf eine Antwort, dann rief er noch einmal. Vorsichtig wurde die Tür ihm gegenüber geöffnet. Eine schmächtige Frau von etwa Mitte zwanzig lugte herein und legte einen Finger auf die Lippen. Sie hatte sprödes, violett gefärbtes Haar, die Augen waren dick mit schwarzem Eyeliner umrandet und in Nase, Brauen und Unterlippe hatte sie mehrere Piercings. Ihre schwarze Lederhose, ihr schwarzes T-Shirt und die lederne Weste waren abgetragen und verschmutzt.

»Still!«, flüsterte sie. »Die kümmern sich um Sie, wenn sie so weit sind.«

»Aber ich muss –«

Die Frau hatte sich schon wieder zurückgezogen und die Tür hinter sich geschlossen. Matt wartete ein paar Minuten lang ab, dann brüllte er erneut. Als die Frau diesmal auftauchte, hatte sie ein Kind auf dem Arm – einen Jungen, vielleicht zwei Jahre alt, schmuddelig und schwächlich. Sein Gesicht war blass, grüner Schleim lief ihm aus der Nase und er hustete heftig. Die Frau warf Matt eine alte braune Armeedecke zu.

»Hören Sie, ich hab Ihnen gesagt, Sie sollen still sein«, flüsterte sie. »Die werden Sie wahrscheinlich nicht umbringen. Aber wenn Sie hier so rumschreien und die Kinder wecken, dann sieht es ziemlich schlecht für Sie aus.«

Die Frau wandte sich zum Gehen, aber als er sie ansprach, drehte sie sich noch einmal um.

»Bitte, warten Sie, ich bin Arzt«, sagte er. »Ich heiße Matt Rutledge, Dr. Matt Rutledge aus Belinda. Ich weiß nicht, wie ich hierher gekommen bin oder wo ich mich überhaupt befinde, aber ich muss hier weg und Hilfe holen. Meine Freunde sind in einer eingestürzten Höhle gefangen und sie werden sterben.«

»Sie sind kein Arzt«, sagte sie. »Die andern haben gesagt, Sie haben eine Pistole bei sich gehabt. Ärzte haben keine Pistolen.«

»Das kann ich erklären. Hören Sie, Ihr Sohn hat eine schlimme Sinusitis und wahrscheinlich auch einen entzündeten Hals. Ich wette, er isst und schläft kaum. Sie sollten ihn möglichst bald von einem Arzt untersuchen lassen. Er braucht ein Antibiotikum.«

»Wir gehen zu keinem Arzt.«

»Ich kann mich um ihn kümmern. Ich kann Ihnen die Medikamente besorgen, die er braucht. Wie heißen Sie?«

Die Augen der Frau verengten sich zu Schlitzen.

»Becky«, sagte sie schließlich. »Das hier ist Samuel. Und sagen Sie ja nicht Sam zu ihm. Dann kriegt sein Vater einen Anfall.«

»Also, ich bin wirklich ein guter Arzt, Becky, und ich kann Samuel gesund machen. Lassen Sie mich einfach gehen, damit ich für meine Freunde Hilfe holen kann. Dann komme ich zurück und kümmere mich um Ihren Sohn.«

Einen Augenblick lang schien Becky unentschlossen, doch dann hatte sie sich wieder im Griff.

»Wenn ich das tue, können die anderen nachher meine Einzelteile einsammeln«, sagte sie. »Nein, nein, Sie bleiben schön da liegen und halten die Klappe. Wenn Sie kein Arzt sind, dann bläst Bass Ihnen schneller das Hirn raus, als Sie gucken können. Und wenn Sie doch einer sind, macht er bestimmt auch kurzen Prozess mit Ihnen. Und jetzt Ruhe!«

»Aber –«

Die Tür wurde zugeschlagen.

»Becky, bitte«, rief Matt.

Keine Antwort. Er schaute zu dem kleinen Fenster hinauf und versuchte einzuschätzen, wie spät es sein mochte. Wie lange war es her, seit er sich auf den Weg gemacht hatte? Seine nassen Kleider und das frisch eingetrocknete Blut ließen darauf schließen, dass es noch nicht allzu lange her war. Die Handschellen stammten aus Polizeibeständen und waren viel zu eng, um sie abstreifen zu können. Er stemmte die Füße gegen die Wand, packte das Kupferrohr mit beiden Händen und versuchte, es loszureißen. Die Anstrengung löste explosionsartige Kopfschmerzen aus. Frustriert ließ er sich auf das schmuddelige Bett sinken und trat gegen die Wand, bis er völlig erschöpft war. Es musste einen Ausweg geben. Auf Bass zu warten, oder wer auch immer ihn töten sollte, schien ihm keine verlockende Aussicht.

»Becky«, rief er. »Samuel ist krank. Richtig krank. Das wissen Sie doch selbst. Ohne Medikamente wird er nicht gesund. Das Zeug, das ihm aus der Nase läuft, ist schlimm. Ich kann ihm helfen. Bitte, hören Sie auf mich. Meine Freunde werden sterben, wenn ich keine Hilfe hole. Lassen Sie mich nicht einfach hier liegen!«

»Nein, Bass!«, hörte er Becky schreien.

Im nächsten Augenblick wurde die Tür des Schuppens aufgerissen. Der Mann, der da stand, war etwa einsneunzig groß und mit seinen Schultern füllte er fast den ganzen Türrahmen aus. Seine muskulösen Arme waren über und über tätowiert und sein Bauch quoll ihm über den Gürtel. Sein dichtes, schulterlanges braunes Haar und sein Vollbart hatten seit Monaten, wenn nicht seit Jahren, keine Schere mehr gesehen und seine Lederweste war mit Chromnieten übersät. In seinen schmalen Augen lag nicht die Spur von Wärme.

»Wer zum Teufel bist du?«, fragte er, als er den Schuppen betrat. »Und für wen arbeitest du?«

Hinter ihm konnte Matt mindestens einen weiteren Biker ausmachen, außerdem Becky, die immer noch ihren Sohn auf dem Arm trug. Er stand von seinem Bett auf.

»Ich bin Arzt«, sagte er. »Meine Freunde und ich sind nach einer Explosion in der Mine verschüttet worden. Ich bin durch den unterirdischen Bach nach draußen geschwommen, um Hilfe zu holen.«

»Blödsinn.«

»Nein, bitte, es ist wahr. Ich bin aus Belinda. Ich muss zu den Slocumb Brüdern, die an der Interstate 82 wohnen. Kennen Sie die? Die können Ihnen bestätigen, was ich sage.«

»Ich kenn die Typen nicht. Ich weiß nur, dass du irgendwo aufgetaucht bist, wo du nichts verloren hast, noch dazu mit 'ner Pistole in der Tasche. Also, wir können das auf die harte Tour erledigen oder auf die angenehme. Bist du von der Drogenfahndung?«

»Nein, ich bin Arzt aus Belinda.«

»Ich werd's rausfinden und ich verspreche dir, das wird kein Vergnügen für dich. Jetzt sag mir, für wen du arbeitest, und dann sorge ich dafür, dass es nicht so wehtut. Wenn du mich verarschst, dann wirst du mich noch anbetteln, dass ich dich erschieße.«

»Was ich Ihnen gesagt habe, ist die Wahrheit«, erwiderte Matt. »Ich schwöre es.«

Bass trat einen Schritt vor, packte Matt mit seiner riesigen Faust am Kragen und hob ihn auf die Zehenspitzen. In seinen Kleidern hing der penetrante Geruch von Zigaretten und Alkohol.

»Ich geb dir 'ne halbe Stunde«, knurrte Bass.

Dann verließ er den Schuppen und schlug die Tür so hart zu, dass die Wände wackelten.

»Ich sage dir, der ist wirklich Arzt«, hörte Matt Becky sagen. »Sag ihm, er soll Rake untersuchen.«

»Nein!«

»Verdammt, Bass, Rake ist dein Bruder.«

»Halt die Klappe! Der Typ ist ein FBI-Mann und bald wird er ein toter FBI-Mann sein. Das hier ist kein Scheiß-Spielchen. Ich möchte wissen, wie der uns gefunden hat.«

Drogen! Matt war sich sicher, dass die Biker entweder selbst Marihuana anbauten oder das Zeug verarbeiteten, wahrscheinlich sogar beides. Noch einmal schaute er zu dem kleinen Fenster hinauf. Der verhangene Himmel wirkte jetzt heller. Die Zeit lief davon – für ihn, für Nikki und für die anderen in der Höhle. Und auch für jede Menge Kinder, die heute die Impfung ihres Lebens erhalten sollten.

Eine Weile lag er still da, stellte immer wieder fest, dass seine Handschellen nicht nachgaben, und zerbrach sich den Kopf, wie er Beckys Herz erweichen konnte, die offenbar das schwächste Glied in der Kette war. Zweimal hörte er ein Motorrad fortfahren. Er war sich nicht sicher, ob es dieselben Maschinen waren, die er schon vorher gehört hatte. Er dachte an seine eigene Harley und an das unbeschreibliche Gefühl von Freiheit, das ihn überkam, wenn er damit über die Hügel brauste. Dann wurde die Tür fast geräuschlos geöffnet und Becky schlüpfte in den Schuppen. Diesmal hatte sie Samuel nicht bei sich. Stattdessen hatte sie einen schmutzigen Kopfkissenbezug in der Hand, der zur Hälfte mit irgendetwas gefüllt war.

»Sie sind doch Arzt, oder?«

»Ja, das bin ich. Becky, ich –«

»Sagen Sie mir, was ich davon Samuel geben soll, damit er gesund wird.«

Sie schüttete den Inhalt des Kopfkissens auf den Boden vor Matt – Dutzende von Flaschen, Röhrchen mit Pillen und flüssiger Medizin, fast alle mit Etiketten von irgendeiner Apotheke versehen.

»Die Jungs räumen fast immer die Medizinschränke in den Häusern aus, die sie ... äh ... besuchen«, flüsterte sie. »Die stehen alle auf Amphetamine und so 'n Kram, aber manche mehr auf Codein. Den Rest von dem Kram behalten sie einfach so. Ist da was bei, was ich Samuel geben kann?«

Matt kramte in den Medikamenten herum und fischte zwei verschiedene Sorten von Amoxicillin 250 mg heraus – insgesamt dreißig Kapseln.

»Das hier«, sagte er und zerbrach eine der Kapseln. »Nehmen Sie die Hälfte von dem Pulver aus einer dieser Kapseln und mischen Sie es ihm dreimal am Tag in sein Essen. Beim ersten Mal geben Sie ihm den ganzen Inhalt einer Kapsel. Hat Samuel irgendwelche Allergien?«

»Irgendwelche was?«

»Egal. Hier, ein halber Teelöffel von dem Saft wird seinen Husten stillen.«

»Danke, Doktor«, sagte Becky und sammelte die Medikamente wieder ein. »Tut mir Leid, dass Bass Ihnen nicht glaubt.«

»Becky, Sie müssen mir helfen, hier rauszukommen.«

»Nein, das kann ich nicht machen.«

»Hier werden Drogen hergestellt, nicht wahr? Hat Bass Angst, dass ich das rausfinden könnte?«

»Ich muss jetzt gehen.«

»Becky, ich schwöre Ihnen, ich werde niemandem davon erzählen. Ich will bloß dafür sorgen, dass meine Freunde heil aus der Mine kommen. Bitte. Er wird mich umbringen.«

»Ich weiß. Ich wünschte, er würde es nicht tun.«

»Wer ist Rake?«, fragte Matt plötzlich.

»Woher wissen Sie –? Ah, Sie haben gehört, wie ich mit Bass gesprochen hab.«

»Was ist mit Rake?«

»Er ... ist krank. Er hat Krebs oder so was, irgendwas in seinem Rücken, haben sie gesagt. Er kann kaum noch laufen und überhaupt nicht mehr Motorrad fahren.«

»Zeigen Sie es mir an sich selbst, Becky. Zeigen Sie mir, wo Rakes Krebs sitzt.«

Becky zögerte, dann drehte sie sich um und zeigte auf ihren unteren Rücken.

»Jetzt muss ich aber gehen. Danke, dass Sie mir geholfen haben, die Medizin für Samuel zu finden.«

»Becky, holen Sie Bass«, sagte Matt verzweifelt. »Sagen Sie ihm, ich bin bereit, ihm alles zu erzählen.«

»Sie sind gar kein Arzt?«

»Doch. Und jetzt los, holen Sie ihn.«

»Tut mir Leid«, hörte er sie sagen, als sie die Tür schloss.

Matt spürte, wie die Frau davoneilte. Er hätte sie härter anpacken sollen. Wenn sie nicht bereit war, ihm zu helfen, hätte er ihr damit drohen sollen, Bass zu erzählen, sie hätte es doch getan. *Dumm gelaufen.* Frustriert machte er eine so heftige Bewegung mit seiner gefesselten Hand, dass er sich ein Stück Haut abriss, doch er nahm den Schmerz kaum wahr.

»Bass, ich rede!«, rief er, glaubte jedoch nicht, dass seine Stimme weit zu hören war. »Lassen Sie uns ins Geschäft kommen!«

Nichts.

Zehn Minuten vergingen, vielleicht noch mehr, bis die Tür wieder geöffnet wurde. Zwei Biker, beide in schwarzen Lederklamotten, kamen herein und zerrten ihn mit rohem Griff auf die Füße. Einer von ihnen – den Kopf kahl rasiert, breite, flache Nase, tätowierter Nacken – löste die Handschelle von dem Rohr und befestigte sie an seinem eigenen Handgelenk.

Gott sei Dank, dachte Matt. Doch dann, als sie ihn nach draußen führten, ging ihm ein beängstigender Gedanke durch den Kopf. Die Biker machten keine Anstalten, irgendetwas auf ihrem Grundstück vor ihm zu verbergen. Wahrscheinlich war er, egal, was er sagte oder tat, ein toter Mann. Im dichten Wald verstreut, gut verborgen unter den Baumkronen, standen zehn Holzhütten von verschiedener Größe. Die größte, die an ein indianisches Langhaus erinnerte, hatte zwei Kamine, aus denen Rauch aufstieg. Ein breites Blechdach über den Kaminen verteilte den Qualm, der stark nach Chemikalien stank. Opium, vermutete Matt. Nachdem er das gesehen hatte, würden sie ihn garantiert nicht laufen lassen.

Die beiden Männer führten ihn zu einem kleinen, aus Feldsteinen errichteten Haus mit einer schmalen Veranda. Drinnen stand Bass in einem Raum, der vielleicht einmal das Wohnzimmer gewesen war, neben einem Bett. Auf dem Bett lag ein Mann, der Bass so ähnlich sah, dass Matt die beiden für Zwillinge hielt. Der Mann lag auf der Seite, die Knie bis unters Kinn angezogen. Eine kräftige, pockennarbige Frau saß in einer Ecke des Zimmers in einem Schaukelstuhl und stillte ein schmuddeliges Kind, das aussah, als könnte es an derselben Infektion leiden wie Samuel. Rake, blass und nass geschwitzt, war offensichtlich krank und litt unter großen Schmerzen.

»Das hier ist mein Bruder Rake«, sagte Bass, während der Glatzkopf die Handschellen löste. »Er ist seit ein paar Wochen krank, hat wahrscheinlich irgendeinen Krebs im Rücken. Wenn du wirklich Arzt bist, dann behandelst du ihn. Wenn nicht, dann stech ich dir die Augen aus. Als kleinen Vorgeschmack.«

»Sie werden mich doch sowieso töten«, sagte Matt.

Im gleichen Augenblick, als er die Worte aussprach, wusste er, dass er einen Fehler gemacht hatte. Schnell wie eine Kobra packte Bass ihn wieder am Kragen und diesmal hob er ihn hoch.

»Wag es nicht, mich zu verarschen«, knurrte er. »Und auch meinen Bruder nicht.«

»Okay, okay. Lassen Sie mich runter.«

In der Hoffnung, dass er mit seiner Vermutung, was Rakes Krankheit anging, richtig lag, ging Matt um das Bett herum und schlug die Decke zurück. Wie erwartet handelte es sich um einen riesigen Abszess, eine Pilonidalzyste, direkt oberhalb der Spalte zwischen Rakes gigantischen Arschbacken. Eine großflächige, geometrische Tätowierung, die aussah wie mit einem Spirograph gemalt, verdeckte teilweise den Abszess, der einen Durchmesser von etwa fünfzehn Zentimetern hatte und garantiert bis auf den Knochen ging.

»Das bekomme ich wieder hin«, sagte Matt.

»Keiner kann Krebs wieder hinbekommen«, erwiderte einer der Biker.

»Halt die Klappe«, raunzte Bass.

»Das ist kein Krebs«, erklärte Matt. »Das ist eine Entzündung. Ich muss sie öffnen und den Eiter auswaschen. Gibt es hier irgendwas wie eine Badewanne? Ich meine, eine mit heißem Wasser. Sie muss so groß sein, dass Rake reinpasst.«

»Die Wanne steht dahinten«, sagte Bass. »Heißes Wasser haben wir massenhaft im ... haben wir genug.«

»Und Spülmittel brauche ich.«

Bass schaute zu der stillenden Mutter hinüber, die nickte.

»Haben wir auch«, sagte er.

»Und Lappen, jede Menge Lappen – je sauberer, umso besser.«

Noch ein Blick, noch ein Nicken, diesmal in Richtung Küche. Einer der Biker ging los und kehrte kurz darauf mit einem Arm voll Geschirrtücher zurück. Auf Matts Anordnung hin legte er sie am Fußende des Betts ab.

»Okay. Ich brauche ein Messer – ein scharfes.«

Ehe er sich's versah, hielten alle drei Biker ein Messer in der Hand. Das kleinste davon war mindestens dreißig Zentimeter lang.

»Such dir eins aus und komm nicht auf dumme Gedanken«, sagte Bass.

Matt nahm das kleinste Messer und überprüfte sorgfältig die Spitze.

»Und jetzt brauche ich noch heißes Seifenwasser«, sagte er. »Einen halben Eimer voll.«

Bass knurrte irgendeinen Befehl und gleich darauf verschwand der kahlköpfige Biker, kehrte mit einem Eimer zurück und stellte ihn neben Matts Füße.

»Sagen Sie ihm, das wird höllisch wehtun. Aber wenn ich mit ihm fertig bin, werden die Schmerzen, die er jetzt die ganze Zeit hat, nachlassen.«

»Hast du das gehört?«

»Sag ihm, er soll verdammt noch mal tun, was er zu tun hat«, stöhnte Rake.

In Anbetracht dessen, was Rakes Pilonidalzyste enthielt, hielt Matt es für überflüssig, das Messer oder seine Hände zu sterilisieren. Er wickelte einen Lappen um die Klinge, sodass nur noch die Spitze herausragte.

»Okay, Rake. Achtung ... und ... jetzt!«

Er stach mit dem Messer in den Abszess und machte einen etwa fünf Zentimeter langen Schnitt quer durch die Tätowierung. Rake zischte durch die zusammengebissenen Zähne, gab jedoch sonst keinen Laut von sich. Blutiger, stinkender Eiter, der unter enormem Druck gestanden hatte, spritzte aus der Wunde auf das Tuch, mit dem die Klinge umwickelt war, und teilweise auf Matts Hand.

»Sobald er sich bewegen kann, schaffen Sie ihn in eine Wanne mit heißem Seifenwasser«, befahl Matt, während er die Wunde so gut es ging säuberte und sich die Hände in dem Eimer mit heißer Seifenlauge wusch. »Das brennt wahrscheinlich, aber es ist sehr wichtig. Haben Sie zufällig irgendwelche Antibiotika hier? Jetzt, wo der Abszess offen ist, könnten sie von Nutzen sein.«

»Du bist ein verdammter Lügner«, knurrte Bass. »Becky hat mir erzählt, was du mit Samuel gemacht hast.«

Er warf Matt den Kopfkissenbezug zu, den er offenbar schon vorsorglich mitgebracht hatte, und Matt suchte die stärksten Antibiotika aus, die er enthielt.

»Zwei davon, viermal am Tag«, sagte er. »Dann viermal am Tag eine. Am besten wäre es, wenn er das in ein paar Tagen noch mal in einem Krankenhaus nachsehen lassen würde. Aber auch wenn nicht, müsste das Loch von innen her zuwachsen und in zwei, höchstens drei Wochen ist die Wunde verheilt. Besorgen Sie sich in einer Apotheke zehn, zwölf Flaschen Wasserstoffsuperoxid und ein paar Kompressen. Sie können die Wunde mit dem Superoxid auswaschen und mit den Kompressen schließen.« Er betrachtete seine ungeschützten Hände und fügte hinzu: »Und besorgen Sie sich ein paar Schachteln mit Gummihandschuhen.«

Er überlegte, wie er jetzt am besten vorging, um mit Bass etwas auszuhandeln. Doch bevor er dazu kam, etwas zu sagen, gab Bass seinen Kumpanen mit einer Kopfbewegung einen knappen Befehl und Matt wurde kurzerhand aus dem Haus und zurück in den Schuppen geschleift.

»Hey, Moment mal«, rief er, während der Glatzkopf ihn wieder mit den Handschellen an das Kupferrohr fesselte. »Moment, verdammt. Ich hab dem Mann grade das Leben gerettet. Hört zu, ich muss hier raus und Hilfe für meine Freunde holen. Die sterben, wenn ich das nicht tue. Sagt Bass, ich werde niemandem ein Sterbenswörtchen darüber erzählen, dass ich jemals hier war. Ich verspreche es.« Die Biker waren bereits auf dem Weg nach draußen. »Wartet! Das ist nicht fair! Ich hab eurem Freund das Leben gerettet!« Die Tür wurde geschlossen. »Verdammt!«

Matt trat wütend gegen das Bett und versuchte wieder vergeblich, das Rohr aus der Wand zu reißen. Keine Chance. Er war so gut wie tot. Wenn sie ihn leben ließen, dann nur so lange, bis die Wunde in Rakes Rücken endgültig verheilt war.

»Ihr Scheißkerle!«, brüllte er. »Ihr undankbaren Scheißkerle!«

Er ließ sich auf das Bett fallen, zog sich die ölverschmierte Decke über den Kopf und schloss die Augen.

Nikki und die anderen hatten jetzt auch keine Chance mehr. Er dachte darüber nach, wie es war, langsam zu ersticken. Das Atmen wird zunehmend beschwerlicher, man wird schläfrig, man legt sich hin und schließt die Augen und wacht einfach nicht mehr auf. Es gab auf jeden Fall schlimmere Todesarten, wahrscheinlich einschließlich dessen, was die Biker mit ihm vorhatten.

Die Zeit verging. Vielleicht war er tatsächlich kurz eingenickt, als plötzlich die Tür aufgerissen wurde. Bass stand da wie beim ersten Mal und füllte wieder den ganzen Türrahmen aus. Aber diesmal war irgendetwas anders. Diesmal hielt er die linke Hand auf dem Rücken und in der rechten hatte er eine Pistole.

»Scheiße, Bass, tu's nicht«, flehte Matt halb flüsternd. »Ich werde keinem was von euch erzählen. Ich versprech's.«

»Das kann ich dir nur raten«, knurrte Bass. »Du hast Glück, dass du so ein schlechter Lügner bist.«

Er bückte sich und ließ Matts Pistole in Matts Richtung über den Boden schlittern. Bevor Matt begriff, wie ihm geschah, warf Bass ihm noch die Schlüssel für die Handschellen, trockene Jeans und ein trockenes Hemd zu. Dann drehte er sich wortlos um und ging.

An seiner Stelle stand ein Mann in der Tür, der den Rahmen deutlich weniger ausfüllte. Frank Slocumb.

35

»Heiliger Strohsack, Lewis, is das nich ’n Hammer? Da überlebt der Junge ’ne verdammte Explosion in der Mine, schwimmt durch ’n unterirdischen Bach und gerät dann auch noch in die Fänge von Bass Vernon und seinen bekloppten Kumpels.«

»Du bist echt ’ne Marke«, sagte Lewis zu Matt.

Lewis, den behelfsmäßigen Tubus ans Hemd geheftet, saß eingeklemmt zwischen Matt und seinem Bruder Frank im Führerhaus des alten, zerbeulten Ford Pick-up der Slocumb-Brüder. Auf der Ladefläche, zwischen Kisten und Eimern, hockte sein jüngerer Bruder Lyle. Kyle war auf der Farm geblieben, um die Stellung zu halten.

»Frank«, sagte Matt, dem immer noch ganz mulmig war von seiner beängstigenden Begegnung mit den Bikern, »außer vielleicht deiner Mutter, als sie dich geboren hat, ist wahrscheinlich in deinem Leben noch keiner so glücklich gewesen, dich zu sehen, wie ich.«

»Wer sagt denn, dass Mom sich gefreut hat?«, bemerkte Lewis trocken. »Die hätte sich doch am liebsten die Pulsadern aufgeschnitten, als sie ihn zum ersten Mal gesehen hat.«

»Und als sie dich gesehen hat, hätte sie dir am liebsten gleich den Hals umgedreht.«

Matt ließ sich von ihrem Gelächter anstecken. Es war kurz nach zehn und der Himmel war verhangen. Seit etwa einer halben Stunde fuhren sie einen steilen, unbefestigten Weg den Berg hinauf, in dem sich sowohl die Belinda-Mine als auch die Giftmülldeponie befand.

»Du hast ’ne ganz schöne Strecke zurückgelegt, Matthew«, sagte Frank. »Bestimmt sieben, acht Kilometer von da, wo du losgeschwommen bist, bis da, wo Vernons Leute dich gefunden haben. Hast verdammt Schwein gehabt.«

»Als ich an dem Wasserfall in die Tiefe gestürzt bin, dachte ich schon, ich hätte es hinter mir, und erst recht, als Bass auf einmal mit der verdammten Knarre in der Hand in der Tür stand.«

»So is er eben. Ziemlich durchgeknallt. Und auch ziemlich bösartig, je nachdem, was für Stoff er grade intus hat. Ich glaub nich, dass er schon mal einen hat laufen lassen, der in seinem Lager gewesen ist. Du, Lewis?«

»Außer uns«, sagte Lewis.

»Der weiß einfach, dass wir den verdammt besten Schnaps im ganzen Tal brennen. Wir interessieren uns nich für das Kraut, das die da anpflanzen. Aber die haben da oben mehr Waffen und Munition als die U. S. Army und wir interessieren uns immer für alles, was knallt.« Erneut mussten er und Lewis laut lachen. »Mittlerweile trauen sie uns – jedenfalls soweit Bass überhaupt einer Menschenseele traut. Du musst ihm irgend ’n Riesengefallen getan haben, sonst hätte er uns nie geglaubt, dass er dir trauen kann, und dich laufen lassen.«

»Ich hab Rake das Leben gerettet«, sagte Matt.

»Also, dafür kriegst du bestimmt keinen Orden«, bemerkte Lewis.

Matt warf einen Blick auf seine Armbanduhr. Wahrscheinlich hatte die Luft in der Höhle bis jetzt ausgereicht. Er hoffte inständig, dass Nikki und Ellen die Hoffnung nicht aufgegeben und womöglich versucht hatten, durch den Bach nach draußen zu gelangen. Er hielt es für unwahrscheinlich, dass zwei Menschen an ein und demselben Vormittag dieses Abenteuer überleben würden.

»Wie weit ist es noch?«, fragte er.

»Wir sind gleich da«, sagte Frank. »Von Vernons Lager aus gibt's keinen direkten Weg zu dem Tunnel, den wir nehmen wollen.«

»Hat Vernon euch erklärt, was ich brauche? Ich meine, habt ihr Sprengstoff dabei?«

Frank grinste.

»Ich schätze, das könnte man sagen«, antwortete Lewis.

Matt schluckte und schaute durch das Heckfenster zu Lyle hinaus, der in aller Seelenruhe auf der Ladefläche lag und eine Zigarette rauchte.

»Ich bin euch was schuldig, Jungs«, sagte er.

Die letzten paar hundert Meter fuhren sie querfeldein, rumpelten zwischen Bäumen hindurch und über Wurzeln hinweg. An der Stelle, wo Frank anhielt, deutete nichts darauf hin, dass sich irgendwo in den dicht bewachsenen Felsen ein Eingang zu einem Tunnel befand.

»Wo gehen wir denn jetzt hin?«, fragte Matt, als sie zwei große Rucksäcke, zwei Nylontaschen und eine lange, khakifarbene Segeltuchtasche mit den Insignien der U. S. Army von der Ladefläche hievten.

»Bloß weil du nix siehst, heißt das noch lange nich, dass nix da is«, sagte Frank und reichte Matt einen der Rucksäcke und zwei aufgerollte Seile. »Es gibt 'ne Menge Eingänge in diese Berge. Man muss nur wissen, welche davon nich in großen, tiefen Löchern enden.«

Lewis war der Einzige, der nichts schleppen musste, als sie sich durch Unterholz und über laubbedeckten

Untergrund in Richtung Felsen vorkämpften. Bei dem Gedanken daran, Nikki schon bald lebend wieder zu sehen, begann Matts Herz schneller zu schlagen.

Halt durch, Baby. Nur noch ein kleines bisschen.

Der hinter einem Felsvorsprung verborgene Eingang zu dem Tunnel war nicht einmal anderthalb Meter hoch – ein Felsspalt, gerade weit genug, dass ein Mensch auf Händen und Knien hindurchkriechen konnte, aber nicht mit einem Rucksack auf dem Rücken. Sie stellten ihr Gepäck am Eingang ab, dann krochen Matt und Frank voraus, jeder mit dem Ende eines Seils in der Hand. Matt wunderte sich überhaupt nicht, dass sein Puls trotz des engen Gangs relativ ruhig und gleichmäßig blieb.

Treten Sie näher, Ladies und Gentlemen, hier sehen Sie Dr. Rutledges berühmte Heilmethode gegen Klaustrophobie.

Bewaffnet mit starken Taschenlampen arbeiteten sie sich etwa zehn Meter weit durch den engen Spalt vor, bis sie an eine Stelle kamen, die so hoch war, dass sie stehen konnten, und so groß, dass sie alle samt ihrer Ausrüstung darin Platz fanden. Frank band die Seile aneinander und ließ am Knoten zwei jeweils einen knappen Meter lange Stücke überstehen, sodass man etwas daran festbinden konnte. Lewis tat dasselbe draußen vor dem Eingang und befestigte den ersten Rucksack an der Schlaufe. Dann zogen sie die Gepäckstücke Stück für Stück in die Höhle.

Schneller!, hätte Matt am liebsten gerufen. *Schneller!*

Dieser Weg in den Berg kam Matt länger und schmaler vor als der, den er mit Nikki und den anderen genommen hatte, aber es gab keine steilen Stellen und kein Wasser, bis sie ganz am Ende auf einige Planken stießen, die über den Bach führten.

Zwanzig vor elf.

Der Eingang zu der Giftmülldeponie war kaum zu erkennen. Ein Großteil der oberen Tunnelwand war eingestürzt und hatte vor der alten Höhle eine neue gebildet. Die Decke der neuen Höhle war etwa sieben Meter über ihnen und erreichbar über eine Felswand, die fast senkrecht in die Höhe stieg. Der Boden war mit Geröll übersät, aber passierbar. Ein Teil der rechten Wand war durch die Explosion zerstört worden, wobei ein seltsamer Hohlraum entstanden war, der aussah, als hätte ihn jemand mit einem riesigen Eiskremlöffel ausgeschabt.

»Eijeijei«, sagte Frank, während er die massive Felswand direkt vor ihnen untersuchte. »Die haben hier wirklich ganze Arbeit geleistet.«

Matt wurde übel. Ihm gingen Bilder durch den Kopf, wie sie eine Stange Dynamit zwischen ein paar Felsbrocken klemmten, ein Streichholz daran hielten und einen neuen Eingang in die Höhle sprengten. *Kinderspiel.*

Als hätte er seine Gedanken gelesen, legte Lewis ihm eine Hand auf die Schulter.

»Wir kommen da rein, Matthew«, sagte er.

Mehr oder weniger schweigend machten die drei Slocumbs sich ans Werk. Sie funktionierten wie eine gut gedrillte militärische Einheit. Lyle stellte mehrere Kerosinlampen auf, die die Höhle fast taghell erleuchteten, und packte die Rucksäcke und Taschen aus. Lewis, die Hände in die Hüften gestemmt und leicht kurzatmig, sah zu, wie Frank den Geröllhaufen erklomm und dann von einer Seite auf die andere kroch.

»Das musst du verdammt gut hinkriegen, Lewis«, rief Frank, als er wieder herunterkletterte.

»Keine Sorge«, erwiderte Lewis. »Also gut, Matthew, ich erklär dir, was wir vorhaben. Das hier is die Kopfwand. Die is wie ein Stopfen, wo früher der Eingang war. Kein Problem, das zu sprengen. Aber jetzt kommt es drauf an, es so zu machen, dass keiner von uns dabei draufgeht und auch keiner von denen da drinnen.«

»Aber du glaubst, du kriegst das hin?«

»Ich werd's versuchen. Mehr kann man nich tun. Hey, Lyle, hör zu. Ich würd das Ding hier gern 'n bisschen verkleinern, und zwar mit 'ner kleinen Granate. Ungefähr bis da oben zu dem großen, spitzen Felsbrocken. Meinst du, du kannst den treffen?«

»Von wo?«

»Von weit genug weg, dass du dich nich selbst in die Luft jagst.«

Lyle ließ seinen Blick durch die Höhle schweifen.

»Kein Problem«, sagte er schließlich. »Von da hinten aus kann ich schießen.«

Er öffnete die lange Segeltuchtasche mit dem U. S. Army-Schriftzug, holte einen kleinen Raketenwerfer heraus und begann, ihn schussbereit zu machen.

»Is das nich 'n Prachtstück«, sagte Lewis zu Matt. »Eine panzerbrechende Rakete mit Sprengkopf. Die geht durch fünfundzwanzig Zentimeter dicke Panzerwände. Einfach feuern und vergessen – das heißt, vergiss, worauf du schießt und komm nur ja nich auf die Idee, stehen zu bleiben, um zuzusehen. Reichweite zweieinhalb Kilometer.«

»Ich werd verrückt, Lewis. Wo habt ihr das Ding denn her?«

Lewis grinste. »Du solltest keine Fragen stellen, auf die du eigentlich gar keine Antwort haben willst.«

»Frank«, sagte Lewis dann. »Wir beide machen die Beutel mit dem Sprengstoff klar. Drei Reihen übereinander, ein Pfund in der obersten Reihe und, äh, sagen wir zehn Pfund in der untersten. Wir benutzen das Seil da, um sie zusammenzubinden.«

Frank kramte mehrere Dutzend wurstartige Päckchen aus einem der Rucksäcke und legte sie zusammen mit der Zündschnur neben Lewis auf eine Plane. Geschickt machten sich die Brüder daran, die Päckchen aneinander zu binden.

»Fertig«, rief Lyle.

Frank zog die Beutel mit dem Sprengstoff aus dem Weg und warf noch eine Plane darüber.

»Hier lang, Doc«, sagte Lewis und zeigte auf den Tunnel. Zusammen mit Frank krochen sie so weit zurück, bis sie die Kopfwand nicht mehr sehen konnten. »Ich würd mir das ja gern ansehen, aber das is verdammt gefährlich. Ich nehm an, dass Lyle auch jeden Moment hier angewetzt kommt.«

Matt hörte ein Zischen hinter der Tunnelbiegung und gleich darauf machte Lyle einen Hechtsprung in ihre Richtung. Im selben Augenblick ertönte ein ohrenbetäubender Knall, gefolgt von dem Lärm herabprasselnder Gesteinsbrocken. Dann gab Lewis ihnen mit einem Kopfnicken zu verstehen, dass sie es riskieren konnten, zu der Kopfwand zurückzukehren. Der mittlere Teil der Wand war verschwunden und die oberen Felsbrocken verrutscht und gelockert.

»Möchte nicht wissen, was eine große Granate anrichtet«, murmelte Matt.

»Superschuss, Lyle«, sagte Lewis. »Aus dir wird doch noch mal was. Frank, lass uns diese Würste an die richtige Stelle packen und ein nettes, kleines Loch in die Wand sprengen.« Er wandte sich an Matt. »Wir jagen das Ding da mit Verzögerungszündern in die Luft, damit es von unten nach oben zusammenbricht. Wenn wir's richtig machen, müsste ganz oben ein Loch entstehen. Wenn nich, war die Sprengladung wahrscheinlich zu schwach.

Aber wenn wir es beim ersten Mal nich schaffen, haben wir noch genug Vibrogel, um's noch mal zu versuchen. Zur Not auch noch zweimal.«

»Beeilt euch«, entfuhr es Matt unwillkürlich.

»Warum sollten wir uns auch Zeit lassen?«, erwiderte Lewis. »Es is ja nich so, als würden wir mit hochexplosivem Sprengstoff hantieren oder so.«

»Tut mir Leid.«

»Ich glaub, ich bin bereit«, sagte Frank und wickelte sich die Zündschnur um den Ellbogen, bevor er die Wand hochkletterte.

»Bereit für was, du Ganove?«

Die Dienstpistole im Anschlag, trat Bill Grimes aus dem Tunnel, dicht gefolgt von Vinny Sutcher, immer noch ganz in Schwarz, die Maschinenpistole lässig in der Hand. Als Dritter, ebenfalls mit einer Pistole bewaffnet, trat der dünne Mann in die Höhle, den Matt auf dem Gelände der Shady Lake Manor Estates ausgetrickst hatte.

»Siehst du, Vinny«, sagte Grimes, »ich hab dir ja gesagt, dass es sich bezahlt machen würde, wenn du und Verne die Eingänge in diesen Berg noch einen Tag lang im Auge behalten würdet. Unser guter Doktor hier ist so schlüpfrig wie ein Aal.«

»Welch fantasievolle Metapher«, sagte Matt, dem nicht entging, wie unglaublich gelassen Lewis Slocumb und seine Brüder wirkten. Er war sich fast sicher, dass sie irgendeine stumme Absprache trafen.

Womöglich hatte Grimes dasselbe gespürt. Sein Gesichtsausdruck verfinsterte sich und er richtete seine Pistole direkt auf Lewis.

»Weg von dem Zeug da, Slocumb. Dein Bruder auch«, bellte er. »Vinny, geh da rüber und räum die Beutel da weg.«

Sutcher schulterte seine Waffe, ging zu der Kopfwand hinüber und beäugte die Plastikbeutel misstrauisch.

»In der Nähe von dem Zeugs solltest du lieber nich furzen«, sagte Lewis und deutete mit den Händen eine Explosion an. »Sonst geht das nämlich hoch. – Bumm!«

Frank, der etwa drei Meter entfernt von Lewis stand, und Lyle, der etwa fünf Meter hinter ihm kniete, kicherten beide.

»Daraus, dass Sie sich hier befinden«, sagte Grimes zu Matt, »schließe ich, dass Sie nicht der Einzige sind, der dieses schreckliche Unglück überlebt hat.«

»Bis auf die Wachleute, die Sie reingelegt haben, sind alle aus der Höhle entkommen«, erwiderte Matt, der spürte, dass er Zeit gewinnen musste. »Und die beiden graben wir jetzt aus, denn sie haben geschworen, Sie zu töten, falls sie Ihnen je wieder begegnen würden. Was sind Sie überhaupt, Grimes, ein Hauptaktionär der Firma, die Lasaject herstellt? Oder was?«

Einen Augenblick lang wirkte Grimes verblüfft, doch dann hatte er sich wieder im Griff.

»Ah, ja«, sagte er. »Mrs Kroft. Nun, wenn Sie es genau wissen wollen, ich habe ein gewisses Interesse an der Firma, ja.«

»Wissen Sie überhaupt, wie viele Menschen – wie viele *Kinder* – sterben werden, wenn dieser Impfstoff flächendeckend verwendet wird?«

»Dafür gibt es keine Beweise.«

»Von wegen. Diese Leute da drinnen, die Sie zu töten versucht haben, sind die Beweise, und das wissen Sie. Deswegen wollten Sie sie aus dem Weg räumen. Tja, Grimes, sie sind entkommen, genau wie ich. Sie sind bereits auf dem Weg nach Washington, zusammen mit Ellen Kroft und Nikki. Sie sind erledigt.«

Matt sah Unsicherheit in den Augen des Mannes aufflackern.

»Ich glaube Ihnen kein Wort«, erwiderte Grimes. »Um die Probleme da drinnen kümmern wir uns, sobald wir die Probleme hier draußen aus der Welt geschafft haben. Verne, durchsuch die drei Burschen und fang mit dem da hinten an. Sie sollen sich alle in die Ecke da stellen. In der Zwischenzeit werde ich mich mit dem guten Doktor unterhalten. Wenn dir einer von ihnen blöd kommt, schieß ihn ins Knie. Das andere Knie und die Eier heben wir uns für später auf.«

»Vergiss nich, mich auf Raketenwerfer abzutasten«, sagte Lyle, ein Lachen unterdrückend.

Obwohl Grimes und seine Männer den anderen in puncto Waffen und Routine deutlich überlegen waren, ging Verne nur mit äußerster Vorsicht auf Lyle zu.

»Aufstehen«, befahl er.

»Geht nich«, erwiderte Lyle. »Hab mir das Bein gebrochen.«

»Wenn er nicht tut, was du von ihm verlangst, erschieß ihn«, sagte Grimes. »Der tut dir nichts, Verne. Er ist ein alter Mann und du hast die Pistole.«

»Genau«, sagte Lyle, »ich bin ein alter Mann.«

Er grinste sein zahnloses Grinsen und verlagerte das Gewicht, als wollte er aufstehen.

In diesem Augenblick war an der Kopfwand ein Kratzen zu hören. Alle schauten nach oben. Ellen, zierlich und von Staub bedeckt, richtete sich auf und stand direkt über Vinny Sutcher. Der schwere, flache Felsbrocken, den sie über ihren Kopf gehoben hatte, war fast so groß wie ihr Brustkorb. In dem Moment, als Grimes sich umdrehte und auf sie schoss, warf sie den Stein mit aller Kraft auf Sutcher. Da der gerade zu ihr aufschaute, traf ihn der schwere Brocken direkt ins Gesicht. Es gab ein Geräusch, das klang, als würde ein Kürbis aus großer Höhe auf Asphalt aufschlagen. Blut spritzte und Sutcher stürzte auf den felsigen Boden.

Die folgenden Sekunden nahm Matt nur verschwommen wahr. Während er immer noch versuchte, seine Waffe aus der Hosentasche zu ziehen, hatten alle drei Slocumbs plötzlich Pistolen in der Hand, die aus dem Nichts aufgetaucht zu sein schienen. In der Höhle entstand ein Lärm wie bei einem Feuerwerk. Aus allen Richtungen schienen Schüsse zu kommen. Aber das einzige Mündungsfeuer, das Matt sehen konnte, kam von den Slocumbs. Grimes wurde sofort in Brust, Hals und Gesicht getroffen. Die Augen verblüfft aufgerissen, taumelte er seitwärts wie eine riesige Marionette mit schlenkernden Armen und Beinen. Dann sackte er in sich zusammen, als hätte jemand die Fäden durchgeschnitten, verharrte kurz in einer sitzenden Position und fiel dann leblos in den Staub. Verne wurde in Hals, Mund und Stirn getroffen und war tot, bevor er auf den Boden schlug.

Matt stürzte auf die Kopfwand zu. Oben war Ellen zusammengebrochen, doch er konnte sehen, dass sie sich bewegte.

»Ellen?«

»Alles in Ordnung«, erwiderte sie. »Ich bin ausgerutscht, als ich den Stein geworfen habe. Mein ganzer Stolz wird zwar wehtun, wenn ich mich setze, aber ansonsten bin ich heil geblieben.«

»Was ist mit Nikki?«

»Sie ist da drin bei den anderen. Ich glaube, ihr Knöchel ist gebrochen.«

»Ist noch genug Luft in der Höhle?«

»Jetzt ja, dank demjenigen, der das Loch gemacht hat.«

Ellen kletterte vorsichtig zu Matt herunter. Vinny Sutcher lag zu Matts Füßen. Er war bewusstlos und atmete flach und unregelmäßig. Das breite Gesicht war nur noch eine blutige Masse, die Augen unter zwei Blutpfützen verborgen. Der Kopf war in einem unnatürlichen Winkel verdreht, woraus Matt schloss, dass der Hals gebrochen war. Ellen trat neben Matt, die Zähne zusammengebissen und starrte auf die schreckliche Verwüstung, die sie angerichtet hatte. Dann bückte sie sich wortlos, hob den großen Felsbrocken mühsam wieder auf und wollte ihn auf Sutchers Gesicht schmettern.

»Nicht, Ellen«, sagte Matt. »Es ist vorbei. Glauben Sie mir, es ist vorbei.«

Tränen liefen Ellen über die staubbedeckten Wangen. Ihre Arme zitterten von der Anstrengung, den schweren Stein zu halten. Schluchzend drehte sie sich um, ließ den Stein fallen und als er auf dem Boden aufschlug, brach er in zwei Stücke. Matt nahm sie in die Arme. Wenige Sekunden später holte Sutcher noch einmal tief Luft und dann hörte er für immer auf zu atmen.

Matt führte Ellen zu der Stelle hinüber, wo Frank dabei war, die Beutel mit dem Sprengstoff wieder zu ordnen, und stellte die beiden einander vor.

»Ich gehe rein, um nach Nikki zu sehen«, sagte Matt.

Ellen zeigte auf seine Armbanduhr. »Hören Sie, Matt. In knapp drei Stunden wird das erste Baby mit Omnivax geimpft. Und sobald das passiert ist, wird Kindern im ganzen Land dieses Zeug verabreicht. Wir müssen das verhindern.«

»Gibt es jemanden, den wir anrufen können?«

»Das ist das absolute Glanzstück in diesem Wahlkampf. Ich kenne niemanden, der im Moment Einfluss auf die First Lady ausüben könnte. Sie?«

»Nein. Wir könnten mit einem Bombenanschlag drohen.«

»Die Vorstellung widerstrebt mir eigentlich, aber wenn es sein müsste, könnten wir es versuchen. Ich fürchte allerdings, wir würden am Ende nichts erreichen, außer dass wir denen zu noch mehr Publicity verhelfen und uns selbst in ernste Schwierigkeiten bringen.«

»Wenn die Impfung heute stattfindet, was glauben Sie, wie viele Kinder bis heute Abend geimpft werden?«

»Das kann ich nur schätzen«, erwiderte Ellen, »aber ich nehme mal an, es werden viele sein, vor allem an der Westküste, wo die Praxen der Kinderärzte Stunden später schließen als an der Ostküste. Die Öffentlichkeit und die Kinderärzte sind ganz wild auf Impfstoffe. Omnivax ist *der* Fortschritt in der Präventivmedizin. Alle Welt wartet seit Jahrzehnten mit größter Spannung auf diesen Augenblick. Obwohl zehntausende von Arztpraxen und Kliniken bereits mit dem Impfstoff versorgt wurden, darf er den Patienten aber erst verabreicht werden, nachdem Lynette Marquand und die Gesundheitsministerin Bolton ihren weltweit ausgestrahlten Fernsehauftritt hatten. Also ... Bis heute Abend vielleicht ein paar tausend Impfungen? Oder mehr. Wer weiß?«

»Mit einer Prionen-Infektionsrate von drei Prozent.«

»Oder mehr.«

»Oder mehr«, wiederholte Matt.

Er schaute zu dem Loch hoch oben in der Felswand hinauf und traf seine Entscheidung.

»Meine Harley steht am Haus meines Onkels Hal. Ich kann Sie wahrscheinlich rechtzeitig nach Washington bringen, Ellen, aber ich möchte nicht losfahren, bevor ich Nikki gesehen habe. Wir haben einfach zu viel zusammen durchgemacht.«

»Das verstehe ich. Aber bitte, lassen Sie uns so bald wie möglich aufbrechen.«

»Das werden wir.«

»Und Matt, es tut mir Leid, dass ich nur an meine Sache denke. Das mit Ihrem Onkel tut mir wirklich Leid.«

»Danke. Mir auch. Lewis, kannst du einen Augenblick warten, bevor du die Sprengladung zündest?«

»Wir haben's nich eilig. Und Lyle brauchen wir eigentlich auch nich. Er kann dich zu deiner Maschine fahren.«

»Super. Und was mich noch interessiert, Lewis – wo hattet ihr eben eure Pistolen so schnell her?«

Breit grinsend schob Lewis seinen Hemdsärmel hoch, sodass eine Konstruktion zum Vorschein kam, die aus Lederriemen und Sprungfedern bestand.

»Mein Bruder Frank hat dieses Dings vor ein paar Jahren erfunden und für jeden von uns eines gebaut. Eigentlich brauchen wir die Dinger nich, aber heute haben wir sie angelegt, weil wir diesem Bass Vernon nich über'n Weg trauen. Und mit jedem Jahr, das wir älter werden, werden wir'n bisschen vorsichtiger. Stimmt's, Frank?«

»Stimmt genau.«

»Deswegen habt ihr euch eben so angesehen, als hättet ihr ein Geheimnis.«

»Wir wussten auf jeden Fall was, was die nich wussten«, sagte Lewis. »Als Grimes seinem Kumpel gesagt hat, er soll uns filzen, statt uns gleich 'ne Kugel zu verpassen, da wussten wir, dass er 'n toter Mann war, wenn Franks Dings so funktionieren sollte wie geplant.«

»Na, das hat es ja wohl. Ellen, ich bin gleich wieder da. Wir schaffen es. Mein Onkel wohnt nicht weit weg von hier. Seine Freundin ist verreist, aber ich weiß, wo er seinen Hausschlüssel aufbewahrt.«

»Gut, denn ich muss unbedingt jemanden anrufen.«

»Bis gleich.«

Matt hatte die Kopfwand zur Hälfte erklommen, als er Nikkis Stimme hörte.

»Hallo, du großer Held, komm hier rauf und hol dir deinen Orden für fortgeschrittene Rettungsschwimmer ab.«

Völlig verdreckt und zerzaust saß sie auf einer Seite des Lochs, das Lewis in die massive Wand gesprengt hatte. Matt kletterte zu ihr hinauf und küsste sie.

»Ich wusste, dass du es schaffen würdest«, sagte sie. »Ich wusste es einfach.«

»Du wusstest es nicht.«

»Also gut, ich wusste es nicht. Aber du hast es trotzdem geschafft und das ist das Einzige, was zählt.«

»Wie geht's deinem Knöchel?«

»Besser als noch vor ein paar Minuten. Kennst du einen guten Orthopäden?«

»Ja, allerdings. Wie viele von den Leuten da drinnen leben noch?«

»Alle, die noch lebten, als du aufgebrochen bist, ob du es glaubst oder nicht.«

»Selbst Fred?«

»Es geht ihm sogar schon wieder ein bisschen besser. Bei Colin hab ich einen Luftröhrenschnitt gemacht.«

»Unglaublich.«

Nikki schaute auf die drei Leichen hinunter, die zwischen dem Geröll im Staub lagen.

»Hast du die erschossen?«, fragte sie.

»Im Geiste, ja, vor allem Grimes. Aber ich bin nicht mal dazu gekommen, auch nur einen einzigen Schuss abzufeuern.«

»Diesem Vinny hab ich von Anfang an nicht getraut.«

»Ich weiß. Hör zu, es ist fast Mittag. Ich helfe dir jetzt hier runter und dann muss ich Ellen nach Washington bringen.«

»Ach ja, diese groß angekündigte Impfung ist heute Nachmittag fällig. Beeil dich, ich komme hier schon alleine runter.«

»So viel Zeit hab ich noch, dir zu helfen.«

Der Abstieg ging langsam und mühsam vonstatten. Als sie endlich unten ankamen, trug Matt Nikki zu einer sicheren Stelle im Tunnel und setzte sie auf den Boden. Selbst unter dem Verband, den er angelegt hatte, spürte er, wie geschwollen ihr Knöchel war. Er küsste sie auf die Hand, auf den Hals und schließlich auf den Mund.

»Könntest du dir vorstellen, bei mir zu bleiben, wenn ich zurückkomme?«

»Nur, wenn du mir versprichst, dass wir was ganz, ganz Langweiliges unternehmen.«

»Versprochen.«

Sie küssten sich noch einmal, dann ging er zurück in die Höhle. Als er an Grimes' von Kugeln durchsiebter Leiche vorbeikam, blieb er stehen.

»Siehst du, ich hab dir ja gesagt, es gibt Beweise«, sagte er.

36

Offensichtlich erfreut über die Verantwortung, die Lewis ihm übertragen hatte, setzte sich Lyle Slocumb ans Steuer des Ford Pick-up. Matt sah, wie Ellen sich den Kopf darüber zerbrach, wie sie sich am besten neben den Schalthebel quetschen sollte, der aus dem Boden ragte, und ersparte ihr die Peinlichkeit, indem er auf dem mittleren Sitz Platz nahm.

»Ich wäre schon damit zurechtgekommen«, sagte sie, als sie neben ihm einstieg.

»Also, nachdem ich gesehen habe, was Sie mit diesem Felsbrocken angestellt haben, traue ich Ihnen zu, dass Sie mit allem zurechtkommen. Ich dachte nur, da Lyle und ich uns schon kennen, seit ich ein kleiner Junge war, würde es ihm gefallen, mir ein bisschen an die Wäsche zu gehen.«

»Du bist bekloppt«, sagte Lyle.

»Genau, und schreib dir das hinter die Ohren.«

Als Matt sich beim Losfahren noch einmal nach dem Berg umschaute, empfand er eine Mischung aus Entsetzen und Erleichterung. Gleichzeitig wurde ihm plötzlich klar, wie leichtsinnig sie gewesen waren. Klar, es gab eine Giftmülldeponie, genau wie er vermutet hatte. Schon bald würde die Öffentlichkeit erfahren, wie skrupellos und profitgierig die Bergwerksbesitzer waren, und der giftige Müll würde entsorgt werden. Aber Matts engstirnige Haltung gegenüber den Minenbesitzern und dem

Belinda-Syndrom hatten nicht nur verhindert, dass er die Wahrheit erfuhr, sondern in gewisser Weise auch Menschenleben gefordert, unter anderem das seines Patenonkels. Er wusste auch, dass Lewis und seine Brüder Probleme bekommen würden. Die Slocumbs waren legendär für ihr geheimnisvolles Einsiedlerleben. Aber sobald bekannt wurde, dass sie an dem Blutbad in der Höhle beteiligt waren, musste damit gerechnet werden, dass sie ins Licht der Öffentlichkeit gerieten, sie würden von der Polizei vernommen und womöglich sogar wegen unerlaubten Waffenbesitzes angezeigt werden.

Innerlich zuckte er die Achseln. Er hatte getan, was er für richtig gehalten hatte, und sein Bestes gegeben. So hatte man es ihm von Jugend an beigebracht. Mehr konnte er nicht von sich verlangen. Andererseits musste er der Tatsache ins Auge blicken, dass seine verbohrte Haltung gegenüber der Bergwerksgesellschaft beinahe dazu geführt hätte, dass es Grimes und seinen Lasaject-Spießgesellen gelungen wäre, ihr tödliches Täuschungsmanöver durchzuziehen. Er würde sich noch mit der Art und Weise, wie er mit der Situation umgegangen war, auseinandersetzen müssen, vielleicht mit Nikkis Hilfe. Aber zunächst musste er sich auf andere Dinge konzentrieren. Jetzt ging es nur darum, dass Ellen rechtzeitig in Washington eintraf und eine Möglichkeit fand, die erste Impfung und damit alle weiteren zu verhindern.

Drei Prozent.

Die Zahl ging ihm nicht aus dem Kopf. Drei Prozent von Zehntausenden – biologische Zeitbomben mit einer unheilbaren Krankheit, für die es keine diagnostischen Tests gab und die erst nach mindestens zehn Jahren ausbrach.

Drei Prozent.

»Es wird knapp, aber wir werden es schaffen, bevor die erste Impfung stattfindet«, versprach er Ellen.

»Nicht, wenn wir uns so beeilen, dass wir gegen einen Baum fahren.«

»Okay, okay. Ich werde mich an die Geschwindigkeitsbegrenzung halten. Sind Sie schon mal auf einem Motorrad mitgefahren?«

»Einmal.«

»Und?«

»Ich bin nicht mehr die Jüngste, Matt, und über die Jahre hätte ich ziemlich oft Gelegenheit gehabt, auf einem Motorrad mitzufahren. Wenn ich Ihnen sage, einmal, klingelt's da bei Ihnen nicht?«

Matt grinste.

»Mein Motorrad wird Ihnen gefallen, Ellen. Das verspreche ich Ihnen. Lyle, die Nächste links. Bis zu meinem Onkel sind es von hier noch ungefähr fünf Kilometer.«

»Alles klar«, sagte Lyle.

Während er Lyle betrachtete – schütteres graues Haar, Adlernase, wettergegerbte Haut, ansteckendes, zahnloses Lächeln –, fragte er sich, ob der Mann – oder auch einer seiner Brüder – jemals einen Führerschein besessen hatte. Die Slocumbs waren wirklich seltsame Vögel, aber sie schienen ein erfülltes Leben zu führen. Und wieder einmal verdankte Matt ihnen sein Leben. Ihr Freund zu werden war zweifellos ein unverdientes Geschenk, das ihm der Besuch auf ihrer Farm vor so vielen Jahren eingebracht hatte.

»Weißt du, wo der Schlüssel von deiner Maschine is, Doc?«, fragte Lyle.

»In der Küche auf der Anrichte.«

»Okay. Aber für alle Fälle warte ich so lange, bis ich sehe, dass du ihn gefunden hast.«

»Vielen Dank, Kumpel. Also Ellen, was haben Sie vor, wenn wir erst mal in Washington sind?«

»Ich weiß es noch nicht so recht. Das Gesundheitszentrum liegt im Stadtteil Anacostia. Wahrscheinlich haben sie wegen der Anwesenheit der First Lady und in Anbetracht all dessen, was seit dem 11. September passiert ist, extrem hohe Sicherheitsmaßnahmen getroffen. Ich kenne niemanden, den ich anrufen könnte, und ich glaube auch nicht, dass das etwas nützen würde. Aber wenn die Leute in der Gesundheitsstation sehen, dass ich keine Bedrohung für sie darstelle, und wenn sie hören, wer ich bin, und wenn ich ihnen versichere, dass der Waldschrat, der mich begleitet, ungefährlich ist, könnte ich mir vorstellen, dass sie mich mit jemandem reden lassen, der in der Angelegenheit etwas zu sagen hat. Ob derjenige uns dann glaubt, ist eine andere Frage. Es stehen eine Menge Wählerstimmen auf dem Spiel und das Allerletzte, was die Marquand-Leute gebrauchen können, ist etwas, das so aussieht, als hätten sie es vermasselt, da bin ich mir ganz sicher.«

»Vielleicht könnten Sie vor die Kameras treten und erklären, was zurzeit hier vor sich geht.«

»Das bezweifle ich, aber möglich ist alles. Auf jeden Fall müssen wir rechtzeitig nach Washington kommen und jemanden finden, der mir zuhört.«

»Wenn nicht, bekommen die Kinderärzte im ganzen Land grünes Licht für die Omnivax-Aktion.«

»Kinder im Alter von vier Tagen bis zwei Wochen«, sagte Ellen. »Das ist die Altersspanne, bei der sie nach dem Willen der Gesundheitsministerin mit der Impfkampagne anfangen. Aber schon bald wird Omnivax für alle Altersgruppen zur Verfügung stehen.«

»Na, wunderbar.«

»Die Entscheidung wird gerechtfertigt mit dem Argument, dass außer bei Allergikern nichts darauf hindeutet, dass Überimmunisierung schädlich ist.«

»Und alle Männer, Frauen und Kinder in diesem Land sollten dankbar sein für den Schutz vor dem Lassa-Fieber.«

Ellen lachte zynisch auf. »Genau.«

»Aber bisher hat noch niemand über einen langen Zeitraum hinweg die negativen Auswirkungen von Schutzimpfungen untersucht.«

»Ich habe jedenfalls noch nie von einer derartigen Studie gehört.«

»Ich muss zugeben, was Impfungen angeht, bin ich bisher ziemlich ignorant gewesen.«

»Glauben Sie mir, da befinden Sie sich in guter Gesellschaft. Es ist schließlich nicht so, dass Impfungen im Durchschnitt mehr schaden als nützen. Fakt ist nur, dass niemand wirklich Bescheid weiß.«

»Also dann, fahren wir nach Washington. Lyle, da vorne kommt die Grandview Road. Wir müssen links abbiegen. Das Haus steht ganz am Ende der Straße.«

Die Straße war durchgängig asphaltiert. Hals Haus lag am Ende eines langen Schotterwegs, der mitten über eine mit Buschwerk und vereinzelten Kiefern bewachsene Halbinsel führte.

»Hierher zu kommen ist sicherlich nicht leicht für Sie«, meinte Ellen.

»Ich kann immer noch nicht glauben, dass das alles passiert ist. Hal ist immer sehr gut zu mir und meiner Mutter gewesen. Ich werde ihn vermissen und ihr wird er auch fehlen.«

Matt wollte nicht näher auf den bedauernswerten Gesundheitszustand seiner Mutter eingehen.

Durch die Bäume hindurch hatte man einen Blick auf ein weitläufiges, wunderschön gestaltetes Grundstück, an dessen Ende Hals geräumiges Haus in sechzig Meter Höhe auf einem Felsen über einem riesigen, unberührten See thronte.

»Atemberaubend«, flüsterte Ellen ehrfürchtig. »Einfach traumhaft.«

»Stopp! Anhalten!«, rief Matt.

Lyle trat auf die Bremse und der Pick-up kam schlitternd zum Stehen.

»Was ist los?«, fragte Ellen.

»Da, der Wagen in der Einfahrt neben dem Haus. Der gehört meinem Onkel.«

»Und?«

»Irgendwas stimmt hier nicht. Er hat uns gestern zum Bergwerk gefahren. Wenn er jetzt dort unter den Felsen begraben ist, wie kommt sein Wagen dann hierher? Lyle, hast du deine Pistole dabei? Ich hab meine Lewis gegeben, damit wir in Washington keine Schwierigkeiten mit den Sicherheitsleuten bekommen.«

»Frank hat meine Pistole, aber auf der Ladefläche liegt 'ne Schrotflinte.«

»Nimm sie bitte mit.«

Vorsichtig näherten die drei sich dem Haus.

»Da!«, flüsterte Ellen.

Durch die großen Wohnzimmerfenster konnten sie einen Mann sehen, der gerade eine Vase polierte.

»Das ist Hal! Das ist mein Onkel«, sagte Matt. »Lyle, stell dich da drüben hin und behalt die Tür im Visier. Ich weiß nicht, was hier vor sich geht.«

Matts Verwirrung sollte nicht lange dauern.

Als er auf die Haustür zuging, wurde sie plötzlich geöffnet. Hal, in einer weißen Hose und einem hellblauen

Hemd, trat auf die Veranda. Als Matt seinem Onkel gegenüberstand, der frisch geduscht, ausgeschlafen und entspannt war, wusste er Bescheid.

»Matthew! Gott, bin ich froh, dich zu sehen. Ich habe mich seit der Explosion zu Tode um dich gesorgt. Ich habe die Polizei angerufen und –«

»Entschuldige, dass ich so direkt bin, Hal, aber du wirkst nicht gerade verzweifelt. Eigentlich wirkst du regelrecht ausgeruht – ganz und gar nicht wie jemand, der seit zwölf Stunden versucht, das Leben seines Neffen zu retten.«

»Ich habe mir die Finger wund telefoniert, um Hilfe zu rufen, Matthew. Ich –«

Seinen Worten fehlte jegliche Aufrichtigkeit. Jetzt war sich Matt ganz sicher.

»Vergiss es, Hal«, fauchte er. »Du machst dich nur lächerlich. Weißt du, was mir die ganze Zeit Kopfzerbrechen bereitet hat, seit wir rausgefunden haben, dass der Lassa-Impfstoff tatsächlich für die Todesfälle verantwortlich war? Grimes. Welche Rolle der bei der Sache gespielt hat, wollte mir nicht in den Kopf. Der Mann ist zwar kein Schwachkopf, aber er ist auch kein Einstein und irgendwie hab ich nie begriffen, was so einer überhaupt mit der Herstellung von Lasaject zu tun haben konnte. Aber nicht nur das, er organisiert auch noch eine regelrechte Epidemie, damit sein Serum in den Omnivax-Cocktail aufgenommen wird. Dann stellt er fest, dass sein Serum einen tödlichen Nebeneffekt verursacht und schließlich macht er sich daran, sämtliche Beweise für diesen Nebeneffekt zu vernichten. Kommt dir das nicht komisch vor, Hal, dass ein Typ wie er das alles fertig gebracht haben soll?«

Hal machte ein Gesicht, als wollte er erneut versuchen, alles zu leugnen, doch dann zuckte er lässig mit den Schultern.

»Grimes ist ein Arschloch«, sagte er. »Ein gewalttätiges, geiziges Arschloch und deswegen sehr nützlich für mich, aber ein Arschloch bleibt er trotzdem.«

Dass sein Onkel offen zugab, was er getan hatte, machte Matt unendlich traurig. »Wann hast du von der Prionenerkrankung erfahren?«, fragte er.

»Das ist eigentlich noch gar nicht so lange her. Würdest du netterweise deinen Freund bitten, seine Schrotflinte nicht dauernd auf mich zu richten?«

»Nein. Erzähl weiter.«

»Nun, zwei Fälle wurden mir innerhalb weniger Wochen zur Obduktion übergeben. Der eine Mann hatte sich selbst umgebracht, der andere war bei einer Schießerei ums Leben gekommen. Ich erkannte die Namen von unseren ersten Tests und hatte gleich den Verdacht, dass da ein Zusammenhang bestand. Dann, als du diesen Minenarbeiter, diesen Rideout behandelt hast, war ich mir sicher. Aber Lasaject stand kurz davor, in den Superimpfcocktail aufgenommen zu werden, und ich konnte nicht zulassen, dass jemand den Zusammenhang erkannte. Also musste ich die Unglücklichen, die von den Nebenwirkungen betroffen waren, auftreiben und den seligen Mr Grimes und seine Leute losschicken, um sie zu beseitigen. Ich nehme doch an, dass er selig ist.«

»Im Gegenteil, er erfreut sich bester Gesundheit und unterhält sich gerade mit der State Police.«

»Matthew, Matthew, du bist noch nie ein guter Lügner gewesen. Und Mr Sutcher?«

»Tja, ich fürchte, der hat ein bisschen Pech gehabt.«

Matt warf einen Blick in Ellens Richtung.

»Ah, die berühmte Mrs Kroft, nehme ich an?«, sagte Hal.

»Ihretwegen sind zahlreiche Menschen gestorben«, bemerkte Ellen eisig.

»Manchmal ist das Leben einfach hart.«

»Mein Gott, Hal, wer zum Teufel bist du eigentlich?«

»Nur ein Mann, der versucht, über die Runden zu kommen. Wollt ihr nicht auf einen Tee reinkommen? Natürlich dulde ich keine Schrotflinten im Haus. Oder noch besser, verschwindet doch einfach alle.«

»Hal, wir gehen erst hier weg, wenn wir dich gefesselt und die State Police benachrichtigt haben.«

»Tja, also das kann ich einfach nicht zulassen«, erwiderte Hal erstaunlich selbstsicher. »Es wird mir also nichts anderes übrig bleiben, als euch alle aus dem Weg zu räumen, angefangen mit deinem Freund da hinten, der die ganze Zeit mit seiner Schrotflinte auf mich zielt. Du bist ein Slocumb, nehme ich an?«

»Allerdings«, sagte Lyle stolz.

Kaum hatte er das Wort ausgesprochen, krachte von der Stelle, wo Hals Wagen stand, ein Schuss. Lyle taumelte rückwärts gegen den Pick-up und hielt sich den Bauch. Er schaffte es noch, einen ungezielten Schuss abzufeuern, bevor er seine Flinte fallen ließ, stolperte und schwer auf die Seite fiel.

Vor der Garage stand Larry, der hünenhafte Killer, den Matt angeblich ermordet und anschließend verbrannt hatte, und grinste hämisch.

Matt wollte sich gerade um Lyle kümmern, als Larry erneut auf den Mann schoss. Diesmal traf er ihn in die Brust. Lyle, der sich auf den Ellbogen aufgestützt hatte, sackte zu Boden und rührte sich nicht mehr. Zufrieden mit seiner Schießkunst, richtete Larry seine Waffe auf Matt.

»Auf die Gelegenheit hab ich schon lange gewartet«, sagte er. »Du glaubst ja gar nicht, wie lange ich darauf gewartet hab.«

Matt blieb fast das Herz stehen, als er sah, wie der Finger des Killers sich um den Abzugshahn krümmte.

»Nein!«, schrie er.

»Larry, halt«, befahl Hal. »Ich sage dir, wenn es so weit ist.«

Matt spürte, wie seine Knie nachgaben, doch Ellen stand aufrecht und trotzig neben ihm und hakte sich bei ihm unter.

»Uns zu töten wird ihre Probleme nicht aus der Welt schaffen«, sagte sie zu Hal. »Viel zu viele Leute wissen Bescheid.«

»Wären Sie so freundlich, mir eine Liste dieser Personen anzufertigen, Mrs Kroft? Nein? Das hatte ich auch nicht erwartet. Aber machen Sie sich keine Sorgen. Ich kann schon auf mich aufpassen. Matthew, das alles tut mir wirklich schrecklich Leid. Du weißt, dass du mir sehr am Herzen liegst. Aber hier geht's ums Geschäft und du bist zu einer echten Belastung geworden. Wie du siehst, erfreut sich mein Kumpel Larry bester Gesundheit. Ob du es glaubst oder nicht, diese Mord-und-Brand-Geschichte habe ich mir ausgedacht, während wir telefoniert haben und Nikki unterwegs zum FBI war. Genial, findest du nicht?«

»Du bist krank im Kopf«, sagte Matt.

»Also, Larry kann es kaum erwarten, dich zu erschießen, aber ich bin ein Sportsmann und außerdem hab ich es nicht gern, wenn Leichen mit Einschusslöchern im See rumschwimmen. Das würde auch kaum nach einem Zufall aussehen. Deswegen gestatte ich dir und Mrs Kroft, über diesen Zaun da zu klettern« – er zeigte auf den Jägerzaun entlang der Einfahrt – »und von dem Felsvorsprung zu springen. Wer weiß, vielleicht habt ihr ja Glück.«

»Gib's auf, Hal«, sagte Matt, der sich mittlerweile wieder ein wenig gefasst hatte. »Es gibt viel zu viele Spuren, die letzten Endes zu dir führen. Du könntest immer noch als Held aus dieser Sache hervorgehen, wenn du der Polizei erzählst, dass du Lasaject vom Markt zurückziehst, um zu verhindern, dass tausende ungeborener Kinder mit Spongiformer Encephalopathie angesteckt werden.«

In diesem Moment nahm Matt aus dem Augenwinkel wahr, dass sich neben dem Pick-up etwas bewegte. *Lyle!*

»Also, entweder die Kugel oder der Sturz in die Tiefe«, sagte Hal. »Ihr habt die Wahl.«

Verzweifelt bemüht, Hal und Larry von Lyle abzulenken, beherrschte Matt sich und versuchte, Hals Ego zu schmeicheln.

»Hal, eins wüsste ich noch gern«, sagte er. »Dieser Zettel mit dem Hinweis auf die Giftmülldeponie, den hast du mir doch sicher unter der Tür durchgeschoben, oder?«

Hal seufzte und nickte gespielt bescheiden.

»Wenn du's unbedingt wissen willst, ja. Ich weiß so ziemlich alles, was sich hier in der Gegend abspielt, und ich habe von diesem ungewöhnlichen – äh – Lagerraum erfahren, gleich nachdem er eingerichtet wurde. Ich habe dir den Zettel zugesteckt, weil ich mir sagte, solange du deinen Privatkrieg gegen die Bergwerksgesellschaft führst, stellst du für mich und meine Interessen keine Bedrohung dar. Raffiniert, oder?«

Lyle hatte es bis an die offene Tür des Pick-up geschafft und versuchte, sich ins Führerhaus hochzuziehen. Matt trat einen Schritt auf seinen Onkel zu. Sofort kam auch Larry einen Schritt näher, die Pistole schussbereit.

»Von wegen, Hal«, schrie Matt wütend. »Du bist nicht halb so raffiniert, wie du glaubst. Du hast dich mehr als einmal verrechnet.« Er lachte laut auf. »Mann, du musst dich doch in den Arsch gebissen haben, als Nikki Solari in der Stadt aufgetaucht ist. Und da habt ihr's euch endgültig vermasselt, du und Grimes. Ihr hättet sie einfach zurück nach Boston fahren lassen sollen. Aber du hattest Angst, ich könnte irgendwie Wind von der Geschichte mit Kathy Wilson kriegen und auf die Idee kommen, nach anderen Erklärungen zu suchen außer dem Gift aus der Mine. Du hattest Angst, ich könnte die Wahrheit rausfinden. Deswegen hast du versucht, sie aus dem Weg schaffen zu lassen. Das war ein Fehler, Hal. Ein großer Fehler.«

Immer noch bewegte sich etwas. Irgendwie hatte Lyle es geschafft, sich auf den Fahrersitz zu ziehen.

»Wenn man bedenkt, in welcher Situation du dich befindest, hast du eine ziemlich große Klappe«, erwiderte Hal, jetzt nicht länger freundlich, »und langsam, aber sicher strapazierst du meine Geduld. Entscheide dich. Larry, falls sie sich gegen den Sprung in den Abgrund entscheiden, möchte ich, dass Mrs Kroft als Erste erschossen wird.« Er zeigte auf eine Stelle über seinem Ohr. »Und zwar mit einer Kugel genau hierhin. Aus einem halben Meter Entfernung.«

»Du hast all diese Menschen für Geld umgebracht?«, fragte Matt, während er sich fragte, ob Lyle tot auf dem Fahrersitz des Pick-up lag.

Sein Onkel schenkte ihm ein herablassendes Lächeln.

»Nicht für Geld«, sagte er. »Für sehr viel Geld. Früher

gehörten mir über vierzig Prozent von Columbia Pharmaceuticals und allmählich ging mir das Kapital aus, um die Verluste zu verkraften, die diese verdammte Firma machte. Kannst du dir überhaupt vorstellen, wie es ist, wenn man so alt ist wie ich, einen bestimmten Geschmack und bestimmte Vorlieben hat, aber kein Geld? Aber bei dem, was man uns pro Dosis Lasaject bezahlt, werden meine finanziellen Sorgen ein Ende haben. Und zwar endgültig. Und jetzt entschuldige mich bitte, Matthew, ich habe zu tun. Du hast dich ganz und gar nicht wie ein respektvoller Patensohn benommen und jetzt hast du genau zehn Sekunden Zeit, um dir deine Strafe auszusuchen ... neun.«

»Nein, Hal, bitte!«, schrie Matt, als der Motor des Pick-up ansprang. »Nein!«

Larry und Hal fuhren herum, als sie das Geräusch hörten. Lyle, die Augen fast geschlossen, die Nase auf dem Lenkrad aufgestützt, legte den ersten Gang ein, trat das Gaspedal durch und ließ die Kupplung los. Mit durchdrehenden Reifen schoss der Pick-up los, direkt auf Larry zu. Den Mund vor Staunen weit aufgerissen, feuerte der Killer zwei Schüsse ab. Die Windschutzscheibe des Pick-up zerbarst und Matt meinte zu sehen, dass mindestens eine der Kugeln Lyle in die Stirn traf. Aber der Pick-up war nicht mehr aufzuhalten. Die Stoßstange erwischte Larry an den Knien. Seine Pistole fiel zu Boden, als er auf die Motorhaube gehoben wurde und mit dem Gesicht direkt vor Lyle zu liegen kam, der, so schien es Matt, entweder bewusstlos oder tot war. Aber Lyles Fuß blieb auf dem Gaspedal. Der Ford durchbrach den Jägerzaun, raste drei Meter durch Gebüsch und schoss über den Rand der Klippe hinaus wie ein Segelflugzeug beim Abflug. Dann, wie in Zeitlupe, neigte die Schnauze des

Pick-up sich nach unten und stürzte in den Abgrund. Gleich darauf war aus dem Tal eine Explosion zu hören.

Als Hal Sawyer sich umdrehte, stand sein Patensohn seelenruhig vor ihm, Larrys Pistole in der Hand.

»Die Geschäfte gehen schlecht, Onkel«, sagte Matt.

37

»Matthew, bitte, du verlierst das höhere Ziel aus den Augen. Omnivax wird Jahr für Jahr tausenden von Menschen das Leben retten. Wenn du die Freigabe des Impfstoffs verhinderst, wird Blut an deinen Händen kleben, vergiss das nicht. Und überhaupt, du hast ja noch nicht mal Beweise dafür, dass Lasaject der Auslöser für diese Verunstaltungen ist. Das ist doch alles nur reine Spekulation ...«

Hal Sawyer hörte nicht auf zu schimpfen und zu fluchen, während Ellen und Matt ihn mit meterweise Wäscheleine bäuchlings auf sein Bett fesselten. Falls irgendjemand zufällig bei ihm vorbeischaute und ihn befreite, bevor sie die Polizei alarmieren konnten, dann hatten sie eben Pech. Grimes war endgültig erledigt, ebenso Sutcher und die anderen Killer, Larry und Verne. Hal würde versuchen zu fliehen, aber er würde nicht weit kommen.

»Verdammt, Matthew, so kannst du doch dein eigen Fleisch und Blut nicht behandeln! ... Wer soll denn deine Mutter besuchen gehen, wenn ich es nicht mehr tue? ... *Deine Mutter!* ... Das wird ihr das Herz brechen und das ist allein deine Schuld ... Herrgott noch mal, Matthew, ich bin dein Patenonkel ... Ellen! Ellen, wir gehören derselben Generation an, erklären Sie meinem Neffen, wie wichtig Familie ist. Ich bin sein Onkel – genetisch gesehen bedeutet das, dass ein Viertel unserer

Gene identisch sind. *Fünfundzwanzig Prozent!* Das ist, als würde man ein Viertel von sich selbst verraten ...«

»Wir werden es nicht schaffen«, sagte Ellen, als sie auf Matts Uhr schaute. »Unmöglich.«

»Wir können nicht mehr als unser Bestes tun«, erwiderte Matt, während er die Schnur ein bisschen fester als nötig verknotete. »Wir haben einen Versuch. Und je nachdem, wie der Verkehr ist, ist unsere Chance vielleicht größer, als Sie denken.«

»Schaffen Sie den Rest allein?«

»Ja, warum?«

»Ich muss jemanden anrufen, bevor wir losfahren. Mein Freund Rudy wird sich fürchterliche Sorgen um mich machen. Außerdem hat er Kontakte. Vielleicht gibt es jemanden, an den er sich wenden kann.«

»Aber machen Sie schnell. Ich bin hier in ein, zwei Minuten fertig, dann müssen wir uns auf den Weg machen. Hören Sie, Hals Freundin wohnt hier. Sehen Sie doch mal in Heidis Kleiderschrank nach, ob Sie was Warmes zum Anziehen finden. Auf dem Motorrad kann es ganz schön kühl werden.«

Es dauerte nicht lange, bis Ellen eine dunkle Hose, ein Sweatshirt und eine Lederjacke aufgetrieben hatte. Sie lief in die Küche, während Matt das letzte Stück Wäscheleine erst um Hals Knöchel wickelte und dann am Bett festband. Lyle Slocumbs Tod und auch das reuelose Geständnis seines Onkels hatten ihn fürchterlich mitgenommen. Bedingt durch ihre Alzheimerkrankheit bekam seine Mutter längst nicht mehr so viel mit wie früher, aber es würde ihr bestimmt auffallen, wenn ihr Bruder sie nicht mehr besuchte – und es würde sie tief verletzen. Trotz der schrecklichen Situation und trotz der Dringlichkeit, möglichst schnell nach Washington zu gelangen, ertappte Matt sich dabei, wie er sich Erklärungen ausdachte, um seiner Mutter nur ja nicht die grässliche Wahrheit zumuten zu müssen.

»Du kannst mich doch nicht einfach so hier liegen lassen«, schrie Hal, der inzwischen regelrecht verzweifelt klang. »Was ist, wenn ich einen Herzinfarkt kriege? Was ist, wenn ich pinkeln muss? In diesem Land wird man erst verurteilt, wenn bewiesen wurde, dass man schuldig ist. Wer hat dich dazu bestimmt, den Richter, die Geschworenen und den Henker zu spielen? Verdammt, Matt, hör mir zu. Ich kenne dich, seit du auf der Welt bist. Das kannst du nicht mit mir machen!«

»Hal, wo sind deine Autoschlüssel?«

»Meine was?«

»Deine Autoschlüssel.«

Matt hatte sein Motorrad in der Garage vorgefunden und die Schlüssel auf der Anrichte in der Küche. Aber wenn er mit hundertfünfzig Sachen dreihundert Kilometer weit durch Virginia rasen sollte, dann würde er das lieber in einem Mercedes tun als auf seiner Harley, noch dazu mit einer unerfahrenen Beifahrerin, die Motorräder nicht ausstehen konnte.

Hal lachte laut auf.

»Wenn ich sie hätte, würde ich sie dir bestimmt nicht geben«, sagte er. »Es sei denn, du würdest mich laufen lassen. Aber durch dein Verschulden habe ich überhaupt keine Schlüssel mehr.«

»Was soll das heißen?«

»Ich hatte nur einen Satz Autoschlüssel – die anderen hat Heidi – und mein Schlüsselbund war in Larrys Hosentasche, als er über die Klippen geflogen ist. Pech gehabt.«

»Hal«, sagte Matt, während er noch einmal die Knoten überprüfte, »ich hoffe, dass du nie wieder in deinem Leben das Vergnügen haben wirst, ein Auto zu fahren.«

Matt holte sich Hals warme Lederjacke aus der Diele, eilte in die Garage, setzte seinen Helm auf und startete die Harley. Die Strecke bis Washington hatte er schon einmal in zweieinhalb Stunden geschafft. Wenn er jetzt eine Viertelstunde weniger brauchte, erhöhte das zwar ihre Chancen, aber wahrscheinlich reichte das trotzdem nicht. Als er die Tankuhr überprüfte, stöhnte er auf. Der Tank war nur noch knapp halb voll. Bei der Geschwindigkeit, mit der sie fahren müssten, würde ihnen auf jeden Fall unterwegs der Sprit ausgehen. Sie würden also gezwungenermaßen an einer Tankstelle halten müssen, tanken, bezahlen und dann wieder losfahren – das würde sie mindestens drei Minuten kosten. Trotzdem, je nachdem, wann die Impfung tatsächlich vorgenommen wurde und wie früh sie in dem Gesundheitszentrum eintrafen, hatten sie vielleicht noch eine winzige Chance.

Ellen kam aus dem Haus gelaufen, als Matt gerade rückwärts aus der Garage setzte und sein Motorrad an Hals Mercedes vorbei manövrierte. In Heidis schwarzer Lederjacke und schwarzer Hose sah sie aus wie eine waschechte Bikerbraut.

»Geben Sie Gas«, sagte sie, als sie hinter ihm auf den Sozius kletterte.

»Setzen Sie den Helm auf, entspannen Sie sich und genießen Sie die Landschaft«, erwiderte Matt und beschleunigte die Zufahrt hinunter. »Haben Sie Ihren Freund erreicht?«

»Nein, aber ich hab ihm eine Nachricht auf den Anrufbeantworter gesprochen. Normalerweise geht er um diese Zeit in dem Weiher hinter seinem Haus angeln. Ich kann nur hoffen, dass er heute unruhig im Garten auf und ab läuft und sich Sorgen macht, weil er nichts von mir gehört hat.«

»Das tut er ganz bestimmt. Also, los geht's. An der nächsten Kreuzung rechts und dann immer geradeaus bis morgen früh.«

»Machen Sie sich keine Gedanken um mich«, sagte Ellen. »Fahren Sie einfach so schnell wie möglich.«

So schnell wie möglich ... Fahr zur Hölle, Hal.

Mit Bildern der Opfer des Belinda-Syndroms vor Augen bog Matt auf die Autobahn ein und gab Gas.

»Sherrie, die Limousine ist da«, rief Don. »Eine weiße Stretch-Limo! Ist das nicht ein Ding?«

»Wir sind gleich so weit«, antwortete Sherrie aus dem Schlafzimmer. »Ich möchte, dass meine Kleine aussieht wie eine Prinzessin, wenn sie zum ersten Mal im Fernsehen auftritt.«

Don sah, wie ein Mann und eine Frau in schwarzen Anzügen und Sonnenbrille aus dem Wagen stiegen und auf das Haus zukamen. *Men in Black*, dachte er.

»Und Tusch«, sagte Sherrie und führte ihrem Mann das Baby vor.

»Ihr seht beide ganz wunderbar aus«, rief Don strahlend. »Ganz wunderbar.« Er nahm das Baby auf den Arm und küsste seine Frau. »Kein Mensch würde denken, dass du erst vor vier Tagen entbunden hast.«

»Hört, hört. Jetzt sammelst du aber gerade richtig Pluspunkte«, erwiderte Sherrie und warf einen Blick aus dem Fenster. »Nicht jedes Baby hat die Ehre, von Geheimdienstleuten zu seiner ersten Impfung eskortiert zu werden. Gehen wir?«

»Klar. Ich kann mich nicht erinnern, jemals so nervös gewesen zu sein.«

»Du bist nervös? Wieso?«

»Ob du es glaubst oder nicht, wegen der Kleinen.«

Verblüfft sah Sherrie ihn an.

»Wegen der Impfung?«

»Mhmm.«

Sie seufzte.

»Ich auch«, sagte sie. »Ich hab mich die ganze Zeit nicht getraut, mit dir darüber zu reden, weil ich dachte, du würdest dich aufregen und mich für verrückt oder ... oder undankbar halten. Ich weiß, Mrs Marquand hat uns erzählt, dass dieser Impfstoff an vielen Leuten getestet worden ist, Erwachsenen, Kindern und Säuglingen. Trotzdem wird Donelle offiziell die Erste sein, die die Impfung nach der Zulassung erhält.«

»Ich weiß.«

»Gestern Abend hab ich mit Andrea über ihren Sohn Randy gesprochen. Er ist im Mai ein Jahr alt geworden. Der Kleine hat dauernd epileptische Anfälle und der Arzt sagt, das sind Reaktionen auf irgendeine Impfung. Er kriegt Medikamente gegen die Anfälle und jetzt sagt Andrea, dass die Medikamente ihn ganz krank machen.«

»Das wusste ich nicht. War das derselbe Impfstoff, den Donelle kriegen soll?«

»Es kann ja gar nicht anders sein. Sie soll dreißig Impfstoffe auf einmal bekommen – lauter Zeug, das sie eigentlich überhaupt nicht braucht.«

»Ich wünschte, wir wüssten mehr über diese Impfung«, sagte Don.

Sherrie trat auf ihn zu und umarmte ihn und das Baby.

»Ich auch«, sagte sie. Im selben Augenblick wurde an die Tür geklopft.

Zum Glück war der Tag sonnig und trocken. Matt jagte die Harley mit hoher Geschwindigkeit über die Staatsgrenze von Virginia, dann weiter über die kurvenreiche Straße durch die malerischen Shenandoah-Berge und die Appalachen. In weniger als einer Stunde fuhren sie in Staunton auf die Route 81 in nördlicher Richtung. Matt fuhr die ganze Zeit hundertfünfzig, manchmal auch ein bisschen schneller, wenn er sich einigermaßen sicher war, dass keine Polizei in der Nähe war. Wegen der Windschutzscheibe und der erstklassigen Stoßdämpfer fühlte es sich so an, als würde er sechzig fahren. In Harrisonburg, wo sie einen Tankstopp einlegten, erfuhren sie, dass bis Washington noch hundertachtzig Kilometer vor ihnen lagen. Ihnen blieben anderthalb Stunden, bis die erste Impfung stattfinden sollte.

Je nachdem, wie dicht der Verkehr in Washington war, hatten sie eine Chance. In Middletown fuhren sie auf die Interstate 66, die nur wenig befahren war, und rasten in Richtung Osten. Riverton ... Markham ... Marshall ... The Plains ... Stück für Stück machten sie Zeit gut und verringerten den Abstand zu dem Augenblick, in dem Lara Bolton den Kolben aufziehen und die erste Dosis Omnivax in den Oberschenkel eines Säuglings injizieren würde.

Drei Prozent. Vielleicht noch mehr. Einem so hohen Risiko würde er sein Kind nicht aussetzen wollen.

Ellen saß ruhig und entspannt hinter ihm auf dem Sozius, hielt sich meistens an den Haltegriffen und ab und zu an seinem Arm fest.

»Das ist längst nicht so unangenehm, wie ich es in Erinnerung habe«, schrie sie, als sie gerade an einem spektakulären Bergpanorama vorbeifuhren.

»Ich helfe Ihnen beim Aussuchen, wenn Sie sich Ihr erstes Motorrad kaufen«, brüllte er zurück.

Während der ersten Stunde der Fahrt hatte Matt ständig in den Rückspiegel geschaut und auch die Straße vor ihnen im Blick behalten, um rechtzeitig gefährliche Situationen oder die Polizei zu entdecken. Doch als es allmählich heller wurde und die Straße eine fast hypnotische Wirkung auf ihn ausübte, wanderten seine Gedanken zu Nikki. Er erinnerte sich daran, wie sie sich unter höllischen Schmerzen wegen ihres gebrochenen Knöchels über Fred Carabetta gebeugt hatte und mit behelfsmäßigen Instrumenten eine komplizierte Prozedur durchgeführt hatte, bei der sie leicht die Vene des Mannes hätte zerreißen können. Sie war mutig, gebildet, leidenschaftlich, intelligent – in der kurzen Zeit, seit sie sich kannten, hatte sie ihm so viel gezeigt. Er hatte wirklich nie geglaubt, dass es noch einmal eine Frau geben könnte, die Ginnys Platz in seinem Leben und in seinem Herzen einnehmen könnte. Jetzt wusste er zumindest, dass es möglich war. Vielleicht zum ersten Mal wurde ihm klar, wie sehr Ginnys Tod sein Leben immer noch beeinflusste – dass er an einer Depression litt, die ihn wie eine Wand von der Wirklichkeit trennte und ihn daran hinderte, glücklich zu sein. War Nikki die rettende Antwort? *Vielleicht*, sagte er sich, während er über die Autobahn raste. *Vielleicht war sie das.*

Catharpin ... Centerville ... Fairfax ... als sie durch Arlington fuhren, blieben ihnen noch zehn Minuten. Wahrscheinlich nicht genug, es sei denn, die Präliminarien zogen sich noch eine Weile hin. Dann hatten sie immer noch das Problem, dass sie erst jemanden auftreiben mussten, der genug Macht besaß, um die Impfung zu verhindern. Außerdem müssten sie dabei mit aller Vorsicht zu Werke gehen, um nicht ihr eigenes Leben zu gefährden.

Auf den Straßen hatte der Verkehr stark zugenommen und Matt war gezwungen, sein Tempo zu drosseln und sich dem Verkehrsfluss entlang dem Potomac anzupassen. Zu seiner Rechten lag der Arlington National Cemetery. Joe Keller würde niemals dort begraben werden, ebenso wenig Kathy Wilson oder Teddy Rideout oder die anderen Opfer, die Hal Sawyers Privatkrieg gefordert hatte. Aber Matt wusste, dass dank der Frau, die hinter ihm saß, der Tod jedes Einzelnen dieser Menschen vielleicht dazu beitragen würde, Leben zu retten.

Acht Minuten vor drei.

»Nehmen Sie diese Abfahrt«, rief Ellen. »Wir überqueren den Potomac hier und folgen den Schildern nach Anacostia. Wir sind fast da.«

Sie fuhren auf der 395 in Richtung Osten, überquerten den Anacostia an der Pennsylvania Avenue und bogen auf die Minnesota Road ein. In dieser Gegend standen nur Mietskasernen – ein Armenviertel der Stadt, eine drogenverseuchte Insel voller Gewalt und Verzweiflung mit achtzig Prozent Arbeitslosigkeit, nur zwei Kilometer vom Kapitol entfernt. Es konnte kein Zufall sein, dass Lynette Marquand ausgerechnet das Gesundheitszentrum in diesem Viertel gewählt hatte, um ihre Omnivax-Show abzuziehen. Ihr Mann tat sich schwer, die Stimmen der Schwarzen und Latinos zu gewinnen. Matt fragte sich, wie lange es dauern würde, bis Lynette ihnen die Geschichte von Lasaject abkaufte und die Impfung abblies.

Die Fahrzeuge bewegten sich nur noch im Schritttempo vorwärts.

Nur noch zwei Minuten, wenn überhaupt.

»Sind wir nah genug dran, dass Sie es zu Fuß versuchen könnten?«, fragte Matt.

»Vielleicht. Ich weiß nicht genau, wo wir uns befinden – Moment! Fenwick Road. Da drüben! Das ist die Straße. Ich bin mir ganz sicher.«

Matt gab Gas und fuhr quer über ein verwildertes Grundstück in die Fenwick Road. Ein Stückchen die Straße hinunter sahen sie mehrere Fernsehübertragungswagen Stoßstange an Stoßstange geparkt. Dann erst entdeckten sie die Blaulichtwagen, die die Straße absperrten.

»Wie spät ist es?«, fragte Matt in der Hoffnung, dass die Uhr, die Ellen von Heidis Schreibtisch genommen hatte, eine andere Zeit anzeigen würde als seine.

»Kurz nach drei«, sagte Ellen traurig, »vielleicht fünf, sechs Minuten. Sie haben wirklich Ihr Bestes getan.«

Wie lange würde die Show insgesamt dauern, überlegte Matt. Wahrscheinlich nicht länger als zehn, fünfzehn Minuten und danach würden wohl noch verschiedene Gesundheitsgurus ihre Kommentare abgeben. Wenn das normale Programm dann weiterging, konnte es Stunden dauern, bis sie Gelegenheit bekamen, sich Gehör zu verschaffen und die Kinderärzte im ganzen Land aufzufordern, die Impfkampagne zu stoppen. Es war ihnen nicht gelungen, die erste Impfung zu verhindern, aber womöglich konnten sie doch noch jemanden in einer einflussreichen Position dazu bringen, tausende weitere zu verhindern.

Drei Prozent.

»Eine Straßensperre«, sagte Matt. »Wir sind da.«

Als sie sich der Kreuzung näherten, kam ihnen ein junger Polizist entgegengeschlendert. Er beäugte die Biker-Oma, die entspannt hinter Matt auf dem Sozius saß.

»Hier können Sie nicht durchfahren«, sagte er. »Sie

müssen bis zur übernächsten Kreuzung da langfahren oder zurück auf die Autobahn.«

»Soll ich versuchen, mit ihm zu reden?«, flüsterte Ellen.

»Ich glaube, wir kriegen hier nur eine Chance, und er kann sie uns nicht verschaffen. Bis der Polizist seinen Vorgesetzten angerufen und der wiederum mit *seinem* Vorgesetzten gesprochen hat, ist der Tag vorbei.«

»Was schlagen Sie also vor?«, fragte Ellen.

Inzwischen standen mehrere Autos hinter ihnen. Der Polizist ging an der Harley vorbei, um den Insassen eines silbernen Mini-Vans dieselben Anweisungen zu geben.

»Ich würde sagen, wir müssen uns an jemanden wenden, der weiter oben in der Befehlskette steht. Halten Sie sich fest.«

»Hoffen wir bloß, dass der junge Polizist nicht auf uns schießt.«

»Vor dem hab ich keine Angst«, sagte Matt. »Halten Sie sich gut fest. Ich versuche, zum Haupteingang der Gesundheitsstation zu gelangen. Wie viel Uhr ist es?«

»Zehn nach.«

»Verdammt.«

Matt wartete, bis der Polizist zum übernächsten Wagen gegangen war, dann gab er Gas, umkurvte die Straßensperre und fuhr den Gehweg entlang. Ob der Polizist auf sie schoss, bekamen sie nicht mit. Sie rasten auf die Phalanx der Reporter zu, die sich vor dem Eingang der Gesundheitsstation versammelt hatten. Hundert Meter ... fünfzig ... Wie in einem Film sah Matt Szenen vor sich ablaufen, wie er durch eine Glastür fuhr, die eindrucksvoll zersplitterte, als er aus dem Augenwinkel zu seiner Linken eine Bewegung wahrnahm. Er drosselte das Tempo, drehte den Kopf nach links und im nächsten Augenblick stürzte eine Frau sich auf sie. Mit ausgebreiteten Armen warf sie sich gegen Matt und Ellen und riss sie vom Motorrad, sodass sie allesamt auf dem grasbewachsenen und von Müll übersäten Parkplatz landeten. Die fahrerlose Harley schlitterte auf der Seite liegend über den Gehweg, bis sie gegen einen Baum stieß. Die Frau, eine kräftige Person von etwa Mitte dreißig, hielt die beiden am Boden, bis zwei weitere Mitarbeiter des Geheimdienstes mit gezogener Waffe hinzugelaufen kamen.

»Keine Bewegung!«, bellte einer von ihnen, während er seine Pistole auf Matt und Ellen richtete. »Nehmen Sie die Helme ab. Sie zuerst.«

Die beiden taten, was man von ihnen verlangte.

»Ich bin Arzt«, sagte Matt.

»Bitte, hören Sie uns zu«, flehte Ellen. »Ich bin Mitglied der Kommission, die den Impfstoff zugelassen hat, der da drinnen gerade dem Baby verabreicht wurde. Mein Name ist Ellen Kroft. Wir haben erst im letzten Augenblick festgestellt, dass Omnivax eine gefährliche Komponente enthält. Wir müssen unbedingt mit jemandem sprechen, der hier etwas zu sagen hat, solange die Sendung noch läuft, damit wir die Öffentlichkeit warnen und verhindern können, dass noch mehr Kinder mit dem Serum geimpft werden. Hunderte von Menschenleben sind in Gefahr. Bitte! Ich sage die Wahrheit. Der neue Impfstoff enthält einen gefährlichen Krankheitserreger. Mrs Marquand muss unbedingt darüber informiert werden.«

Einer der Geheimdienstler, ein schlacksiger Schwarzer mit einer Narbe am Kinn, beäugte die beiden misstrauisch, dann schaute er seine Kollegen an. Die zuckten nur mit den Achseln.

»Papiere?«, fragte er.

Ellen schüttelte den Kopf.

»Natürlich nicht.«

»Mein Portemonnaie. In meiner Brusttasche«, sagte Matt.

»Nehmen Sie es ganz langsam heraus.«

Der Mann gab Matts Brieftasche an seinen Kollegen weiter, der ihn kurz durchsah.

»Führerschein aus West Virginia. Matthew Rutledge. Hier steht, er ist Arzt.«

»Und ich bin der Papst«, murmelte der Schwarze und nahm ein Paar Handschellen aus seiner Gesäßtasche. »Aufstehen, alle beide. Jill, tasten Sie sie ab.«

»Hören Sie«, sagte Matt verzweifelt, während sein linkes Handgelenk an Ellens rechtes gefesselt wurde. »Wir müssen da rein, bevor die Sendung zu Ende ist.«

»Halten Sie die Klappe!« Der Geheimdienstler wandte sich an seine Kollegen. »Nun?«

Jill nahm ihr Funkgerät vom Gürtel.

»Bert, hier ist Jill. Wie lange dauert es noch, bis die Show anfängt?«

»Wie bitte?«, fragte Ellen.

»Ich sagte, Klappe halten!«

»Alan, Bert meint, es dauert noch zehn Minuten«, sagte Jill zu dem Schwarzen.

Der Mann seufzte.

»Sag ihm, wir bringen ihm zwei nicht geladene Gäste, mit denen er sich unterhalten kann. Je eher wir die an ihn los werden, umso besser.«

»Ich danke Ihnen«, sagte Ellen erleichtert. »Sie tun das Richtige.«

»Mich wundert allmählich überhaupt nichts mehr.«

»Haben sie die Impfung schon vorgenommen?«, wagte Ellen zu fragen.

»Nein, sie sind noch nicht mal auf Sendung.«

»Was ist denn passiert?«

»Irgendein Verrückter ist als Elektriker verkleidet in das Gebäude eingedrungen und hat mit einem Seitenschneider das Kabel durchtrennt, das die Kamera da drinnen mit dem Übertragungswagen verbindet. Seit einer Dreiviertelstunde warten wir jetzt darauf, dass es endlich losgeht. Aber ich glaube, die haben das Kabel inzwischen ersetzt.«

»Dann beeilen Sie sich«, sagte Ellen. »Bringen Sie uns zu einem von Marquands Leuten, bevor das Kind die Spritze bekommt, und ich verspreche Ihnen, man wird Sie als Helden feiern.«

»Ich kann nur für Sie hoffen, dass Sie Recht haben.«

Von zwei Geheimdienstlern eskortiert und unter den Spottrufen der Leute, die ringsum in den Fenstern lungerten, wurden Matt und Ellen zum Eingang des Gesundheitszentrums geführt.

»Ich kann's nicht fassen, dass wir es doch noch geschafft haben«, sagte Matt.

»Ich habe Ihnen ja gleich gesagt, wir dürfen nicht aufgeben.«

»Nein, das war ich. Ich habe das gesagt.«

Ellen wandte sich an Jill.

»Wissen Sie, warum der Mann das Kabel durchgeschnitten hat?«

»Wie Alan schon sagte, das war ein Verrückter. Hören Sie, falls Sie das noch nicht bemerkt haben sollten, wir haben heute keinen guten Tag. Falls das, was Sie uns über Ihre Identität und über den Impfstoff erzählt haben, sich als Blödsinn herausstellt, binden wir Sie am selben Baum fest wie den Verrückten und lassen Sie über Nacht da draußen, damit Sie einen Geschmack von der Gastfreundschaft dieses Viertels bekommen.«

Jill zeigte nach rechts, wo der Übeltäter mit Handschellen an einen Baum gefesselt stand.

Ellen grinste, als sie an ihm vorbeigingen.

Rudy winkte ihr mit den Fingerspitzen zu.

»Hey, Rudy«, rief sie, »das ist mein neuer Freund Matt Rutledge. Matt, das ist ... meine bessere Hälfte, Rudy Peterson.«

Als sie vor dem Gesundheitszentrum eintrafen, trat ein Paar aus dem Eingang. Die Frau hielt einen Säugling im Arm. Hinter ihr, im Eingangsbereich, sah Matt weitere Mitarbeiter des Geheimdienstes. Beim Anblick von Matt und Ellen, die mit Handschellen aneinander gefesselt waren, wich das Paar einen Schritt zurück.

»Hallo«, sagte Ellen freundlich. »Ist das das Baby, das gleich geimpft werden soll?«

»Ja«, erwiderte Sherrie und schaute ihre Tochter liebevoll an. »Sie heißt Donelle.«

38

Lange Schatten lagen auf den Straßen von Washington, als Matt endlich die Harley anließ und sich auf den Weg zurück nach West Virginia machte. Er fuhr allein. Ellen und Rudy blieben in Washington, um dem FBI weitere Fragen zu beantworten und das Beweismaterial zu sichten, das Rudy mitgebracht hatte. Der für die Sicherheit im Gesundheitszentrum zuständige Geheimdienstmann hatte Matt und Ellen in kürzester Zeit an seinen Kollegen im Stab vom Lynette Marquand weitergereicht.

Es stand einfach für alle viel zu viel auf dem Spiel, um leichtsinnig Zeit zu vergeuden.

In einem kleinen Konferenzraum wurden Matt und Ellen gerade von der ehemaligen Kongressabgeordneten für Georgia und Marquands Stabschefin, Joanne Kramer, befragt, als die Nachricht kam, das Kabel, das Rudy durchgeschnitten hatte, sei ersetzt worden. Nun war der Augenblick der Wahrheit gekommen. Kramer verließ eilig den Raum und ließ Matt und Ellen mit einem Mann vom Secret Service allein. Fünf endlose Minuten vergingen, bis die Tür wieder geöffnet wurde und Kramer zurückkehrte. In ihrer Begleitung war die First Lady der Vereinigten Staaten. Unter ihrem Make-up, das der Maskenbildner für die Fernsehausstrahlung aufgelegt hatte, war Marquand aschfahl. In ihrem Gesichtsausdruck lag keine Spur von Wärme, als sie erst Matt, dann Ellen abschätzend musterte.

»Tja, Mrs Kroft«, sagte sie, immer noch stehend, »dass Sie sich bei der Abstimmung über Omnivax der Stimme enthalten haben, bedeutet anscheinend nicht, dass Sie das Interesse an dem Thema verloren haben.«

»Wohl kaum«, erwiderte Ellen. »Ein Mann hatte gedroht, meine Enkelin zu töten, falls ich dagegen stimmte. Ich musste etwas Zeit gewinnen.«

»Und dieser Mann ist nun tot.«

»Ja. Er hat für den Eigentümer von Columbia Pharmaceuticals, den Hersteller der Lassa-Komponente von Omnivax, gearbeitet.«

»Und diese Komponente ist lebensgefährlich?«

»Ja.«

»Und Sie glauben, wir würden einen großen Fehler machen, wenn wir die Impfung wie geplant an dem Säugling vornehmen würden.«

Ellen seufzte erleichtert. Das Baby war also noch nicht geimpft worden.

»Ja«, sagte sie mit Nachdruck. »Davon bin ich fest überzeugt.«

»Und Sie, Dr. –«

»Rutledge«, sagte Matt und räusperte sich. »Matthew Rutledge. Mehrere Menschen aus meiner Stadt in West Virginia, an denen der Impfstoff vor zehn Jahren getestet wurde, werden in naher Zukunft sterben. Ich glaube, dass der Erreger, der diese tödliche Krankheit ausgelöst hat, sich immer noch in dem Impfstoff befindet.«

Marquand schaute wieder zu Ellen.

»Mrs Kroft, meine Mitarbeiter haben mich darüber informiert, dass Sie den Gegenspieler meines Mannes im Wahlkampf finanziell unterstützt haben. Ist Ihr wundersames Auftauchen zu diesem Zeitpunkt politisch motiviert?«

Ellen nahm sich Zeit mit ihrer Antwort.

»Die Einstellung Ihres Mannes in Fragen der sozialen Sicherheit lehne ich ab«, erwiderte sie schließlich. »Deswegen unterstütze ich Mr Harrison. Aber dass wir jetzt hier sind, hat nichts mit Politik zu tun. Das versichere ich Ihnen.«

Sekundenlang herrschte Schweigen im Raum, während Lynette Marquand Ellen eingehend musterte.

»Ich danke Ihnen«, sagte sie dann. Ihre Stimme klang heiser, ihr Gesicht war immer noch blass. »Und Ihnen auch, Dr. Rutledge.«

Ohne ein weiteres Wort verließ sie zusammen mit Joanne Kramer den Raum. Eine Viertelstunde später waren die ersten FBI-Agenten erschienen. Das Kind und seine Eltern waren nach Hause geschickt, die Kameras ausgeschaltet worden. Und zweifellos waren die klugen Köpfe der Regierung zu einer Sondersitzung zusammengetrommelt worden.

Bevor er sich auf den Heimweg machte, hatte Matt noch eine ganze Weile allein in einem leeren Zimmer gesessen und mit sich gerungen, ob er die Polizei über die Situation bei der Giftmülldeponie informieren oder ob er noch warten und die Sache erst mal selbst in die Hand nehmen sollte. Als Lyle nicht zurückkehrte, war Lewis und Frank bestimmt sofort klar gewesen, dass bei Hal irgendetwas Schlimmes vorgefallen war. Dessen war sich Matt sicher. Was sie daraufhin unternehmen würden, konnte er dagegen nicht einschätzen. Ihr Bruder war tot. Ihr geliebter alter Pick-up lag auf dem Grund des Long Lake. Sie befanden sich mehrere Kilometer von ihrer Farm entfernt und Lewis war nicht in der Verfassung für einen langen Fußmarsch. Aber wenn Matt die Polizei an diesen Ort schickte, wo so viel Blut geflossen war, konnte das durchaus ihr Leben zerstören. Nikkis Zustand und der von den Leuten in der Höhle war relativ stabil gewesen, als er und Ellen zu Hal gefahren waren.

Am Ende hatte er sich entschlossen, erst einmal selbst auf den Berg hinaufzufahren, bevor er irgendjemanden benachrichtigte.

Der Berufsverkehr war ziemlich stark und Matt fuhr wesentlich riskanter als gewöhnlich, um über den Potomac und aus der Stadt hinaus zu kommen. Als er endlich schneller als hundertzwanzig fahren konnte, war es schon halb acht.

Kurz vor White Sulphur Springs warf er einen Blick auf seinen Pager, den er statt an seinem Gürtel in einem Plastikbehälter an der Lenkstange aufbewahrte, wenn er mit dem Motorrad unterwegs war. Er hing an seinem Lenker seit dem Abend, als er Bill Grimes zu der Hütte in den Bergen gefolgt war. Das Blinklicht zeigte ihm an, dass eine Nachricht eingegangen war. Wann sie gekommen war, konnte er nicht wissen. Er hielt am Straßenrand und rief in der Notaufnahme des Krankenhauses an.

»Dr. Rutledge«, rief die Stationsschwester, »wir versuchen schon die ganze Zeit, Sie zu finden. Wir haben hier einen Katastrophenalarm, aber diesmal ist es kein Übungsalarm.«

Matt spürte, wie sein Puls schneller ging.

»Was ist los?«

»Ich weiß es nicht genau. Es ist sehr verwirrend. Ich glaube, in der Mine ist irgendwas passiert. Ein Einsturz oder eine Explosion, glaub ich. Wir warten gerade auf den Krankenwagen, der die ersten beiden Verletzten bringen soll.«

»Sagen Sie dem zuständigen Stationsarzt, ich bin unterwegs.«

Fünfzig Minuten später legte Matt sich in eine langgezogene Linkskurve, seine Lieblingskurve auf der Strecke, und sah die Lichter von Belinda vor sich im Tal liegen. So schön, so trügerisch friedlich. Auf der Main Street war es ruhiger als gewöhnlich, aber dafür war im Krankenhaus umso mehr los. Ein Krankenwagen, der gerade Patienten gebracht hatte, stand in der Einfahrt, ein zweiter, ebenfalls leer, stand weiter seitlich geparkt und wieder ein anderer fuhr gerade mit blinkendem Blaulicht vor. Matt stellte das Motorrad ab und eilte zu dem Wagen, um mit anzupacken.

»So was hab ich noch nie in meinem Leben gesehen«, sagte einer der Sanitäter aufgeregt zu Schwester Laura. »Wir haben diese Leute durch ein Loch hoch oben in der Felswand rausgezogen. Vor dem Eingang waren Scheinwerfer aufgestellt und ein Seil führte bis zur Höhle, aber kein Mensch weiß, wie das Zeug dahingekommen ist.«

»Ich weiß«, sagte Laura. »Die anderen haben auch schon davon erzählt.«

»Und all diese Fässer mit den Chemikalien. Gott, was für ein Gestank. Das kann unmöglich legal sein. Wie kommen diese Leute von der Bergwerksgesellschaft dazu, so was zu machen?«

»Brauchen Sie Hilfe?«, fragte Matt und versuchte, einen Blick auf die beiden Tragen im Krankenwagen zu erhaschen.

»Klar. Der Kerl da links ist ein schwerer Brocken.«

Fred.

Matt reckte sich, um besser sehen zu können, und stellte fest, dass auf der anderen Trage Sara Jane Tinsley lag.

»Woher wussten Sie, wo Sie nach den Leuten suchen mussten?«, fragte er.

»Einer von den Polizisten, der gerade Dienst hatte, als der anonyme Anruf einging, kannte die Gegend, von der die Rede war. Dann sind wir alle zusammen im Convoy raufgefahren.«

Matt nahm das eine Ende von Carabettas Trage und hievte sie auf die Betonrampe, von wo aus sie nach drinnen gefahren werden konnte. Carabetta, der leise vor sich hin stöhnte, schien sich nicht in akuter Lebensgefahr zu befinden. Matt überlegte, ob er versuchen sollte, mit ihm zu reden, doch dann eilte er in die überfüllte Notaufnahme. Um Fred konnte er sich später noch kümmern.

Sofort entdeckte er den Orthopäden Brian O'Neil, der alle anderen um Haupteslänge überragte.

»Hey, Brian«, rief er.

»Gott, Matthew, wie siehst du denn aus? Wo bist du gewesen? Auf einem Motocross-Rennen?«

»Ob du es glaubst oder nicht, ich war mit all diesen Leuten zusammen da oben in der Höhle, als sie explodiert ist.«

»Aber –«

»Später. Ist Nikki Solari schon hier?«

»Die Ärztin?«

»Ja.«

»Nette Frau.«

»Ist sie schlimm verletzt?«

»Ein Knöchelbruch. Nichts, was man nicht mit ein paar Schräubchen beheben könnte.«

»Wenn du mir versprichst, dass du dir die größte Mühe geben wirst, verrate ich ihr nicht, dass du eigentlich Tierarzt bist. Wo ist sie?«

»Auf der Orthopädie. Sag ihr, ich bin in zwei Minuten bei ihr.«

»In fünf reicht auch«, sagte Matt.

Mit geschlossenen Augen, eine Infusion im Arm, lag Nikki auf einer Trage, den geschwollenen, blau angelaufenen Fuß in Eis gepackt und hochgelegt. Man hatte ihr das Gesicht und die Arme gewaschen, aber ihre Haare waren immer noch voller Staub. Trotzdem war sie unglaublich schön.

»Hallo«, flüsterte Matt.

Nikki lächelte, bevor sie die Augen öffnete. Matt küsste sie erst auf die Stirn, dann auf den Mund.

»Habt ihr es rechtzeitig geschafft?«, fragte sie.

»Heute gibt's keine Impfung, Madam«, sagte Matt. »Tut uns Leid, kommen Sie ein andermal wieder.«

»Gott sei Dank.«

»Mein Onkel Hal hat die ganze Zeit hinter der Sache gesteckt, Nikki. Ihm gehört ein Großteil von Columbia Pharmaceuticals. Grimes und die anderen haben für ihn gearbeitet.«

Ihr Gesichtsausdruck verfinsterte sich. Sofort war ihr klar, was das nicht nur für Matt, sondern auch für seine Mutter bedeutete.

»Das tut mir wirklich Leid«, sagte sie.

»Tja. Aber möglicherweise hatten sogar John Dillinger und Attila einen Neffen.«

»Kann sein«, erwiderte sie traurig.

»Wie seid ihr eigentlich aus dem Berg rausgekommen?«

Nikki zuckte die Achseln. »Während die Slocumbs mit ihren Sprengsätzen beschäftigt waren, bin ich zurück in die Höhle gekrochen, um nach Fred und Morrissey und den anderen zu sehen. Es dauerte alles so lange und da hab ich irgendwann angefangen, mir große Sorgen zu machen. Dann plötzlich hörten wir Geräusche, es wurde alles ganz hell und gleich darauf stürmten Notärzte, Polizisten und Feuerwehrleute herein.«

»Und die Slocumbs?«

»Ich hab keine Ahnung, wo die sind.«

Matt küsste sie noch einmal.

»Ich mache mir Sorgen«, sagte er. »Ich würde sagen, du ruhst dich noch ein bisschen aus und ich sehe inzwischen zu, was ich über die Brüder in Erfahrung bringen kann. Brian O'Neil, der Orthopäde, der dich behandelt, ist ein hervorragender Arzt.«

»Sieh mal einer an! Ich wusste gar nicht, dass dich das interessiert«, dröhnte O'Neil an der Tür.

»Okay, okay, du hast mich durchschaut.« Matt drückte seine Wange ganz fest an Nikkis. »Ich bin bald wieder da, Liebes«, flüsterte er. »Sei tapfer.«

»Wie könnte mich noch irgendwas erschrecken, nach allem, was wir durchgemacht haben.«

»Gerade ist ein OP frei«, verkündete der Orthopäde. »Und ich denke, wir sollten die Gelegenheit beim Schopf ergreifen, bevor uns jemand anders zuvorkommt.«

»Dann hab ich's wenigstens hinter mir«, sagte Nikki.

»Ich möchte, dass du dich bei mir zu Hause erholst«, flüsterte Matt ihr ins Ohr.

»Hast du immer noch die Massagepraxis?«

»Allerdings. Und wir haben rund um die Uhr geöffnet.«

Matt klopfte O'Neil im Vorbeigehen auf den Arm und ging zurück in die Notaufnahme, wo es immer noch von Schwestern und Ärzten wimmelte, um einen Blick auf die Patienten zu werfen, die in durch Vorhänge abgetrennten Betten lagen. Sid, der Wachmann, lag neben Fred. Im übernächsten Bett wurde Sara Jane gerade gewaschen und gleich daneben beugte sich Evan Julian, der Chirurg, über Colin Morrissey. Julian war der sorgfältigste, penibelste Arzt im ganzen Krankenhaus, der stets darauf bestand, dass sämtliche Instrumente säuberlich geordnet bereit lagen, bevor er irgendeine Operation begann. Matt grinste bei dem Gedanken daran, wie Nikki, den gebrochenen Knöchel behelfsmäßig geschient, in einer mit Staub und giftigen Dämpfen erfüllten Höhle beim schwachen Licht einer Laterne einen Luftröhrenschnitt durchgeführt hatte.

Matt sah in den anderen Betten nach. Die Verrückte, die auf Nikki losgegangen war, versuchte, sich von den Lederriemen zu befreien, mit denen man sie ans Bett fixiert hatte. Aber von den Slocumbs war keine Spur zu entdecken.

Wenn man dringend seine Hilfe gebraucht hätte, wäre Matt zweifellos geblieben. Aber er fühlte sich völlig ausgelaugt und er machte sich große Sorgen um Frank und Lewis. Er verließ das Krankenhaus durch das Wartezimmer und ging zu seinem Motorrad. Auf dem Weg zu seiner Harley fiel ihm ein Mercedes auf, der in der Nähe stand. Der Fahrer, dessen Gesicht er in der Dunkelheit nicht erkennen konnte, winkte ihn zu sich. Er ging auf den Wagen zu, dann blieb er wie angewurzelt stehen. Es war Hals Mercedes.

»Doc, ich bin's, Frank«, raunte der Fahrer ihm zu.

Matt eilte um den Wagen herum und stieg ein. Lewis Slocumb lag auf dem Rücksitz, offenbar unverletzt.

»Alles in Ordnung?«, fragte Matt und zeigte auf den Schlauch in Lewis' Brust.

»Mit mir ja«, erwiderte Lewis grimmig. »Aber Lyle is tot.«

»Ich weiß, ich war dabei. Es tut mir so Leid. Wirklich. Lyle hat uns das Leben gerettet. Und nicht nur uns, sondern auch vielen anderen Menschen. Er ist als Held gestorben. Wie seid ihr denn überhaupt aus dem Berg raus ... und zu Hals Haus gekommen?«

»Dein Freund Grimes hatte so'n Walkie-Talkie. Als Lyle nich zurückkam, da wussten wir, dass irgendwas Schlimmes passiert is. Ein paar von unsern Kumpels haben Telefon. Ich hab dir ja gesagt, wir kennen 'n paar Leute. Frank hat Earl Morris angerufen – kennst du den?«

»Nein.«

»Also, Earl wohnt in den Bergen, genau wie wir. Er is mit 'n paar Leuten gekommen und hat uns beim Aufräumen geholfen. Ich glaub nich, dass irgendjemand Grimes und seine Kumpels findet, es sei denn, die tragen den ganzen Berg ab. Den ganzen Krempel von der Sprengungsaktion haben wir auch weggeräumt.«

»Möchte wissen, warum ich mir um euch beide solche Sorgen gemacht hab. Was ist mit Hal? Wie seid ihr zu seinem Haus gekommen?«

»Earl Morris wusste, wo er wohnt. Wir sind in seinen Pick-up gestiegen und hingefahren. Und da haben wir deinen Onkel gefunden, festgebunden wie 'n Spanferkel auf'm Grill.«

»Hat er versucht, euch zu überreden, dass ihr ihn losbindet?«

»Versucht hat er's«, sagte Frank. »Das kann man wohl sagen.«

»Und das Auto? Er hat mir gesagt, er hätte keinen zweiten Schlüssel.«

»Er hat gelogen«, sagte Frank mit leuchtenden Augen.

»Wir haben sofort gemerkt, dass er uns verscheißern wollte«, fügte Lewis hinzu. »Hält sich für 'n guten Lügner, aber das is er nich. Wir haben ihm ’n bisschen auf die Sprünge geholfen und da hat er uns erst erzählt, was mit Lyle passiert is, und dann, wo er die Autoschlüssel hatte. Er dachte, als Dank dafür würden wir ihn losbinden.«

»Habt ihr ihn getötet?«

»Beinah.«

»Ich bin froh, dass ihr’s nicht getan habt. Ich brauche ihn lebend.«

»Könnt aber sein, dass er ’n paar blaue Flecken hat.«

»Die hat er verdient. Den Mercedes könnt ihr verkaufen und euch von dem Geld einen neuen Pick-up besorgen.«

»Machen wir. Aber zuerst müssen wir Lyles Leiche finden. Wir wollen ihn bei uns zu Haus auf der Farm begraben. Hurensöhne.«

»Morgen bei Tagesanbruch gehen wir an den See. Wir treffen uns bei meinem Onkel, dann zeige ich euch, wie man ans Ufer runterkommt. Lewis, ich gehe noch mal kurz ins Krankenhaus und hole mir was, womit ich den Schlauch aus deiner Brust entfernen kann. Ich glaube, du brauchst ihn nicht mehr.«

»Wie du willst. Hast du vor, die Polizei zum Haus von deinem Onkel zu schicken?«

»Um die Knoten in seinen Fesseln zu überprüfen?«

»Ja. Die halten noch ’ne ganze Weile.«

Matt öffnete die Beifahrertür und stieg aus. Die windige Nacht war wolkenlos und der Himmel klar. Eine West Virginia-Nacht.

»Vielleicht in ein paar Tagen«, sagte er.

Epilog

Sechs Monate später

Das imposante Hart Senate-Bürogebäude, das mehr als dreihunderttausend Quadratmeter Bürofläche beherbergte, war in den späten siebziger Jahren neben dem Dirksen Senate-Bürogebäude auf der Constitution Avenue zwischen der First und der Second Street erbaut worden. Seit vier Tagen war der »august central hearing room« des Hart-Gebäudes der Schauplatz der ersten wichtigen Anhörung durch den neu gewählten Senat – eine Untersuchung des Omnivax-Skandals durch das Committee on Health, Education, Labor and Pensions.

Ellen hatte bereits ausgesagt, ebenso Rudy und Matt und andere, darunter Lara Bolton, die ehemalige Gesundheitsministerin. Seit fast sechs Stunden waren die Senatoren nun dabei, den Star der Anhörung zu befragen: Dr. Harold Sawyer, der ohne Möglichkeit, durch Zahlung einer Kaution auf freien Fuß zu kommen, im Hochsicherheitsgefängnis von Florence, Colorado, auf seinen Prozess wartete. Und seit fast sechs Stunden wich Hal den Fragen der Senatoren geschickt aus.

Zusammen mit Ellen und Cheri Sanderson von PAVE hatte Matt der Befragung seines Onkels die ganze Zeit beigewohnt und allmählich wurden sowohl seine Geduld als auch sein Vertrauen in das System bis zum Zerreißen auf die Probe gestellt. Da Grimes, Sutcher und der Profikiller Verne nach wie vor als vermisst galten und Larry als von Fischen angefressene Leiche Wochen nach seinem Tod ans Ufer des Sees gespült worden war, gab es bis auf Matts und Ellens Aussage kaum verwertbares Beweismaterial gegen Hal.

»Dr. Sawyer«, fragte der Senator von Delaware, Martin Wells, erschöpft, »kommen wir noch einmal zurück auf Ihr Verhältnis zu Dr. George Poulos vom Institute for Vaccine Development. Wie häufig hatten Sie in den sechs Monaten vor Ihrer Verhaftung Kontakt mit ihm – sei es direkt, telefonisch oder per E-Mail?«

»Da müsste ich in meinem Terminkalender nachsehen, Herr Senator«, erwiderte Hal lächelnd. »Aber soweit ich mich erinnere, kann das nur ein- oder zweimal gewesen sein, wie ich Senator Worthington bereits gesagt habe.«

»Das ist absolut deprimierend«, flüsterte Matt. »Der ist doch wirklich aalglatt. Wenn ich nicht mit eigenen Ohren gehört hätte, wie er zugegeben hat, was er verbrochen hat, würde ich wahrscheinlich glauben, dass er das unglückliche Opfer einer Verschwörung ist.«

»Matt«, sagte Cheri, »ich habe gehört, dass er dabei ist, mit der Staatsanwaltschaft einen Deal auszuhandeln. Stimmt das?«

»Ich fürchte, ja. Als ihnen klar wurde, dass sie ihn in den wichtigsten Anklagepunkten kaum würden verurteilen können, haben sie sich gesagt, vielleicht sollten sie lieber versuchen, die größeren Fische zu kriegen, mit denen er zusammen unter einer Decke steckt.«

»George Poulos zum Beispiel«, sagte Ellen. »Ich bin davon überzeugt, dass er die Verbindung zwischen der Marquand-Verwaltung und Columbia Pharmaceuticals ist, und wahrscheinlich hat er dafür gesorgt, dass Vinyl

Sutcher den Auftrag bekam, mir einen Besuch abzustatten.«

»Herr Senator«, sagte Hal gerade. »Ich bin wirklich bereit, mit Ihnen zu kooperieren. Aber ich glaube, ich habe Ihre Fragen zu meinem Verhältnis zu Dr. Poulos offen und ehrlich beantwortet und –«

»Gott, mir reicht's«, sagte Matt. »Gehen wir irgendwo eine Tasse Kaffee trinken. Ich lade Sie ein.«

»Geht nicht«, sagte Cheri. »Ich bin in einer halben Stunde mit Sally im Büro verabredet. Sie trifft sich mit der von Präsident Harrison eingerichteten Kommission, die sich mit dem Thema Impfungen befasst und nicht nur dafür sorgen soll, dass mehr Mittel zur Verfügung gestellt werden, um Impfstoffe klinisch zu testen, sondern auch dafür, dass die Öffentlichkeit besser informiert wird. Außerdem soll die Frage nach der Entscheidungsfreiheit der Eltern noch einmal ganz neu aufgerollt werden. Es ist ein Wunder, was auf einmal alles passiert. Und das alles haben wir Ihnen beiden zu verdanken.«

»Ach was«, sagte Ellen.

»Solange wir das Kind nicht mit dem Bade ausschütten«, meinte Matt.

»Selbst wir wollen das nicht«, sagte Cheri. »Wir wollen nur, dass man uns zuhört.«

»Hat jemand was von Kaffee gesagt?«, fragte Ellen.

Nachdem sie Cheri in ein Taxi gesetzt hatten, schlugen Matt und Ellen ihre Kragen hoch, hakten sich ein und gingen durch den kalten Februarwind zu einem Diner in der C Street. Hals Vernehmung würde am kommenden Vormittag fortgesetzt werden. Die Staatsanwälte hatten Matt gebeten, so lange an den Sitzungen teilzunehmen, wie sein Onkel aussagte, aber für Ellen war heute der letzte Tag. Rudy war wieder in seiner

Hütte, wo er unterrichtete, schrieb und angelte, wenn das Wetter es zuließ. Er wartete auf ihre Rückkehr. Ellen wohnte immer noch in ihrem Haus in Glenside, aber die beiden sahen sich sehr häufig und Matt erinnerte sich an eine fast beiläufige Bemerkung darüber, dass sie eine Zeit lang versuchsweise an zwei Orten zusammenleben wollten.

Sie setzten sich einander gegenüber an einen Tisch, beobachteten den Straßenverkehr und sprachen wenig, doch beide wussten, dass die Erlebnisse der vergangenen Tage sie für immer miteinander verbinden würden. Drei Monate, nachdem sie dabei geholfen hatte, Colin Morrisseys Leben zu retten, war Ellen nach Belinda zurückgekehrt, um an seiner Beerdigung teilzunehmen. Bald würde Sara Jane Tinsley sein trauriges Schicksal teilen.

Seit etwa einem halben Jahr wurden die Eigentümer von BC&C von Staatsanwälten, Bergwerksgesellschaften und FBI-Leuten belagert. Armand Stevenson war gefeuert worden und wartete darauf, dass ihm der Prozess gemacht wurde. Auch Blaine LeBlanc war entlassen worden und nach neuesten Schätzungen musste die Firma Geldbußen und Entschädigungen in zweistelliger Millionenhöhe zahlen. Doch die neue Firmenleitung hielt das Bergwerk in Betrieb und hatte kürzlich sogar neue Leute eingestellt.

»Was halten Sie eigentlich davon«, fragte Ellen schließlich, »dass die Staatsanwaltschaft sich auf einen Handel mit Ihrem Onkel einlässt?«

Matt zuckte die Achseln. Er dachte an seine Mutter und daran, wie rührend ihr Bruder sich stets um sie gekümmert hatte. Seit Hal im Gefängnis saß, hatte Matt noch mehr Zeit mit ihr verbracht als zuvor. Aber sie wurde mehr und mehr zum Pflegefall und nannte ihn neuerdings immer häufiger Hal.

»Er hat vielen Menschen Unglück gebracht«, sagte er schließlich. »Manchmal wünsche ich mir, dass er für immer eingesperrt wird, manchmal denke ich, er ist einfach durchgedreht, bei all dem Geld, das auf dem Spiel stand. Ich habe keinen Einfluss darauf. Ich kann jetzt nichts anderes mehr tun, als den Staatsanwälten alles zu sagen, was ich weiß.«

»Nun, ich habe ihn in Aktion gesehen«, erwiderte Ellen. »Ich wünsche ihm eine lebenslängliche Haftstrafe. Wann fahren Sie zurück nach Hause?«

»Wahrscheinlich morgen Abend.«

»Sie fehlt Ihnen.« Das war eine Feststellung, keine Frage.

»Sie fehlt mir«, gab Matt zu.

Nikki hatte einen Tag und eine Nacht in Washington verbracht, aber ihre Arbeit als Pathologin am Montgomery County Regional Hospital und ihre Verantwortung als neue Gerichtsmedizinerin für das Montgomery County ließen nicht zu, dass sie sich länger frei nahm. Nach ihrer Operation hatte sie sich ein paar Wochen lang krankschreiben lassen. Dann, mit dem Job-Angebot vom MCRH in der Tasche, hatte sie ihre Kündigung eingereicht und eine Woche später war sie zusammen mit Matt nach Boston geflogen, um ihre Sachen zu packen.

»Wissen Sie, was sie zu mir gesagt hat, als sie hier war?«, fragte Ellen. »Sie hat gesagt, Männer wie Sie, die eine Frau öfter mal wiederbeleben, trifft man nicht alle Tage, und daran wollte sie immer denken.«

»Es ist wunderbar, mit ihr zusammen zu sein«, sagte Matt. »Ich muss mich nur noch daran gewöhnen, mein Leben mit jemandem zu teilen.«

»Man muss sich immer nur für jeweils einen Tag daran gewöhnen.«

In diesem Augenblick klingelte Matts Handy. Eigentlich war es Nikkis. Er selbst hatte nie ein Handy besessen, aber sie bestand darauf, dass er für sie erreichbar war, wenn er sich in der Großstadt aufhielt.

»Ich bin gleich wieder da«, sagte Ellen, als er das Handy aus der Tasche nahm. »Grüßen Sie sie von mir.«

»Hallo, Doc«, sagte er. »Haben wir nicht vorhin erst miteinander telefoniert?«

»Das war vorhin«, erwiderte Nikki. »Wie läuft's denn so?«

»Hal hat gerade mal wieder einen großen Auftritt. Es wird gemunkelt, dass er mit der Staatsanwaltschaft irgendwas ausgehandelt hat.«

»Also, seine Jobs kann er nicht wiederhaben. Die gefallen mir.«

»Das wird kein Problem sein. Aber was diesen Handel angeht, bin ich hin- und hergerissen. In einem Moment denke ich, man sollte ihm gegenüber Milde walten lassen, weil er einfach verrückt war, und im nächsten wünsche ich ihm die Guillotine.«

»Es kommt, wie es kommt«, sagte Nikki.

»Wahrscheinlich.«

»Ich weiß, dass das für dich nicht einfach ist, Matt. Wenn es dich tröstet – ich finde, du machst das alles ganz hervorragend.«

»Ich glaube, das habe ich gebraucht.«

»Ich meine es ernst. Du bist ein guter Arzt und ein wunderbarer Mann und das sage ich dir, so oft du es hören willst.«

»Danke. Du bist auch wunderbar.«

»Ach ja, beinahe hätte ich vergessen, warum ich überhaupt angerufen habe. Es gibt nämlich einen Grund. Etwas ganz Verrücktes ist eben passiert. Ich war gerade dabei, mich für die Arbeit fertig zu machen, aber ich hatte noch ein bisschen Zeit. Also bin ich mit meinem Kaffee und Kathys Mandoline auf die Veranda gegangen und hab ein bisschen gespielt. Ich bin zwar noch nicht besonders gut, aber ich lerne dazu.«

»Das ist maßlos untertrieben. Vergiss nicht, ich habe dich schon spielen gehört.«

»Warte, ich bin noch nicht fertig. Während ich spielte, kam ein unglaublich schöner kleiner Vogel geflogen und hat sich auf das Geländer gesetzt. So einen Vogel hab ich noch nie gesehen. Ich hab immer weiter gespielt und er hat sich nicht von der Stelle gerührt. Er saß einfach da und schien sich meine Musik anzuhören. Er war ganz klein und ganz rot ... und einfach unglaublich schön. Weißt du vielleicht, was das für ein Vogel gewesen sein könnte?«

Matt schluckte mühsam und schaute zum Hart-Gebäude auf der gegenüberliegenden Straßenseite hinüber.

»Ich glaube«, sagte er, »es war eine Tangare. Eine rote Tangare.«